Mercedes Ron

Culpa Mía

Meine Schuld

MERCEDES RON

CULPA MÍA

MEINE SCHULD

Aus dem Spanischen
von Ursula Bachhausen und Sabine Giersberg

cbt

FSC www.fsc.org MIX Papier | Fördert gute Waldnutzung FSC® C014496

Penguin Random House Verlagsgruppe FSC® N001967

13. Auflage
Deutsche Erstausgabe März 2024

Die Originalausgabe erschien erstmals 2017 unter dem Titel »Culpa Mía« bei Penguin Random House Grupo Editorial, S. A. U., Travessera de Gràcia, 47–49, Barcelona, Spanien.

Aus dem Spanischen von Ursula Bachhausen und Sabine Giersberg
Umschlaggestaltung: Marie Graßhoff,
unter Verwendung von Motiven von
© Adobe Stock (Zamurovic Brothers, Glitter_Klo)
kk · Herstellung: UK
Satz: KCFG – Medienagentur, Neuss
Druck: GGP Media GmbH, Pößneck
ISBN 978-3-570-31654-2
Printed in Germany

www.cbj-verlag.de

Meiner Mutter gewidmet.
Danke, dass du meine Freundin und meine Vertraute bist,
du bist alles, was ich je gebraucht habe und mehr.
Danke, dass ich dank dir immer ein Buch zur Hand hatte.

PROLOG

»Lass mich in Ruhe!«, fauchte sie. Sie wollte sich an mir vorbeidrängeln. Ich nahm sie in den Arm und zwang sie, mich anzusehen.

»Kannst du mir mal erklären, was hier los ist?«, fragte ich wütend.

In ihrem Blick lag ein dunkles Geheimnis verborgen. Sie lächelte lustlos.

»Das ist deine Welt«, erklärte sie ruhig. »Ich lebe hier dein Leben, ich bin mit deinen Freunden zusammen und lasse es mir gut gehen. Das macht ihr so und das erwartet ihr auch von mir.« Sie trat einen Schritt zurück.

Ich konnte nicht glauben, was ich da hörte.

»Du hast doch vollkommen den Verstand verloren«, fuhr ich sie an. Es störte mich, welche Wandlung sich mit dem Mädchen vollzog, das ich zu lieben glaubte. Obwohl, wenn ich darüber nachdachte … was sie tat und *wie* sie es tat … Das hatte ich auch alles selbst getan, bevor ich sie kennenlernte. Ich hatte sie in all das reingezogen. Ich war schuld daran, dass sie sich selbst zerstörte.

In gewisser Weise hatten wir die Rollen getauscht. Sie war in mein Leben getreten und hatte mich aus dem dunklen Loch geholt, in das ich mich manövriert hatte, und am Ende war sie selbst dort gelandet.

1
NOAH

Während ich die Scheibe im neuen Auto meiner Mutter hoch und runter fahren ließ, musste ich die ganze Zeit daran denken, was für ein höllisches Jahr vor mir lag. Ich fragte mich immer wieder, warum wir unser Zuhause in Kanada verlassen und das halbe Land durchquert hatten, um nach Kalifornien zu ziehen. Drei Monate waren seit dem Tag vergangen, an dem mich die Schreckensnachricht ereilt hatte, die mein ganzes Leben auf den Kopf stellen sollte. Ich hatte jede Nacht geweint, ich hatte gejammert und getobt wie ein kleines Kind, dabei war ich schon siebzehn.

Aber was sollte ich tun? Ich war noch nicht volljährig, bis zu meinem achtzehnten Geburtstag waren es noch elf Monate, drei Wochen und zwei Tage. Dann könnte ich endlich aufs College gehen, weg von meiner Mutter, die nur an sich dachte, weg von den Leuten, mit denen ich fortan mein Leben teilen sollte, zwei Menschen, die ich nicht kannte, und zu allem Überfluss auch noch Männern.

»Kannst du damit aufhören? Das nervt«, sagte meine Mutter und ließ den Motor an.

»Mich nervt auch vieles, was du machst, und ich muss es auch ertragen«, erwiderte ich patzig. Sie seufzte nur, wie immer. Mehr war von ihr nicht zu erwarten.

Wie konnte sie mich einfach so zwingen? Spielten meine Gefühle denn gar keine Rolle? »Doch, natürlich«, hatte sie geantwortet, als wir abreisten.

Vor sechs Jahren hatten meine Eltern sich getrennt und das Ganze hatte in einer Katastrophe geendet. Die Scheidung war absolut traumatisch für mich, aber inzwischen war ich einigermaßen darüber weg, oder zumindest auf dem besten Weg dahin.

Doch seitdem hatte ich Probleme mit Veränderungen, mir unbekannte Menschen machten mir Angst. Ich bin nicht schüchtern, aber meine Privatsphäre ist mir wichtig, und die Tatsache, dass ich jetzt vierundzwanzig Stunden am Tag mit zwei mehr oder weniger fremden Menschen verbringen sollte, erzeugte in mir eine Panik, dass ich am liebsten ausgestiegen wäre und mich übergeben hätte.

»Warum kann ich nicht zurück«, fragte ich in der Hoffnung, sie umzustimmen zu können. »Ich bin kein Kind mehr, ich kann auf mich selbst aufpassen … Außerdem gehe ich nächstes Jahr zum College und da werde ich auch auf mich gestellt sein, das ist doch das Gleiche«, argumentierte ich. Vielleicht konnte ich sie zur Vernunft bringen. Sie musste einfach einsehen, dass ich recht hatte.

»Ich möchte dein letztes Schuljahr nicht verpassen und die Zeit mit dir noch genießen, bevor du zum Studium wegziehst. Noah, ich habe es dir schon hundertmal gesagt, ich will, dass du Teil der neuen Familie wirst, du bist meine Tochter. Gütiger Gott! Glaubst du wirklich, ich lasse dich ohne einen Erwachsenen in einem anderen Land zurück?«, erwiderte sie und gestikulierte dabei mit der rechten Hand, ohne den Blick von der Straße abzuwenden.

Meine Mutter kapierte einfach nicht, wie hart das Ganze für mich war. Sie begann mit ihrem frisch angetrauten Ehemann ein neues Leben, aber was war mit mir?

»Du verstehst es nicht, Mom. Ist dir schon mal der Gedanke gekommen, dass es auch für mich das letzte Schuljahr ist? Dass ich all meine Freundinnen zurücklasse, meinen Freund, meine Arbeit, meine Mannschaft? Mein ganzes Leben, Mom!«, schrie ich und kämpfte mit den Tränen. Die Situation machte mich fertig. Ich weine nie, wirklich *nie* in Gegenwart von anderen. Weinen ist was für Schwächlinge, für Leute, die ihre Gefühle nicht unter Kontrolle haben. Und es gibt Menschen wie mich, die in ihrem Leben schon so viel geweint haben, dass sie fest entschlossen sind, keine einzige Träne mehr zu vergießen.

Ich musste daran zurückdenken, wie alles begonnen hatte. Ich bereute, dass ich meine Mutter damals nicht zu der Kreuzfahrt auf die Fidschi-Inseln begleitet hatte. Denn dort, auf einem Schiff im südlichen Pazifik, hatte sie den ach so tollen William Leister kennengelernt.

Wenn ich die Zeit zurückdrehen könnte, würde ich auf der Stelle Ja sagen, als meine Mutter Mitte April mit zwei Tickets für die Ferien vor mir stand. Es war ein Geschenk ihrer besten Freundin Alicia. Die Ärmste hatte sich bei einem Autounfall mehrere Knochenbrüche zugezogen. Logischerweise konnte sie die Reise mit ihrem Mann nicht antreten und schenkte meiner Mutter die Tickets. Aber damals war einfach eine Menge los gewesen: Ich steckte mitten in den Abschlussklausuren, zudem war die Volleyballsaison im vollen Gange. Meine Mannschaft stand endlich auf Platz eins, nachdem sie über Jahre den zweiten Platz für sich gepachtet zu haben schien: Das war einer der größten Glücksmomente meines Lebens. Doch jetzt, wo ich die Folgen meiner Absage zu spüren bekam, würde ich ohne Zögern den Pokal zurückgeben und die Mannschaft verlassen, und es wäre mir auch egal, ob ich in Literatur und Spanisch durchfiel. Hauptsache, die Hochzeit käme nicht zustande.

Eine Hochzeit auf einem Schiff! Meine Mutter war komplett irre! Außerdem hatte sie mir nichts davon gesagt, ich erfuhr es erst bei ihrer Rückkehr. Sie erzählte es so unaufgeregt, als wäre es das Normalste von der Welt, mitten auf dem Ozean einen Millionär zu ehelichen … Das Ganze war absolut surreal und dann noch der Umzug nach Kalifornien. In die Vereinigten Staaten! In ein anderes Land! Meine Mutter stammte zwar aus Texas und mein Vater aus Colorado, aber ich wurde in Kanada geboren, und es gefiel mir dort sehr, alles war mir vertraut …

»Noah, du weißt, dass ich nur das Beste für dich will«, holte mich meine Mutter in die Wirklichkeit zurück. »Du weißt, was ich durchgemacht habe, was *wir* durchgemacht haben, und endlich habe ich einen guten Mann gefunden, der mich liebt und respektiert. Ich war lange nicht mehr so glücklich. Ich brauche ihn, und ich weiß, du wirst ihn mögen. Außerdem kann er dir eine Zukunft bieten, die für uns allein unerreichbar wäre. Du kannst auf eine Elite-Uni gehen, Noah.«

»Da will ich gar nicht hin, erst recht nicht, wenn ein Fremder dafür zahlt«, gab ich zurück, und ich erschauderte bei dem Gedanken, dass ich in einem Monat in eine piekfeine Schule mit lauter reichen Kindern gehen würde.

»Er ist kein Fremder, er ist mein Mann, du solltest dich langsam daran gewöhnen«, fuhr sie mir über den Mund.

»Daran werde ich mich nie gewöhnen«, antwortete ich und schaute auf die Straße.

Meine Mutter seufzte wieder, und es wäre mir am liebsten gewesen, wenn das Gespräch an dieser Stelle beendet gewesen wäre, ich hatte keine Lust, weiterzureden.

»Ich verstehe, dass du deine Freunde und Dan vermissen wirst, Noah, aber sieh es doch mal von der positiven Seite: Du bekommst einen Bruder!«, sagte sie schwärmerisch.

Ich warf ihr einen müden Blick zu.

»Jetzt rede die Sache doch nicht schön.«

»Aber er wird dir gefallen: Nick ist ein Schatz«, sagte sie und lächelte dabei die Straße an. »Ein reifer, verantwortungsvoller Junge, der es bestimmt gar nicht abwarten kann, dir seine Freunde vorzustellen und dir die Stadt zu zeigen. Immer wenn ich ihn gesehen habe, saß er in seinem Zimmer und hat gelernt oder gelesen, vielleicht habt ihr ja in puncto Bücher denselben Geschmack.«

»Na, klar … er steht bestimmt auf Jane Austen«, erwiderte ich und verdrehte die Augen. »Wie alt war er doch gleich?« Ich wusste es bereits, meine Mutter hatte über nichts anderes gesprochen als über Will und seinen Sprössling. Und ich empfand es als Witz, dass er nicht mal die Zeit gefunden hatte, uns zu besuchen. Zu einer neuen Familie ziehen zu müssen, die man vorher nicht ein einziges Mal gesehen hat, setzte dem Ganzen wirklich die Krone auf.

»Er ist ein wenig älter als du, aber du bist reifer als die Mädchen in deinem Alter. Ihr werdet euch sicher wunderbar verstehen.«

Reif, aha. Jetzt wollte sie sich wohl einschmeicheln. Ich überlegte, ob das tatsächlich auf mich zutraf, aber reif hin oder her, ich bezweifelte, dass ein junger Mann von Anfang zwanzig Lust hatte, mir die Stadt zu zeigen oder mir seine Freunde vorzustellen. Außerdem: als ob ich irgendein Interesse daran hätte.

»Wir sind gleich da«, sagte meine Mutter kurz darauf.

Ich betrachtete die hohen Palmen und die Straßen zwischen den beeindruckenden Villen. Jedes Haus war mindestens so groß wie ein halber Block. Manche waren im englischen oder viktorianischen Stil gehalten, andere waren sehr modern mit viel Glas und riesigen Gärten. Ich wurde gefühlt immer kleiner auf meinem Sitz, als ich feststellte, dass die Häuser in der Straße immer größer wurden, je weiter wir fuhren.

Schließlich standen wir vor einem drei Meter hohen Tor. Meine Mutter holte wie selbstverständlich ein kleines Gerät aus dem Handschuhfach, drückte auf den Knopf und die Flügel öffneten sich. Wir fuhren einen leicht abschüssigen, von Beeten und Grünflächen gesäumten Weg entlang und die hohen Kiefern verströmten einen angenehmen Duft nach Sommer und Meer.

»Das Haus liegt tiefer als die anderen. Deshalb haben wir einen fantastischen Blick auf den Strand«, sagte meine Mutter und strahlte. Sie war nicht wiederzuerkennen. Merkte sie nicht, dass das alles eine Nummer zu groß für uns war?

Doch ich kam nicht dazu, meine Zweifel laut auszusprechen, denn wir erreichten unser Ziel. Mir kam nur ein »Wow!« über die Lippen.

Die Villa war weiß und hatte ein hohes sandfarbenes Dach; sie hatte mehrere Stockwerke, aber wie viele genau, das war bei all den vielen Fenstern und Terrassen schwer zu sagen. Vor uns lag eine beeindruckende Veranda, auf der die ersten Lichter brannten – es war inzwischen schon nach sieben – und dem Ort etwas Magisches verliehen. Die Sonne würde bald untergehen und das Farbspiel des Himmels bildete einen schönen Kontrast zu der makellosen Fassade.

Meine Mutter fuhr um den Brunnen herum und parkte das Auto vor der Treppe zum Haupteingang. Ich hatte das Gefühl, vor dem luxuriösesten Hotel Kaliforniens zu stehen, nur dass es kein Hotel war, sondern ein Wohnhaus, unser künftiges Zuhause, wenn es nach meiner Mutter ging.

Als ich ausstieg, erschien William Leister in der Tür. Und hinter ihm drei Männer, die in ihren Uniformen wie Pinguine aussahen.

Der neue Mann meiner Mutter war ganz anders gekleidet als auf den Fotos, die ich von ihm gesehen hatte: Bermudashorts und hellblaues Polohemd statt Anzug oder teurem Markensakko. Er trug Flipflops und das Haar war zerzaust und nicht wie sonst zurückgegelt. Ich musste zugeben, dass ich meine Mutter verstehen konnte: Er war ausgesprochen attraktiv. Er war deutlich größer als meine Mutter und hatte sich trotz der ein oder anderen Falte gut gehalten. Er hatte harmonische Gesichtszüge, und das schwarze Haar war von grauen Strähnen durchzogen, die ihn reif und interessant erscheinen ließen.

Meine Mutter rannte wie ein Schulmädchen auf ihn zu und umarmte ihn. Ich ließ mir Zeit und ging erst mal zum Kofferraum, um meine Sachen herauszuholen.

Wie aus dem Nichts tauchten zwei behandschuhte Hände auf und ich zuckte erschrocken zurück.

»Ich kümmere mich um Ihr Gepäck, Miss«, sagte einer der Pinguine.

»Danke, das kann ich schon selbst«, erwiderte ich. Die Situation war mir unangenehm.

Der Mann sah mich an, als wäre ich nicht ganz dicht.

»Lass Martin dir helfen, Noah«, hörte ich William Leister hinter mir sagen.

Zähneknirschend ließ ich meinen Koffer los.

»Ich freue mich sehr, dich zu sehen, Noah«, begrüßte er mich und lächelte mir warmherzig zu. Meine Mutter gab mir ununterbrochen Zeichen, ich solle doch lächeln, irgendwas sagen.

»Das kann ich von mir nicht behaupten«, antwortete ich und streckte die Hand aus. Mir war klar, dass das ein Affront war, aber in dem Moment hielt ich es für angemessen, die Wahrheit auszusprechen.

Ich wollte klarstellen, was ich von dieser Veränderung in unser aller Leben hielt.

William war nicht gekränkt. Er hielt meine Hand länger als nötig und ich fühlte mich schlecht.

»Ich weiß, das ist ein harter Schnitt für dich, Noah, aber ich möchte, dass du dich hier wohlfühlst, dass du mit Freuden annehmen kannst, was ich zu bieten habe, aber vor allem wünsche ich mir, dass du mich als Teil deiner Familie akzeptieren kannst … irgendwann«, schob er nach, vermutlich weil er mein ungläubiges Gesicht sah. Die blauen Augen meiner Mutter blitzten vor Zorn.

Ich nickte und trat einen Schritt zurück, damit er endlich meine Hand losließ. Solche Gesten der Zuneigung waren mir unangenehm, erst recht bei Menschen, die ich so gut wie nicht kannte. Meine Mutter hatte geheiratet – schön für sie -, aber dieser Mann würde für mich weder ein Vater noch ein Stiefvater oder sonst was sein, was ihm vorschwebte. Ich hatte schon einen Vater und der hatte mir gereicht.

»Was hältst du von einer kleinen Führung durchs Haus?«, schlug er lächelnd vor, unbeeindruckt von meinem kalten und schroffen Auftreten.

»Na komm, Noah«, animierte mich meine Mutter und hakte sich bei mir unter. Mir blieb nichts anderes übrig, als mitzugehen.

Alle Lichter im Innenbereich brannten, und so konnte ich jedes noch so kleine Detail in dem riesigen Haus in Augenschein nehmen, das selbst für eine zwanzigköpfige Familie noch zu groß wäre. Die hohen Decken waren mit Holzbalken verziert und durch die großen Fenster hatte man einen wunderbaren Blick nach draußen. In der Mitte des riesigen Wohnzimmers erhob sich eine Treppe, die zu den beiden Flügeln des Obergeschosses führte. Meine Mutter und ihr Mann führten mich durchs ganze Haus, auch in die geräumige Küche, deren Blickfang die beeindruckende Kücheninsel war – für meine Mutter bestimmt eine der Hauptattraktionen. In dem Haus fehlte es an nichts: Es gab einen Fitnessraum, ein beheiztes Schwimmbad, einen Partykeller und eine große Bibliothek, die für mich das Highlight war.

»Deine Mutter hat mir erzählt, dass du gerne liest und auch selbst schreibst«, riss mich William aus meinen Gedanken.

»Wie Millionen andere auch«, antwortete ich schnippisch. Es störte mich, dass er so liebenswürdig zu mir war. So leicht würde ich es ihm nicht machen.

»Noah!« Meine Mutter sah mich tadelnd an. Mir war klar, dass sie meinetwegen litt, aber da musste sie durch. Auch ich hatte ein schreckliches Jahr vor mir und konnte nichts dagegen tun.

William ignorierte die angespannte Atmosphäre, er blieb die ganze Zeit freundlich und zugewandt.

Ich seufzte, aus Frust und Unbehagen. Das war alles *too much*. Ich wusste nicht, ob ich mich je daran gewöhnen würde, an einem derart extravaganten Ort zu leben.

Ich wollte allein sein, um das alles erst mal zu verarbeiten.

»Ich bin müde. Kann ich auf mein Zimmer gehen?«, fragte ich ein wenig versöhnlicher.

»Klar, dein Zimmer ist im rechten Flügel im zweiten Stock, wie das von Nicholas. Du kannst gerne Leute einladen, Nick stört das nicht. Außerdem werdet ihr euch ab jetzt das Spielzimmer teilen.«

»Das ›Spielzimmer‹? Ernsthaft?« Ich grinste und versuchte, nicht daran zu denken, dass ich von jetzt an auch mit Williams Sohn zusammenleben müsste. Ich wusste nur das, was meine Mutter über ihn erzählt hatte: Er war einundzwanzig und studierte an der UCLA.

Und er war bestimmt ein unerträglicher Snob.

Es war sechs Jahre her, dass wir mit einem Mann – meinem Vater – zusammengelebt hatten. Ich hatte mich an den reinen Frauenhaushalt gewöhnt. Mein Leben war kein Zuckerschlecken gewesen, vor allem nicht in den ersten elf Jahren: Die Probleme mit meinem Vater hatten mein Leben ebenso geprägt wie das meiner Mutter.

Nachdem mein Vater ausgezogen war, hatten meine Mutter und ich wieder Fuß gefasst, Schritt für Schritt war wieder Normalität in unser Leben eingekehrt, und mit der Zeit war meine Mutter zu einer meiner besten Freundinnen geworden. Sie ließ mir meine Freiheit, weil sie mir vertraute, und umgekehrt genauso … bis sie irgendwann beschlossen hatte, unser gemeinsames Leben über Bord zu werfen.

»Das ist dein Zimmer«, sagte sie und blieb vor einer Tür aus dunklem Holz stehen.

Ich schaute meine Mutter und William an. Sie warteten gespannt.

»Und? Darf ich auch reingehen?«, fragte ich spöttisch, weil wir wie die Ölgötzen dastanden.

»Das Zimmer ist mein besonderes Geschenk für dich, Noah«, verkündete meine Mutter mit glänzenden Augen.

Verhalten wartete ich, bis sie zur Seite trat, dann öffnete ich die Tür, unsicher, was mich erwartete.

Als Erstes nahm ich den wunderbaren Duft nach Margeriten und Meer wahr. Mein Blick wurde wie magisch von der Fensterfront angezogen, die der Tür gegenüberlag. Sie nahm die ganze Wand ein. Der Ausblick war so spektakulär, dass es mir die Sprache verschlug. Ich sah nichts als das weite Meer. Das Haus musste auf einem Felsvorsprung stehen, denn nichts versperrte den Blick auf den Ozean und den fantastischen Sonnenuntergang. Es war überwältigend.

»Wow!« Ich kam aus dem Staunen nicht mehr heraus. Mein Blick wanderte weiter durch den riesigen Raum: An der linken Seite stand ein Himmelbett mit unzähligen weißen Kissen, die perfekt zu den hellblauen Wänden passten. Und erst die anderen Möbel: ein Schreibtisch mit einem nagelneuen Computer, ein wunderschönes Sofa, ein Frisiertisch mit Spiegel und ein großes Regal mit meinen Büchern, alles in Blau und Weiß gehalten. Das war das Schönste, was ich je in meinem Leben gesehen hatte.

Ich war platt. All das sollte für mich sein?

»Gefällt es dir«, fragte meine Mutter, die hinter mir stand.

»Es ist fantastisch … Danke«, erwiderte ich. Ich war hin- und hergerissen. Einerseits empfand ich große Dankbarkeit, aber andererseits wollte ich mich nicht kaufen lassen, ich brauchte den ganzen Luxus nicht.

»Ich habe fast zwei Wochen mit einer Innenarchitektin an dem Zimmer gearbeitet. Es sollte alles haben, was du dir immer gewünscht hast und was ich dir nie geben konnte«, erklärte sie. Sie war sichtlich bewegt, und mir wurde klar, dass ich keinen Grund zur Klage hatte. Jedes junge Mädchen träumt von solch einem Zimmer und wohl auch jede Mutter.

Ich ging auf sie zu und umarmte sie. Das hatte ich seit drei Monaten nicht mehr getan, und ich spürte, wie wichtig ihr das war.

»Danke, Noah«, flüsterte sie mir ins Ohr. »Ich verspreche dir, ich werde alles tun, damit wir beide hier glücklich werden.«

»Es wird schon werden, Mom«, sagte ich in dem Wissen, dass das, was sie sagte, gar nicht in ihrer Hand lag.

Meine Mutter löste sich aus der Umarmung und wischte sich eine Träne von der Wange.

»Wir lassen dich jetzt erst mal ankommen«, meinte William.

Ich nickte, ohne mich zu bedanken. Das alles hatte ihn keinerlei Mühe gekostet, nur Geld.

Als ich die Tür schloss, fiel mir auf, dass es keine Möglichkeit gab, sie zu verriegeln. Auf dem Dielenboden aus edlem Holz lag ein flauschiger weißer Teppich, auf dem man hätte schlafen können. Das Bad war so groß wie mein altes Zimmer. Es gab eine Dusche mit Massagedüsen, eine Badewanne und zwei Waschbecken. Ich ging zum Fenster. Unter mir befand sich der hintere Garten mit Rabatten, Palmen und einem riesigen Pool.

Ich verließ das Bad und bemerkte erst jetzt den türlosen Rahmen an der gegenüberliegenden Wand. Oh mein Gott!

Ich eilte durch das Zimmer zu dem Traum einer jeden Frau: ein begehbarer Kleiderschrank! Und er war nicht etwa leer, sondern voll mit neuen Klamotten. Ich schnaubte und fuhr mit den Fingerspitzen über die edlen Teile. Die Etiketten waren noch dran, und ein Blick auf eines der Preisschilder genügte, um zu erkennen, wie sündhaft teuer sie waren. Meine Mutter war verrückt – oder derjenige, der sie überredet hatte, so viel Geld auszugeben.

Ich hatte Angst, ich würde jeden Moment aufwachen und mich in meinem alten Zimmer mit den üblichen Kleidern und dem schmalen Bett wiederfinden; andererseits wünschte ich mir genau das, denn ich wollte mein altes Leben zurück. Ich verspürte einen derartigen Druck auf der Brust, dass ich mich auf den Boden sinken ließ, den Kopf auf die Knie legte und tief durchatmete, bis der Wunsch, zu weinen, nachließ.

Als könnte sie Gedanken lesen, schrieb mir meine Freundin Beth genau in dem Moment eine Nachricht.

Bist du gut angekommen? Ich vermisse dich jetzt schon.

Ich lächelte in die Kamera und schickte ihr ein Selfie aus dem Kleiderschrank. Sekunden später kamen fünf Wow-Emojis.

Wie ich dich hasse!

Ich lachte und schrieb zurück.

Von mir aus kannst du den ganzen Kram gern haben. Ich würde sonst was dafür geben, wenn ich jetzt mit Dan ein Video schauen oder einfach nur mit dir auf deinem abgewetzten Sofa abhängen könnte.

Etwas mehr Begeisterung bitte! Freu dich doch, dass du jetzt Kohle hast.

Es war nicht meine, sondern Williams Kohle.

Ich legte das Handy auf den Boden, ging zu meinem Koffer und schnappte mir ein paar Shorts und ein einfaches T-Shirt. Ich dachte nicht daran, Markenklamotten zu tragen, ich wollte ich selbst bleiben.

Ich ging unter die Dusche, um mich von dem Schmutz und den Strapazen der langen Reise zu befreien. Ich war dankbar, dass ich nicht zu den Mädchen gehörte, die alles Mögliche anstellen mussten, um ihr Haar in Form zu bringen. Glücklicherweise hatte ich die pflegeleichten Locken meiner Mutter geerbt. Ich zog mich an und begab mich auf die Suche nach etwas zu essen.

Es war komisch, allein durch das Haus zu streifen. Ich fühlte mich wie ein Eindringling. Es würde dauern, bis ich mich eingelebt und an den ganzen Luxus gewöhnt hätte. Allein schon die Größe des Anwesens! In der alten Wohnung verstand man jedes Wort, sobald jemand im anderen Raum nur leicht die Stimme erhob. Das war hier völlig anders.

Ich steuerte die Küche an und betete, dass ich direkt den Weg fand. Ich hatte einen Mordshunger, mein Körper verlangte nach Junkfood.

Leider hatte jemand anderes offenbar dieselbe Idee.

Ein dunkelhaariger Typ, von dem ich nur den Hinterkopf sah, suchte etwas im Kühlschrank. Ich wollte gerade etwas sagen, da ertönte ein ohrenbetäubendes Gebell. Ich fing an zu kreischen wie ein kleines Kind.

Der Typ tauchte mit einem verwunderten Blick aus dem Kühlschrank auf.

Der schwarze Hund neben der Kücheninsel sah mich an, als wollte er mich am liebsten fressen. Es handelte sich wohl um einen Labrador, aber beschwören konnte ich das nicht. Mein Blick wanderte von dem Hund zu dem jungen Mann.

Ich betrachtete ihn voller Neugier: Das musste Nicholas Leister sein. Das Erste, was mir durch den Kopf schoss, war: Was für strahlend blaue Augen! Sie hatten dieselbe Farbe wie die Wände meines Zimmers und bildeten einen hübschen Kontrast zu der pechschwarzen Mähne. Anscheinend hatte er sich sportlich betätigt, denn er trug eine Sporthose und ein weites Tanktop. Mein Gott, er sah echt gut aus, das musste ich zugeben, aber ich vergaß nicht, wen ich vor mir hatte: Er war der neue Stiefbruder, mit dem ich zu meinem Leidwesen das nächste Jahr zusammenleben musste. Der Hund knurrte mich derweil weiter an, als würde er meine Gedanken erraten.

»Du bist Nicholas, nehme ich an?«, fragte ich und versuchte, meine Angst vor der Bestie unter Kontrolle zu bringen. Er sah den Hund an und grinste, was mich gleich auf die Palme brachte.

»Genau«, erwiderte er. »Und du musst die Tochter der neuen Frau meines Vaters sein«, sagte er kühl.

Ungläubig sah ich ihn an.

»Wie war doch gleich dein Name?«

Nicht zu fassen.

Er wusste nicht mal meinen Namen? Unsere Eltern hatten geheiratet, meine Mutter und ich mussten deswegen umziehen, und er wusste nicht mal, wie ich hieß?

2
NICK

»Noah«, erwiderte sie knapp. »Ich heiße Noah.«

Es amüsierte mich, wie sie mich mit zornigen Blicken durchbohrte. Meine neue Stiefschwester war offenbar beleidigt, weil es mir am Arsch vorbeiging, wie sie hieß. Das galt auch für ihre Mutter, auch wenn ich zugeben muss, dass ich deren Namen auf dem Schirm hatte. Wie auch nicht! In den letzten drei Monaten hatte Raffaella Morgan mehr Zeit in diesem Haus verbracht als ich. Sie war in mein Leben eingedrungen und zu allem Überfluss hatte sie jetzt auch noch ein Anhängsel mitgebracht.

»Ist das nicht ein Jungenname?«, fragte ich, um sie zu ärgern. »Nichts für ungut«, schob ich schnell nach, als ich den irritierten Blick in ihren honigfarbenen Augen sah.

»Nein, nicht nur«, gab sie zurück. Ihr Blick wanderte von mir zu Thor, meinem Hund. »Das Wort ›unisex‹ existiert in deinem beschränkten Wortschatz wohl nicht«, ergänzte sie. Thor knurrte sie weiterhin an und fletschte die Zähne. Es lag nicht an ihr. Wir hatten ihn darauf abgerichtet, Fremden gegenüber misstrauisch zu sein. Nur ein Wort von mir und er würde sich sofort in den liebsten Hund der Welt verwandeln, aber es machte mir einfach großen Spaß, das angsterfüllte Gesicht meiner neuen Schwester zu sehen.

»Keine Sorge, mein Wortschatz ist alles andere als begrenzt«, konterte ich und schloss den Kühlschrank. Ich baute mich vor ihr auf. »Und es gibt ein Wort, das mein Hund besonders liebt. Es fängt mit F an und endet mit ASS.« Ich musste an mich halten, als ich die Panik in ihren Augen sah.

Sie war relativ groß, schlank und hatte zugegebenermaßen eine gute Figur, aber ihr Gesicht war so kindlich, dass sich jeglicher Gedanke daran, etwas mit ihr anzufangen, von selbst verbot. Wenn ich es richtig verstanden hatte, ging sie noch zur Schule, und das sah man ihr an. Sie hätte sich die Haare nur noch zu einem Zopf zurückbinden müssen, dann würde sie mit der kurzen Hose und den schwarzen Converse glatt als einer dieser Teenager durchgehen, die ungeduldig in einer ewig langen Schlange darauf warten, dass sich die Kaufhaustüren öffnen und sie die neueste CD ihres Schwarms erwerben können. Was mich faszinierte, war ihr Haar: Es hatte einen besonderen Farbton, dunkelblond mit rötlichem Schimmer.

»Sehr witzig!«, rief sie, immer noch in Panik. »Schaff ihn weg, bevor er mich noch anfällt.« Sie wich zurück und Thor schloss auf.

Guter Junge, dachte ich. Vielleicht sollte ich meiner neuen Stiefschwester eine Lektion erteilen und klarstellen, wer der Herr im Haus war und wie wenig sie hier willkommen war.

»Vorwärts, Thor«, befahl ich.

Thor schritt langsam und zähnefletschend auf sie zu, bis sie mit dem Rücken an der Wand stand. Das sah furchterregend aus, aber ich wusste, er würde ihr nichts tun … zumindest nicht, solange ich ihm nicht den entsprechenden Befehl erteilte.

»Was soll das? Das ist nicht lustig.«

Doch das war es.

»Mein Hund mag normalerweise alle Menschen. Komisch, dass er bei dir so angriffslustig ist«, bemerkte ich, während ich belustigt beobachtete, wie sie gegen ihre Angst ankämpfte.

»Gedenkst du vielleicht mal irgendwas zu tun?«, zischte sie und fixierte mich mit ihrem Blick.

Was tun? Zum Beispiel sagen: Geh dahin zurück, wo du hergekommen bist?

»Du bist jetzt wie lange hier? Fünf Minuten? Und schon willst du mir sagen, wo's langgeht?«, spottete ich. Während mein Hund unaufhörlich weiterknurrte, goss ich mir am Hahn seelenruhig ein Glas Wasser ein. »Vielleicht sollte ich euch zur Eingewöhnung ein Weilchen hier allein lassen.«

»Du tickst wohl nicht ganz sauber, du Idiot? Pfeif deine Töle zurück!«

Mit einer solchen Dreistigkeit hatte ich nicht gerechnet. Hatte sie mich da eben etwa beleidigt?

Das war wohl selbst meinem Hund aufgefallen, denn er rückte noch näher an sie heran, sodass sie sich kaum noch bewegen konnte. In Panik griff Noah nach dem Erstbesten, das ihr in die Hände kam, und das war eine Pfanne. Ich packte mit einer Hand Thor am Halsband und mit der anderen Noahs Arm.

»Was soll das, verdammt«, schrie ich, entriss ihr die Pfanne und legte sie wieder auf die Arbeitsplatte. Thor sprang wütend auf die Hinterbeine und Noah drückte sich mit einem erstickten Schrei an meine Brust.

Dass sie ausgerechnet bei mir Schutz suchte, überraschte mich. Schließlich war ich es, der sie bedrohte.

»Thor, sitz!« Er setzte sich und wedelte entspannt mit dem Schwanz.

Ich blickte feixend auf Noah, die sich mit beiden Händen an mein Tanktop geklammert hatte. Sie bemerkte mein Grinsen, ließ los und schubste mich weg.

»Hast du sie noch alle?«

»Erstens war das das letzte Mal, dass du meinen Hund angreifst, und zweitens« – ich sah ihr fest in die Augen und registrierte zugleich die kleinen Sommersprossen auf ihrer Nase und ihren Wangen – »wag es nie mehr, mich zu beleidigen, sonst haben wir ein Problem.«

Ich trat einen Schritt zurück. Mein Atem ging schneller, keine Ahnung, warum. Ich hatte jetzt schon genug von der Göre, dabei hatte ich sie erst vor fünf Minuten kennengelernt.

»Besser, wir versuchen, miteinander klarzukommen, Schwesterchen«, sagte ich. Ich wandte mich ab, nahm mir ein Sandwich von der Arbeitsplatte und ging zur Tür.

»Nenn mich nicht so, ich bin weder deine Schwester noch sonst was in der Art«, gab sie zurück. Das klang so hasserfüllt, dass ich mich noch einmal zu ihr umdrehte. Ihre Augen blitzten. Offenbar war sie von der Hochzeit unserer Eltern genauso begeistert wie ich.

»In dem Punkt sind wir uns einig, Schwesterchen«, sagte ich und beobachtete voller Genugtuung, wie sich ihre schmalen Hände zu Fäusten ballten.

In dem Moment hörte ich hinter mir ein Geräusch. Als ich mich umdrehte, standen mein Vater und seine neue Frau im Türrahmen.

»Wie ich sehe, habt ihr euch schon bekannt gemacht«, meinte

er und betrat mit einem breiten Grinsen die Küche. Ich hatte ihn schon lange nicht mehr so aufgekratzt erlebt und tief in meinem Innern freute ich mich darüber. Er hatte sein Leben wieder auf die Reihe gebracht. Auch wenn ich dabei auf der Strecke geblieben war.

Raffaella lächelte mir liebenswürdig zu, und auch ich rang mir ein Lächeln ab, das war das höchste der Gefühle. Dabei hatte ich im Grunde nichts gegen sie.

Auch wenn mein Vater und ich kein sonderlich inniges Verhältnis hatten, kam es mir doch sehr gelegen, dass er uns mit einer Mauer gegen die Außenwelt abschottete. Die Sache mit meiner Mutter war an uns beiden nicht spurlos vorübergegangen, vor allem an mir nicht. Ich hatte mit ansehen müssen, wie sie fortgegangen war, ohne sich auch nur einmal nach mir umzudrehen.

Seitdem hegte ich ein tiefes Misstrauen gegen Frauen. Sie interessierten mich allenfalls, um sie ins Bett zu kriegen oder mich mit ihnen auf Partys zu amüsieren. Was hatte ich schon von ihnen zu erwarten?

»Noah, hast du dich schon mit Thor bekannt gemacht?«, fragte Raffaella.

Jetzt geschah etwas, womit ich nicht gerechnet hatte: Noah ging in die Knie und sagte: »Süßer, komm mal her.«

Zugegeben, das war mutig. Eben noch hatte sie vor Angst gezittert.

Ich war überrascht, dass sie nicht gleich zu ihrer Mutter gelaufen war und mich verpetzt hatte.

Thor bewegte sich schwanzwedelnd auf sie zu. Dann schaute er zu mir und registrierte, dass etwas nicht stimmte.

Mit eingeklemmtem Schwanz trottete er auf mich zu und setzte sich neben mich. Meine Stiefschwester war baff.

»Guter Junge«, lobte ich ihn lächelnd.

Noah richtete sich rasch auf und sagte zu ihrer Mutter: »Ich gehe ins Bett.«

Ich würde auch gleich verschwinden. Am Strand war eine Party, die ich nicht verpassen wollte.

»Ich gehe aus, wartet nicht auf mich.« Zu meiner Überraschung stellte ich fest, dass ich den Plural verwendet hatte.

Mein Vater stellte sich uns in den Weg.

»Heute gehen wir vier zusammen essen«, sagte er und fixierte dabei vor allem mich.

Musste das sein?

»Sorry, Dad, aber ich bin verabredet und …«

»Ich bin hundemüde von der langen Fahrt, ich …«

»Es ist unser erster Abend als Familie, und ich möchte, dass ihr beide dabei seid«, fiel uns mein Vater ins Wort. Noah schnaubte.

»Können wir das nicht auf morgen verschieben?«, maulte sie.

»Es tut mir leid, Liebes, aber morgen haben wir eine Firmengala«, erwiderte mein Vater.

Wie er mit ihr sprach! Er kannte sie doch kaum! Ich ging schon aufs College, und ich konnte tun und lassen, was ich wollte. Will sagen: Ich war erwachsen, aber Noah? Auf einen Teenager Rücksicht nehmen zu müssen, war der Albtraum eines jeden frisch vermählten Paares.

»Noah, wir werden heute zusammen essen, und damit basta. Ich will nichts mehr hören«, beendete Raffaella die Diskussion. Ihr Blick sprach Bände.

In dem Fall war es wohl besser, nachzugeben. Ich würde mit ihnen essen gehen und danach Anna, meine *spezielle* Freundin, für die Party abholen.

Noah brummelte irgendwas Unverständliches, schob sich zwischen den beiden durch und marschierte Richtung Treppe.

»Gebt mir eine halbe Stunde, ich will mich frisch machen«, bat ich und deutete auf meine verschwitzten Klamotten.

Mein Vater nickte zufrieden, seine Frau lächelte mir zu, und ich dachte, dass mir die Rolle des vernünftigen und verantwortungsbewussten Sohnes gar nicht schlecht stand.

3

NOAH

So ein VOLLIDIOT!

Während ich demonstrativ laut die Treppe hochstapfte, ging mir die Begegnung mit meinem bescheuerten neuen Stiefbruder nicht aus dem Kopf. Wie konnte man nur so ein krankes, aufgeblasenes Arschloch sein? Mein Gott! Das war ja nicht zum Aushalten. Ich konnte ihn allein schon deshalb nicht leiden, weil er der Sohn des neuen Mannes meiner Mutter war. Aber der Auftritt vorhin hatte meine Abneigung noch ins Unermessliche gesteigert.

Das sollte der perfekte, liebenswerte Junge sein, von dem meine Mutter gesprochen hatte?

Wie er redete und mich angesehen hatte. Ätzend. Als wäre er etwas Besseres, nur weil er Geld hat. Er hatte sich über mich lustig gemacht!

Ich ging in mein Zimmer und knallte die Tür hinter mir zu, auch wenn es bei der Größe des Hauses wahrscheinlich niemand hörte. Draußen war es bereits dunkel und durch das Fenster fiel nur schwaches Licht herein. Das Meer hatte sich schwarz gefärbt und war kaum vom Himmel zu unterscheiden.

Nervös machte ich das Licht an.

Ich warf mich aufs Bett und betrachtete die Balken an der Decke. Jetzt musste ich auch noch mit diesen Leuten zu Abend essen. Merkte meine Mutter denn nicht, dass dies das Letzte war, wonach mir gerade der Sinn stand? Ich wollte allein sein, mich ausruhen, die Veränderungen erst mal sacken lassen. Ich müsste lernen, mit ihnen zusammenzuleben, auch wenn ich tief in meinem Innern bereits wusste, dass es nicht passte.

Ich griff nach dem Handy und überlegte, ob ich meinen Freund Dan anrufen sollte. Ich war gerade erst in Kalifornien angekommen und vermisste ihn schon so sehr. Doch ich wollte nicht, dass er sich Sorgen machte, wenn er die Verbitterung in meiner Stimme hörte.

Zehn Minuten später kam meine Mutter herein. Immerhin hatte sie geklopft.

»Noah, wir müssen in einer Viertelstunde unten sein«, sagte sie geduldig.

»Du sagst das, als bräuchten wir eine Stunde für den Weg zur Haustür«, erwiderte ich und setzte mich auf. Meine Mutter trug ihr blondes Haar jetzt offen, aber elegant frisiert. Seit der Hochzeit achtete sie sehr auf ihr Äußeres.

»Ich sage das, weil du dich noch umziehen musst«, sagte sie, ohne auf meine schnippische Bemerkung einzugehen.

Ich blickte an mir herunter.

»Was gibt es denn an meinem Erscheinungsbild auszusetzen«, fragte ich vorsichtig.

»Das ist nicht dein Ernst, Noah. Heute Abend solltest du dich chic machen. Du willst doch nicht etwa mit kurzen Hosen und T-Shirt zum Essen gehen?«, fragte sie erbost.

Ich stand auf und starrte sie an. Mit meiner Geduld war es für diesen Tag vorbei.

»Wie oft denn noch, Mom? Ich will nicht mit dir und deinem Mann essen gehen. Ich hab kein Interesse, den missratenen Sohn kennenzulernen, und erst recht nicht, mich dafür aufzubrezeln«, fauchte ich sie an und versuchte, mir nicht anmerken zu lassen, wie gern ich mir das Auto geschnappt hätte, um zurück nach Hause zu fahren.

»Führ dich nicht auf wie ein Kleinkind und zieh dich an«, sagte sie streng. Doch als sie meinen Gesichtsausdruck sah, fügte sie in sanfterem Ton hinzu: »So wird es ja nicht jeden Tag sein, nur heute. Bitte, tu's für mich.«

Ich atmete ein paar Mal tief durch, schluckte all die Dinge herunter, die ich ihr am liebsten ins Gesicht geschrien hätte, und nickte.

»Na schön, aber nur heute Abend.«

Als meine Mutter gegangen war, begab ich mich zu dem begehbaren Kleiderschrank. Stinksauer auf alles und jeden, suchte ich ein Kleidungsstück, das mir gefiel und in dem ich mich wohlfühlte. Ich wollte zeigen, wie erwachsen ich sein konnte. Ich hatte noch immer Nicholas' ungläubigen und amüsierten Blick vor Augen. Er hatte mich angesehen, als wäre ich ein kleines Kind, dem man gern einen Schrecken einjagt. Und das hatte er dann ja auch geschafft, als er den verdammten Köter auf mich hetzte.

Mein Koffer lag offen auf dem Boden. Ich kniete mich hin und kramte in meinen Sachen. Meine Mutter erwartete bestimmt, dass ich eins der neuen Teile anzog, aber das konnte sie vergessen. Wenn ich in dem Punkt nachgab, hatte ich verloren.

Die Kleider anzunehmen, bedeutete, das neue Leben zu akzeptieren, und damit hätte ich meine Würde verloren.

Rasend vor Zorn, suchte ich das schwarze Kleid vom International Ramones Day aus. Wer würde behaupten, es sei nicht elegant? Jetzt brauchte ich nur noch die passenden Schuhe. Ich war keine Freundin von Pumps, aber wenn ich mit den Converse Chucks auftauchte, würde meine Mutter mit Sicherheit ausflippen und mich wieder hochschicken. Am Ende wählte ich ein paar dezente schwarze Sandalen mit kleinem Absatz aus, in denen ich mich ohne Probleme bewegen konnte.

Ich trat vor den riesigen Wandspiegel und betrachtete mich eingehend. Meine Freundin Beth würde es bestimmt gutheißen. Und wenn ich mich recht erinnerte, fand Dan das Kleid immer sehr sexy.

Ich löste den Dutt, strich mein Haar glatt und trug noch ein wenig Lippenbalsam auf. Zufrieden mit meinem Spiegelbild, schnappte ich mir eine kleine Handtasche und begab mich zur Tür.

Als ich sie öffnete, stieß ich auf Nicholas, der sogleich stehen blieb, um mich zu begutachten. Der verflixte Köter war natürlich an seiner Seite und ich wich zurück ins Zimmer.

Aus irgendeinem unerfindlichen Grund lächelte mein neuer Bruder.

Sein Blick blieb an meinem Kleid hängen.

»Hat man euch in eurem Kaff nicht beigebracht, wie man sich anständig anzieht?«, meinte er sarkastisch.

Ich setzte ein engelsgleiches Lächeln auf.

»Doch … aber der Lehrer war genauso ein Vollidiot wie du, deshalb hab ich auf seine Sprüche nichts gegeben.«

Damit hatte er nicht gerechnet! Ein Lächeln huschte über seine sinnlichen Lippen. Ich betrachtete ihn eingehend: Er war hochgewachsen und hatte eine sehr männliche Ausstrahlung. Er trug eine Anzughose und ein Hemd mit offenem Kragen. Der Blick aus seinen strahlend blauen Augen war durchdringend, aber ich ließ mich nicht einschüchtern.

Der Hund wedelte freudig mit dem Schwanz, keine Spur mehr von Angriffslust.

»Der ist ja wie ausgewechselt. Wirst du ihm gleich befehlen, auf mich loszugehen, oder wartest du damit bis nach dem Abendessen?«, forderte ich Nicholas mit aufgesetztem Lächeln heraus.

»Hängt ganz davon ab, wie du dich benimmst, *Freckle*«, erwiderte er. Ehe ich mich's versah, drehte er sich um und eilte zur Treppe.

Das verschlug mir die Sprache vor Zorn. *Freckle* … Er hatte mich tatsächlich »Sommersprosse« genannt! Der Typ war wohl auf Ärger aus.

Ich folgte ihm und redete mir ein, dass es sich nicht lohnte, mich über ihn und seine dummen Bemerkungen aufzuregen. Er war bestimmt nicht der Einzige in dieser Stadt, der sich so benahm, also gewöhnte ich mich am besten gleich daran.

Im Erdgeschoss angekommen, war ich wieder von der Schönheit des Hauses überwältigt. Eine gekonnte Mischung aus alten und modernen Elementen. Während ich auf meine Mutter wartete und die Gesellschaft meines Stiefbruders geflissentlich ignorierte, betrachtete ich den beeindruckenden Deckenleuchter, der zwischen den Balken herabhing. Er bestand aus unzähligen Kristalltropfen, als wäre herabfallender Regen in der Luft gefroren.

Für einen Moment trafen sich unsere Blicke, und ich wartete, dass er als Erster wegschaute. Er sollte nicht denken, dass ich mich von ihm einschüchtern ließ und er mit mir machen konnte, was er wollte.

Doch er wandte seinen Blick nicht ab. Im Gegenteil. Unverwandt sah er mir in die Augen. Als ich es fast nicht mehr aushielt, kamen meine Mutter und William.

»Schön, dann sind wir bereit«, sagte William gut gelaunt. Ich sah ihn missmutig an. »Ich hab einen Tisch im Club reserviert, ich hoffe, ihr habt ordentlich Hunger«, fügte er hinzu und ging zur Tür.

Meine Mutter fiel aus allen Wolken, als sie mein Kleid sah.

»Was hast du dir denn dabei gedacht?«, flüsterte sie mir ins Ohr.

Ich tat, als hätte ich ihre Bemerkung nicht gehört, und eilte zur Tür.

Draußen wehte ein laues, erfrischendes Lüftchen und in der Ferne war das Geräusch der Wellen zu hören.

»Fährst du mit uns, Nick?«, fragte William.

Doch der war bereits auf dem Weg zu einem nagelneuen, riesigen schwarzen SUV. Ich verdrehte die Augen. Das war ja nicht anders zu erwarten!

»Ich fahr mit meinem«, erwiderte er. »Nach dem Essen bin ich noch mit Miles verabredet, wir wollen den Bericht über den Refford-Fall abschließen.«

»Alles klar«, sagte sein Vater. Ich verstand kein Wort. Er drehte sich zu mir um. »Willst du mit ihm zum Club fahren, Noah? Dann könnt ihr euch schon ein wenig kennenlernen.« Er hielt das wohl für eine geniale Idee.

Nick schaute mich fragend an, er schien die Situation zu genießen.

»Ich möchte ungern zu jemandem ins Auto steigen, von dem ich nicht weiß, wie er fährt«, sagte ich. Ich hoffte inständig, ihn in seiner männlichen Ehre gekränkt zu haben, indem ich seine Fahrkünste anzweifelte. Ohne ihn eines weiteren Blickes zu würdigen, stieg ich in den schwarzen Mercedes meines Stiefvaters.

Auf der Fahrt zum Club der Schönen und Reichen genoss ich den Moment des Alleinseins auf dem Rücksitz.

Ich wünschte mir sehnlichst, dass der Abend so schnell wie möglich vorüberging und die Farce der glücklichen Familie endete, die meine Mutter und ihr Mann herbeireden wollten. Ich wollte zurück in mein Zimmer und meine Ruhe haben.

Eine Viertelstunde später erreichten wir ein Areal, umgeben von gepflegten Rasenflächen. Ein hell erleuchteter Weg führte zum Jachtclub Mary Read. Doch bevor wir einfahren konnten, mussten wir eine Schranke passieren. Ein Angestellter trat aus dem eleganten Wachhäuschen, um zu überprüfen, wer in dem Auto saß. Mein Stiefvater wurde natürlich sofort erkannt.

»Ah, die Leisters! Guten Abend, Sir … Ma'am.«

Mein Stiefvater grüßte zurück und wir fuhren auf das Gelände des Clubs.

»Noah, deine Mitgliedskarte müsste nächste Woche kommen, solange kannst du dich auf meinen Namen berufen, damit sie dich reinlassen, oder auch Ellas«, sagte er und blickte zu meiner Mutter.

Das versetzte mir einen Stich. So hatte mein Vater sie immer genannt, und ich war mir absolut sicher, dass meine Mutter diese Koseform nicht ausstehen konnte … zu viele schlechte Erinnerungen waren damit verbunden, aber das konnte sie ihrem tollen neuen Mann natürlich nicht sagen.

Meine Mutter war sehr gut darin, schmerzliche und komplizierte Dinge zu vergessen. Ich hingegen trug alles ganz tief in mir drin, bis ich irgendwann explodierte und es hochkam.

William hielt direkt vor dem Eingang. Ein Page kam und öffnete meiner Mutter und mir die Tür. William drückte ihm ein paar Scheine in die Hand und er fuhr mit dem Wagen davon.

Das Restaurant war ein ringsherum verglaster Traum. In riesigen Aquarien tummelten sich Hummer, Fische und Tintenfische, die nur darauf warteten, verspeist zu werden. Noch bevor wir zu unserem Tisch geführt wurden, spürte ich, wie sich jemand direkt hinter mir postierte. Sein Atem streifte mein Ohr und ich erschauderte. Es war Nicholas. Er sah über mich hinweg.

»Ich habe reserviert, auf den Namen William Leister«, sagte mein neuer Stiefvater zu der Dame am Empfang. Ihr Gesicht zuckte leicht, als sie den Namen hörte, und sie brachte uns rasch zu unserem Tisch.

Es war einer der besten Plätze in dem einladenden, von warmem Kerzenlicht erleuchteten Raum. Hinter der Glasfront lag der Ozean, ein atemberaubendes Panorama, und ich fragte mich, ob in Kalifornien alle Wände transparent waren.

Ich muss gestehen, ich war hin und weg.

Kaum hatten wir uns hingesetzt, fingen William und meine Mutter an, zu turteln und zu plaudern. Mir fiel auf, dass die Kellnerin Nick irritiert ansah.

Der schien es nicht zu bemerken und ließ den Minisalzstreuer zwischen seinen Fingern kreisen. Einen Moment lang blieb mein Blick an den großen, sonnengebräunten, gepflegten Händen hängen. Dann ließ ich ihn weiterwandern über seinen Arm und weiter zu seinem Gesicht. Auch er musterte mich unverhohlen. Mir stockte der Atem.

»Was wollt ihr bestellen?«, fragte meine Mutter.

Ich ließ sie für mich wählen, mehr als die Hälfte der Gerichte auf der Speisekarte waren mir völlig unbekannt. Während wir auf unser Essen warteten und ich geistesabwesend mit dem Strohhalm in meinem Eistee herumrührte, startete William einen Versuch, seinen Sohn und mich in das Gespräch einzubinden.

»Ich habe Noah gerade von den Sportarten erzählt, die man hier im Club ausüben kann, Nick«, erklärte er. »Nicholas spielt Basketball und er ist ein ausgezeichneter Surfer, Noah.« Er ignorierte das gelangweilte Gesicht seines Sohnes und konzentrierte sich jetzt auf mich.

Ein Surfer … Dummerweise bemerkte Nicholas, wie ich die Augen verdrehte. Er fixierte mich, stützte die Arme auf den Tisch und rückte ein Stück an mich heran.

»Ist was, Noah?«, fragte er. Er bemühte sich, freundlich zu klingen, aber ich wusste, dass ihn mein wortloser Kommentar verärgert hatte. »Ist Surfen in deinen Augen etwa ein dummer Sport?«

Bevor meine Mutter sich einmischen konnte, beugte auch ich mich vor.

»Das hast jetzt du gesagt, nicht ich«, erwiderte ich mit einem unschuldigen Lächeln.

Ich mochte taktische Mannschaftssportarten, bei denen man einen guten Kapitän braucht und Ausdauer und Einsatz zeigen muss. Das hatte ich beim Volleyball gefunden, und ich war mir sicher, dass man Surfen damit nicht vergleichen konnte.

Noch bevor er darauf antworten konnte – was er bestimmt liebend gern getan hätte –, kam die Kellnerin an den Tisch, und wieder hatte ich den Eindruck, dass sie sich von irgendwoher kannten.

Sie servierte das Essen und berührte dabei Nick versehentlich an der Schulter.

»Tut mir leid, Nick«, entschuldigte sie sich und erschrak im selben Moment, als hätte sie einen unverzeihlichen Fehler begangen.

Irgendwas lief zwischen den beiden.

Ich nutzte die Gelegenheit, dass unsere Eltern durch ein Gespräch mit Bekannten abgelenkt waren, um nachzubohren.

»Kennst du sie?«, fragte ich, während er sich Wasser nachschenkte.

»Wen?«, fragte er. Er stellte sich dumm.

»Na, die Kellnerin«, erwiderte ich und beobachtete interessiert sein Gesicht. Keine Reaktion, er wirkte völlig entspannt. Offenbar gehörte er zu den Menschen, die sehr gut verbergen können, was in ihrem Kopf vorgeht.

»Ja, sie hat mich schon öfter bedient«, sagte er. Er sah mich herausfordernd an, als wartete er förmlich darauf, dass ich ihm widersprach. Na, sieh einer an … Unser Nick lügt wie gedruckt. Warum wunderte mich das nicht?

»Klar, bestimmt hat sie dich *schon öfter bedient*«, bemerkte ich spitz.

»Was willst du damit andeuten, Schwesterchen?«, fragte er, und diesmal musste ich bei der Bezeichnung schmunzeln.

»Reiche Typen wie du, ihr seid doch alle gleich; ihr glaubt, weil ihr Geld habt, gehört euch die Welt. Das Mädchen hat dich nicht aus den Augen gelassen, seit du den Raum betreten hast; es ist eindeutig, dass sie dich kennt«, erklärte ich wütend. »Und du hast dich nicht mal dazu herabgelassen, sie anzusehen. Das ist einfach nur *widerlich.*«

Er zögerte einen Moment, bevor er antwortete.

»Das ist eine interessante Theorie, und wie ich sehe, kannst du ›reiche Typen‹, wie du sie nennst, nicht ausstehen. Klar, deine Mutter und du, ihr lebt jetzt unter unserem Dach und genießt all die Annehmlichkeiten, die das Geld bietet, aber wenn du uns so abscheulich findest, warum sitzt du dann an diesem Tisch?« Er sah mich verächtlich an.

Ich versuchte krampfhaft, mich zu beherrschen. Der Kerl wusste genau, welche Knöpfe er drücken musste, um mich aus der Fassung zu bringen.

»Ich finde, deine Mutter und du, ihr seid schlimmer als die Kellnerin«, zischte er mir zu. »Ihr gebt vor, etwas zu sein, was ihr nicht seid, dabei habt ihr euch beide verkauft …«

Das war zu viel. Blind vor Wut, nahm ich mein Glas und wollte ihm den Inhalt in sein Gesicht schütten.

Blöd nur, dass es nahezu leer war.

4
NICK

Ihr Gesichtsausdruck war göttlich, als sie merkte, dass kaum noch was im Glas war. Sie konnte ihre Wut nicht mehr beherrschen.

Die Kleine war wirklich unberechenbar. Ich war überrascht, wie schnell sie ausflippte, und es gefiel mir, wie man sie mit wenigen Worten aus der Reserve locken konnte.

Ihre mit Sommersprossen gesprenkelten Wangen röteten sich, als ihr klar wurde, dass sie sich lächerlich gemacht hatte. Ihr Blick wanderte von dem leeren Glas zu mir und dann nach rechts und links, um sich zu vergewissern, dass keiner der Gäste ihre Blamage mitbekommen hatte.

Aber abgesehen von der Komik des Ganzen – und es war wirklich zum Schreien komisch – konnte ich nicht zulassen, dass sie so mit mir umging. Und wenn das Glas voll gewesen wäre? Wer war diese siebzehnjährige Göre, dass sie es wagte, mir ein Glas Wasser ins Gesicht zu schütten … Das kleine dumme Ding würde schon noch kapieren, was für eine Sorte großer Bruder ich war. Sie würde am eigenen Leib erfahren, was es für Folgen hat, wenn man es wagt, sich mit mir anzulegen.

Ich setzte ein zuckersüßes Lächeln auf. Verhalten beobachtete sie mich, und ich genoss es, einen Anflug von Angst in den von schönen langen Wimpern umrahmten Augen aufblitzen zu sehen.

»Mach das nie wieder«, sagte ich ruhig.

Sie sah mich einen Moment lang an und wandte sich dann, als wäre nichts geschehen, ihrer Mutter zu.

Der Abend verlief erst mal ohne weitere Zwischenfälle. Noah sprach kein weiteres Wort mit mir, und sie würdigte mich auch keines Blickes, was mich einerseits ärgerte und mir andererseits recht war. So konnte ich sie beobachten, während sie die Fragen meines Vaters beantwortete und sich lustlos mit ihrer Mutter unterhielt.

Sie war einfach gestrickt, und doch hatte ich das Gefühl, dass sie mir ordentlich Ärger machen würde. Was sie für ein Gesicht zog, als sie die Meeresfrüchte probierte! Sie pickte wie ein Vögelchen von den Leckereien auf dem Tisch, und ich dachte, wie zart sie in dem eng anliegenden Kleid wirkte. Als sie aus ihrer Zimmertür getreten war, hatte ich verblüfft ihre langen Beine, die schlanke Taille und ihre Brüste betrachtet. Sie hatte eine tolle Figur, und das ganz ohne Schönheits-OPs, anders als die meisten Mädchen in Kalifornien.

Ich musste mir eingestehen, dass sie hübscher war, als ich im ersten Moment gedacht hatte, und die nicht ganz jugendfreien Bilder, die mir daraufhin durch den Kopf gingen, schlugen mir auf die Laune. Das musste ich mir schleunigst aus dem Kopf schlagen, erst recht, wenn wir künftig unter einem Dach leben sollten.

Ich musterte erneut ihr Gesicht. Sie trug keinerlei Make-up. Es war seltsam … Alle Mädchen, die ich kannte, verwendeten mindestens eine Stunde darauf, sich zu schminken, bevor sie ausgingen, selbst solche, die tausendmal hübscher waren als Noah, aber sie hatte offenbar kein Problem damit, ohne Lippenstift in ein Luxusrestaurant zu gehen. Nicht dass sie es nötig gehabt hätte, sich zu schminken: Sie hatte eine schöne, glatte Haut ohne Unregelmäßigkeiten, von den Sommersprossen mal abgesehen, die ihr etwas Kindliches verliehen.

Plötzlich bemerkte Noah, dass ich sie beobachtete, und sie fragte mit dem ihr eigenen Sarkasmus:

»Hättest du gern ein Foto von mir?«

»Wenn es ein Nacktfoto ist, gerne«, erwiderte ich und genoss es, dass sie leicht errötete. Ihre Augen blitzten vor Zorn, und sie wandte sich wieder unseren Eltern zu, die nichts von den kleinen Scharmützeln in ihrer unmittelbaren Nähe mitbekamen.

Ich nippte an meinem Glas und schaute zu Claudia, der Kellnerin hinter der Theke, die mich die ganze Zeit über beobachtete. Ich stand auf und sagte, ich müsse zur Toilette. Noah beachtete ich nicht weiter. Ich hatte etwas Wichtigeres vor.

Entschlossen marschierte ich zur Theke und setzte mich auf den Hocker vor Claudia, mit der ich ab und an ins Bett ging und mit deren Cousin mich ein kompliziertes, aber höchst einträgliches Verhältnis verband.

Claudia lächelte ein wenig verbissen, stützte sich auf den Tresen und gewährte mir einen kleinen Einblick in ihren Ausschnitt, doch ihre Dienstkleidung war relativ züchtig.

»Wie ich sehe, hast du dir eine andere angelacht«, meinte sie.

Das amüsierte mich.

»Das ist meine Stiefschwester«, erklärte ich und schaute auf meine Armbanduhr. In vierzig Minuten war ich mit Anna verabredet. »Allerdings wüsste ich nicht, was dich das angeht«, sagte ich und stand auf. »Sag Ronnie, ich warte heute Abend an der Anlegestelle auf ihn, bei Kyles Party.«

Claudia verzog missmutig das Gesicht, weil ich ihr so wenig Aufmerksamkeit schenkte. Ich verstand nicht, warum sich die Frauen von einem wie mir was Ernstes erhofften. Hatte ich sie nicht gewarnt, dass ich nichts Festes wollte? Wurde ihnen das nicht von selbst klar, wenn sie mitbekamen, dass ich ins Bett stieg, mit wem ich wollte? Warum glaubte jede, sie hätte irgendetwas, weshalb ich mich ändern würde?

Aus ebendiesem Grund hatte ich mit Claudia Schluss gemacht und das hatte sie mir immer noch nicht verziehen.

»Gehst du zur Party?«, fragte sie mich mit einem Funken Hoffnung im Blick.

»Klar«, erwiderte ich. »Mit Anna. Ach, und noch was: Gib dir künftig mehr Mühe und lass dir nicht anmerken, dass du mich kennst. Meine Stiefschwester hat schon spitzgekriegt, dass wir was am Laufen hatten, und ich will nicht, dass mein Vater davon erfährt.«

Schmollend drehte sie sich um.

Als ich zum Tisch zurückkam, wurde gerade der Nachtisch serviert. Zehn Minuten später, in denen mein Vater und seine neue Frau allein die Konversation bestritten, befand ich, dass ich meine Rolle als Sohn für den Tag lange genug erfüllt hatte.

»Es tut mir leid, aber ich muss gehen«, entschuldigte ich mich mit einem Blick auf meinen Vater, der offensichtlich *not amused* war.

»Zu Miles?«, fragte er, und ich vermied es, auf die Uhr zu schauen. »Wie läuft's mit dem Fall?«

Ich unterdrückte einen resignierten Seufzer und tischte ihm ein Märchen auf.

»Sein Vater lässt uns den ganzen Papierkram machen. Bis wir mal einen echten Fall für uns allein haben, werden vermutlich Jahre vergehen«, erwiderte ich.

»Was studierst du?«, fragte Noah, und ich bemerkte die Irritation in ihrem Blick.

»Jura«, antwortete ich, »überrascht dich das?«

»Ehrlich gesagt, ja. Ich dachte, für solch ein Studium muss man was im Kopf haben.«

»Noah!«, rief ihre Mutter entrüstet.

Die Kleine ging mir gehörig auf den Zeiger.

Noch bevor ich etwas erwidern konnte, platzte meinem Vater der Kragen.

»Das war alles andere als ein guter Start!« Er sah mich vorwurfsvoll an.

Für heute hatte ich genug von der albernen Nummer mit der glücklichen Familie; ich konnte nicht länger Interesse heucheln.

»Es tut mir leid, aber ich muss.« Ich stand auf und legte die Serviette auf den Tisch. Ich wollte nicht vor meinem Vater die Fassung verlieren.

In dem Moment sprang auch Noah auf und warf die Serviette auf den Tisch.

»Wenn er geht, gehe ich auch!«, erklärte sie bestimmt. Peinlich berührt sah ihre Mutter von einer Seite zur anderen; sie war sichtlich erregt.

»Setz dich sofort wieder hin«, zischte sie.

Verdammt, ich hatte keine Zeit für diesen Mist. Ich musste los.

»Schon gut. Ich nehme sie mit«, sagte ich schließlich zu aller Erstaunen.

Noah sah mich argwöhnisch an. Sie fragte sich bestimmt, ob ich einen Hintergedanken hatte. Aber ich konnte es kaum erwarten, sie loszuwerden, und wenn ich sie nach Hause brachte, schlug ich zwei Fliegen mit einer Klappe, denn so schaffte ich mir sie und meinen Vater vom Hals.

»Mit dir fahr ich nicht mal bis zur nächsten Straßenecke«, entgegnete sie stolz, wobei sie jedes Wort genüsslich betonte.

Bevor noch jemand etwas sagen konnte, schnappte ich mir mein Jackett und erklärte: »Das ist mir zu dumm, wir sehen uns morgen.«

»Warte, Nicholas.« Mein Vater klang so bestimmt, dass ich innehielt. »Noah, fahr mit ihm und ruh dich aus. Wir kommen bald nach.«

Meine Stiefschwester überlegte kurz, ob sie mit mir die gleiche Luft atmen oder noch länger am Tisch ausharren sollte.

»Okay, ich komme mit«, sagte sie schließlich mit einem Seufzer.

5
NOAH

Dem Rüpel auch noch dankbar sein zu müssen, war so ziemlich das Letzte, was ich wollte, aber allein mit meiner Mutter und ihrem Mann zurückbleiben und mit ansehen zu müssen, wie sie ihm verliebte Blicke zuwarf und er mit seinem Geld und seinem Einfluss protzte, war mir erst recht zuwider.

Nicholas war schon auf dem Weg zum Ausgang.

Lustlos verabschiedete ich mich von meiner Mutter und eilte ihm nach. Draußen wartete ich mit verschränkten Armen darauf, dass uns das Auto gebracht wurde.

Er zog eine Zigarettenschachtel aus der Jackentasche und zündete sich eine an. Das passte zu ihm. Ich beobachtete, wie er die Kippe zum Mund führte und kurz darauf langsam den Rauch ausströmen ließ.

Ich hatte noch nie geraucht, noch nicht mal an einer Zigarette gezogen, wenn meine Freundinnen auf der Schultoilette pafften. Ich verstand nicht, welche Befriedigung die Leute darin fanden, krebserregenden Rauch einzuatmen, der alle möglichen Organe schädigte und zudem noch einen ekelhaften Gestank an den Haaren und auf den Klamotten hinterließ.

Als könnte er Gedanken lesen, hielt Nicholas mir mit einem sarkastischen Lächeln das Päckchen hin.

»Auch eine, Schwesterchen?«, fragte er und nahm einen tiefen Zug.

»Ich rauche nicht. Und ich an deiner Stelle würde das sein lassen, sonst stirbt die einzige Nervenzelle, die du hast, auch noch ab«, sagte ich und trat einen Schritt vor, um ihn nicht mehr sehen zu müssen.

Ich erschrak, als er mir plötzlich eine Rauchwolke in den Nacken blies.

»Vorsicht, sonst kannst du zu Fuß nach Hause laufen«, warnte er mich. In dem Moment wurde das Auto vorgefahren.

Ohne ihn eines Blickes zu würdigen, stolzierte ich zu dem SUV. Das Auto war so hoch, dass ich mich beim Einsteigen in Acht nehmen musste, damit man mir nicht unter den Rock schauen konnte, und ich bedauerte es, dass ich nicht meine Converse Chucks angezogen hatte. All die angestaute Frustration, Wut und Traurigkeit und die Streitereien mit dem Idioten hatten dafür gesorgt, dass meine Stimmung im Keller war.

Ich schnallte mich an, während Nicholas den Wagen anließ, die Hand auf meine Kopfstütze legte, nach hinten blickte und zurücksetzte. Natürlich nutzte er zum Wenden nicht den dafür vorgesehenen Kreisel, sondern fuhr einfach entgegen der Fahrtrichtung.

Als wir die Straße erreichten, schnaubte ich empört. Außerhalb des Clubgeländes beschleunigte er auf hundertzwanzig, obwohl auf der Straße höchstens achtzig erlaubt waren.

Er drehte sich zu mir.

»Was hast du jetzt wieder für ein Problem?«, fragte er genervt, als könnte er meine Anwesenheit nicht eine Minute länger ertragen. Tja, da waren wir schon zu zweit.

»Ich habe keine Lust, wegen eines Größenwahnsinnigen, der offenbar keine Verkehrsschilder lesen kann, am nächsten Baum zu landen, das ist mein Problem«, giftete ich.

Das war typisch für mich. Eines der Dinge, die ich am meisten an mir hasste, war meine mangelnde Beherrschung. Wenn ich wütend war, ich fing an zu toben und vergriff mich im Ton.

»Was zum Teufel ist mit dir los?«, fragte er zornig, den Blick auf die Straße gerichtet. »Du maulst rum, seit ich das zweifelhafte Vergnügen hatte, dich kennenzulernen, und ehrlich gesagt sind mir deine Probleme scheißegal. Das ist mein Zuhause, meine Stadt und mein Auto, also halt einfach die Klappe, bis wir da sind«, schnauzte er zurück.

Ich kochte vor Wut. Niemand hatte mir zu sagen, was ich zu tun hatte, und er schon gar nicht.

»Für wen hältst du dich, dass du glaubst, mir den Mund verbieten zu können?!«, schrie ich völlig außer mir.

Da riss Nicholas das Lenkrad herum und stieg so heftig in die Eisen, dass ich ohne den Sicherheitsgurt durch die Windschutzscheibe geflogen wäre.

Als ich mich von dem Schreck erholt hatte, sah ich mit Entsetzen, dass zwei Autos ausweichen mussten, um nicht mit uns zusammenzustoßen. Im ersten Moment war ich durch das Gehupe und die Flüche der Fahrer wie gelähmt, doch dann fuhr ich ihn an: »Verdammt, was soll das?«

Nicholas sah mich ungerührt an.

»Steig aus«, sagte er lapidar.

Ich war so verblüfft, dass es mir die Sprache verschlug.

»Das ist nicht dein Ernst …«, erwiderte ich ungläubig.

Er verzog keine Miene.

»Ich sag's nicht zweimal«, warnte er mich in demselben verstörend ruhigen Ton.

Das schlug dem Fass den Boden aus.

»Dir wird nichts anderes übrig bleiben, denn ich denke gar nicht daran«, antwortete ich ebenso kühl wie er.

Da zog er den Zündschlüssel und stieg aus. Ich staunte nicht schlecht, als ich sah, wie er um das Auto herumging und auf meine Tür zukam.

Der Kerl konnte einem echt Angst einjagen, wenn er sauer war, und gerade war er in Rage. Mein Herz raste, als ich das altbekannte Gefühl wieder in mir spürte: Panik.

Er riss die Tür auf und wiederholte:

»Steig aus.«

Ich konnte keinen klaren Gedanken fassen. Der hatte sie doch nicht alle, der konnte mich doch nicht mutterseelenallein im Dunkeln auf einer einsamen Straße zurücklassen.

»Vergiss es«, sagte ich und verfluchte mich dafür, dass meine Stimme zitterte. Ich hatte einen Knoten im Magen. Um mich herum war nichts als Dunkelheit. Wenn der Idiot mich tatsächlich dort zurückließ, würde ich zusammenbrechen.

Doch er überraschte mich wieder einmal im negativen Sinne.

Er beugte sich über den Beifahrersitz, löste den Sicherheitsgurt und zerrte mich aus dem Auto, und das so schnell, dass ich mich nicht wehren konnte. Das durfte doch nicht wahr sein.

»Spinnst du?«, schrie ich, als er zur Fahrerseite zurückging.

»Vielleicht kapierst du's jetzt endlich.« Seine Miene war starr wie die einer Eisstatue. »Ich lasse nicht zu, dass du so mit mir umspringst. Ich habe genug eigene Probleme, da kann ich nicht auch noch den Babysitter für dich spielen. Bestell dir ein Taxi oder ruf deine Mutter an, ich bin weg.«

Er stieg ins Auto und ließ den Motor an.

Meine Hände begannen zu zittern.

»Nicholas, du kannst mich nicht hier zurücklassen!«, brüllte ich, während das Auto mit quietschenden Reifen losfuhr. »Nicholas!«

Auf den Schrei folgte eine tiefe Stille und mein Herz raste noch schneller.

Eigentlich war es noch nicht so spät, aber es war Neumond. Dieser Idiot hatte mich tatsächlich an meinem ersten Tag in einer fremden Stadt einfach so mitten im Nirgendwo ausgesetzt. Ich hätte ihm den Hals umdrehen können.

Ich klammerte mich an die Hoffnung, dass er zurückkehren würde, aber je mehr Zeit verstrich, desto unruhiger wurde ich. Ich holte das Handy aus der Tasche und stellte fest, dass der Akku leer war: Das verdammte Teil hatte sich ausgeschaltet. Shit. Ich konnte nur hoffen – auch wenn es ebenso beängstigend und gefährlich war, wie dort in der Dunkelheit herumzustehen –, dass ein zivilisierter Mensch anhielt und mich nach Hause brachte. Dann könnte der Idiot was erleben, das würde ich mir nicht gefallen lassen: Der Scheißkerl wusste nicht, mit wem er es zu tun hatte.

Ein Auto näherte sich aus der Richtung des Jachtclubs. Ich betete inständig, dass es der Mercedes meines Stiefvaters war.

Vorsichtig ging ich auf die Fahrbahn und hob den Daumen, wie ich es in Filmen gesehen hatte. Mir war klar, dass in ihnen die Hälfte der Mädchen, die per Anhalter fuhren, ermordet im

Straßengraben landeten. Doch mit solch nebensächlichen Details wollte ich mich nicht aufhalten.

Das erste Auto rauschte vorbei. Aus dem zweiten kam ein Schwall Beleidigungen. Der Fahrer des dritten beschimpfte mich aufs Unflätigste, aber das vierte Auto hielt in ungefähr einem Meter Entfernung an.

Zögerlich trat ich näher, um zu sehen, welcher – mir gerade äußerst gelegen kommende – Irre beschlossen hatte, einem Mädchen zu helfen, das wie eine billige Prostituierte an der Straße stand.

Ich war erleichtert, als ein Junge in meinem Alter ausstieg. Im spärlichen Licht der Scheinwerfer konnte ich erkennen, dass er dunkles Haar hatte und hochgewachsen war. Er hatte die unverwechselbare Ausstrahlung eines reichen Sprösslings aus gutem Hause, wofür ich in dem Moment unglaublich dankbar war.

»Ist alles in Ordnung?«, fragte er und kam auf mich zu.

Als wir voreinander standen, schaute er langsam an meinem Kleid herab, und mein Blick wanderte von der teuren Jeans über das Markenpolohemd zu seinem besorgten Gesicht.

»Ja, danke, dass du angehalten hast«, sagte ich erleichtert, »so ein Idiot hat mich einfach hier stehen lassen.« Beschämt fühlte ich mich selbst wie eine Idiotin, dass ich so etwas zugelassen hatte.

»Der hat dich stehen lassen? Hier?«, rief er ungläubig. »Um elf Uhr nachts, mitten in der Pampa?«

Würde es die Sache besser machen, wenn er mich am Tag in einem Park stehen gelassen hätte?, dachte ich und verspürte plötzlich Hass auf alle Wesen mit Y-Chromosom.

Aber er schien mir wirklich helfen zu wollen. Da war Zickigkeit fehl am Platz.

»Könntest du mich nach Hause bringen?«, überging ich seine Frage. »Ich will einfach nur, dass der Abend ein Ende hat, das kannst du dir sicher denken.«

Ein Lächeln huschte über sein Gesicht. Er sah nicht schlecht aus, im Gegenteil, und er machte einen liebenswürdigen Eindruck. Er war jemand, dem die Not der anderen nicht egal war. In Gedanken erschuf ich schon eine rosarote Parallelwelt, in der Männer Frauen mit dem ihnen gebührenden Respekt behandeln und sie nicht mitten in der Nacht mit nicht für lange Fußmärsche geeigneten Schuhen irgendwo aussetzen.

»Was hältst du davon, wenn ich dich zu einer tollen Party in einer der Villen am Strand mitnehme? So kannst du mir den Rest des Abends für die wunderbare Tatsache danken, dass ein Missgeschick uns zueinandergeführt hat«, schlug er launig vor.

Ich fing schallend an zu lachen. Ob aus Hysterie oder aus angestauter Wut, weiß ich nicht.

»Tut mir leid, aber … Ich will einfach nur nach Hause und diesen Tag vergessen. Mir reicht's für heute.«

»Kein Thema, aber du könntest mir wenigstens deinen Namen verraten, oder?«, meinte er sichtlich amüsiert. Ich fragte mich, was an der Situation so lustig war. Aber, wie gesagt, er war mein Retter, und ich tat besser daran, nett zu ihm zu sein, wenn ich nicht bei den Eichhörnchen übernachten wollte.

»Ich heiße Noah, Noah Morgan«, stellte ich mich vor und streckte die Hand aus, die er sofort ergriff.

»Und ich Zack«, erwiderte er mit einem strahlenden Lächeln. Er deutete auf den schicken schwarzen Porsche. »Fahren wir?«

»Danke, Zack«, sagte ich, und das kam aus vollem Herzen.

Zu meiner Überraschung geleitete er mich zum Auto und half

mir einzusteigen, wie in den alten Filmen … Es war seltsam, seltsam und erfrischend. Entgegen aller Wahrscheinlichkeit waren die Kavaliere scheinbar doch nicht ausgestorben, auch wenn die Existenz von Subjekten wie Nicholas Leister ein baldiges Ende der Spezies nahelegten.

Als er sich hinters Steuer setzte, wusste ich gleich, dass er nicht wie Nicholas war. Zack gehörte zu den Guten. Er war ein vernünftiger, wohlerzogener Junge, der Typ, den sich jede Mutter als Schwiegersohn wünschte. Ich legte den Sicherheitsgurt an und stieß einen erleichterten Seufzer aus: Zum Glück war am Ende alles einigermaßen gut ausgegangen.

»Wohin soll's gehen?«, fragte er und fuhr los.

»Kennst du William Leisters Haus?« Ich ging davon aus, dass die Reichen der Gegend sich untereinander alle kannten.

»Ja, klar, aber was willst du dort?«, erwiderte er erstaunt.

»Ich wohne da«, sagte ich, und die Worte taten mir in der Seele weh.

Zack lachte ungläubig.

»Du wohnst in einem Haus mit Nicholas Leister?«, wollte er wissen, und ich verzog bei dem Namen unwillkürlich das Gesicht.

»Wenn es nur das wäre … ich bin seine Stiefschwester.« Ich gab nur ungern zu, dass es zwischen diesem Gestörten und mir irgendwelche verwandtschaftlichen Bande gab.

Zack fuhr überrascht herum und sah mich an. Offenbar war er doch nicht der vertrauenswürdige Fahrer, für den ich ihn gehalten hatte.

»Das ist nicht dein Ernst. Echt jetzt?« Er schaute zum Glück wieder auf die Fahrbahn.

Ich seufzte.

»Ja, echt. Er war es, der mich mitten in der Pampa ausgesetzt hat«, räumte ich ein und fühlte mich ungemein erniedrigt.

Zack lachte bitter.

»Offen gestanden tust du mir leid«, sagte er, und in dem Moment fühlte ich mich noch schlechter. »Nicholas Leister ist so ziemlich die mieseste Gesellschaft, die man sich antun kann.« Er fuhr langsamer, als wir uns dem Wohngebiet näherten.

»Kennst du ihn?«, fragte ich und versuchte, in meinem Kopf das Bild von meinem Ritter mit dem des Rüpels zusammenzubringen.

Zack lachte erneut auf.

»Leider ja. Sein Vater hat meinem vor über einem Jahr in einer ziemlich üblen Geschichte mit den Finanzbehörden den Arsch gerettet. Er ist ein guter Anwalt, und der Mistkerl von seinem Sohn hat keine Gelegenheit ausgelassen, mir das unter die Nase zu reiben. Wir sind zusammen in die Schule gegangen, und ich kann dir versichern, er ist das egoistischste und mieseste Schwein unter der Sonne.«

Ha, offenbar war ich nicht das einzige Mitglied im Club der Nicholas-Feinde. Mir ging es gleich besser.

»Ich würde gerne was Gutes über ihn sagen, aber der hat mehr Dreck am Stecken als sonst jemand, den ich kenne. Halte dich von ihm fern«, meinte er und warf mir einen verstohlenen Blick zu.

Ich verdrehte die Augen.

»Nichts leichter als das. Ich wohne ja auch nur mit ihm in einem Haus.« Ich fühlte mich mit jeder Minute elender.

»Er wird heute auch auf der Party sein, falls du es ihm heimzahlen willst«, sagte er scherzhaft. Ich wurde hellhörig.

»Auf der Party, von der du gesprochen hast?« Rachegelüste stiegen in mir auf.

»Du hast doch nicht etwa vor …?«, stammelte er. Er wirkte besorgt.

»Du nimmst mich mit auf diese Party«, sagte ich entschlossen wie selten zuvor in meinem Leben. »Und ich werde es ihm heimzahlen.«

Zwanzig Minuten später erreichten wir die Strandvilla, in der die Party bereits im vollen Gange war. Heerscharen von Leuten tummelten sich rings um das Haus.

Die Musik war schon von Weitem zu hören gewesen, und die Bässe dröhnten so laut, dass ich das Gefühl hatte, mir würde gleich der Schädel platzen.

»Bist du sicher, dass du das tun willst?«, fragte mein neuer bester Freund Zack. Seit er wusste, was ich vorhatte, hatte er nichts unversucht gelassen, mir die Sache auszureden. Offenbar gehörte mein toller Stiefbruder zu den Typen, die keinem Streit aus dem Weg gingen. »Noah, du hast ja keine Ahnung, mit wem du dich anlegst. Du hast ihn doch erlebt. Es war ihm scheißegal, dich allein da draußen stehen zu lassen. Es wird ihn null interessieren, was du ihm zu sagen hast.«

Mit der Hand am Türgriff sagte ich: »Glaub mir … Das war das erste und das letzte Mal, dass er so was mit mir gemacht hat.«

Wir stiegen aus und begaben uns ins Getümmel. Es war eine Party, wie man sie sonst nur im Film sieht, wie in *The Fighters* oder *Fast and Furious*. Der Wahnsinn. Im Vorgarten standen überall Bierfässer, um die sich grölende Jungs scharten und sich gegenseitig zum Trinken animierten. Die Mädchen trugen Badeanzüge oder Dessous.

»Sind die Partys hier immer so?«, fragte ich angewidert, als ich sah, dass ein Pärchen an einer der hinteren Hauswände ungeniert vögelte. Das war wirklich das Letzte.

»Nicht alle«, erwiderte er und lachte, als er mein entsetztes Gesicht sah. »Die hier ist gemischt«, sagte er.

Gemischt? Was sollte denn das heißen?

»Meinst du, dass hier Jungs und Mädchen gemeinsam feiern?« Ich dachte daran, wie meine Mutter zu meinem zwölften Geburtstag das erste Fest organisiert hatte, zu dem auch Jungs eingeladen waren. Ein totales Desaster, wenn ich mich recht entsinne: Die Jungs hatten meine Freundinnen und mich in den Pool geworfen und wir daraufhin den Anti-Jungs-Club der Besten Freundinnen forever gegründet. Albern, ich weiß, aber damals war ich zwölf und keine siebzehn.

Zack lachte schallend, fasste meine Hand und zog mich weiter.

Seine Finger waren angenehm warm und mit ihm an meiner Seite fühlte ich mich gleich sicherer. So eine Party konnte einen ganz schön einschüchtern, erst recht, wenn man aus der Provinz kam wie ich.

»Das heißt, dass jeder teilnehmen kann«, erklärte er, während wir uns durch die lärmende Menge zum Eingang schoben. Die Musik hatte einen wilden, stakkatoartigen Rhythmus, der sich so in das Trommelfell bohrte, dass es regelrecht wehtat.

»Was meinst du damit?«, fragte ich, während ich mich zu einem Raum durchkämpfte, wo die Musik einen nicht sofort umbrachte. Wenigstens konnte man sich hier unterhalten, ohne sich die Stimmbänder zu ruinieren.

»Jeder, der Eintritt bezahlt, kann teilnehmen«, erläuterte er und grüßte ein paar der Anwesenden. Es störte mich, dass seine Freunde in genauso einem desolaten Zustand waren wie die meisten hier. »Von dem Geld wird jede Menge Alkohol gekauft und … na ja, du weißt schon, alles, was nötig ist, damit die Party richtig abgeht.« Er grinste.

Drogen, na toll. Und meinen Begleiter schien das auch noch zu amüsieren. Mist! In was war ich da bloß hineingeraten?

Ich sah mich um: Manche Pärchen hingen auf den Sofas ab, andere tanzten. Es waren viele reiche Leute in teuren Klamotten da, aber auch welche, die aussahen, als kämen sie aus ärmeren Vierteln. Zweifellos eine explosive Mischung.

»Ich glaube, das war keine gute Idee«, sagte ich zu Zack, doch der hatte es sich schon mit einer Flasche Bier in der Hand auf einem der Sofas gemütlich gemacht.

»Komm, Noah.« Er zog mich am Arm und ich fiel in seinen Schoß. »Lass uns Spaß haben und verschwende deine Gedanken nicht länger an den Wichser.« Ich wurde stocksteif, als er mit der Hand über mein Haar und über meine Schultern strich.

Ich sprang auf.

»Deswegen bin ich bestimmt nicht hier«, sagte ich und funkelte ihn böse an. Ich hatte mich in Zack getäuscht, so viel war klar. »Danke, dass du mich hergebracht hast.« Dann verschwand ich.

Ich wusste nicht recht, was ich tun sollte, vor allem jetzt, wo ich den einzigen Jungen vor den Kopf gestoßen hatte, der noch nüchtern genug war, um das Auto nicht gegen den Baum zu fahren, wenn ich ihn bat, mich nach Hause zu bringen. Aber ich stellte mir die ganze Zeit vor, was Nicholas wohl für ein Gesicht machen würde, wenn er mich dort sähe. Doch womöglich hatte

Zack mich belogen und war auch nur ein besoffener Spinner, der mich hinters Licht führen wollte. Aber selbst wenn dem so war, würde ich nicht gehen, bevor ich meine Mission erfüllt hatte.

Ich ging zur Küche, wo weniger Leute waren, um mir ein Glas Wasser zu holen. Ich wusste noch nicht, ob ich es austrinken oder mir gleich an den Kopf hauen sollte, um aus diesem Albtraum aufzuwachen. Der Tag wollte einfach kein Ende nehmen.

Als ich die Küche erreichte, erstarrte ich.

Dort saß er: in Jeans und umringt von Mädchen und vier korpulenten Typen, die deutlich kleiner waren als er.

Ich betrachtete die Szene eine Weile.

War das wirklich der Snob, mit dem ich noch vor wenigen Stunden in einem Luxusrestaurant zu Abend gegessen hatte?

Ich war überrascht, ihn so zu sehen. Als wäre er gerade einem Mafia-Film entsprungen. Sie tranken Shots und zielten mit Tischtennisbällen auf Plastikbecher. Mein Stiefbruder hatte einen guten Lauf, denn er traf jedes Mal. Er war nicht so betrunken wie die Verlierer, die jedes Mal einen Tequila trinken mussten.

Beim letzten Wurf zielte Nicholas absichtlich daneben. Das war so offensichtlich, dass ich nicht verstand, wieso die anderen es nicht bemerkt hatten, die ihn auspfiffen und schallend lachten. Er nahm den Shot und leerte ihn in einem Zug.

Während einer seiner Freunde übernahm, ging Nicholas zu einem dunkelhaarigen, bildhübschen Mädchen, das auf der marmornen Arbeitsfläche saß. Sie trug eine kurze Hose, die ihre langen, sonnengebräunten Beine zur Geltung brachten, und ein himmelblaues Bikinioberteil.

Auf einmal hatte ich das Gefühl, völlig unpassend gekleidet zu sein.

Nicholas packte ihren Nacken, zog ihren Kopf nach hinten und küsste sie so hemmungslos, dass es einem die Schamesröte ins Gesicht trieb. Und das vor den anderen! Widerlich.

Das war die Gelegenheit, meine Rachegelüste zu stillen. Am liebsten hätte ich ihm den Kopf abgerissen.

Er hatte sich nicht darum geschert, wie es mir ging. Ich könnte jetzt immer noch hilflos an der Straße stehen und er würde hier fröhlich Party machen. Ich verspürte eine solche Wut, dass ich mich so hatte behandeln lassen, und noch mehr, weil ich seinetwegen an diesem Ort mit lauter Durchgeknallten gelandet war, dass ich schnurstracks zu ihm marschierte, ihn am Arm packte und ihn, als er sich umdrehte, nicht wie geplant ohrfeigte, sondern ihm einen kräftigen Faustschlag auf den Kiefer verpasste, bei dem ich mir fast die Knöchel gebrochen hätte. Doch das war es wert, und wie.

Verdattert musste er erst mal verarbeiten, was geschehen war. Doch schnell hatte er eins und eins zusammengezählt.

Die anderen bildeten einen Kreis um uns herum und starrten uns an. Es war totenstill.

»Verdammt, was machst du denn hier?«, fragte er, und ihm war anzusehen, dass er innerlich vor Wut schäumte. Mir wurde angst und bange.

Shit! Wenn Blicke töten könnten, wäre ich in einer Sekunde tot und begraben.

»Überrascht es dich, dass ich den Weg hierher gefunden habe?«, fragte ich, bemüht, mich nicht von seiner Größe und den gestählten Muskeln beeindrucken zu lassen. »Du bist ein Scheißkerl, wusstest du das?«

Nicholas lachte auf.

»Du hast keine Ahnung, mit wem du dich anlegst, Noah«, zischte er und baute sich vor mir auf. Er stand so dicht vor mir, dass ich die Glut in seinen Adern spüren konnte. »Wir mögen zu Hause Stiefgeschwister sein«, sagte er so leise, dass nur ich es hören konnte, »aber außerhalb dieser vier Wände habe ich das Sagen, und ich werde mir deine albernen Attacken nicht gefallen lassen.«

Ich hielt seinem Blick stand: Er sollte nicht merken, wie sehr seine Worte und seine bedrohliche Haltung mir Angst einjagten. Mein ganzes Leben hatte ich Gewalt erlebt und ertragen, damit war jetzt Schluss.

»Scher dich zum Teufel«, schnauzte ich ihn an. Ich drehte mich auf dem Absatz um, doch er packte mich am Arm und hielt mich zurück. »Lass mich los«, fauchte ich und sah ihn giftig an. Er sollte kapieren, dass es mir ernst war.

Er blickte lächelnd in die Runde und dann wieder zu mir.

»Mit wem bist du gekommen?«, fragte er.

Ich schluckte. Auf meine Antwort konnte er lange warten.

»Wer hat dich hergebracht?!«, schrie er. Ich zuckte zusammen. Das war zu viel.

»Lass mich los, du, du …!«, brüllte ich vergeblich. Er umklammerte meinen Arm so fest, dass es wehtat.

Da mischte sich einer der Anwesenden ein.

»Ich weiß, wer es war«, sagte ein Dicker, der am ganzen Körper tätowiert war. »Sie ist mit Zack Rogers gekommen.«

»Bring ihn her«, befahl er.

Mein Stiefbruder führte sich auf wie ein Gangsterboss. Auf einmal bereute ich, dass ich ihn geschlagen hatte. Verdient hatte er es, aber es war, als hätte ich mich mit Satan persönlich angelegt.

Kurz darauf tauchte Zack in der Küche auf und die Umstehenden traten ein Stück zur Seite. Er sah mich an, als hätte ich ihn ans Messer geliefert.

Was waren das nur für Leute?

»Hast du sie hierhergebracht?«, fragte Nicholas ruhig.

Zack zögerte einen Moment, aber dann nickte er. Er hielt Nicholas' Blick stand, aber man sah, dass er Angst vor ihm hatte.

Blitzschnell versetzte Nicholas ihm einen Schlag in die Magengrube. Zack krümmte sich vor Schmerz.

Ich schrie entsetzt auf, weil ich Angst um ihn hatte, und wie immer, wenn ich Zeugin einer Prügelei wurde, verspürte ich einen Schmerz in der Brust. Mein Herz krampfte sich zusammen und ich wäre am liebsten davongelaufen.

»Tu das nie wieder«, sagte Nicholas mit drohendem Unterton.

Dann packte er mich und zerrte mich zum Ausgang.

Ich hatte keine Kraft, mich zu wehren. An der Tür blieb er stehen. Er holte das Handy aus der Tasche und nahm fluchend ab.

»Du wartest hier«, herrschte er mich an und suchte nach einem ruhigen Ort fernab vom Partylärm. Von seiner Position, ein Stück von den Eingangsstufen entfernt, hatte er mich gut im Blick.

»Geht es dir gut?«, fragte mich ein Gast.

»Ehrlich gesagt, nein«, erwiderte ich, denn ich fühlte mich elend. Ich stützte mich am Rahmen ab. Quälende Erinnerungen, die ich tief vergraben hatte, stiegen in mir hoch. »Ich glaube, mir wird schwindelig.«

»Hier, trink mal was«, sagte er und reichte mir ein Glas.

Ich nahm es, ohne hinzusehen. Meine Kehle war so trocken, dass alles Linderung versprach. Ich leerte den Inhalt in einem Zug. Da kam Nicholas zornig die Stufen hochgerannt.

»Was machst du da?!«, schrie er und riss mir das Glas aus der Hand.

Ich wollte ihm antworten, doch Nicholas hatte sich längst dem Jungen zugewandt, der es mir gegeben hatte. Er packte ihn am T-Shirt und hob ihn ein paar Zentimeter in die Luft.

»Was hast du ihr gegeben, verdammt?«, fragte er und schüttelte ihn.

Entsetzt schaute ich auf das Glas.

Fuck!

6

NICK

Fuck!

»Was hast du ihr gegeben, verdammt?«, fragte ich den Schwachmaten, den ich am Kragen gepackt hatte.

Der Vollidiot glotzte mich nur entsetzt an.

»Antworte!«, brüllte ich und verfluchte den Tag, an dem meine Stiefschwester in mein Leben getreten war, und ich verfluchte auch Zack Rogers, diese Nullnummer, weil er sie angeschleppt hatte. Ausgerechnet zu solch einer Party.

»Schon gut, Mann!« Er schien allmählich zu begreifen. »Scopolamin«, gab er zu, als ich ihn gegen die Wand drückte.

Verdammt! Das war die Droge der Arschlöcher, die Mädchen an die Wäsche wollten. Das Zeug war farb- und geruchlos, deshalb konnte man es unbemerkt ins Getränk kippen.

Der bloße Gedanke, was hätte passieren können, ließ mich ausrasten. Wie krank musste man sein, einem Mädchen so etwas anzutun. Wenn ich mit dem Kerl fertig war, würde er nicht mehr wiederzuerkennen sein, nicht mal mit Ausweis.

Ich kann nicht sagen, wie oft ich zuschlug.

»Hör auf, Nicholas!«, rief eine Stimme hinter. Meine Faust

schwebte einen Moment in der Luft, bevor sie erneut in der Visage dieses Scheißkerls landete.

»Wenn du noch einmal diesen Dreck auf eine meiner Partys mitbringst, wird die Lektion von heute im Vergleich zu dem, was dich dann erwartet, eine Streicheleinheit gewesen sein. Hast du mich verstanden?«

Blutüberströmt wankte der Wichser davon.

Noah war vollkommen verängstigt.

Als ich ihren Gesichtsausdruck sah, machte das etwas mit mir. Verdammt, auch wenn ich sie nicht leiden konnte und ihr am liebsten den Hals umgedreht hätte, hatte es doch keiner verdient, dass man ihm ohne sein Wissen Drogen verabreicht. Sie war fix und fertig.

Ich versuchte, mich abzuregen, und ging auf sie zu. Zitternd wich sie zurück.

»Hey, Noah! Ich will dir nichts tun.« Ich fühlte mich wie ein Verbrecher, obwohl ich gar nichts gemacht hatte.

Als ich sie aus dem Auto warf, war ich davon ausgegangen, dass sie ihre Mutter anrufen und mit unseren Eltern nach Hause fahren würde. Ich wäre nicht auf die Idee gekommen, dass sie zu dem erstbesten Idioten ins Auto steigt und zu einer Party kommt, auf der ein Mädchen wie sie nichts zu suchen hat.

»Was habt ihr mir gegeben?«, fragte sie und starrte mich an, als wäre ich der Leibhaftige.

Ich seufzte. Was sollte ich tun? Mein Vater hatte eben angerufen und gefragt, ob ich wüsste, wo Noah steckte. Ihre Mutter war in heller Aufregung, also hatte ich geantwortet, Noah werde sie gleich anrufen, ich hätte sie mit zu Erik genommen und sie schaue sich gerade mit seiner Schwester einen Film an.

Das hatte ich auf die Schnelle improvisiert. Mein Vater durfte auf keinen Fall erfahren, was auf der Party vorgefallen war. Er hatte mir schon oft aus der Patsche geholfen, und er sollte nicht wissen, dass ich mich keinen Deut geändert hatte. Was hatte ich nicht alles getan, um geheim zu halten, was ich trieb, wenn ich nicht der mustergültige Sohn war. Ich würde nicht zulassen, dass Noah das alles zunichtemachte.

In weniger als einem Tag hatte sie meine Geduld mehr strapaziert als jede andere Frau.

»Geht es dir gut?« Ihre Frage ignorierte ich.

»Ich würde dich am liebsten umbringen«, sagte sie, und ihre Lider wurden schwer. Verdammt, sie musste unbedingt noch mit ihrer Mutter telefonieren, bevor sie ausgeknockt war.

»Das musst du auf später verschieben«, sagte ich und stützte sie. »Alles wird gut«, versuchte ich sie zu beruhigen.

Als wir am Auto ankamen, öffnete ich die Tür der Beifahrerseite und wartete, bis sie sich hingesetzt hatte.

Dann zückte ich das Handy.

»Du musst deiner Mutter sagen, dass es dir gut geht und dass sie nicht auf dich warten soll«, erklärte ich und suchte im Telefonbuch die Nummer. »Sag ihr, wir schauen uns bei Freunden einen Film an.«

»Du kannst mich mal«, meinte sie. Sie ließ den Kopf nach hinten sinken und schloss die Augen.

Mit einer Hand hob ich ihren Kopf wieder an. Sie öffnete die Augen und sah mich so hasserfüllt an, dass es mich in den Fingern juckte, irgendwas kurz und klein zu schlagen.

»Ruf jetzt an, sonst wird das Ganze übel enden«, verlangte ich und stellte mir vor, wie mein Vater ausflippen würde, wenn er erführe, was am Abend geschehen war. Und erst Noahs Mutter.

»Was willst du tun?«, fragte sie spitz. Ihre Pupillen weiteten sich immer mehr. »Mich in dem Zustand hier zurücklassen, damit mich einer vergewaltigt? Im Abhauen hast du ja Übung.«

»Ich wähle jetzt, und du wiederholst, was ich dir gesagt habe«, befahl ich und hielt ihr das Telefon ans Ohr.

Sekunden später war Raffaellas Stimme zu hören: »Noah, ist alles okay?«

Noah zögerte.

Dann sagte sie zu meiner großen Erleichterung: »Ja, wir sehen uns einen Film an. Es wird spät werden.«

»Ich freue mich, dass du mitgefahren bist, Liebes. Nicks Freunde werden dir gefallen, du wirst sehen.«

Ich musste mich abwenden, als ich das hörte.

»Sicher«, erwiderte Noah, ohne mich anzusehen.

»Wir sehen uns morgen, Schatz. Ich hab dich lieb.«

»Ich dich auch«, verabschiedete sie sich.

Ich nahm ihr das Telefon ab und steckte es wieder ein. Dann ging ich um das Auto herum und setzte mich hinters Steuer. Ich wollte warten, wie Noah auf die Droge reagierte.

Ich drehte mich zu ihr.

»Mir ist heiß«, sagte sie mit geschlossenen Augen. Tatsächlich waren ihre Stirn und ihr Hals schweißnass.

»Das geht vorbei, keine Sorge«, beruhigte ich sie in der Hoffnung, dass es nicht nur leere Worte blieben.

»Was für eine Wirkung hat die Droge?«, fragte sie mit schwerer Zunge.

Ich wägte meine Worte ab.

»Schwitzen, Hitze- und Kälteempfindungen, Schlaftrunkenheit …« Ich hoffte inständig, dass es sich bei ihr darauf beschränkte. Wenn sie sich erbrach oder Herzrasen einsetzte, musste ich sie womöglich ins Krankenhaus bringen, und das bedeutete Ärger.

Ihre Wangen waren gerötet und nasse Strähnen klebten auf ihrer Stirn. Mir fiel auf, dass sie ein Haargummi am Handgelenk trug.

Ich beugte mich über sie und entfernte es. Ich wollte es ihr so angenehm wie möglich machen. Das war das wenigste, was ich tun konnte.

»Was machst du?«, fragte sie, und aus ihrer Stimme sprach die nackte Angst.

Ich atmete tief ein und versuchte mich zu beherrschen. Ich hatte noch nie einer Frau etwas angetan, und dass Noah solche Angst vor mir hatte, war wie ein Tritt in die Eier.

Sie hatte mich innerhalb weniger Stunden an meine Grenzen gebracht.

»Dir helfen«, erwiderte ich, während ich ihre lange, in verschiedenen Farbnuancen schimmernde blonde Mähne zu einem Zopf hochband.

»Dafür müsstest du vom Erdboden verschwinden«, lallte sie.

Ich musste schmunzeln. Das Mädchen hatte echt Courage und das war irgendwie erfrischend.

Nie im Leben hätte ich damit gerechnet, dass sie mir einen Haken verpasst. Ich hatte schon lange keinen Schlag mehr einstecken müssen …

Instinktiv fasste ich ihre rechte Hand und betrachtete die geschwollenen Knöchel. So wie die Hand aussah, musste sie mit voller Wucht zugeschlagen haben. Irgendwie tat sie mir leid. Vor meinem inneren Auge sah ich mich plötzlich mit ihr ordentliche Haken trainieren.

Interessiert betrachtete ich sie. Sie hatte einen schön geformten Hals und unterhalb des linken Ohres hatte sie ein Tattoo.

Es handelte sich um einen Achterknoten.

Unwillkürlich wanderte mein Blick zu meinem Arm, wo ich mir vor dreieinhalb Jahren das gleiche Tattoo hatte stechen lassen. Er galt als perfekter, äußerst haltbarer Knoten, deshalb war meine Wahl auf ihn gefallen. Wenn die Dinge sich gut und geschickt verbanden, waren sie unverbrüchlich. Ich fragte mich, warum sie sich ausgerechnet diesen Knoten hatte tätowieren lassen oder warum sie überhaupt ein Tattoo hatte. Das passte so gar nicht zu dem Bild, das ich von ihr hatte.

Vorsichtig fuhr ich mit der Spitze des Zeigefingers über das winzige Tattoo, und wir bekamen beide eine Gänsehaut. Noah bewegte sich unruhig in ihrem bewusstlosen Zustand.

Als ich ihr den Sicherheitsgurt anlegte, blieb mein Blick erneut an ihrem Tattoo hängen. Dann ließ ich den Wagen an. Ich holte tief Luft und nahm Kurs auf die Straße. Zum Glück hatte ich nicht mehr als ein Bier und einen Shot getrunken, also konnte ich noch fahren.

Zu Hause brannte wie immer die Außenbeleuchtung. Es war schon nach zwei, und ich betete, dass unsere Eltern im Bett waren. Noah war ausgeknockt. So durfte mein Vater uns auf keinen Fall sehen.

Ich stellte den Wagen auf meinem Parkplatz ab und versuchte, beim Aussteigen möglichst kein Geräusch zu machen. Vorsichtig löste ich den Sicherheitsgurt auf ihrer Seite und schob meine Arme unter sie, um sie ins Haus zu tragen. Sie glühte. Ich hatte Angst, das Fieber könnte so weit ansteigen, dass sie ernsthaft in Gefahr war.

»Wo sind wir?«, fragte sie kaum hörbar.

»Zu Hause«, beruhigte ich sie, während ich mit ihr auf dem Arm versuchte, die Tür aufzuschließen.

Im Haus war es dunkel. Es brannte lediglich eine kleine Lampe auf einem der Beistelltische im Wohnzimmer. Das war so ein Tick von Raffaella.

Ich trug Noah die Treppe hinauf und war heilfroh, als wir ihr Zimmer erreichten. Es war stockdunkel und sie klammerte sich an meinen Hals.

Ich war überrascht, dass ihr Reaktionsvermögen noch intakt war, und wollte sie möglichst schnell ins Bett bringen, damit sie sich auskurieren konnte.

»Nein«, hauchte sie ängstlich.

»Es ist alles gut«, erwiderte ich, aber sie klammerte sich noch fester an mich.

»Lass mich nicht allein, ich habe Angst«, flehte sie. Das wunderte mich, weil ich davon ausging, dass ich es war, der ihr Angst einjagte.

»Noah, du bist in deinem Zimmer«, erklärte ich und setzte mich auf das Bett. Sie lag in meinem Schoß.

Das war alles höchst seltsam.

Sie öffnete die Augen und sagte schleppend, als kostete sie jede Silbe ungeheure Mühe: »Das Licht … Bitte mach das Licht an.«

Da wurde mir klar, dass nicht meine Anwesenheit oder die

Wirkung der Droge sie in Panik versetzte, sondern die Dunkelheit.

»Hast du Angst im Dunkeln?«, fragte ich und machte die Nachttischlampe an.

Ihre Anspannung ließ sofort nach.

Warum war dieses Mädchen nur so kompliziert? Ich bettete sie auf die Kissen und vergewisserte mich, dass sie normal atmete. Zum Glück war sie stark.

»Verschwinde«, zischte sie, und das tat ich auch.

Ich glaube, das war das Vernünftigste, was ich an dem Abend getan hatte.

7

NOAH

Als ich am Morgen die Augen aufschlug, fühlte ich mich elend. Zum ersten Mal in meinem Leben tat mir das Tageslicht weh. Ich hatte höllische Kopfschmerzen und fühlte mich komisch. Es ließ sich nur schwer in Worte fassen: Ich spürte jede Bewegung, jede Regung in meinem Körper und das war sehr unangenehm und verstörend. Meine Kehle war trocken, als hätte ich seit einer Woche nichts getrunken.

Ich schleppte mich ins Bad und betrachtete mich im Spiegel.

Mein Gott, wie ich aussah!

Da erinnerte ich mich.

Mein ganzer Körper zitterte.

Meine Augen waren geschwollen und mein Haar war mehr schlecht als recht zu einem Zopf gebunden. Das irritierte mich. Ich zog das Kleid aus und putzte mir die Zähne, um den unangenehmen Geschmack loszuwerden. Dann zog ich die kurze Pyjamahose mit dem Netz-T-Shirt an, das ich so gerne mochte.

Erinnerungen schossen durch meinen Kopf wie bei einem Daumenkino. Ich konnte nur an eines denken: Man hatte mir Drogen verabreicht, nachdem ich zu einem Fremden ins Auto gestiegen und auf einer Party mit Schlägertypen gelandet war. Und das alles wegen einer einzigen Person.

Türenknallend stürmte ich zu Nicholas' Zimmer.

Ohne zu klopfen, trat ich ein und fand mich in einer Art Bärenhöhle wieder. Auf dem riesigen dunklen Bett lag eine Gestalt unter der Decke.

Nicholas schlief wie ein Murmeltier, als wäre nichts geschehen.

Ich rüttelte ihn wach.

»Fuck«, murmelte er träge mit geschlossenen Augen.

Ich betrachtete das schwarze Haar, das mit dem dunklen Satin der Laken verschmolz, und riss ihm die Decke weg.

Zum Glück war er nicht nackt. Er trug weiße Boxershorts. Der Anblick verwirrte mich.

Er schlief auf dem Bauch, sodass ich seinen breiten Rücken, die langen Beine und sein, ja, knackiges Hinterteil betrachten konnte.

Ich zwang mich, mich auf das Wesentliche zu konzentrieren.

»Was ist gestern Abend passiert?«, fragte ich ihn und zerrte an seinem Arm, damit er endlich wach wurde.

Er grummelte vor sich hin und packte meine Hand, ohne die Augen zu öffnen.

Mit einem Ruck zog er mich aufs Bett.

Ich versuchte, mich aus seinem Griff zu befreien. Vergeblich.

»Nicht mal unter Drogen hältst du die Klappe, verdammt.« Ohne Kraftausdrücke ging es wohl nicht. Immerhin machte er jetzt die Augen auf.

»Was willst du?«, fragte er und richtete sich auf. Er ließ mein Handgelenk los.

Ich flüchtete sofort aus der Gefahrenzone.

»Was hast du mit mir gemacht, als ich zugedröhnt war?«, wollte ich wissen. Ich befürchtete das Schlimmste.

Gütiger Gott, wenn er mir was angetan hatte …

Nicholas verdrehte die Augen und sah mich wütend an.

»Alles«, erwiderte er. Ich wurde leichenblass.

Da fing er an zu lachen und ich verpasste ihm einen Schlag gegen die Brust.

»Idiot!«, fauchte ich und spürte, wie mir die Zornesröte ins Gesicht stieg.

Nicholas schenkte mir keine Beachtung und stand auf.

Da tappte ein schwarzer Labrador ins Zimmer.

»Hey, mein Junge, hast du Hunger?«, fragte er mit einem amüsierten Lächeln. »Ich hätte da einen besonderen Leckerbissen für dich.«

»Ich verschwinde«, sagte ich schon auf dem Weg zur Tür. Ich hätte alles dafür gegeben, wenn ich diesen Kerl nicht mehr wiedersehen müsste, aber das würde nur ein frommer Wunsch bleiben.

Nicholas überholte mich und stellte sich mir in den Weg. Beinahe wäre ich gegen seinen nackten Oberkörper geprallt.

»Es tut mir leid, was gestern passiert ist«, sagte er, und für ein paar Sekunden dachte ich tatsächlich, er wollte sich entschuldigen, doch weit gefehlt. »Aber ich rate dir, halt den Mund, sonst könnte das üble Konsequenzen für dich haben«, fuhr er fort, und mir wurde klar, dass es ihm ausschließlich darum ging, seinen Arsch zu retten. Was mit mir passierte, ließ ihn völlig kalt.

Ich lachte hämisch auf.

»Sagt der künftige Anwalt.«

»Kein Wort zu niemandem!«, warnte er mich ein weiteres Mal.

»Oder was?«

Sein Blick wanderte über mein Gesicht hin zu meinem rechten Ohr. Er fuhr mit dem Zeigefinger über eine Stelle, die für mich eine große Bedeutung hatte.

»Oder es wird sich zeigen, dass der Knoten vielleicht nicht stark genug für dich ist«, sagte er leise und trat einen Schritt zurück. Was wusste er denn schon über mein Tattoo oder meine Stärke?

»Tu einfach so, als wäre ich nicht da. Ich werde umgekehrt das Gleiche tun. So werden wir die wenigen Momente ertragen, in denen wir uns nicht aus dem Weg gehen können. Okay?«, schlug ich vor und suchte das Weite.

Thor sah mich an und wedelte mit dem Schwanz.

Wenigstens hasste der Hund mich nicht mehr, sagte ich mir als kleinen Trost.

Ich ging direkt in mein Schlafzimmer. Es wurmte mich, dass ich mich an nichts mehr erinnern konnte. Dass Nicholas etwas von mir gesehen haben könnte, was ich ihm niemals freiwillig zeigen würde, löste einen unvorstellbaren Groll in mir aus. Nicholas Leister verkörperte alles, was ich an einem Menschen hasste: Er war ein gewalttätiger Lügner und Schmarotzer und eine Gefahr für seine Umwelt. Alles Eigenschaften, die mich in die Flucht trieben.

Mein Blick fiel auf meine Handtasche, die auf dem Bett lag. Ich nahm das Handy und schloss es an das Ladekabel an. Nervös schaltete ich es ein. Mist! Dan würde mich umbringen! Ich hatte versprochen, ihn gestern Abend anzurufen. Er ging bestimmt die Wände hoch vor Sorge. Dieser verfluchte Nicholas Leister! Das war alles seine Schuld!

Als ich den Chat aufrief, stellte ich fest, dass ich weder eine Nachricht noch einen verpassten Anruf hatte. Das war mehr als seltsam.

Draußen herrschte Bilderbuchwetter, der perfekte Tag, um an den Strand zu gehen oder den fantastischen Pool auszuprobieren. Ich nahm mir vor, ein Sonnenbad zu nehmen, ein gutes Buch zu lesen und zu versuchen, das Geschehene und all meine womöglich unnötigen Befürchtungen zu vergessen. In einer Schublade des überdimensionierten Kleiderschranks fand ich unter einer Fülle an Badekleidung einen Einteiler, der mir gefiel.

Kritisch betrachtete ich meinen nackten Körper im Spiegel, vor allem die Problemzonen. Egal, ich war ja quasi zu Hause.

Es war ein komisches Gefühl, in dem fremden Haus herumzulaufen. Wie früher, wenn ich bei einer Freundin übernachten durfte und nachts auf die Toilette musste und es mir verkniff, weil ich Angst hatte, jemandem aus der Familie zu begegnen. In der Küche saß meine Mutter im weißen Seidenbademantel. William war bereits auf dem Sprung zur Arbeit.

»Guten Morgen, Noah«, grüßte er überschwänglich. »Hast du gut geschlafen?«

Bestens, wenn man bedenkt, dass ich mit dröhnendem Schädel im Koma lag.

»Ich hatte schon bessere Nächte«, erwiderte ich kühl.

Meine Mutter kam auf mich zu und drückte mir einen Kuss auf die Wange.

»War's schön mit Nick und seinen Freunden?«, fragte sie hoffnungsfroh.

Ach, Mom, wenn du wüsstest ... du hast ja keine Ahnung, wer dein neuer Stiefsohn ist.

In dem Moment betrat Nicholas den Raum.

»Alles im grünen Bereich?«, meinte er trocken und ging zum Kühlschrank.

»Hattet ihr Spaß gestern Abend?«, fragte meine Mutter. »Wie war der Film?« Sie sah mich erwartungsvoll an.

Film?

»Was …«, hob ich an, während Nick die Kühlschranktür zuknallte und mir einen eisigen Blick zuwarf.

»Der Film war genial oder, Noah?« Er ließ mich nicht aus den Augen.

Das war die Gelegenheit, es ihm heimzuzahlen. Sein Vater würde ihm bestimmt was erzählen, wenn er erführe, was sein Söhnchen so alles trieb. Und wenn ich ihn bei der Polizei anzeigte, bekäme er richtig Probleme: Alkohol am Steuer, Abgabe von Alkohol an eine Minderjährige, K.-o.-Tropfen auf der Party und natürlich, weil er mich mitten in der Nacht einfach ausgesetzt hatte.

Ich tat, als ob ich nicht die geringste Ahnung hätte, wovon die Rede war.

»Ich kann mich nicht erinnern. War es *Der Feind in meinem Bett* oder *Traffic*?« Ich genoss es, ihn in Bedrängnis zu bringen. Doch zu meinem Ärger lachte er nur.

Mir hingegen war das Lachen vergangen.

»*Eiskalte Engel* trifft es wohl besser«, erwiderte er. Dass er den kannte, überraschte mich, denn es war einer meiner Lieblingsfilme. Das Ganze entbehrte nicht einer gewissen Ironie, denn es ging um zwei Stiefgeschwister, die sich bis aufs Blut hassten.

Ich sah ihn wütend an. Meine Mutter fragte misstrauisch: »Worüber sprecht ihr?«

»Ach, nichts«, erwiderten wir wie aus einem Mund, und das ärgerte mich erst recht.

Ich ging zum Kühlschrank, vor dem er mit verschränkten Armen stehen blieb.

Wir lieferten uns ein Duell. Auf meinen herausfordernden Blick antwortete er mit einem selbstgefälligen Grinsen.

»Lässt du mich nun vorbei oder nicht?«

Er erwiderte amüsiert: »Hör zu, *Freckle*, wir beide sollten ein paar Dinge klären, wenn wir hier schon unter einem Dach leben müssen.« Er wich keinen Millimeter zur Seite.

Ich sah ihn eiskalt an.

»Was hältst du von folgendem Deal: Wenn du einen Raum betrittst, gehe ich. Wenn ich dich sehe, ignoriere ich dich. Und wenn du etwas sagst, überhöre ich es einfach«, schlug ich vor und verfluchte innerlich einmal mehr den Moment, in dem wir uns begegnet waren.

»Mal sehen, ob ich dir folgen kann. Was tust du, wenn ich komme?«, bemerkte er mit einem perversen Lächeln.

Verdammter Idiot.

»Du bist widerlich«, giftete ich und versuchte, ihn beiseitezuschieben, damit ich die Kühlschranktür öffnen konnte.

Am Ende gab er nach und ich konnte mir meinen Orangensaft nehmen.

Meine Mutter war mit einem Milchkaffe in der einen und der Zeitung in der anderen Hand stillschweigend verschwunden. Sie wollte um jeden Preis, dass Nicholas und ich Freunde wurden. Aufgrund irgendeines göttlichen Wunders sollte ich in ihm den älteren Bruder sehen, den ich nie gehabt hatte.

Lachhaft.

Ich setzte mich auf einen Platz an der Kücheninsel und goss mir Saft ein. Nicholas trug Sporthosen und ein einfaches Tank-Shirt. Er hatte sehr muskulöse Arme, und nachdem ich mit eigenen Augen gesehen hatte, wie er binnen kürzester Zeit zwei Jungs niedergestreckt hatte, war mir klar, dass ich mich von ihm fernhalten musste … wer weiß, wozu er fähig war.

Als er sich mit der Kaffeetasse in der Hand umdrehte, fiel es mir auf: Der Irre hatte das gleiche Tattoo wie ich, nur auf dem Unterarm, einen Achterknoten, das Symbol, das so vieles für mich bedeutete.

Das versetzte mir einen Stich. Er setzte sich auf den Platz mir gegenüber und bemerkte, dass ich sein Tattoo anstarrte.

Er beugte sich vor.

»Ich war auch überrascht.« Sein Blick wanderte zu meinem Hals.

Ich fühlte mich nackt.

»Offenbar haben wir ja doch was gemeinsam«, meinte er giftig. Dass wir das gleiche Tattoo hatten, schien auch ihm nicht zu passen.

Ich stand auf, löste meinen Zopf und schüttelte das Haar, damit das Tattoo nicht mehr zu sehen war. Dann verzog ich mich aus der Küche.

Sein letzter Satz hatte mich aufgewühlt. Als würde er die Gründe, warum ich mir ausgerechnet dieses Tattoo hatte stechen lassen, kennen und verstehen.

Ich ging hinaus in den hinteren Garten. Der Ausblick auf das Meer war phänomenal und die Brise hüllte mich mit Wärme und dem würzigen Duft des Pazifiks ein. Die Aussicht, das Meer künftig direkt vor der Haustür zu haben, war verlockend.

Ich ging zu den Holzliegen am Pool. Ein Wasserfall verlieh dem Garten eine wilde und zugleich elegante Note. Zur Steilküste hin befand sich zwischen zwei Felsen noch ein Whirlpool, sodass man beim Bad das herrliche Panorama genießen konnte.

Rasch vergewisserte ich mich, dass außer mir niemand da war, zog mein Kleid aus und ließ mich auf den Liegestuhl gleiten. Ich wollte die letzten Ferienwochen nutzen, um noch etwas Bräune abzubekommen, bevor der Unterricht an der megateuren Eliteschule begann. Ich checkte das Handy, ob eine meiner Freundinnen oder – was mir noch wichtiger war – ob Dan angerufen hatte.

Nichts.

Das versetzte mir einen kleinen Stich, aber ich ließ mich nicht weiter davon beeindrucken. Er würde sich schon melden, da war ich mir sicher. Als ich ihm gesagt hatte, dass ich fortgehen würde, war er außer sich gewesen. Wir waren seit neun Monaten zusammen, er war mein erster richtiger Freund. Ich liebte ihn, weil er mich nie bewertet hatte und immer da war, wenn ich ihn brauchte. Außerdem war er total süß. Als das mit uns anfing, schwebte ich wie auf Wolken, ich war das glücklichste Mädchen der Welt … und jetzt hatte es mich in ein anderes Land verschlagen.

Ich öffnete den Chat und schrieb eine Nachricht:

Ich bin angekommen und ich vermisse dich. Ich wäre so gern bei dir, ruf mich an, wenn du das liest.

Mir fiel auf, dass er zuletzt vor einer halben Stunde online war. Seufzend legte ich das Telefon beiseite und sprang kopfüber in den Pool.

Das Wasser war angenehm warm. Das Bad war erfrischend und zugleich befreiend. Mit jeder Bewegung ließ die Anspannung mehr nach.

Eine Viertelstunde später kletterte ich hinaus und legte mich wieder in die wärmende Sonne. Ich nahm das Handy, um zu sehen, ob Dan mir geantwortet hatte. Er war online, hatte aber noch nicht zurückgeschrieben. Merkwürdig.

In dem Moment kam eine Nachricht von Beth. Sie war offenbar in Plauderlaune, wie immer.

Hallo, Süße, was treibst du so? Erzähl.

Wehmütig schrieb ich:

Mein Stiefbruder ist schlimmer als gedacht, aber ich versuche, mich an den Gedanken zu gewöhnen, dass ich es künftig mit ihm aushalten muss. Wie gerne wäre ich jetzt bei euch. Ihr fehlt mir!

Ich hatte einen Knoten im Magen. Beth und ich waren in derselben Volleyballmannschaft. In den letzten beiden Jahren war ich die Kapitänin gewesen und sie war jetzt meine Nachfolgerin. Ich hatte mich sehr gefreut, als ich sah, wie glücklich sie das machte: So hatte mein Abschied wenigstens etwas Gutes. Mich wunderte nur, dass sie vorher mit keiner Silbe erwähnt hatte, dass sie gern Kapitänin wäre.

Übertreib nicht! Genieß dein neues Luxusleben; ich hab's ja immer gesagt: Deine Mutter weiß, wie man eine gute Partie macht! Hihihi

Ich fand den Kommentar völlig daneben. Es war nicht das erste Mal, dass sie sich so äußerte, und es ging mir gegen den Strich, wenn die Leute behaupteten, meine Mutter hätte nur des Geldes wegen geheiratet. So war sie nicht, im Gegenteil: Sie mochte einfache Dinge, wie ich, doch Will hatte sie aus Liebe geheiratet.

Ich würde einfach nicht darauf reagieren. Ich wollte mich mit Beth nicht streiten und schon gar nicht auf die Entfernung.

Da schickte sie mir ein Foto.

Sie und Dan Arm in Arm mit strahlenden Gesichtern. Mein Freund war blond und hatte braune Augen, er sah einfach toll aus. Es tat mir weh, ihn so glücklich zu sehen. Ich war erst vor achtundvierzig Stunden abgereist, da hätte er doch etwas trauriger sein können, oder? Eine Frage brannte mir unter den Nägeln:

Ist er bei dir?

Die Antwort ließ auf sich warten. Eigenartig.

Ja, wir sind bei Rose. Ich sage ihm, dass er sich bei dir melden soll.

Seit wann sagte Beth meinem Freund, dass er sich bei mir melden sollte?

Eine Minute später kam eine Nachricht von Dan mit einem lächelnden Smiley.

Hi, Süße, vermisst du mich?

Ja klar vermisse ich dich! Ich hätte das Handy und ihn am liebsten angeschrien, aber ich riss mich zusammen. Meine Laune sank, als ich schrieb:

Du mich vielleicht nicht?

Auch seine Antwort ließ auf sich warten. Wie ich das hasste.

Klar doch! Ohne dich ist es nicht dasselbe, aber ich muss jetzt los. Ich rufe dich später an, ja? Ich liebe dich.

Tausende von Schmetterlingen flatterten in meinem Bauch, als ich das las. Ich verabschiedete mich und legte das Telefon beiseite.

Ich konnte es kaum erwarten, mit ihm zu sprechen, seine Stimme zu hören. Mein Gott, wie sollte ich es nur schaffen, nicht ständig an ihn zu denken.

In dem Moment hörte ich Stimmen, die sich näherten. Rasch zog ich mich an.

Nick tauchte in Begleitung von drei Kumpels auf.

Mist.

Es waren dieselben, die ich auf der Party gesehen hatte. Einer war fast so groß wie er, sonnengebräunt, mit hellblondem Haar und blauen Augen. Der andere war ein wenig kleiner und hatte ein Veilchen. Das wunderte mich nicht weiter, nachdem ich Nick in Aktion erlebt hatte. Seine Freunde waren bestimmt genauso brutal und verkorkst wie er. Der mit dem Veilchen kam direkt auf mich zu. Er hatte dunkelbraunes Haar und pechschwarze

Augen. Er wirkte richtig bedrohlich, vor allem wegen der vielen Tattoos auf seinen Armen.

»Na, Kleine, bist du die Neue, die unsere erotischen Fantasien ankurbelt?«, fragte er und fläzte sich in den Liegestuhl neben meinem.

Lächelnd nahm Nick neben ihm Platz.

»Was?« Ich richtete mich auf und sah ihn scharf an.

»Du hast recht, die hat wirklich Eier«, sagte er und musterte mich auf eine Art, die mir unangenehm war.

Ich machte keinen Hehl daraus, wie angewidert ich von ihm war. Seine beiden anderen Freunde sprangen mit Schwung in den Pool und spritzten mich dabei nass. Das Strandkleid klebte an meinem Körper.

»Vorsicht, Jungs«, rief Nick und nahm mir das Handtuch weg, um sich abzutrocknen.

Schläger Nummer drei neben mir lachte schallend.

»Mich stört sie nicht«, sagte er mit seltsamem Unterton und musterte mich erneut. »Für deine fünfzehn Jahre hast du ordentlich was zu bieten«, meinte er und starrte auf meine Brüste, die sich unter dem nassen Kleid deutlich abzeichneten.

»Ich bin siebzehn, und wenn du mich weiter so anglotzt, werden dir gleich ein paar wertvolle Körperteile wehtun«, drohte ich ihm, während ich das Kleid vom Körper zu lösen versuchte.

Da warf Nicholas mir das Handtuch zu, das er mir geklaut hatte, und ich bedeckte meinen Körper.

»Lass sie in Ruhe«, meinte er ernst. »Sonst muss ich sie ins Wasser werfen, um sie zum Schweigen zu bringen, und darauf habe ich gerade gar keine Lust.«

Ich musste lachen.

»Entschuldigung, was hast du gesagt?«, meinte ich und wandte mich zu ihm um. Er trug eine Badehose und ich hatte seinen nackten Oberkörper und das Tattoo in Großaufnahme vor mir.

Er legte seine Ray-Ban-Sonnenbrille ab und sah mich forschend an. Seine Augen strahlten hellblau im Sonnenlicht und ich war für einen Moment abgelenkt.

»Denkst du, ich hätte den Haken vergessen, den du mir gestern verpasst hast?«, sagte er und rückte näher an mich heran. Mein Blick wanderte zu meinen Knöcheln, die immer noch grün und blau waren. An seinem Kinn dagegen war nichts zu sehen.

»Willst du mir etwa drohen?«, fragte ich. Der konnte es mit mir aufnehmen.

Ich hörte ein Lachen neben mir.

»Die Kleine gefällt mir, Nick. Wir sollten öfter was zusammen unternehmen«, meinte der Tätowierte. Er stand auf und machte einen Kopfsprung ins Wasser.

»Hör zu, *Freckle*, du kannst mit mir nicht umspringen, wie es dir passt. Siehst du die Jungs da? Sie respektieren mich, und weißt du, warum? Weil sie wissen, dass ich ihnen im Nullkommanichts die Knochen brechen kann. Also gib acht, was du tust. Bleib mir vom Hals und alles ist gut.«

Ich hörte ihm schweigend zu und überlegte, was ich ihm entgegnen könnte.

»Witzig, dass ausgerechnet du mir drohst, obwohl ich dich locker bei deinem Vater verpfeifen könnte. Oder wie siehst du das?«

Er presste die Kiefer aufeinander und ich grinste voller Genugtuung.

Eins zu null für mich.

»Dieses Spiel willst du nicht mit mir spielen, Noah, glaub mir.«

Um mir nicht anmerken zu lassen, wie sehr er mich verunsicherte, suchte ich nach der Sonnenmilch. Ich musste meine Hände beschäftigen.

»Dann hör auf, von mir zu erwarten, dass ich dich mit Respekt behandele. Den hast du nämlich nicht verdient«, erwiderte ich ernst. »Du willst nicht, dass ich darüber spreche, was ich gestern Abend gesehen habe? Dann spar dir deine Kommentare und sag deinen Freunden, sie sollen mich in Ruhe lassen.«

In dem Moment kam einer von ihnen aus dem Pool und ließ sich klitschnass in den Liegestuhl neben mir fallen. Wassertropfen von seiner Haut landeten auf mir und ich drehte mich angewidert weg.

»Soll ich dir helfen? Ich könnte dir den Rücken eincremen?«

Ich sah Nick eindringlich an.

»Verschwinde, Hugo. Mein Schwesterchen und ich führen gerade ein aufschlussreiches Gespräch«, befahl er, ohne den Blick von mir abzuwenden.

Hugo stand sofort auf. Gott sei Dank.

»Sehen wir uns heute Abend?«, fragte er, woraufhin Nick nur kurz nickte. »Die Wettquote ist hoch. Wir müssen das Rennen gewinnen, egal wie.«

Mit einem Blick brachte Nicholas ihn zum Schweigen. Doch der Kommentar hatte mich aufhorchen lassen. Hatte er von »Rennen« gesprochen?«

»Ich habe gesagt, du sollst verschwinden.«

Hugo sah ihn fragend an, und dann kapierte er, dass er sich verplappert hatte.

Als die Freunde weg waren, drehte ich mich zu meinem Stiefbruder um und hakte nach: »Rennen?«

Nick setzte die Sonnenbrille auf und lehnte sich zurück.

»Frag nicht, wenn du die Antwort nicht hören möchtest.«

Ich biss mir auf die Lippe. Ich hätte zu gern gewusst, was es damit auf sich hatte, aber ich würde nicht weiterbohren. Die krummen Dinger, in die Nicholas Leister verwickelt war, gingen mich nichts an.

Oder zumindest glaubte ich das.

Nachmittags verbrachte ich Zeit mit meiner Mutter. Am Abend sollte das Galadinner von Williams Firma stattfinden und als Familie mussten wir natürlich teilnehmen. Ich hätte liebend gern darauf verzichtet, aber mir war klar, dass ich mich nicht drücken konnte: Seit Monaten war William mit den Vorbereitungen für das Event beschäftigt, und man erwartete, uns alle dort zu sehen.

Ich saß auf dem Sofa in ihrem Ankleidebereich. Das neue Zimmer meiner Mutter war noch beeindruckender als meins. Es war ganz in Creme gehalten und konnte locker mit der Suite eines Luxushotels mithalten. Es gab ein riesiges Ehebett und zwei begehbare Kleiderschränke. Ich hätte nie gedacht, dass ein Mann so etwas brauchen könnte, doch als ich die Massen an Hemden, Anzügen und Krawatten sah, wurde ich eines Besseren belehrt.

Der Abend war meiner Mutter sehr wichtig. Verständlicherweise, denn es würden neben Freunden auch einflussreiche Leute aus der Industrie und andere Anwälte anwesend sein, die sie noch nicht kannten. Sie war aufgeregt wie ein Schulmädchen.

»Mom, du wirst großartig aussehen, egal was du anziehst. Warum machst du dir so einen Kopf?«

Sie drehte sich zu mir um und strahlte über das ganze Gesicht. Ich konnte kaum fassen, wie happy sie war.

»Danke, Noah«, sagte sie und hielt mir ein weiß-grünes Kleid entgegen. »Also das hier?«, fragte sie zum achten Mal.

Ich nickte und dachte dabei an den Abend. Wenn Nicholas vorhatte zu verschwinden, um irgendwas Verbotenes zu tun, könnte ich mich ebenfalls aus dem Staub machen. Das war irgendwie tröstlich.

»Dein Kleid ist auch ein Traum. Nun zieh doch nicht so ein Gesicht. Du wirst nicht gleich sterben, wenn du dich mal ein wenig zurechtmachst«, sagte sie, als sie meine düstere Miene sah.

»Es tut mir leid«, sagte ich ernst. In den letzten Stunden durchlebte ich eine Achterbahnfahrt der Gefühle. »Aber mir steht gerade nicht der Sinn nach Essen in Restaurants und bei Galadinners.«

»Es wird unterhaltsam, das verspreche ich«, versuchte sie mich zu animieren.

Ich dachte an Dan, daran, wie sehr es ihm gefallen hätte, mich in diesem Kleid zu sehen. Warum sollte ich mich hübsch machen, wenn keiner von meinen Lieblingsmenschen da war, um es zu sehen?

»Bestimmt«, erwiderte ich und schluckte meinen Verdruss runter. »Ich sollte mich dann wohl mal fertig machen.«

Meine Mutter legte das Kleid zur Seite und kam auf mich zu. »Danke, dass du das für mich tust, Liebes. Das bedeutet mir sehr viel.«

Ich zwang mich zu lächeln.

»Das mache ich gerne«, erwiderte ich. Sie schloss mich in ihre Arme, und mir wurde bewusst, wie sehr ich die Umarmung nach allem, was geschehen war, brauchte. Ich drückte sie fest und fühlte mich für einen Moment wieder wie früher als kleines Mädchen.

8
Nick

Ich musste mich vor Noah in Acht nehmen. Es hätte übel ausgehen können, wenn mein Vater herausgefunden hätte, was ich am Abend zuvor getan hatte. Es bereitete mir Kopfzerbrechen, wie ich mein geheimes Leben weiterführen sollte, wenn wir nicht mehr nur zu zweit im Haus waren. Ich hatte die beiden Welten immer sorgsam getrennt gehalten, und das nicht ohne Grund.

Wie immer um diese Zeit fanden in der Wüste illegale Rennen statt. Nach der Gala musste ich dorthin. Es war der Wahnsinn: Rockmusik, Drogen, teure Autos und Rennen, bis die Sonne aufging oder die Bullen kamen. Aber die mischten sich meistens nicht ein, weil das Ganze im Niemandsland stattfand. Die Mädchen waren völlig aus dem Häuschen, das Bier floss in Strömen, und das Adrenalin war der perfekte Stoff, um dir die beste Nacht deines Lebens zu bescheren. Solange du nicht der Verlierer warst, versteht sich.

Ronnies Gang konkurrierte mit uns; der Gewinner bekam die Wettkohle und das Auto des Verlierers. Die Typen waren gefährlich, das wusste ich aus erster Hand, und deshalb vertrauten meine Leute auf mich, wenn sie in der Nähe waren. Ronnie und ich gingen freundschaftlich miteinander um, aber das konnte schnell umschlagen, und an dem Abend musste ich auf der Hut sein und das Rennen gewinnen. Egal wie.

Ich musste sicherstellen, dass Noah sich nicht verplapperte, also postierte ich mich vor ihrer Zimmertür, bevor wir zu dem Galadinner aufbrachen.

Nachdem ich dreimal geklopft und ewig gewartet hatte, öffnete sie die Tür.

»Was willst du?«, fragte sie missmutig.

Ich schob mich an ihr vorbei ins Zimmer. Vor der neuen Ehe meines Vaters hatte das Zimmer mir gehört.

»Das war mal mein Trainingsraum, wusstest du das?«, sagte ich. Ich stand mit dem Rücken zu ihr vor dem Bett.

»Ups, hat man dem reichen Jungen sein Spielzeug weggenommen? Wie bedauerlich«, machte sie sich über mich lustig.

Ich drehte mich um und ließ meinen Blick eingehend über ihren Körper wandern. Anfangs hatte ich sie damit nur ärgern wollen, doch ich konnte mich einer gewissen Faszination nicht erwehren. Meine Freunde hatten recht. Sie war heiß, aber ich wusste nicht, ob das gut oder schlecht war für mich.

Das Haar hatte sie zu einem raffinierten Dutt hoch auf dem Kopf gebunden und ihr Gesicht wurde lässig von Locken umspielt. Sie trug ein langes hellblaues Kleid, das ihren Körper sanft verhüllte, und das Make-up war der Hammer: Ihr Teint wirkte wie aus Alabaster und in den Augen hätte man glatt versinken mögen. Obwohl ich eigentlich nicht viel für stark geschminkte Mädchen übrighatte, musste ich echt an mich halten, um nicht den Finger auszustrecken und die langen Wimpern zu berühren. Und erst ihr Mund: Diese roten Lippen könnten jeden Mann ins Verderben locken, der sie noch alle beisammenhatte.

Ich drängte das aufwallende Begehren zurück und setzte den erstbesten verletzenden Kommentar ab, der mir einfiel.

»Na, da hast du ja volle Kriegsbemalung aufgelegt.« Ihre Augen blitzten vor Zorn.

»Nun, dann hast du ja einen Grund mehr, mich zu ignorieren«, erwiderte sie und nahm eine Kette vom Nachttisch. Das Kleid hatte einen tiefen Ausschnitt und die Seide umspielte ihren Körper wie Wasser.

Magisch angezogen bewegte ich mich auf sie zu. War ihre Haut wirklich so zart, wie sie aussah?

»Was soll das?«, fragte sie und drehte sich um, als sie spürte, dass ich hinter ihr stand.

Jetzt, wo sie so dicht vor mir stand, bemerkte ich, dass die Sommersprossen verschwunden waren.

Ich nahm ihr die Kette aus der Hand. Sie sollte ruhig glauben, ich hätte mich ihr in der Absicht genähert, sie ihr umzulegen.

Argwöhnisch sah sie mich an.

»Komm schon, Schwesterchen, hältst du mich für so verdorben?«, fragte ich.

»Dir traue ich alles zu«, antwortete sie und riss mir die Kette aus der Hand. Bei der Berührung bekam ich eine Gänsehaut.

Frustriert wandte ich mich von ihr ab. Sie zu begehren und im gleichen Atemzug zu wissen, dass ich die Finger von ihr lassen musste, war die reinste Folter.

»Ich wollte nur sichergehen, dass du dich heute Abend nicht verquatschst«, sagte ich und sah ihr verblüfft zu, wie sie geschickt die Kette umlegte.

»Verquatschen?«, fragte sie, als wüsste sie nicht, wovon die Rede war.

Der Duft ihres Parfums vernebelte mir die Sinne.

»Du weißt, dass ich heute Abend nach dem Galadinner noch was vorhabe, und ich möchte nicht, dass du irgendeinen schlauen Kommentar ablässt, wenn ich mich verabschiede.«

»Um an einem wichtigen Fall zu *arbeiten*, nehme ich an.«

Ich lächelte zufrieden.

»Du hast es kapiert. Mega. Ciao, Schwesterchen.«

»Nicht so schnell, Nicholas«, rief sie mir hinterher. Als ich sie meinen Namen sagen hörte, kribbelte es in meinem Bauch, und ich blieb stehen. »Und was springt für mich dabei raus?«

Ich drehte mich um und sah, wie ein gehässiges Lächeln über ihr Gesicht huschte.

»Für dich springt dabei raus, dass ich darauf verzichte, dir das Leben zur Hölle zu machen.«

»Ich wüsste nicht, wie du das anstellen wolltest.«

Ich trat einen Schritt auf sie zu.

»Glaube mir, das möchtest du nicht herausfinden.«

Noah hielt meinem Blick ungerührt stand.

»Wenn du von der Feier verschwindest, nimmst du mich mit. Ich habe absolut keine Lust darauf, meine Zeit mit Leuten zu verschwenden, die mir am Arsch vorbeigehen.«

»Sorry, *Freckle*, aber wie du vielleicht schon gemerkt hast, tauge ich nicht als Taxifahrer«, erwiderte ich und deutete auf mein elegantes Outfit.

»Denk dir eine Entschuldigung für uns beide aus, denn ich habe nicht vor, den Rest des Abends die brave Tochter zu spielen, während du dich bei deinen illegalen Autorennen vergnügst.«

Dass sie das so offen aussprach, machte mich nervös.

»Okay, mir wird schon was einfallen«, lenkte ich ein, um sie zu beschwichtigen. Ich würde mich einfach unbemerkt aus dem Staub machen.

»Es ist unglaublich, wie du es schaffst, alle zu täuschen. Wusstest du, dass meine Mutter dich immer als perfekten Sohn beschrieben hat?«

»Ich bin in vielerlei Hinsicht perfekt, Sweetheart.« Ich muss gestehen, das Gespräch fing an, mir Spaß zu machen. Die Wortgefechte mit ihr waren ausgesprochen erfrischend. »Wenn du willst, kann ich es dir gerne beweisen.«

Noah verdrehte die Augen und sah mich überheblich an. Normalerweise konnte ich mich vor Mädchen nicht retten. Ein Blick genügte und sie klebten förmlich an mir und lasen mir jeden Wunsch von den Augen ab. Ich hatte mir einen gewissen Ruf erworben, die Frauen respektierten und bewunderten mich. Ich gab ihnen, was sie wollten, und sie ließen mir meinen Freiraum. So war es immer gewesen, seit ich mit vierzehn gemerkt hatte, dass dir die Frauenwelt zu Füßen liegt, wenn du nur attraktiv genug bist. Aber Noah war davon völlig unbeeindruckt und provozierte mich die ganze Zeit.

»Sagst du das immer, wenn du ein Mädchen ins Bett kriegen willst?«, fragte sie von oben herab. »Bei mir zieht das nicht, also kannst du dir die Mühe sparen.«

Ich verspürte einen unangenehmen Druck in der Hose.

Für einen Moment hatte ich mir amüsiert vorgestellt, wie ich ihr das Kleid auszog und all die Dinge mit ihr machte, die Frauen verrückt machen. Bis sie völlig von Sinnen war und nur noch meinen Namen rief …

Verdammt.

»Keine Sorge, ich stehe auf Frauen, nicht auf kleine Mädchen mit Zöpfen und Sommersprossen.«

»Seit wann trage ich Zöpfe, du Idiot?«

Ich lachte, um Dampf abzulassen. Wie gerne hätte ich sie mit Zöpfen gesehen.

»Wir haben also einen Deal«, bekräftigte ich, um die Sache abzukürzen.

Noah lachte auf.

»Wenn es für dich ein Deal ist, hier mir nichts, dir nichts aufzukreuzen und Befehle zu erteilen …«

»Ich sehe, du verstehst langsam. Ciao, Schwesterchen.«

Ihre Antwort war ein eisiger Blick, und ich verschwand, ohne mich noch mal umzudrehen. Im Flur lehnte ich mich an die Wand. Verdammt, ich hatte noch nie so die Kontrolle verloren. Ich fühlte mich ausgeliefert wie ein Teenager.

Ich verscheuchte die Gedanken und zückte mein Handy.

Ich komme vor der Gala bei dir vorbei.

Gleich darauf eilte ich die Treppen hinunter.

Bevor ich mich den Herausforderungen des Abends stellen konnte, musste ich mich erst mal abreagieren, und wer war dafür besser geeignet als Anna.

Zwanzig Minuten später stand ich vor ihrer Tür. Sie war das perfekte Alibi für Abende wie diese. Sie war die Tochter eines der wichtigsten Banker von Los Angeles und unsere Väter kannten sich schon seit dem Studium. Ab einem gewissen Alter hatte sie angefangen, mich zu quälen, und als Halbwüchsiger, der keine Ahnung hatte, wie man mit Frauen umgeht, hatte ich sie gewähren lassen.

Wir hatten gemeinsam gelernt und wussten, was wir am anderen hatten. Außerdem verlangte sie nie irgendwelche Erklärungen und sie fing auch keine Diskussionen an.

Ich drängte sie gleich in ihr Zimmer.

»Was hast du vor?«, fragte sie, als ich die Tür verriegelte und sie umarmte.

»Na, 'ne Runde vögeln, was dachtest du?« Ich warf sie aufs Bett.

Anna lachte und spielte lasziv mit ihrem Kleid. Im Gegensatz zu Noah trug sie ihr Haar offen, und ihr Kleid war so kurz, dass ich schnell am Ziel war.

»Wir kommen zu spät«, beklagte sie sich und drückte ihre Lippen auf meine.

»Du weißt, dass mir das schnurz ist«, erwiderte ich, während wir in Ekstase verschmolzen und ich endlich die Ruhe wiederfand, nach der ich mich so gesehnt hatte, seit dieses Hexenweib in mein Leben getreten war.

Eine Viertelstunde später stand ich rauchend auf Annas Balkon und band mir die Krawatte um.

Sie trat zu mir, das Kleid glatt gestrichen und das Haar perfekt frisiert. Von unserem kleinen Abenteuer war außer den glühenden Wangen nichts mehr zu bemerken.

»Wie sehe ich aus?«, fragte sie und schmiegte sich an mich.

Mein Blick wanderte über ihren Körper. Sie war hübsch und hatte eine gute Figur. Ihr Haar war so dunkel wie ihre Augen. Ich hatte mich immer schon gewundert, warum sie keinen Freund hatte, obwohl sie jeden hätte haben können. Stattdessen verschwendete sie ihre Zeit mit einem wie mir.

»Fantastisch«, erwiderte ich und löste mich aus der Umarmung. Ich brauchte noch einen Moment, um mich auf den Abend vorzubereiten.

»Bist du nervös?«, fragte sie und lehnte sich an das Geländer. Sie verstand, wann ich meinen Freiraum brauchte und allein sein wollte. Deshalb kehrte ich immer wieder zu ihr zurück.

Ich nahm einen Zug von der Zigarette und blies genüsslich den Rauch aus.

»Nicht nervös, gestresst trifft es wohl eher.«

Neugierig sah sie mich an.

»Deine Stiefmutter?« Sie wusste, wie sehr mich die Situation belastete, auch wenn ich es nicht zeigte.

»Ihre Tochter«, erklärte ich und trat die Zigarette aus.

Sie hob die Augenbrauen.

»Sie hat keine Ahnung, mit wem sie es zu tun hat und zu was ich fähig bin.«

»Willst du, dass ich es ihr klarmache?«, schlug sie vor, und ich musste schmunzeln bei der Vorstellung eines Kräftemessens zwischen Noah und Anna.

»Nein. Sie soll sich einfach aus meinen Sachen raushalten.«

Sie nickte lächelnd.

»Du willst sie doch nicht etwa auf Abwege bringen?«

Ich muss gestehen, ich dachte kurz darüber nach.

»Ich will sie eher davon *fernhalten.* Ich will nicht noch mehr Probleme wie gestern Abend.«

Der Wind wehte durch Annas Haar und mein Blick fiel auf

ihren Hals. Sanft strich ich ein paar Strähnen zur Seite. Unwillkürlich suchte ich nach etwas, das dort nicht zu finden war: dem Tattoo. Wie gerne hätte ich es in dem Moment geküsst …

Ich wandte mich ab und ließ Anna stehen, die sich offenbar noch einen Nachschlag erhofft hatte.

»Komm, wir sind spät dran.« Ich ging zur Tür.

»Ich dachte, es wäre dir egal?«, fragte sie säuerlich.

»So ist es«, erwiderte ich, und ich hätte in dem Moment nicht sagen können, auf was ich mich bezog.

9
NOAH

Als Nick den Raum verlassen hatte, setzte ich mich erst mal aufs Bett, um durchzuatmen. Autorennen. Ausgerechnet. Damit hatte er meinen wunden Punkt getroffen. Diese Leidenschaft war eines der wenigen Dinge, die ich von meinem Vater geerbt hatte und die mir wenigstens ein paar schöne Stunden an seiner Seite beschert hatten. Ich erinnerte mich, wie ich, zu seinen Füßen auf dem Boden sitzend, den Nascar-Cup im Fernsehen verfolgt hatte. Mein Vater war einer der besten Rennfahrer seiner Zeit, bis alles in die Brüche ging.

Ich sah das Gesicht meiner Mutter vor mir, als sie mir unmissverständlich alles verbot, was mit Autos, Rennen und dem ganzen Umfeld zu tun hatte. Mit zehn Jahren konnte ich schon nahezu perfekt Auto fahren, und als meine Beine lang genug waren, die Pedale zu erreichen, ließ mein Vater mich auch mal ans Steuer. Es war eine der aufregendsten Erfahrungen meines Lebens: Ich konnte mich noch gut an den Geschwindigkeitsrausch erinnern und daran, wie der Sand auf die Windschutzscheibe flog und das Geräusch der quietschenden Reifen in den Innenraum drang. Aber vor allem an die mentale Ruhe, die es in mir auslöste. Es gab nur das Auto und mich, alles andere war ausgeblendet.

Aber das war lange her. Meine Mutter hatte ein Machtwort gesprochen, und das musste ich akzeptieren, sosehr ich das alles auch vermisste.

Seufzend stand ich auf und griff nach meinem Handy, das partout nicht klingelte. Meine Freunde schienen mich bereits vergessen zu haben. Sie gingen heute auch zu einer Party, und sie hatten nicht auf dem Schirm, dass ich in der Chat-Gruppe alles mitlesen konnte: was es zu trinken gab, wer eingeladen war und was sie sich alles einwerfen würden.

Ich verspürte Schmerz und zugleich Wut. Dan hatte immer noch nicht angerufen, dabei sehnte ich mich so danach, seine Stimme zu hören und mit ihm stundenlang zu reden, wie wir es vor meiner Abreise getan hatten. Warum rief er nicht an? Hatte er mich auch schon vergessen?

Diese Gedanken gingen mir durch den Kopf, als ich mich nach unten begab, wo meine Mutter und Will bereits warteten. Mit dem eleganten Smoking sah er aus wie ein Hollywoodschauspieler und zu meinem Leidwesen hatte er die physische Attraktivität an seinen Sohn weitergegeben. Ich muss zugeben, als ich Nick im schwarzen Anzug und weißen Hemd gesehen hatte, war mir die Spucke weggeblieben. Am liebsten hätte ich ein Foto von ihm gemacht. Er war wirklich ein Hingucker, das musste man ihm lassen, aber das war auch schon das einzig Gute an ihm. Obwohl es mich schon positiv überrascht hatte, dass er mit Autorennen zu tun hatte. Wir teilten offensichtlich doch mehr als das Tattoo.

Meine Mutter sah sensationell aus. An dem Abend würde sie alle Blicke auf sich ziehen.

»Noah, du siehst zauberhaft aus«, sagte sie strahlend. Klar. In den Augen ihrer Mütter sahen alle Töchter zauberhaft aus.

Will musterte mich mit kritischem Blick und ich fühlte mich sofort unwohl.

»Ist was?«, fragte ich irritiert. Er würde doch nicht etwa verlangen, dass ich noch ein Jäckchen oder Ähnliches anzog? Wenn ich selbst den Eindruck hätte, dass es besser wäre, meinetwegen, aber dass er es mir vorschrieb? Ich weiß nicht, was ich antworten würde.

Ein Lächeln huschte über sein Gesicht.

»Aber nein, ich bin beeindruckt.«

»Nur noch eine Kleinigkeit«, sagte meine Mutter und zog ein Spray aus der Tasche, mit dem sie etwas Glitzer auf meine nackten Schultern und in meinen Ausschnitt sprühte. »So hast du noch mehr Glanz.«

Ich verdrehte die Augen und ließ es geschehen. Für meine Mutter war ich immer noch das kleine Mädchen mit Zöpfen, von dem Nicholas gesprochen hatte.

Vor dem Haus wartete eine schicke Limousine auf uns. Ich war geflasht und zugleich angepisst. Was hatte ich denn erwartet? Ich konnte mich einfach nicht an dieses neue Leben unter reichen Snobs gewöhnen.

Sie gossen sich Champagner ein, und zu meiner Überraschung und Freude boten sie mir auch ein Glas an, das ich hinunterstürzte und gleich wieder füllte, ohne dass sie es mitbekamen. Ich brauchte etwas Unterstützung, wenn ich den Abend überstehen wollte.

Nicholas war ohne uns losgefahren, und ich beneidete ihn um die Freiheit, tun und lassen zu können, was er wollte. Ich musste mir schnellstmöglich einen Job suchen, damit ich mir auch ein Auto kaufen konnte. Ich wollte mich frei bewegen und von niemandem abhängig sein.

Ich holte das Handy aus dem Abendtäschchen: wieder kein verpasster Anruf von Dan und auch keine Nachrichten im Chat. Ich atmete tief durch und sagte mir, er wird schon anrufen. Bestimmt war etwas mit seinem Telefon nicht in Ordnung oder sonst was, weshalb er sich nicht meldete.

Meine Laune hielt sich in Grenzen, als wir vor dem Hotel ankamen. Zu meiner Überraschung wurden wir von vielen Reportern erwartet, die den Moment festhalten wollten, in dem William Leister mit seinem Unternehmen expandierte und sein immenses Vermögen weiter vergrößerte. Ich fühlte mich vollkommen fehl am Platz und wäre am liebsten davongerannt, woran mich allerdings schon die mörderischen Absätze hinderten.

»Nicholas sollte eigentlich schon da sein«, sagte William. »Er weiß, dass gleich zu Anfang das Familienfoto aufgenommen wird.« Er war sichtlich verärgert.

Wir mussten mindestens zehn Minuten im Auto warten, während die Journalisten draußen langsam nervös wurden, weil sie endlich ihre Fotos machen wollten. Es war lächerlich, dass wir nicht ausstiegen, aber vermutlich machte es reichen Leuten nichts aus, andere warten zu lassen.

Auf einmal gab es einen großen Wirbel. Die Fotografen schwenkten ihre Kameras in eine andere Richtung und riefen den Namen meines Stiefbruders.

»Na endlich!«, sagte William ungehalten, aber erleichtert. »Komm, Liebes.« Die Tür des Fahrzeugs öffnete sich.

Beim Aussteigen sah ich Nick und seine Begleiterin im Blitzlichtgewitter. Sie wurden empfangen wie Fernsehstars und gaben sich auch so.

Wieso kannten all diese Leute seinen Namen?

Unsere Blicke trafen sich. Seine Augen blitzten, doch davon ließ ich mich nicht beeindrucken. Dann schon eher davon, wie toll er aussah. Er wandte sich seiner Freundin oder Geliebten oder was auch immer zu und küsste sie. Die Pressemeute flippte aus und konnte gar nicht genug bekommen.

»Hallo, Anna!«, grüßte William Nicks Freundin. Er ließ seinen Sohn die Verärgerung deutlich spüren. »Wenn es dir nichts ausmacht, stellen wir uns kurz für ein paar Familienfotos zur Verfügung, und dann sind wir gleich wieder bei dir.« Das war die höfliche Art, ihr zu verstehen zu geben, dass sie nicht dazugehörte.

Anna musterte mich verächtlich, wer weiß, was für Horrorstorys Nicholas ihr über mich erzählt hatte. Ich hatte ja bislang noch nicht das Vergnügen gehabt, sie kennenzulernen.

Ich ignorierte sie und gesellte mich zu meiner Mutter, damit die Presse endlich ihre verdammten Aufnahmen machen konnte. Wir wurden an einer Wand mit allen möglichen Werbelogos platziert und im nächsten Moment wurde ich von all dem Blitzlicht fast blind.

Als meine Mutter einen der bedeutendsten Unternehmer und Juristen der Vereinigten Staaten geheiratet hatte, war ich nicht überrascht, dass sie mir erzählte, ab und zu würden Fotos von ihr in der Presse erscheinen. Aber das war der helle Wahnsinn. Überall war der Name Leister Enterprises zu lesen und unter den geladenen Gästen konnte ich den ein oder anderen Promi ausmachen. Ich war hin und weg, als ich dann auch noch in einer Ecke Johana Mavis in einem supertollen Outfit sah.

»Sag mir, dass das nicht wahr ist … Ist das etwa meine Lieblingsschriftstellerin?«, sagte ich und griff im Glauben, es handele sich um meine Mutter, nach dem nächstbesten Arm. Doch er fühlte sich hart an.

»Soll ich sie dir vorstellen?«, fragte Nicholas. Verdutzt sah ich ihn an und zog sofort die Hand weg.

»Du kennst sie?«, fragte ich ungläubig.

»Ja«, erwiderte er, als wäre es das Selbstverständlichste der Welt. »Die Kanzleien meines Vaters vertreten viele Berühmtheiten aus Hollywood. Von Kindheit an habe ich mehr Stars kennengelernt als jeder andere in Los Angeles. Promis schließen die Anwälte ins Herz, die sie im Notfall vor dem Knast bewahren.«

Ich verspürte ein Kribbeln im Bauch und nahm ein Glas Champagner von einem der Tabletts, die von Kellnern durch die Menge getragen wurden.

»Und was ist mit deiner Freundin?«, fragte ich, um mich abzulenken. »Du hast sie doch wohl nach der öffentlichen Liebesbekundung nicht einfach stehen lassen?«

Er funkelte mich wütend an.

»Soll ich sie dir nun vorstellen oder nicht?«

»Was für eine Frage, natürlich will ich, dass du sie mir vorstellst. Ich bin Johanas Fan, seit ich denken kann. Sie schreibt die besten historischen Romane«, sagte ich erfreut. Das war doch mal eine nette Geste von ihm.

»Dann komm, aber fang ja nicht wie wild an zu kreischen.«

Ich warf ihm einen giftigen Blick zu. Oh Mann! Johana strahlte, als Nick auf sie zuging.

»Nick, du bist der Hammer!«, rief sie und umarmte ihn. Ich war kurz davor, durchzudrehen.

»Danke, und du siehst fantastisch aus wie immer. Hast du meinen Vater schon gesehen?«

Ich versuchte, mir jede noch so kleine Regung von ihr einzuprägen. Was hätte ich darum gegeben, in dem Moment eine Kamera dabeizuhaben.

»Ja, ich habe ihm gratuliert«, erwiderte sie. »Wir brauchen Anwälte wie ihn.«

Nach dem kurzen Geplänkel deutete Nicholas auf mich.

»Johana, ich möchte dir einen deiner größten Fans vorstellen: meine Stiefschwester Noah alias *Freckle*«, zog er mich auf, aber ehrlich gesagt war mir das in dem Moment völlig egal.

Sie lachte mich freundlich an, und ich ließ das Erstbeste vom Stapel, das mir in den Sinn kam.

»Sie sind unglaublich, ich liebe Ihre Bücher«, erklärte ich mit zittriger Stimme. Na toll, da dachte ich mir jahrelang Sätze aus, die ich ihr sagen würde, und dann kam ich mit solch einer Floskel daher.

Nicholas neben mir hatte Mühe, das Lachen zu unterdrücken.

»Danke«, erwiderte sie und umarmte mich. Eine UMARMUNG! Für mich!

»Möchtest du ein Foto machen?«, fragte sie und legte den Arm um mich.

»Ja, aber ich habe keine Kamera dabei!« Hilflos blickte ich zu Nicholas.

Der lachte sich halb tot.

»Mensch, Noah, wofür gibt es Handys?«

Ich war wirklich völlig neben der Spur.

Nick fotografierte uns mit seinem Smartphone. Einer der schönsten Momente meines Lebens war verewigt.

»Vielen Dank«, sagte ich geflasht. Ich konnte den Blick nicht von ihr abwenden.

»Keine Ursache, Darling«, erwiderte sie und zog mit ihrem Begleiter davon.

»Jetzt bist du mir aber was schuldig, Schwesterchen«, meinte Nick und ließ das Handy in der Tasche verschwinden. Er rückte näher an mich heran und flüsterte: »Also schön die Klappe halten.«

Mir lief ein Schauer über den Rücken, als ich seinen Atem an meinem Hals spürte. Es war mir völlig egal, was er sonst am Laufen hatte, ich schwebte auf Wolke sieben.

In dem Moment vibrierte mein Handy. Ich öffnete die Nachricht in dem Glauben, es wäre das Foto mit Johana. Da stürzte die Welt für mich ein.

Mein Herzschlag setzte für einen Moment aus, meine Finger begannen zu zittern und in mir brannte es lichterloh. Das konnte doch nicht wahr sein.

Ich hatte ein Foto bekommen, das stimmte. Aber es war ein Foto von Dan, wie er mit einem Mädchen rummacht. Einem Mädchen, das ich besser kannte als mich selbst.

»Ich glaub's nicht …«, seufzte ich. Ich hatte einen Kloß im Hals. Wenn ich gekonnt hätte, ich hätte in dem Moment all den Tränen freien Lauf gelassen, die ich seit Jahren in mir trug.

»Was ist los?«, hörte ich eine Stimme sagen. Nick stand immer noch neben mir und hatte das Bild auf dem Display wohl auch gesehen.

Mein Atem ging immer schneller. Der Verrat, der Schmerz, das Gefühl, betrogen worden zu sein … Ich musste raus.

Ich drückte ihm das Telefon in die Hand und eilte hinaus. Ich brauchte frische Luft, ich musste allein sein.

Wie konnte er mir das antun? Wie konnte sie mir das antun? Ich fühlte mich, als wäre ich der dümmste und wertloseste Mensch unter der Sonne. Sie war meine beste Freundin. Wie konnte sie das tun? Was hatte sie sich dabei gedacht?

Ich betrat die Damentoilette des Hotels und stellte mich vor den Spiegel. Ich stützte mich auf dem Waschtisch ab, senkte den Kopf und starrte auf meine Schuhe.

Beruhige dich, beruhige dich … du darfst jetzt nicht zusammenbrechen. Nicht weinen, das ist er nicht wert.

Ich hob den Kopf und betrachtete mein Spiegelbild. Was schmerzte mehr? Dass der erste Junge, in den ich mich verliebt hatte, mich betrog, oder dass das Mädchen, mit dem er es tat, meine beste Freundin war?

Verdammt, Beth!

Ich wollte irgendjemanden anschreien, auf irgendwas einschlagen, ich musste all die angestaute Wut loswerden, irgendwas tun, sonst würde ich platzen. Ausgerechnet jetzt, wo meine ganze Welt Stück für Stück zu Bruch ging, wo ich alleine in einer fremden Stadt war, ohne Freunde, umgeben von Fremden, Menschen, die mir nichts bedeuteten …

Du Schwein, du … du … Ich atmete ein paar Mal tief durch, um mich zu beruhigen. Du wirst mich noch kennenlernen.

Als ich mich ein wenig gefasst hatte, ging ich in den Saal zurück, in dem alle munter Small Talk hielten und Kanapees verspeisten. Sie bekamen nichts mit von meinem Schmerz, von dem unbezähmbaren Wunsch, diesen ganzen oberflächlichen Leuten ins Gesicht zu schreien, dass sie keinen blassen Schimmer hatten, was es hieß, wirklich zu leiden, von dem Wunsch, all die Champagnergläser mit einem Schlag vom Tisch zu fegen.

Champagner, das war das Stichwort. Ich ging zur Theke.

Der Barkeeper, ein mexikanisch aussehender junger Mann, kam auf mich zu, während er seine Hände mit einem feuchten Lappen abrieb.

»Was darf's sein, die Dame?«, fragte er. Ich erwiderte mit einem sarkastischen Lachen: »Bitte, ich bin siebzehn, und du dürftest nicht viel älter sein, behandele mich also nicht wie eine von diesen blasierten Tussen«, erwiderte ich schnippisch. Zu meiner Überraschung lachte er belustigt.

»Du scheinst aber bestens integriert zu sein«, meinte er und deutete auf die steinreichen Gäste, die sich hinter mir amüsierten.

»Wirf mich nicht mit denen in einen Topf. Ich bin hier, weil meine Mutter in einem Anfall geistiger Umnachtung entschieden hat, William Leister zu heiraten, und nicht, weil ich hier sein möchte.« Ich leerte das Glas in einem Zug und stellte es auf die Theke, damit er es wieder füllte.

»Warte …« Er sah sich um, ob ihn auch niemand hörte. »Bist du die Stiefschwester von Nick?«, fragte er mit großen Augen.

Oh nein, bitte nicht noch ein Fan von dem Idioten.

»Genau die«, erwiderte ich und wartete ungeduldig darauf, dass er nachgoss und ich mich weiter in meinem Elend suhlen konnte.

»Mein Beileid«, sagte er und füllte mein Glas. Meine Stimmung hellte sich ein wenig auf. Jeder, der Nick nicht leiden konnte, wanderte auf meiner Liste der nettesten Menschen der Welt ein paar Plätze nach oben.

»Woher kennst du ihn, mal abgesehen davon, dass ihm der Ruf vorauseilt, ein arrogantes Arschloch zu sein?«, fragte ich neugierig.

»Das willst du nicht wissen«, erwiderte er und schenkte mir ein weiteres Mal nach, ohne dass ich ihn darum bitten musste.

Wenn ich in dem Tempo weitermachte, wäre ich noch vor Mitternacht heillos betrunken.

»Wenn du auf die Autorennen anspielst, das weiß ich schon«, erklärte ich, und mir wurde klar, wie gerne ich dorthin gehen würde. Sollte ich etwa hier bei Leuten ausharren, die ich verabscheute? Sollte ich auf meine größte Leidenschaft verzichten, nur weil meine Mutter es mir verboten hatte? Hatte sie mich gefragt, als sie unser beider Leben über Bord geworfen hatte? Wäre ich nicht fortgegangen, hätte ich jetzt noch einen Freund und eine beste Freundin … andererseits hatte ich auf diese Weise die Wahrheit über beide herausgefunden.

»Ich werde heute Abend zu dem Rennen gehen und du wirst mich hinbringen«, sagte ich und verspürte wieder das Kribbeln im Bauch, das sich immer einstellte, wenn ich etwas Verbotenes, Riskantes tat, etwas, das zeigte, dass ich nicht das liebe Mädchen war, das die anderen aus mir machen wollten.

An dem Abend würde ich tun, wozu ich Lust hatte, und mich nebenbei für den Verrat rächen. Perfekt.

10

NICK

Ich sah ihr nach, als sie wortlos den Raum verließ. Dann fiel mein Blick auf die Nachricht unter dem Foto.

> Das passiert, wenn man fortgeht. Oder hast du etwa geglaubt, dass Dan für immer auf dich warten würde?

Wer zum Teufel war dieser Dan? Und wer war diese schwachsinnige Kay, die ihr solch eine Nachricht schickte?

Ich öffnete den Ordner mit den Fotos auf ihrem Handy. Es gab massenhaft Bilder von ihr mit einem dunkelhaarigen Mädchen, das, wenn ich mich nicht irrte, das von dem fraglichen Foto war, und noch andere mit diversen Freunden. Bei den Schulfotos wurde ich schließlich fündig.

Der Typ, dieser Dan, hielt Noahs Gesicht mit Händen umfasst, während sie übermütig lachte, wohl extra für die Kamera. Sie war betrogen worden …

Ich blockierte das Telefon und steckte es ein. Ich hatte nicht die geringste Ahnung, warum ich es am liebsten im Meer versenkt hätte oder warum ich mich so über das Foto ärgerte, auf dem Noah diesen Arsch küsste, aber ich hatte große Lust, dem Erstbesten, der mir an dem Abend querkam, die Fresse zu polieren.

Ich ging zu dem Tisch mit meinem Namensschild. Neben mir hatte man Noah zur einen und Anna zur anderen Seite platziert. Mein Vater saß mir gegenüber und neben ihm seine Frau. Darüber hinaus saßen noch zwei weitere Ehepaare an unserem Tisch, deren Namen mir nichts sagten, vor denen ich aber auf jeden Fall den charmanten und perfekten Sohn von William Leister geben musste.

Ich hatte mich kaum gesetzt, da tauchte Anna auf. Ich nahm den Duft ihres Parfums wahr und griff nach dem Glas Rotwein, das für jeden Gast bereitstand.

»Und deine Stiefschwester?«, fragte sie abschätzig.

»Heult, weil man sie betrogen hat«, erwiderte ich, ohne nachzudenken.

Anna lachte und das ärgerte mich.

»Das wundert mich nicht, sie ist ja noch ein Baby.«

Dafür, dass sie Noah nur kurz kennengelernt hatte, war da ziemlich viel Wut rauszuhören, aber natürlich hatte sie gestern Abend mitbekommen, wie sie mir den Haken verpasst hatte.

»Lass uns von was anderem reden. Es reicht mir schon, dass ich mit ihr unter einem Dach leben muss«, sagte ich und stellte das Glas ab.

Unbewusst hielt ich Ausschau nach Noah. Die meisten Gäste hatten bereits Platz genommen, da entdeckte ich sie an der Theke am anderen Ende des Saals. Ich stand auf, als ich den Barkeeper erkannte. Ich beeilte mich, denn ich wollte um jeden Preis vermeiden, dass Mario meine Stiefschwester in ein Gespräch verwickelte, aber als ich dort ankam, hörte ich gerade noch, wie er sagte: »In fünf Minuten am Eingang.«

»In fünf Minuten wirst du in der Limousine sitzen und auf die Heimfahrt warten«, unterbrach ich die beiden. Ich warf Mario einen bitterbösen Blick zu.

»Auch dir einen guten Abend, Nick«, grüßte er mich lächelnd.

»Lass den Quatsch«, würgte ich ihn ab. »Was soll das?«

Mario gehörte zu einem dunklen Teil meines Lebens. Ich durfte auf keinen Fall zulassen, dass er Kontakt zu Noah bekam, das war zu riskant. Mario wusste das genau, deshalb hatte er sie umgarnt.

»Es hat nicht alles mit dir zu tun, Nicholas«, erwiderte Noah, und ich musste mich zurückhalten, ihr nicht das vorlaute Maul zu stopfen. »Könntest du mir mein Handy geben?«, bat sie und streckte mir die Hand entgegen.

Von den feuchten Augen war nichts mehr zu sehen. Sie war eiskalt.

»Heute noch, wenn's geht.«

Es fehlte nicht mehr viel und ich würde explodieren. Mario hob lachend die Hände, als wollte er sich ergeben.

»Ich würde mich nicht mit ihr anlegen«, sagte er, als würde er sie schon ewig kennen.

»Noah, lass den Quatsch. Du kennst den Typen doch gar nicht«, versuchte ich sie zu überzeugen, während ich das Handy aus der Tasche zog und es unsanft in ihre Hand legte.

»Aber dich, oder was?«, konterte sie. »Außerdem, nur zu deiner Information, ich werde zu diesem Autorennen gehen, das du um jeden Preis geheim halten willst.«

Ich rückte näher an sie heran.

»Was hast du denn geraucht, Kleine?« Ich war kurz davor, auszurasten. »Da hast du nichts zu suchen, hast du mich verstanden?«

Noah ließ sich nicht einschüchtern.

»Entweder ich komme mit und halte den Mund, oder ich bleibe hier und erzähle alles deinem Vater, deine Entscheidung.«

Fuck!

Ich verstand nicht, wieso sie sich so verhielt: Ihr Freund betrog sie. Jedes andere Mädchen wäre am Boden zerstört gewesen und hätte sich die Augen ausgeheult, aber sie hatte nichts Besseres zu tun, als mir auf den Sack zu gehen?

Mir stank das Ganze gewaltig. Ich durfte mich nicht länger von ihr abhängig machen.

Ich kehrte zum Tisch zurück. Meine größte Sorge war, dass mein Vater irgendwann dahinterkam, was ich außerhalb des Hauses trieb. Ich hatte mein Familienleben immer aus meinen Aktionen rausgehalten, und jetzt hatte man mir eine jähzornige Rotzgöre vor die Nase gesetzt, der nicht nur völlig egal war, was ich sagte, sondern die sich zu allem Überfluss auch noch vorgenommen hatte, bei allem mitzumischen.

Eine Stunde später stand ich auf und begab mich zur Bar, wo mein Vater und seine neue Frau sich angeregt mit einem befreundeten Ehepaar unterhielten.

Mein Vater empfing mich freudig und klopfte mir auf die Schulter. Das nervte. Ich brauchte meinen Raum für mich, und dass ausgerechnet mein Vater die Grenzen immer wieder überschritt, ärgerte mich.

»Geht ihr schon?«, fragte er ohne einen Hauch von Vorwurf

in der Stimme. Bestens, das bedeutete, ich konnte mich problemlos vom Acker machen.

»Yep«, sagte ich und stellte mein Glas auf die Theke. »Morgen muss ich früh raus, um weiter an dem Fall zu arbeiten.«

Mein Vater nickte verständnisvoll.

»Noah ist schon nach Hause gefahren, also tu dir keinen Zwang an, wenn du müde bist.«

Erleichtert verließ ich mit Anna an meiner Seite das Fest.

11

NOAH

Ich konnte nicht mehr klar denken. Das Einzige, was zählte, war, wie ich es ihm heimzahlen konnte, und zwar so richtig. Immer wieder sah ich vor mir, wie Dans Lippen an Beths klebten, ekelhaft. Allein bei der Vorstellung hätte ich kotzen können. Ich war blind vor Hass und Schmerz und nur auf Rache aus.

Ich stand in meinem Ankleidezimmer und zog mich um, während im Raum nebenan der Typ, den ich vor gerade mal zwei Stunden kennengelernt hatte, geduldig auf mich wartete. Im Abendkleid und mit High Heels konnte ich unmöglich zu dem Rennen gehen. Ich zog Jeansshorts und ein schwarzes Top an und dazu flache Sandalen. Dort war eher ein sexy Look angesagt, und ich war froh, dass ich mich an dem Abend entgegen meiner sonstigen Gewohnheit ziemlich stark geschminkt hatte. Hektisch zog ich die fürchterlichen Nadeln aus meinem Haar, die mir Kopfschmerzen bereiteten – es waren unzählige! –, und riss mir dabei ein paar Haare aus. Genervt entschied ich mich für einen Pferdeschwanz.

Ich hatte einen Plan: Ich würde mich an den heißesten und versautesten Typen ranmachen. Das versprach Genugtuung: Ich würde mir weniger verraten und benutzt und vor allem nicht so gnadenlos dumm vorkommen, obwohl ich tief in meinem Innern wusste, dass all das nichts daran änderte, dass mein Herz gebrochen war und ich die größte Mühe hatte, die Teile irgendwie zusammenzuhalten.

Ob Beth Dan all die Dinge erzählt hatte, die ich ihr unter dem Siegel der Verschwiegenheit anvertraut hatte? Hatten sie sich über mich lustig gemacht, während ich versucht hatte, in meiner ersten richtigen Beziehung das Beste zu geben? Hatten sie das Ganze womöglich geplant?

Ich trat ins Zimmer und prüfte, wie mein Outfit bei Mario ankam. Offenbar hatte ich ins Schwarze getroffen.

»Du siehst toll aus«, sagte er lächelnd. Lustlos erwiderte ich sein Lächeln. Ich war nicht zu Komplimenten aufgelegt.

»Danke«, sagte ich und nahm meine Handtasche vom Bett. »Gehen wir?«

Kurz darauf saßen wir im Auto.

Eine halbe Stunde später bog Mario auf eine Nebenstraße ab, die an rot schimmernden sandigen Feldern vorbeiführte. Je weiter wir uns vom Highway mit seinem Verkehrslärm entfernten, desto lauter vernahm ich den eintönig hämmernden Rhythmus der Musik.

»Warst du schon mal bei so was dabei?«, fragte Mario, der mit einer Hand das Auto steuerte und die andere bequem auf der Rückenlehne meines Sitzes abgelegt hatte.

»Ich war schon bei vielen Autorennen«, erwiderte ich knapp.

Er warf mir einen kurzen Blick zu und konzentrierte sich dann wieder auf die Fahrbahn. In der Ferne sah ich eine Menge

Leute. Neonlichter beleuchteten ein karges Areal, auf dem kreuz und quer Autos parkten.

Die Musik war ohrenbetäubend, und als wir näher kamen, stellte ich fest, dass eine große Gruppe von jungen Leuten zwischen zwanzig und dreißig wild trank und feierte, als wäre es die letzte Party ihres Lebens.

Mario stellte das Auto mitten in dem bunten Treiben ab und stieg aus. Zögerlich tat ich es ihm nach und schaute mich aufmerksam um.

»Wohin hast du mich verschleppt?«

Er lachte schallend.

»Keine Sorge, das sind nur die Zuschauer. Die wichtigen Leute stehen da hinten«, sagte er und deutete auf eine Gruppe junger Frauen und Männer, die an den Motorhauben aufgemotzter, getunter Autos lehnten, aus deren Kofferraum eine ähnlich grauenvolle Musik dröhnte wie aus den Boxen um mich herum.

Viele von ihnen trugen Neonklamotten. Das wenige Licht – hauptsächlich von grellen weißen Scheinwerfern – sorgte dafür, dass sie in der Dunkelheit leuchteten. Manche Frauen hatten ihre Körper und Gesichter mit aufwendigen Bildern in fluoreszierenden Farben verziert.

»Du hast sogar an die Details gedacht, was?«, bemerkte Mario. Ich sah ihn verständnislos an.

Er deutete auf meinen Körper, und da verstand ich: Durch das Spray, das meine Mutter mir aufgesprüht hatte, war meine Haut mit Tausenden glitzernden Pünktchen übersät. Oh Gott, wie lächerlich.

»Ich hatte keine Ahnung«, erwiderte ich, doch er lachte mich aus.

»Das wäre aber besser für dich. Hier kann nicht einfach jede aufkreuzen, und du bist, nimm es mir nicht übel, weitaus züchtiger angezogen als die meisten hier«, sagte er und deutete auf meine Shorts und mein Top.

Züchtig nannte sich das also! Die Mädchen in ihren übertrieben kurzen Miniröcken und Bikinioberteilen waren halb nackt.

»Keine Ahnung, ob du weißt, was wir hier tun, aber es gibt immer Gruppen und Gangs. Dein Bruder ist der Anführer der einen Gang, und heute muss er unbedingt das Rennen gegen Ronnie gewinnen«, briefte mich Mario, während wir auf die teuren Autos zugingen.

Nick war der Anführer einer Gang? Das hatte ich nicht erwartet, aber es überraschte mich auch nicht. Es passte zu dem Bild, das ich mir von ihm gemacht hatte. Er war knallhart, aber das konnte er in seinem familiären Umfeld erstaunlich geschickt verbergen. Unter reichen Leuten gab es so was nicht. Was machte ein Typ, dessen Vater einer der bedeutendsten Anwälte des Landes war, in den Niederungen der Gesellschaft?

Mario blieb vor zwei Typen stehen, deren Anblick einem Albträume bescherte. Sie hatten tätowierte Arme, trugen weite Klamotten und jede Menge Goldketten mit fetten Kreuzen. Die Mädchen an ihrer Seite waren ebenfalls sehr aufreizend angezogen, wenngleich nicht so extrem wie die auf dem Platz, wo wir das Auto abgestellt hatten.

Mario und die Typen begrüßten sich mit Fistbumps und lachten. Der lockere Umgang überraschte mich. Von Weitem wirkten sie so furchteinflößend. Alle trugen gelbe fluoreszierende Bänder am Arm, am Handgelenk oder im Haar.

Offenbar gehörten sie alle zu derselben Gang. Nicks Gang.

»Wer ist denn das brave Mädchen?«, brüllte einer, und alle lachten, während sie mich aufmerksam musterten. Unaufhörlich strömten Menschen an uns vorüber, doch die Blicke der Gruppe blieben auf mich gerichtet.

Ich fand den Kommentar alles andere als witzig und schaute den Redner böse an. Mario kam mir zu Hilfe.

»Ihr werdet es nicht glauben, aber das ist Nicks Stiefschwester«, erklärte er, und mir rutschte das Herz in die Hose. Die anderen sollten das nicht wissen. Ich wollte mich inkognito dort bewegen und mich amüsieren, ohne gleich als die liebe-kleine-geldgeile Stiefschwester von Nick abgestempelt zu werden.

Gelächter von allen Seiten. Die Mädchen sahen mich neugierig an.

»Bringt unserer neuen Freundin was zu trinken!«, rief ein Afroamerikaner, der in der einen Hand einen roten Becher hielt und den anderen Arm um die Taille eines hübschen Mädchens gelegt hatte. Sie war es auch, die einen Drink für mich organisierte, während die anderen sich weiter unterhielten und im Rhythmus der wummernden Musik tanzten.

»Du bist also die neue Flamme unseres lieben Freundes?«, fragte sie und musterte mich von oben bis unten. Ich tat es ihr gleich. Wenn sie dreist war, konnte ich das auch sein. Sie war schwarz, groß und sehr schlank. Ihr schwarzes Haar hatte sie zu kleinen Zöpfen geflochten, die ihr bis zur Hüfte reichten. Sie trug weiße Shorts und ein dunkles Marken-T-Shirt. Wow, das versprach ein interessanter Abend zu werden.

»Stiefschwester«, korrigierte ich sie, während ich den Plastikbecher und sie kritisch unter die Lupe nahm. »Du hast da nichts hineingetan, oder?«, fragte ich. Ich traute diesen Leuten nicht.

Dass man mich gestern unter Drogen gesetzt hatte, hatte mir schon gereicht. Das brauchte ich heute nicht gleich noch mal.

»Für wen hältst du mich?«, erwiderte sie gekränkt. »Das ist Bier. Wenn du lieber Softdrinks magst, bist du hier falsch.« Sie drehte sich so rasant auf dem Absatz um, dass mich ihre fliegenden Zöpfe beinahe im Gesicht trafen. Dann ging sie zu einem anderen Schwarzen und schwang dabei so sexy die Hüften, dass mehreren Typen fast die Augen aus dem Kopf fielen.

Mario kam auf mich zu und sah mich amüsiert an.

»Du bist noch keine halbe Stunde hier und schon laufen die ersten Wetten.«

»Was für Wetten?«, wollte ich wissen.

»Wie lange es dauert, bis du das Bier abstellst und nach Hause zu Mama rennst.«

Echt jetzt?

Ich schaute selbstbewusst in die Runde. Alle starrten mich belustigt an. Ich warf den Kopf in den Nacken, setzte an und trank den ganzen großen Becher auf ex.

Mit jedem Schluck wurden die Rufe immer lauter, und als er leer war und ich leichten Schwindel und einen Hustenreiz verspürte, grölten und applaudierten alle.

Voller Genugtuung hob ich den leeren Becher in die Höhe.

»Wer füllt nach?«, fragte ich.

Alle lachten, und das Mädchen, das mir das Bier gebracht hatte, kam grinsend auf mich zu.

»Ich bin Jenna«, sagte sie und reichte mir einen Becher mit irgendeiner Flüssigkeit. »Und wenn du den Jungs gefallen willst, dann weg mit dem Zopf, trink das, und dann krallst du dir den bestaussehenden Typen. In der Reihenfolge.«

Ich musste lachen. Meinte sie das ernst? Und wenn es so war, sollte ich auf sie hören? Ich war mit einem einzigen Ziel dorthin gekommen: mich an meinem verfluchten Ex und meiner ehemals besten Freundin zu rächen. Was war also dagegen einzuwenden, wenn ich ein bisschen über die Stränge schlug und es mir gut gehen ließ?

»Ich glaube, ich werde dich beim Wort nehmen«, sagte ich, während ich das Gummi aus dem Haar zog und einen Schluck von dem Getränk nahm, das deutlich stärker war als das Bier davor.

Jenna beobachtete mich gut gelaunt und tanzte weiter. Da, wo wir standen, gab es außer den gelben fluoreszierenden Bändern und den Lichtern weiter weg kaum Beleuchtung.

»Ach übrigens, ich bin Noah«, sagte ich, als ich merkte, dass ich mich noch gar nicht vorgestellt hatte.

Sie lächelte und ich fand sie ziemlich sympathisch. Auf einmal kam Bewegung in die Gruppe. Die Jungs auf den Motorhauben sprangen auf und rannten auf ein Auto zu, dass ich gleich erkannte: Es war Nicholas' SUV.

»Da kommt der Traum und Albtraum eines jeden Mädchens, das Augen im Kopf hat«, verkündete Jenna.

Ich verdrehte innerlich die Augen. Nick sah echt gut aus, aber wenn er seine Sprüche abließ, wollte man nur noch schreiend davonlaufen oder, schlimmer noch, den Kopf gegen die Wand schlagen.

Der Wagen kam vor der versammelten Mannschaft zum Stehen und er und seine nervige Freundin stiegen aus. Alle liefen auf ihn zu, als wäre er ein Gott oder so was Ähnliches. Als er sich zu den alkoholischen Getränken aufmachte, klopften sie ihm auf die Schulter und begrüßten ihn mit Fistbumps.

Ich nippte an meinem Drink und ließ ihn nicht aus den Augen. Er zählte bestimmt schon die Minuten, bis er endlich zu mir kommen und mir die Meinung geigen konnte. Schön. Sollte er doch, so könnte ich wenigstens meinen Frust ablassen.

Doch von wegen. In der nächsten halben Stunde ignorierte er mich völlig. Anfangs war ich irritiert, doch dann war ich ihm dankbar, weil ich mich wirklich gut mit Jenna amüsierte. Ich mochte ihre energische Art, zu reden und zu der Musik zu tanzen, die ich echt heavy fand.

»Ich muss dir meinen Freund vorstellen«, sagte sie, nachdem sie bewiesen hatte, dass ihre Hüften noch beweglicher waren als die von Beyoncé. Ich folgte ihr zu der Menge. Die Mädchen tranken und unterhielten sich untereinander und zwei oder drei schwangen mit willigen Männern das Tanzbein.

Jennas Freund war wohl der Afroamerikaner, mit dem ich sie zu Anfang gesehen hatte.

Er sprach etwas abseits mit Nick. Ich war nervös, als wir uns ihnen näherten.

»Lion!«, rief Jenna. Sie packte seine Schultern und drückte ihm einen Kuss auf die Wange. Lion und Nick drehten sich zu uns um. Sein eiskalter Blick traf mich bis ins Mark.

»Ich möchte dir Noah vorstellen.« Lion hatte Nicks Statur und seine Augen hatten die Farbe reifer Limetten. Sein Körper war durchtrainiert und seine Muskeln konnten sich sehen lassen.

Jenna hatte wirklich Glück!

»Alles klar, Noah?«, erwiderte er lächelnd. Er schielte die ganze Zeit zu Nick.

»Freut mich, dich kennenzulernen«, sagte ich und lächelte charmant zurück. Ich mochte Jenna und wollte nicht, dass ihr

Freund mich gleich unsympathisch fand, wer weiß, was Nicholas ihm schon alles über mich erzählt hatte.

»Du kannst ja richtig nett sein«, meinte Nicholas sarkastisch. Ich spannte die Schultern an und bereitete mich auf den nächsten Angriff vor.

Doch ich hatte keine Lust, mich wieder mit ihm zu streiten, und zeigte ihm lediglich den Mittelfinger, bevor ich mich abwandte. Irgendwo würde ich sicher interessantere Gesellschaft finden.

Da spürte ich plötzlich, wie er mich packte. Er zog mich in eine dunkle Ecke zwischen den teuren Fahrzeugen. Jenna und ihr Freund schauten uns kurz nach, dann küssten sie sich leidenschaftlich. Es versetzte mir einen Stich, zu sehen, was sie für ein schönes Paar abgaben. Vor wenigen Stunden hatte ich noch geglaubt, den besten Freund der Welt zu haben, und jetzt …

»Was willst du?«, fuhr ich Nick wütend an. Er hatte mich gegen einen grauen BMW gedrückt, sodass ich mich nicht rühren konnte.

Er hatte sich umgezogen. Er trug jetzt locker sitzende Jeans, unter denen seine Calvin-Klein-Boxershorts hervorblitzten, und ein eng anliegendes schwarzes T-Shirt, das seine muskulösen Arme zur Geltung brachte.

Er gab mir keine Antwort. Stattdessen holte er mein Smartphone aus der Tasche und hielt mir das Foto unter die Nase, das mir das Herz gebrochen hatte.

»Wer sind die?«, fragte er, als ginge ihn das irgendetwas an.

Ich wollte ihm das Handy abnehmen, aber er streckte den Arm weg und durchbohrte mich mit seinem Blick.

»Was geht dich das an?«, fauchte ich ihn voller Verachtung an.

»Mich? Null«, erwiderte er emotionslos. »Das ist mir scheißegal. Aber ich gehe mal davon aus, dass das dein Freund ist oder war, wenn du noch ein Fünkchen Selbstliebe hast«, sprach er weiter, als würde mich seine Meinung zu dem Thema auch nur im Geringsten interessieren. »Und weil ihr Mädchen alle gleich seid, gehe ich des Weiteren davon aus, dass du heute Abend nicht nur darauf aus bist, mir auf den Sack zu gehen, sondern auch, dich an dem Idioten zu rächen.«

Ich war sprachlos. Woher wusste er das? War es so offensichtlich, dass ich es diesem Mistkerl Dan mit gleicher Münze heimzahlen wollte?

»Ich opfere mich freiwillig«, fuhr er fort. »Ich werde dich küssen, und wir können von mir aus hundert Fotos machen, wenn du dann deinen Hintern von hier wegbewegst und verschwindest.« Das wurde ja immer besser. »Ich will dich hier nicht haben.« Er schaute über mich hinweg.

Ich war fassungslos und konnte erst mal nicht klar denken, bis sich das alles gesetzt hatte. Ich sollte diesen Schwachkopf küssen? Nie im Leben! Obwohl, wenn ich darüber nachdachte … Er sah echt gut aus, und auch wenn ich dazu keine besondere Lust hatte, wusste ich genau, wie empfindlich ich Dan damit treffen würde. Er bildete sich mächtig was darauf ein, der bestaussehende Typ der ganzen Schule zu sein. Nichts würde ihn mehr ärgern als ein Rivale, der attraktiver war als er.

»Okay«, sagte ich. Überrascht sah er mich an. Mit der Antwort hatte er wohl nicht gerechnet. »Ich will, dass dieser Idiot sich fühlt wie der letzte Dreck, und wenn ich dich dafür küssen muss …« – ich zuckte mit den Achseln – »werde ich das tun. Aber ich will nicht weg von hier. Es gefällt mir, das ist der Deal.«

Er runzelte die Stirn, als traute er seinen Ohren nicht. »Du stellst mir deinen Körper zur Verfügung, damit ich mich an meinem Ex und meiner ehemals besten Freundin rächen kann, und ich verspreche, ich werde mich künftig aus deinen Aktivitäten raushalten.«

Ein Lächeln huschte über sein Gesicht. Ich sah ihn fragend an. Was war so lustig an dem, was ich gesagt hatte?

»Du tickst nicht ganz echt«, sagte er mit einem Kopfschütteln.

»Mir geht es scheiße, und das Einzige, was ich will, ist, dass der Mistkerl genauso leidet wie ich«, erwiderte ich, und der Schmerz in meiner Stimme war unüberhörbar. Ich bekam das quälende Bild nicht aus dem Kopf. Es war mir egal, dass er mein Stiefbruder und der größte Idiot der Welt war, ich wollte einfach nur Rache. Ich wusste, dass mein Entschluss von den vielen Drinks an diesem Abend beeinflusst wurde, aber das war mir egal.

»Küsst du mich jetzt oder nicht?«, fragte ich genervt.

Nick hörte nicht auf zu lachen.

Das ärgerte mich so sehr, dass ich tat, was ich schon die ganze Zeit tun wollte, seit ich ihn kannte: Ich trat ihn gegen das Schienbein. Er schrie auf, wohl mehr aus Überraschung als aus Schmerz.

»Hör auf zu lachen, Mann!«, rief ich. »Hier rennen so viele Typen rum. Wenn du nicht willst, such ich mir einen anderen.«

Schlagartig wurde er ernst.

»Kommt nicht infrage«, sagte er barsch. »Dann bleibst du womöglich noch länger, also hopp.« Er zog mich zum vorderen Teil des Fahrzeugs. Dort konnten uns die anderen nicht sehen und dafür war ich dankbar. Mit einem Satz saß ich auf der Motorhaube. Nicholas' Blick wanderte von meinen Beinen zu meinem Gesicht.

»Du musst echt stinksauer sein, dass du so was machst«, bemerkte er und stellte die Kamera des Smartphones ein.

»Und du echt verzweifelt, mich loszuwerden«, konterte ich ruhig. Ich konnte ihn nicht ausstehen, schlimmer noch, ich verachtete ihn, und deshalb freute mich der Gedanke, ihn für meine Zwecke zu benutzen.

Ohne mir eine Antwort zu geben, legte er die Hände auf meine Knie und schob sie auseinander. Er fuhr mit einer Hand über meinen nackten Schenkel, in der anderen hielt er das Telefon. Ganz gleich, was ich über ihn dachte, seine Berührung ließ mich nicht kalt.

»Nun mach schon«, drängte ich. Seine Augen blitzten. Er packte mich mit der linken Hand am Nacken und seine Lippen pressten sich auf meine.

Ich verspürte ein Kribbeln im Bauch. Seine Lippen waren zart, aber die Bartstoppeln kitzelten am Kinn. Er küsste mich wild, zornig, als wollte er mich für all die Scharmützel büßen lassen. Da merkte ich, dass er gar kein Foto machte.

Ich stieß ihn mit aller Kraft weg.

»Wie wär's, wenn du jetzt mal langsam das Foto machst?« Wir waren uns so nah gekommen wie nie zuvor. Er hatte unglaublich schöne blaue Augen. Oh mein Gott. Mir zitterten die Knie, ganz gleich, wie ich ihn verachtete.

»Wie wär's, wenn du deinen Mund mal für etwas anderes nutzt, als Unsinn zu reden«, erwiderte er, und ich spürte, wie mir ein Schauer über den Rücken lief.

Er hob das Telefon über unsere Köpfe.

Instinktiv befeuchtete ich meine Lippen.

Er zog mich an sich und küsste mich. In dem Moment hörte

ich das Klicken der Kamera. Er schob mir die Zunge in den Mund und begann, zärtlich mit meiner zu spielen. Ich hatte Schmetterlinge im Bauch, während sich unsere Lippen im Gleichklang bewegten.

Ich mochte das Gefühl. Mein ganzer Körper glühte vor Leidenschaft, und tief in meinem Innern spürte ich, dass die Rache echt war: Ich genoss den Kuss. Du kannst mich mal, Dan!

Ich spürte seine Hand an meinen Schenkeln. Das war reine Lust, nichts weiter. Lust und Hass. Wir konnten uns nicht ausstehen, wir benutzten uns nur, und das war gut.

Ich fuhr mit den Händen durch sein dunkles Haar. Zum Teufel mit dem Verstand.

Seine Hände glitten unter meine Oberschenkel und unaussprechliche Teile meines Körpers loderten vor Begehren. Ich begann zu beben, als er mir in die Unterlippe biss.

»Nicht aufhören«, animierte ich ihn, als seine Hände zu meiner Taille wanderten. Ich wollte, dass er weitermachte und mich all den Schmerz, die Traurigkeit, die Dämonen vergessen ließ. Ich wollte ihn benutzen, wie manche Jungs es mit den Mädchen machten, ich wollte …

Da wandte er sich ab.

Ich öffnete überrascht die Augen. Warum hörte er auf?

»Jetzt hast du dein Foto«, sagte er und reichte mir das Telefon.

Ich rang nach Luft. Ich war wütend, weil er nicht weitergemacht hatte, weil er einmal eine Sache gut gemacht, aber dann ruiniert hatte, wütend, weil ich ihn nicht ausstehen konnte und weil ich all das hasste, was er und sein Vater und ihr verfluchtes Leben aus meinem gemacht hatten.

»War’s das?«, fragte ich gereizt. Meine Wangen glühten, und mein Körper gierte danach, dass er mich weiter berührte.

»Komm mir heute Abend ja nicht mehr unter die Augen«, sagte er mit verächtlichem Blick.

Was war passiert? Was hatten wir getan?

Ich sah ihm nach, wie er fortging, und hatte ein flaues Gefühl im Magen.

12

NICK

Ich war kurz davor, zu explodieren. Meine Nerven waren zum Zerreißen gespannt. Auf dem Weg zu meinen Freunden kochte immer wieder die Wut in mir hoch.

Warum um alles in der Welt hatte ich sie geküsst? Warum hatte ich mich auf ihr Spiel eingelassen? Seit wann ließ ich mich von einem Mädchen heißmachen, ohne dass ich die Zügel in der Hand hielt? Die Antwort hatte vier Buchstaben: NOAH.

Seit ich sie am Abend gesehen hatte, ging sie mir nicht mehr aus dem Kopf. Ich weiß nicht, ob es der Reiz des Verbotenen war – wir waren schließlich Stiefgeschwister – oder der Wunsch, sie kontrollieren, das Feuer, das sie ohne Unterlass spuckte, ersticken zu können und zu erreichen, dass sie sich in meiner Gegenwart wie alle anderen Frauen verhielt, die ich kannte.

Noah war vollkommen anders. Sie lag mir nicht zu Füßen, sie bekam keine zittrigen Knie, wenn ich sie ansah, sie gab nicht klein bei, wenn ich sie provozierte, im Gegenteil, sie schlug noch heftiger zurück als ich. Das war ziemlich frustrierend … und aufregend zugleich. Mein Verstand sagte mir, dass sie nur eine unausstehliche, verzogene Göre war, der ich keine Beachtung schenken sollte, aber mein Körper war ein Verräter, und nun wusste ich nicht, was zum Teufel ich machen sollte. Ich hatte sie geküsst, hatte es selbst angeboten, und zwar nicht weil ich ihr helfen wollte, sich an ihrem blöden Freund zu rächen oder um sie loszuwerden, sondern weil ich es wollte. Ich hätte sie zu gern flachgelegt. Und das passte mir überhaupt nicht in den Kram, denn eigentlich konnte ich sie ja nicht leiden. Warum war sie nur so verdammt attraktiv?

Die kurze Hose gewährte einen Blick auf ihre langen Beine, und wohl jeder Mann, der Augen im Kopf hatte, hätte sie gern berührt, geküsst … Ihre wilden Locken machten mich verrückt, vor allem wenn sie, wie heute Abend, ihr vom Alkohol gerötetes Gesicht umspielten. Aber das Aufregendste waren die Lippen, weich wie Samt und verletzend, wenn sie mich mit verächtlichen Worten straften. Es hatte mich verrückt gemacht, als sie sich für mich öffneten, und die Art, wie ihre Zunge sich ohne jede Scham, völlig frei, um meine schlängelte, hatte mich endgültig um den Verstand gebracht. Es war so anders als bei den anderen Mädchen, bei denen ich den Rhythmus vorgab und bestimmte, wo es langging. Ich hatte sie in die Lippe gebissen, weil ich sie am liebsten verschlungen hätte und ihr klarmachen wollte, wer das Sagen hatte.

War's das?, hatte sie mit geröteten Wangen und vor Begehren glänzenden Augen gefragt. Verdammt! Was hätte ich denn tun sollen? Wäre sie nicht meine Stiefschwester, hätte ich es ihr direkt auf dem Rücksitz besorgt. Ich hätte ihr die schönste Nacht ihres Lebens geschenkt, wenn sie nur nicht … Wenn sie nur nicht mein ganzes Leben auf den Kopf stellen würde.

»Hey, wo steckst du denn? Das erste Rennen geht gleich los!«, rief Lion vom Startpunkt aus, wo mein schwarzer Ferrari bereits neben dem getunten Audi meines Rivalen stand.

Das brauchte ich jetzt! Die ganze Anspannung rauslassen, indem ich mitten in der Nacht mit mehr als hundertsechzig Sachen über die Sandpiste raste und mir die Deppen aus Ronnies Gang einen nach dem anderen vorknöpfte. Ich brauchte ein Ventil, ich wollte das Adrenalin spüren. Ein Adrenalinstoß war besser als Lust, er würde mich darüber hinwegtrösten, dass ich an dem Abend nicht bekommen würde, was ich mir so sehr wünschte.

»Sag Kyle, ich fahre das Rennen«, stellte ich klar, während ich auf das Auto zuging. Meine Freunde warteten schon auf mich, sie tranken, tanzten und feixten voller Vorfreude auf das Rennen. Wir alle hofften, dass wir die ganze Kohle einsacken würden. Das war der Deal. Es ging um fünfzehntausend Dollar und beim letzten Rennen um das Auto des Kontrahenten. Ein Rennen gegen Ronnie zu fahren, hatte ich schon zu lange vor mir hergeschoben, und das nicht etwa, weil ich Angst davor hatte, zu verlieren, im Gegenteil. Das Problem war, dass er ein echt krummer Hund war und nicht verlieren konnte. Jedes Jahr waren die Wetten höher und damit stiegen auch die Spannungen zwischen den Gangs. Ich hatte eine Ansage gemacht, wie wir vorgehen sollten, wenn die Sache aus dem Ruder lief, und alle kannten die Regeln.

Vier Gangs traten heute Abend gegeneinander an und schickten ihre beiden besten Fahrer ins Rennen. Insgesamt waren acht verschiedene Fahrzeuge beteiligt. Wer gegen wen antrat, wurde per Los entschieden, es gab zwei getrennte Gruppen. Pro Gruppe fanden drei Rennen statt, bis einer übrig blieb. Der ging dann im Finale gegen den Besten der anderen Gruppe an den Start.

Und ich wollte bei diesem Finale dabei sein.

Seit ich vor fünf Jahren mit den Rennen angefangen hatte, hatten wir immer gewonnen. Ronnie respektierte mich, aber wenn es drauf ankäme, würde er mich fertigmachen. Ich stammte aus gutem Haus, mir ging es nicht ums Geld, das wusste er. Im Gegensatz zu mir brauchte er die Kohle, um Drogen zu kaufen und seine Leute im Zaum zu halten. Und es war eine Sache, den Wetteinsatz zu kassieren, und eine ganz andere, ihm das einzig Wertvolle abzujagen, das er besaß. Wenn er sein Auto verlor, musste ich auf der Hut sein.

Ich fuhr mit der Hand über das Dach des Ferraris. Mein Gott, wie ich dieses Auto liebte. Es war superschnell, einfach perfekt, der beste Kauf meines Lebens. Ich ließ nur Leute ans Steuer, denen ich absolut vertraute. Mein Auto, meine Regeln. Ganz einfach. Es fahren zu dürfen, war ein Privileg, und meine Leute wussten das.

»Da wird Kyle aber enttäuscht sein«, sagte Lion mit einem Grinsen. Nach der Auslosung entschieden wir, in welcher Gruppe wir antraten. Die vier Gangs waren in beiden Gruppen gleich vertreten, und auch wenn Kyle noch so sehr darauf brannte, sich mit Greg zu messen, würde ich das Rennen fahren.

Ich war froh, dass Lion da war. Er war einer meiner engsten Freunde. Ich hatte ihn in einer der schlimmsten Phasen meines Lebens kennengelernt und seitdem waren wir unzertrennlich. Seine Freundin Jenna hatte ich ihm vorgestellt. Sie war die Tochter eines Ölmagnaten und in meinem Viertel aufgewachsen, wir kannten uns von Kindesbeinen an. Sie ging noch zur Highschool, aber sie war nicht wie die anderen Töchter aus reichem Hause, sie war etwas Besonderes, und ich hatte sie sehr gern. Lion hatte sich auf Anhieb in sie verliebt.

»Das ist mir scheißegal«, brummte ich. Lion verdrehte die Augen, aber er sagte nichts. Er kannte mich gut genug, um zu wissen, wann ich gut drauf war und wann nicht. Und gerade war ich ziemlich geladen.

»Die zweite Kurve ist enger als die erste. Du musst vorher abbremsen, sonst fliegst du aus der Spur«, riet er mir, während ich einstieg und den Motor anließ. Etwa fünf Meter vor mir grölten die Leute, sie konnten es nicht erwarten, dass es losging. Zwei Mädchen hielten fluoreszierende Signalflaggen in die Höhe, um das Startzeichen zu geben.

»Alles klar«, erwiderte ich. »Behalt Noah im Auge.« Ich umklammerte fest das Lenkrad. Es nervte mich, dass ich sie nicht aus dem Kopf bekam, aber ich musste sichergehen, dass jemand auf sie aufpasste. Diese Partys waren für Mädchen wie sie nicht ungefährlich, Lion wusste das aus eigener Erfahrung.

»Keine Sorge, Jenna hat sich an sie rangehängt.« Ich sah Noah von Weitem, sie trug ein fluoreszierendes gelbes Band um den Kopf, als würde sie zu meinen Leuten gehören. Sie hatte sich bei Jenna untergehakt und strahlte. Sie war vollkommen euphorisch. Das lag wohl am Alkohol.

Fuck.

»Wir sehen uns am Ziel«, sagte ich, wie vor jedem Rennen.

Die Fahnen senkten sich, und der aufheulende Motor und der Wind im Gesicht sorgten dafür, dass ich die honigfarbenen Augen und diesen umwerfenden Körper vergaß.

Ich hatte bislang alle Rennen gewonnen. Auf einer anderen Piste waren alle Fahrer nach und nach ausgeschieden und es war nur noch Ronnie übrig. Das war nicht weiter verwunderlich: Mein

Kumpel Kyle war zweifellos ein guter Fahrer, aber Ronnie gehörte zu den besten.

Im Finale würde es hart zur Sache gehen, und ich fragte mich unruhig, wie es ausgehen würde.

Es waren noch zwanzig Minuten bis zum Start und ich lehnte mit einem Bier und einer Zigarette in der Hand an meinem Auto. Noah feierte noch immer mit Jenna, sie tranken und tanzten ausgelassen. Ich konnte sie verstehen. Sie ertränkte ihren Schmerz in Alkohol und versuchte, ihren Freund zu vergessen. Ich beobachtete jede ihrer Bewegungen.

»Du bist heute Abend irgendwie seltsam«, sagte eine bekannte Stimme hinter mir. Ich drehte mich um. Anna. Sie hatte sich ebenfalls umgezogen und trug jetzt ein superkurzes Kleid, das ihr Dekolleté und ihre schlanken Beine zur Geltung brachte. Ihr Blick war voller Begehren, wie immer, wenn wir zusammen waren.

»Ist nicht mein Tag heute«, erwiderte ich brüsk, um sie mir vom Hals zu halten.

»Ich könnte dich ein wenig aufmuntern«, schlug sie vor und schmiegte sich lasziv an mich. »Du musst nur mitkommen.«

Es war noch eine Viertelstunde bis zum Start und ehrlich gesagt käme mir eine schnelle Nummer auf dem Rücksitz meines SUVs gerade sehr gelegen.

»Wir müssen uns beeilen«, sagte ich und zog sie zu meinem Wagen.

Fünfzehn Minuten später kehrten wir zu den Leuten zurück, die gespannt auf das Finale warteten. Der Sex mit Anna hatte die Dinge wieder geradegerückt. Ich konnte haben, wen ich wollte, ich würde nicht zulassen, dass eine siebzehnjährige Göre alles durcheinanderwirbelte.

In dem Moment sah ich sie.

Die Leute hatten sich am Ziel versammelt. Lion und Jenna waren die einzigen, die immer an der Startlinie blieben. Aber meinen Freund konnte ich nirgends entdecken.

Das Einzige, was ich sah, bevor sich mein Ferrari in Bewegung setzte, war das dunkelblonde Haar meiner Stiefschwester im Rückspiegel.

13

NOAH

Nach der Aktion mit Nick hatte ich beschlossen, mich von ihm fernzuhalten, wie er es verlangt hatte. Der Kuss hatte sich komisch, aber irgendwie schön angefühlt, bis er zu reden anfing und mir wieder klar wurde, wen ich da gerade geküsst hatte.

Zumindest hatte ich erreicht, was ich wollte. Ich hatte mich an Dan gerächt, auch wenn ich tief in meinem Innern wusste, dass nichts mich darüber hinwegtrösten konnte, dass zwei mir wichtige Menschen mich derart mies hintergangen hatten.

Das Foto, das Nick gemacht hatte, warf mich ein wenig aus der Bahn. Ich hatte nie Kuss-Fotos mit Dan gemacht. Und noch nie hatte mich jemand so geküsst. Als ich das Foto ansah, bekam ich eine Gänsehaut. Man sah unsere aneinandergeschmiegten Gesichter und die im Kuss vereinten Lippen, die Augen hatten wir völlig versunken geschlossen. Meine Wangen waren gerötet und Nicks markantes Gesicht wirkte wie aus Stein gemeißelt, absolut unwiderstehlich. Dan würde zu viel kriegen. Das wusste ich. Er war so egoman, bloß dass er das für gewöhnlich nur die anderen spüren ließ und nicht mich.

Ich schrieb eine Nachricht, bevor ich ihm das Foto schickte.

Es hat mich nicht mal vier Stunden gekostet, einen Typen zu finden, der weit männlicher ist als du. Danke, dass du mir die Augen geöffnet hast. Auf deinem Bild siehst du aus wie ein Fisch mit geöffnetem Maul. Lern erst mal küssen, du Idiot.

Unter der Nachricht sah man sein Foto mit Beth und meins mit Nick.

Ich würde zu gern sein Gesicht sehen, aber mir war klar, dass es mit uns nach dieser Nachricht aus war. Ich wollte ihn nie wiedersehen, und zum ersten Mal war ich dankbar, dass eine Grenze zwischen uns lag. Beth schrieb ich nur zwei Worte zu dem Foto von Dan und ihr.

Das war's.

Ich schnaubte. Erledigt. So gehen neun Monate Liebesbeziehung und sieben Jahre Freundschaft zu Ende. Meine Augen wurden feucht, aber ich vergoss keine einzige Träne, nein, das waren sie nicht wert.

Ich steckte das Handy in die hintere Hosentasche und suchte mit dem Blick nach Nick. Er lehnte mit einem Bier in der Hand an seinem schwarzen Ferrari. Ich wandte mich ab und ging zu Jenna.

Den Rest des Abends amüsierte ich mich. Ich tanzte und lachte über Jennas verrückte Einfälle. Von Zeit zu Zeit verschwand sie, um mit Lion rumzumachen. Dann musste ich wieder daran denken, was geschehen war, und meine Laune rutschte in den Keller. Ich versuchte, mich mit den Autorennen abzulenken, die ich so liebte und die mich an die glücklichste Zeit meines Lebens erinnerten, als es für mich alltäglich war, auf der Rennstrecke zu sein. Ich sah mir die Fahrkünste der Kandidaten an. Nicks Freund fuhr ziemlich gut, aber ihn selbst fand ich beim ersten Rennen echt beeindruckend.

Im Verlauf des Abends analysierte ich die Strecke und überlegte, wie man mit einer noch besseren Zeit ins Ziel fahren könnte. Das Problem war die zweite Kurve. Nahm man die zu langsam, verlor man an Vorsprung, doch nahm man sie zu schnell, riskierte man, aus der Spur geschleudert zu werden.

Ich hätte zu gern ausprobiert, ob ich damit klarkam. Ich wollte den Wind im Gesicht spüren, den Geschwindigkeitsrausch, im Wissen, dass ich die volle Kontrolle über das Auto habe.

Irgendwann stand das letzte Rennen kurz bevor. Dieser Ronnie würde gegen Nick antreten, und ich war überzeugt, wenn man mich ans Steuer ließe, könnte ich mit geschlossenen Augen gegen ihn gewinnen.

Die Leute waren bereits mit ihren Autos zum Ziel gefahren. Jenna, Lion und ich sollten dortbleiben, doch die beiden waren zu Jennas Auto gegangen, um irgendwas zu holen. Nicholas hatte ich mit der dunkelhaarigen Tussi zu seinem Auto marschieren sehen. Also stand ich ganz allein neben einem tollen Schlitten und wartete darauf, dass jemand kam und sich hinters Steuer setzte.

In dem Moment ging Ronnie zu seinem getunten Wagen. Er musterte mich interessiert. Er sah wirklich furchteinflößend aus: Er hatte mehr Muskeln als ein Gladiator und seine Arme und sein Rücken waren übersät mit unzähligen Tattoos. Ich beobachtete ihn schweigend.

»Hey, Kleine«, rief er aufgekratzt und stützte seine Arme auf die Karosserie. »Wer bist du?«

Ich zögerte, aber es war wohl besser zu antworten.

»Noah«, erwiderte ich knapp.

Aus irgendeinem unerfindlichen Grund lächelte er.

»Ich habe dich beobachtet«, sagte er. »Ich erkenne Mädchen sofort, die was von Autos verstehen«, sagte er und klopfte auf den Wagen.

Ich war auf der Hut.

»Vielleicht bin ich ja sogar schon mal gefahren«, erwiderte ich. Wo blieben die anderen nur? Es gefiel mir nicht, wie er mich ansah.

»Dachte ich mir. Warum fährst du nicht gegen mich, Schätzchen?«, schlug er vor.

Hatte er mich das gerade wirklich gefragt?

»Du musst doch gegen Nicholas antreten«, sagte ich.

»Siehst du ihn hier irgendwo?«, fragte er und machte eine ausladende Handbewegung.

Ich spürte einen Adrenalinstoß. Oh mein Gott! Wieder Rennen fahren! Das war genau das, was ich wollte, was ich brauchte. Und Nicholas war verschwunden.

»Ich halte das für keine gute Idee«, sagte ich und biss mir auf die Unterlippe, als ich bemerkte, dass die Schlüssel des Ferrari steckten.

Ronnie schnalzte mit der Zunge und kam auf mich zu.

»Du gehörst zu seinen Leuten, oder?«, fragte er und deutete auf das fluoreszierende Band, das Jenna mir ins Haar gebunden hatte.

Eigentlich nicht, wollte ich sagen, aber ich schluckte die Antwort herunter.

»Nick ist heute Abend schon gefahren. Da wird's doch Zeit, dass mal eine Frau an die Reihe kommt, findest du nicht?«

Typen wie Nicholas waren dafür verantwortlich, dass Mädchen wie ich nicht ernst genommen wurden.

»Oder hast du vielleicht Angst?«, stichelte er.

Mit einem Mal war ich wild entschlossen.

»Also gut«, erklärte ich lächelnd.

Er lächelte ebenfalls.

»Ausgezeichnet, Süße«, sagte er, und seine Augen blitzten vor Erregung. »Wir sehen uns dann im Ziel.«

Ich wusste, was er dachte. Er dachte, er hätte leichtes Spiel mit mir. Na schön, mein Lieber. Ich glaube, ich habe vergessen, zu erwähnen, dass du gegen die Tochter eines Mannes antrittst, der den Nascar-Cup gewonnen hat.

Das Auto war ein Traum. Die Sitze waren aus Leder, die Karosserie beeindruckend und erst der Sound des Motors … Gigantisch! Da wurden Erinnerungen wach. Ich ließ den Wagen an und fuhr an die Startlinie. Keiner wusste, dass ich hinterm Steuer saß, nur mein Rivale.

Ich grinste breit. Die Konsequenzen blendete ich aus. Ich wollte nicht daran denken, dass Nicholas mich einen Kopf kürzer machen würde, ich wollte nur Spaß haben.

Na los, Ronnie, du harter Bursche.

Als die Signalfahnen unten waren, trat ich das Gaspedal durch und hatte in weniger als einer Sekunde die Startlinie hinter mir gelassen. Wahnsinn! Es war befreiend, beglückend, nicht zu fassen. Was Besseres gab es nicht auf der Welt! Seit Jahren hatte ich das nicht mehr erlebt, und zum ersten Mal, seit wir hier angekommen waren, hatte ich das Gefühl, etwas aus eigenem Antrieb zu tun, etwas, das mir gefiel, etwas, das nichts mit meiner Mutter oder ihrem Mann zu tun hatte, und auch nicht mit meinem Ex-Freund oder meiner ehemals besten Freundin. Ich fühlte mich frei wie ein Vogel und berauscht wie nie zuvor.

Ronnie neben mir raste mit halsbrecherischer Geschwindigkeit über die Piste. Ich gab noch mehr Gas und schrie wie eine Verrückte, als ich die erste Kurve passierte und ihn hinter mir ließ.

»Yes!«, rief ich ausgelassen.

Doch dann kam die zweite Kurve, die schwierige. Ich stellte mir die Preisfrage: Lieber kein Risiko eingehen und abbremsen oder so schnell wie irgend möglich durchjagen auf die Gefahr hin, rauszufliegen?

Ich entschied mich für die aufregendere Variante.

Ich trat aufs Gas und berechnete, wann ich mit der Geschwindigkeit runtergehen musste, um sicher durch die Kurve zu kommen.

Als ich hineinfuhr, stellte ich fest, dass sie enger war als gedacht … Shit! Das war's. Ich verringerte die Geschwindigkeit und lenkte mit aller Kraft gegen. Ich hörte, wie der Sand gegen die Karosserie spritzte und die Reifen bei dem Manöver quietschten.

Ich presste die Kiefer zusammen, und ein Schrei der Erleichterung entfuhr mir, als ich es geschafft hatte, heil aus der brenzligen Situation rauszukommen. Das Motorgeräusch verriet mir, dass es Zeit war, wieder zu beschleunigen, und das tat ich.

»Yes!«, rief ich noch einmal, während ich im Rückspiegel beobachtete, wie Ronnie fast auf mich auffuhr. Sein Gesicht war wutverzerrt, weil er zu verlieren drohte.

Hast du's jetzt kapiert?, jubelte ich innerlich. Ihr selbstverliebten, blöden Machos!

Den schwierigen Teil hatte ich hinter mir, der Rest war ein Kinderspiel. Ich beschleunigte weiter, bis ich in der Ferne die Ziellinie sah. Noch ein paar Hundert Meter und der Sieg gehörte mir. Ich stand voll unter Adrenalin und war total euphorisch. Da fuhr Ronnie hinten auf. Der Ferrari machte einen Satz nach vorne und für ein paar Sekunden schnürte mir der Sicherheitsgurt die Brust ein.

»Das glaub ich jetzt nicht!«, rief ich und umklammerte mit aller Kraft das Lenkrad. Ronnie war vollkommen außer sich, er fuhr schneller und hatte es erneut auf mich abgesehen. Ich wich aus, um einem dritten Aufprall zu entgehen, doch er lenkte in dieselbe Richtung. Der Stoß traf das Auto an der rechten Seite. Verdammt, der wollte den Ferrari schrotten!

Ich riss das Steuer nach rechts und zahlte es ihm mit gleicher Münze heim. Der Seitenspiegel seines Autos hing herunter, er war kurz davor, abzufallen. Ich nutzte die Gelegenheit, dass Ronnie abgelenkt war, und gab Gas.

Nur noch ein paar wenige Meter … Kurz darauf erreichte ich das Ziel.

Die Leute jubelten und schrien und schwenkten fluoreszierende Tücher. Der Triumph und die Genugtuung, es dem harten Burschen auf der Piste gezeigt zu haben, waren unbeschreiblich.

Ich drosselte die Geschwindigkeit und stoppte vor der Menge. Im Rückspiegel sah ich, wie Ronnie fuchsteufelswild aus seinem Auto sprang. Als er auf die Tür eintrat, musste ich schallend lachen.

In dem Moment riss jemand die Fahrertür auf und ich wurde unsanft aus dem Wagen gezerrt.

»Bist du völlig übergeschnappt!?«

Fuck. Nicholas.

Er war vollkommen außer sich. Ich hatte ihn noch nie so wütend gesehen. Nicht mal am Abend zuvor auf der Party, als er sich geprügelt und Faustschläge wie Bonbons verteilt hatte. Sein Haar war zerzaust, und er sah mich an, als wollte er mir den Hals umdrehen.

Verdattert sagte ich das Erstbeste, das mir in den Sinn kam:

»Ich habe gewonnen.«

Er packte mich bei den Schultern und zog mich ganz nah heran.

»Hast du eine Ahnung, was du angerichtet hast?« Er machte mir Angst, aber ich ließ mich nicht einschüchtern und schüttelte ihn ab.

»Schrei mich nicht an«, fauchte ich.

Dämlicher Schnösel! Was konnte ich dafür, dass das Auto kaputt war! Daran war allein dieser Schwachmat von Ronnie schuld mit seinen unfairen Methoden. Außerdem hatte ich das Rennen gewonnen! Ich!

In dem Moment tauchten Jenna und Lion auf. Um uns herum entstand ein Riesentumult. Auf einmal verstand ich, was die Leute riefen.

»Betrug! Betrug!«, brüllten sie zwischen Buhrufen und Pfiffen.

Zumindest hatte ich das Publikum auf meiner Seite. Ronnie hatte betrogen, genau. Er hatte gegen die Regeln verstoßen und war auf mich aufgefahren, das war bei solchen Rennen verboten, vor allem, wenn sie mit Autos gefahren wurden, die nicht für solch heftige Karambolagen ausgelegt waren.

»Lass sie los, Nicholas!«, befahl Lion, doch sein Blick verhieß ebenfalls nichts Gutes.

Zu meiner Überraschung sah mich auch Jenna böse an.

»Da kommt Ronnie«, verkündete Jenna. Nicholas ließ mich abrupt los und mein Rücken prallte gegen die Fahrzeugtür.

Was sollte das? Was war denn in sie alle gefahren?

Mit geballten Fäusten wandte sich Nicholas Ronnie zu.

»Ihr habt die Regeln gebrochen, Leister. Du weißt, was das bedeutet«, sagte Ronnie mit einem hämischen Grinsen in seinem gepiercten und tätowierten Gesicht.

»Drauf geschissen«, erwiderte Nicholas. Lion stand neben ihm und die Mitglieder seiner Gang versammelten sich hinter ihm. Ronnies Gefolgsleute taten dasselbe, um ihren Boss zu unterstützen. In weniger als einer Minute hatte sich ein Kreis um uns gebildet und ich verstand nur Bahnhof. »Es ist nicht mein Problem, wenn sich jemand mein Auto schnappt und auf die Piste fährt, also was geht mich das an?«, sagte er, und ich begann allmählich zu begreifen, worum es ging.

»Sie gehört zu deinen Leuten, Leister, also geht dich das sehr wohl was an.«

»Nein, sie …«, hob Nicholas an und drehte sich zu mir um. Er bebte vor Zorn.

»Sie trägt das Band im Haar, also gehört sie dazu«, konterte Ronnie von oben herab.

Okay! Das Band machte mich also zu einem Mitglied der Gang, aber das erklärte immer noch nicht, warum es ein Problem war, dass ich anstelle von Nicholas gefahren war.

»Du hast die Regeln gebrochen, Leister. Der Deal war, dass wir beide im Finale gegeneinander antreten, somit steht der Gewinner fest«, verkündete er unter dem begeisterten Gejohle seiner Leute. Ihre Blicke besagten: Wagt es ja nicht, das Gegenteil zu behaupten.

»Das ist doch lächerlich«, sagte Nicholas und trat einen Schritt nach vorn. Lion tat es ihm gleich und stemmte die Fäuste in die Seiten. »Das Rennen wird wiederholt, basta. Von wegen, du hast gewonnen.«

Mit einem grenzdebilen Lächeln schüttelte Ronnie den Kopf, noch bevor Nicholas den Satz beendet hatte.

»Du kannst mir schon mal die fünfzehntausend Dollar und die Schlüssel dieses Schätzchens geben«, erwiderte er mit einem Blick auf Nicks schwarzen Ferrari.

Wie bitte?

Ich trat ebenfalls einen Schritt nach vorn. Es war mir egal, mit wem ich mich anlegte. Bevor Nicholas mich aufhalten konnte, war ich schon auf Ronnie zugegangen.

»Du hast mich doch aufgefordert, gegen dich anzutreten«, keifte ich ihn wütend an. »Und ich habe gewonnen, ich, ein siebzehnjähriges Mädchen«, fügte ich hinzu. Seine Gesichtszüge entgleisten. Er sah mich an, als ob er mich töten wollte. Doch das würde mich nicht daran hindern, loszuwerden, was ich ihm sagen wollte. Ich habe dein kleines männliches Ego verletzt, und jetzt willst du uns alle glauben machen, du hättest das gottverdammte Recht, dir das Auto und das Geld unter den Nagel zu reißen … – das lag mir auf der Zunge, doch Nicholas baute sich vor mir auf.

»Halt dein blödes Mundwerk und setz dich in mein Auto«, zischte er mir zu. »Sofort!«

»Du kannst mich mal!«, schrie ich und starrte Ronnie an. Ich würde nicht zulassen, dass dieser Schwachkopf die Situation zu seinem Vorteil ausnutzte und sich den Wagen krallte. Ich hatte das Rennen gewonnen, er hatte mich kein einziges Mal überholen können. »Lern du erst mal fahren, du Idiot!«

Nicks Anhänger stimmten mir lautstark zu und ich fühlte mich schon viel besser.

Jemand hielt mich zurück, als Nicholas auf Ronnie zuging. Die Ader an seinem Hals pochte verdächtig, er war stinksauer. Als ich Ronnies Gesicht sah, wusste ich, dass gleich die Fäuste sprechen würden.

»Halt endlich den Mund, Noah«, flüsterte mir Jenna ins Ohr. »Sonst nimmt das ein ganz böses Ende.«

Ich gab keine Antwort und konzentrierte mich auf Nicholas, der sich vor Ronnie aufgebaut hatte. Sie starrten einander herausfordernd an. Jeden Moment würden sie sich an die Gurgel gehen. Da zog Nicholas auf einmal einen Schlüssel aus der Tasche und reichte ihn Ronnie.

Das durfte ja wohl nicht wahr sein!

»Ich zahle das Geld morgen früh ein«, erklärte er und versuchte dabei, ruhig zu wirken.

Um uns herum war es mucksmäuschenstill. Ronnie lächelte voller Genugtuung und ließ den Schlüssel um seinen Finger kreisen. Nicholas drehte sich um. Er war kurz davor, zu explodieren. In dem Moment sagte Ronnie: »Sieh zu, dass das Flittchen künftig zu Hause bleibt.« Das brachte das Fass zum Überlaufen.

Nicholas schoss herum, und er verpasste Ronnie einen so harten Haken, dass der auf der Motorhaube seines Wagens landete.

Dann brach die Hölle los.

Um mich herum flogen die Fäuste. Die beiden Gangs prügelten wild aufeinander ein. Jemand rempelte mich von hinten an und ich fiel kopfüber auf den Boden und verletzte mir dabei Hände und Knie.

»Noah!«, rief Jenna. Sie kniete sich neben mich und versuchte mir aufzuhelfen.

Oh mein Gott! Die schlugen sich, als ob es um ihr Leben ginge. Ich bekam es mit der Angst, als mir klar wurde, dass sich um mich herum fünfzig muskulöse Kerle prügelten, mit denen nicht zu spaßen war.

Jemand packte mich am Arm und zog mich und Jenna weg. Es war Lion. Seine Lippe blutete. Mit versteinerter Miene zerrte er uns vom Schlachtfeld.

»Rein da!«, befahl er, als wir Nicks SUV erreichten.

Lion setzte sich hinters Steuer und fuhr, so nah er konnte, an die Stelle heran, wo sich Nick und ein ziemlich angeschlagener Ronnie inmitten der Massenschlägerei einen Zweikampf lieferten.

»Nick!«, rief Lion.

Nicholas verpasste seinem Rivalen einen letzten Schlag in die Magengrube und rannte auf uns zu. Er hatte ein blaues Auge und eine Platzwunde an der Lippe. Er sprang auf den Beifahrersitz, Lion wendete in Sekundenschnelle und gab Vollgas.

Ich warf einen Blick zurück und sah, wie Ronnie mit einer Waffe auf unser Auto zielte. Mir blieb das Herz stehen.

»Runter!«, schrie ich, und da barst auch schon die Scheibe des Heckfensters. Ich war kurz davor, den Verstand zu verlieren.

»Verdammte Scheiße!«, riefen Lion und Nick, während Jenna und ich einen filmreifen Schrei ausstießen.

»Dieser Wichser«, entfuhr es Nicholas, und Lion raste mit einer Affengeschwindigkeit auf die Autobahn. Er zuckte nicht mal mit der Wimper. Zum Glück war um die Zeit kaum jemand unterwegs. Solange Ronnie uns nicht verfolgte, konnte ich aufatmen.

»Alles okay?«, fragte Nicholas und drehte sich zu uns um.

»Jenna, sag was!« Besorgt blickte Lion in den Rückspiegel.

»Dieser verdammte Scheißkerl!«, schrie sie hysterisch. Ich zitterte am ganzen Leib.

»Alles bestens, wie ich sehe«, sagte Lion mit einem nervösen Lachen.

»Fahr an die nächste Tankstelle«, sagte Nick und lehnte sich zurück.

Ich wagte kaum zu atmen. Der Schock saß mir in den Knochen, ich war wie versteinert vor Angst. Noch nie hatte jemand mit einer Waffe auf mich gezielt. Aber dieser Kerl hatte es getan. Seinen kranken Blick würde ich so schnell nicht vergessen.

Wie hatte die Sache derart eskalieren können? Das war mir zu hoch.

Ich hatte das Gefühl, jeden Moment zusammenzubrechen. Erst die Sache mit Dan und Beth, dann der Adrenalinrausch durch das erste Rennen nach Jahren, die damit verbundenen guten und die schlechten Erinnerungen, das Gefühl der Ohnmacht und Schuld, das mich überkommen hatte, als Nicholas diesem Schwein sein Auto überlassen musste, und obendrein der Schmerz an Händen und Knien, der allmählich heftiger wurde.

Dazu das unangenehme Schweigen im Auto.

Zehn Minuten später erreichten wir eine Tankstelle, die Tag und Nacht geöffnet hatte.

Lion stellte den Motor ab und eilte zur hinteren Tür, um Jenna aus dem Auto zu holen und fest in den Arm zu nehmen.

Nick stieg ebenfalls aus und ging schnurstracks zum Shop. Ich rührte mich nicht. Ich konnte ihm nicht in die Augen sehen.

Jetzt spürte ich die ganze Last der Schuld. Ohne mich wäre das alles nicht passiert, und es hätte alles noch weit schlimmer ausgehen können. Ich hatte nicht die leiseste Ahnung, warum Ronnie eine Waffe bei sich hatte, aber mir wurde schlagartig klar, dass diese Rennen und diese Leute ein anderes Kaliber waren als die, die ich als Kind erlebt hatte: Sie waren gefährlich. Es ging um viel Geld und die Teilnehmer waren kriminell. Ich hatte den Anführer einer der Gangs lächerlich gemacht und eine Schlägerei zwischen ihm und meinem Stiefbruder provoziert.

Aus einer aufregenden Erfahrung war ein Albtraum geworden.

Nicholas kehrte mit einer vollgepackten Tüte zurück. Er reichte Jenna und Lion Verbandmaterial, Wundalkohol und Schmerzmittel. Sie hatte einen Schlag abbekommen und eine Wunde an der Stirn. Lion kümmerte sich sofort rührend um sie.

Nicholas ging um das Auto herum und reinigte die Wunde an seiner Lippe mit Alkohol und einer sterilen Kompresse, ohne mich eines Blickes zu würdigen. Er schüttete aus einer Flasche Wasser auf seinen Kopf und schüttelte die nasse Mähne. Dann kam er zum Fond, wo ich hinter der geschlossenen Tür saß.

Er öffnete sie, und ich wollte mich an ihm vorbeidrängen und meine Wunden versorgen, doch er stellte sich mir in den Weg.

»Zeig mir deine Hände«, sagte er tonlos.

Er sah furchtbar aus mit der aufgeplatzten Lippe und dem Bluterguss. Das war alles meine Schuld. Ich hatte einen Knoten im Magen.

»Es tut mir leid«, sagte ich so leise, dass ich nicht wusste, ob er es gehört hatte.

Er ging nicht darauf ein und nahm stattdessen eine meiner Hände und befreite die Wunde vorsichtig von Blut und Schmutz.

Ich wusste nicht, was ich sagen oder tun sollte. Es wäre mir lieber gewesen, wenn er mich angebrüllt oder mir gesagt hätte, wie dumm und nervig ich war, aber er versorgte einfach nur meine aufgeschürften Hände und Knie. Hinter uns flüsterten sich Jenna und Lion zärtliche Worte des Trostes zu, während sie sich um seine Wunden kümmerte. Irgendwann wandte Nicholas sich wortlos ab und setzte sich auf den Fahrersitz. Als wir auf den Highway fuhren, herrschte im Wagen Totenstille. Auch Jenna und Lion schwiegen.

Da wurde mir klar, dass ich einen Riesenbock geschossen hatte.

14

NICK

Vier Tage lang hatte ich mich zu Hause nicht blicken lassen. Nach dem, was beim Rennen vorgefallen war, blieb ich lieber auf Abstand. Ich wusste nicht, wie ich reagieren würde, wenn mir Noah leibhaftig gegenüberstünde. Ich hätte sie am liebsten erwürgt, um sie für ihre verflixten Spielchen büßen zu lassen, die mich meinen schwarzen, über hunderttausend Dollar teuren Ferrari und den Waffenstillstand mit Ronnies Gang gekostet hatten. Der Wichser hatte auf uns geschossen. Ich hatte noch immer den Schuss und Noahs Schrei im Ohr, bei denen mir um ein Haar das Herz stehen geblieben war. Beim Blick in den Rückspiegel hatte ich das Schlimmste befürchtet. Ich hatte noch nie im Leben solche Angst gehabt – und das nur wegen einer blöden Bitch, die sich nicht ein verdammtes Mal an das halten konnte, was man ihr sagte.

Als ich sie beim Rennen gesehen hatte, hatte ich mich ohnmächtig gefühlt. Ich konnte mir nicht erklären, woher sie so verdammt gut fahren konnte, aber sie hatte den Schwachkopf besiegt, das musste man ihr lassen. Wie sie die zweite Kurve genommen hatte, war bewundernswert. Nicht mal ich hätte die

Eier gehabt, so aufs Ganze zu gehen, aber das zeigte auch, dass sie offenbar nicht sehr am Leben hing.

Und ich konnte den Kuss nicht vergessen. Wie gern hätte ich es nicht bei diesem einen belassen. Meine Gedanken kreisten ständig um ihre süßen, vollen Lippen und diesen Körper, der mich verrückt machte …

Fuck.

Ich konnte nicht nach Hause zurück, wer weiß, was ich dann tun würde. Ein Teil von mir – meine abgefuckte Seite, die eindeutig nicht mit dem Verstand dachte – wollte dieses Mädchen mit dem blonden Haar und den honigfarbenen Augen flachlegen, auf jede erdenkliche Weise, und sie dafür bezahlen lassen, dass sie mich um meinen geliebten Ferrari gebracht hatte. Der andere Teil hätte sie zu gern das Fürchten gelehrt, sodass sie in Zukunft in meiner Gegenwart kaum noch zu atmen wagen würde. Zugegeben, ich tendierte mehr zu der ersten Option und ich verfluchte mich dafür.

Vier Tage lang war ich von Party zu Party gezogen und hatte jede Nacht eine andere aufgerissen. Nach dem Vorfall beim Rennen war die Waffenruhe zwischen Ronnie und mir ein für alle Mal erledigt und ich machte mir wirklich Sorgen, wie er reagieren würde, wenn wir uns wiedersahen. Lange würde es sicher nicht dauern, denn wir bewegten uns in denselben Kreisen.

Es war unglaublich, was diese Göre binnen kürzester Zeit alles kaputtgemacht hatte.

Meine Laune war im Keller, als ich mit frisch reparierter Heckscheibe nach Hause zurückkehrte. Ich stellte das Auto auf meinem Stellplatz ab und setzte die Sonnenbrille auf, weil mir vom Kater der Schädel brummte. Ich wollte mich den Rest des

Tages in meinem Zimmer verkriechen. Doch kaum hatte ich einen Fuß ins Haus gesetzt, hörte ich aus der Küche laute Stimmen. Ich fluchte innerlich und betete, dass ich die Geduld aufbringen würde, die ich jetzt bitter nötig hatte.

In der Küche saßen meine Stiefmutter, Noah und – echt jetzt? – Jenna beim Frühstück. Mein Blick blieb an der blonden Ausgeburt der Hölle hängen, die es offenbar auf mich ganz persönlich abgesehen hatte. Dass ich plötzlich in der Tür stand, schien Noah aus der Fassung zu bringen. Sie war sonnengebräunt und ihre blonde Mähne wirkte noch heller und schillernder als beim letzten Mal. Sie trug einen Badeanzug und darüber ein unter den Armen geknotetes Handtuch. Wasser tropfte vom Haar neben die Müslischale. Jenna gab das gleiche Bild ab, nur dass sie einen Bikini trug und mich mit einem freundlichen Lächeln willkommen hieß, wie es ihre Art war.

Waren die beiden jetzt Freundinnen?

»Da bist du ja endlich, Nick. Dein Vater hat gestern den ganzen Tag versucht, dich anzurufen«, sagte Raffaella. Sie sah übernächtigt aus. Im Gegensatz zum lässigen Aufzug ihrer Tochter war sie wie aus dem Ei gepellt in ihrem tipptopp gebügelten Leinenanzug und dem akkuraten Knoten, zu dem sie ihre platinblonden Haare frisiert hatte.

Holla! Die Verwandlung in Mrs William Leister war wirklich schnell gegangen.

»Ich hatte zu tun«, erwiderte ich und holte mir ein Bier aus dem Kühlschrank.

Es war mir scheißegal, dass es erst zehn Uhr morgens war.

»Was ist los, Nick? Willst du uns nicht begrüßen?«, fragte Jenna.

Ich warf ihr einen finsteren Blick zu, um ihr zu zeigen, dass ich nicht zu Scherzen aufgelegt war. Warum starrte sie nicht einfach schweigend in ihre Müslischale wie Noah?

Ich brummelte ein Hallo und setzte das Bier an die Lippen. Noah gab sich die größte Mühe, so zu tun, als machte ihr meine Anwesenheit absolut nichts aus.

»Nicholas, dein Vater wollte mit dir sprechen, weil wir heute Abend nach New York reisen«, sagte Raffaella. Okay? Jetzt war ich ganz Ohr. »Er fährt zu einem Kongress und möchte, dass ich ihn begleite. Ich fände es gut, wenn du hier bei Noah bleibst, ich möchte nicht, dass sie in dem großen Haus allein ist und …«

»Mom, ich hab dir doch schon gesagt, es ist okay für mich«, ging meine Stiefschwester hoch. »Ich kann absolut allein hierbleiben. Außerdem ist ja Jenna bei mir, stimmt's, Jenna?«

Achselzuckend nickte Jenna und ließ ihren Blick von mir zu Noah wandern. Die wollte mich offenbar nicht in ihrer Nähe haben … Interessant.

»Ich bleibe«, verkündete ich, ohne recht zu wissen, auf was ich mich einließ.

Im Nu war es mit Noahs gespielter Gleichgültigkeit vorbei. Ihr Gesicht sprach Bände: Sie hätte alles darum gegeben, nicht hier sein zu müssen.

»Da bin ich beruhigt. Danke, Nick.« Raffaella stand auf und trank ihren Kaffee aus. »Ich gehe Koffer packen. Bis später.«

»Du musst nicht bleiben. Ich kann allein auf mich aufpassen«, zischte Noah.

Ich setzte mich neben sie.

»Das bezweifle ich, aber deswegen bleibe ich nicht.« Ich schaute ihr tief in die Augen. »Ich hab dich wohl vermisst,

Freckle. Hast du heute wieder vor, mich um hunderttausend Dollar zu bringen?«

Noah bekam Schnappatmung. Als sie stammelnd nach den richtigen Worten suchte, beschloss ich, sie zu erlösen.

»Entspann dich, das war nur Spaß. Selbst in deinen kühnsten Träumen könntest du nicht wiedergutmachen, was du angerichtet hast.« In mir stieg erneut eine Welle der Wut auf, aber gleichzeitig regte sich auch ein anderes Gefühl. Ich begehrte sie. Unweigerlich wanderte mein Blick zu ihrem Dekolleté, das nach dem Bad im Pool noch feucht war, und zu dem Tattoo, das mich um meinen Verstand brachte.

»Willst du damit sagen, du willst die Sache vergessen?«, fragte sie ungläubig.

»Ich denke, du kannst mich auf andere Art entschädigen«, sagte ich und merkte, dass ich schon wieder mit ihr flirtete.

Sie zwinkerte verwirrt.

Verdammtes Weib.

»Weißt du was? Zurück auf Anfang. Ich ignoriere dich, du ignorierst mich und Schwamm drüber«, schlug ich vor und stand auf. Hoffentlich hatte ich mich künftig besser im Griff und würde mich nicht wieder zum Affen machen.

Jennas sinnliche Lippen umspielte ein leises Lächeln, als sie mich neugierig musterte.

Ich wandte mich ab und ging in den Garten hinaus. Was zum Teufel war das denn gewesen? Wieso war meine Wut verraucht, kaum dass ich Noah wiedergesehen hatte?

15
NOAH

Was für ein Schock, als er plötzlich in der Küchentür stand! Vier Tage lang hatte ich ganz gut verdrängen können, was beim Rennen geschehen war. Jeden Gedanken an ihn verscheuchte ich blitzschnell, denn mich überkam jedes Mal ein mulmiges Gefühl. Meinetwegen hatte er seinen heiß geliebten Wagen verloren und noch dazu hätte man uns an dem Abend um ein Haar getötet. Aber das war definitiv nicht allein meine Schuld! Hätte Dan mich nicht betrogen, wäre ich erst gar nicht dort gelandet. Und außerdem hatte Ronnie, dieses miese Stück, mich reingelegt und mir weisgemacht, es sei okay, wenn ich gegen ihn antrete. Aber kaum hatte ich ihn besiegt, berief er sich auf einmal auf diese dämlichen Regeln und sackte fünfzehntausend Dollar und Nicks Ferrari ein.

Ich war davon ausgegangen, es würden Tage, Monate, Jahre vergehen, bis mir dieser reiche Snob vergab, was ich getan hatte, und nun erklärte er die Sache einfach so für erledigt. Was hatte ich mir für einen Kopf gemacht!

Was sollte das heißen, dass ich ihn auf andere Art entschädigen könnte? Er wollte mich sicher verarschen, oder?

Ich wusste nicht, was ich davon halten sollte, und ich hatte auch keinen Kopf dafür, mir auszumalen, was ein Nicholas Leister sich darunter wohl vorstellen mochte. Hunderttausend Dollar! Verdammt, so viel Geld würde ich im Leben nicht zu Gesicht bekommen, das stand fest. Nur ein reicher Snob wie er konnte eine solche Summe einfach so abschreiben. Das Auto war für ihn nur ein Spielzeug unter vielen, er konnte sich das ja leisten. Doch ich war dankbar und erleichtert, dass er mir verzieh.

Von Gewissensbissen und schwermütigen Gedanken geplagt, hatte ich die letzten Tage in dem Haus verbracht, an das ich mich irgendwie würde gewöhnen müssen. Der wahre Grund für meine Niedergeschlagenheit war die Tatsache, dass mich mein Ex auf die mieseste Art beschissen hatte und mich jetzt mit Anrufen und Nachrichten bombardierte, weil er wollte, dass ich ihm verzieh und wir wieder zusammenkamen.

Jedes Mal wenn das Telefon klingelte, setzte mein Herz kurz aus, und wenn es dann erneut zurück in seinen Takt fand, tat es unendlich weh. In den langen Stunden, in denen ich in der Sonne gelegen hatte, war mir klar geworden, dass alles, was mich noch mit meiner Heimat verbunden hatte, für immer zerbrochen war, und diese Erkenntnis war bitter. Meine beste Freundin hatte unsere Freundschaft wegen eines Typen – meines Freundes! – weggeworfen, und er war sogar noch so dreist, von mir zu verlangen, ich sollte ihm verzeihen. Der hatte sie doch nicht alle!

Nie im Leben würde ich mit den beiden auch nur noch ein Wort reden, nie im Leben wäre ich noch einmal so blöd, alles für einen Typen zu tun. Von Männern hatte ich genug einstecken müssen. Und zu allem Überfluss wohnte ich jetzt auch noch mit einem attraktiven und unberechenbaren Kerl unter einem Dach, der ein Doppelleben führte und mit dem niemand, der auch nur ein Fünkchen gesunden Menschenverstand hatte, näher zu tun haben wollte.

»Du bist bestimmt Nicks leibhaftiger Albtraum«, meinte Jenna. Sie kramte eine Schachtel Zigaretten hervor und zündete sich eine an. Rasch vergewisserte ich mich, dass meine Mutter nicht in der Nähe war.

Jenna war das einzig Gute, was mir diese katastrophale Nacht eingebracht hatte. Ihre Fröhlichkeit und ihr Humor hatten mir die letzten Tage erträglicher gemacht. Sie hatte mir erzählt, dass sie Nicholas von klein auf kannte, besser als jeder andere.

Ihr zufolge war er ein abgezockter Frauenheld. Das Einzige, was ihn interessierte, war Feiern, Saufen, Frauen abschleppen und Ronnie zu besiegen, um aller Welt zu zeigen, dass er der König des Nachtlebens war.

Mich hatte das alles nicht weiter überrascht, außer einer Sache, über die nicht einmal sie genau Bescheid wusste. Wie sie mir erzählte, war Nicholas mit achtzehn aus dem Haus seines Vaters ausgezogen und hatte eineinhalb Jahre bei Lion in dessen abgewracktem Viertel gelebt. Damals war er offenbar in Tausende von krummen Dingern verwickelt gewesen. Das erklärte, warum er so viele schräge Typen kannte und Verbindungen ins Milieu hatte. Lion war wohl einer der wenigen echten Freunde von damals.

Ich hätte ja mit allem gerechnet, aber damit nicht. Meine Mutter hatte bestimmt keine Ahnung, sonst hätte sie mir davon erzählt. Jetzt verstand ich, warum jemand wie Nick sich in so gefährlichen Kreisen bewegte.

»Wieso das?«, fragte ich zerstreut und widmete mich wieder meinem Müsli.

»Hast du dich mal angesehen?«, fragte sie. Ich runzelte die Stirn. »Du bist das typische brave Mädchen, das kein Wässerchen trüben kann, und auf einmal steigst du in ein Auto, gewinnst das Rennen und bringst uns alle in Mordsschwierigkeiten. Du bist nicht gerade das, was man berechenbar nennt, Noah. Bei dem Rennen ist mehr als einem der Typen die Kinnlade runtergeklappt.« Bei ihren Worten fiel mir klappernd die Müslischale aus der Hand. »Ich wette, dass Nick ständig daran denkt, es hier mit dir auf dem Tisch zu treiben und so seinen Frust über den Verlust des Autos abzureagieren. So löst er die Dinge normalerweise. Von wegen ›Schwamm drüber‹.« Kichernd malte sie Anführungszeichen in die Luft.

Und als sie den Ausdruck in meinem Gesicht sah, konnte sie nicht mehr an sich halten und lachte schallend los.

»Ach, hör doch auf«, sagte sie. »Du willst mir doch nicht erzählen, dass du noch nicht darüber nachgedacht hast. Wenn ich ihn nicht von klein auf kennen würde, wäre ich ihm verfallen wie jede in dieser Stadt.«

Ich dachte wieder an den Kuss auf dem Auto. Nicht zum ersten Mal, und immer hatte ich gebebt und mir gewünscht, seine sanften Hände noch einmal auf meinem Körper zu spüren. Aber was hieß das schon? Das bedeutete doch nur, dass wir beide nicht blind waren!

»Du kannst mir glauben, ich lasse nicht zu, dass er es irgendwo *mit mir treibt*«, erwiderte ich missmutig. »Ich hab bis in alle Ewigkeit genug von gut aussehenden Kerlen. Die verladen dich bei der erstbesten Gelegenheit. Schau dir nur meinen Freund Dan an.«

»Ex-Freund«, korrigierte sie mich und zog an ihrer Zigarette. »Du hast recht, Typen wie er sind gefährlich, aber es würde dir guttun, dich mal verwöhnen zu lassen, damit du deinen Ex, dieses Schwein, aus dem Kopf bekommst. Wer sagt denn, dass Frauen nicht mit Männern ins Bett gehen können, nur weil sie Bock darauf haben? Du bist Single, es ist Sommer, du siehst gut aus. Denk nicht so viel nach und genieß das Leben.«

Ich musste lachen. Jenna hatte sie doch nicht alle! So eine war ich nicht.

»Lassen wir das Thema Leister. Sag mir lieber, ob du heute hier übernachten willst«, schlug ich vor. Ich sah sie flehend an. Wenn ich drei Tage allein in dem großen Haus mit Nicholas verbringen müsste, würde ich das nicht überleben.

Jenna dachte laut nach.

»Bestimmt lädt Nicholas die Jungs ein. Das heißt, Lion wird auch hier sein, und dazu vielleicht noch Drinks und Musik …« – ihre Finger trommelten auf ihre Wange – »ich würde sagen … ich bleibe.«

Meine Laune besserte sich schlagartig. Mit Jenna an meiner Seite würde die Zeit schneller vergehen, und das war genau das, was ich in dem Moment brauchte: Die Tage sollten verfliegen, und ich wollte nicht wissen, was kommen würde.

Wie Jenna vorhergesagt hatte, brach ein paar Stunden später der Wahnsinn aus. Ab kurz vor neun klingelte es in einem fort. Heerscharen von jungen Leuten mit kleinen Bierfässern strömten herein. Als Nicholas das Spektakel hörte, tauchte er oben an der Treppe auf, begrüßte alle und sagte, sie sollten die Musik anmachen.

Der Alkohol floss in Strömen, und aus Lautsprechern, die ich nicht orten konnte, dröhnte Musik. Mit meiner kurzen Jogginghose und dem auf die Schnelle zusammengezwirbelten Dutt fühlte ich mich fehl am Platz. Jenna war schon vor einer ganzen Weile nach Hause gefahren, um sich umzuziehen, und noch nicht wieder aufgetaucht. Also ging auch ich in mein Zimmer, um nach etwas Passenderem zu suchen, das mir gut stand und zugleich bequem war.

Ich wählte eine kurze, schwarze, eng anliegende Hose und eine orangefarbene Bluse, mit der die frische Bräune wunderbar zur Geltung kam. Zufrieden schüttelte ich mein Haar und zog rasch ein paar flache Sandalen an – immerhin war ich hier zu Hause. Als ich die Klingel hörte, eilte ich hinunter.

Irgendwer hatte Jenna und Lion schon reingelassen. Die beiden sahen mega aus! Im Gegensatz zu mir trug sie High Heels, ach was, Super-High-Heels, und war trotzdem noch kleiner als ihr Freund, der sich für Jeans und ein weites schwarzes T-Shirt entschieden hatte.

Jenna kam lachend auf mich zu.

»Du siehst umwerfend aus!«, sagte sie. »Und? Hast du schon ein Auge auf jemanden geworfen? Dein Körper kann etwas Bewegung gebrauchen!«, rief sie lachend. Mir schoss das Blut in die Wangen, während ich mich im gleichen Moment vor Lachen kaum halten konnte.

Jenna war wie eine erfrischende Brise. Auch wenn ich sie erst ein paar Tage kannte, hatte ich das Gefühl, ihr vertrauen zu können.

»Lasst uns was trinken, meine Kehle ist ganz trocken«, schlug Lion vor, der von den anderen per Fistbump begrüßt worden war.

In der Küche ging Jenna sofort zum Bierfass. Einen Moment später reichte sie mir ein volles Glas. Das Bier war erfrischend und schmeckte gut. Ich war froh, die Gedanken an meinen Ex vertreiben zu können.

Ich nippte weiter an meinem Bier und die miesen Gefühle traten in den Hintergrund. Dafür tauchte Dans Gesicht vor meinem geistigen Auge auf, der blonde, gut aussehende Dan. Ich erinnerte mich an seine Zärtlichkeiten und daran, wie er mich im Winter auf die Nase küsste und mir lachend sagte, ich sähe aus wie ein Rentier. Es war dumm von mir, mir all das blöde Zeug in Erinnerung zu rufen, aber es waren immerhin neun Monate meines Lebens gewesen. Das war nicht viel, aber ich hatte sie intensiv erlebt. Ich liebte ihn. Er war mein erster richtiger Freund gewesen, und die Tatsache, dass er mich mit jemandem verarscht hatte, der mir so wichtig war … Nein, die Tatsache, dass er mich überhaupt verarscht hatte … Wie hatte ich mich in ihm nur derart irren können?

Wütend wollte ich mir noch ein Glas holen, als eine Mail auf meinem Handy einging. Im ersten Moment dachte ich, sie sei von Dan, aber sie kam von derselben Person, die mir das Foto geschickt hatte, auf dem Dan und Beth sich küssten. Wer auch immer diese Kay war, sie hatte offensichtlich Spaß dabei, mich zu quälen, denn im Betreff stand:

MEHR BEWEISE FÜR DEN BETRUG.

Als ich die Datei mit pochendem Herzen öffnen wollte, ging das Handy aus. Fuck. Der Akku war leer. Klar, den ganzen Tag über waren Nachrichten und Anrufe von Dan gekommen, die ich nach Kräften ignoriert hatte. Angespannt und getrieben von einem masochistischen Impuls – anders konnte es nicht sein, denn wer würde schon freiwillig noch mehr Bilder sehen wollen, wie er nach Strich und Faden beschissen wurde –, sah ich, dass Nicks Smartphone auf dem Beistelltisch im Wohnzimmer lag. Im Partytreiben bemerkte keiner, dass ich es an mich nahm und mich in eine ruhige Ecke vor dem Büro meines Stiefvaters zurückzog. Mir zitterten die Hände, sodass ich mich ständig vertippte und ich mich mehrfach aufs Neue in meinen Account einloggen musste. Am Ende fand ich, was ich suchte, und der Dateianhang öffnete sich. Neben dem Foto, das ich schon kannte, waren da noch weitere Schnappschüsse von Dan und Beth, wie sie auf der Party herumknutschen, auf der sie mich, wie ich bis dahin glaubte, zum ersten Mal betrogen hatten … Aber ich wurde eines Besseren belehrt. Es gab noch weitere Fotos von anderen Tagen, auf denen sie sich küssten, sogar Selfies, auf denen sie mit roten Mündern strahlend in die Kamera schauten. Der Anblick machte mich rasend. In mir war so viel Wut und Schmerz, dass mir beinahe das Handy zu Boden gefallen wäre.

Auf einmal stand jemand hinter mir.

»Was zum Teufel machst du mit meinem Handy?«

Ich zuckte zusammen. Noch bevor ich die Mail schließen konnte, hatte mir Nicholas das Telefon aus der Hand gerissen. Irritiert betrachtete er die Bilder.

»Gib her«, sagte ich. Ich hatte das Gefühl, in meinem Unglück zu ertrinken.

Ein boshaftes Lächeln huschte über sein Gesicht.

»Es gehört mir, schon vergessen?«, erwiderte er und starrte noch immer auf das Display.

Ich wollte mich umdrehen und verschwinden. Es fehlte nicht mehr viel und ich würde die Beherrschung verlieren. Meine Hände zitterten, und ich hatte das typische Brennen in den Augen, mit dem sich die ersten Tränen ankündigten.

Doch er packte mich am Arm und sah mich tadelnd an.

»Warum schaust du dir diesen Mist an? Willst du dich selbst quälen, oder was?« Ohne meinen Arm loszulassen, steckte er das Telefon in die Hosentasche. Offenbar war ich nicht die Einzige, die das dachte.

»Kann schon sein«, erwiderte ich. Ich hielt seinem Blick stand. »Und du bist wirklich der Letzte, den ich gerade um mich haben möchte.« Mir war bewusst, dass ich meine schlechte Laune am Falschen ausließ.

Er sah mich merkwürdig an, als versuchte er, meinen Gedanken zu folgen.

»Und warum, *Freckle*?«

Ich verdrehte die Augen. Wie ich diesen Spitznamen hasste.

»Lass mich nachdenken«, erwiderte ich zickig und zählte seine Schandtaten an den Fingern auf. »Seit ich hergekommen bin, machst du mich runter. Du bedrohst mich, lässt mich mitten in der Nacht im Nirgendwo stehen, du verhältst dich wie ein notgeiler Bock … und, ach ja, das hätte ich beinahe vergessen, du siehst seelenruhig dabei zu, wie man mich unter Drogen setzt!«

»Dann ist es also meine Schuld, dass dein dämlicher Freund fremdgeht?« Er grinste hämisch.

»Ich bin mies drauf, lass mich einfach in Ruhe«, erwiderte ich. Ich wollte nur noch auf mein Zimmer. Doch er stellte sich mir in den Weg und schlang einen Arm um meine Taille. Noch bevor ich begriff, was vor sich ging, schob er mich in Williams

Büro und schloss die Tür. Der Raum war dunkel. Nur das Mondlicht schien durch das Fenster hinter dem Schreibtisch.

Ich schnaubte, als er einen Schritt nach vorne machte und mich gegen die Tür drückte. Er hatte offensichtlich zu viel getrunken. Ich war wegen der Fotos so durch den Wind gewesen, dass ich vorher nicht darauf geachtet hatte. Aber anders war nicht zu erklären, wie er sich aufführte.

»Denk nicht mehr an diesen Idioten«, sagte er. Er strich das Haar von meiner nackten Schulter und küsste sie.

Ich war völlig überrumpelt und musste an den Kuss bei dem Rennen denken. Was an dem Abend als Racheakt begonnen hatte, war zu einem aufregenden Abenteuer geworden.

»Was tust du?«, fragte ich stockend, während seine Lippen kleine glühende Küsse auf meinen Hals drückten und langsam bis hoch zu meinem Ohrläppchen wanderten. Als sich seine Zähne zärtlich in meine Haut bohrten, schloss ich die Augen.

»Dir zeigen, wie schön das Leben sein kann«, antwortete er keuchend, während eine Hand unter meine Bluse glitt und sanft meinen Rücken streichelte. Irgendwann drückte er mich fest gegen seinen gestählten Körper.

Er wusste nicht, was er tat, so viel war klar. Hatte er vergessen, wen er da küsste? Wir hassten uns, umso mehr, seit ich ihm sein Lieblingsspielzeug genommen und einer seiner erbittertsten Feinde meinetwegen auf ihn geschossen hatte. Aber warum gefielen mir diese unerwarteten, glühenden Liebkosungen so sehr?

»Ich musste mich dir gegenüber zurückhalten, aber … verdammt, du hast dich in meinen Kopf geschlichen, und ich krieg dich da einfach nicht mehr raus«, raunte er. Er hob mich wie eine

Feder hoch und drängte sich so an mich, dass ich meine Beine um seine Hüften schlingen musste.

Mir blieb keine Zeit, groß über seine Worte nachzudenken, denn schon drückte er seine Lippen wieder auf meine. Glühend, besitzergreifend … So hatte mich noch nie jemand geküsst.

Zuerst fand ich es verstörend, ihn wieder auf diese Weise zu spüren, vor allem, nachdem er sich vor ein paar Stunden noch ganz anders verhalten hatte. Doch all meine Gedanken, Gefühle und Probleme, alles, was in der letzten Zeit geschehen war, rückten in den Hintergrund, denn, oh mein Gott … er wusste genau, was er tat!

Seine Zunge suchte leidenschaftlich nach meiner und ich spürte seinen warmen Atem. Instinktiv erwiderte ich seine Zärtlichkeiten. Ich legte meine Hände um seinen Hals und zog ihn an mich heran, als brauchte ich ihn zum Atmen. Dabei raubte mir sein fordernder Kuss mehr und mehr die Luft.

Als ich nicht mehr konnte, zog ich an seinem Haar, doch seine Lippen wollten sich nicht von meinen lösen. Er murrte, als ich noch fester zog.

Wir keuchten und sahen uns tief in die Augen, während ich versuchte, die Lust zu kontrollieren, die meinen Körper in heißen Wellen durchströmte. Meine Beine hielten ihn immer noch umklammert, und plötzlich drückte er mich so fest an sich, als dürfte nichts zwischen uns sein.

»Du ungehobelter Kerl«, japste ich. Doch es war mir schon egal, wie er mit mir umging. In weniger als fünf Minuten hatte er es geschafft, dass ich bereit war, ihm alles zu geben, wonach er verlangte.

»Du Zicke.«

Mein Gott, das war zu viel für mich, ich spürte ihn überall. Mit einer Hand knöpfte er meine Bluse auf, die andere hatte er an meine Hüfte gepresst. Keuchend bewegte er sich nach rechts, wohl um mich auf den Tisch zu legen, aber ich zog ihn zurück, und mein Rücken landete wieder an der Wand. Man hörte ein Klicken, das Licht ging an und plötzlich war der ganze Raum hell erleuchtet.

Es war wie eine kalte Dusche. Nicholas hielt inne. Überrascht sahen wir uns an, die Wirklichkeit gewann wieder die Oberhand. Nicholas lehnte seine Stirn an meine und schloss die Augen für ein paar Sekunden, die mir wie eine Ewigkeit vorkamen.

»Fuck!«, fluchte er schließlich und ließ mich hinunter. Ohne mich noch einmal anzusehen, verließ er den Raum.

Die Realität traf mich so hart, dass ich mich an der Wand entlang zu Boden gleiten ließ. Ich umfasste meine Knie, und allmählich dämmerte mir, was wir getan hatten.

Etwas mit Nicholas anzufangen, war keine Lösung. Das würde es nicht aus der Welt schaffen, was Dan und Beth mir angetan hatten. Die Einsamkeit wäre nicht weniger schmerzlich, und unser Verhältnis würde sich dadurch mit Sicherheit nicht verbessern. Eine Affäre mit Nick bedeutete nur eines: Probleme.

16
NICK

In mir loderte es. Im wahrsten Sinne des Wortes. Seit Tagen hatte ich an nichts anderes denken können als an den Kuss bei dem Autorennen und meine Laune wurde immer mieser. Sie ständig vor mir zu sehen und sie nicht haben zu können, war die Hölle. Der Abend war unglaublich, ich konnte den Blick nicht von ihr abwenden: die endlosen Beine, das sonnengebräunte Dekolleté und die lange blonde Mähne … Aber dass sie vor meiner Nase tanzte und die Typen sie mit Blicken förmlich verschlangen, das war zu viel für mich. Ich hatte schon die eine oder andere obszöne Bemerkung aufgeschnappt und war überrascht, wie sehr mir das gegen den Strich ging, denn normalerweise war ich einer der Ersten, der Sprüche riss, wenn ein hübsches Mädchen auftauchte. Aber so über Noah zu reden? Das ging gar nicht.

Als ich sie mit meinem Handy erwischte und die Fotos sah, tat sie mir leid und ich war wütend auf die Idioten, die ihr das antaten, den Ex-Freund eingeschlossen, aber ich hatte es definitiv nicht geplant, sie in das Arbeitszimmer meines Vaters zu schieben und mit ihr rumzumachen. Ich hatte ein paar Gläser zu viel getrunken und wusste nicht, was ich tat, bis das Licht anging und mich auf den Boden der Tatsachen holte. Ihre Wangen glühten und ihre Lippen brannten noch von meinen Küssen. Verdammt. Wenn ich nur daran dachte, würde ich am liebsten gleich wieder zu ihr hinrennen. Aber das ging nicht, *no way*. Sie war meine Stiefschwester. Die Stiefschwester, die mein Leben auf den Kopf gestellt und mich um mein Auto gebracht hatte.

Ich vertrieb die Gedanken und ging in den Garten hinaus. Ich würde mich von ihr fernhalten, ich konnte nicht mit einem Mädchen schlafen, das mit mir unter einem Dach lebte und das ich tagtäglich zu Gesicht bekam, und schon gar nicht wenn sie die Tochter der Frau war, die den Platz meiner Mutter eingenommen hatte, einen Platz, den ich seit Langem aus meinem Leben gestrichen hatte.

Ich blieb draußen, bis die meisten gegangen waren. Sie hatten ein komplettes Chaos hinterlassen. Überall auf dem Rasen lagen Plastikbecher und leere Bierflaschen und ein Haufen anderer Sachen herum. Frustriert begab ich mich zur Küche. Unter den wenigen noch verbliebenen Gästen waren Jenna und Lion. Sie saß auf seinem Schoß, und als er sie auf den Hals küsste, kicherte sie wie ein kleines Mädchen.

Es hätte nicht viel gefehlt und es wäre mir hochgekommen. Wer hätte gedacht, dass die beiden so enden würden. Lion war wie ich, ein Mann, der Frauen, Partys, Rennen und Drogen liebte … und jetzt war er zahm wie ein Schoßhündchen.

Frauen waren nur für eins gut. Alles andere führte nur zu Problemen, das hatte ich am eigenen Leib erfahren.

»Hey, Bro!«, rief Lion. »Morgen wird bei Joe gegrillt, kommst du auch?«

Grillen bei Joe, das hieß im Klartext Feiern bis zum Morgengrauen, viele hübsche Mädchen und gute Musik … aber ich hatte am nächsten Tag schon etwas vor, in sechs Stunden, um genau zu sein. Eine Mission, die ich liebte und zugleich hasste.

»Morgen fahre ich nach Las Vegas», sagte ich und schnitt eine Grimasse. Er verstand sofort und nickte.

»Na dann viel Spaß und grüß Maddie«, erwiderte er.

»Wir sehen uns, wenn ich zurück bin«, verabschiedete ich mich und ging nach oben. Unter Noahs Zimmertür drang ein schwacher Lichtschein hervor. Ich fragte mich, ob sie noch wach war. Dann fiel mir ein, dass sie Angst vor der Dunkelheit hatte.

Eines Tages, wenn sich die Wogen geglättet hatten, würde ich sie fragen, was es damit auf sich hatte. Doch jetzt musste ich dringend ins Bett. Der Tag morgen würde lang werden.

Der Wecker klingelte um halb sieben. Grummelnd machte ich ihn aus, aber ich musste schnell wach werden, wenn ich um zwölf in Las Vegas sein wollte. Ich hoffte, dass sich meine Laune unterwegs bessern würde. Ich sprang aus dem Bett unter die Dusche und zog eine Jeans und ein kurzärmeliges Hemd an. In Nevada herrschte eine Bullenhitze und das hatte ich noch nie gemocht. Las Vegas war ein toller Ort, solange man sich in einem klimatisierten Hotel befand; im Freien hielt man es wegen des drückenden Wüstenklimas kaum länger als eine Stunde aus.

Noahs Tür stand einen Spalt offen. Als ich daran vorüberging, kamen die Erinnerungen an den vergangenen Abend wieder hoch. War es denn nicht schon genug, dass ich die ganze Nacht von ihr geträumt hatte!

Ich eilte die Treppe hinunter in die Küche, um einen Kaffee zu trinken. Prett, unsere Köchin, würde nicht vor zehn eintreffen, also versuchte ich selbst, mir ein halbwegs anständiges Frühstück zuzubereiten. Um sieben saß ich bereits im Wagen und fuhr los.

Ich stellte die Musik laut und versuchte das Gefühl zu verdrängen, das mich jedes Mal überkam, wenn ich Madison besuchte. Ich erinnerte mich noch genau an den Tag, an dem ich von ihrer Existenz erfahren hatte. Bis heute wurmte es mich, dass meine Schwester und ich uns nie kennengelernt hätten, wäre da nicht dieser Zufall gewesen. Damals lief mein Leben nicht gerade rund. Ich war bei meinem Vater ausgezogen und wohnte bei Lion und wir hatten ständig Ärger am Hals. An einem Wochenende fuhren wir nach Las Vegas. Ich hatte es immer gehasst, dorthin zu fahren, denn meine Mutter lebte dort mit ihrem neuen Mann, Robert Grason.

Es tat weh, sie nach sieben langen Jahren wiederzusehen, noch dazu mit einem Baby auf dem Arm. Wir waren beide wie erstarrt, als stünden wir einem Geist der Vergangenheit gegenüber.

Ich war zwölf, als meine Mutter uns verlassen hatte. Eines Tages hatte sie mich nicht von der Schule abgeholt, und mein Vater hatte mir erklärt, künftig würden wir nur noch zu zweit sein.

Das Verhältnis zu meiner Mutter war immer gut gewesen. Mein Vater war so gut wie nie zu Hause, aber mir hatte nichts gefehlt, ich hatte ja sie. Ich konnte mich noch genau an das Gefühl der Leere erinnern, als mir klar wurde, dass ich sie nicht wiedersehen würde.

Doch meine Traurigkeit war schnell in Hass umgeschlagen, Hass auf meine Mutter und auf Frauen im Allgemeinen. Die einzige Person, die mich eigentlich über alles lieben sollte, hatte mich für einen Millionär im Stich gelassen, dem eines der größten Hotels in Las Vegas gehörte und dessen Namen mein Vater nach einer Anklage wegen Betrugs in der Größenordnung von mehr als zehn Millionen Dollar reingewaschen hatte.

Als ich älter war, hatte mein Vater mir die ganze Wahrheit erzählt. Meine Mutter hatte mich geliebt, aber mit ihm war sie nie glücklich gewesen. Sie wollte mehr und immer mehr. Es genügte ihr nicht, mit einem der angesehensten Unternehmer und besten Rechtsanwälte des Landes verheiratet zu sein, nein, sie musste zu einem Betrüger ins Bett steigen. Grason hatte ihr jeglichen Kontakt zu mir und meinem Vater verboten. Sie beugte sich seinem Willen und damit war unsere Beziehung Geschichte.

Die Rechtsanwälte meines Vaters kümmerten sich um die Übertragung des Sorgerechts und meine Mutter erklärte ihren Verzicht. Aber als wir uns wiedertrafen, geriet alles ins Wanken. Ich wusste sofort, dass das kleine blonde Mädchen mit den blauen Augen meine Schwester war. Anfangs tat ich, als ob mir das alles am Arsch vorbeiging, doch nach kurzer Zeit ging sie mir nicht mehr aus dem Kopf.

Ich erzählte meinem Vater davon und der war mindestens so überrascht wie ich. Er fragte mich, was ich tun wollte, und bot mir seine Hilfe an, falls ich sie kennenlernen und sie regelmäßig sehen wollte.

Das Verhältnis zu meinem Vater war zu dem Zeitpunkt ziemlich auf dem Nullpunkt. Er hatte mich zweimal aus dem Gefängnis geholt und ich ließ mir von ihm nichts mehr sagen. Aber unter dem Vorwand, mich bei Madison unterstützen zu wollen, erreichte er, was er wollte: Er hatte mich an der kurzen Leine.

Nach einem monatelangen Rechtsstreit erteilte ein Richter

mir die Erlaubnis, meine Schwester regelmäßig zu sehen, unter der Bedingung, dass ich sie bis spätestens sieben Uhr wieder nach Hause brachte. Meine Mutter und ich würden keinerlei Kontakt haben, eine Sozialarbeiterin würde Madison zu mir bringen, damit wir Zeit miteinander verbringen konnten. Aufgrund der Entfernung sah ich sie nicht so häufig, aber zweimal im Monat unternahm ich etwas mit ihr und genoss die Gesellschaft des einzigen Mädchens, für das ich mein Herz öffnete.

Für sie musste ich mein damaliges Leben aufgeben. Ich kehrte nach Hause und an die Uni zurück und musste versprechen, dass ich mich nicht wieder in Schwierigkeiten bringen würde. In dem Punkt war mein Vater sehr deutlich: Sollte ich mich nicht an die Abmachung halten, war's das mit den Besuchen.

Meine Mutter und ich hatten uns seit dem Gerichtsverfahren nicht wiedergesehen, aber es war unmöglich, so zu tun, als existierte sie nicht. Meine Schwester redete die ganze Zeit über sie und erzählte ihr umgekehrt auch von mir. Das war verdammt hart für mich, denn so konnte ich nicht damit abschließen. Tief in meinem Innern tat es immer noch weh, denn sie war nun mal meine Mutter.

Viereinhalb Stunden später hielt ich bei dem Park, wo meine Schwester und die Sozialarbeiterin immer auf mich warteten. Ich vergewisserte mich, dass das Geschenk gut auf dem Beifahrersitz deponiert war, und begab mich zu dem Brunnen in der Mitte des Parks. Massen von Kindern tobten dort herum. Ich war nie ein Fan von kleinen Kindern gewesen, für mich waren sie nur weinerliche Nervensägen, aber eine dieser kleinen Nervensägen hatte mein Herz erobert.

Ich musste lächeln, als ich das kleine Mädchen sah, das sich furchtlos über den Brunnenrand beugte.

»He, Maddie!«, rief ich, und sie strahlte über das ganze Gesicht, als sie mich entdeckte. »Willst du ein Bad nehmen?« Im Nu rannte sie mit ihrem von goldblonden Locken umrahmten Engelsgesichtchen auf mich zu.

»Nick!«, rief sie freudig, und ich beugte mich zu ihr herab, um sie auf den Arm zu nehmen und sie durch die Luft zu wirbeln. »Da bist du ja!«, sagte sie und legte ihre Ärmchen um meinen Hals.

Ich drückte sie an mich.

»Natürlich bin ich gekommen, schließlich wirst du ja nicht jeden Tag fünf. Was hast du denn gedacht?«, sagte ich und setzte sie auf dem Boden ab. Ich legte eine Hand auf ihren Kopf. »Du bist riesig. Wie viel bist du gewachsen? Mindestens zehn Meter, würde ich sagen.« Sie lächelte stolz.

»Mehr, fast *hunderttausend*«, erwiderte sie und hüpfte dabei wie wild.

»Das ist ganz schön viel! Dann bist du ja bald größer als ich«, sagte ich, während die Sozialarbeiterin mit einer Mappe unter dem Arm auf uns zukam.

»Hi, Anne. Wie geht's?«, begrüßte ich sie.

»Es muss«, sagte sie, lakonisch wie immer. »Ich hab heute viel um die Ohren, also wäre ich Ihnen dankbar, wenn Sie Ihre Schwester pünktlich zur vereinbarten Zeit bringen, Nicholas. Pünktlich. Nicht wie beim letzten Mal.«

Das letzte Mal hatte meine Schwester so bitterlich geweint, als ich ihr sagte, ich müsse jetzt gehen, dass ich eineinhalb Stunden zu spät zum Treffpunkt gekommen war. Es hatte einen Riesenaufstand gegeben. Anne hatte die Polizei und den Sozialen

Dienst verständigt. Es hätte nicht viel gefehlt und ich hätte Maddie nicht mehr allein treffen dürfen.

»Schon gut, ich bin um Punkt sieben da«, beruhigte ich sie. Dann nahm ich Maddie auf den Arm und brachte sie zu meinem Auto.

»Weißt du was, Nick?«, sagte sie und fuhr mit ihren kleinen Fingern durch mein Haar. Sie liebte es, mein Haar zu zerzausen.

»Was denn?«, fragte ich amüsiert. Meine Schwester war winzig. Selbst für eine Fünfjährige. Sie litt an Diabetes Typ 1, einer Krankheit, bei der die Bauchspeicheldrüse zu wenig Insulin produziert. Seit zwei Jahren bekam sie deswegen dreimal am Tag Spritzen und musste sehr auf ihre Ernährung achten. Die Krankheit war weitverbreitet, aber wenn man nicht aufpasste, konnte sie sehr gefährlich werden. Madison hatte immer ein Gerät dabei, dass den Zuckerspiegel im Blut misst. Stieg er zu sehr an, brauchte sie mehr Insulin.

»Mom hat gesagt, ich darf heute einen Hamburger essen«, sagte sie in freudiger Erwartung.

Ich überlegte. Sie log eigentlich nicht, aber ich wollte es nicht riskieren, ihr etwas zu essen zu geben, das ihr schlecht bekam. Doch ich wollte auch nicht meine Mutter anrufen, um nachzufragen, ob das mit dem Hamburger stimmte. Solche Sachen wurden normalerweise über die Sozialarbeiterin kommuniziert.

»Maddie, davon hat Anne aber nichts gesagt«, sagte ich und setzte sie vor mir auf dem Boden ab.

»Mom hat es erlaubt«, erwiderte sie störrisch. »Sie hat gesagt, es ist mein Geburtstag und ich darf bei McDonald's essen.« Sie sah mich mit großen Augen an.

Ich seufzte. Ich wollte meiner Schwester nicht vorenthalten, was alle Kinder liebten. Es machte mich traurig, dass sie kein normales Leben führen konnte. Ich selbst hatte ihr schon oft eine Spritze in den Bauch jagen müssen und dabei die vielen blauen Flecke von der Tortur gesehen.

»Schon gut, ich werde Anne anrufen. Mal sehen, was sie meint, okay?«, schlug ich vor, während ich den Kindersitz aus dem Kofferraum holte.

»Nick, spielen wir heute zusammen?«, fragte sie. Sie hatte zwei Kindermädchen, aber keines ging auf ihre Bedürfnisse ein. Meine Mutter war fast nie zu Hause. Sie war die meiste Zeit mit ihrem Ehemann auf Reisen, und meine Schwester war sehr viel allein, umgeben von Menschen, die sie nicht so liebten, wie sie es verdient hatte.

»Apropos spielen, ich habe dir ein Geschenk mitgebracht, Prinzessin. Möchtest du es sehen?« Ich befestigte den Kindersitz auf dem Rücksitz und griff nach dem Päckchen in Silberpapier mit der großen Schleife, die die Verkäuferin extra auf meinen Wunsch gebunden hatte.

»Ja!«, rief sie begeistert und sprang in die Luft.

Mit atemberaubender Geschwindigkeit riss sie es auf: Ein pinkfarbener Football kam zum Vorschein.

»Toll! Genau so einen habe ich mir gewünscht, Nick! Ein Football! Er ist rosa, aber nicht das Babyrosa, das Mom so gut gefällt. Zu Hause darf ich kein Football spielen, aber mit dir schon, oder?« Vor lauter Aufregung kreischte sie so laut, dass mir fast das Trommelfell platzte.

Was soll ich sagen? Meine Schwester liebte Football, das war ihr tausendmal lieber als die kitschigen Puppen, die ihre Eltern ständig für sie kauften.

Mein Blick fiel auf ihr blaues Kleid, die Lackschuhe und die Spitzensöckchen.

»Wer hat dich denn verkleidet?«, fragte ich und hob sie wieder in die Luft. Sie war meiner Mutter wie aus dem Gesicht geschnitten, es versetzte mir jedes Mal einen Stich. In gewisser Weise war Madison mein Trost dafür, dass ich meine Mutter in so jungem Alter verloren hatte. Die Ähnlichkeit war wirklich verblüffend. Ich hatte von ihr nur die blauen Augen und die langen dunklen Wimpern geerbt. Aber Maddie hatte sogar die gleichen Grübchen!

Maddie verzog böse das Gesicht. Das hatte sie sich eindeutig bei mir abgeschaut.

»Miss Lillian hat mir nicht erlaubt, mein Football-Trikot anzuziehen. Ich habe gesagt, dass ich mit dir spiele, aber sie hat geschimpft und gesagt, ich darf mich nicht anstrengen, sonst werde ich krank. Aber das stimmt nicht, wenn ich meine Spritze habe, ist alles gut. Du weißt das. Wir spielen, Nick, oder? Sag ja!«

»Immer mit der Ruhe, Kleines. Natürlich spielen wir, und du kannst dieser Lillian sagen, wir beide spielen, was wir wollen, okay?« Sie strahlte. »Ich kaufe dir ein paar Sachen, damit dein Kleid nicht schmutzig wird.« Ich drückte ihr einen Kuss auf die Wange und setzte sie in den Kindersitz. Sie war kaum zu bremsen und hantierte die ganze Zeit mit dem Ball. Nachdem ich ihr den Sicherheitsgurt angelegt hatte, begab ich mich zum Fahrersitz.

Unterwegs rief ich Anne an und fragte nach, was es mit dem Hamburger auf sich hatte. Und es stimmte, Maddie durfte bei McDonald's essen. Nachdem das geklärt war, plauderten wir munter auf der Fahrt zum schönsten McDonald's von Las Vegas, was ich sehr genoss. Bevor wir ausstiegen, nahm ich die Spritze aus dem Rucksack, die sie immer um dieselbe Zeit vor dem Essen bekommen musste.

»Bereit?«, fragte ich, während ich das Kleid hochschob und unterhalb des Nabels ein Stück ihrer zarten, fast durchscheinenden Haut fasste.

Sie verzog ein wenig das Gesicht, aber sie beklagte sich nie. Meine Schwester war tapfer, und ich hasste es, dass sie diese Krankheit hatte. Wenn ich könnte, würde ich sie ihr sofort abnehmen, aber das Leben war nun mal ungerecht.

»Ja«, sagte sie leise.

Zehn Minuten später saßen wir inmitten von Kinderlärm und Gelächter vor unseren Menüs.

»Schmeckt's?«, fragte ich.

Ihr Mund war ringsherum mit Ketchup verschmiert. Es war ein herrlicher Anblick, ihr beim Essen zuzusehen.

»Weißt du was, Nick? Ich komme bald in die Schule«, plapperte sie und schob sich ein paar Fritten in den Mund. »Mom hat gesagt, das macht Spaß und ich lerne viele neue Kinder kennen. Und sie hat gesagt, du hast dich in der Schule mit Mädchen wie mir geprügelt, weil sie wollten, dass du ihr Freund bist, aber du wolltest das aber nicht, weil du sie dumm fandst.«

Ich versuchte meine Wut darüber zu verbergen, dass meine Mutter über mich sprach, als wäre sie eine gute Mutter gewesen, als hätte sie mich nicht im Stich gelassen, als ich sie am meisten brauchte.

»Das stimmt, aber dir wird das nicht passieren, du bist viel witziger als die anderen Mädchen«, sagte ich und nippte an meiner Coca-Cola.

»Ich will keinen Freund«, versicherte sie. Ich musste schmunzeln. »Hast du eine Freundin, Nick?«

Sofort tauchte Noahs Bild in meinem Kopf auf. Freundin würde ich es nicht nennen, aber ich würde gerne Sachen mit ihr machen, die man tut, wenn man zusammen ist … Verdammt, was ging mir denn da durch den Kopf?

»Nein, ich habe keine Freundin«, erwiderte ich. »Du bist das einzige Mädchen in meinem Leben.« Ich beugte mich nach vorn und spielte mit einer Locke.

Maddie lächelte und dann unterhielten wir uns über etwas anderes. In ihrer Gegenwart fühlte ich mich rundum wohl. Bei einer Fünfjährigen fand ich mehr inneren Frieden als bei erwachsenen Frauen. Nach dem Essen machten wir eine Tour durch die Stadt. Ich kaufte ihr ein weiß-rosa Football-Dress inklusive Sportschuhen und ließ rein zufällig ihre Puppenkleidung in der Toilette des Warenhauses liegen. Der Tag verging wie im Flug, und als ich auf die Uhr sah, war es schon zehn vor sieben. Wir befanden uns im Park und spielten Football, und ich wusste, jetzt kam der schlimmste Teil.

Meiner Schwester fiel es immer schwer, sich von mir zu verabschieden. Sie verstand nicht, warum ich nicht mit ihr zusammenwohnen konnte, wie es bei den Geschwistern ihrer Freundinnen war. Sie weinte jedes Mal und auch ich war unendlich traurig und hätte sie am liebsten mitgenommen.

»Maddie, Anne wird bald da sein«, sagte ich und setzte sie auf meinen Schoß. Wir saßen auf dem Rasen und sie fuhr mir wieder mit den Händen durchs Haar. Als ich das sagte, hielt sie inne, und ihre Unterlippe begann zu zittern. Das war der Moment, vor dem ich mich am meisten fürchtete.

»Warum gehst du?«, fragte sie, und Tränen schossen ihr in die Augen.

Es brach mir das Herz.

»Hey, warum weinst du?« Ich versuchte, sie zu einem Hoppereiter zu animieren. »Wir haben doch immer viel Spaß zusammen, wenn ich komme. Wenn ich immer hier wäre, wäre es dir mit mir irgendwann langweilig«, versicherte ich ihr und strich die Tränen aus dem Gesicht.

»Nein, mit dir ist mir nie langweilig«, schluchzte sie. »Du hast mich lieb, du spielst mit mir, du weißt, was ich mag. Bei Mom darf ich fast gar nichts.«

»Mom macht sich nur Sorgen um dich. Außerdem komme ich jetzt öfter, versprochen.« Ich schwor mir, dass das nicht nur ein leeres Versprechen bleiben sollte. »Was hältst du davon, wenn ich bei deiner Einschulung dabei bin?«

Ihre Augen leuchteten.

»Aber Mom wird auch da sein«, sagte sie dann besorgt.

»Mach dir darum keine Gedanken«, beruhigte ich sie. In dem Moment kam Anne.

»Nein, du darfst nicht gehen!«, brüllte sie, als sie die Sozialarbeiterin sah. Sie war völlig aufgelöst und vergrub ihren Kopf an meinem Hals.

»Hör auf zu weinen, Maddie.« Es tat mir in der Seele weh, sie so leiden zu sehen. »Es ist alles gut«, sagte ich und strich über ihren Rücken.

»Nein! Bleib hier! Ich will weiterspielen«, flehte sie. Mein Hemd war nass von ihren Tränen. Anne streckte die Arme aus, um sie entgegenzunehmen. Doch ich trat einen Schritt zurück, ich war noch nicht so weit.

»Wenn du aufhörst zu weinen, bringe ich dir das nächste Mal ein besonderes Geschenk mit. Was hältst du davon?«, schlug ich vor, aber sie weinte lautstark weiter und klammerte sich an mich.

»Geben Sie sie mir«, sagte Anne ungeduldig.

Wie ich diese Frau hasste.

»Maddie, du musst jetzt gehen«, sagte ich und versuchte, ruhig zu bleiben.

Doch sie klammerte sich nur noch fester an mich. Irgendwann schaffte ich es, ihre Arme zu lösen. Ihr Gesicht war rot und tränenüberströmt. Die blonden Locken klebten an ihrer Stirn.

Anne nahm sie entgegen, aber Maddie streckte die Arme nach mir aus und rief meinen Namen.

»Gehen Sie, Nicholas«, befahl Anne. Sie hatte Mühe, meine kleine Schwester festzuhalten. Am liebsten hätte ich ihr Maddie aus den Armen gerissen, sie mitgenommen und ihr all die Liebe gegeben, die ihr fehlte.

»Ich hab dich lieb, Prinzessin, wir sehen uns bald.« Ich gab ihr einen letzten Kuss auf den Kopf und verschwand, ohne mich noch mal umzudrehen. Auf der fünfstündigen Heimfahrt bekam ich das Bild meiner weinenden Schwester die ganze Zeit nicht aus dem Kopf.

17

NOAH

Ich wälzte mich bis halb zwölf im Bett herum und konnte nicht einschlafen. Da entschied ich, dass es zwecklos war, und stand auf. Ich hatte die ganze Zeit an Nicholas' Küsse und seine Hände auf meiner Haut denken müssen. Er ging mir nicht mehr aus dem Kopf. Es war eine willkommene Ablenkung. Das war besser, als Trübsal zu blasen und den Erinnerungen an mein früheres Leben nachzuhängen.

In dem riesigen Haus allein zu sein, war mir unheimlich. Ich hatte keine Ahnung, wo Nicholas steckte. Ich hatte nicht mal mitbekommen, dass er weggefahren war.

Aber warum fragte ich mich das überhaupt? Seit wann interessierte mich, was er trieb? Bestimmt lag er gerade mit einem der Mädchen von seiner Liste der leichten Eroberungen im Bett, ohne auch nur einen Gedanken daran zu verschwenden, was wir am Abend zuvor getan hatten. Dachte nur ich, dass es der komplette Wahnsinn war? Mein Gott, wir waren doch so was wie Geschwister! Wir lebten unter einem Dach und stritten ständig, und abgesehen von dem gestrigen Erlebnis empfand ich nur Wut, wenn ich an ihn dachte.

Ich fühlte mich einsam. Meine Mutter war meilenweit weg, genau wie meine Freunde und all die Menschen, die mir vertraut waren. Alles war neu für mich, ich fand mich in der großen Stadt nicht zurecht. Jenna und ihr Freund waren unzertrennlich, ich konnte nicht erwarten, dass sie ständig mit mir abhing. Ich wünschte mir so sehr, es wäre jemand da, mit dem ich reden könnte oder der mir einfach nur Gesellschaft leistete.

Zumindest war es mir gelungen, mich mit Nicks Hund Thor anzufreunden. Im Moment lagen wir beide auf dem Sofa. Sein dunkler, weicher Kopf ruhte in meinem Schoß und ich kraulte seine Ohren. Er war überhaupt nicht so, wie Nick ihn mir beschrieben hatte, im Gegenteil: Er war liebenswürdig und mit Leckerlis leicht zu bestechen. Es war zum Heulen. Meine einzige Stütze in diesem Haus war ein Vierbeiner, der es liebte, hinter den Ohren gekrault zu werden, und ansonsten Bällen hinterherrannte.

Ich sah mir gerade einen Film im Fernsehen an, da hörte ich, wie jemand die Eingangstür aufschloss. Thor war so schläfrig, dass er nur die Ohren in die Richtung drehte, aus der das Geräusch kam.

Mir wurde flau im Magen, als ich erkannte, wer da im Flur stand.

»Nick«, rief ich, als ich sah, dass er gleich nach oben gehen wollte. Entweder hatte er mich nicht bemerkt oder er ignorierte mich. Vermutlich das Zweite. Mir tat es schon leid, ihn gerufen zu haben.

Doch gleich darauf stand er in der Tür.

Im spärlichen Licht des Fernsehers konnte ich nur erkennen, dass er erschöpft wirkte. Er lehnte sich an den Türrahmen und sah mich ausdruckslos an.

»Wieso bist du noch auf?«, fragte er. Wie gebannt starrte ich ihn an. Er sah wirklich toll aus.

Ich musste mich zusammenreißen.

»Ich konnte nicht schlafen«, erwiderte ich vorsichtig. Ich glaube, es war das erste Mal, dass wir uns wie halbwegs zivilisierte Menschen unterhielten.

Er nickte und sein Blick wanderte zu Thor.

»Wie ich sehe, habt ihr Freundschaft geschlossen. So ein Verräter.«

Insgeheim freute es mich, dass er sich ärgerte.

»Tja, es ist eben schwer, meinem Charme zu widerstehen«, scherzte ich. Sein Blick war wie ein Pfeil.

Shit.

Ein unangenehmes Schweigen breitete sich aus, dann deutete er auf den Fernseher:

»Ernsthaft? Du guckst dir Zeichentrickfilme an?« Gott sei Dank wechselte er das Thema.

»*Mulan* ist einer meiner Lieblingsfilme«, erwiderte ich.

Ich verspürte ein Kribbeln in der Magengrube, als ich ihn lächeln sah.

»Alles klar, *Freckle*. Mit vier war das auch mein Lieblingsfilm«, meinte er spöttisch. Er schlenderte herein und ließ sich neben mir auf das Sofa fallen. Mit den Füßen auf dem Tisch schauten wir weiter den Film an.

Die Situation war irgendwie schräg. Ich fühlte mich zunehmend unwohler, bis Nick sich zu mir drehte und sich unsere Blicke trafen. Ich rührte mich nicht, denn mir war nur zu bewusst, wie nah er mir war. Vor mir saß ein anderer Nick als der, den ich kannte. Da war keine Spur mehr von Verachtung oder

Überheblichkeit, er war nicht so voller Wut, im Gegenteil: In seinem Blick lag eine tiefe Traurigkeit.

»Wo bist du gewesen?«, fragte ich leise. Ich hatte keine Ahnung, warum ich auf einmal flüsterte.

Er sah mir in die Augen.

»Bei jemandem, der mich gebraucht hat«, antwortete er, und an der Art, wie er das sagte, merkte ich, dass es nicht um eines seiner Party-Girls ging. »Wieso? Hast du mich vermisst?« Ich hatte gemerkt, dass er näher an mich herangerückt war, und ich ließ es geschehen. Seine Anwesenheit tat mir gut. Das beklemmende Gefühl in meiner Brust, dieser Kummer, den ich den ganzen Tag über verspürt hatte, war schlagartig verschwunden.

»Ich bin nicht gern allein in so einem großen Haus«, gestand ich.

Sein Arm lag hinter mir auf der Sofalehne, und mir stockte der Atem, als seine Finger mein Haar und mein Ohrläppchen zu liebkosen begannen.

Wir sahen uns an, und es war, als bliebe die Zeit stehen. Von dem Film bekam ich nichts mehr mit, ich hörte nur noch seinen Atem und mein wild pochendes Herz.

»Dann ist es ja gut, dass ich jetzt da bin«, meinte er und drückte seine Lippen auf meine. Es war ein warmer, erregender Kuss. Ich schloss die Augen und gab mich ganz dem Moment hin. Wenig später strichen meine Hände über sein Gesicht, ich spürte die Bartstoppeln in meiner Handfläche und wanderte weiter nach oben zu seinem Haar. Seine Küsse wurden fordernder, und ich bekam eine Gänsehaut, als seine Hand über meine Schultern bis zu meiner Taille fuhr.

Er war ganz anders als gestern. Seine Berührungen waren

zärtlich und sanft, als wäre ich zerbrechlich. Ich stöhnte kaum hörbar auf, als seine Finger die nackte Haut auf meinem Rücken streichelten. Ich schmiegte mich an ihn und dachte nicht länger darüber nach, was ich tat.

Nick schaute mich wie hypnotisiert an, als ich mich mit einem Mal rittlings auf ihn setzte, und schloss mich in seine Arme. Der Kuss wurde intensiver, nachdrücklicher. Es kam mir vor, als wären seine Hände überall, doch als ich mich gerade ganz fallen lassen wollte, rückte er plötzlich von mir ab.

Überrascht öffnete ich die Augen. Mir war, als tauchte ich aus einer Art Trance auf. Er hatte mich alles vergessen lassen, und das war genau das, was ich wollte.

Sein Blick ruhte auf meinen Lippen, und ich sehnte mich danach, dass er sie wieder küsste.

Doch er löste sich aus der Umarmung.

»Das ist nicht okay«, sagte er, plötzlich ernst. »Du darfst nicht zulassen, dass ich das noch mal mache. Du bist meine Stiefschwester und erst siebzehn«, fügte er hinzu, als hätte das irgendeine Bedeutung. »Das wird nicht wieder vorkommen.« Er richtete sich auf und schob mich zurück auf meinen Platz auf dem Sofa

Ich war wütend und verletzt.

Erst küsste er mich und dann erteilte er mir so eine Abfuhr? Er sollte mich weiterküssen, dafür sorgen, dass ich mich wieder so gut fühlte. Das brauchte ich jetzt mehr als alles andere, der Tag war der reinste Horror gewesen. Ich hatte mich total mies gefühlt. Es war keiner da, mit dem ich hätte reden oder den ich hätte anrufen können. Alle Menschen, die ich liebte, waren anderweitig beschäftigt oder hatten mich hintergangen.

»Wenn du nicht willst, dass so was passiert, dann lass mich doch in Ruhe. Du bist doch der, der immer damit anfängt.« Ich stand auf und schubste ihn zur Seite, damit ich vorbeikam. »Komm, Thor!«

Missmutig ging ich auf mein Zimmer. Was war das denn gewesen? Ich schlug die Tür hinter mir zu und warf mich aufs Bett. Er hatte ja recht. Das durfte sich nicht wiederholen.

Am nächsten Tag wurde ich von einem sanften Rütteln und einer bekannten Stimme geweckt.

»Komm aus den Federn, es ist schon nach zwölf!«, sagte meine Mutter. Verschlafen öffnete ich die Augen. Sie saß auf meinem Bett und strahlte. »Hast du mich vermisst?« Ich erwiderte ihr Lächeln und umarmte sie. Sie war zurück! Natürlich hatte ich sie vermisst. Wenn jemand ein Stück Normalität in mein Leben brachte, dann sie.

»Wie war's in New York?«, wollte ich wissen. Ich rekelte mich und rieb mir die Augen.

»Fantastisch! Das reinste Shoppingparadies«, schwärmte sie. »Ich habe dir jede Menge Geschenke mitgebracht.«

Ich hob die Augenbrauen, sprang aus dem Bett und verschwand im Bad.

»Na toll, Mom! Als hätte ich nicht schon genug neue Klamotten!«, sagte ich und verdrehte die Augen.

Während ich mir das Gesicht wusch und die Zähne putzte, berichtete sie mir von den wundervollen Orten, die sie besucht hatte.

»Ich freue mich, dass du eine schöne Zeit hattest«, sagte ich, während ich in dem begehbaren Kleiderschrank nach etwas

Passendem zum Anziehen suchte. Als ich noch nicht so viele Sachen hatte, war das so viel einfacher gewesen. Deswegen bediente ich mich nach wie vor gerne aus dem Koffer, der noch geöffnet auf dem Boden lag. Ich sträubte mich, ihn ganz auszupacken, denn das bedeutete, dass es kein Zurück mehr gab.

»Ich hab dich geweckt, weil wir heute was vorhaben, Noah«, verkündete sie, und am Ton ihrer Stimme erkannte ich, dass es bestimmt nichts war, was mir Spaß machte.

»Was denn?«, fragte ich, eine Hand in die Hüfte gestützt.

»Wir haben ein Bewerbungsgespräch an der St. Mary Highschool«, sagte sie.

»Wo?«, fragte ich verwirrt.

»An deiner neuen Schule, Noah. Ich habe dir doch gesagt, das ist eine der besten des Landes. Die nehmen nicht jeden, aber weil Nick ein ehemaliger Schüler ist, möchten sie dich kennenlernen«, erklärte sie geduldig. »Es ist eine reine Formalität, nichts weiter. Es wird dir dort gefallen, die Schule ist wirklich beeindruckend.«

Mir war, als müsste ich mich gleich übergeben.

»Verdammt, Mom! Hättest du mich nicht an einer normalen Schule anmelden können?« Ich schob die Kleiderbügel zornig von einer Seite zur anderen. »Ich will nicht auf eine Schule mit lauter Snobs gehen. Das hab ich dir schon mal gesagt. Und außerdem, wozu ein Bewerbungsgespräch? Mann, es geht doch nicht um einen Job.«

»Noah, fang nicht wieder damit an. Das ist eine große Chance für dich. Absolventen dieser Highschool gehen später an die besten Universitäten, und du bekommst die Chance, im letzten Jahr noch einzusteigen. Das ist normalerweise nicht üblich.«

»Das heißt, ich bin die Außenseiterin, die aufgrund von Beziehungen gnädigerweise aufgenommen wird? Na toll, Mom!«

Meine Mutter verschränkte die Arme vor der Brust. Das machte sie immer, wenn sie fest entschlossen war. Da war jeder Widerspruch zwecklos.

»Du wirst mir dafür noch dankbar sein. Außerdem geht deine Freundin Jenna auch dorthin. Du bist also nicht allein. Und jetzt zieh dich an, in weniger als zwei Stunden müssen wir dort sein.«

Wenigstens würde ich mittags nicht allein in der Mensa sitzen, das war gut zu wissen. Ich seufzte und suchte im Schrank, bis ich eine schwarze Zigarettenhose und eine klassische hellblaue Bluse gefunden hatte. Ein Kleid oder so wollte ich nicht anziehen, allein bei dem Gedanken, was die Mädchen auf dieser Highschool vermutlich trugen, schüttelte es mich.

Das einzig Gute an dem Ausflug war, dass meine Mutter mich nach dem Schulbesuch zum Autohändler begleitete. Ich hatte seit einem Jahr meinen Führerschein und zu meinem Leidwesen meinen geliebten Pick-up in Kanada zurücklassen müssen. Also hatte ich all meine Ersparnisse zusammengekratzt, um ein gebrauchtes Auto zu kaufen, damit ich unabhängig war. Meine Mutter hatte auch noch etwas dazugetan. William hatte ursprünglich darauf bestanden, ein neues Auto mit Garantie zu kaufen, aber in dem Punkt war ich hart geblieben. Von mir aus konnte er meiner Mutter alles kaufen, was ihr Herz begehrte, und für meine Schule, Kleidung und so aufkommen, aber das Auto würde ich von meinem eigenen Geld kaufen. Ich wollte arbeiten. Es störte mich, dass der neue Mann meiner Mutter alles bezahlte, als wäre ich ein kleines Kind. Ich war erwachsen und hatte genug vorzuweisen, um einen Job zu finden, mit dem ich mich an den Kosten beteiligen konnte.

Meine Mutter hatte nichts dagegen. Sie begrüßte es, dass ich arbeiten wollte. Mit fünfzehn hatte ich damit angefangen, und es war ein gutes Gefühl, nicht um jeden Cent betteln zu müssen. Und hier hatte sie mir sogar geholfen, einen Job als Kellnerin in der Bar 48 zu finden, einer angesagten Location, die etwa zwanzig Minuten mit dem Auto entfernt war. Es war eine Mischung aus Bar und Club; natürlich durfte ich keine alkoholischen Getränke ausschenken, aber kellnern war kein Problem. Darin hatte ich bereits Erfahrung und es lag mir. In der nächsten Woche sollte es in der Abendschicht losgehen.

Bei dem Händler wurden wir schnell fündig. Mir kam es vor allem darauf an, dass der Wagen fuhr. Meine Wahl fiel auf einen roten Beetle, der einen guten Eindruck machte. Ich verstand nicht viel von Autos, auch wenn ich Talent fürs Fahren hatte, aber der Beetle war süß, und ich verliebte mich gleich in die Farbe. Ich zahlte, unterzeichnete die Papiere und fühlte mich unendlich frei, als ich mit meinem eigenen Auto nach Hause fahren konnte.

Es war schon lustig, meinen kleinen Wagen zwischen Wills Mercedes und Nicks SUV zu parken – es war eine Art Sinnbild für meine Rolle in der Familie. Bestens gelaunt stieg ich aus und genau in dem Moment kam Nicholas aus dem Haus. Er schob die Sonnenbrille hoch, um meine neueste Errungenschaft zu begutachten.

Er wirkte amüsiert und irgendwie geschockt. Ich straffte die Schultern und wappnete mich für seine Kommentare.

»Ernsthaft? Das ist doch kein Auto«, sagte er kopfschüttelnd.

Ich wollte mir von Nicholas meine gute Laune nicht verderben lassen. Also biss ich mir auf die Zunge und schluckte die Worte herunter, die ich ihm am liebsten an den Kopf geworfen hätte.

»Es ist *mein* Auto, spar dir deine blöden Sprüche«, sagte ich und versuchte, meine Nervosität unter Kontrolle zu bringen. Seit dem Kuss auf dem Sofa am Abend zuvor hatten wir uns noch nicht wieder gesehen.

Ohne ein Wort ging er nach vorn und öffnete die Motorhaube.

»Hey, was soll das?« Ich folgte ihm und hob die Hand, um sie wieder zu schließen, doch sein ausgestreckter Arm hielt sie fest. Ich hatte keine Chance, ihn beiseitezuschieben.

»Hast du ihn durchchecken lassen?«, fragte er und fummelte an irgendwelchen Fahrzeugteilen herum, von denen ich nicht mal den Namen wusste. »Mit der Karre bleibst du bei nächster Gelegenheit mitten auf der Straße stehen. Die fällt ja schon auseinander, wenn man sie nur ansieht. Ich kann nicht glauben, dass deine Mutter dir erlaubt hat, so einen Schrott zu kaufen«, sagte er wütend.

»Mit dem Auf-der-Straße-stehen-Bleiben habe ich dank dir ja schon Übung, also krieg dich ein, ich komme schon klar«, erwiderte ich und löste seine Finger einen nach dem anderen von der Motorhaube. Als er die Hand wegzog, schlug ich sie zu.

Er baute sich vor mir auf und verschränkte die Arme vor der Brust.

»Hättest du ein funktionierendes Handy dabeigehabt, wie jeder normale Mensch, hättest du nicht zu einem Wildfremden ins Auto steigen müssen. Warum fängst du immer wieder davon an!«, schimpfte er, aber ich konnte einen Hauch von Reue in seinem Blick erkennen.

»Du hast mich aus dem Auto geworfen und der Akku vom Handy war leer. Ach, was soll's. Vergiss es!« Ich wünschte, ich müsste ihn nie mehr wiedersehen.

Offenbar reizte auch ich ihn bis aufs Blut. Super, willkommen im Club, dachte ich bei mir.

Als ich mich abwenden wollte, hielt er mich zurück.

Er wirkte verunsichert, als wüsste er nicht, was er tun sollte. Als ich mich längst wieder im Blick seiner blauen Augen verloren hatte, sagte er: »Ich kann dich jederzeit fahren, wenn du irgendwohin willst.« Seinem Gesichtsausdruck nach zu urteilen, konnte er selbst nicht glauben, dass diese Worte über seine Lippen gekommen waren.

Ich brauchte ein paar Sekunden, um zu antworten.

»Das ist nicht nötig«, sagte ich verwirrt. War Nicholas Leister tatsächlich eben nett zu mir gewesen? Wach auf, das kann nur ein Traum sein.

Einen Moment lang standen wir uns schweigend gegenüber und sahen uns an. Ich hatte so viele Schmetterlinge im Bauch, dass ich kaum atmen konnte. Wie konnte mich seine Nähe in einen solchen Zustand versetzen? Wo war der Hass geblieben, den ich eben noch empfunden hatte? Warum verspürte ich auf einmal diesen unbändigen Wunsch, von ihm geküsst und in den Arm genommen zu werden wie an dem Abend auf der Party, als er so viel getrunken hatte, dass er nicht mehr wusste, was er tat?

Sanft zog er mich zu sich. Jetzt würde es passieren. Diese Lippen … oh mein Gott! Ich konnte an nichts anderes denken als an seinen Kuss, seine Hände …

Da ertönte eine Hupe und ich erschrak fast zu Tode. Nicholas blieb cool, während ich erst mal einen Schritt zurücktreten und durchatmen musste.

»Hallo, Noah!«, rief Jenna aus dem Fenster auf der Beifahrerseite. Lion saß hinter dem Steuer seines Wagens und winkte lässig. »Nick, es macht dir doch nichts aus, wenn ich Noah auch einlade, oder?«, fragte sie. Mein Stiefbruder hob die Arme, ob aus Ärger oder Frust vermochte ich nicht zu sagen.

Es kam mir ewig vor, bis er reagierte.

»Willst du mitkommen?«

Ich antwortete wie ferngesteuert: »Ja klar.« Mein Herz raste immer noch. »Wo soll's denn hingehen?«

Den Blick, den Nick Lion zuwarf, konnte ich nicht deuten. »Ich weiß nicht, ob sie auf so was vorbereitet ist«, sagte er.

Lion lachte.

Mit einem unwiderstehlichen Lächeln drehte sich Nick zu mir.

»Das könnte interessant werden.«

Zwanzig Minuten später hielten wir vor einer verlassenen Lagerhalle. Draußen standen eine Menge Leute um ihre Autos herum, aus deren Boxen laute Musik dröhnte. Es erinnerte mich an das Rennen, aber die Stimmung war anders. Kaum waren wir ausgestiegen, kamen Lions und Nicks Freunde auf uns zu und begrüßten sie mit lautem Hallo. Jenna legte ihren Arm um mich. Sie trug ein enges, schwarzes schulterfreies Kleid mit tiefem Rückenausschnitt. Das Haar umspielte ihr Gesicht in anmutigen wilden Wellen. Sie sah fantastisch aus. Mit der Zigarettenhose und der steifen Bluse, die ich am Morgen für das Gespräch in der

Highschool angezogen hatte, kam ich mir total fehl am Platz vor, aber das ließ sich jetzt nicht mehr ändern.

»Heute wirst du meinen Mann in Aktion erleben«, verkündete sie begeistert. »Und Nick natürlich auch«, fügte sie hinzu und zog mich in den Kreis der Leute, die sich um Lion und Nick versammelt hatten.

Ich konnte hören, worüber sie sprachen.

»Ronnie ist nicht da, keiner von seiner Gang«, berichtete einer, den ich schon bei dem Rennen gesehen hatte. Nicholas lehnte mit einer Zigarette in der Hand an einem Auto. Als der Name Ronnie fiel, schaute er mich an. Diesmal lag kein Groll in seinem Blick. Er wirkte eher enttäuscht, dass es diesmal nicht zum Wettstreit mit seinem größten Rivalen kommen sollte. Er musste komplett verrückt geworden sein, es mit jemandem aufnehmen zu wollen, der mit einer Waffe herumlief, aber wenn ich sah, wie mein Stiefbruder sich aufführte, wunderte es mich nicht, dass er sich ausgerechnet mit solch einem Kerl messen wollte.

»Aber Greg und A. J. sind da, und die Wetten stehen hoch«, erklärte der Kumpel weiter. Nick grinste selbstzufrieden, schnippte die Zigarette auf den Boden und sagte. »Na dann, worauf warten wir?«

Die anderen jubelten und klopften ihm auf die Schulter. Ich verstand kein Wort, aber ich ahnte, worauf es hinauslief. Und das gefiel mir überhaupt nicht.

Die Freunde gingen in die Halle, deren Türen und Fenster offen standen. Drinnen drängten sich die Leute und der Lärm war ohrenbetäubend. Ging das nicht alles eine Nummer kleiner? Konnten die nicht einfach einen Kaffee trinken oder ins Kino gehen? Natürlich nicht. Nicholas war nicht der Typ, der ein Mädchen zu einem romantischen Date einlud. Nicholas liebte gefährliche Abenteuer, und er umgab sich gern mit Menschen, die dasselbe suchten wie er. Aber was hatte ich dort zu suchen?

Ich hörte, wie Lion zu Nick sagte: »Überlass A. J. mir. Du weißt, wie gerne ich mir den seit letztem Mal vorknöpfen möchte.« Nicholas nickte. Er warf mir einen Blick zu. Ich stand schweigend daneben und wusste nicht, was ich tun sollte.

»Ich bin als Erster dran, wie immer«, sagte er. Er kam auf mich zu und schob mich weg von Jenna und Lion. Ich verdrehte die Augen, um ihnen zu signalisieren, was ich davon hielt, aber bei der Berührung seiner Hand erschauderte ich.

»Was hast du vor?«, fragte ich.

Er wirkte aufgekratzt.

»Ich werde kämpfen, *Freckle*«, verkündete er mit einem selbstgefälligen Lächeln. »Ich bin ziemlich gut, die Leute fahren darauf ab, Lion und mich kämpfen zu sehen. Hör zu, da ist ordentlich was los. Bleib bei Lion, bis ich fertig bin.«

Er würde kämpfen, also sich aus Spaß mit einem anderen Kerl prügeln. Klar, es ging dabei um Geld, aber das brauchte Nicholas nun wirklich nicht, er war Millionär. Wieso brachte er sich unnötig in Gefahr?

»Warum tust du das?«, fragte ich abgestoßen und ängstlich zugleich.

»Irgendwie muss ich ja Dampf ablassen«, sagte er und sah mich dabei merkwürdig an. Als er mich stehen ließ, schlotterten mir die Knie. Wer weiß, was mich erwartete.

18
NICK

Mich durchfuhr ein Schauer, als ich sie zurückließ. Noch nie hatte ein Mädchen solchen Eindruck auf mich gemacht wie Noah und das war angenehm und irritierend zugleich. Ich behielt immer gern die Kontrolle, besonders in puncto Frauen. Ich wusste genau, wie sie auf mich reagierten und was sie von mir erwarteten, aber Noah war anders. Man sah auf Anhieb, dass sie nichts mit den Leuten gemein hatte, mit denen ich sonst zu tun hatte. Ich konnte nicht verstehen, wieso sie darauf bestand, schlichte Klamotten zu tragen oder diese Schrottmühle zu fahren oder warum sie sich unbedingt einen Job suchen musste, obwohl sie das Geld meines Vaters mit vollen Händen hätte ausgeben können. Aber viel mehr noch beschäftigte mich die körperliche Anziehung, die sie auf mich ausübte. Sobald sie in meiner Nähe war, verspürte ich den Wunsch, sie zu küssen und zu berühren. Es hätte eine so schöne Nacht werden können, wären nicht im falschen Moment Jenna und Lion aufgetaucht. Es wäre mir egal gewesen, wenn ich ihretwegen den Kampf verpasst hätte.

Wie sie reagierte, wenn ich sie berührte. Am ersten Abend konnte ich mich kaum bremsen, als ich ihr leises Keuchen hörte, als ich sie küsste. Jetzt ging die Sache weiter, und ich fragte mich, warum zum Teufel ich sie eingeladen hatte, mir dabei zuzusehen, wie ich mich mit einem der größten Schwachköpfe unter der Sonne prügelte. Ich hatte immer noch ihr entsetztes Gesicht vor Augen, als ihr klar wurde, was hier abging. Aber ehrlich gesagt, es hatte was, sie in diesem Umfeld zu sehen, in das sie absolut nicht hineinpasste.

Ich ging zu dem verlassenen Gebäude, das wir für solche Zwecke nutzten. Die Kämpfe waren Teil meines Lebens, seit ich Lion kennengelernt hatte. Er war richtig gut und hatte mir alles beigebracht, was ich konnte. Inzwischen konnte es niemand mit mir aufnehmen, vielleicht weil ich solch eine Wut im Bauch hatte. Den Gegner auszuknocken, war ein Kinderspiel für mich. Wenn ich kämpfte, war ich mit jeder Faser meines Körpers darauf fokussiert, zu gewinnen, alles andere war ausgeblendet. Es war ein Ventil, eine Chance, das zu kompensieren, was ich tief in mir vergraben hatte. Und heute brauchte ich das. Der Besuch bei meiner kleinen Schwester hatte mir den Rest gegeben, vor allem, nachdem ich erfahren hatte, dass sie wieder mal eine ganze Woche allein sein würde, weil ihre Eltern auf Barbados Urlaub machten. Ich konnte nicht verstehen, wie Eltern ein Kind derart vernachlässigen konnten und wie meine Mutter, die schon mich ohne einen Anflug von schlechtem Gewissen im Stich gelassen hatte, das jetzt wieder einem kleinen Mädchen antat. Das machte mich rasend.

Die Stimmung bei den Kämpfen konnte sich manchmal gefährlich hochschaukeln, wenn man nicht aufpasste. Also stieg ich normalerweise in den Ring, kämpfte, sackte das Preisgeld ein und verschwand. Die meisten feierten im Anschluss noch mit

Alkohol und Drogen. Aber das interessierte mich nicht. Mit kühlem Kopf zog ich das T-Shirt aus und betrat den Ring.

Greg war korpulent, er trainierte sich im Fitnessstudio zu Tode und wir hatten uns von Anfang an nicht ausstehen können. Bevor ich damals aufgekreuzt war, hatten ihn alle bewundert, aber ich hatte ihn vom Podest geholt. Deswegen legte er sich beim Angriff immer mordsmäßig ins Zeug in dem Irrglauben, man brauche keine Technik, es genüge die reine Schlagkraft. Ich konnte seinen Hieben mit Leichtigkeit ausweichen. Bei A. J. war es anders. Lion und er hatten eine gemeinsame Geschichte. Er hatte in einem Club versucht, Jenna zu vergewaltigen. Zum Glück war ich an dem Abend bei ihr und konnte das Schlimmste verhindern. Lion kannte Jenna damals noch nicht, aber als sie zusammenkamen und er davon erfuhr, hatte er A. J. fast totgeprügelt.

Die Leute hatten sich um den Ring versammelt. Man konnte den ganzen Kampf über Wetten abschließen, sodass er stets von Buhrufen und wildem Geschrei begleitet war. Ich wärmte mich mit kleinen Hüpfern ein wenig auf, während Greg von der anderen Seite in den Ring stieg. Sein Blick war voller Hass, er wollte Blut sehen, aber ich musste mir das Lachen verkneifen. In weniger als fünf Minuten wäre er erledigt.

Der Typ, der an dem Abend die Wetten annahm, rief unsere Namen, und schon ging's los. Wie immer schlug Greg wahllos zu und ermüdete dadurch schnell. Er hatte keinen Plan, wann es sinnvoll war, einen Schritt nach vorn zu machen und anzugreifen, und wann nicht. Mein erster Haken landete in seiner Magengrube. Die Leute brüllten vor Begeisterung, während mein Knie hochschnellte und ihn, der sich noch wegen des Schlages krümmte, an der Nase traf. Adrenalin floss durch meine Adern und ich hielt mich für allmächtig. Greg erholte sich rasch und holte zu einem Hieb gegen mein Gesicht aus. Ich lächelte, als ich ihm auswich und ihn Sekunden später mit der Faust am rechten Auge traf.

Der Schlag war so heftig, dass er zu Boden ging. Ich hätte mit einem Tritt nachsetzen können, aber das tat ich nicht. Es hatte keinerlei Unterhaltungswert, auf jemanden loszugehen, der am Boden lag. Vor dem Aus richtete Greg sich noch einmal auf und schubste mich mit einer raschen Bewegung nach hinten. Seine Faust streifte meine rechte Wange. Pfeilschnell schoss mein Arm nach vorn. Diesmal stand er nicht wieder auf.

Die Euphorie des Sieges war wie Balsam für meinen aufgewühlten Geist. Es war ein geniales Gefühl, jeden Gegner fertigmachen zu können.

Die Zuschauer johlten meinen Namen und scharten sich um mich, als ich den Ring verließ und zum Buchmacher ging. Ich steckte die fünftausend Dollar Preisgeld in die Hosentasche und suchte nach Lion. Der stand mit Jenna in der letzten Reihe, wo nicht so ein Gedränge und Geschubse herrschte wie weiter vorn.

Noah war nirgends zu entdecken. Ich spürte, wie mein Puls stieg.

»Wo ist sie?«, fragte ich Lion. Mein Körper wurde wieder mit Adrenalin überschwemmt.

Der lachte nur und Jenna verdrehte die Augen.

»Sie hat es nicht ausgehalten. Als Greg dir den Schlag verpasst hat, ist sie rausgegangen«, sagte sie.

»Ich geh sie suchen, du bleibst bei den Jungs«, sagte ich.

Noah saß an die Wand gelehnt bei der Tür und hielt ihre Knie umklammert. Ihr Gesichtsausdruck gefiel mir gar nicht. Rasch zog ich mein T-Shirt über. Ihr Blick wanderte zu dem Kratzer auf meiner Wange.

»Verdammt, was machst du hier?«, fragte ich. Irgendwie enttäuschte es mich, dass sie meinen Sieg nicht mitbekommen hatte.

Sie stand auf und schaute mich finster an.

»Das da drin, das ist nichts für mich«, erklärte sie. Ich sah, wie sie zitterte.

Sie wirkte verstört. Ich hätte nicht gedacht, dass sie das so mitnehmen würde. Jedes andere Mädchen hätte sich überglücklich und stolz auf meine Leistung in meine Arme geworfen, aber Noah …

»Kämpfe sind nicht deins, schon kapiert«, sagte ich und legte ihr sanft den Arm um die Schultern. Noah schien wie von einem anderen Planeten zu sein: Manchmal war sie hart wie Stein, imstande, mir ohne Zögern eine reinzuhauen, dann wieder wirkte sie so kindlich und zerbrechlich, dass ich sie einfach nur in meine Arme schließen wollte.

Ich streichelte ihren Nacken. Sie schien etwas sagen zu wollen, aber ich konnte nicht mehr an mich halten und drückte ihr einen Kuss auf die Lippen.

Sie war wie Wachs in meinen Händen, so wie ich es mir gewünscht hatte, und aufgepeitscht durch all das Adrenalin, zog ich sie an mich. Ihre Finger fuhren durch mein schweißnasses Haar.

Wenig später löste sie sich aus der Umarmung und ihr Blick wanderte wieder zu der Wunde auf meiner Wange. Sanft fuhr sie mit den Fingern über die Schwellung. Die kleine, aber bedeutsame Geste berührte mich.

»Ich habe jede Sekunde verflucht, die du im Ring warst«, gestand sie.

Sie meinte das ernst. Das sah ich an ihrem Blick. Noah sorgte sich wirklich um mich, das war für mich neu und fühlte sich seltsam an.

»So bin ich nun mal«, sagte ich kühl.

Der Stimmungswechsel blieb ihr nicht verborgen und sie zog die Hand zurück.

»Ich verstehe nicht, warum du das machst. Du hast doch Geld im Überfluss.«

»Aber Lion nicht«, verteidigte ich mich.

Ihre Miene hellte sich auf, aber ich musste etwas klarstellen.

»Mir geht es dabei nicht nur ums Geld: Kämpfen macht mir Spaß. Es gibt mir einen Kick, wenn ich weiß, dass ich den Gegner fertigmachen kann, dass ich die Situation unter Kontrolle habe. Mir ist klar, worauf du hinauswillst, aber wenn du meinst, ich würde damit aufhören, nur weil du und ich …«

»Was?«, unterbrach sie mich wütend. »Wie geht der Satz weiter?«

Auf die Frage hatte ich keine Antwort. Ich wusste ja auch nicht, was da gerade passierte, nur dass es falsch war. Noah war ein Mädchen aus der Provinz, sie wünschte sich eine romantische Beziehung mit Blumen und Herzchen, das konnte ich ihr nicht geben. Allein der Gedanke war lächerlich. Das Problem war nur, dass all das wie ausgelöscht war, wenn sie vor mir stand. Es war mir vollkommen klar, dass es falsch war, sie zu küssen, sie zu berühren, aber ich kam einfach nicht dagegen an. Sie hatte recht: Ich ließ sie nicht in Ruhe.

Ich schwieg.

»Egal, sag nichts«, erklärte sie kurz darauf. »Ich weiß, wie du bist, Nicholas. Ich habe keine Erwartungen an dich. Wir sollten es dabei belassen, wie es jetzt ist.«

Dann drehte sie sich auf dem Absatz um und ging wieder hinein. Lions Kampf hatte wahrscheinlich schon begonnen.

Was hatte sie damit gemeint, sie wüsste, wie ich bin? Wie auch immer, es passte mir nicht. Wut stieg in mir auf, keine Ahnung, warum.

19

NOAH

Es war ein Fehler gewesen, Nicholas zu begleiten. Ja, ich fühlte mich wahnsinnig zu ihm hingezogen, und ja, ich konnte nicht mehr klar denken, wenn er in meiner Nähe war, aber ich mochte seine Art nicht. Nicholas Leister bewegte sich in einem Milieu, das ich immer gemieden hatte: Faustkämpfe und ausufernde Partys, Alkohol und Drogen waren nicht meine Welt. Ich war noch keine zwei Wochen hier und schon hatte sich alles verändert. Die Geschichte mit Dan hing mir nach, und mich jetzt mit Nicholas einzulassen, würde alles nur noch schlimmer machen, denn ich wusste, was ein Typ wie er von einem Mädchen wie mir wollte. Vielleicht war ich seltsam oder altmodisch, aber ich stand auf die alte Schule. Der Junge, der mit mir zusammen sein wollte, sollte mir das jeden Tag zeigen, mit liebevollen Worten und zärtlichen Gesten, doch Nick war das Gegenteil davon. Ich wollte nicht, dass mir noch mal von jemandem das Herz gebrochen wurde. Es war ja längst nicht wieder heil, und ich arbeitete jeden Tag daran, es wieder zu kitten.

Ich musste versuchen, eine normale Beziehung zu Nick zu finden. Wir konnten nicht zusammen sein, aber deshalb mussten wir uns ja nicht gleich hassen. Der ständige Streit mit ihm und das ewige Hin und Her waren ermüdend. Wir lebten unter einem Dach, da war es besser, wenn wir versuchten, Freunde zu sein, sofern man mit jemandem befreundet sein kann, in dessen Gegenwart einem die Knie zittern.

Ich wartete an der Tür, bis Lions Kampf vorbei war, doch ich schaute nicht hin. Körperliche Auseinandersetzungen waren mir zuwider, und dass die Leute dabei auch noch Spaß hatten und Geld gewannen, indem sie gegen jemanden wetteten, fand ich im höchsten Maße respektlos und demütigend.

Nicholas rauschte an mir vorbei zu Jenna, ohne mich eines Blickes zu würdigen. Fünfzehn Minuten später hatte Lion seinen Kampf gewonnen, aber im Gegensatz zu Nick hatte er gleich mehrere Schläge abbekommen, und am linken Auge hatte er eine hässliche Platzwunde. Jenna warf sich in seine Arme und küsste ihn, während die Leute ihm zujubelten. Hatte Nicholas das auch von mir erwartet? Dass ich ihm zu Füßen lag, nur weil er einen Typen k. o. geschlagen hatte? Lächerlich!

Die Zuschauer strömten aus der Halle.

Nick kam zu mir und nahm meine Hand, um mich hinauszubegleiten. Es fühlte sich merkwürdig an, irgendwie distanziert, als täte er es nur, damit ich in der Menge nicht verloren ging.

Am Auto verstärkte sich das Gefühl.

Etwas hatte sich seit unserem Gespräch verändert. Ich schien überflüssig zu sein. Er tat so, als wäre ich nicht da. Das versetzte mir einen Stich, aber was war von ihm anderes zu erwarten.

Mein Blick fiel auf seine verletzten Knöchel. Die Kampfspuren waren nicht zu übersehen. Eingetrocknetes Blut. Plötzlich wurde mir schwindelig, ich bekam keine Luft mehr.

Was um alles in der Welt machte ich dort?

Nicholas hatte nur Augen für seine Freunde. Ich konnte Jenna nirgends entdecken, und auf einmal fühlte ich mich sehr einsam in einer Umgebung, die mir mehr Angst machte, als ich eingestehen würde.

Ich suchte in der Tasche nach meinem Handy.

»Was soll das?«, fragte Nicholas, als ich das Telefon an mein Ohr drückte.

»Ich rufe mir ein Taxi.«

Er riss mir das Telefon aus der Hand.

»Spinnst du? Was wir hier machen, ist illegal. Du kannst nicht unseren Standort weitergeben, sonst zeigen sie uns womöglich noch an.«

Ich sah ihn an. Ja, zweifellos war er attraktiver als jeder andere Junge, den ich bisher kennengelernt hatte, aber er war es nicht wert, dass ich hier ausharrte und für ein wenig Aufmerksamkeit am Ende Probleme bekam.

»Ich will hier weg.«

»Wieso?«

Ich atmete tief ein.

»Weil mir deine Welt nicht gefällt, Nicholas.«

Das schien ihn nicht weiter zu treffen.

»Du bist dafür nicht gemacht. Ich hätte dich nicht herbringen sollen.«

Was? Ich war nicht dafür gemacht? Es störte mich nicht, was er sagte, sondern, wie er es sagte.

»Es war meine Entscheidung, mitzukommen, und jetzt ist es meine Entscheidung, zu gehen.«

Nicholas lachte auf und meinte mit einem nachsichtigen

Blick: »Ich weiß nicht, was ich erwartet habe, aber das sicher nicht. Ich hätte dich für stärker gehalten, *Freckle*. Du hast keine Angst gezeigt, als du dich mit Ronnie angelegt hast. Dass dir ein paar Hiebe so zu schaffen machen, hätte ich nicht gedacht.«

Er musterte mich von Kopf bis Fuß. Bemerkte er den kalten Schweiß, der meinen ganzen Körper bedeckte? Meine zittrigen Hände?

»Nun ja, das ist von der Tagesform abhängig«, erwiderte ich und streckte die Hand aus. Ich wollte mein Telefon zurück.

Nick ließ es zwischen seinen Fingern kreisen.

»Ich würde zu gern wissen, wo du gelernt hast, so zu fahren wie beim Rennen.«

Ich hielt seinem Blick stand.

»Anfängerglück. Mein Handy, bitte.«

Ein spöttisches Lächeln umspielte seine Lippen.

»Du verbirgst mehr, als ich dachte, *Freckle*«, sagte er und machte einen Schritt auf mich zu. Ich wich zurück und stieß dabei mit dem Rücken gegen die Autotür.

»Wir haben alle unsere Geheimnisse«, sagte ich leise und spürte, wie meine Beine wieder zu zittern begannen.

»Ich warne dich, ich bin ein hervorragender Detektiv«, sagte er und beugte sich zu mir, um mich zu küssen. Ich wollte ihn zurückstoßen, aber er war stärker als ich.

Seine Antwort holte mich in die Wirklichkeit zurück. Ich wurde unruhig.

»Lass mich in Ruhe, Nicholas«, bat ich und meinte es bitterernst.

Das Letzte, was ich wollte, war, dass jemand wie er in meiner Vergangenheit herumschnüffelte. Allein bei dem Gedanken befiel mich Panik. Ich hatte meine Dämonen immer unter Verschluss gehalten, keiner wusste über sie Bescheid. Doch da wir unter einem Dach lebten, würden sich manche Dinge nicht mehr verbergen lassen. Es machte mir Sorge, dass er in so kurzer Zeit schon so vieles über mich herausgefunden hatte.

»Ich soll dich in Ruhe lassen? Da scheint dein Körper aber anderer Meinung zu sein.«

Zum Teufel mit ihm und seiner unwiderstehlichen Anziehungskraft. Ich fühlte mich wie ein in die Enge getriebenes Tier, das jeden Moment getötet werden konnte. So klein und unbedeutend.

Er fasste meinen Kopf mit beiden Händen. Ich kam mir vor wie in einem Schraubstock.

»Wovor hast du Angst?«, fragte er und sah mir in die Augen. Dieses Blau … Erst jetzt fielen mir die türkisfarbenen Sprenkel in seinen Pupillen auf.

»Vor dir«, flüsterte ich.

Nick grinste. Das war offenbar die Antwort, die er hören wollte. Mir war, als hätte man mir einen Eimer kaltes Wasser über den Kopf gegossen. Ich stieß ihn weg.

»Du bist ein Arsch«, versetzte ich, sauer auf mich selbst, weil ich ihm gegenüber ehrlich gewesen war.

Er lachte.

»Wieso? Weil es mir gefällt, dass du Angst vor mir hast? Das ist normal, *Freckle*, ich habe mir schon Sorgen gemacht, dass es anders wäre.«

»Ich habe Angst, dass du mich in irgendwelche Probleme reinziehst«, log ich in einem verzweifelten Versuch, meine letzten Worte zu überspielen. Ich gab ihm viel zu viel Macht über mich.

»Keine Sorge, das weiß ich tunlichst zu vermeiden.«

»Darum geht's. Ich will mir keine Sorgen machen müssen. Und jetzt gib mir mein Handy, damit ich endlich von hier verschwinden kann.«

Nicholas seufzte, aber sein hintergründiges Lächeln blieb mir nicht verborgen.

»Schade, dass du so uncool bist. Ich hatte gehofft, wir beide hätten ein wenig Spaß haben können.«

»Es gibt kein wir und das wird es auch nie geben.«

Zwanzig Minuten später hatte Jenna mich zu Hause abgesetzt. Ich atmete erleichtert auf und schwor mir, mich nie wieder von ihm einwickeln zu lassen. Ich ging besser auf Abstand.

Am Tag darauf machte ich mein Auto sauber. Es hatte eine Weile ungenutzt herumgestanden und ich versuchte den angesammelten Schmutz und Staub von der Karosserie abzuwaschen. Das Tor stand offen und so bot ich der Nachbarschaft ein ungewohntes Schauspiel. Es amüsierte mich, wie die blasierten Snobs im Vorbeifahren die Hälse reckten und sich sicher darüber mokierten, dass ich im Schweiße meines Angesichts in der Auffahrt stand und den Wagen wienerte. Offen gestanden sah ich mit Werbe-T-Shirt und kurzen Hosen ziemlich abgewrackt aus.

Als ich, über die Motorhaube gebeugt, versuchte, einen hartnäckigen Fleck abzuschrubben, hörte ich plötzlich eine Stimme, die ich an diesem Ort am allerwenigsten erwartet hätte.

»Wie ich sehe, hast du immer noch was gegen Waschstraßen.« Ich erstarrte. Das konnte doch nicht wahr sein.

Ich drehte mich um. Mitten in der Auffahrt stand Dan. Er sah genauso aus wie bei unserem Abschied: zerzaustes blondes Haar, dunkelbraune Augen, der durchtrainierte Körper des Hockeyspielers. Er strahlte ein Gefühl von Sicherheit aus, für das ich ihn immer bewundert hatte. Ich schloss die Augen und öffnete sie wieder.

Er war es tatsächlich. Dan, der mich mit meiner besten Freundin betrogen hatte.

Ich stand reglos da, in der einen Hand hielt ich den tropfnassen Schwamm, der andere Arm hing wie abgestorben neben meinem Körper. Wie an eine Wand projizierte Dias kamen die Erinnerungen an unsere gemeinsame Zeit in mir hoch: wie wir uns kennengelernt hatten, als er mir nach einer siegreichen Hockey-Partie gestand, dass er sich nicht hatte konzentrieren können, als er mich auf der Tribüne sah; unser erstes Rendezvous, als er mich zum Inder einlud und uns beiden das scharfe Essen nicht bekam; unser erster Kuss, so zart und besonders, dass er bis vor Kurzem die Hitliste meiner schönsten Erinnerungen angeführt hatte; das erste Mal, als er mich als seine Freundin vorgestellt hatte …

Und dann tauchte das Bild auf, wie Beth und er rummachten, und löschte alle anderen Erinnerungen aus. Ich empfand nur noch Schmerz und Wut.

In der Hoffnung, dass er mir nicht anmerkte, wie sehr es mich traf, ihn hier zu sehen, suchte ich nach den passenden Worten.

»Was zum Henker willst du denn hier?«, fragte ich und ließ dabei den Schwamm in den Eimer fallen. Das Wasser spritzte auf meine nackten Füße.

»Ich vermisse dich.«

Ich musste lachen.

»Wohl kaum, du hast dich doch schnell getröstet«, sagte ich und wandte mich ab.

»Es tut mir leid, Noah.« Seine Stimme hatte wieder diesen einlullenden Klang, mit dem er mir tausendmal gesagt hatte, dass er mich über alles liebte.

Ich schüttelte den Kopf und wünschte mir, es wäre alles nur ein böser Traum. Auf eine Auseinandersetzung mit Dan war ich nicht vorbereitet. Ein Teil von mir wollte, dass alles noch wie früher war und ich mich einfach umdrehen und in seine Arme werfen könnte. Er würde mich küssen und mir sagen, wie sehr er mich liebte und vermisste. Ich sehnte mich so sehr danach, mit jemandem aus meinem früheren Leben zusammen zu sein. Ich wollte einfach wieder die Noah Morgan sein, die ich noch vor zwei Wochen gewesen war, selbst wenn es nur für einen kurzen Moment sein sollte.

»Noah, ich liebe dich«, erklärte er. Er war jetzt direkt hinter mir.

Seine Worte bohrten sich in mein wundes Herz. Ich drehte mich um.

»Sag das nie wieder«, erwiderte ich kühl, aber da stand er, so nah … Ich sah die goldenen Sprenkel in seinen braunen Augen, die Narbe auf der Wange, als ihn ein Gegner mit dem Hockey-Schläger verletzt hatte – ich hatte vollkommen hysterisch neben ihm gesessen, als die Wunde genäht wurde, weil ich doch kein Blut sehen kann –, und mit einem Mal waren all die Erinnerungen wieder da.

Er wirkte nervös. Ich merkte ihm an, dass ihm das Ganze noch schwererfiel als mir.

»Ich sage das, weil es stimmt, Noah«, murmelte er und umfasste mit den Händen mein Gesicht. Mir wurde warm. Neun Monate war er mein Ein und Alles gewesen. Er war meine erste große Liebe und ich hatte immer noch starke Gefühle für ihn.

»Bitte verzeih mir.« Er strich mit den Fingern über meine Wangen. »Als du gegangen bist, ist für mich die Welt eingestürzt. Ich wusste nicht, wie ich damit umgehen sollte«, fuhr er fort. Seine Finger glitten herab zu meinen Schultern und streichelten sie. Verzweiflung lag in seiner Stimme. »Du musst mir verzeihen. Noah, bitte, sag, dass du mir vergibst!«

Ich schloss die Augen. Was sollte das? Warum war er gekommen? Wozu? Ihn zu sehen, sollte nicht solch einen Schmerz in mir auslösen. Das hätte doch alles ganz anders laufen müssen. Andererseits hatte das unerwartete Wiedersehen, die Tatsache, dass etwas aus meinem früheren Leben da war, etwas Tröstliches.

Er küsste mich und es war so vertraut. Seine Lippen zu spüren, hatte zu meinem Leben gehört, bis ich alles für immer hinter mir lassen musste.

Er legte eine Hand in meinen Nacken und zog mich an sich, doch ich war wie gelähmt von den widerstreitenden Gefühlen, die ich nicht einordnen konnte.

»Bitte, Noah, steh nicht einfach so da«, flehte er und küsste mich noch leidenschaftlicher. Seine Zunge suchte meine, wie immer seit unserem ersten Kuss, aber es war anders. Es hatte sich etwas verändert. Mein Körper verlangte nach mehr, es fehlte das Feuer.

Ein Geräusch scheuchte uns auf.

Meine Mutter und William waren da. Ich war so versunken in meine widersprüchlichen Gedanken und Gefühle gewesen, dass ich das Auto nicht hatte kommen hören.

Meine Mutter und William zwinkerten sich zu.

»Na, hat dir unser Geschenk gefallen?«, fragte sie.

Verwirrt schaute ich Dan an.

»Deine Mutter hat mir das Flugticket geschickt. Sie wollte dich überraschen«, erklärte er achselzuckend. Er fühlte sich offenbar schuldig. Jetzt dämmerte es mir. Meine Mutter dachte, sie würde mir eine Riesenfreude machen, indem sie meinen Freund zu uns einlud. Die Sache hatte nur einen Haken: Wir waren nicht mehr zusammen.

»Du warst so traurig, Noah«, sagte sie und umarmte mich kurz. »Und ich dachte mir, wenn dir einer ein Lächeln entlocken kann, dann ist das Dan. Also habe ich ihn kurzerhand für ein paar Tage eingeladen.«

Oh Mom, da hast du uns was eingebrockt.

Mühsam rang ich mir ein Lächeln ab, während William Dan mit einem kräftigen Händedruck begrüßte. Meine Mutter umarmte ihn.

»Wir lassen euch jetzt in Ruhe, ihr wollt bestimmt allein sein«, sagte meine Mutter gerührt. »Ich habe dir das Gästezimmer herrichten lassen, Dan. Gib mir Bescheid, wenn du noch etwas brauchst.«

Dan nickte höflich, und meine Mutter und William verschwanden im Haus.

Als sie außer Sichtweite waren, fauchte ich Dan an: »Ich kann nicht glauben, dass du die Dreistigkeit besitzt, hier aufzutauchen.« Ich drehte ihm den Rücken zu und sammelte die Putzutensilien ein. Das Auto musste warten, es gab jetzt Wichtigeres.

Das hatte mir gerade noch gefehlt. Dan konnte unmöglich bei uns bleiben. Ich wollte ihn nicht im Haus haben, und ich durfte auch nicht zulassen, dass er mich noch einmal küsste, das konnte er vergessen!

»Ich dachte, das sei die Gelegenheit, dich persönlich um Verzeihung zu bitten«, sagte er und trat einen Schritt auf mich zu.

Ich wich zurück, bevor er mich noch einmal küssen oder anfassen konnte.

Irritiert kam er näher.

»Ich weiß, dass du sauer bist, und mir ist auch klar, dass du noch Zeit brauchst, bis du mir verzeihen kannst, aber lass mich die Tage mit dir verbringen, Noah. Wir finden gemeinsam eine Lösung. Du gehörst mir und ich gehöre dir, weißt du noch?«

Der Satz traf mich wie ein Dolchstoß.

»Das hat sich erledigt, seit du dich mit meiner besten Freundin eingelassen hast«, warf ich ihm an den Kopf, auch wenn ich genau wusste, dass der Schmerz, ihn noch mal zu sehen und mich in ein paar Tagen endgültig von ihm trennen zu müssen, mir den Rest geben würde. »Du kannst bleiben, aber nur, weil ich William und meine Mutter nicht vor den Kopf stoßen möchte. Sie sollen nicht erfahren, was du mir angetan hast, aber danach will ich dich nie mehr wiedersehen.«

»Ich weiß, dass ich dir wehgetan habe, Noah«, gab er zu. »Ich liebe dich, ich habe dich immer geliebt. Ohne dich ist mein Leben eine Vollkatastrophe. Nur durch dich hat es einen Sinn. Als du mir gesagt hast, dass du fortgehst, habe ich irgendwie versucht, damit klarzukommen, aber das hat nicht funktioniert. Noah, Beth bedeutet mir nichts: Ich habe mich nur an sie geklammert, weil sie mich an dich erinnert hat. Ihr wart immer zusammen und seid euch sehr ähnlich. Ich weiß, ich habe mich mies verhalten, aber ich kann den Gedanken nicht ertragen, dass unsere Liebe so endet.« Ich blickte zu Boden und versuchte, die Tränen zurückzudrängen. Ich würde vor ihm nicht anfangen zu weinen … ich weinte nicht … ich weinte nicht. »Was ist nur aus uns geworden. Du kannst mich ja nicht mal mehr ansehen.«

Er nahm mein Gesicht in seine Hände und zwang mich, ihm in die Augen zu sehen.

»Sag mir, dass du mir verzeihst«, flüsterte er, die Lippen ganz nah an meinen.

Ich weiß nicht mehr, was ich geantwortet habe, aber er küsste mich, gefühlvoll, drängend, und ich ließ ihn ein weiteres Mal gewähren. Ich kam nicht dagegen an, ich brauchte das in dem Moment. Doch es fühlte sich nicht richtig an, ich hatte ein mulmiges Gefühl in der Magengrube. Ich fühlte mich schuldig. Schuldig, weil ich einen wichtigen Menschen betrog. Mich selbst.

Ich löste mich aus der Umarmung.

»Ich brauche etwas Freiraum«, stammelte ich. Das war nicht gelogen, ich wollte, dass er verschwand. Ich musste nachdenken.

»Okay«, willigte er ein. »Kann ich wenigstens meine Sachen im Gästezimmer abstellen?«

Ich nickte und brachte ihn dorthin. Doch ich ertrug ihn keine Minute länger und verabschiedete mich. Ich hatte vor, in mein Zimmer zu gehen, ich wollte einfach nur schlafen, am besten bis zum nächsten Tag. Es war mir völlig egal, dass es noch helllichter Tag war. Ich musste nachdenken und meine Gefühle ordnen, mich wieder einnorden, doch ich blieb automatisch vor einer anderen Tür stehen, und ehe ich mich's versah, hatte ich schon geklopft.

Ich weiß nicht, ob Nicholas »Herein« gerufen hatte, jedenfalls hörte ich ein Geräusch und öffnete sie.

Er saß vor seinem Laptop am Schreibtisch in der Ecke des Raumes, und als er mich sah, klappte er ihn zu. Er drehte sich mit dem Schreibtischstuhl in meine Richtung. Sein Oberkörper war nackt und er trug eine graue Sporthose. Ich betrachtete seinen Körper wie ein Kunstwerk. Offensichtlich hatte er keinen Besuch erwartet und von mir schon gar nicht. Ich hatte noch nie bei ihm geklopft, aber eine innere Stimme hatte mich gedrängt, den Rat meines Stiefbruders zu suchen, auch wenn mir schleierhaft war, warum ich mir das antat.

Er merkte sofort, dass etwas nicht stimmte.

»Was ist los?«, fragte er und stand auf. Er wirkte verhalten, als wüsste er nicht recht, was er tun sollte. Sofort war die magische Anziehungskraft zwischen uns wieder da. Irgendwie freute ich mich darüber, dass Dan nicht eine solche Wirkung auf mich hatte. Doch zugleich verwirrte es mich.

Wortlos ging ich auf ihn zu, angezogen von den blauen Augen, hinter denen sich so viel Dunkles verbarg, und küsste ihn fast schon verzweifelt.

Seine Reaktion ließ nicht lange auf sich warten. Er packte mich an der Taille und zog mich an sich. Kurz darauf spürte ich seine Lippen und seine Zunge, und es kribbelte überall in meinem Körper. Ich hatte völlig vergessen, warum ich ihn aufgesucht hatte.

»Was tust du?«, flüsterte er, und er begann, an meinem Ohrläppchen zu knabbern. Ich seufzte. Meine Hände gruben sich in seinen Rücken, als er mich am Hals und am Kinn küsste. Jegliches Gefühl von Schmerz, Verlust und Sehnsucht in meinem Kopf war wie ausgelöscht.

Dann schob er mich weg.

»Was ist passiert?«, wollte er wissen. Er sah mich forschend an.

Warum musste er das jetzt fragen? Warum konnte er mich nicht einfach küssen und mich verwöhnen, worauf er sich doch so gut verstand? Seit wann interessierte Nicholas sich für die Gründe, warum jemand mit ihm ins Bett gehen wollte?

In dem Moment kam mir Dan wieder in den Sinn und mit ihm die Enttäuschung, von zwei Menschen betrogen worden zu sein, die ich sehr geliebt hatte, und der Schmerz, sie beide für immer verloren zu haben. Ich konnte ihm nicht verzeihen. Das war er nicht wert. Aber das Schlimmste war die Angst. Ich hatte Angst, nicht stark genug zu sein, das durchzuziehen.

Ich legte die Stirn auf Nicks nackten Brustkorb und er schlang seine Arme um mich. Es fühlte sich eigenartig an, denn einen solchen Moment hatten wir bislang noch nicht erlebt. Ich ließ mich einfach fallen. Er roch fantastisch, er benutzte bestimmt so ein sauteures Markenparfum, wie es die Models im Fernsehen anpriesen, aber am meisten gefiel mir, dass seine Brust so wunderbar warm war, denn mir war innerlich eiskalt.

»Nicht, dass es mir unangenehm wäre, dich im Arm zu halten, *Freckle*, aber wenn du mir nicht sagst, was mit dir los ist, muss ich selbst meine Schlüsse ziehen, und am Ende verprügele ich noch den Falschen.«

Damit gelang es ihm tatsächlich, mir ein Lächeln zu entlocken.

Er setzte sich wieder auf den Schreibtischstuhl und zog mich auf seinen Schoß.

Es fühlte sich seltsam an, seltsam und angenehm zugleich.

»Bitte sag mir nicht, dass du hier bist, weil du mit meinem anderen Auto auch was angestellt hast und dich das schlechte Gewissen quält. Für keinen Kuss der Welt würde ich …«

Ich wusste, dass er versuchte, mich zum Lachen zu bringen.

Diese Seite kannte ich bisher an ihm noch nicht, aber sie gefiel mir. Sehr sogar.

Ich beschloss, ihm zu erzählen, warum ich gekommen war. Denn auch wenn die Vorstellung jetzt schwerfiel, hatte ich ja ursprünglich nicht vorgehabt, mich mit ihm einzulassen.

»Dan ist hier«, verkündete ich. Er brauchte eine Weile, um zu begreifen. Sein Körper spannte sich an.

»Der Kerl, der dich betrogen hat, ist hier?«, fragte er ungläubig. »Wo? In Los Angeles?«

Ähm…

»Hier, bei uns zu Hause«, erwiderte ich. Mir war bewusst, wie grotesk die ganze Situation war.

Er sah mich an, als wartete er darauf, dass ich ihm sagte, es sei nur ein Scherz.

»Meine Mutter hat ihn eingeladen. Sie weiß nicht, was er mir angetan hat. Dass wir Schluss gemacht haben. Und jetzt ist er hier, Nicholas, meine Welt ist völlig aus den Fugen«, erzählte ich. Ich stand auf und ging im Zimmer umher.

Warum ich das alles meinem Stiefbruder erzählte, würde ich wohl nie wissen, aber ich musste mich bei jemandem ausheulen, und Nick war gut darin, mich auf andere Gedanken zu bringen.

Er zündete sich eine Zigarette an. Er war gereizt oder vielleicht auch enttäuscht.

»Warum kommst du damit zu mir?«, fragt er und zog an der Zigarette. Sein Blick strahlte wieder die übliche Kälte aus. Nicholas hatte zwei Gesichter, und man wusste nie, woran man mit ihm war.

Ich schob meine Gefühle für ihn beiseite, die ich ja selbst nicht verstand, und sagte ihm, worum es ging.

»Dan wird sofort wissen, wer du bist«, sagte ich. Ich hatte

den Schutzpanzer wieder umgelegt, von dem ich geglaubt hatte, ich würde ihn nie wieder brauchen, nachdem ich Dan kennengelernt hatte. »Er wird dich von dem Foto wiedererkennen, auf dem wir uns geküsst haben.«

Wer hätte gedacht, dass dieser Kuss mir so viel Kopfzerbrechen bereiten würde? Hätte ich geahnt, dass der Kuss mich geradezu süchtig machen würde, hätte ich es definitiv sein gelassen.

Nick legte die Zigarette in den Aschenbecher auf seinem Schreibtisch und sah mich verächtlich an.

»Was willst du, Noah?«

Ich atmete tief ein.

»Er soll verschwinden. Ich will ihn nie mehr wiedersehen«, erklärte ich, und das entsprach der Wahrheit, auch wenn es noch so schmerzte. Ich wollte nicht mit jemandem zusammen sein, der mich betrogen hatte.

Nicholas' Miene schien sich ein wenig aufzuhellen.

»Und ich weiß nicht, wie ich das anstellen soll«, fügte ich hinzu. Nervös fuhr ich mir mit der Hand über die Stirn. »Er ist extra gekommen, damit ich ihm verzeihe. Ein Teil von mir wünscht sich das auch. Aber es ist nicht das, was ich wirklich will.«

»Und an der Stelle komme ich ins Spiel?«, fragte er.

Ich nickte. Er hatte verstanden, worauf ich hinauswollte.

»Es ist nur für ein paar Tage«, sagte ich, und meine Stimme zitterte. »Wenn er mitkriegt, dass das Leben für mich weitergeht, dass er mich nicht mehr interessiert, lässt er mich vielleicht endlich in Ruhe.«

Er nickte und nahm einen Zug von der Zigarette. Eigentlich mochte ich es nicht, wenn Leute rauchten, aber bei ihm fand ich es echt heiß.

»Also sollen wir in seiner Gegenwart rummachen?«, meinte Nicholas.

Ich schämte mich dafür, dass ich das von ihm verlangte. Er hatte mir bei meinem Rachefeldzug zwar schon geholfen, indem er mir angeboten hatte, das Foto zu machen, aber jetzt fühlte es sich merkwürdig an, weil es längst nicht mehr bei diesem einen Kuss geblieben war.

»Er soll glauben, dass wir zusammen sind«, erklärte ich. Als er aufstand und auf mich zukam, spannte ich sämtliche Muskeln an.

»Ich könnte ihm eine reinhauen und gut ist«, schlug er vor. Er packte mich mit einer Hand am Kinn und sah mich durchdringend an. In seinem Blick war etwas, das ich nicht deuten konnte.

»Meine Mutter darf nichts davon wissen«, murmelte ich. Ich fühlte mich gefangen, seine Berührung machte mich nervös. Sanft fuhr er mit dem Finger über meine Unterlippe.

»Dann hab ich aber was gut bei dir«, scherzte er und drückte urplötzlich seine Lippen auf meine. Er küsste mich forsch, nicht wie Dan. Der war immer zärtlich und liebevoll gewesen, auch wenn er sich letztlich als blöder Arsch erwiesen hatte. Nicholas hingegen war kühl und dominant. Ich wusste nie, woran ich bei ihm war. Im Moment etwa berührten seine Hände nicht mal meinen Körper. Plötzlich löste er sich von mir.

»Ich hoffe, du bist nicht so blöd und lässt dich mit dem Idioten noch mal ein.«

Dann schnappte er sich ein T-Shirt und seine Autoschlüssel und ließ mich einfach stehen.

20
NICK

Ich war so mies drauf wie selten zuvor in meinem Leben. Warum ließ ich mir von Noah sagen, was ich zu tun und zu lassen hatte? Selbst wenn ich ihr dadurch näherkam. Doch nur weil jede Faser meines Körpers entflammte, sobald ich sie sah, war das noch lange kein Grund, mich auf diese alberne Farce einzulassen, damit sie ihren Freund loswurde. Die Zeiten solcher Schulhofkindereien hatte ich längst hinter mir gelassen. Realistisch betrachtet konnte man die Sache viel schneller und effizienter lösen, etwa indem ich dem Arsch beide Beine brach und ihn aus dem Haus warf. Noah hätte, was sie wollte, und ich meine Ruhe.

Ich stieg in mein Auto und schlug die Tür zu. Es war mir egal, dass ich Noah mit dem Schwachkopf allein zurückließ. Ich hatte nicht den Eindruck, dass zwischen den beiden noch mal was laufen könnte, und doch trat ich bei der Vorstellung das Gaspedal voll durch. Ich wollte so schnell wie möglich weg von dem Ort, der sich in ein quälendes Gefängnis verwandeln würde, wenn ich nicht aufpasste.

Seit wir miteinander rumgemacht hatten, hatte sich alles verändert. Die Aggression, die wir beide gegenüber dem anderen empfunden hatten, war zu einer unbezähmbaren Leidenschaft geworden, die mich in allergrößte Schwierigkeiten brachte. Ich wusste nicht, was ich wollte, aber ich war mir sicher, eine Beziehung mit Noah wäre nicht das Richtige für jemanden wie mich. Es lag auf der Hand: Noah war eine Frau, die eine feste Beziehung wollte, und ich war noch nie monogam. Ich liebte die Abwechslung und floh vor jeder Art von Verpflichtung. Ich schenkte einer Frau nur so viel Aufmerksamkeit, wie ich bereit war zu geben, und ich würde nie zulassen, dass eine Einfluss auf mich oder meine Entscheidungen nahm. Ich machte, was ich wollte und mit wem ich wollte. Zugegeben, Noah Morgan übte eine größere Anziehungskraft auf mich aus als jedes andere Mädchen, ich begehrte sie so sehr, dass es schmerzte, sie auf Abstand zu halten. Ich malte mir so viele Dinge aus, die ich gerne mit ihr tun würde, dass ich in ihrer Gegenwart völlig kopflos wurde. Mit Noah war alles anders und deswegen musste ich auf der Hut sein.

Ich hielt vor Annas Haus, nahm das Handy und wählte ihre Nummer.

»Ich bin draußen«, sagte ich, als sie abnahm. Es war schon elf und ein paar Minuten später kam sie aus der Tür. Es schien ein vielversprechender Abend zu werden.

Da sie keine Anstalten machte, einzusteigen, ließ ich das Fenster herunter.

»Meine Eltern sind nicht da, willst du reinkommen?« Ihr Lächeln war warm und sexy.

Das ließ ich mir nicht zweimal sagen. Ich stieg aus, und noch bevor ich etwas antworten konnte, küsste sie mich. Sie trug wie immer einen Lippenstift mit Geschmack. Das hatte mich noch nie gestört, bis heute. Ich löste mich aus der Umarmung und wir gingen hinein.

»Du hast dich lange nicht mehr blicken lassen«, sagte sie leicht beleidigt.

»Ich war beschäftigt«, erwiderte ich knapp. Ich musste die ganze Zeit daran denken, dass Noah auf demselben Flur schlief wie ihr Ex.

Ich bog direkt ins Wohnzimmer ab, aus einem unerklärlichen Grund hatte ich keine Lust, mit ihr auf ihr Zimmer zu gehen.

»Du fehlst mir, Nick«, sagte Anna und setzte sich neben mich.

Ihre Wangen waren leicht gerötet und ihre Lippen glänzten verführerisch. Ich legte eine Hand auf ihr nacktes Knie und streichelte es, wie sie es mochte.

»Ich sollte dir nicht fehlen, Anna. Zwischen uns ist nichts.«

Sie zuckte kurz, aber sie ließ sich davon nicht beeindrucken. Wir wussten beide, wie es um unser Verhältnis stand. Anna genoss eine Art Sonderstatus, das schon, aber sie hatte von Anfang an gewusst, dass es nichts Ernstes war. Ich würde nie nur einer Frau gehören, ich würde es nicht dazu kommen lassen, dass mir noch einmal jemand wehtat.

Sie küsste mich und ich erwiderte den Kuss mehr aus Gewohnheit. Es war mir unangenehm. Anna war schön und anziehend, und die Chemie zwischen uns hatte immer gestimmt, mehr als bei jeder anderen, aber diesmal regte sich rein gar nichts, und das verdarb mir die Laune.

Ich küsste sie fordernder. Anna war nicht dumm, sie wusste, was mir gefiel und was ich von ihr erwartete. Sie packte mein T-Shirt und zog mich an sich, und wir spürten beide das Feuer in unseren Körpern, doch es war nicht das, wonach ich suchte.

Als ich sie losließ, sah sie mich mit großen Augen an. Sie wollte mehr.

»Warum gehen wir nicht in mein Zimmer?«, schlug sie vor, die Hände immer noch in mein T-Shirt gekrallt. Ich löste sie, schob sie weg und wandte mich dem laufenden Fernseher zu.

»Keine Lust«, erwiderte ich.

Anna seufzte und kramte in ihrer Tasche, die auf dem Tisch lag.

»Möchtest du?« Sie hielt einen Joint in der Hand.

Ich zückte das Feuerzeug.

»Das wird dich ein wenig aufheitern«, sagte sie und reichte ihn mir weiter.

Kurz darauf hatten sich meine Probleme in Rauch aufgelöst.

Gegen drei war ich wieder zu Hause. Mir taten sämtliche Knochen weh, als hätte mich jemand verprügelt. Als ich den Lichtschein unter Noahs Tür sah, überkam mich die blanke Wut. Wenn das Licht brannte, bedeutete das, dass sie noch wach war und bestimmt nicht allein. Ich öffnete die Tür, bereit mich mit dem Kerl zu schlagen, der seit Neuestem mit mir unter einem Dach wohnte, wenn auch nur als Gast.

Ich blieb wie angewurzelt stehen, als ich bemerkte, dass Noah friedlich schlief. Sie lag zusammengerollt unter einem dünnen weißen Laken, die blonde Mähne ausgebreitet auf dem Kissen. Die Nachttischlampe brannte und tauchte das Zimmer in ein schwaches Licht. Keine Spur von Dan.

Ich atmete tief ein und versuchte, die Gefühle unter Kontrolle zu bringen, die in mir aufgewallt waren, als ich sie mir in diesem Bett mit ihrem Ex-Freund vorgestellt hatte. Aber Noah hatte einfach nur Angst vor der Dunkelheit, das hatte ich in ihrer ersten Nacht in unserem Haus herausgefunden. Bei dieser Erinnerung ging es mir schon besser.

Ich sah ihr eine Weile beim Schlafen zu. Ihr Atem war ruhig und regelmäßig. Ich hatte noch nie ein Mädchen beim Schlafen beobachtet, es war faszinierend. Ich ging näher heran, weil ich etwas ausprobieren wollte. Automatisch begann mein Herz, in ihrer Nähe schneller zu schlagen. Eine logische Erklärung dafür gab es nicht. Ein ungekanntes, wohliges Gefühl durchströmte meinen Körper. Es juckte mir in den Fingern. Wie gerne hätte ich die sinnlichen kirschroten Lippen berührt. Mein ganzer Körper sehnte sich nach ihr, und da wurde mir klar, es war aussichtslos. Ob ich etwas mit Anna hatte oder mit irgendeiner anderen, nichts könnte je so intensiv sein wie das, was ich in diesem Moment für das schlafende Mädchen vor mir empfand.

21

NOAH

An dem Morgen wachte ich später auf als üblich. Keine Ahnung, ob das an dem Wust an widersprüchlichen Gedanken lag, den ich mit ins Bett genommen hatte, oder daran, dass ich wusste, dass es ein schwieriger Tag werden würde. Als ich den bewölkten Himmel sah, schwante mir, dass es keine so gute Idee gewesen war, Nicholas um einen Gefallen zu bitten und zuzulassen, dass mein Ex bei mir übernachtete. Während ich den Badeanzug und ein Strandkleid anzog, sagte ich mir, dass ich ja nur bis sieben Uhr abends durchhalten müsste, dann begann meine neue Arbeit, und ich könnte Dan problemlos aus dem Weg gehen.

Vor dem Einschlafen hatte ich lange nachgedacht. Bis vor Kurzem war er alles für mich gewesen, doch nun empfand ich für ihn nur noch Ablehnung und Wut. Es ärgerte mich, dass ich mich von ihm hatte küssen lassen. Vielleicht lag es daran, dass er im Moment nicht bei mir war und mich die Erinnerungen, die er in mir weckte, nicht wieder durcheinanderbringen konnten. Ich wollte ihn nicht mehr sehen.

Als ich die Küche betrat und ihn mit einer Tasse Kaffee über sein Handy gebeugt dasitzen sah, wäre ich ihm am liebsten an die Gurgel gegangen. Er schaute auf und sah mir dabei zu, wie ich mir einen Orangensaft aus dem Kühlschrank holte.

»Ich habe darauf gewartet, dass du runterkommst«, sagte er. Er stand auf und lehnte sich an die Anrichte. Ich tat so, als wäre er gar nicht da, und schnitt mir eine Scheibe Brot ab. »Deine Eltern sind schon weg.«

»Ich habe keine Eltern, nur eine Mutter«, stellte ich gereizt klar.

Dan seufzte. Er hatte sein blondes Haar perfekt frisiert und trug seine beste Jeans und dazu ein T-Shirt mit einem albernen Spruch.

»Willst du nicht mit mir reden?«, fragte er, ohne mich aus den Augen zu lassen. »Ich will dich zurückgewinnen, Noah. Ich habe nicht die weite Reise unternommen, nur um ein paar Tage Urlaub zu machen. Ich möchte, dass du mir verzeihst.«

»Es gibt nichts zu verzeihen«, unterbrach ich ihn schneidend. »Du hast mich betrogen, und das nicht nur einmal. Ich habe Fotos zugeschickt bekommen. Von wem, weiß ich nicht, aber ich vermute mal von einer deiner reizenden Freundinnen. Die haben sich doch nie damit abfinden können, dass wir zusammen waren, und wie's aussieht, meine beste Freundin auch nicht.«

Bevor Dan antworten konnte, tauchte Nick mit nacktem Oberkörper und einer schlabbrigen Schlafanzughose im Türrahmen auf. Er trug keine Schuhe und sein Haar war zerzaust. Unweigerlich stellte ich einen Vergleich an und das Ergebnis war eindeutig: Nicks Anblick ließ mein Herz höherschlagen. Dan musste etwas bemerkt haben, denn er wandte sich der Person zu, die ich wie hypnotisiert anstarrte.

Nick stand in der Tür und schaute von mir zu Dan und wieder zu mir. Nervös biss ich mir auf die Lippe. Was sollte ich jetzt tun?

Dan fiel der Kinnladen herunter, als ihm dämmerte, wen er

vor sich hatte, und ich hatte zum ersten Mal das Gefühl, Oberwasser zu haben.

»Hallo. Wir wurden einander noch gar nicht vorgestellt«, sagte Nick und ging mit ausgestreckter Hand auf Dan zu. Der zögerte eine Sekunde, bevor er Nicks Hand ergriff. Ich konnte sehen, wie sich die Muskeln in Nicks Hand und Arm anspannten. Dan versuchte, sich den Schmerz nicht anmerken zu lassen, während ich unruhig von einem Fuß auf den anderen trat. »Ich bin Nicholas.«

»Dan.«

Was dann passierte, warf Dan aus der Bahn. Nick kam zu mir und drückte mir einen zärtlichen Kuss auf die Lippen.

»Guten Morgen, Süße.« In seinem Blick lag ein undefinierbares Funkeln.

Danach nahm er sich einen Kaffee und ging hinaus in den Garten.

Danke, Nick, dass du dich so feige aus dem Staub machst.

»Was hat das zu bedeuten, Noah?«, fragte Dan. Es brodelte in ihm.

Ich zuckte mit den Schultern.

»Das bedeutet, dass das Leben für mich weitergeht«, erwiderte ich. Ich setzte mich und trank einen Schluck Orangensaft.

Dan stand da und starrte mich an.

»Es hat keine zwei Wochen gedauert, bis du mich durch diesen Muskelprotz ersetzt hast?«

»Und bei dir ganze vierundzwanzig Stunden. Aber offenbar geht das mit dir und Beth ja schon länger.«

Dan baute sich vor dem Tisch auf und umklammerte die Lehne des Stuhls mir gegenüber.

»Ja, schon klar. Ich hab's kapiert. Du willst es mir mit gleicher

Münze heimzahlen, aber das ändert nichts, Noah. Wir sind zusammen.«

»Wir waren zusammen. Verstehst du? Das *war* einmal.« Ich war laut geworden. Mir reichte es, ich stand auf.

»Was kann ich denn noch tun, damit du mir verzeihst?«

Ich lachte.

»›Noch‹? Wie jetzt?«, erwiderte ich und konnte nicht fassen, dass ich das gerade gesagt hatte. »Was hast du denn schon getan, damit ich dir verzeihe, Dan? Ein geschenktes Flugticket annehmen? Das ist doch lächerlich!«

Ich ließ ihn stehen und ging hinaus in den Garten. Nick hatte es sich in einem Liegestuhl gemütlich gemacht. Ich setzte mich neben ihn. Er nahm die Sonnenbrille ab und sah mich ungerührt an.

»Kann ich ihm jetzt eine reinhauen?«, fragte er und starrte auf meinen Mund.

»Ich glaube nicht, dass das ein überzeugender Auftritt war«, sagte ich und ließ meinen Blick unwillkürlich über seinen sonnengebräunten, muskulösen Oberkörper gleiten.

»Ich habe dich ›Süße‹ genannt. Das ist für mich, als hätte ich dir einen Heiratsantrag gemacht, *Freckle.*« Er strich mir eine Haarsträhne hinter das Ohr. »Dein Ex schaut übrigens gerade aus dem Fenster«, sagte er leise.

»Und was jetzt?«

»Tu, was ich dir sage«, flüsterte er mir ins Ohr. »Streichle mich mit einer Hand.«

Was?

»Mach schon«, drängte er mich, und ich erschauderte, als ich seinen Atem an meinem Ohr spürte.

Ich tat, was er sagte. Seine Haut fühlte sich warm, fast fiebrig an. Ich konnte spüren, wie sich seine Muskeln anspannten, als mein Finger sanft über seinen Bauch strich.

Seine Lippen suchten meinen Hals, und ich fühlte einen wohligen Schauer, als er sachte meine Haut biss.

»Und jetzt beug dich zu mir runter und mach dasselbe, was ich gerade tue«, verlangte er und hielt meine Hand fest, die gerade den dunklen Flaum um seinen Bauchnabel liebkoste.

»Ich soll deinen Hals küssen?«

»Genau, *Freckle.*« Wir waren uns ganz nah, und ich spürte, wie mein Herz raste.

Ich legte ihm die Hand in den Nacken und tauchte in die Kuhle zwischen Schulter und Schlüsselbein. Mit kleinen Küssen wanderte mein Mund bis zu seinem Kinn hinauf. Unterdessen war seine Hand unter mein Kleid geglitten und streichelte meinen Rücken. Ich machte es wie er und knabberte an seinem Ohrläppchen. Dieser kleine Betrug fing an, mir zu gefallen.

Mein Gott … ich wollte gar nicht mehr aufhören.

Nick war erregt. Ich weiß nur noch, dass er mich mit einem Mal am Zopf packte und seine Lippen die meinen suchten. Ich schmiegte mich an ihn, und als seine Zunge die meine neckte, hatte ich das Gefühl, die Zeit bliebe stehen.

Ich spürte seine starke Hand in meinem Nacken, während seine Zunge meinen Mund erkundete. Plötzlich wollte ich ihn berühren, wie vorher, aber nun nicht mehr, weil er es mir sagte oder um Dan eifersüchtig zu machen, ich konnte nicht anders. Meine Hände glitten über seine Arme und dann über seine Brust. Er zog mich noch näher an sich. Als ich seine Erektion spürte, machte ich mich los.

Nick schlug die Augen auf. Sie schimmerten eigentümlich. In seinem Blick lag ein wilder Ausdruck, der Gefahr verhieß.

»Schaut er noch?«, fragte ich atemlos.

Nick grinste belustigt.

»Wer hat gesagt, dass er das tut?«

Ich wandte mich um und schaute zur Küche. Dort war niemand.

»Du hast gesagt, er steht am Fenster!«

»Hab ich das?«, fragte er scheinheilig.

Meine Augen blitzten vor Zorn.

»Hast du dich jetzt genug amüsiert?«, zischte ich.

»Noch lange nicht, Schatz«, erwiderte er.

»Du musst nicht länger eine Show abziehen, Nicholas. Es sind keine Zuschauer da.«

Nick neigte den Kopf zur Seite und lächelte.

»Wer sagt, dass das eine Show ist?«

Seine Antwort zog mir den Boden unter den Füßen weg.

Verdammt. Auf was ließ ich mich da nur ein?

Was sollte ich tun? Das Haus war zwar groß, aber ich konnte nicht einfach so tun, als wären Dan oder Nicholas nicht da. Ich musste raus, irgendwie die Zeit totschlagen, bis die Arbeit anfing, also zog ich mir eine kurze Sporthose, ein Tanktop und meine Nike-Turnschuhe an, um am Strand eine Runde joggen zu gehen. Ich wollte gerade mein Zimmer verlassen, da öffnete sich die Tür des Gästezimmers, und Dan kam heraus.

Ich schenkte ihm keine Beachtung und eilte zur Treppe.

»Noah, warte, verdammt.« Auf dem Treppenabsatz holte er mich ein.

»Was willst du, Dan?«, fuhr ich ihn an.

Dan stutzte.

»Wenn du nicht mal mit mir reden willst, was mache ich dann noch hier?«

»Das hättest du dir überlegen sollen, bevor du hier aufkreuzt und mich unter Druck setzt«, erwiderte ich auf dem Weg nach unten.

Er folgte mir.

»Was soll ich tun?«

»Willst du eine ehrliche Antwort?« Ich drehte mich um. »Ich will, dass du verschwindest.«

Dans Miene verfinsterte sich.

»Ich dachte, nach neun Monaten Beziehung könnten wir wenigstens versuchen, eine Lösung zu finden.«

Hatten ihn meine Worte tatsächlich verletzt?

»Zu der Kategorie Mädchen gehöre ich nicht. Vergiss es.«

»Zu welcher Kategorie Mädchen?«

»Zu denen, die sich von ihrem Freund nach Strich und Faden verarschen lassen und über alles hinwegsehen, wenn er mit einer beschissenen Entschuldigung kommt. Ich dachte, du würdest mich besser kennen, aber was soll's, ich habe mich ja auch in dir geirrt.«

»Was hast du denn erwartet?«, brüllte er. Sein Ausbruch kam für mich völlig unerwartet. »Dass wir einfach so weitermachen? Du bist weggegangen, nicht ich, verdammt!«

Meine Unterlippe begann gefährlich zu zucken. Ich wusste selbst, dass ich weggegangen war, das brauchte er mir nicht in Erinnerung zu rufen.

»Genau, ich bin gegangen. Und was machst du dann hier?«

»Ich wollte das nicht so stehen lassen. Ich will nicht, dass du dich mit dem erstbesten Typen einlässt, nur um mir wehzutun. Das ist dir gelungen. Botschaft angekommen.«

Mir entfuhr ein spöttisches Lachen.

»Und dass ich mit Nick zusammen bin, weil ich es möchte, liegt außerhalb deiner Vorstellungskraft?«

Dan sah mich verächtlich an.

»Komm schon, Noah. Willst du mich für dumm verkaufen? Diese Nummer mit dem Kuss in der Küche. Meinst du eigentlich, ich kriege nicht mit, was hier abgeht?«

Ich merkte, dass ich rot wurde, und das machte mich erst recht wütend.

»Willst du wirklich wissen, was hier abgeht?« Ich trat einen Schritt auf ihn zu. »Alles, was zwischen uns war, genau das läuft jetzt zwischen Nick und mir.«

Ich wusste, dass ich mich auf dünnem Eis bewegte. Dan war sehr eifersüchtig. Ich war mir sicher, dass er nur gekommen war, um sich zu vergewissern, dass ich ihm immer noch aus der Hand fraß. Dass ich so schnell ein neues Kapitel aufgeschlagen hatte, konnte er nicht ertragen. Das war wie ein Dolchstoß für sein männliches Ego.

An seinem zornigen Blick konnte ich ablesen, dass ich den wunden Punkt getroffen hatte.

Doch bevor seine Tirade auf mir niederging, tauchte Nick auf. Er sah gleich, dass wir kurz davor waren, aufeinander loszugehen, und stellte sich schützend vor mich.

»Warum verschwindest du nicht aus meinem Blickfeld?«, fragte er ruhig.

»Schläfst du mit meiner Freundin?«, fragte Dan. Er baute

sich vor ihm auf. Ich sah, wie die Ader an seinem Hals anschwoll.

»Was ich mit Noah mache, geht dich gar nichts an.«

Dan überlegte, was er als Nächstes tun sollte. Ich verstand, dass er zögerte. Nick war Furcht einflößend, vor allem, wenn er in diesem ruhigen, emotionslosen Ton sprach. Und er war älter, größer und stärker. Dan tat mir fast ein wenig leid.

»Dan, du solltest jetzt gehen«, sagte ich und stellte mich neben Nick. Es gab nichts mehr zu bereden. Das Ganze war eine Farce, unangenehm für alle Beteiligten. Nicht nur, weil ich vorgab, dass etwas zwischen Nick und mir lief, sondern, weil die Sache mit Dan und mir unwiderruflich vorbei war. Er hatte es selbst gesagt: Ich war gegangen und er hatte mich betrogen. Punkt.

Dan sah mich an.

»Das alles tut mir leid, Noah«, entschuldigte er sich. Für einen Moment versuchte er, Nicks Anwesenheit einfach auszublenden.

Ich biss mir auf die zitternde Unterlippe. Dass es mit uns so enden würde, hätte ich nie gedacht.

»Wir sind wohl das beste Beispiel dafür, dass Fernbeziehungen nicht funktionieren.«

Dan nickte traurig und ging nach oben, um seine Sachen zu holen.

Gedankenverloren sah ich ihm nach.

»Ich sorge dafür, dass er das nächste Flugzeug nimmt«, hörte ich Nick sagen.

Ich hatte ihn völlig vergessen.

Ich rang um Fassung, er sollte mich nicht so sehen. Ich wollte nicht wegen jemandem traurig sein, der es nicht verdient hatte.

»Ich gehe joggen«, verkündete ich.

Ich musste weg, weg von ihm, von Dan, sie sollten mich alle in Ruhe lassen.

Doch er packte meinen Arm und hielt mich fest.

»Alles okay?«, fragte er und hob mein Kinn, um mir in die Augen sehen zu können.

Machte Nick sich tatsächlich Sorgen um mich?

»Wird schon«, erwiderte ich und verschwand.

Die nächsten anderthalb Stunden joggte ich am Strand und versuchte, die quälenden Gedanken loszuwerden. Ich musste davon ausgehen, dass ich weder Dan noch Beth noch sonst jemanden aus meinem alten Freundeskreis je wiedersehen würde, und das tat weh. Es gab keinen Grund mehr, in meine Heimatstadt zurückzukehren, und das zerriss mir das Herz. Sie waren der Anker gewesen, der mich mit meinem Zuhause verband, und jetzt …

Ich lief und lief, bis ich mich erschöpft in den Sand fallen ließ. Ich betrachtete den bewölkten Himmel und fragte mich, wie sich alles so derart schnell verändern konnte. Über Nacht wird man ein anderer Mensch.

Ohne es zu wollen, kehrten meine Gedanken zu dem Kuss zurück, den Nick und ich uns am Morgen gegeben hatten. Ich legte die Finger auf die Lippen und hatte das Gefühl, seine zu spüren. Es war so intensiv gewesen. Plötzlich war mir mulmig zumute. Ich musste vorsichtig sein: Ich wollte nicht wieder jemandem auf den Leim gehen und schon gar nicht Nicholas Leister.

Ich musste mein wundes Herz schützen, und da war es am besten, wenn ich mich von allem fernhielt, das aus dem Nichts so große Gefühle in mir auslöste.

Ich durfte Nicholas nicht diese Macht über mich geben, denn vielleicht würde er mich am Ende zerstören.

Bevor ich mich auf den Rückweg machte, ging ich im Meer schwimmen, um meinen erhitzten Körper abzukühlen. Als ich dann am Ufer entlangspazierte und mich von der Sonne trocknen ließ, begegnete ich Mario aus Nicks Gang.

»Hallo, Nick-Schwesterchen«, grüßte er, während er mit einem Prachtkerl von Schäferhund an der Leine kämpfte.

»Hallo«, grüßte ich freudig zurück und kraulte den Hund an den Ohren.

»Und, kleine Pause von der Familie Leister?«, fragte er lachend.

»Eher eine kleine Pause von allem. Ich muss mich noch immer an das Ganze hier gewöhnen«, erwiderte ich scheinbar cool. Meine Probleme gingen ihn nichts an.

Wir gingen ein Stück gemeinsam.

»Wenn du willst, kann ich dir die Stadt zeigen. Da gibt es ein paar Orte, die dir bestimmt gefallen werden«, bot er an.

Ich lächelte ihn dankbar an, auch wenn ich mich fragte, ob er vielleicht Hintergedanken hegte. Nicht, dass er mir nicht gefiel, aber ich hatte schon genug Beziehungsprobleme.

»Ich hatte noch gar keine Zeit, mir die Stadt richtig anzuschauen, und jetzt, wo ich arbeite, wird's nicht besser.«

Mario sah mich überrascht an.

»Hey, genial! Wo?«

»In der Bar 48, an der Strandpromenade. Ich fange heute dort an«, erwiderte ich nervös.

Mario nickte nachdenklich.

»Ich kenne da ein paar Leute, das ist eine angenehme Location«, meinte er leicht verhalten.

Wir erreichten die steinerne Treppe, die hinauf zu unserem Garten führte.

»Komm doch einfach mal vorbei, wenn du magst, ich lade dich auf einen Drink ein«, sagte ich. »Allerdings ohne Alkohol.«

Mario lachte schallend.

»Das mache ich«, erwiderte er. Seine braunen Augen funkelten. »Und denk dran, mein Angebot gilt.«

Ich nickte unverbindlich und hob die Hand, um mich zu verabschieden.

Als ich im oberen Stockwerk ankam, zog es mich als Erstes zum Gästezimmer. Keine Spur mehr von Dan und seinen Sachen.

War es dumm von mir, dass ich um jemanden trauerte, der mir so wehgetan hatte? Ich verscheuchte den Gedanken. Ich ging in mein Zimmer, duschte und zog mich für die Arbeit an.

An der Bar 48 stellte ich mein Auto vor dem Eingang ab und ging hinein. Der Laden gefiel mir. An den Wänden hingen Fotos von Rockstars, und in einer Ecke war eine Bühne, auf der vermutlich Livebands spielten. Überall im Raum standen Tische mit schwarzen Sesseln und es gab eine Bar mit einer Riesenauswahl an alkoholischen Getränken. Eine mollige Mitarbeiterin nahm mich unter ihre Fittiche und erklärte mir, was ich zu hatte.

»Da ziehen wir uns um, ich gebe dir gleich ein T-Shirt«, sagte sie und deutete auf eine kleine Tür, die zu einem kleinen Lager führte, das zugleich als Umkleide diente. »Du musst ein- und ausstempeln. Wenn dich jemand nach einem Drink fragt, gibst du mir oder deinen Kolleginnen Bescheid.«

Ich nickte zufrieden, die Arbeit ähnelte meinem früheren Job in Kanada. Sie stellte mich den anderen drei Kellnerinnen vor, die auch in meiner Schicht arbeiten würden, jeden Abend von sieben bis zehn. Das waren nicht viele Stunden, aber das Trinkgeld käme ja noch on top.

Ich war dankbar für die Ablenkung. Ich fing gleich an und nahm die Bestellungen der Gäste entgegen. Die drei Stunden vergingen wie im Flug und kurz vor Schichtende kam Mario durch die Tür.

Ich war überrascht.

»Gut siehst du aus«, sagte er mit einem Blick auf meine Dienstkleidung, die aus einem schwarzen T-Shirt mit dem Logo der Bar und einer weißen Schürze bestand.

»Danke. Kann ich dir was bringen?«, fragte ich.

»Eine Cola bitte«, sagte er mit einem breiten Grinsen.

»Was ist so lustig?«, fragte ich, während ich die Flasche öffnete und den Inhalt in ein Glas goss.

»Ich habe mich nur gefragt, warum du als Kellnerin arbeitest, obwohl jeder weiß, dass du das nicht nötig hast.«

»Ich mag es nicht, wenn andere für mich zahlen. Ich sorge lieber selbst für mich«, sagte ich und schaute mich um, ob ich an einem Tisch gebraucht wurde. Es war nichts mehr los und so konnte ich mich problemlos ein wenig unterhalten.

Ich mochte Mario.

»Wann bist du fertig?«

Ich schaute auf die Uhr.

»Ich würde sagen … genau jetzt«, erwiderte ich, nahm sein Glas und spülte es.

»Was hältst du davon, wenn ich dich ins Kino einlade?«

Nach dem furchtbaren Tag wollte ich eigentlich nur noch nach Hause und ins Bett. Ich sah Mario an. Er war attraktiv, sympathisch, und es täte mir bestimmt gut, mit jemandem auszugehen, der mir keine Probleme bereitete wie Dan oder Nick.

»Heute nicht, aber vielleicht mal an einem Wochenende?«

Mario lächelte und ließ sich vom Barhocker gleiten.

»Ich nehme dich beim Wort.«

Wir verließen gemeinsam die Bar, ich mit den Autoschlüsseln in der Hand und er mit dem Motorradhelm unter dem Arm. Draußen vor der Tür lehnte Nick an meinem Beetle. Mit ihm hätte ich nicht im Traum gerechnet.

Sein Blick wanderte von mir zu meinem Begleiter. Selbst auf die Entfernung konnte man ihm ansehen, dass es in ihm brodelte, wie so oft. Er rang sich ein Lächeln ab und kam auf uns zu.

Bevor ich reagieren konnte, legte er den Arm um mich und zog mich so fest an sich, dass ich mich kaum rühren konnte.

»Hallo, Schatz«, sagte er, und ich verdrehte die Augen.

Mario betrachtete uns neugierig.

»Nick«, grüßte er.

Ich wollte ihm sagen, dass es nicht so war, wie es aussah, doch Nick zerrte mich zu seinem Auto und hob nur kurz die Hand, um sich von Mario zu verabschieden.

»Tut mir leid, Kollege, aber das ist mein Mädchen, und wir haben noch was vor.«

»Kannst du mir mal erklären, was du hier abziehst?«, fragte ich vorwurfsvoll. Ich wollte mich losreißen, doch Mario hatte uns schon den Rücken zugekehrt. »Bist du verrückt?!

»Verrückt nach dir, Schätzchen«, sagte er und zündete sich ungerührt eine Zigarette an.

»Das ständige ›Schatz‹ kannst du dir sparen, das passt nicht zu dir«, fauchte ich und verschränkte die Arme vor der Brust.

Nick lachte und ließ seinen Blick über mich gleiten.

»Ja, nicht wahr? Ich bin mehr der ›Kleine‹-Typ, glaube ich«, sagte er und tat so, als ob er nachdachte.

»Was sollte das eben?«, fragte ich.

»War es nicht das, was du wolltest? Dass ich mich als dein Freund ausgebe?«

Ich holte tief Luft.

»Vor Dan, Nicholas.«

»Ah!« Er schnalzte mit der Zunge. »Jetzt bin ich verwirrt. Das musst du mir erklären.«

Ich biss mir auf die Lippe.

»Jetzt wird er sich was zusammenreimen, was nicht stimmt«, sagte ich und spürte, wie es wieder zwischen uns knisterte. Meine Worte schienen sein Interesse zu wecken.

»Was denn?«

»Na, dass wir zusammen sind.«

»Und was interessiert es dich, was dieser Vollpfosten denkt?«

»Ich möchte nicht, dass irgendjemand glaubt, wir wären zusammen. Bei Dan war das nötig, aber der ist jetzt weg. *Mission completed.*«

»Ist er nicht«, sagte er und trat die Zigarette aus. »Ich habe ihm online ein Ticket für einen Flug gebucht, der erst in dreizehn Stunden geht. Das wird die längste Reise der Geschichte.«

Armer Dan. Dreizehn Stunden am Flughafen plus fünf Stunden Flug.

»Das habe ich doch gut gemacht, oder?« Er kam näher. »Wenn du möchtest, hole ich ihn ab, und wir gehen gemeinsam was essen.«

Ich musste grinsen.

»Danke, dass du mir geholfen hast, ihn loszuwerden«, sagte ich. Ich konnte immer noch nicht fassen, dass Nicholas tatsächlich etwas für mich getan hatte. »Du hättest das ja nicht …«

»Ich sammele Pluspunkte. Du stehst immer mehr in meiner Schuld. Wenn das so weitergeht, habe ich dich bis zu meinem zweiundzwanzigsten Geburtstag zu meiner Sklavin gemacht.«

Ich fand seine Antwort nicht besonders witzig, aber auf einmal konnte ich nur noch daran denken, wie er mich küsste. Sollte er doch ruhig Gegenleistungen einfordern!

Warum war er nur so verdammt attraktiv?

»Kannst du nicht auch mal was Uneigennütziges tun?«, fragte ich. Seine Nähe machte mich nervös. Er stand so dicht vor mir, dass ich den Kopf in den Nacken legen musste, um ihm in die Augen sehen zu können.

Nick lachte und starrte auf meine Lippen.

»Das Wort ›uneigennützig‹ existiert in meinem Wortschatz nicht, Liebes.«

Bei dieser Anrede machte mein Herz einen Satz, und dann begann es, wie wild zu jagen, als er sich zu mir herabbeugte und mir einen Kuss gab, bei dem mein Verstand aussetzte.

Wie in Trance schlang ich die Arme um seinen Hals. Ich war gefangen zwischen ihm und dem Auto. Er zog mich an sich heran, bis ich seine harten Bauchmuskeln an meinem zarten Körper spürte. Unser Atem ging schneller. Auf einmal wollte ich mehr. Nick weckte Gefühle in mir, die bis dahin in mir geschlummert hatten.

Sein Knie schob sich zwischen meine Beine und eine wohlige Wärme durchströmte meinen ganzen Körper.

Und als ich schon alles um mich herum vergessen hatte,

klingelte Nicks Handy und holte uns in die Wirklichkeit zurück.

Nick löste sich von mir und hielt das Telefon ans Ohr. Mit einem Mal wurde mir bewusst, wie unglaublich leicht ich mich von ihm und seinen Zärtlichkeiten hatte umgarnen lassen. Verdammt, wir befanden uns doch auf einem öffentlichen Parkplatz!

»Ich bin gleich da«, sagte er. Seine Stimme klang kalt, ganz anders als zuvor, als er mit mir geredet hatte.

Als er auflegte, war der Zauber wie weggeblasen.

»Ich muss los. Ich bin verabredet«, sagte er ruhig.

Ich nickte nur.

»Wir sehen uns dann zu Hause«, fügte er hinzu.

Was war geschehen, dass er auf einmal so distanziert war?

»Ciao, Nicholas«, sagte ich und stieg in mein Auto, ohne mich noch mal umzusehen.

Nichts, was an diesem Tag geschehen war, hatte mich so sauer machen können wie sein Verhalten. Ich fragte mich nur, warum.

22
NICK

Ich hatte bestimmt nicht vorgehabt, mit ihr auf dem Parkplatz rumzumachen, aber das Gespräch mit ihrem dämlichen Ex auf der Fahrt zum Flughafen hatte mich ziemlich aufgewühlt. Ich musste noch immer an seine Worte denken.

»Du hast keine Ahnung, auf was du dich da einlässt«, hatte er nach langem Schweigen plötzlich gesagt. »Noah kann toll sein, aber sie ist kaputter als du und ich zusammen.«

Ich holte tief Luft. Was sollte das denn jetzt? Ich wollte ihm nicht auf den Leim gehen, aber es interessierte mich schon, was er damit sagen wollte. An einer Beziehung mit ihr war ich nicht interessiert, doch ich musste zugeben, dass ich mich von ihr angezogen fühlte.

Wortlos umklammerte ich das Lenkrad.

»Ich sage das aus eigener Erfahrung. Bei ihr liegt mehr im Argen, als du auf den ersten Blick denken magst.«

»Und deswegen bist du hier, vermute ich«, unterbrach ich ihn und bog in der Ausfahrt ab.

»Vermutlich macht es eine Frau unwiderstehlich, wenn sie nicht leicht zu haben ist.«

Ich dachte über seine Worte nach. Ich kannte nicht viele Frauen, die so waren.

»Ich will keine Spaßbremse sein, aber ich glaube nicht, dass du der Typ bist, der warten kann. Du verstehst, was ich meine.«

Ich starrte auf die vorausfahrenden Autos.

»Täusch dich nicht. Ich kann sehr geduldig sein. Oder auch nicht, denn ehrlich gesagt juckt es mir jetzt gerade in den Fingern, dir eine reinzuhauen.«

Dan lächelte neben mir, und ich schwöre, ich musste mich schon sehr zusammenreißen, um meiner Wut nicht freien Lauf zu lassen. Dieser Vollpfosten sprach ohne jedes Fünkchen von Respekt über seine Ex-Freundin.

Okay, einen Kavalier konnte man mich auch nicht gerade nennen, aber zumindest zog ich keine Show ab. Ich spielte mit offenen Karten, während dieser Arsch allen etwas vormachte.

»Ich warne dich, Alter. Wenn du dich mit ihr einlässt, wirst du sie so schnell nicht wieder los. Sonst wäre ich ja wohl nicht hier, oder? Ehe du dich's versiehst, frisst du ihr aus der Hand und merkst es nicht einmal.«

Ich hielt vor dem Flughafenterminal.

»Verzieh dich«, zischte ich.

Dan nahm seinen Koffer und schob noch einen Spruch nach: »Ich wollte die Sache wirklich in Ordnung bringen. Beth kann ihr nicht das Wasser reichen.«

Dann drehte er sich um und verschwand.

Den restlichen Tag verbrachte ich am Strand. Dans Worte gingen mir nicht aus dem Kopf. Es nervte mich, dass ich sie trotz seiner Warnung unbedingt sehen wollte, um mich zu vergewissern, dass es ihr gut ging. Ich hatte keine Ahnung, wie ich mit dem umgehen sollte, was ich für sie empfand.

Ich nahm mein Surfbrett und ging ins Wasser. In was für einer verzwickten Lage steckte ich nur. Es war die reinste Tortur, sie tagtäglich um mich zu haben. Ich begehrte sie mehr als jede andere, und wenn ich sie sah, wuchsen meiner Fantasie Flügel. Doch wenn mein Vater davon erfuhr, würde er mich umbringen, Noah war schließlich erst siebzehn. Shit.

Ich beschloss, sie in der Bar abzupassen, in der sie gerade angefangen hatte zu arbeiten. Ich verstand nicht, warum sie sich in den Kopf gesetzt hatte, ausgerechnet zu kellnern. Die Bar 48 war ein Club, in dem regelmäßig Livebands spielten. Meine Freunde und ich hingen dort öfter ab. Der Laden zog alle möglichen Leute an, denn die Preise für Drinks waren moderat. Dass Noah abends dort arbeitete, passte mir nicht, und noch viel weniger gefiel mir, dass ich sie mit Mario herauskommen sah.

Mario und ich hatten eine gemeinsame Vergangenheit, von der Noah auf keinen Fall erfahren sollte. Wie ich mich aufgeführt hatte, nachdem meine Mutter uns im Stich gelassen hatte, was ich alles angestellt hatte, nachdem ich von zu Hause ausgezogen war. Mario hatte all das hautnah miterlebt. Es machte mich nervös, dass meine Geheimnisse ans Licht kommen könnten. Das alles brauchte sie nicht zu wissen.

Deshalb hatte ich keine Sekunde gezögert, noch einmal diese Farce zu spielen. Wenn Mario glaubte, ich hätte Interesse an Noah, würde er wahrscheinlich auf Abstand gehen.

Als ich auf die beiden zuging, merkte ich, wie Noah unruhig wurde, als sie mich sah. Sie trug ihr Haar offen und wirkte müde. Ich wollte sie einfach nur von dort fortbringen.

Ich musste zugeben, dass mir unsere kleinen Scharmützel Spaß machten. Sie war auf Zack, und ihre Antworten animierten mich, weiterzusticheln und mich auf ihre Kosten zu amüsieren.

Meine Beine verselbstständigten sich. Es zog mich zu ihr, bis wir ganz nah voreinanderstanden. Ich musste sie küssen oder ich würde verrückt werden. Ich bekam nicht mal richtig mit, worüber wir sprachen, irgendwas über Gefallen und dass ich sie zu meiner Sklavin machen würde.

Die Vorstellung, dass sie mir ausgeliefert war, erregte mich. Ich musste sie einfach küssen, auch wenn ich wusste, dass es nicht richtig war, mein Mund verlangte nach ihr wie nach der Luft zum Atmen.

Ich vergrub meine Finger in ihrer langen Mähne und zog sie noch näher an mich. Sie umschlang meinen Hals und unsere Körper drängten sich schon fast verzweifelt aneinander. Ich kostete den süßen Geschmack ihrer Lippen und ihrer Zunge und dachte, ich sterbe. Ich wollte spüren, wie sie unter meinen Händen erbebte, und in ihr Empfindungen hervorrufen, wie sie in ihr niemand zuvor, und schon gar nicht dieser lächerliche Ex, hatte wecken können. Ich hatte nur ein Ziel: ihr Lust zu verschaffen. Ich drückte sie gegen die Tür ihres Wagen und schob mein Knie zwischen ihre Beine.

Ihr Keuchen ließ mich erschaudern. Und dann klingelte plötzlich mein Handy.

Als ich sie ansah, wusste ich, dass ich verloren war.

Eh du dich's versiehst, frisst du ihr aus der Hand und merkst es nicht einmal, hatte Dan gesagt.

Ich riss meinen Blick von ihren geröteten Wangen und ihren sinnlichen Lippen los und konzentrierte mich auf das Gespräch.

Ich musste weg hier, weg von diesem Parkplatz, auf Abstand gehen. Ich durfte nicht zulassen, dass Noah meine Gedanken und mein Leben einnahm.

»Ich muss los. Ich bin verabredet.« Ich konnte nur hoffen, dass sie nicht bemerkte, wie durcheinander ich war. Doch sie schwieg. »Wir sehen uns dann zu Hause.«

Sie nickte nur und stieg ins Auto.

Mit einem mulmigen Gefühl sah ich ihr nach.

War es vielleicht schon zu spät?

23

NOAH

Es war eine ganze Woche vergangen, seit ich das letzte Mal mit Nicholas gesprochen hatte. Eine ganze Woche, in der ich gearbeitet und keine Nachricht von meinem Ex bekommen hatte, wofür ich ausgesprochen dankbar war. Nach der Szene auf dem Parkplatz war Nick mir auf beinahe schon kränkende Weise aus dem Weg gegangen. Wenn ich aufstand, war er schon fort, und wenn ich nach zehn von der Arbeit kam, sagte meine Mutter jedes Mal, er habe gerade das Haus verlassen. Es war, als ob er mich auf einmal nicht mehr sehen wollte, und das Schlimmste war, ich litt unter dieser plötzlichen Distanz, wie ich es mir nie hätte vorstellen können. Ich sehnte mich nach seinen Küssen, danach, dass er mich in seine Arme schloss, und ich wurde fast verrückt bei dem Gedanken, was ich falsch gemacht hatte und warum er nach diesen aufregenden Momenten mir gegenüber so kühl war.

Offenbar war er ja zu Hause, denn meine Mutter sah ihn jeden Tag. Er verschwand erst, wenn ich kam, und kehrte dann irgendwann in den Puppen von wer weiß woher zurück. Als mein Chef mir mitteilte, dass ich am Samstag nicht zur Arbeit kommen müsste, weil die Bar für drei Tage geschlossen war, beschloss ich, dass es so nicht weitergehen konnte. Ich musste ihn sehen. Aber ich wusste nicht genau, wann er zu Hause auftauchen würde, und ich war mir auch nicht sicher, ob es tatsächlich eine gute Idee war.

Um mal für eine Weile das Gefühlschaos hinter mir zu lassen, dass in mir tobte, ging ich in die Küche. Meine Mutter und ich wollten später beim Essen im Wohnzimmer gemeinsam Videos anschauen. In Kanada hatten wir das oft gemacht, aber seit wir hierhergezogen waren, verbrachten wir nur noch wenig Zeit miteinander. Meine Mutter begleitete William oft bei seinen Geschäftsreisen, oder sie ging shoppen oder half bei der Organisation der vielen Events, die Leister Enterprises jeden Monat veranstaltete. Aber diesen Abend wollten wir zusammen verbringen: William hatte bis spät im Büro zu tun, und da traf es sich gut, dass ich nicht arbeiten musste.

Es war kurz nach acht. Meine Mutter wäre sicher noch eine Weile unterwegs, daher beschloss ich, einen Braten mit Ofenkartoffeln zu machen. Kochen machte mir Spaß. Natürlich war ich kein Profi, aber ich schlug mich ganz wacker am Herd. Ich war gerade dabei, die Kartoffeln mit einem dieser Messer aus dem Teleshopping-Kanal in Scheiben zu schneiden, als ich die Haustür ins Schloss fallen hörte. Ich war sofort in Habachtstellung. Ich wusste nicht, ob er es war, aber mein Herz schlug schneller, als ich hörte, dass jemand schweren Schrittes auf die Küche zukam.

Unsere Blicke trafen sich, und wir standen schweigend da, er in der Tür und ich an der Kücheninsel. Die Überraschung in seinen Augen wich einer gewollten Gleichgültigkeit. Doch ich hatte nicht viel Zeit, mich darüber zu ärgern, denn ich war wie hypnotisiert von seiner Erscheinung: Er trug einen eleganten schwarzen Anzug und ein offenes weißes Hemd. Das Haar war gekonnt lässig frisiert und betonte die strahlend blauen Augen, bei deren Anblick mir die Knie zitterten.

»Müsstest du nicht bei der Arbeit sein?«, fragte er, als wir uns von dem Schock erholt hatten, uns nach sieben langen Tagen wiederzusehen. Zumindest empfand ich es so. Er schlenderte an der Kücheninsel vorbei zum Kühlschrank, als würde ihn das alles nicht weiter berühren.

»Ich habe einen Tag frei«, stammelte ich. Mir juckte es in den Fingern, am liebsten hätte ich sein Haar verwuschelt oder sie in dem fein säuberlich gebügelten Hemd vergraben.

»Freut mich für dich«, erwiderte er.

»Wo bist du gewesen?«, fragte ich, während ich demonstrativ laut mit dem Messer hantierte. Das Metall klapperte in schneller Abfolge auf dem Holzbrett.

»Unterwegs«, antwortete er hinter mir. Ich konnte mich nicht umdrehen, sonst hätte er sofort gesehen, wie aufgebracht ich war. Nicholas sollte nicht merken, wie sehr ich ihn in den vergangenen Tagen vermisst hatte. Ich wusste, dass er mich beobachtete, und das machte mich nervös. »Du hast einen Sonnenbrand«, meinte er nach minutenlangem unbehaglichem Schweigen.

Ich spürte seine Blicke in meinem Rücken und wurde noch nervöser.

»Ich bin am Pool eingeschlafen«, erklärte ich und versuchte, mich aufs Kartoffelschneiden zu konzentrieren.

Auf einmal spürte ich seinen Atem in meinem Nacken. Sein Finger fuhr von einer Schulter zur anderen über meinen verbrannten Rücken. Ich bekam eine Gänsehaut und meine Hand hielt mitten in der Verrichtung inne.

»Du solltest besser aufpassen«, meinte er und küsste mich sacht auf die Stelle genau zwischen meinen Schulterblättern.

Ich zuckte zusammen und hätte beinahe das Messer fallen lassen. Nicholas' Reflexe waren supertrainiert. Als er blitzschnell meine Hand packte und so verhinderte, dass ich mich schnitt, durchfuhr mich ein Schauer. Er nahm mir das Messer aus der Hand und ich drehte mich zu ihm um.

»Warum bist du mir letzte Woche aus dem Weg gegangen?«, fragte ich ihn ohne Umschweife.

Seine Miene verhärtete sich. Als ich seinen warmen Körper so nah vor mir spürte, wurde mir ganz heiß.

»Das bin ich nicht«, erwiderte er.

Ich seufzte.

»Natürlich bist du das. Seit einer Woche habe ich dich nicht zu Gesicht bekommen.« Ich schaute zu Boden. Warum machte es mir was aus? Sollte ich nach Dan nicht die Nase voll haben? Warum wollte ich mich auf eine Beziehung einlassen, bei der von vornherein klar war, dass nichts Gutes dabei herauskommen würde?

»Ich bin dir keine Rechenschaft schuldig. Ich war beschäftigt, Punkt.« Er ging auf Abstand, wofür ich dankbar war. Andererseits ärgerte es mich.

Ich kniff die Lippen zusammen, weil ich spürte, wie das Blut in meinen Adern zu kochen begann.

»Ach ja? Dann hoffe ich, dass das in der nächsten Zeit so bleibt.« Ich wollte davonrauschen, aber er hielt mich zurück.

»Was willst du damit andeuten?«

Ich sah ihn an. Mir war klar, dass meine Reaktion völlig daneben war. Er konnte tun und lassen, was er wollte, es ging mich nichts an. Ja, wir hatten ein paarmal rumgemacht, ja, ich fand ihn extrem anziehend, und ja, ich hatte ihn vermisst, aber das änderte nichts an all seinen schlechten Seiten.

»Nichts«, erwiderte ich und starrte auf sein Hemd. Warum ließ ich zu, dass er in mir diese Gefühle weckte?

»Du solltest dich von mir fernhalten, Noah.«

»Ist es das, was du willst?«

»Ja, genau das will ich.«

Ich würde lügen, wenn ich behauptete, dass seine Worte mich nicht verletzten. Damit war alles gesagt. Ich schwor mir, mich nicht wieder von ihm einwickeln zu lassen.

Wie schwer mir das fallen sollte.

Mein Job kam mir sehr gelegen. So konnte ich ein paar Stunden außer Haus verbringen und das Gefühlschaos hinter mir lassen. An dem Abend hatte Jenna mich angerufen, um mich in ein mexikanisches Restaurant zum Essen einzuladen, und ich konnte es kaum erwarten, bis ich Feierabend hatte. Ich duschte rasch, zog eine kurze Hose und ein T-Shirt der Dodgers an, das ich vor einer Weile geschenkt bekommen hatte. Los Angeles war genau der passende Ort dafür. Ich band mir einen hohen Zopf und schminkte mich.

Ich wollte nicht darüber nachdenken, dass die Schule bald anfing und ich von lauter reichen Schnöseln umgeben sein würde. An dem Abend wollte ich Spaß haben.

Ich war gerade fertig, da klopfte es an der Tür.

»Herein!«, rief ich, während ich die Converse Chucks anzog. Ich dachte, es wäre meine Mutter, die sich erkundigen wollte, wie mein Tag war.

Doch es war Nick, der auf einmal im Türrahmen stand. Er trug Jeans, ein schwarzes Hemd und Sneaker. Seine schwarze Mähne war wild wie immer. Ich saß da, einen Schuh noch in der Hand.

»Was willst du?«, fragte ich und versuchte, meinen Groll zu verbergen.

»Seit wann gehst du mit mir aus?«, fragte er kühl.

Ich verschränkte die Arme vor der Brust.

»Soweit ich weiß, gehe ich mit Jenna aus und nicht mit dir.«

Nicholas seufzte und betrachtete mein Outfit.

»Nun, ich gehe auch mit Jenna aus. Lion und Anna sind auch dabei«, verkündete er mit besonderer Betonung auf dem letzten Namen.

Shit. Warum hatte Jenna mir das nicht gesagt? Ein Anflug von Eifersucht überkam mich.

»Der Plan war, auszugehen und Spaß zu haben. Von meiner Seite spricht nichts dagegen«, erwiderte ich. Ich war es leid, ständig mit ihm zu streiten oder dass wir uns küssten und kurze Zeit später dafür hassten. Das ging so nicht weiter. Wir mussten einen Weg finden, miteinander auszukommen. »Lass uns für heute Abend das Kriegsbeil begraben«, sagte ich und zwang mich zu einem Lächeln, das wenig überzeugend rüberkam. Seine Worte und die Tatsache, dass er mich nicht mehr anfasste, taten mir immer noch weh.

Er überlegte.

»Bietest du mir gerade einen Waffenstillstand an, Schwesterchen?«, fragte er in einem seltsamen Ton. Ich seufzte innerlich. Er konnte es einfach nicht lassen, mich so zu nennen.

»Du hast es erfasst«, antwortete ich und zog den zweiten Schuh an.

»Gut, dann fahren wir gemeinsam«, entschied er. Und bevor ich protestieren konnte, redete er schon weiter: »Jenna hat mir gesagt, sie kann dich nicht abholen, und es ist doch unsinnig, mit zwei Autos zu fahren, wenn wir dasselbe Ziel haben.«

»Wenn es nicht anders geht«, sagte ich. Ich schnappte meine Tasche und marschierte Richtung Flur.

»Du hättest auch einfach Danke sagen können«, sagte er und rauschte an mir vorbei die Treppe hinunter.

Unter seinem Hemd zeichneten sich die Muskeln in seinem Rücken ab. Warum sah er nur so gut aus?

An der Haustür fiel mir ein, dass ich gar kein Geld hatte. Ich hatte meinen Lohn noch nicht bekommen, da noch nicht Monatsende war, und meine Ersparnisse waren so gut wie aufgebraucht.

Nick merkte erst auf dem Weg zu seinem SUV, der wie immer direkt vor dem Eingang stand, dass ich zurückgeblieben war.

»Was ist?«, fragte er.

In meiner Verzweiflung griff ich zu einer kleinen Notlüge.

»Ich glaube, ich habe mein Portemonnaie verloren«, sagte ich und kramte in meiner Tasche. Ich hasste es, so eine Show abzuziehen. Normalerweise wäre ich einfach zu Hause geblieben, wenn ich kein Geld hatte, aber darauf hatte ich so gar keine Lust.

»Warum verplempern wir hier unsere Zeit?«, erwiderte er.

»Ich habe kein Geld«, sagte ich und fürchtete, dass er gar nicht verstand, worum es ging.

Er verdrehte die Augen.

»Du hast mich schon mehr als hunderttausend Dollar gekostet, da macht ein Hamburger mehr oder weniger auch nichts mehr aus. Steig jetzt ein.« Er sprang auf den Fahrersitz und ließ den Wagen an.

Mich beschlich ein leises Schuldgefühl, aber als ich daran dachte, wie er sich immer benahm, war es sofort weg.

Erst als ich im Auto saß, wurde mir bewusst, dass bis zum Restaurant ein langer, zwanzigminütiger Weg vor uns lag. Ich beobachtete schweigend, wie er den Gang einlegte und das Radio anmachte. Seit dem Abend auf dem Parkplatz vor der Bar und unserer kurzen Begegnung in der Küche war ich nicht mehr mit ihm allein gewesen und es fühlte sich seltsam an.

Der Sender spielte nur unterirdischen Rap, aber er kannte alle Texte auswendig, und ich entschied mich, den Mund zu halten. Ich betrachtete durch das Fenster die vorbeiziehenden riesigen Villen und wunderte mich, dass er nicht auf den Highway fuhr, sondern in das benachbarte Viertel.

»Wo fahren wir hin?«, fragte ich neugierig.

»Ich muss Anna abholen«, erwiderte er, ohne mich anzusehen. Das widerstrebte mir, aber ich versuchte, das Gefühl beiseitezuschieben.

Ihm blieb mein Stimmungsumschwung jedoch nicht verborgen. Die unangenehme Spannung zwischen uns war mit Händen zu greifen, und ich musste wieder daran denken, was in der letzten Zeit alles zwischen uns passiert war.

»Also, wie wir in letzter Zeit miteinander umgegangen sind …«, hob er an. Ich war sofort auf der Hut, ich wollte nicht darüber sprechen.

»Ich schlage vor, wir geben uns künftig mehr Mühe, miteinander auszukommen, wie Geschwister eben. Vergessen wir, was zwischen uns war.«

Ich sah ihn fragend an.

»Auf einmal willst du mich wie eine Schwester behandeln,

nachdem du deine Finger nicht bei dir behalten konntest?«, fragte ich ungläubig.

Seine Miene verfinsterte sich.

»Dann eben wie Freunde«, erwiderte er. »Du bist unmöglich. Ich will doch nur, dass wir nicht immer aufeinander losgehen.«

»Dann behandele mich auch wie eine Schwester«, sagte ich gereizt.

Für einen Moment trafen sich unsere Blicke, zornig und mit der Glut einer gefährlichen Leidenschaft.

»Ich habe gesagt, lass uns Freunde sein«, blaffte er mich an. Ich musste lachen, weil das, was er sagte, und die brüske Art, wie er es sagte, nicht zusammenpassten. Zum Glück schaute er wieder auf die Straße.

»Okay«, sagte ich nach einer Weile. Vermutlich war es besser, es bei der Freundschaft zu belassen, als sich ständig in den Haaren zu liegen, obwohl ich mir diesbezüglich selbst nicht über den Weg traute. »Freunde ist nicht das passende Wort. Ich würde es eher ›entfernte Verwandte, die sich ertragen müssen‹ nennen«, sagte ich. Der Ausdruck gefiel mir besser, »Freund« war ein großes Wort. Wenn noch mal jemand mein Freund werden wollte, hatte er einen langen Weg vor sich. Nicht mal Jenna traute ich ganz, und das, obwohl sie sich mir gegenüber immer großartig verhalten hatte.

Ein kaum merkliches, schwer zu deutendes Lächeln huschte über sein Gesicht.

»Das mit den Verwandten gefällt mir auch nicht. Wie wäre es mit ›Pseudoverwandte, die sich ertragen müssen und ab und an rummachen‹«, schlug er vor. Es war klar, dass er sich über mich lustig machte.

Ich gab ihm einen Klaps und das Lächeln wurde zu einem breiten Grinsen. Es war merkwürdig, aber auf einmal fühlte ich mich wieder ausgesprochen wohl an seiner Seite.

Nicholas hielt vor einer ziemlich großen Villa, zückte sein Telefon und tippte auf eine eingespeicherte Nummer.

»Komm raus, ich stehe vor der Tür«, sagte er ziemlich kühl. Dabei war er bis gerade eben noch so entspannt gewesen wie selten, seit ich ihn kannte.

»Du bist ja ein echter Kavalier«, meinte ich und schaute zur Tür.

»Blödsinn«, sagte er und steckte das Handy ein. Als er sah, dass sich die Tür öffnete, ließ er gleich den Wagen an. »Eine emanzipierte Frau ist durchaus in der Lage, das Haus ohne Begleitschutz zu verlassen.«

Ich verdrehte die Augen und beobachtete Nicks Freundin. Sie war nicht sehr groß – ich war mindestens einen halben Kopf größer –, und bei unseren letzten Begegnungen fand ich sie so blasiert und eingebildet, dass sie ganz oben auf meiner Feindesliste stand. Ich musste an ihren letzten Kommentar über meinen Ex denken und sofort geriet mein Blut in Wallung.

Sie machte große Augen, als sie begriff, wer neben Nick im Auto saß. Ihr Gesicht verzog sich zu einer hässlichen Fratze.

Sie blieb vor der Beifahrertür stehen und klopfte an die Scheibe. Leider hatte ich gerade gar keine Lust, mir anzuhören, was sie zu sagen hatte. Nicholas seufzte und betätigte den Fensterheber. Ob ich wollte oder nicht, die Scheibe fuhr langsam herunter.

»Was ist das denn?«, fragte Anna ungläubig.

»Ein Auto«, zog ich sie auf.

In dem Moment kniff mich jemand in die Hüfte. Ich wollte mich schon mit einem Schlag revanchieren, da wurde mir klar, dass Nick meine Bemerkung gefallen hatte. Seine Miene war ernst, aber in seinen Augen blitzte der Schalk.

»Steig ein, Anna«, sagte er knapp und fuhr die Scheibe wieder hoch.

Sie warf mir einen Blick zu, als ob sie mich töten wollte, und stieg hinten ein. Offenbar war sie es nicht gewohnt, auf der Rückbank zu sitzen, und es war göttlich, sie im Rückspiegel zu beobachten: Sie saß da wie ein schmollendes Kind.

Nick fuhr los und wir erreichten zügig den Highway. Ich hatte Hunger und konnte es kaum erwarten, dass wir ankamen. Außerdem hatte ich keine Lust, noch lange mit den beiden in einem Auto zu sitzen.

Es herrschte Schweigen, nur der Lärm der Straße und das Brummen des Motors waren zu hören. Ich schaltete das Radio wieder an, verschränkte die Arme vor der Brust, ließ mich tiefer in den Sitz sinken und starrte nach draußen. Anna nervte ausnahmsweise mal nicht mit ihren geistreichen Kommentaren und Nicholas hing seinen Gedanken nach. Ihm war offenbar nicht klar, wie unangenehm es für mich war, mit der Frau in einem Auto zu sitzen, mit der er ins Bett stieg. Ich hatte keine Ahnung, was für eine Art von Beziehung sie hatten, aber es konnte nichts Ernstes sein, wenn er gleichzeitig mit mir rummachte.

Ich war heilfroh, als wir beim Restaurant ankamen, das an einer Partymeile lag. Jenna und Lion standen am Eingang und ich stürmte sofort auf sie zu.

Jenna umarmte mich und Lion lächelte abgeklärt, aber freundlich. Zu meiner Überraschung war Mario auch dabei. Er hatte mich mehrfach in der Bar besucht und wir hatten uns immer ganz gut unterhalten.

»Da ist ja die beste Kellnerin der Stadt!«, rief er. Sein Lachen gefror, als er Nick und Anna bemerkte.

Nick und er sahen sich an und man konnte die Feindseligkeit zwischen den beiden mit den Händen greifen.

»Was machst du hier?«, fragte Nicholas barsch. Warum musste er sich immer wie ein Arsch benehmen?

»Wir haben uns zufällig getroffen, und ich habe ihm spontan gesagt, er soll mit uns zum Essen kommen«, erklärte Jenna und zwinkerte mir zu. Die Spannungen zwischen den beiden hatte sie offenbar nicht mitbekommen.

Ich beschloss, einzugreifen, bevor mein Stiefbruder gleich vor der Tür eine Schlägerei anfing. Das war ihm durchaus zuzutrauen.

»Sehr schön!«, rief ich und versuchte, dabei möglichst unbeschwert zu klingen.

Die Leute standen vor dem Lokal Schlange. Zum Glück war es eher rustikal, sodass mein Outfit diesmal angemessen war, im Gegensatz zu Annas, die ein Minikleid – oder vielmehr ein Hauch von Nichts – und High Heels trug. »Dann bist du heute Abend mein Date, Mario, denn ich war wohl dazu verdonnert, das fünfte Rad am Wagen zu spielen«, sagte ich und deutete auf die beiden Paare. Marios Augen strahlten und er legte den Arm um meine Schulter.

»Cool«, rief er und ging mit mir zu dem Pult mit dem Buch für die Reservierungen. Ich konnte gerade noch sehen, wie Nicks Gesichtszüge entgleisten. Es schien mehr dahinterzustecken als Unmut.

Wenige Minuten später platzierte man uns an einem runden

Tisch in einer ruhigen Nische. Vermutlich waren die Namen Nicholas Leister oder Jenna Tavish in dem Lokal nicht unbekannt.

Ich setzte mich zwischen Mario und Jenna. Nicholas nahm mir gegenüber Platz. Nachdem wir die Getränke bestellt hatten, machte sich ein unangenehmes Schweigen breit. Nicholas sah Mario an, als würde er ihm am liebsten den Hals umdrehen. Gott sei Dank fand Jenna schnell ein Gesprächsthema.

»Hast du schon gehört, Anna?«, sagte sie und lächelte dabei in meine Richtung. Die Angesprochene blickte säuerlich von Nick zu mir und dann zu Mario, als versuchte sie, zu ergründen, was vor sich ging, und kramte dann ihr Handy hervor. »Noah geht auf das St. Mary. Du solltest ihr Cassie vorstellen, da wir bestimmt in derselben Klasse landen«, sprach sie munter weiter. Seit ich ihr erzählt hatte, dass ich auf ihre Schule kommen würde, kannte sie kein anderes Thema mehr.

»Wer ist Cassie?«, fragte ich, bemüht, das Gespräch am Laufen zu halten, da Anna wenig begeistert zu sein schien.

Sie hob den Blick vom Handy und sah mich mit einem seltsamen Blitzen in ihren braunen Augen an. Mich durchzuckte es. Was ging bloß in dem dummen Puppenkopf vor?

»Das ist meine kleine Schwester«, sagte sie und schaute zu Nick. Der erwiderte ihren Blick und ergriff ihre Hand. Ich verspürte einen Anflug von Eifersucht.

»Wie, klein?«, fragte ich ungläubig. »Wie alt bist du denn?«

»Zwanzig«, antwortete sie. Nick sah mich eindringlich an. »In einem Jahr bin ich mit dem College fertig«, erklärte sie von oben herab.

»Das hätte ich nicht gedacht«, sagte ich, ohne nachzudenken, und erntete einen wütenden Blick von ihr und ein genervtes Kopfschütteln von Nick.

Jenna begann, nervös zu kichern.

»Sag mal, Noah, wo hast du eigentlich so gut fahren gelernt?«, fragte Mario, um das Thema zu wechseln. Nick starrte erst ihn an, dann mich. Das Thema war sein wunder Punkt, weil es ihn an den Verlust seines Autos erinnerte.

»Nirgendwo. Es war reiner Zufall, dass ich das Rennen gewonnen habe«, erklärte ich achselzuckend. Ich riss eine Tüte Käsestangen auf und steckte mir nervös eine in den Mund. Ich wollte nicht, dass sie mich weiter dazu löcherten. Es gibt Dinge, die vergräbt man am besten ganz tief in seinem Inneren und lässt sie niemals wieder raus.

»Wie bitte? Das war der Hammer!«, meinte Jenna. »Seit Jahren hat keiner Ronnie so alt aussehen lassen wie du, nicht mal Nick …« Sie verstummte, als sie sein Gesicht sah.

Nick stützte die Unterarme auf den Tisch und beugte sich zu mir.

»Wo hast du gelernt, so ein Rennen zu fahren?«

Die Frage war so direkt, dass ich mich nicht rausreden konnte. Ich fühlte mich unbehaglich, ich wollte nicht über meine Vergangenheit sprechen und entschied mich zu lügen.

»Mein Onkel ist das Nascar-Rennen gefahren. Er hat es mir beigebracht«, sagte ich und sah ihm dabei direkt in die Augen.

Er wirkte überrascht und schien mir das nicht so ganz abzunehmen, doch in dem Moment kam die Kellnerin mit dem Essen. Ich mochte mexikanisches Essen, vor allem Tacos, und ich nutzte die Ablenkung, um mit Mario ein Gespräch darüber anzufangen. Schon bald plauderten wir wie gewohnt. Irgendwann bekam ich einen Lachanfall. Er hatte irgendwas Lustiges erzählt, das die anderen nicht mitbekommen hatten, weil alle wild durcheinanderredeten.

Als ich mich beruhigt hatte und mich vorbeugte, um den letzten Schluck Cola zu trinken, begegnete ich Nicks Blick. Er schien wegen irgendetwas sauer zu sein.

Was war denn jetzt schon wieder? Der Waffenstillstand, den wir vereinbart hatten, war offenbar so zerbrechlich wie eine dünne Eisschicht.

»Die letzte Party bei dir war genial, Nick. Das sollten wir im großen Stil wiederholen und alle einladen, um den Sommer zu verabschieden«, sagte Jenna in die Runde.

Der Vorschlag wurde mit großem Hallo angenommen. Ich spürte, wie mir vom Hals ausgehend ein Kribbeln in die Wangen stieg, wenn ich an diese Party zurückdachte. An dem Abend hatten Nick und ich zum ersten Mal miteinander rumgemacht.

»Du wirst ja rot, Noah«, sagte Jenna lachend.

Ich wäre am liebsten auf der Stelle tot umgefallen, vor allem, als mein Blick auf den von Nick traf, der wohl an dasselbe dachte wie ich.

»Das liegt an dem scharfen Gewürz«, gab ich vor. Ich stürzte das Wasser der geschmolzenen Eiswürfel aus meinem Getränk hinunter.

Kurz darauf orderten wir die Rechnung. Ich hatte schon verdrängt, dass ich mir von Nick Geld leihen musste. Mario wollte mich einladen, aber Nick schaltete sich sofort ein.

»Ich zahle für sie«, sagte er bestimmend.

Mario wollte protestieren. Auch Anna wirkte verärgert, immerhin hatte Nick sie nicht eingeladen.

»Ich habe mein Portemonnaie verloren«, erklärte ich Mario, um zu deeskalieren.

»Na, dann erst recht. Nicholas, ich übernehme Noahs Rechnung«, meinte er herausfordernd.

Nicks Miene verfinsterte sich.

»Bist du sicher, dass du dir das erlauben kannst?«, erwiderte er boshaft. »Nicht dass dein ganzes Trinkgeld für ein einziges Essen draufgeht.«

Ich war sprachlos. Keiner sagte ein Wort. Mario ging in den Kampfmodus über wie ein Hund, wenn er angegriffen wird. Mir war klar, dass es zu einer Auseinandersetzung kommen würde, und ich hatte nicht die geringste Ahnung, wie ich das verhindern könnte.

Bevor Mario etwas tun konnte, fasste ich unter dem Tisch seine Hand. Er war zunächst überrascht, aber dann drückte er sie kräftig.

»Zahl doch, was du willst«, sagte er zu Nick und stand auf. Damit zog er auch mich hoch. Alle Blicke richteten sich auf unsere ineinander verschränkten Hände. Er warf einen Zwanzigdollarschein auf den Tisch und drehte sich zu mir.

»Ich lade dich auf ein Eis ein, kommst du?«, schlug er vor. Es gefiel mir, dass er sich nicht von seiner Wut hatte überwältigen lassen. Mario war kein brutaler Schlägertyp, obwohl es ihm an Körperkraft nicht mangelte. Er hätte es locker mit Nick aufnehmen können. Ich schenkte ihm ein strahlendes Lächeln.

»Klar doch!« Ich warf einen Blick in die Runde. Jenna war verblüfft, aber sie zwinkerte mir zu.

Wir verabschiedeten uns und verließen das Restaurant. Nick würdigte ich keines Blickes.

24

NICK

Ich sah vor meinem geistigen Auge immer wieder, wie meine Faust im Gesicht dieses Idioten landete. Ich hätte ihn am liebsten gegen die Wand gedrückt und als Boxsack benutzt. Ich wollte nicht, dass Mario mit Noah zusammen war. Im Grunde sollte sie mit niemand anderem zusammen sein als mit mir. Warum ich so empfand, wollte ich erst mal nicht wissen. Während des Essens hatte ich den Blick nicht von ihr abwenden können. Wie sie lachte, wie locker sie war, wenn sie sich mit ihm unterhielt – im Gegensatz zu unseren Gesprächen –, wie sie sich unbewusst immer wieder über den Teil des Halses strich, wo sich das Tattoo befand. Das Bild hatte mich die ganze Nacht verfolgt.

Nachdem sie mit Mario verschwunden war, hatte ich Anna nach Hause gebracht. Ich war nicht bei ihr geblieben, sie war unerträglich, und mir wurde klar, dass ich in den letzten Wochen definitiv zu viel Zeit mit ihr verbracht hatte. Sicher bildete sie sich jetzt ein, das zwischen uns wäre was Ernstes. Aber das war das Letzte, was ich wollte. Ich sollte mir schleunigst eine andere zum Zeitvertreib suchen. Ich fuhr zu einem Club, in dem ich seit vielen Jahren Stammgast war. Er lag in Downtown und das

Publikum bestand mehrheitlich aus Underdogs. Die Türsteher kannten mich und ließen mich sofort passieren. Die Musik war ohrenbetäubend und die flackernden Lichter verliehen den zugedröhnten Feierwütigen auf der Tanzfläche etwas Gespenstisches.

Ich ging zur Theke, bestellte einen Bourbon und beobachtete die Leute um mich herum. Seit dem Jahr, in dem ich bei Lion in diesem Viertel gelebt hatte, weit weg von meinem Vater, seinem Geld und allem, was der Name Leister repräsentierte, gehörte ich hier dazu. Die Leute akzeptierten und respektierten mich, und das war für mich die perfekte Zuflucht vor dem Leben als Sohn von William Leister. Sobald ich volljährig wurde, war ich zu Hause ausgezogen. Seit meine Mutter abgehauen war, hatten mein Vater und ich so wenige Berührungspunkte, dass ich dachte, es würde ohnehin niemanden kümmern, wenn ich verschwand und mein eigenes Leben lebte. Doch er schickte seinen Sicherheitschef Steve auf die Suche nach mir. Es hatte was, als dieser Hüne im Anzug bei mir aufkreuzte und ihm binnen weniger Minuten klar wurde, dass seine Mission aussichtslos war.

Steve hatte schon für meinen Vater gearbeitet, als ich noch ein Kind war, und er kannte mich gut genug, um zu wissen, dass mich keine zehn Pferde nach Hause brächten, wenn ich nicht wollte. Am nächsten Tag waren meine Kreditkarten und mein Konto gesperrt. Ich musste in der Werkstatt von Lions Vater arbeiten, um mir meinen Lebensunterhalt zu verdienen, aber ich habe mich nie freier gefühlt als damals. Endlich konnte ich wirklich ich selbst sein.

Aber das Leben in dieser Gegend ist hart. Gleich am ersten Tag musste ich die erste Abreibung einstecken, und ich begriff schnell, dass ich mich anpassen musste, wenn ich als Millionärssohn in dem Milieu überleben wollte. Ich trainierte jeden Tag. Wenn ich mich wehren konnte, würde es keiner mehr wagen, die Hand gegen mich zu erheben. Lion brachte mir bei, wie man Hieben ausweicht und Haken korrekt platziert. Mein erster richtiger Kampf fand, ein paar Monate nachdem ich mit dem Training begonnen hatte, statt, und dass es mir gelang, einen Kerl wie Ronnie k. o. zu schlagen, verschaffte mir Respekt. Später kamen Wetten und Autorennen dazu, und es formierten sich die Gangs, in denen Ronnie und ich uns in zwei gegnerischen Lagern gegenüberstanden. Auf der einen Seite waren Lion und unsere Leute und auf der anderen Ronnie mit seinen Kumpels aus der Kleinkriminellen- und Drogenszene. Zur offenen Auseinandersetzung kam es jedoch nicht zwischen uns. Er begriff schnell, dass es besser war, sich gut mit uns zu stellen, vor allem, nachdem uns mein Vater bei einer Gelegenheit aus dem Knast geholt hatte, als wir wegen Erregung öffentlichen Ärgernisses festgenommen worden waren.

Das alles änderte sich schlagartig, als ich ein Jahr später erfuhr, dass ich eine kleine Schwester hatte. Ich wollte sie unbedingt kennenlernen, und mein Vater bot mir an, vor Gericht ein Umgangsrecht zu erwirken, wenn ich nach Hause zurückkehrte und wieder aufs College ging. Ich sollte für mindestens drei Jahre bei ihm bleiben. Zähneknirschend nahm ich mein altes Leben wieder auf und mein Vater brachte mir von da an tatsächlich so was wie Interesse entgegen. So begann mein Doppelleben: Ich wohnte bei ihm, aber ich verbrachte die meiste Zeit mit Lion, wir tranken, dröhnten uns zu und brachten uns immer wieder in Schwierigkeiten. Solange ich zu Hause schlief und aufs

College ging, mischte sich mein Vater nicht in mein Leben ein und ich mich nicht in seins. Zumindest war es bis jetzt so gewesen.

Die Autorennen und die Kämpfe wurden alltäglich für mich und die Rivalität zwischen uns und Ronnies Leuten schaukelte sich immer mehr hoch. Obwohl wir damals noch nicht die waren, die wir heute waren, hatte ich immer den latenten Groll in Ronnies Blick gesehen. Wir bewegten uns in derselben Hood, was uns dazu zwang, den Ball flach zu halten. Doch was einmal als kumpelhaftes Gerangel begonnen hatte, hatte sich inzwischen in eine erbitterte und gefährliche Feindschaft verwandelt, wie sich bei unserer letzten Begegnung gezeigt hatte. Irgendwann würde die Sache eskalieren. Dass Noah ihn beim Rennen besiegt hatte, war für Ronnie die größte Schmach. Ich müsste ihn bald zum Kampf herausfordern, um die Sache ein für alle Mal zu beenden. Das Problem war, dass Ronnie Straßenkämpfe und freundschaftliches Kräftemessen nicht mehr genügten. Dass er beim letzten Mal auf uns geschossen hatte, zeigte, wie unberechenbar er inzwischen geworden war. Ich mochte mir gar nicht ausmalen, was passieren würde, wenn Ronnie auf Noah traf.

Verflucht! Warum hatte sie dieses Rennen fahren müssen? Warum musste sie alles durcheinanderbringen? Ich musste sie aus meinem Kopf bekommen, mich wieder auf meinen Kram konzentrieren, Spaß haben und das Leben genießen, wie ich es gewohnt war.

Eine Blondine mit schmalem Top und einer schwarzen Lederhose gesellte sich zu mir.

»Hallo, Nick«, grüßte sie, und als ich das Drachentattoo an

ihrem Schlüsselbein sah, fiel mir ein, dass ich sie schon mal flachgelegt hatte. Ihr Name fing mit S an: Sophie, Sunny, Susan oder so ähnlich.

Ich nickte nur, ich hatte keine Lust auf Small Talk. Da konnte ich mir was Besseres vorstellen. Sie rückte mir auf den Leib, und es fehlte nicht mehr viel, dann hätte sie mich geküsst.

Ich schlang den Arm um ihre Taille und zog sie an mich. Ihr Atem roch nach Wodka und Rauch und ihre Rundungen waren verlockend. Das war genau das, was ich brauchte, um die Anspannung der letzten Tage loszuwerden. Ich nahm ihre Hand und führte sie in eine dunkle, menschenleere Ecke.

Aber als die Lichter rötliche Reflexe in ihr blondes Haar warfen, sah ich auf einmal Noahs Bild vor mir. Mit einem leisen Fluch drückte ich Susan – oder wie auch immer sie heißen mochte – vielleicht ein bisschen heftiger gegen die Wand als nötig, doch ihr lustvolles Stöhnen lud mich ein weiterzumachen. Ich spürte, wie sie sich an mich drängte, doch die Lippen, die begierig meinen Mund suchten, waren nicht die, die ich küssen wollte. Ich trat einen Schritt zurück und gab ihr einen Kuss auf den Hals. Sanft strich ich das Haar beiseite, um das Tattoo freizulegen, doch da war nicht das Tattoo, nach dem ich suchte, und nicht der Hals, dessen Anblick mich verrückt machte.

Ich ließ sie los.

»Was ist?«, fragte sie und fasste mir lasziv in den Schritt. Ich packte sie am Handgelenk und schob sie von mir weg.

»Sorry, ich muss los«, entschuldigte ich mich und wandte mich zum Gehen. Ich achtete nicht auf ihren Protest. Ich musste hier raus.

Als ich aus dem Club kam, bog ich an der nächsten Ecke in eine Gasse ein und versuchte, die Stimme aus meinem Kopf zu vertreiben, die mir beharrlich sagte, dass ich echt in der Scheiße saß. Ich war so mit mir selbst beschäftigt, dass ich nicht mitbekam, wer am Ende der Gasse stand, bis mich ein paar bekannte Stimmen aufhorchen ließen.

Ronnie und drei seiner engsten Buddys lehnten an einem Auto, genauer gesagt, an *meinem* Ferrari. Die Fäuste in die Seiten gestemmt, blieb ich stehen. Ich hatte eine Riesenwut im Bauch.

»Ach, sieh an, wen haben wir denn da?«, rief Ronnie und löste sich von der Motorhaube. »Unser Millionärssöhnchen.« Er lachte. Seine Kumpels taten es ihm gleich. Ich kannte sie. Zwei über und über tätowierte, ständig zugedröhnte Afroamerikaner und Ronnies rechte Hand, ein Latino namens Cruz.

»Bist du gekommen, weil du um deine Karre betteln willst?«, fragte Ronnie feixend. Ich hätte ihm am liebsten eine verpasst, dass ihm sein blödes Lachen verging.

»Die Karre, die du dir durch Betrug unter den Nagel gerissen hast?«, erwiderte ich. »Vielleicht lernst du ja mit einem anständigen Wagen, wie man ein richtiges Rennen fährt, damit dich beim nächsten Mal nicht wieder eine siebzehnjährige Göre abhängt.«

Das hatte gesessen. Das Grinsen verschwand aus seinem Gesicht und die Adern an seinem Hals schwollen an.

»Das wird dir noch leidtun«, drohte er. »Schnappt ihn euch!«

Ich hatte vom ersten Moment an gewusst, dass es so kommen würde, deshalb war ich vorbereitet. Als die zwei Afroamerikaner auf mich zukamen, krachte meine Faust binnen Sekunden in die Nase des einen, während der andere versuchte, mich von hinten festzuhalten. Ich fuhr den Ellbogen aus, der mit etwas Hartem kollidierte, vermutlich seinem Kiefer. Noch bevor Cruz eingriff, hatte ich Schläger Nummer eins rasch einen Haken in die linke Gesichtshälfte verpasst. Doch jetzt bekam auch ich meinen Teil ab. Ein Hieb traf mich so fest am Auge, dass ich zu wanken begann, aber vorher drehte ich mich noch um und verpasste Nummer zwei hinter mir einen Tritt. Ich schlug mich ganz ordentlich, aber drei gegen einen, das war selbst für mich zu viel, vor allem gegen Cruz, der ebenso gut austeilen konnte wie Lion. Hätte ich allein gegen ihn gekämpft, hätte ich ihn fertiggemacht, aber da die anderen beiden mich festhielten, hatte ich keine Chance.

Cruz boxte immer wieder in meine Rippen, während ich die Schmerzensschreie unterdrückte. Ich hätte ihn umbringen können. Ronnie kam auf mich zu, und ich warf ihm einen Blick zu, der ihm klarmachen sollte, dass die Sache hiermit noch nicht zu Ende war.

»Sag deinem Schwesterchen, dass ich die Sache beim Rennen nicht vergessen habe«, sagte er. Ronnie packte mir ins Haar und riss meinen Kopf nach hinten. Sein Gesicht war ganz nah an meinem. Er roch nach Marihuana und billigem Bier. »Sag ihr, wenn ich sie sehe, werde ich es ihr heimzahlen.« Ich sah nur noch rote Punkte und versuchte mit aller Kraft, mich loszumachen. Ich würde den Wichser kaltmachen.

»Ich werde es ihr besorgen, Nick.« Hätte er mich nicht festgehalten, hätte ich ihm mit einer Kopfnuss die Nase in den Schädel gerammt. »Und wenn ich mit ihr fertig bin, wirst nicht mal du sie mehr haben wollen.«

«Ich bring dich um!«, stieß ich hervor.

Er lachte und verpasste mir einen Schlag in die Magengrube.

Ich krümmte mich und alle Luft entwich aus meinem Körper. Ich musste husten und Blut kam aus meinem Mund.

»Lass dich hier nie wieder blicken oder ich werde dich umbringen.« Damit ließ er mich los. Ein weiterer Faustschlag traf mich voll auf den Mund. Ich musste ausspucken, um nicht an meinem eigenen Blut zu ersticken.

Verdammte Scheißkerle.

Ich taumelte zu meinem Auto und schaffte es irgendwie nach Hause. Die anderen schliefen schon, es war bereits nach eins. Als ich zu meinem Zimmer ging, sah ich keinen Lichtschein unter Noahs Tür. Es konnte doch nicht sein, dass sie noch nicht zu Hause war. Ohne anzuklopfen, öffnete ich die Tür: Das Bett war unbenutzt.

Fluchend ging ich in mein Zimmer und zog mich aus. Es tat höllisch weh. Die Kerle hatten ganze Arbeit geleistet. Es war lange her, dass ich so viel hatte einstecken müssen, genau vier Jahre. Es war dumm von mir gewesen, allein in diese Gasse zu gehen. Ich hatte es diesem Arsch wirklich leicht gemacht.

Unter der Dusche wusch ich das Blut und den Schweiß ab. Vor allem die Rippen und die Magengegend hatten ordentlich was abbekommen. Unter dem T-Shirt würde man die blauen Flecken nicht sehen. Das Veilchen und die aufgeplatzte Lippe ließen sich jedoch nicht verbergen, und ich musste mir eine glaubhafte Erklärung für meinen Vater einfallen lassen oder ihm aus dem Weg gehen, bis alles verheilt war.

Ronnies Drohung gegen Noah ging mir nicht aus dem Kopf. Ich hatte keinen Zweifel, dass er sie nach der öffentlichen Demütigung am liebsten eigenhändig erwürgt hätte, aber wenn ich mir vorstellte, dass er sie anfasste, brannte mir die Sicherung durch.

Ich musste mich beherrschen, nicht mit der Faust den Spiegel zu zertrümmern.

Ich trocknete mich ab und zog die Sporthose an. Mit dem T-Shirt würde ich noch warten, da eine Wunde leicht blutete. Ich spülte meinen Mund mit Wasser aus und kontrollierte, ob noch alle Zähne da waren. Das Blut war von der aufgeplatzten Lippe, die aber schon zu heilen begann. Das Veilchen würde mich noch länger begleiten.

Ich nahm mein Handy und verließ das Zimmer, um mir einen Eisbeutel für das Auge zu holen. Ich musste herausfinden, wo Noah steckte.

Fünf Minuten später verließ ich die Küche. Mit der einen Hand drückte ich mir ein Paket Tiefkühlerbsen aufs Auge, mit der anderen hielt ich mir das Handy ans Ohr. Da hörte ich, wie sich der Schlüssel im Schloss drehte. Der Grund für meine schlechte Laune betrat den Flur.

Ihr Handy hörte auf zu vibrieren, als ich den Anruf beendete. Sie erschrak bei meinem Anblick.

»Wo warst du, verdammt?«, fragte ich wütend.

25

NOAH

Das Letzte, was ich beim Betreten des Hauses erwartet hätte, war, Nick in solch einem erbärmlichen Zustand zu sehen. Überrascht hatte ich auf mein Display gestarrt, weil er anrief, und dann stand er plötzlich vor mir. Ich erschrak fast zu Tode.

»Wo warst du, verdammt?«, schnauzte er mich an, wie immer. Im ersten Moment war ich verwirrt, aber dann sah ich, was los war. Die Haut um sein linkes Auge war tiefviolett, und seine Lippe war aufgeplatzt, aber das war noch nicht alles: An seinem muskulösen, nackten Oberkörper zeigten sich unter der Sonnenbräune große blaue Flecken. Schlimm! Mein Herz begann zu rasen und mir wurde schwindelig. Ich konnte den Anblick von Wunden und Blut nicht ertragen. Plötzlich hatte ich ein Pfeifen im Ohr und ich musste mich kurz am Türrahmen abstützen.

»Was ist denn mit dir passiert?«, fragte ich mit erstickter Stimme.

Nicholas war stinksauer, das war nicht zu übersehen. Er sah mich an, als wäre ich ganz allein dafür verantwortlich.

»Ich habe dich was gefragt«, sagte er und warf den Beutel mit Tiefkühlerbsen auf den Tisch im Flur.

Ich legte den Finger auf die Lippen und schloss leise die Tür. Meine Mutter und Will schliefen bereits und ich wollte sie nicht wecken. Nick in seiner Rücksichtslosigkeit schien das völlig egal zu sein.

»Ich war mit Mario unterwegs«, erwiderte ich. Am liebsten wäre ich davongerannt, aber ich konnte ihn in dem Zustand nicht einfach allein lassen. »Lion und Jenna sind noch zu uns gestoßen, nachdem wir Eis essen waren. Außerdem, was soll das jetzt? Hast du dich mal im Spiegel betrachtet?«, sagte ich und streckte den Arm aus, um über einen der blauen Flecken neben der Magengrube zu fahren.

Er fing meine Hand ab und hielt sie so fest, dass es wehtat. In seinem Blick lag Wut und Angst.

»In die Küche! Ich muss mit dir reden«, befahl er und zog mich hinter sich her. Als mein Blick auf die Hämatome an der Seite fiel, empfand ich plötzlich einen blinden Hass auf die Person, die ihm das angetan hatte.

Nick machte die Lampe der Dunstabzugshaube an, die ein dezentes Licht verströmte, und setzte sich an die Kücheninsel, ohne meine Hand loszulassen. Ich konnte es kaum ertragen, ihn in diesem Zustand zu sehen. Bei jeder Bewegung zuckte er kaum merklich zusammen, und ich überlegte fieberhaft, was ich tun könnte, um ihm Linderung zu verschaffen.

»Ist dir irgendwas seltsam vorgekommen?«, fragte er besorgt. »Ist dir jemand gefolgt oder so?«

Ich hatte mit allem gerechnet, aber nicht damit.

»Nein, natürlich nicht. Warum auch?«, gab ich zurück.

Er ließ meine Hand los und wandte sich ab. Ich sehnte mich nach dem Körperkontakt, aber ich hielt mich zurück.

»Ronnie hat das mit dem Rennen nicht vergessen«, erklärte er, und mir dämmerte allmählich, worauf seine Fragen abzielten. »Er will sich rächen, und er wird dir sehr wehtun, wenn er dich in die Finger kriegt.«

Das musste ich erst mal verdauen.

»Hat er dich so zugerichtet?« Ich verfluchte dieses Scheusal innerlich.

»Er und seine drei Freunde.«

»Großer Gott, Nick!«, sagte ich, und sogleich spürte ich eine starke Beklemmung in der Brust. Reflexartig fuhr ich mit den Fingerspitzen über die Wunden in seinem Gesicht. »Vier gegen einen?«

Ich spürte, wie er sich anspannte, als ich ihn berührte, aber das legte sich. Meine Finger wanderten weiter die Wangen hinunter über die rauen Bartstoppeln, die ihm etwas Verwegenes verliehen.

»Machst du dir etwa Sorgen um mich, *Freckle*?«, fragte er spöttisch, aber ich ging nicht darauf ein. Er packte meine Hände. »Ich bin okay«, erklärte er.

»Du musst sie anzeigen«, sagte ich und wich ein Stück zurück, weil es mir unangenehm war, wie er mich ansah.

Ich holte ein Ice-Pack aus dem Kühlschrank und legte es auf sein Auge. Er verzog leicht das Gesicht.

»Solche Typen zeigt man nicht an, aber darum geht es nicht.« Er nahm das Ice-Pack vom Auge und sah mich eindringlich an. »Noah, ich will nicht, dass du allein irgendwo hingehst, bis die Lage sich wieder beruhigt hat, hörst du?« Jetzt war er ganz der ältere Bruder.

Ich sah ihn ungläubig an.

»Die Leute sind gefährlich und sie haben es auf dich abgesehen. Mir machen ein paar Schläge nichts aus, ich weiß mich zu verteidigen, aber über dich werden sie herfallen, wenn sie dich irgendwo allein und wehrlos zu fassen kriegen.«

»Nicholas, sie werden mir nichts tun, die riskieren doch nicht einen Heidenärger, nur weil ich diesen Loser in seinem Stolz gekränkt habe.«

»Bis die Sache nicht aus der Welt ist, werde ich ein Auge auf dich haben, da kannst du sagen, was du willst.«

Konnten wir uns denn nicht einmal vertragen?

»Du bist unerträglich, wusstest du das?«, entfuhr es mir.

»Man hat mir schon Schlimmeres an den Kopf geworfen«, meinte er achselzuckend.

Ich musste ein paarmal tief durchatmen.

»Leg feuchte Tücher auf die Hämatome und Ice-Packs auf das Auge und die Lippe«, riet ich ihm. »Morgen wirst du die Folgen erst richtig spüren, aber wenn du eine Aspirin nimmst und im Bett bleibst, ist das Ganze in zwei oder drei Tagen vorbei.«

Er grinste.

»Bist du jetzt eine Expertin in Sachen Schlägereien, oder was?«

Ich zuckte nur mit den Achseln.

Gleich darauf ging ich ins Bett, wo ich von Albträumen geplagt wurde.

Am nächsten Morgen stand ich schlecht gelaunt auf. Ich hatte kaum geschlafen und wäre am liebsten einfach liegen geblieben. Nur ein einziger Grund trieb mich aus den Federn. Ich hätte es nie offen zugegeben, aber ich wollte wissen, wie es Nick ging. Ich weiß nicht, warum ich mir auf einmal Sorgen um ihn machte, aber zwischen uns schien sich in den letzten Tagen eine angenehme Neutralität eingestellt zu haben. Seit er mit seinem beherzten Eingreifen verhindert hatte, dass ich mir in den Finger schnitt, hatte er nicht mehr versucht, mich anzufassen, und irgendwie ärgerte mich das.

Ich duschte kurz und dachte dabei an den vergangenen Abend. Ich war stinksauer auf Nick gewesen, weil er sich Mario gegenüber beim Essen so mies verhalten hatte, aber die Wut war sofort verraucht, als ich ihn derart mitgenommen im Flur stehen sah.

Mario hatte sich wie ein echter Kavalier verhalten. In seiner Gegenwart konnte ich die Sache mit meinem Ex, vor allem aber diese albernen, nur um Nick kreisenden Gefühle endlich einmal vergessen.

Ich zog mich rasch an und ging in die Küche, um zu frühstücken. Keine Spur von Nick, aber meine Mutter und Will saßen am Tisch und unterhielten sich angeregt.

»Guten Morgen«, sagte ich und ging schnurstracks zum Kühlschrank, um mir ein Glas Saft einzuschenken. Prett, die Köchin, bereitete gerade etwas auf dem Herd zu, das wunderbar duftete. Ich warf einen Blick in den Topf.

»Köstlich! Was zauberst du da?«, fragte ich.

Sie lachte.

»Das wird der Geburtstagskuchen für Mr Leister«, sagte sie aufgekratzt. »Das ist für den Schokoladenüberzug.« Mein Blick wanderte zu Will.

»Hey, herzlichen Glückwunsch. Ich wusste nicht, dass du Geburtstag hast«, sagte ich entschuldigend. Er fing an zu lachen.

»Es ist nicht mein Geburtstag, sondern Nicks.«

Nick hat Geburtstag, okay … Und warum wusste ich nichts davon?

»Er ist draußen, geh ihm gratulieren«, sagte meine Mutter. »Er hat sich gestern mit irgendeinem Kerl geprügelt, der ihn überfallen wollte, also erschrick nicht, wenn du sein Gesicht siehst.«

Ich nickte. Er war wirklich um keine Lüge verlegen. Ich nahm einen Muffin und ging in den Garten. Nick lag mit Sonnenbrille auf einem Liegestuhl im Schatten. Er trug eine Badehose und darüber ein T-Shirt. Es sah aus, als ob er schlief. Vermutlich hatte er eine genauso unruhige Nacht gehabt wie ich.

Ich schlich mich an.

»Herzlichen Glückwunsch!«, rief ich, so laut ich konnte, als ich neben ihm stand. Erschrocken fuhr er auf.

»Geht's noch?«, entfuhr es ihm. Er nahm die Brille ab. Sein linkes Auge war tiefviolett und blau zugeschwollen, doch mit dem rechten Auge blitzte er mich zornfunkelnd an.

Das Ganze sah so grotesk aus, dass ich in schallendes Lachen ausbrach.

Er wurde noch wütender. In seinen Mundwinkeln zuckte es.

»Findest du das etwa witzig?« In seiner Stimme lag ein bedrohlicher Unterton. Er legte die Sonnenbrille zur Seite und stand auf. Ich wich zurück. Das Lachen war mir vergangen.

»Tut mir leid«, sagte ich und hob die Hände.

»Und ob dir das leidtun wird«, sagte er und stürzte sich auf mich. Ich wollte wegrennen. Vergeblich. Im nächsten Moment hatte er mich von hinten gepackt und warf mich über seine Schulter. Er stöhnte vor Schmerz, aber das ging in meinem Kreischen unter.

»Nein, Nick, bitte nicht!« Strampelnd versuchte ich, mich aus seinem Griff zu befreien. Er schenkte mir keine Beachtung und sprang mit mir in den Pool.

Erst als wir in das warme Wasser eintauchten, ließ er mich los. Zurück an der Oberfläche, spritzte ich ihm Wasser ins Gesicht, und er lachte aus vollem Hals über mein Aussehen. Das weiße Kleid klebte an meinem Körper, und ich war heilfroh, dass ich dunkle Unterwäsche trug, sonst hätte man alles gesehen.

Mit einer lässigen Kopfbewegung à la Justin Bieber schüttelte er sich das Haar aus dem Gesicht und kam auf mich zu. Kurz darauf hatte er mich in eine Ecke des Pools gedrängt.

»So, jetzt darfst du dich dafür entschuldigen, dass ich deinetwegen an meinem zweiundzwanzigsten Geburtstag beinahe einen Herzinfarkt bekommen hätte«, sagte er und kam mir dabei gefährlich nah.

Ich versuchte, ihn wegzuschieben. Natürlich ohne Erfolg.

»Denk nicht mal im Traum daran«, sagte ich. Das Spielchen machte mir Spaß. Ich war genauso aufgedreht, wie wenn ich beim Rennen mit zweihundert Sachen über den Wüstensand raste.

Mit abwägendem Blick neigte er den Kopf und ich spürte seine Hände an meiner Taille.

»Was soll das?«, fragte ich mit erstickter Stimme, als er mich an sich zog.

»Sag, dass es dir leidtut«, forderte er mit rauer Stimme. Das war kein Spaß mehr. Er schaute mich mit fiebrigem Blick an. Ich sehnte mich nach ihm, aber zugleich hatte ich Angst, man könnte uns sehen.

Ich schüttelte den Kopf und seine Hände glitten meine Schenkel hinab und schoben den nassen Stoff hoch.

»Ich werde nicht aufhören, bis du Stopp sagst«, sagte er und drückte mich gegen die Beckenwand. Ihm ging das Wasser bis unter die Schultern, mir bis zum Hals, ich war ihm praktisch ausgeliefert. Als ich die Beine um seine Hüften schlang, befanden wir uns wieder mehr oder weniger auf Augenhöhe. Er würde mich loslassen, wenn ich es verlangte, oder zumindest sagte er das. Aber wollte ich das?

»Man kann uns sehen«, sagte ich leise. Meine Wangen glühten, und selbst im Wasser konnte ich spüren, wie heiß mir wurde.

»Lass das meine Sorge sein«, erwiderte er und schob mir das Kleid bis zur Brust hoch.

Seine Hände und seine Blicke ließen mich erschaudern. Ich spürte seine Erregung und konnte nur noch daran denken, dass sich unsere Lippen wieder vereinen würden.

»Soll ich aufhören?« Sein Mund war ganz dicht an meinem, ohne ihn zu berühren.

Ich war fasziniert vom schillernden Blau der Iris seines gesunden Auges, das durch das Sonnenlicht und die Spiegelung des Wassers besonders zur Geltung kam. Und wie er mich ansah … als wollte er mich verschlingen.

Ich schüttelte den Kopf und reckte ihm das Gesicht entgegen, damit er mich küsste. Ich wollte ihn an mich ziehen, doch er widersetzte sich.

»Sag mir, dass es dir leidtut, und du bekommst, was du willst.«

»Wie kommst du darauf, dass du mir etwas geben kannst, was mich interessiert?«

Meine Antwort amüsierte ihn.

»Weil dein ganzer Körper bebt und du unentwegt auf meine Lippen starrst, deswegen«, erwiderte er. Ich spürte seine fordernden Hände.

»Ich werde nicht sagen, dass es mir leidtut«, warnte ich ihn.

Ein Brummen kam aus seiner Kehle.

»Du machst mich fertig«, erklärte er und drückte seine Lippen auf meine.

Aus der Euphorie, das Spiel gewonnen zu haben, wurde rasch ein totales Chaos unaussprechlicher Gefühle. Seine Zunge tastete sich vor und er küsste mich stürmisch. Und als er mich sanft in die Unterlippe biss, war mir, als müsste ich vergehen.

Während er mich noch dichter an die Beckenwand drängte, spielten seine Lippen auf nie gekannte Weise mit meinen. Mein ganzer Körper war in Aufruhr, und mir war, als stürzte ich in einen Abgrund, als seine Hand zu der Stelle fuhr, an der mich noch keiner berührt hatte.

In dem Moment hörten wir die Schiebetür. Er stieß mich weg, und ich musste mich am Beckenrand festhalten, um nicht unterzugehen.

»Kinder, wir gehen!«, rief meine Mutter von drinnen. Nicholas hob die Hand, ihm war nichts anzumerken. Ich musste erst ein paar Mal tief Luft holen, bevor ich den Kopf über den Beckenrand reckte. »Hast du es ihr gesagt, Nick?«, fragte meine Mutter zu meiner Überraschung.

»Noch nicht«, rief er fröhlich.

»Na gut, wir reden später. Viel Spaß!«, verabschiedete sich meine Mutter.

»Was solltest du mir sagen?«, fragte ich irritiert.

Er zog mich wieder an sich. Ich ließ es zu, weil mir immer noch die Beine zitterten und es mir schwerfiel, mir das Sahnestückchen entgehen zu lassen.

»Ich habe zu meinem Geburtstag vier Flugtickets für die

Bahamas geschenkt bekommen. Sie wollen, dass du mitkommst. Du weißt schon, zur Stärkung der geschwisterlichen Bande. Ich habe Lion und Jenna eingeladen und möchte, dass du auch dabei bist.«

Das kam völlig unerwartet. Ich sollte mit Nick auf Reisen gehen?

»Hatten wir nicht besprochen, dass wir einen rein freundschaftlichen Umgang pflegen?« Ich fragte mich, warum er seine Meinung schon wieder geändert hatte.

»Das gilt immer noch. Umso mehr, als du jetzt in Gefahr bist«, sagte er entschlossen.

»Deshalb soll ich mit dir kommen? Um mich vor Ronnie in Sicherheit zu bringen?«, fragte ich, enttäuscht über den wahren Grund seiner Einladung.

In seinem Gesicht zuckte es.

»Das ist einer der Gründe, aber nicht der Hauptgrund, *Freckle*«, erwiderte er und drückte seine Stirn auf meine.

Die Art, wie er mich ansah, ließ mich erstarren.

»Nicholas, was tun wir da?«, fragte ich verwirrt.

»Krieg dich wieder ein, okay?«, sagte er. Er hielt mich an der Taille fest, damit ich nicht unterging. »Ich will nicht, dass du hierbleibst, wenn ich nicht da bin. Ich hab das gestern ernst gemeint. Die wollen dir was antun.«

Sein Griff wurde fester.

»Nicholas …« Ich versuchte vergeblich, mich zu befreien.

»Komm einfach mit. Wir werden viel Spaß haben«, sagte er und küsste mich sanft auf die Lippen. Ich bekam eine Gänsehaut.

»Und was ist mit uns?« Ich musste daran denken, was los

wäre, wenn unsere Eltern davon erführen. »Ich kann das nicht. Das ist doch lächerlich, wir verstehen uns nicht mal.«

»Ich weiß nur, wenn ich dich sehe, kann ich an nichts anderes mehr denken als daran, dich überall zu küssen«, gestand er und drückte mir unterhalb des Ohrs einen Kuss auf den Hals.

»Ich will gerade mit niemandem zusammen sein«, erklärte ich. Er sah mich verärgert an.

»Von Zusammensein war keine Rede. Denk nicht so viel nach und genieß einfach, was sich dir bietet.«

Er widersprach sich, das war offensichtlich, aber so war Nick eben, ein Frauenheld, der nur meinen Körper wollte, sonst nichts. Und wenn es mir genauso erging, warum nicht?

»Aber nur unter bestimmten Bedingungen.« Ich legte meine Hände auf seine Schultern. »Nichts Festes und keine miesen Spielchen. Ich habe gerade die Sache mit Dan hinter mir. So was will ich nie wieder erleben.«

»Eine offene Beziehung?« Ich nickte. »Ich glaube, du bist die erste Frau, die mir das vorschlägt. Okay. Also nur Sex?«

»Idiot!«, ging ich hoch. Ich versuchte ihn wegzuschieben. »Was soll das heißen, nur Sex? Für wen hältst du mich? Ich bin siebzehn, nicht siebenundzwanzig. Ich gehe nicht einfach so mit dir ins Bett!«

Verwirrt runzelte er die Stirn.

»Du hast doch gerade von einer offenen Beziehung geredet. Was stellst du dir darunter vor?« Er klang frustriert.

Ich war ratlos. In meiner Welt bedeutete eine offene Beziehung, dass man hin und wieder rummachte, in etwa so, wie wir es bisher getan hatten. Aber klar, Nick war mir Lichtjahre voraus, im Vergleich zu ihm war ich ein Kind, da würde er nicht mitspielen. Er wollte das volle Programm. Man musste sich nur ansehen, wozu er mich in nur drei Wochen gebracht hatte, er war viel weiter gekommen als Dan in neun Monaten.

»Ach, vergiss es einfach«, sagte ich mit dem Gefühl, unterlegen zu sein. Ich spielte mit dem Feuer und wollte nicht als gebranntes Kind enden. »Ich glaube, wir könnten es schaffen, uns gut zu vertragen. Warum alles unnötig kompliziert machen?«

Er sah mich an, als verstünde er nicht, wovon ich redete. Ich wusste ja selbst nicht, was ich wollte, aber unverbindlicher Sex war nicht mein Ding.

»Noah, wir werden nichts tun, was du nicht willst«, erklärte er sanft. Das war Balsam für meine Seele. Er schien verstanden zu haben, was in meinem Kopf vorging, und ich war irritiert, wie leicht er meine Gedanken lesen konnte.

Ich spürte, wie ich rot wurde. Am liebsten wäre ich im Erdboden versunken.

»Ich fände es besser, wenn wir Freunde bleiben«, sagte ich nicht sonderlich überzeugt.

»Sicher? Nur Freunde?«

Ich nickte und starrte aufs Wasser.

»Na gut«, willigte er ein, doch es klang ziemlich verächtlich. »Aber du kommst mit zu meiner Geburtstagsparty. Wenn du meine Freundin sein willst, solltest du dich auch wie eine verhalten.«

Er schwamm davon, und ich beobachtete, wie er sich allein mit der Kraft seiner Arme aus dem Becken hievte. Seine letzten Worte hatten für mich geklungen wie »Du hast Angst, ich weiß, und deshalb warte ich, bis du so weit bist«.

Und wenn dem so war? Warum sollte ausgerechnet Nick auf mich warten?

Den Rest des Tages verbrachte ich auf meinem Zimmer mit Lesen und schrieb weiter an der Kurzgeschichte, die ich vor einiger Zeit begonnen hatte. Ich schrieb so gern, wie ich las, und es war mein großer Traum, eines Tages eine berühmte Schriftstellerin zu werden. Ich stellte mir vor, wie ich unvergessliche Geschichten erfand, die sich millionenfach verkauften, und wie ich Lesereisen in aller Herren Länder machte.

Meine Mutter hatte nie etwas aus sich gemacht, weil sie mit sechzehn mit mir schwanger geworden war. Mein Vater war damals erst neunzehn, und er hatte keine große berufliche Zukunft, außer sich als Nascar-Rennfahrer zu beweisen. Meine Mutter erinnerte mich immer daran, wie hart es gewesen war, mich großzuziehen, als sie selbst noch ein Kind war. Deshalb wollte ich all das erreichen, was sie sich in meinem Alter gewünscht hatte. Eine gute Schulbildung, einen Universitätsabschluss, davon hatte sie immer geträumt, und durch mich wurden diese Träume jetzt wahr. Aus diesem Grund habe ich mich immer um gute Noten bemüht, ich hatte mich beim Volleyball ins Zeug gelegt und ich hatte von Kindesbeinen an gelesen und geschrieben. Ich wollte, dass sie stolz auf mich ist.

Während ich aus dem Fenster schaute und über all das nachdachte, klopfte es. Meine Mutter schneite mit einer Tüte mit dem Wappen der St. Mary Highschool herein. Das gab mir für diesen Tag den Rest.

»Deine Schuluniform ist gekommen. Probier sie an und geh dann runter zu Prett, damit sie die Änderungen vornehmen kann.« Sie legte die Tüte aufs Bett. »Gleich werden wir Nick seine Geburtstagstorte bringen. Sie kennen das hier gar nicht mit dem Kerzenausblasen und so, wie wir es immer machen. Es wird wirklich Zeit, dass wir hier ein wenig frischen Wind reinbringen«, sagte sie mit einem Augenzwinkern.

»Mom, ich glaube nicht, dass Nick auf so was steht«, meinte ich und versuchte, mir vorzustellen, wie er am Tisch vor der Torte sitzt und sich im Stillen etwas wünscht.

»Unsinn!«, sagte sie und schloss die Tür hinter sich.

Ich nahm die Uniform aus der Tüte. Sie übertraf meine schlimmsten Erwartungen. Sie bestand aus einem plissierten Schottenrock mit Clip an der Seite, der so lang war, dass er mir bis unters Knie ging. Dazu eine viel zu große weiße Bluse und – der absolute Albtraum – eine zu dem in Grau, Rot und Grün gehaltenen Pullover passende rot-grüne Krawatte. Ein Teil war scheußlicher als das andere. Ich verzog das Gesicht, als ich mich im Spiegel betrachtete, dabei hatte ich nur den Rock und die Bluse an, die einzigen Teile, die geändert werden konnten. Ich machte mich auf die Suche nach Prett.

Auf dem Treppenabsatz traf ich auf Nick, der das Telefon am Ohr hatte. Er musterte mich und grinste. Ich sah ihn giftig an und stemmte die Hände in die Seiten.

»Tut mir leid, ich muss Schluss machen. Da will sich jemand mit mir anlegen«, erklärte er lachend und schob das Handy in die Hosentasche.

»Du hältst dich wohl für sehr witzig«, fuhr ich ihn an. Meine Wangen brannten vor Scham.

»Ich glaube, das ist das beste Geburtstagsgeschenk, das du mir machen konntest, *Freckle.*« Toll. Jetzt amüsierte er sich auch noch auf meine Kosten.

»Ach ja? Und was hältst du von dieser kleinen Zugabe?«, erwiderte ich und zeigte ihm den Mittelfinger. Ich rauschte an ihm vorbei nach unten, wo meine Mutter und die Köchin auf mich warteten.

Doch zu meinem Leidwesen kam er mir nach.

»Wenn du heute Abend mit mir auf die Party gehst, dann verspreche ich dir, die Fotos nicht zu posten, die ich von dir gemacht habe«, flüsterte er mir ins Ohr. Zornig fuhr ich herum. Ich hatte genug von seinen blöden Witzen.

»Nein danke, heute Abend gehe ich mit Mario essen«, antwortete ich. Ich wusste, dass ihn das ärgern würde.

Ich steuerte auf das Bänkchen zu, auf das ich mich stellen sollte, damit Prett besser Maß nehmen konnte.

»Heb die Arme, Noah«, sagte meine Mutter, die Prett beim Abstecken half. Ich versuchte, Nick zu ignorieren, der mich die ganze Zeit schweigend beobachtete, aber das fiel mir ausgesprochen schwer. Ich musste die ganze Zeit an den Kuss im Pool denken und daran, worüber wir gesprochen hatten. Ich war nicht sicher, ob ich ihm und seinen Zärtlichkeiten widerstehen könnte, aber eines wusste ich genau: Ich würde nicht zulassen, dass er mich benutzte, wie es ihm passte. Deshalb würde ich auch mit Mario ausgehen. Ich wollte die letzten Sommertage noch in angenehmer Gesellschaft genießen und mich nicht auf irgendwas oder irgendwen festlegen lassen.

»Aua!«, jammerte ich, als ich einen Stich in meinem Oberschenkel spürte. Nick saß auf dem Sofa und grinste.

»Jetzt bleib doch mal ruhig stehen«, schimpfte meine Mutter. Die Tortur war bald vorbei. Sie hatten den Rock auf Knielänge gekürzt und die Bluse seitlich eingehalten, damit sie etwas figurbetonter wirkte.

Fünf Minuten später durfte ich endlich auf mein Zimmer gehen, um die Sachen auszuziehen und sie anschließend Prett zu geben. Als Nick sich anschickte, mir nach oben zu folgen, hielt meine Mutter uns auf und zog uns Richtung Küche.

»Heute ist dein Geburtstag, Nick. Komm und blase die Kerzen auf deinem Geburtstagskuchen aus, wie Noah und ich es immer machen. Das ist eine schöne Sitte«, erklärte sie.

Nick sah sie ungläubig an.

»Das ist doch nicht nötig.«

»Doch, keine Widerrede.«

William saß vor seinem Laptop. Bestimmt arbeitete er. Er freute sich, uns zu sehen.

»Du gibst ein lustiges Bild ab, Noah«, sagte er. Ich hatte Mühe, mich so zu bewegen, dass die Nadeln mich nicht stachen.

»Mit Sicherheit«, erwiderte ich sarkastisch.

Nick musste sich hinsetzen, und meine Mutter holte die Schokoladentorte, die Prett vorbereitet hatte. Er wirkte so fehl am Platz, dass ich mir einen Spaß daraus machte, mich genauso auf seine Kosten lustig zu machen, wie er es vorher bei mir getan hatte.

Die Torte zierte eine 22 aus mehreren Kerzen, die meine Mutter eine nach der anderen anzündete. Dann begann sie, »Happy Birthday« zu singen, und animierte Will mitzumachen. Das Ganze war so grotesk, dass auch ich einstimmte, nur um Nick zu ärgern.

»Denk dran, dir was zu wünschen«, erinnerte ich ihn, bevor er die Kerzen auspustete.

Er holte tief Luft und ließ mich dabei nicht aus den Augen.

Was wünschte sich jemand, der alles hatte?

26
NICK

Ich wusste nicht, warum ich sie zu dem Wochenende auf den Bahamas eingeladen hatte. Als ich die Flugtickets sah, war direkt ihr Bild in meinem Kopf aufgetaucht. Mein Vater brauchte mir gar nicht zu sagen, dass ich sie mitnehmen sollte, da war ich schon von allein draufgekommen.

Seit sie nicht mehr so zickig war und sich unser Verhältnis verbessert hatte, musste ich unentwegt an sie denken. Nach Ronnies Drohung wurde ich wahnsinnig bei dem Gedanken, sie allein zu lassen, und Wut stieg in mir auf, wenn ich mir ausmalte, dass sie mit einem anderen Typen zusammen war. Diesem Dan hätte ich liebend gern die Fresse poliert, weil er ihr wehgetan hatte. Aber mich brachte vor allem zur Weißglut, dass er sie neun Monate lang hatte küssen können, sie berühren und, wer weiß, sie ausziehen …

Tag und Nacht quälte mich die Vorstellung, Noah könnte sich einem anderen Mann hingeben. Ich hatte mich nie für eifersüchtig gehalten, was natürlich daran lag, dass ich keine Frau als zu mir gehörig betrachtete. Was mich am meisten anzog, war, dass sie von Natur aus sexy war. Es war egal, was sie anhatte, es war egal, ob sie sich schminkte oder völlig verlottert aussah … sobald sie vor mir stand, malte meine Fantasie sich unzählige Varianten aus, ihre Lust zu wecken. Was im Pool passiert war, hätte nicht passieren dürfen, ich hatte mir geschworen, sie nicht mehr anzurühren, aber das war leichter gesagt als getan. Am Abend zuvor hätte ich sie noch umbringen können wegen der Sache mit Ronnie und weil sie mit Mario verschwunden war, aber beim Anblick ihres erschrockenen Gesichts, als sie die Wunden bemerkte und mit ihren warmen Fingern über meine nackte Haut strich, musste ich mich extrem beherrschen, sie nicht gleich auf der Anrichte flachzulegen.

Das Schlimmste war, dass sie allmählich Vertrauen fasste. Sie war nicht ständig in Verteidigungshaltung wie zu Anfang, sie hatte sich sogar getraut, mich mit einem lauten Schrei aus dem Schlaf zu reißen. Sie hatte mich nicht einmal weggestoßen, als ich es nicht mehr aushielt und meine Hände unter Wasser ihren Körper erkundeten. Ihre Beine waren so lang und ihre Rundungen so verdammt heiß.

Und jetzt wollte sie am Abend mit Mario ausgehen, der nichts anbrennen ließ. Fuck, er war wie ich, aber ich durfte nicht zulassen, dass er sich an Noah vergriff, an ihr nicht, sie war viel zu unschuldig, fast noch ein Kind. Aber eines, das jeden Typen verrückt machte, der Augen im Kopf hatte.

Es ärgerte mich, dass sie ausgerechnet an meinem Geburtstag ein Date mit ihm hatte. Ich wollte sie für mich. Ich wollte ihr die schönen Dinge der Stadt zeigen. Ich wollte ihr Bild von mir geraderücken. Den Gedanken, dass ich sie nicht verdiente, konnte ich nicht ertragen.

Es klopfte an der Tür. Ich war dabei, mich fertig anzuziehen, und rief »Herein«. Während ich mein Hemd zuknöpfte, entdeckte ich im Spiegel ihre honigfarbenen Augen.

»Schon zurück vom Abendessen?«, fragte ich spöttisch. Insgeheim wünschte ich mir nichts mehr, als die Tür zu schließen und die ganze Nacht mit ihr zu verbringen. Sie überging meine Frage.

»Gehst du feiern?«, fragte sie. Ich gab mich gleichgültig.

»Was hast du erwartet, Schwesterchen? Dass ich brav zu Hause bleibe und mir ein Video reinziehe?« Ihr Blick verdüsterte sich, ich hatte sie getroffen.

»Jenna und Lion warten unten auf dich. Sie dachten, ich wäre auch mit dabei«, sagte sie schmollend. Sie trug ein enges schwarzes Kleid, das knapp unterhalb des Pos endete. Ich spürte, wie mein Blut in Wallung geriet, wenn ich mir vorstellte, Mario könnte seine Hand unter das Kleid schieben.

»Ich hab keine Zeit für diesen Kinderkram. Wenn du mitkommen willst, bitte. Du bist eingeladen, aber ohne deinen neuen Freund, also entscheide dich.« Ich ging auf sie zu. Wenn ich sie schon nicht berühren konnte, wollte ich zumindest ihr Parfum riechen, das mich so in Fahrt brachte.

»Nun sieh mich nicht so an, als wäre ich der Bösewicht. Bis vor ein paar Stunden wusste ich nicht mal, dass du Geburtstag hast. Mario hat mich zuerst eingeladen, ich kann ihn nicht hängen lassen.«

»Glaubst du etwa, er hat das nicht gewusst?« Mir war klar, dass er es mit voller Absicht getan hatte.

Sie sah mich mit großen Augen an. Wie süß, sie fühlte sich schuldig, obwohl sie von der Party gar nichts gewusst hatte.

Ich musste sie einfach an mich ziehen. Sie schaute mich zweifelnd und zugleich erwartungsvoll an.

»Komm schon, *Freckle*, gib dir 'nen Ruck.« Ich strich das Haar von ihrer Schulter und küsste sie sanft. Lächelnd nahm ich zur Kenntnis, dass sie eine Gänsehaut bekam. Zumindest übte ich einen gewissen Reiz auf sie oder vielmehr ihren Körper aus.

»Willst du, dass ich komme?«, sagte sie mit stockendem Atem, während meine Lippen ihren Hals hinaufwanderten.

Wollte ich das? Natürlich könnte ich sie auf der Party nicht anfassen. Niemand durfte wissen, was zwischen uns lief. Und sie so nah bei mir zu haben und sie nicht küssen zu dürfen, das würde mir nicht leichtfallen.

»Natürlich will ich das«, sagte ich kurz darauf. Ich hatte keine Ahnung, worauf das hinauslaufen sollte, aber es war auf jeden Fall besser, als nicht zu wissen, wo sie steckte und was sie trieb.

Sie drückte mir einen flüchtigen Kuss auf die Lippen.

»Ich komme nach dem Abendessen«, sagte sie und wandte sich zur Tür.

»WAS?«, rief ich lauter als nötig und versuchte, sie zurückzuhalten.

»Nicholas, ich werde Mario nicht versetzen. Ich komme später dazu. Außerdem treffe ich mich gern mit ihm, ich mag ihn«, erwiderte sie.

Die Frau machte mich fertig

»Mach doch, was du willst«, sagte ich und nahm die Schlüssel von der Kommode.

Wenn sie einen Idioten wie Mario mir vorzog, würde ich mich eben ohne sie amüsieren und keinen weiteren Gedanken an sie verschwenden.

Das glaubte ich selbst nicht.

Die Party fand bei Mike, einem meiner Freunde aus der Nachbarschaft, statt. Er war ein netter Kerl, ich kannte ihn vom College. Wir hatten schon öfter Partys in seinem Haus am See feiern können. Jenna und Anna hatten rotschwarze Luftballons und allen möglichen Deko-Kram besorgt. Für die wesentlichen Dinge war Lion zuständig. Er hatte mit den anderen Jungs das Catering und jede Menge Alkohol organisiert. Als ich hereinkam, gratulierten mir alle im Chor. Fünf Minuten später war die Party im vollen Gange: Die Leute tanzten und ließen es krachen. Andere lagen am See und ließen sich volllaufen.

Das Gute an solchen Partys war, dass es immer Frauen gab, die leicht zu haben waren, also hielt ich mich am Alkohol fest und genoss die Gesellschaft von zwei Tänzerinnen, die man für meinen Geburtstag engagiert hatte. Amüsieren war jetzt angesagt, auch wenn ich insgeheim sehnsüchtig auf Noah wartete.

Eine der Tänzerinnen, deren Namen ich vergessen habe, wich mir nicht von der Seite. Die andere, eine blutjunge Rothaarige, war gleich nach ihrem Auftritt verschwunden. Keiner, der in der DNA ein Y-Chromosom besaß, hätte der Lady einen Korb gegeben, die mich unbedingt auf die Toilette entführen wollte. Doch eine meiner goldenen Regeln lautete, mich nie mit Tänzerinnen und Prostituierten einzulassen. Deswegen schaffte ich sie mir höflich vom Hals und begab mich zur hinteren Veranda. Von dort sah man den Toluca-See, in dem sich der Vollmond spiegelte. Viele meiner Freunde vergnügten sich mit ihren Mädchen im Wasser. Lion kam zu mir. Er stützte sich mit den Unterarmen auf das Holzgeländer und sah mich forschend an. Ich erinnerte mich noch an unsere erste Begegnung. Auf einmal hatte da dieser Furcht einflößende Schrank vor mir gestanden. Zum

Glück waren wir gleich groß, dass ich ihm in die Augen schauen konnte, bevor er mir eine reinhaute. Ich weiß nicht mehr, was ihn damals so in Rage versetzt hatte, ich glaube, ich hatte mich an sein Mädchen rangemacht oder an die, die er an diesem Abend aufreißen wollte. Dank meiner guten Reflexe war ich ihm ausgewichen und seine Faust war nicht in meinem Gesicht, sondern hinter mir an der Wand gelandet.

Er hatte vor Schmerz geflucht. Doch die ganze Situation war so komisch, dass ich lachen musste. Irgendwie fand er es letztlich auch lustig und seitdem waren wir beste Freunde.

»Danke für die Einladung auf die Bahamas, ich bin noch nie mit Jenna verreist«, sagte er strahlend. Ich nickte und trank einen Schluck von meinem Bier. Die Reise auf die Bahamas … Unwillkürlich musste ich wieder an Noah denken.

»Ich weiß, sie ist deine Stiefschwester und so, aber …« Lion schien Gedanken lesen zu können. »Warum hast du sie eingeladen?«

Ich überlegte. Das wusste ich selbst nicht so genau. Ich wusste nur, der Gedanke, zwei Tage von ihr getrennt zu sein, machte mich nervös.

»Sie kann nicht hierbleiben, solange Ronnie wegen des Rennens so geladen ist. Er hat sie bedroht, und ich will nicht, dass ihr etwas passiert«, antwortete ich. Dass ich ihn eigenhändig töten würde, wenn er es wagte, nur in ihre Richtung zu schauen, ließ ich unerwähnt.

Lion wandte sich um und sah mich ernst an.

»Ich weiß nicht genau, was du vorhast, aber ich kriege doch mit, wie du sie anschaust, Nick«, meinte er nüchtern. »Du darfst mit ihr nichts anfangen, sie ist deine Stiefschwester. Ich habe mit

Jenna gesprochen, Noah ist nicht wie die anderen Mädchen. Du wirst ihr Angst machen.«

Ich atmete tief ein und unterdrückte den Wunsch, ihn zur Hölle zu schicken. Er hatte ja nicht unrecht: Noah war anders, das konnte man an ihren Augen ablesen, an ihrer ganzen Art, daran, dass sie nicht merkte, was sie in anderen auslöste. Sie war naiv und unschuldig, und ich könnte das alles so leicht kaputtmachen.

»Ich weiß, was du meinst, aber zwischen uns läuft nichts«, behauptete ich, und eine innere Stimme rief mir die ganze Zeit »LÜGE!« zu. »Wir sind nur gute Freunde, zwangsläufig, denn wir leben unter einem Dach, und unsere Eltern sind miteinander verheiratet. Wir können uns ja schlecht die ganze Zeit gegenseitig an die Gurgel gehen.«

Den Teil der Geschichte schien Lion mir abzunehmen.

»Du wirst wissen, was du tust«, meinte er. Dann zog er rasch sein T-Shirt aus, rannte zu den anderen und stürzte sich kopfüber ins Wasser.

Ich hätte mich ihm anschließen können, aber ich wollte lieber den Eingang im Blick behalten, damit ich mitbekam, wenn Noah von ihrem albernen Date zurückkehrte.

Kurz darauf tauchte sie mit Jenna auf. Sie gingen Arm in Arm, und ein Lächeln huschte über ihr Gesicht, als sie mich entdeckte. Sie sah umwerfend aus, wenn sie so strahlte. Ich hätte sie gern an mich gezogen und das Grübchen an ihrer Wange geküsst.

»Nochmals herzlichen Glückwunsch!«, rief sie. Jenna schaute uns neugierig an, wandte sich dann aber Lion zu, der ihr winkte, zu ihm ins Wasser zu kommen.

»Kommt ihr auch?«

Noah schüttelte den Kopf.

»Ich hab keinen Badeanzug dabei«, sagte sie achselzuckend.

»Jetzt stell dich doch nicht so an, geh einfach in Unterwäsche«, forderte Jenna sie auf und zog an ihrem Arm.

Die Vorstellung, dass sie sich vor all den besoffenen Typen auf meiner Party halb nackt auszog, machte mich nervös.

Noah stand ihr Unbehagen ins Gesicht geschrieben.

»Kommt nicht infrage«, mischte ich mich ein und zog sie zu mir.

»Hey, was soll das?«, beschwerte sie sich. Sie machte sich los und lächelte Jenna zu. »Ich habe keine Lust, aber geh du nur. Wir sehen uns später.« Das ließ Jenna sich nicht zweimal sagen.

Ich musste grinsen. Jenna war ein verrücktes Huhn, und ich hatte sie viel zu gern, um ihr böse sein zu können.

»Ich hoffe, du hast dich bei deinem Date amüsiert«, meinte ich spöttisch. Im spärlichen Licht ließen sich Noahs niedliche Sommersprossen nur erahnen.

»Ja, sehr gut sogar, aber das ist jetzt egal. Ich habe dir ein Geschenk mitgebracht«, verkündete sie begeistert.

Ich lehnte mich an das Geländer.

»Ernsthaft?«, fragte ich und überlegte, was hinter der plötzlichen Liebenswürdigkeit stecken mochte, die ganz untypisch für sie war. »Mach mir keine Angst.«

Es zuckte in ihrem Gesicht. Machte ich sie etwa nervös? Meine Neugier wuchs.

»Es ist nur eine Kleinigkeit, aber nach allem, was passiert ist …«, rechtfertigte sie sich.

Was meinte sie? Warum gab sie es mir nicht endlich?

»Hier, als kleine Entschuldigung, ich habe es zufällig in einem Laden entdeckt.«

Als Entschuldigung?

Ich nahm das Päckchen und riss das cremefarbene Papier auf. Es war ein schwarzer Miniaturferrari.

»Du musst lesen, was da steht«, sagte sie und deutete auf die Unterseite des Wagens.

In sehr kleinen, verschnörkelten Buchstaben stand dort: *Das mit dem Auto tut mir echt leid. Irgendwann kaufe ich dir ein neues. Herzlichen Glückwunsch, Noah.*

Das war so frech und albern, dass ich lachen musste. Sie stimmte ein.

»Ich schulde dir doch einen Ferrari, oder?«, sagte sie und zuckte mit den Schultern.

»Allein dafür hast du es verdient, dass ich dich in den See werfe«, drohte ich und schnappte sie mir.

Sie fing an, wie besessen zu kreischen.

»Nein, Nick!«, protestierte sie. »Es tut mir leid! Ehrlich!«

»Es tut dir also leid?«, sagte ich und ließ sie langsam wieder zu Boden gleiten.

Ich sah mich um: Um uns herum war niemand zu sehen. Die anderen waren entweder am See oder im Haus. Ich zog sie zu einem Baum und drückte sie mit meinem Körper gegen den Stamm.

»Das hätte anders für dich ausgehen können, hätte ich nicht solche Lust, dich zu küssen, seit du hier aufgekreuzt bist.«

Sie sah mich erschrocken an, und ich musste an Lions Worte denken: Noah war nicht wie die anderen.

Ich strich sanft über ihre Sommersprossen, die es mir so angetan hatten. Ihre Haut war glatt wie Alabaster, und es drängte mich, sie zu erkunden. Ich ließ meine Lippen über ihre Wange gleiten und suchte die Stelle, wo sich ein Grübchen bildete, wenn sie lächelte. Dann wanderte ich ihren Hals hinab und nahm den süßen Duft ihrer Haut in mich auf. Als sie einen kaum hörbaren Seufzer ausstieß, konnte ich nicht mehr an mich halten. Unsere Lippen fanden sich zu einem leidenschaftlichen Kuss, und wieder wurde mein Körper von den unterschiedlichsten Empfindungen erfasst: Erregung, Wärme und einem tiefen, dunklen Begehren. Ich schob sie mit meinem Körper noch mehr gegen den Stamm und spürte, wie sie sich mir in meinen Armen hingab.

Als sich unsere Zungen fanden, konnte ich kaum noch an mich halten. Sie umschlang mich mit ihren Armen und zog mich an sich, während meine Hände begannen, unkontrolliert ihren Körper zu erkunden.

Ihr entfuhr ein erstickter Schrei, als meine Finger an der Innenseite ihrer Oberschenkel hochwanderten und sich in ihren Slip schoben. Ich wollte sie berühren, bis sie vor Lust stöhnte und immer wieder meinen Namen rief!

»Nick …« Sie keuchte.

»Nur ein Wort von dir, und ich höre auf«, sagte ich und blickte in die honigfarbenen Augen, die mir die Hölle gesandt hatte, um mich in den Wahnsinn zu treiben.

Sie sagte nichts, also machte ich weiter. Meine Hand fuhr über ihre nackte Haut. Ihr ganzer Körper bebte, und ich hielt sie fest in meinem Arm, während ich ihr mit der anderen Hand Lust schenkte. Ich beobachtete sie verzückt.

Im nächsten Moment musste ich meinen Mund auf ihren pressen, um ihren Schrei zu ersticken.

Sie war vollkommen … und ich war dabei, mich wie ein Narr in sie zu verlieben.

27

NOAH

Er musste mich halten, denn mein ganzer Körper bebte vor Lust. Ich konnte nicht glauben, was da gerade passiert war. Ich hatte es nicht kommen sehen, es ging alles so schnell. Eben noch hatte ich ihm noch das Geschenk gegeben und über ihn gelacht, da hatte er mich schon gegen einen Baum gedrückt und mich mit seinen Zärtlichkeiten wieder und wieder erschauern lassen. Ich wollte ihn aufhalten, mein Gott, ich hätte ihn aufhalten müssen, aber das Gefühl seiner Hände auf meiner Haut … Es war unglaublich.

»Du bist wunderbar«, sagte er, nachdem er im letzten Moment meinen Mund mit einem Kuss verschlossen hatte, um zu verhindern, dass der Schrei, der in mir aufstieg, uns verriet.

Ich konnte mich noch genau an all die Male erinnern, bei denen Dan dasselbe bei mir versucht hatte. Ich hatte mich sofort gesperrt und er war nicht weit gekommen. Und jetzt hatte ich zugelassen, dass Nick … Ich war wohl dabei, den Verstand zu verlieren.

»Ich glaube, wir sollten zurück zu den anderen gehen«, sagte ich und strich mein Kleid glatt. Warum fühlte ich mich auf einmal schlecht?

»He!«, sagte Nick. Er nahm mein Kinn und zwang mich, aufzusehen. »Alles okay?«

»Ja, es ist nur … Ich hatte nicht damit gerechnet, dass …« Ich schaute zur Seite. »Wir haben uns gehen lassen, ich habe mich gehen lassen und das tut mir leid. Du kannst zu Anna zurückkehren oder zu wem auch immer. Du musst nicht bei mir bleiben«, sagte ich und versuchte, mir meine Nervosität nicht anmerken zu lassen.

In Wahrheit sehnte ich mich danach, dass er mich umarmte, dass er bei mir blieb. Ich hätte mir gewünscht, dass wir uns ineinander verlieben oder zumindest besser kennenlernen. Nick war für mich ein absolutes Rätsel und umgekehrt verhielt es sich wahrscheinlich genauso. Er sollte nicht wissen, wie sehr sich ein Teil von mir wünschte, dass er mir sagte, dass er mich liebte, und dass er mich an einen Ort brachte, wo wir für uns allein waren, statt uns auf einer Party hinter einen Baum zu verdrücken.

»Ich soll zu Anna? Dein Ernst?«, fragte er und löste sich aus der Umarmung. Er war verärgert, vielleicht störte es ihn, dass ich nicht hatte weitermachen wollen. Vielleicht war er davon ausgegangen, dass ich es mit ihm tun würde. Doch allein der Gedanke, mitten im Wald mit ihm zu schlafen, machte mich krank.

»Ja, geh zu ihr«, erwiderte ich und starrte auf meine Füße, um ihn nicht ansehen zu müssen. »Wie gesagt, du brauchst nicht bei mir zu bleiben. Es war ein Fehler. Wir sind zu weit gegangen und das ist nicht gut.«

Nicholas wandte sich ab und trat gegen einen herumliegenden Stein. Ich hörte ihn leise fluchen. Zornig drehte er sich zu mir um. Seine Augen waren kalt wie Eis.

»Okay.« Er riss sich das T-Shirt und die Jeans vom Leib und

rannte Richtung See, wo er von den anderen mit Jubelrufen empfangen wurde.

Meine gute Laune und mein Selbstwertgefühl waren dahin.

Während der nächsten anderthalb Stunden ging ich ihm tunlichst aus dem Weg. Ich wollte ihn nicht sehen, schon der Gedanke machte mich nervös. Aber gegen fünf Uhr früh waren fast alle gegangen, bis auf den harten Kern, bestehend aus Anna, Lion, Jenna, Mike, einer gewissen Sophie, Nicks Freund Sam, Nicholas und mir. Wir saßen alle im Kreis in dem riesigen Wohnzimmer mit weißen Sofas. Ich setzte mich zu Jenna und Sophie, die das Klischeebild einer blondierten Dumpfbacke voll erfüllte. Nick saß rechts von mir, dazwischen Mike. Ich war froh, dass er mir nicht gegenübersaß, denn ich hätte seinen Blicken nicht standhalten können.

Seit der Aktion am Baum hatte er mich links liegen lassen. Vielleicht war er sauer oder aber erleichtert, mich vom Hals zu haben. Es gab mir jedes Mal einen Stich, wenn sich unsere Blicke zufällig kreuzten und er wegschaute, wenngleich ich auch heilfroh war. Mir war es lieber, er ignorierte mich, als über das Geschehene reden zu müssen.

»Wie wär's mit dem Spiel, das wir früher immer gespielt haben?«, fragte Sophie.

»Wahrheit oder Pflicht?«, erwiderte Jenna lachend. »Werd erwachsen, Soph.«

»Doch, kommt, lasst uns 'ne Runde spielen!«, sagte Mike mit einem frechen Grinsen. Ich fühlte mich sofort unwohl. Ich hasste das Spiel. Einmal hatte ich Pflicht gewählt und musste einen ganzen Riegel Bratfett essen. Widerlich.

»Reich mir mal die Flasche da«, bat Mike seinen Freund.

Im nächsten Moment saßen wir alle rings um eine leere Bierflasche, die auf dem Boden lag.

Mike ließ sie als Erster kreisen. Sie zeigte auf Anna.

»Wahrheit oder Pflicht?«, fragte er. Nick neben ihm rutschte nervös hin und her.

»Hm … Wahrheit«, antwortete sie und schaute Nick herausfordernd an. Ich wandte meinen Blick ab. Am liebsten hätte ich mir die Ohren zugehalten, wenn es nicht so kindisch gewesen wäre.

»Wann hast du zuletzt mit jemandem was gehabt?«, fragte Mike lachend.

Leute, echt jetzt?

Anna grinste. Es nervte, wie sie mich ansah, als sie beschrieb, wie sie mit Nick geschlafen hatte.

»Das war auf der Rückbank eines Autos. Ich mach's zwar lieber im Bett, aber …«

Warum tat es mir so weh, das zu hören? Wenn ich mir ihre Hände auf Nicks Körper vorstellte … Am liebsten wäre ich aufgesprungen und hätte sie an den Haaren gepackt.

Shit, jetzt zeigte die Flasche auf Nick.

Unsere Blicke trafen sich.

»Wahrheit oder Pflicht?«, fragte ich schroff.

»Pflicht natürlich«, erwiderte er und funkelte mich aus seinen blauen Augen an.

Ich überlegte mir gerade, womit ich ihn so richtig piesacken könnte, doch da kam Sophia mir zuvor.

»Zieh dein T-Shirt aus«, forderte sie. Mir fiel auf, dass sie ihn förmlich mit Blicken verschlang. Ich verdrehte die Augen.

»Das ist doch keine richtige Pflicht«, erwiderte ich und schaute sie bitterböse an.

Nick schien das Ganze zu amüsieren.

»Tja, dann musst du halt schneller sein, Schwesterchen«, meinte er und zog das T-Shirt aus. Trotz der Kratzer und Wunden sah er hinreißend aus. Alle Mädchen im Raum – mich eingeschlossen – waren hin und weg.

»Danke für diese Augenweide, Nick, jetzt bin ich dran«, erklärte Jenna. Sie streckte die Hand aus und drehte die Flasche.

Mist. Sie zeigte auf mich. Oh Gott, was würden sie sich für mich ausdenken?

Jenna grinste breit.

»Wahrheit oder Pflicht?«

Ich wählte immer Ersteres.

»Wahrheit«, erwiderte ich achselzuckend.

»Was war das Schlimmste, das du je in deinem Leben getan hast?«, fragte sie. Sie hielt mich für ein braves Mädchen, das noch nie etwas Unartiges getan hatte. Wenn sie wüsste …

Ich sah die amüsierten Blicke, und es drängte mich, ihnen mal gründlich die Augen zu öffnen. Aber wollte ich ihnen tatsächlich erzählen, was mich seit meinem elften Lebensjahr innerlich quälte? Wohl kaum.

»Ich habe mit neun eine Tüte Bonbons in einem Geschäft bei mir um die Ecke geklaut, und als ich erwischt wurde, bin ich weggelaufen und habe dabei ein volles Regal umgerissen. Es ist alles auf den Boden gefallen. Ich hatte einen Monat Hausarrest und seitdem habe ich nie mehr was mitgehen lassen«, berichtete ich nicht ohne eine gewisse Wehmut. Die Verfolgungsjagd damals war echt witzig gewesen.

Alle lachten.

Jetzt war Sam an der Reihe mit Drehen. Er hatte den ganzen Abend über ein Auge auf mich geworfen.

Entsetzt beobachtete ich, wie die Flasche schon wieder auf mich zeigte.

»Wahrheit oder Pflicht?«

Da ich Wahrheit schon gewählt hatte, blieb nur noch Pflicht.

Mir war schlecht.

»Zieh dein Kleid aus«, forderte er, und ich spürte, wie das Blut aus meinem Gesicht wich.

Nein.

Das konnte ich nicht tun, nicht bei voller Beleuchtung. Das war ja wie auf einer Bühne.

Nicholas wurde unruhig. Jetzt käme es mir gelegen, wenn ihm etwas einfiele, wie ich aus der Nummer rauskam.

»Kann ich tauschen?«, fragte ich mit gebrochener Stimme.

Anna schien die Situation zu genießen.

»Hast du so viele Komplexe? Es ist doch nur ein Spiel«, rief sie und lachte hämisch.

»Kannst du«, brummte Nick.

Die anderen protestierten zwar, aber Nick blieb hart, und es blieb ihnen nichts anderes übrig, als nachzugeben.

»Da du die erste Pflicht nicht erfüllt hast, legen wir jetzt noch ein bisschen nach«, schaltete sich Anna ein. Ich schwöre bei Gott, dass sie Spaß daran hatte, mich leiden zu sehen. Ich wollte schon aufstehen und ihr die Bierflasche auf den Kopf hauen.

»Du musst in den Schrank da klettern und mit Sam knutschen«, sagte sie mit einem triumphalen Lächeln.

Wie bitte? Ich hatte mich wohl verhört. Ich würde auf keinen

Fall in irgendeinen dunklen Schrank klettern. Verdammt, an diesem Tag lief wirklich alles schief.

»Ich bin dabei«, rief Sam.

Nick sah ihn an, als ob er ihm im nächsten Moment an die Gurgel springen wollte. Das versprach, interessant zu werden.

»Ich tu's, aber unter einer Bedingung: Ich werde in keinen Schrank klettern«, sagte ich bestimmt. Mal sehen, wie sie reagieren würden.

»Wieso nicht?«, maulte Anna.

»Sie hat Angst vor der Dunkelheit«, erklärte Nicholas. Ich konnte nicht glauben, dass er das so mir nichts, dir nichts ausgeplaudert hatte.

Alle lachten.

»Mann, wie alt bist du denn? Vier?«, machte sich Sophia über mich lustig.

Ich spürte, wie ich rot wurde. Das war ein heikles Thema für mich, nur eine Handvoll Leute wusste von meiner Angst, und ich konnte mich nicht erinnern, meinem Stiefbruder davon erzählt zu haben.

»Mir ist egal, wo, Hauptsache, ich kann dich jetzt auf der Stelle küssen«, meinte Sam. Der Typ ließ offenbar nichts anbrennen.

Es machte mir nichts aus, ihn zu küssen, mehr war es ja nicht. Ich stand auf, ohne die anderen anzusehen.

Sam war blond und hatte braune Augen. Er erinnerte mich an Dan. Jenna hatte mir erzählt, dass er auch auf unsere Highschool ging. Er kam auf mich zu und legte eine Hand auf meine Taille. Die anderen pfiffen und buhten uns aus. Ich lief wieder rot an, aber ich wollte die Sache endlich hinter mich bringen.

Ich näherte mich ihm mit meinem Mund in der Absicht, ihm

einen züchtigen Kuss auf die Lippen zu hauchen, doch der durchtriebene Kerl preschte vor und schob mir seine Zunge in den Mund. Ich ließ es über mich ergehen und stieß ihn eine Sekunde später weg.

»Das reicht«, sagte ich und ging wieder auf meinen Platz. Ich kochte.

»Du küsst wie ein Engelchen, Noah«, stichelte Sam.

Da stand Nick auf. Er schien einen innerlichen Kampf auszufechten.

»Es ist spät, wir sollten jetzt gehen«, sagte er und schaute nur mich an. »Das Spiel ist albern.«

Das ließ ich mir nicht zweimal sagen. Die anderen nickten und standen ebenfalls auf. Auch sie waren müde, denn es war eine lange Nacht gewesen. Als Nick sein T-Shirt wieder anzog, hörte ich Sophie enttäuscht seufzen.

Nachdem wir uns bei Mike für die Gastfreundschaft bedankt hatten, gingen wir zu unseren Autos und verabschiedeten uns voneinander.

Nick fuhr sofort los. Ich wollte nicht mit ihm reden und schaltete das Radio an. Als wir die Straße erreichten, machte er es wieder aus.

»Es hat mir überhaupt nicht gefallen, dass du Sam geküsst hast«, gestand er. Er trommelte nervös mit den Fingern auf das Lenkrad.

»Es war ein bescheuertes Spiel, was hätte ich denn tun sollen?« Meinte er vielleicht, mir hätte das Spaß gemacht?

»Nein sagen«, erwiderte er trocken.

»Ich hatte schon einmal abgelehnt, und ich frage dich ja auch nicht, was du mit deiner Freundin oder den Hunderten anderen

Mädchen treibst, mit denen du rummachst. Sogar vor meinen Augen«, schnauzte ich ihn an.

»Was redest du da? Hunderte von Mädchen, *Freckle*, das ist selbst für mich zu viel.«

»Und was ist mit Anna?«

»Das mit Anna ist was anderes. Aber wenn es dich beruhigt, da läuft seit Wochen nichts mehr zwischen uns.«

»Du bist mir keine Rechenschaft schuldig. Ich bin nicht eifersüchtig.« Ich verschränkte die Arme vor der Brust und starrte in die Dunkelheit. Natürlich war ich eifersüchtig, aber das hätte ich nie offen zugegeben.

»Ich schon«, sagte er unerwartet. »Ich bin sogar sehr eifersüchtig und weiß noch nicht mal, warum. Ich war noch nie im Leben eifersüchtig, Noah, und schon gar nicht auf so eine Null wie Sam.«

Ich traute meinen Ohren nicht.

»Brauchst du aber nicht sein, schon gar nicht wegen einem Spiel.«

»Glaubst du, das weiß ich nicht?«, fuhr er mich an.

In dem Moment kamen wir zu Hause an. Als Nick die Autotür öffnete, verstummten wir. Bevor ich aussteigen konnte, hielt er mich sanft am Handgelenk fest und zwang mich, ihn anzusehen.

»Es tut mir leid, dass ich dich heute Abend so überrumpelt habe. Ich wollte nicht, dass du dich erschreckst oder dich unwohl fühlst.«

Ich spürte, wie der Panzer aufbrach, mit dem ich mich umgeben hatte.

»Du hast gefragt, ob du aufhören sollst, Nick, und ich habe nichts gesagt.« Sein Daumen strich über mein Handgelenk.

»Ich würde alles mit dir machen, Noah, das weißt du … aber nicht, solange ich diese Angst in deinen Augen sehe.«

What the fuck …

Er stieg aus, doch bis mein Herz wieder im normalen Takt schlug, dauerte es eine Weile.

Am nächsten Tag holte Jenna mich zum Shoppen ab. Für sie waren die Bahamas der perfekte Vorwand, uns neu einzukleiden. Meine Mutter, die überglücklich war, dass Nicholas mich eingeladen hatte, gab mir ihre Kreditkarte und flehte mich fast schon an, dass ich mir etwas kaufen sollte. Es war seltsam, meine Mutter so euphorisch zu sehen, und das nur, weil mein Stiefbruder und ich uns ausnahmsweise gut verstanden. Für sie war das natürlich alles rein geschwisterlich. Ich mochte mir gar nicht ausmalen, was für ein Gesicht sie und Will machen würden, wenn sie erführen, was wir in den letzten Wochen getrieben hatten.

Ich fragte mich, ob ich wirklich mit auf die Bahamas reisen sollte oder nicht, während ich vor den Umkleidekabinen wartete, wo Jenna tausendundein neue, sündhaft teure Teile anprobierte. Ich beneidete sie um ihre tolle Figur. Und ihre Hautfarbe kam bei diesen Outfits fantastisch zur Geltung. Ich hatte mich für nichts recht begeistern können, wieso auch, ich hatte einen Haufen neuer Klamotten zu Hause, die ich noch nie getragen hatte.

Mein Handy klingelte. Ich fingerte es aus der Hosentasche und nahm den Anruf an.

»Hallo?« Keine Antwort. Ich schaute auf das Display: unterdrückte Rufnummer. »Hallo?«, wiederholte ich noch einmal lauter. Ich hörte am anderen Ende jemanden atmen und es lief mir eiskalt über den Rücken. Ich legte auf, als Jenna gerade aus der Kabine kam.

»Wer war das?«, fragte sie.

»Keine Ahnung. Unterdrückte Rufnummer«, erwiderte ich und nahm meine Tasche.

»Wie ätzend! Ich hab auch schon mal Anrufe von so einem Stalker bekommen. Das war irgend so ein Vollidiot, der hinter mir her war«, erzählte sie. »Er hat immer wieder angerufen, bis ich mir am Ende sogar eine neue Nummer zulegen musste. Lion war am Durchdrehen.«

Was für ein Schwachsinn! Wer sollte hinter mir her sein? Da erinnerte ich mich daran, was Nick über Ronnie erzählt hatte. Und ich hatte das einfach so abgetan! Aber wegen eines einzigen blöden Anrufs würde ich mich nicht verrückt machen. Ich schob den Gedanken beiseite und begleitete Jenna zur Kasse.

Zehn Minuten später saßen wir auf der Terrasse von Starbucks. Ich ließ mir einen köstlichen Heidelbeermuffin schmecken und sie trank ein Erdbeer-Frappuccino.

»Darf ich dich etwas fragen?«, sagte sie auf einmal nach längerem Schweigen. Ich sah auf und biss ein Stück von dem Muffin ab.

»Klar«, erwiderte ich kauend.

»Empfindest du was für Nick?« Ich verschluckte mich.

Shit. Damit hatte ich nicht gerechnet. War das so offensichtlich? Ich nahm einen Schluck von meinem Orangensaft, um den Hustenreiz zu lindern, und dachte darüber nach, was ich antworten sollte.

»Warum fragst du?«, erwiderte ich. Ich versuchte, die Antwort zu umgehen.

Sie sah mich aufmerksam an.

»Gestern bei seinem Geburtstag … ich weiß nicht … da ist mir was aufgefallen. Ich habe Nick noch nie so strahlen gesehen wie in dem Moment, als du reinkamst. Er war auf einmal wie ausgewechselt. Ich weiß nicht, ob ich mir das einbilde, aber auch später bei dem blöden Spiel. … Da war etwas zwischen euch. Und eure Reaktionen auf Annas dämliche Kommentare und Sams Kuss.«

Hm … Sie war wirklich eine gute Beobachterin. Wir hatten unseren Gefühlen freien Lauf gelassen, ohne darüber nachzudenken, dass es Leute gab, die merken würden, was zwischen uns los war. Obwohl, realistisch betrachtet, was war denn schon zwischen uns?

»Jenna, er ist mein Stiefbruder,«, versuchte ich mich rauszuwinden.

Sie verdrehte die Augen.

»Ja, aber ihr seid nicht blutsverwandt, also komm mir nicht mit dem Quatsch. Ich kenne Nick und er ist so anders in letzter Zeit. Keine Ahnung, irgendwas ist da. Vielleicht wollt ihr tatsächlich einfach nur gute Freunde sein. Oder hegst du andere Gefühle für ihn?« Sie ließ nicht locker. Man könnte meinen, sie hätte Röntgenaugen.

Empfand ich etwas für Nick? Er war mir auf jeden Fall nicht gleichgültig, das musste ich zumindest mir selbst eingestehen. Aber sonst? Ich hatte keine Ahnung, was es war. Ich wusste nur, dass er mich komplett um den Verstand brachte.

»Wir versuchen, unseren Eltern zuliebe Freunde zu sein«, erklärte ich, obwohl ich wusste, dass das natürlich Unsinn war. »Und jetzt, wo ich ihn besser kennenlerne, finde ich ihn eigentlich ganz nett.«

Jenna saugte an ihrem Strohhalm und nickte nachdenklich.

»Schön, aber du willst mir doch nicht erzählen, dass er dich nicht reizen würde?« Sie lächelte verschmitzt. »Es wäre ja kein Inzest.«

Ich musste wieder husten. Beinahe hätte ich mich an dem letzten Bissen von dem Muffin verschluckt.

28

NICK

Das Atlantis auf den Bahamas galt als eines der besten Hotels der Welt. Ich war bereits zweimal dort gewesen und es war einfach der Hammer. Ein Teil des Gebäudes war wie ein Aquarium gebaut, durch das man auf dem Weg zum Restaurant oder zum Casino Haie, exotische Fische und alle möglichen Tiere bewundern konnte. Noah war hin und weg und ich freute mich darüber. Wir hatten zwei Zimmer gebucht, eines für die Mädchen und das andere für Lion und mich.

Wir waren gegen fünf Uhr angekommen. Die Mädchen wollten direkt an den Strand und so genossen wir eine halbe Stunde später die angenehme Nachmittagssonne. Für mich hieß Strand immer Surfen. Ich konnte nichts daran finden, mich auf einem Handtuch in der Sonne zu aalen, aber an dem Tag hatte ich nichts dagegen. Ich konnte es kaum erwarten, Noah im Bikini zu sehen.

Doch als wir bei den Liegestühlen ankamen, erlebte ich eine herbe Enttäuschung, als sie ihr Kleid auszog. Im Gegensatz zu Jenna, die einen knappen weißen Bikini trug, hatte sie sich für einen unspektakulären schwarzen Badeanzug entschieden. Nicht dass er ihr nicht gut gestanden hätte – sie konnte alles tragen –, aber ich hätte gerne mehr von ihr gesehen, zum Beispiel ihren flachen, zarten Bauch und ihre schön geformte Taille.

Jenna und Lion wollten sofort ins Wasser. Er hatte sie huckepack genommen und drohte damit, sie ins kühle Nass zu werfen. Noah cremte sich ein.

»Haben wir eine Zeitreise ins vorige Jahrhundert gemacht oder warum verhüllst du dich mit so viel Stoff?«, lästerte ich.

Sie warf mir einen giftigen Blick zu.

»Wenn dir der Anblick nicht gefällt, dann schau doch woanders hin«, erwiderte sie und wandte mir den Rücken zu.

Shit. Ich ließ auch kein Fettnäpfchen aus.

Als sie fertig mit Eincremen war, legte sie sich auf die Liege und holte ein Buch aus ihrer Tasche. Zu Hause las sie auch ständig. Ich fragte mich, was sie an Thomas Hardy fand, aber ich hakte nicht nach: Was Bücher anging, hatten wir einen völlig unterschiedlichen Geschmack, so viel war klar. Ich beobachtete sie aus den Augenwinkeln. Was hatte sie nur, dass ich mich in ihrer Gegenwart völlig anders verhielt als sonst? Lag es an dem sanften Blick aus den honigfarbenen Augen, der in Sekundenschnelle etwas Wildes, Unbezähmbares bekam? Oder an den Sommersprossen, die sie kindlich und zugleich heiß wirken ließen? Keine Ahnung, aber als sie den Blick hob und mich ansah, durchzuckte es mich, und mir wurde klar, wenn ich nicht aufpasste, wäre ich bald so unglaublich in sie vernarrt wie Lion in Jenna.

»Komm doch mit ins Wasser«, sagte ich und nahm ihr das Buch weg.

Sie verzog das Gesicht.

»Wozu?«

Ich grinste.

»Da fallen mir schon ein paar Sachen ein.« Sie wurde rot. »Schwimmen oder Muscheln sammeln zum Beispiel ... Oder dachtest du, ich will auf etwas anderes hinaus, *Freckle*?«, zog ich sie auf.

Ihr Gesicht wurde feuerrot.

»Du bist ein Idiot. Ich hab keine Lust, mit dir ins Wasser zu gehen. Gib mir mein Buch zurück!« Sie streckte die Hand aus.

Ich packte sie und zog sie hoch.

»Du kannst lesen, wenn du alt bist. Komm jetzt.«

Sie wehrte sich, aber ich schnappte sie mir und trug sie ans Wasser.

»Lass mich los!», brüllte sie und wand sich wie ein Aal.

Das tat ich, aber erst im Wasser, und ich musste lachen, als sie wie ein Fisch nach Luft schnappte. Sie wollte sich revanchieren und kam auf mich zu, und in den nächsten zehn Minuten hatten wir einen Heidenspaß dabei, uns gegenseitig unterzutauchen und zu necken.

Der Nachmittag verging ohne irgendwelche Vorkommnisse. Ich stellte fest, wenn ich meine Finger von ihr ließ, hatten wir einen entspannten Umgang miteinander. Wir hatten eine Weile am Strand verbracht, das kristallklare Wasser genossen und Margaritas geschlürft. Ich war eingenickt, als Jenna und Lion verschwunden waren, um wer weiß was zu treiben, und als ich eine Stunde später die Augen aufschlug, war Noah verschwunden. Ich suchte am Ufer und im Wasser nach ihr und konnte sie nirgends entdecken. Auf einmal hörte ich sie lachen. Sie spielte in Badeanzug und Hotpants mit einer Gruppe Studenten Volleyball und machte dabei keine schlechte Figur, obwohl die Jungs mindestens einen Kopf größer und gut in Form waren. Sie verschlangen Noah geradezu mit Blicken. Mir brannte die Sicherung durch, als einer der Kerle sie durch die Luft wirbelte, nachdem sie einen Punkt erzielt hatte.

Verdammt! Mit energischen Schritten stapfte ich auf die Gruppe zu. Ich weiß nicht, was ich dort wollte, aber ich war blind vor Zorn. Da lächelte sie mir zu und ich blieb stehen. Sie wirkte so glücklich.

»Nick, spiel doch auch mit«, rief sie und warf einem Mitspieler den Ball zu. Sie kam auf mich zugerannt. Ihre Wangen waren von der Sonne und der Anstrengung leicht gerötet und ihre Augen strahlten vor Begeisterung. »Hast du meinen Schmetterball gesehen?«, fragte sie stolz.

Ich nickte. Ein letzter Rest von Wut gärte noch in mir.

»Ich wusste nicht, dass du Volleyball spielst«, sagte ich. Mein Ton hatte schneidender geklungen, als ich wollte.

Sie schien es nicht zu bemerken.

»Ich hab mit zehn Jahren angefangen zu spielen, das hab ich dir doch erzählt. Ich war Kapitänin meiner Mannschaft in Toronto«, half sie meinem Gedächtnis auf die Sprünge.

Allmählich bekam ich meine Aggression in den Griff.

»Cool. Ich wusste nicht, dass du so gut bist, aber wir müssen jetzt los«, sagte ich. Es passte mir nicht, wie diese Typen sie anglotzten.

»Komm, Noah!«, rief der, der sie vorhin durch die Luft gewirbelt hatte.

»Sorry, ich hab gar nicht gemerkt, wie spät es ist. Ich geh mich noch kurz verabschieden.« Es machte mich nervös, dass alle auf sie einredeten und einer sie sogar ausbuhte. Ich hätte ihm gern eine Abreibung verpasst, doch ich wusste, das würde mir Probleme mit Noah einbringen.

Ein paar Minuten später war sie wieder bei mir.

»Es war der Hammer! Ich habe bestimmt drei Monate nicht gespielt. Für einen Moment war es wie nach Hause kommen, Wahnsinn.« Die Worte sprudelten nur so aus ihr heraus. Da begriff ich, wie hart es für sie gewesen sein musste. Sie hatte bei dem Umzug ihrer Mutter alles zurücklassen müssen: ihren Freundeskreis, ihre Schule, Dan. »Die Jungs haben gefragt, ob wir später in den Club kommen. Sie sagen, es wär der Hammer dort. Das machen wir, oder?«

Ich hätte liebend gern Nein gesagt, die Typen wollten sich doch nur an sie ranmachen, und ich hatte keinen Bock, den ganzen Abend zuzuschauen, wie sie sie anschmachteten, aber das konnte ich unmöglich tun: Ich hatte sie noch nie so glücklich gesehen.

»Meinetwegen, aber erst mal müssen wir duschen und was essen.«

»Super.«

Das fand ich ganz und gar nicht.

Als Lion und ich uns mit den Mädchen vor dem Aufzug trafen, hätte ich Noah am liebsten zurück ins Zimmer geschickt. Wer hatte ihr bloß zu diesem Outfit geraten? Sie trug ein eng anliegendes weißes Kleid mit dünnen, über dem Rücken gekreuzten Trägern. Beim Anblick der vielen nackten Haut bekam ich fast einen Herzinfarkt. Ich musste an mich halten, nicht gleich die Hand auszustrecken und sie zu berühren. Ihre schönen Beine wirkten durch die dunkelblauen High Heels noch länger, als sie ohnehin schon waren. Bestimmt hatte Jenna sie dazu animiert, ausnahmsweise auf die Converse und die Jeans zu verzichten.

29

NOAH

Keine Ahnung, warum ich mich von Jenna überreden ließ, diesen Fummel anzuziehen, für den ich zu allem Überfluss auch noch einen trägerlosen BH brauchte. Ich fühlte mich damit total overdressed und außerdem konnte jeder auf meinen nackten Rücken starren. Aber wenn Jenna sich was in den Kopf gesetzt hatte, konnte sie echt nerven.

Und ich gestehe, ein klitzekleines bisschen reizte es mich auch, Nicks Reaktion auf das Kleid zu sehen. Den ganzen Tag über hatte er sich tatsächlich wie ein guter Freund verhalten und die Finger bei sich behalten. Aber irgendwie hatte mich das gestört.

Deshalb wunderte ich mich über seinen abschätzigen Blick, als wir uns vor dem Aufzug trafen.

»Ist was?«, fragte ich enttäuscht. Ich hatte eine andere Reaktion erwartet.

»Ist dir nicht zu kalt?«, fragte er. Da war wieder dieses Blitzen in seinen Augen.

»Nein, alles okay«, erwiderte ich und flüchtete mich in den Aufzug. Jenna trug schwarze Minishorts und ein rosafarbenes

Top mit tiefem Ausschnitt. Sie war sehr viel freizügiger gekleidet als ich und Lion schien das nichts auszumachen.

Nick führte uns zu dem Restaurant, das direkt am Pool gelegen war. Ich war begeistert von der Weitläufigkeit und der geschmackvollen Ausstattung der Anlage. Das Restaurant selbst war piekfein, jetzt verstand ich, warum wir uns so chic gemacht hatten. Was für ein Erlebnis! Es hatte eben doch seine Vorteile, wenn die Mutter einen Millionär geheiratet hatte: Da kam das Luxusleben von ganz allein.

Wir bekamen einen schönen Tisch in der Nähe des Gartens und des Pools zugewiesen. Die Aussicht dort war spektakulär. Kurz darauf wurde uns ein exquisites Menü serviert. Wir ließen es uns schmecken und plauderten angeregt.

Plötzlich klingelte mein Handy. In letzter Zeit wurde ich häufiger mit unterdrückter Nummer angerufen und nie sprach der Anrufer ein Wort.

»Hallo«, sagte ich, und es meldete sich eine bekannte Stimme. Es war Jess, einer der Jungs, mit denen ich am Strand Volleyball gespielt hatte. Er erinnerte mich noch mal an den Namen des Clubs und meinte, dass wir nach dem Essen unbedingt dorthin kommen sollten.

Jenna jubelte, als sie das hörte, nur Nick schaute wieder seltsam missmutig drein. Was um aller Welt war mit ihm los?

Ich tippte eine Nachricht in das Handy. Das war vollkommen albern, klar, aber wenn er so weitermachte, verdarb er mir noch den Abend.

Hab ich dir was getan? Du schaust mich die ganze Zeit so seltsam an.

Sein überraschtes Gesicht, als er die Nachricht las, war zu komisch. Kurz darauf vibrierte mein Handy.

Du gefällst mir besser, wenn du selbst deine Kleidung auswählst. Du solltest keine Sachen anziehen, in denen du dich nicht wohlfühlst.

War es so offensichtlich, dass ich mir in dem Aufzug verkleidet vorkam? Jenna sah fantastisch aus, neben ihr wirkte ich wahrscheinlich wie ein grotesker Abklatsch von Barbie.

Es ärgerte mich, dass ich mich offenbar zum Narren machte. Ich hatte erwartet, dass Nick die Augen aus dem Kopf fallen, aber ich hatte das Gegenteil erreicht.

Ich legte das Handy auf den Tisch. Ich dachte nicht daran, ihm zu antworten. Ich war noch nie eins der Mädchen gewesen, die sich ständig stylen mussten, und es war mir immer egal gewesen, was andere, besonders Jungs, von mir dachten. Ich kam mir vor wie eine Idiotin, dass ich das jetzt für Nick getan hatte – und völlig umsonst.

Wieder vibrierte das Handy, nur diesmal lauter, weil es auf dem Tisch lag.

Ich schaute auf das Display, und es kribbelte in mir, als ich die Nachricht las.

Du bist wunderschön, Noah.

Wir sahen uns an und mir wurde warm ums Herz. Meinte er das ernst? Dann hatte er eine seltsame Art, das zu zeigen.

Ich ärgerte mich über mich selbst, dass mich vier knappe

Worte derart berührten. Ich war keine Modepuppe, ich hätte das anzuziehen sollen, was ich mir ursprünglich rausgelegt hatte.

»Hey, Leute!«, rief Lion. »Was geht ab?«

»Nichts«, erwiderte Nick und trank sein Glas aus.

»Wir sollten uns langsam auf den Weg machen, ich habe Jess gesagt, wir sind in einer Viertelstunde da. Ich will ihn nicht warten lassen«, sagte ich. Wenn Nick Dank für seine letzte Nachricht erwartete, war er schief gewickelt.

Wir verließen das Restaurant und begaben uns in den Vergnügungsbereich des Hotels. Jess kam gleich auf uns zu.

»Wow, Noah! Du siehst fantastisch aus!«

Genau diese Reaktion hatte ich mir gewünscht.

Ich stellte ihn den anderen vor und hielt einen Moment den Atem an, als ich merkte, dass Nick zögerte, bevor er ihm die Hand schüttelte.

»Der Club ist gleich hier, die Stimmung ist super«, verkündete er. Türsteher kontrollierten, wer hineinkam, und vor dem Eingang hatte sich eine lange Schlange gebildet. »Die gehören zu mir«, rief er einem von ihnen zu. Nachdem der uns kurz gemustert hatte, ließ er uns passieren. Drinnen brannte die Luft. Die Tanzfläche war brechend voll und die flackernden Lichter taten in den Augen weh, aber insgesamt war es die perfekte Location, um einen wunderbaren Abend zu verbringen.

»Wir haben da drüben eine Nische für uns«, sagte er und deutete in einen Bereich etwas abseits von der Tanzfläche. »Folgt mir.« Er versuchte, uns einen Weg durch die Menge zu bahnen. Ich hatte Mühe, mit den hohen Absätzen nicht hinzufallen, und mir taten schon die Füße weh. Als wir uns durchgekämpft hatten, wurden wir von den anderen vier stürmisch begrüßt. Sie feierten mich als ihre Volleyballheldin und ich genoss es in vollen Zügen. Die meisten hatten ihre Freundinnen dabei und wir waren sofort integriert. Jess hatte sich gleich neben mich gesetzt und auf der anderen Seite saß Nick. Das war mir unangenehm.

»Sag mal, Noah, seit wann spielst du Volleyball? Du bist zehnmal besser als jeder dieser Dilettanten hier«, meinte Jess und reichte mir einen Drink. Ich zögerte, bevor ich daran nippte. Seit das mit den K.-o.-Tropfen passiert war, traute ich keinem Getränk mehr über den Weg, das mir in die Hand gedrückt wurde.

»Da ist nichts drin, ich habe ihn beim Einschenken beobachtet«, flüsterte mir Nick ins Ohr. Ich erschauderte, aber als ich mich ihm zuwandte, um ihm zu danken, kam ein großes, bildhübsches Mädchen an den Tisch und setzte sich neben ihn.

Nicholas drehte mir den Rücken zu und unterhielt sich mit ihr. Das passte mir gar nicht.

»Möchtest du tanzen, Jess?«, fragte ich, als Jenna Lion auf die Tanzfläche zerrte.

»Klar!« Ich ergriff seine Hand und ließ mich von ihm in das Gewühl entführen.

Ich hatte schon immer gern getanzt und konnte das auch recht gut. Das hatte ich meiner Mutter und ihrer jugendlichen Art zu verdanken. Bei der Hausarbeit hatte sie die Musik immer voll aufgedreht. Ich hatte keine Hemmungen, meine Hüften im Rhythmus der Musik zu bewegen. Beim Tanzen blühte ich auf. Aber in dem Moment wollte ich nicht mit Jess tanzen, sondern mit jemand anderem. Als ich ihn mit der anderen, die an seinem Arm hing, auf die Tanzfläche kommen sah, sank meine Laune in den Keller.

Er war wirklich heiß, wenn er tanzte. Ich hatte ihn noch nie zuvor tanzen sehen, aber die Art, wie er die andere dabei hielt, machte mich eifersüchtig. Wie gerne wäre ich an ihrer Stelle gewesen. Als ich sah, wie er ihr an den Hintern fasste, musste ich mich wegdrehen und tief durchatmen. Am liebsten wäre ich auf mein Zimmer gerannt. Ich wusste, dass zwischen uns nichts war, aber ich kam nur schwer damit klar, dass es mir so viel ausmachte, ihn mit der anderen zu sehen. Jess legte seine Hand auf meine Taille und führte mich in eine Drehung, sodass ich mit dem Rücken vor ihm stand. Und genau in dem Moment schaute Nick zu uns hin.

Ich wollte mich von Jess lösen, weil ich mich unwohl fühlte, doch Nick provozierte mich weiter. Er schmiegte seine Wange an die der Blondine, drehte dann leicht den Kopf und flüsterte ihr was ins Ohr.

Obwohl ich innerlich vor Eifersucht verging, wollte ich es ihm heimzahlen. Und so ließ ich zu, dass Jess mich eng an sich zog. Ich bewegte meine Hüften im Rhythmus der Musik und wusste genau, dass ich mit dem Feuer spielte.

Nick ließ mich nicht aus den Augen, während er am Ohrläppchen des Mädchens knabberte. Ich wusste genau, was sie jetzt fühlte.

Mir reichte es.

Ich ließ Jess stehen und sagte, er solle in der Nische auf mich warten, ich wäre gleich wieder da. Er nickte und fragte, ob alles in Ordnung sei. Ich beruhigte ihn und ging zu dem Geländer an der Tanzfläche. Dort waren weniger Leute, und ich konnte einen Moment durchatmen, um runterzukommen.

Da tauchte Nick auf. Er zog mich an sich. Mein Herz klopfte wie wild, als seine Hand über meinen nackten Rücken strich.

»Warum zwingst du mich, etwas zu tun, das ich gar nicht tun will?«, flüsterte er mir ins Ohr.

Ich gab ihm keine Antwort. Was hätte ich auch sagen sollen? Ich ärgerte mich über mich selbst, weil ich mich anders gab, als ich war. Und ich war wütend auf ihn, weil er mir genau das vor Augen hielt.

»Ich bin verrückt nach dir, Noah«, flüsterte er, und seine Lippen berührten mein Ohrläppchen. Es durchzuckte mich.

Ich sah ihn an. In seinem gequälten Blick loderte das Begehren. Er wollte mich … Er war verrückt nach mir. Ein Lächeln huschte über mein Gesicht.

»Du tanzt gut«, sagte ich und schlang meine Arme um seinen Hals. Meine Finger begannen, ihn langsam und provozierend im Nacken zu streicheln.

»Tu das nicht«, bat er, aber ich konnte nicht anders. »Ich vergesse mich gleich«, warnte er mich und schaute an mir vorbei auf die Tanzfläche. Von dort beobachteten uns Jenna und Lion. Etwas in mir drängte mich, meiner Freundin mein Herz auszuschütten, doch eine andere, laute Stimme in meinem Innern sagte mir, dass ich verrückt geworden sein musste. Niemand würde eine solche Beziehung gutheißen.

»Ich muss zurück«, sagte ich enttäuscht.

»Kommt nicht infrage.« Er drückte mich noch fester an sich. Ich konnte seinen Atem an meinem Ohr spüren und schloss die Augen.

»Du solltest aufhören«, raunte ich. Er fluchte leise und presste seine Lippen auf meine. Das kam für mich hier, wo uns alle sehen konnten, völlig unerwartet. Es war ein fordernder, leidenschaftlicher Kuss. Und so aufregend.

Der Kuss wurde immer intensiver und ich spürte seine Erregung.

»Nick«, sagte ich atemlos. »Nick, hör auf«, bat ich, als seine Hände mich am ganzen Körper berührten. Es fehlte nur noch, dass er mich vor allen Leuten auszog.

Dann legte er seine Hände auf meine Schultern und schob mich ein Stück weg. Er sah mich an.

»Lass uns auf mein Zimmer gehen.« Ich erstarrte. »Ich ertrage es nicht, wie all die Typen gaffen, die dasselbe mit dir machen wollen wie ich. Bitte, Noah, komm mit. Ich will mit dir allein sein.«

Er schien echt besorgt zu sein … oder er konnte sich nicht mehr beherrschen. Aber nach dem Kuss hatte ich auch keine Lust mehr auf all die vielen Leute.

»Gut, lass uns gehen«, willigte ich ein, und er nahm meine Hand. Lächelnd führte er mich zu Jenna und Lion, die mit offenem Mund dastanden.

Jenna zog mich auf ihre Seite und ihre dunklen Augen blitzten.

»Du kleine Lügnerin!«, rief sie lachend. »Habt ihr komplett den Verstand verloren?« Lion schien es die Sprache verschlagen zu haben. Er sah Nick vorwurfsvoll an.

»Wir gehen«, erklärte Nick.

»Jetzt schon?«, fragte Jenna. Sie sah mich beschwörend an. Ich war sicher, dass sie mir später Löcher in den Bauch fragen würde, aber in dem Moment war mir das egal.

»Mir tun die Füße weh. Diese Schuhe sind die reinste Folter«, sagte ich, und das war nicht gelogen. Dann schob Nick mich zum Ausgang.

»Sag den anderen Tschüss von mir«, rief ich Jenna noch zu, in der Hoffnung, dass sie mich trotz der lauten Musik hörte. Sie nickte, noch immer verblüfft.

Draußen war das Dröhnen der Musik durch die schalldichten Wände kaum zu hören. Es war schon spät, aber es standen immer noch viele Leute in der Schlange.

»Dir tun die Füße weh?«, fragte Nick.

Ich nickte und setzte mich kurz auf eine Bank. Nicholas kniete sich vor mich und zog sie mir aus.

»Was tust du da?!«, rief ich lachend.

»Ich weiß nicht, wie du das ausgehalten hast. Mir tut schon von dem Anblick alles weh.«

»Danke. Was für eine Erleichterung«, sagte ich und meinte damit nicht nur die High Heels.

Zehn Minuten später waren wir in seinem Zimmer. Es lag im Dunkeln, aber durch die geöffneten Fenster drang schon das erste Licht des Morgens herein, als er die Schuhe auf den Boden fallen ließ und mich gegen die Wand drückte. Er küsste mich noch leidenschaftlicher als vorher.

Ich weiß nicht, was mit mir los war, aber in seinen Armen konnte ich an nichts anderes denken als daran, mit ihm zu verschmelzen. Ich wollte ihn überall berühren. Meine Finger fuhren durch sein Haar, sie strichen über seine Ohrläppchen und seinen Hals, und es gefiel mir, dass er dabei eine Gänsehaut bekam.

Er stieß einen tiefen Laut aus, nahm meine Arme, hob sie über meinen Kopf und hielt sie mit einer Hand fest.

»Rühr dich nicht«, bat er mich und ließ seine Zunge an all den empfindlichen Zonen an meinem Schlüsselbein, meinen Ohrläppchen und der Kuhle an meinem Hals entlangfahren.

Ich stöhnte auf, als seine andere Hand mein Bein streichelte und langsam am Oberschenkel nach oben wanderte, unter das Kleid fuhr und es hochschob. In dem Moment begriff ich, dass es viel zu hell war. Wenn ich ihn weitermachen ließ, würde ich gleich nackt vor ihm stehen.

Nervös trat ich von einem Fuß auf den anderen.

»Bitte hör auf.« Doch er achtete nicht auf mich. »Hör auf«, wiederholte ich energisch, und da ließ er meine Hände los. Mit meiner rechten stoppte ich seine Hand auf der Höhe meiner Hüfte.

»Warum?«, fragte er. Er sah mich beschwörend an. Er wollte weitermachen.

Oh mein Gott! Diese Augen voller Begehren waren so ungeheuer anziehend. Ich wollte meine Arme um ihn legen und ihn nicht mehr loslassen, wollte ihn anflehen, nicht aufzuhören, mich aufs Bett zu werfen und mit mir zu machen, was er wollte, aber ich konnte nicht. Noch nicht.

»Ich bin noch nicht bereit«, antwortete ich, und irgendwie stimmte das ja auch.

Er legte seine Stirn auf meine, bis unser beider Atem wieder ruhiger ging.

»Okay«, sagte er dann, »aber bleib bitte hier.«

Ich sah ihn eindringlich an. Ich wollte wissen, was in seinem Kopf vorging.

»Du hast mal gesagt, dass wir uns noch nicht gut genug kennen, und du hattest recht. Ich will dich kennenlernen, Noah. Noch nie im Leben habe ich etwas so sehr gewollt. Bleib heute Nacht hier.«

Dieses aufrichtige Geständnis aus dem Mund von Nicholas,

dem harten Kerl, der ohne jeden Skrupel zig Frauen flachlegte, berührte mich.

»Ja, lass uns reden«, willigte ich ein.

Ich wollte ihn auch besser kennenlernen.

Ich stand in Nicks Badezimmer. Ich hatte das weiße Kleid ausgezogen und betrachtete mich in Unterwäsche im Spiegel. Er hatte mir ein T-Shirt geliehen, damit ich es mir bequem machen konnte. Besorgt starrte ich auf die Narbe auf Höhe meines Magens. Die war schon immer ein Problem für mich gewesen. Deshalb wollte ich meinen Bauch niemandem zeigen. Allein bei der Vorstellung, jemand könnte sie sehen, stellten sich mir die Nackenhaare auf.

Um auf andere Gedanken zu kommen, erfrischte ich mein Gesicht mit kaltem Wasser und zog das T-Shirt an. Damit war ich erst mal vor fremden Blicken geschützt. Ich wusch mir auch die Füße mit kaltem Wasser. Was für eine Wohltat!

Als ich aus dem Bad kam, saß Nicholas auf dem Balkon. Auch er hatte sich umgezogen. Er trug jetzt eine Pyjamahose und ein graues T-Shirt. Er sah hinreißend aus, aber ich versuchte, seinen sensationellen Körper erst mal auszublenden.

Er lächelte.

»Meine Klamotten stehen dir gut.«

»Zum Glück bist du groß, sonst würde ich hier stehen wie mit einem eingelaufenen Kleid.« In dem Moment klingelte sein Handy. Bevor er abnahm und sich zurückzog, hatte ich noch einen Blick auf das Display werfen können: Die Anruferin war eine gewisse Madison.

Er beobachtete mich vom Zimmer aus. Eifersucht erfasste

mich, und ich spitzte die Ohren, um etwas von der Unterhaltung mitzubekommen.

»Wie geht's dir, Prinzessin?«, sagte er mit sanfter Stimme. Das machte mich stutzig. Seit wann nannte Nicholas irgendjemanden Prinzessin? Ich wäre am liebsten davongelaufen. »Ja, es geht mir gut, ich habe viele Geburtstagsgeschenke bekommen. Auf deins warte ich noch. Ich möchte eine Umarmung und einen dicken Kuss, ja?«

Das wurde mir zu bunt. Ich wollte weg. Warum sollte ich mir anhören, wie er in meinem Beisein mit einer anderen flirtete? Aber das stand mir nicht zu. Ich selbst hatte ja darauf bestanden, dass wir uns keinerlei Rechenschaft schuldig waren, und ihm gesagt, dass ich nichts Festes wollte. Wie sollte ich meine Flucht erklären?

»Das weißt du doch, Schatz, aber ich muss jetzt Schluss machen. Ich rufe dich morgen an, ja?« Wie er säuselte. Als hätte ich einen ganz anderen Menschen vor mir. »Ich hab dich auch lieb, Prinzessin. Ciao.« Er legte auf.

Ich stand mit vor der Brust verschränkten Armen am Geländer und starrte auf den Ozean. Ich wollte nicht darüber nachdenken, dass ich mich über das Telefonat geärgert hatte. Als er mich von hinten umarmte, machte ich mich steif.

»Tut mir leid, aber da musste ich rangehen«, entschuldigte er sich und küsste mich auf die Stelle an meinem Hals, an der mein Tattoo war.

»Wir wollten doch reden«, erinnerte ich ihn und drehte mich um. Er ließ mich los und setzte sich auf einen der Balkonstühle.

»Schön, dann reden wir«, meinte er gelassen. Er hatte offenbar keinerlei Gewissensbisse. Das steigerte meine Wut umso mehr.

»Wie wäre es, wenn wir uns gegenseitig zehn Fragen stellen? Man muss ehrlich antworten und darf eine Frage verweigern.«

Ich nickte.

»Fängst du an?«, schlug er vor.

Ich atmete tief ein und stellte die erste Frage.

»Wer zum Teufel ist Madison?«

Er schien nicht sonderlich überrascht zu sein, aber er runzelte die Stirn und fuhr sich durch das zerzauste Haar.

»Wenn ich dir davon erzähle, musst du meine Antwort akzeptieren, und du darfst mir keine weiteren Fragen stellen«. Ich nickte und rätselte, warum er so ein Geheimnis daraus machte. »Sie ist meine kleine Schwester, sie ist fünf und die Tochter von meiner Mutter und ihrem neuen Mann.«

Wow, das war ja der Hammer.

»Du hast eine Schwester?«, fragte ich ungläubig.

»Ja, und damit hast du eine Frage verplempert. Jetzt bleiben dir noch acht.«

Ich überlegte … Wusste meine Mutter davon? Und Will?

»Du hast eine fünfjährige Schwester und ich weiß nichts davon? Keiner hat sie je erwähnt«, rief ich und setzte mich auf den Tisch.

»Kaum jemand weiß davon und das soll auch so bleiben.«

Ich atmete tief ein. Die Sache hatte also mit seiner Mutter zu tun. Ich wusste, dass sie die Familie verlassen und sich von seinem Vater hatte scheiden lassen, als er noch ein Kind war. Aber das war's auch schon.

»Hast du ein gutes Verhältnis zu ihr?«, fragte ich und versuchte, ihn mir mit einem tobenden Kind vorzustellen. Das passte überhaupt nicht zu ihm.

»Ein sehr gutes, ich liebe sie abgöttisch. Leider sehe ich sie viel zu selten«, erwiderte er mit traurigem Blick. Das Thema schien ihn sehr zu belasten … und er erzählte mir davon!

Ich stand auf und setzte mich auf seinen Schoß. Er schlang die Arme um mich.

»Das tut mir leid«, sagte ich und meinte damit nicht nur das mit seiner Schwester, sondern auch, was seine Mutter ihm angetan hatte.

»Manchmal möchte ich sie mit nach Hause nehmen, aber laut Gesetz habe ich nur das Recht, sie ein paar Mal im Monat zu sehen. Meine Schwester bekommt nicht die Aufmerksamkeit, die sie braucht, und sie ist krank, das macht alles noch schlimmer«, gestand er und drückte mich dabei an seine Brust.

Wer hätte das gedacht? Ich fühlte mich wie eine Vollidiotin. Ich hatte ihn nicht nur falsch eingeschätzt, sondern ihm auch noch unterstellt, er führe das glücklichste Leben der Welt und kenne keine Probleme. Ich fühlte mich so dumm.

»Hast du ein Foto?«, fragte ich neugierig.

Er zog das Smartphone aus der Tasche und suchte in den Fotoalben. Kurz darauf zeigte er mir ein Bild von sich mit einem süßen, winzigen blonden Mädchen. Ich lächelte.

»Sie hat deine Augen«, sagte ich. Sie hatte auch denselben schelmischen Blick wie er. Aber das behielt ich für mich.

»Ja, aber das ist auch die einzige Ähnlichkeit. Ansonsten ist sie meiner Mutter wie aus dem Gesicht geschnitten.«

Ich wandte mich wieder ihm zu. Ich wusste, dass er mir Dinge verschwieg. Irgendwas war mit seiner Mutter vorgefallen, aber ich traute mich nicht nachzufragen. Ich wechselte das Thema.

»Du bist dran«, verkündete ich.

Er dachte nach.

»Was ist deine Lieblingsfarbe?«

Ich musste schallend lachen.

»Von allen Sachen, die du fragen könntest, fällt dir als Erstes ausgerechnet das ein?«

Er lachte und wartete geduldig auf meine Antwort.

Ich seufzte.

»Gelb.«

»Dein Lieblingsessen?«

»Makkaroni mit Käse.«

»Dann haben wir ja schon mal etwas gemeinsam«, sagte er und strich mit seiner Hand über meinen Arm. So war es mit ihm einfach fantastisch. Fantastisch und völlig neu.

»Was findest du an Thomas Hardy?« Die Frage überraschte mich. Das bedeutete, er hatte wahrgenommen, womit ich mich beschäftigte.

Puh, was fand ich an Thomas Hardy?

»Ich denke mal, ich finde es gut, dass nicht alle seine Bücher ein Happy End haben, sie sind realistischer, näher am Leben dran. Glück ist etwas, das alle suchen, das aber schwer zu finden ist.«

Er schien über meine Worte nachzudenken.

»Meinst du nicht, dass du glücklich werden kannst?«, fragte er unvermittelt. Die Fragerei wurde mir zu persönlich, ich spürte, wie ich mich dagegen sperrte.

»Sagen wir, ich glaube, ich kann es schaffen, weniger unglücklich zu sein.«

Er sah mich forschend an, als wollte er herausfinden, was in meinem Kopf vorging. Dieser Blick gefiel mir nicht.

»Bist du unglücklich?«, formulierte er die Frage neu und streichelte meine Wange.

»Jetzt, in diesem Moment, nicht«, sagte ich, und er lächelte traurig.

»Ich auch nicht«, meinte er, und ich erwiderte sein Lächeln.

Bildete ich mir das nur ein, oder hatten wir eine unsichtbare Linie überschritten, was unsere Gefühle anging?

»Was willst du studieren, wenn du mit der Highschool fertig bist?«

Okay, das war wenigstens mal leicht zu beantworten.

»Anglistik und Amerikanistik an einer kanadischen Uni. Ich will Schriftstellerin werden«, erwiderte ich. Im selben Moment dachte ich, dass das mit Kanada vielleicht gar keine so gute Idee war.

»Schriftstellerin …«, wiederholte er. »Hast du schon was geschrieben?«

Ich nickte.

»Verschiedenes. Aber ich habe es noch nie jemandem zu lesen gegeben.«

»Würdest du mir was zu lesen geben?«

Ich schüttelte sofort den Kopf. Ich würde mich zu Tode schämen. Außerdem waren meine Texte eher wie ein Tagebuch, keine Geschichte, die ich mit aller Welt teilen wollte.

»Nächste Frage«, sagte ich. Was meine Texte anging, war ich kategorisch.

Er zögerte, doch dann wirkte er entschlossen. Er wägte seine Worte sorgsam ab.

»Warum hast du Angst im Dunkeln?«

Ich wurde stocksteif. Ich wollte das nicht beantworten. Ich

konnte nicht. Das ging nur mich was an. Tausende Erinnerungen rauschten durch meinen Kopf.

»Einspruch«, sagte ich mit zittriger Stimme.

30
NICK

Ich beobachtete sie aufmerksam. Seit ich gesehen hatte, wie sie leichenblass geworden war, als sie bei dem albernen Spiel in einen dunklen Schrank klettern sollte, hatte ich mich gefragt, was Schlimmes passiert war, dass sie solch eine Angst vor der Dunkelheit hatte.

Jetzt war es genauso. Ihr Körper war angespannt, und sie war käseweiß, als ob die Erinnerung an ein bestimmtes Erlebnis sie innerlich quälte.

»Ruhig, Noah«, sagte ich und drückte sie an mich. Ich hatte mir nichts sehnlicher gewünscht, als sie im Arm zu halten, und jetzt, wo es mir gelungen war, hatte ich mit meiner unglückseligen Frage alles zunichtegemacht.

»Ich will darüber nicht sprechen«, sagte sie, und ich spürte, wie sie zitterte. Was war ihr nur widerfahren?

»Alles gut«, versuchte ich, sie zu beruhigen. Ich strich ihr über den Rücken. Ich hatte am Abend nicht an mich halten können, ich musste sie einfach küssen. Seit dem letzten Mal war viel zu viel Zeit vergangen. Obwohl ich es versprochen hatte, konnte ich meine Hände nicht bei mir behalten. Noah hatte mich in ihren

Bann gezogen, und ich entdeckte einen völlig neuen Nicholas in mir, einen Nicholas, der ihr verfallen war.

»Ich denke, ich sollte jetzt besser gehen«, sagte sie. Ich verfluchte mich innerlich dafür, dass es dazu gekommen war. Es behagte mir nicht, wie sie zurückwich, wenn ein Thema ernst wurde oder wir uns zu nahe kamen.

»Nein, bleib«, sagte ich und schmiegte meinen Kopf an ihren Hals. Ich konnte nicht genug bekommen von ihrem betörenden Duft, der so unglaublich verführerisch war.

»Ich bin müde, es war ein langer Tag«, erwiderte sie und stand auf. Ich fasste ihre Hände.

»Du kannst hier schlafen«, bot ich an, und schon während ich die Worte aussprach, wurde mir klar, wie sich das für sie anhören musste.

Sie sah mich mit aufgerissenen Augen an. Verdammt, ich machte alles nur noch schlimmer. Bei Noah musste ich extrem behutsam vorgehen.

»Ich meine wirklich nur schlafen«, erklärte ich, in der Hoffnung, sie umstimmen zu können.

Sie schien es sich zu überlegen.

»Ich möchte lieber in meinem Bett schlafen«, erklärte sie und entwand sich meinen Händen. Ihre Stimme klang bedauernd, aber ich verstand sie: Nachdem ich unangenehme Erinnerungen in ihr geweckt hatte, hielt sie es nicht länger an meiner Seite aus.

»Okay. Ich begleite dich«, bot ich an.

Sie kicherte. Da ging mir das Herz auf. Das war meine Noah.

»Nicholas, mein Zimmer liegt gleich gegenüber, du musst mich nicht begleiten.« Sie ging hinein und suchte ihre Sachen zusammen. In meinem T-Shirt sah sie umwerfend aus. Es endete knapp unter ihrem Po und ich hätte es gerne ein Stück hochgezogen und sie die nächsten Stunden einfach nur angesehen.

»Das mache ich gern.«

Sie lächelte.

»Danke.«

Ich nahm ihr die Schuhe aus der Hand und öffnete die Tür, um sie vorbeizulassen. Ich weiß nicht, wie sie das machte, aber bei ihr wollte ich unbedingt ein Kavalier sein.

Wir gingen bis zur Zimmertür und sie nahm die Chipkarte aus ihrer Tasche und hielt sie ans Schloss. Es blinkte grün und die Tür öffnete sich mit einem schnappenden Geräusch.

Als sie sich zu mir umdrehte, wirkte sie nervös. Verängstigt. Ich weiß nicht genau, was meine Frage in ihr ausgelöst hatte, aber sie war auf einmal sehr weit weg. Ich drückte sie noch mal an mich und gab ihr einen intensiven Kuss, der Lust auf mehr machte. Sie erwiderte ihn, löste sich aber im nächsten Moment aus meinen Armen und nahm mir die Schuhe ab.

»Gute Nacht, Nick«, verabschiedete sie sich mit einem scheuen Lächeln.

»Gute Nacht, Noah.«

Am nächsten Morgen wusste ich nicht, was mich erwartete, aber als wir uns vor dem Aufzug mit den Mädchen trafen, war es mir egal, dass Jenna und Lion uns beobachteten. Ich ging auf Noah zu und küsste sie innig. Damit hatte sie nicht gerechnet, aber es schien ihr zu gefallen. Sie trug eine kurze Jeanshose, ein T-Shirt und Turnschuhe. Als ich das sportliche, legere Outfit sah, dachte ich, dass Noah völlig anders war als alle Mädchen, mit denen ich ausgegangen war. Sie schätzte die einfachen Dinge, aber ihr

Inneres war so komplex wie ein tausendteiliges Puzzle, und ich wusste noch nicht recht, wo ich da hineinpasste.

»Ihr solltet euch ein Zimmer suchen.«

»Halt den Mund, Jenna«, sagte ich und wandte mich dann an Noah. »Du siehst sehr gut aus.« Ich wollte keinesfalls wieder ihre Gefühle verletzen, wie gestern, als ich ihr meine Nachricht geschickt hatte.

»Du auch«, erwiderte sie wie selbstverständlich.

Wir betraten den Aufzug und gingen direkt ins Restaurant frühstücken. Das Gespräch drehte sich natürlich um den gestrigen Abend, und Jenna meinte, wir wären komplett verrückt. Noah schwieg und so musste ich uns allein gegen die Angriffe verteidigen.

Wir sahen uns die Stadt an und machten einen Schaufensterbummel. Am nächsten Tag ging es schon wieder zurück, und ich hatte Sorge, das, was sich zwischen uns entwickelt hatte, würde sich im gewohnten Umfeld in Luft auflösen. Es ließ sich nicht vermeiden, dass wir aufgrund unserer verschiedenen Temperamente immer wieder aneinandergerieten. Was mich mit ihr verband, waren hauptsächlich Streitgespräche und gestohlene Küsse, und das machte mir Angst: Ich wollte sie nicht verlieren, sondern weiter ausbauen, was sich da zwischen uns entspann.

Der Nachmittag verging wie im Flug. Wir aßen in einem netten Restaurant, und es machte mir Freude, sie zu allem einzuladen, was ihr Herz begehrte. Im Gegensatz zu Jenna, die jeden Laden stürmte, war sie äußerst bescheiden.

Vor einer Auslage mit vielerlei bunten Ketten blieb Noah stehen. Es war nur Modeschmuck, aber es war das Erste, für das sie – abgesehen von der Stadt an sich – überhaupt Interesse zeigte.

»Ich hätte gerne diese da«, sagte ich zu der Verkäuferin. Noah fuhr herum, als sie meine Stimme hinter sich hörte.

»Du musst mir die Kette nicht kaufen. Ich wollte sie mir nur ansehen«, sagte sie.

»Ich möchte es aber«, erklärte ich, während mir die Verkäuferin die Kette reichte. Sie hatte einen honigfarbenen Stein. »Der passt zu deinen Augen«, sagte ich und legte ihr die Kette um.

»Danke«, sagte sie und strich mit dem Finger über den Stein.

»Gern«, erwiderte ich lächelnd. Es gefiel mir, die Kette an ihrem Hals zu betrachten und zu wissen, dass ich sie ihr geschenkt hatte.

Wir aßen noch ein Eis an der Strandpromenade, dann kehrten wir ins Hotel zurück. Die Mädchen hatten Hunger und dort wurde bald das Abendessen serviert. Später würden wir dann noch in einen Club in der Stadt gehen, für den Jenna Eintrittskarten hatte, um an unserem letzten Abend noch einmal richtig zu feiern.

Ich ging mit Lion auf unser Zimmer.

»Ich weiß ja nicht, was du da machst, aber nimm dich in Acht«, meinte er. »Ich habe dich beobachtet, Nick. Die Kleine hat dir den Kopf verdreht.«

»Wir amüsieren uns nur ein bisschen, Lion, sei kein Spielverderber«, erwiderte ich und drehte ihm den Rücken zu.

»Du bist andere Frauen gewohnt, Nicholas. Ich glaube, das mit euch beiden kann am Ende nicht gut gehen. Ich habe noch nie zwei unterschiedlichere Menschen gesehen als Noah und dich.«

Ich wandte mich um und schaute ihn an. Seine Worte brachten mich in Rage.

»Kümmere dich um deinen eigenen Kram, Lion. Du und Jenna, hattet ihr vielleicht irgendwas gemeinsam, als ich euch miteinander bekannt gemacht habe?«

Er schwieg für einen kurzen Moment.

»Ich will dich nur warnen, Bro.« Dann verließ er das Zimmer.

Ich blieb allein zurück und die Gedanken kreisten in meinem Kopf. Ja, Noah hatte nichts mit mir gemein, aber vielleicht war es genau das, was ich brauchte. Ich hatte noch nie das Bedürfnis verspürt, jemanden intensiver kennenlernen zu wollen. Noah war wie ein Rätsel, das ich ergründen musste.

Nach der Dusche zog ich ein schwarzes T-Shirt und Jeans an. Die anderen warteten schon am Aufzug auf mich. Noah trug eine enge schwarze Hose und eine blaue Bluse: Sie sah sensationell aus.

Seit unserer Ankunft hatte sich unser Verhältnis völlig verändert. Wir hatten uns kaum gestritten, nicht schlecht. Aber aus irgendeinem Grund stellte sich immer wieder eine gewisse Distanz zwischen uns ein. Es kam mir manchmal vor, als ob wir zwei Schritte nach vorn und drei zurück machten.

Als wir das Hotel verließen, war die Sonne bereits untergegangen, und es herrschte eine angenehme Temperatur. Wir gingen zu Fuß zum Club, und ich war eigentlich guter Dinge, aber als wir dort ankamen, wurde mir schlagartig klar, dass der Abend kein gutes Ende nehmen würde. Draußen warteten schon die Volleyballspieler auf uns. Was war ich beschränkt! Ich kapierte erst jetzt, dass sie Jenna die Eintrittskarten offenbar gegeben hatten, als Noah und ich schon gegangen waren.

Noah ging freudig auf sie zu, und ich musste all meine Beherrschung aufbringen, als dieser Jess sie wie am Tag zuvor durch die Luft wirbelte.

»Du warst gestern auf einmal weg, ohne dich zu verabschieden!«, tadelte er sie. Er hielt sie immer noch in der Luft. Ich machte einen Schritt nach vorn, doch da ließ er sie zum Glück los. Noah schien sich zu amüsieren, ihre Wangen waren gerötet. Gefiel ihr dieser Kerl etwa? Wenn ja, würde ich für nichts mehr garantieren können.

Den anderen Spielern war ebenfalls anzumerken, wie hingerissen sie von ihr waren. In der eng anliegenden schwarzen Hose und den Sandalen mit dem hohen Absatz sah sie aus wie ein Model. Aus dem lockeren Dutt hatten sich ein paar Strähnen gelöst, die ihr sanft ins Gesicht fielen.

Der Club war noch voller als der vom Abend zuvor. Offenbar wurde irgendeine Dating-Party gefeiert. Am Eingang wurden farbige Armbänder verteilt: grüne für Singles, gelbe für Leute, denen es egal war, und rote für Festvergebene. Missmutig beobachtete ich, wie Noah ein grünes nahm. Ich hätte es ihr am liebsten vom Handgelenk gerissen. Aber okay, auf das Spiel verstand ich mich auch.

Jenna hatte Noah in eine Mini-Nische in der Nähe der Bar gezerrt, wo man ihnen gleich die ersten Drinks servierte. Lion kam mit zwei Shots zu mir und wir stießen an.

»Auf deinen zweiundzwanzigsten Geburtstag, Alter!«, rief er über die laute Musik hinweg. Die Mädchen gesellten sich zu uns.

»Heute geben wir uns die Kante«, kreischte Jenna, und Noah lachte. Das gefiel mir nicht, aber ich sagte nichts.

Im Verlauf des Abends verging mir die Feierlaune gründlich. Diese Scheißarmbänder waren ein Freibrief für Typen, sich an die Frauen ranzumachen, die ein grünes oder gelbes Armband trugen. Von der Nische aus konnte ich beobachten, wie Noah mit einem wesentlich älteren Typen tanzte. Sie sah so verdammt scharf aus, wenn sie sich im Takt der Musik wiegte, und ich wurde immer wütender, weil sie mit allen tanzte, nur nicht mit mir.

Ich stürzte den vierten Shot hinunter und marschierte just in dem Moment zu ihr auf die Tanzfläche, als ihr Tanzpartner sie an sich zog und ihr einen Kuss auf die Lippen drückte.

Ich sah rot.

Ich riss Noah von ihm weg und packte den Kerl am Hemd. Das Nächste, an das ich mich erinnere, ist, dass ich mich mit ihm auf dem Boden prügelte. Ich schlug wie wild auf ihn ein, der Anblick ihrer beiden aneinandergeschmiegten Körper hatte mich rasend gemacht.

»Hör auf, Nicholas!«, brüllte eine Stimme, die ich zu gut kannte, um sie zu ignorieren. Lion packte mich von hinten und schubste mich fluchend aus dem Lokal. Ein Hieb hatte mich am Auge erwischt, genau an dem, das von der letzten Schlägerei noch nicht ausgeheilt war.

»Was war das denn?«, schrie mich Lion an.

»Wo ist Noah?«, fragte ich. Ich konnte sie unter den Leuten nirgends entdecken. Schließlich tauchte sie auf und ihre Augen blitzten vor Zorn.

»Sag mal, hast du sie noch alle?«, fuhr sie mich an. Vollkommen außer sich verpasste sie mir einen Stoß.

Wie jetzt? Sie war sauer auf mich? Erneut packte mich die Wut.

»Gefällt es dir, wenn die Typen dich vor meinen Augen angrapschen?«, tobte ich. Ich hatte mich nicht mehr im Griff.

Sie sah mich mit großen Augen an, als könnte sie nicht glauben, was sie da hörte.

»Ich habe getanzt, Nicholas!«, schrie sie. »Einfach nur getanzt!«

Ich hätte sie am liebsten geschüttelt.

»Und hast dich von ihm küssen lassen?« Aus mir sprach der reine Zorn. Ich wusste nicht mehr, was ich sagte, und ich war zu betrunken, um die Konsequenzen abzuwägen. »Wenn du dich hier von jedem x-Beliebigen begrapschen lässt, brauchst du auch sonst nicht so verklemmt zu tun. Hör auf, die Heilige zu spielen, die …«

Die Ohrfeige traf mich so unerwartet, dass ich den Schmerz zuerst gar nicht realisierte.

Reflexartig packte ich sie bei den Schultern.

»Wag es noch einmal …«, drohte ich.

Sekunden später wurde mir klar, was ich getan hatte. Das Entsetzen in ihrem Gesicht holte mich wieder auf den Boden zurück. Ihre Augen füllten sich mit Tränen.

»Noah.«

Sie wandte sich ab.

»Ich kann nicht mit dir zusammen sein, Nicholas«, sagte sie, und jedes Wort war wie ein Messerstich. »Du stehst für all das, vor dem ich fliehe, seit ich denken kann.«

Ich versuchte, sie zurückzuhalten, aber sie entwand sich. Flammen schienen aus ihren Augen zu schießen.

»Fass mich nie wieder an!«, schrie sie. »Wenn Prügeln deine Art ist, Probleme zu lösen, ist das deine Sache, aber lass mich aus dem Spiel!«

Ich wollte noch etwas sagen, aber sie rannte davon.

»Du bist ein Idiot, Nick«, sagte Jenna, bevor sie Noah hinterherlief.

Lion legte eine Hand auf meine Schulter. Ich musste mich zusammenreißen, um sie nicht wegzuschlagen.

»Du hast es verkackt, Kumpel«, sagte er.

»Lass mich in Ruhe.«

31

NOAH

Ich konnte immer noch nicht glauben, dass die Sache derart aus dem Ruder gelaufen war. Eben hatte ich noch getanzt, und im nächsten Augenblick wurde ich von der Tanzfläche geschubst, und der Junge, an den ich mein Herz verloren hatte, prügelte sich mit dem Idioten, der mich ohne meine Zustimmung geküsst hatte. Ich hätte ihm selbst die Meinung gegeigt, aber Nicholas war wie von Furien gejagt auf ihn losgegangen.

Mir war jede Form von Gewalt absolut zuwider. Ich hatte in meinem Umfeld zu viel davon gesehen und wusste, dass Gewalt nicht die Lösung, sondern das Problem war. Ich wollte keinen gewalttätigen Menschen an meiner Seite haben. Nicholas hatte mehrfach unter Beweis gestellt, dass er extrem leicht reizbar war und keiner Schlägerei aus dem Weg ging, aber ich war so dumm gewesen, es zu verdrängen, weil ich etwas für ihn empfand, viel mehr als zuvor für Dan. Die letzten Tage mit Nick waren ein Traum gewesen. Ich hatte das Gefühl gehabt, ich könnte mich ihm gegenüber öffnen, aber seit seinem Auftritt gestern Abend war das vorbei. Nicholas hatte sich als eifersüchtiger, besitzergreifender Tyrann erwiesen und das fand ich abstoßend. Als er mich bei den Schultern packte, hatte ich die grenzenlose Wut in ihm gesehen, und das hatte mir Angst gemacht. Mit so einem Menschen konnte ich nicht zusammen sein.

Auf dem Weg zu unserem Zimmer hatte Jenna die ganze Zeit auf Nick geschimpft, aber dann plötzlich gesagt, ich solle ihm verzeihen. Doch ich wollte nur noch ins Bett. Das war alles nicht so gelaufen wie geplant. Ich wollte so schnell wie möglich wieder nach Hause und Abstand gewinnen.

Eine Stunde später hörte ich auf dem Flur Geräusche. Ich hatte mir schon Sorgen gemacht, weil ich Nick nicht hatte kommen hören. Ich stand auf und ging zur Tür. Als ich hinausspähte, traute ich meinen Augen nicht.

Nick war nicht allein. Ein Mädchen lehnte mit dem Rücken an seiner Zimmertür, und er küsste sie, während seine Hände ihren Körper erkundeten. Mit einem Mal spürte er wohl, dass er beobachtet wurde. Er drehte sich um, und als er mich sah, ließ er das Mädchen los und fluchte.

»Fuck, Noah …« Er hatte die Spuren ihres Lippenstifts im Gesicht, als er auf mich zukam. Ich drehte mich um und knallte ihm die Tür vor der Nase zu.

In der ganzen Nacht tat ich kein Auge mehr zu.

Am nächsten Morgen war ich hundemüde, mir war übel und mein Kopf schmerzte. Es war mir egal, wie ich aussah. Seit unserer Ankunft hatte ich mich für Nick hübsch gemacht. Und was hatte es gebracht? Am Ende war das eingetreten, womit ich rechnen musste. Nicholas war ein Schläger und Frauenheld. Er hatte mich wie ein Dummerchen an der Nase herumgeführt. Ich wollte ihn auf keinen Fall sehen.

Was nach der Szene auf dem Flur geschehen war, wusste ich nicht, aber ich bekam das Bild, wie er mit diesem Mädchen rummachte, nicht mehr aus dem Kopf. Und mir hatte er noch vorgeworfen, dass ich einen anderen geküsst hatte, dabei war der Kuss gar nicht von mir ausgegangen. Das, was er getan hatte, war doch weit schlimmer.

Jenna merkte, wie still ich war, und wollte mich mit albernen Sprüchen und Kommentaren über das Wetter und unseren anstehenden Flug aufmuntern. Ich wusste noch nicht wie, aber irgendwie müsste es mir gelingen, Nick während der Reise aus dem Weg zu gehen.

Als wir mit unseren Koffern aus dem Zimmer kamen, saß er in einem Sessel neben dem Aufzug. Er hatte die Ellbogen auf die Knie gestützt und starrte auf seine Hände. Sein Haar war noch zerzauster als sonst, als wäre er immer wieder mit der Hand hindurchgefahren.

»Noah«, sagte er nur. Als ich ihn meinen Namen sagen hörte, hätte ich beinahe angefangen zu weinen.

»Lass mich in Ruhe!«, sagte ich bestimmt. Jenna stand überrascht und hilflos daneben. Von Lion war weit und breit nichts zu sehen.

Nicholas kam auf mich zu. Er hatte dunkle Ringe um die Augen.

»Bitte, Noah, das gestern Abend tut mir leid. Ich hab zu viel getrunken und hatte mich nicht im Griff«, wollte er sich entschuldigen. Er versuchte, meine Hand zu nehmen, doch ich zog sie weg. Betroffen stand er da und wusste nicht, was er tun sollte. Er sah toll aus, und ich hasste mich dafür, dass ich noch Gefühle für ihn hatte. Ich musste endlich einen Schlussstrich ziehen.

»Ich will nicht, dass du dich mir noch mal näherst. Was immer zwischen uns war, es ist vorbei. Wir hätten es lassen sollen, es war von Anfang an ein Fehler.«

Unsere Blicke trafen sich, und in seinem Gesicht spiegelte sich das Gefühlschaos in seinem Innern: Wut, Reue, Schmerz, Bedauern …

»Ich war betrunken, Noah. Ich hab nicht gewusst, was ich tue«, rechtfertigte er sich.

Ich sah ihn ungerührt an.

»Aber ich weiß ganz genau, was ich jetzt tue. Du bist für mich von nun an nicht mehr als der Sohn des neuen Mannes meiner Mutter.«

Damit betrat ich den Aufzug. Jenna folgte mir, doch Nick wandte sich um und zog ab. Ich hatte keine Ahnung, wie es mit uns weitergehen würde, ich wollte einfach nur, dass dieser Horrortrip ein Ende nahm. Zum ersten Mal seit sehr langer Zeit wünschte ich mir, meine Mutter wäre da und würde mich in den Arm nehmen und sagen, dass alles gut wird …

Der Flug zog sich unendlich. Die anderen ließen mich die ganze Zeit über in Ruhe. Nachdem wir Jenna und Lion zu Hause abgesetzt hatten, fuhren Nick und ich schweigend weiter. Ich starrte aus dem Fenster. Ich wollte nicht in seiner Nähe sein, ich fühlte mich verraten wie nie zuvor. Einen Moment lang hatte ich geglaubt, das Glück sei zum Greifen nah, ich hatte an eine Zukunft mit Nick geglaubt, und dann war alles so schnell zerronnen, wie es in mein Leben getreten war. Meine Augen brannten, ich hätte am liebsten geheult. Blitzartig tauchten Bilder von seinen Faustschlägen auf, als säße ich in einem Horrorfilm. Und dann schob sich auch noch das Bild von Nick mit dem Mädchen vor mein inneres Auge. In dem Moment war mir klar geworden, wie stark meine Gefühle für ihn waren. Die Szene hatte mich weit mehr berührt als das Foto von Dan mit meiner besten Freundin.

Eine Träne kullerte über meine Wange, und noch bevor ich sie wegwischen konnte, spürte ich seine Finger auf meiner Haut. Ich schlug seine Hand weg.

»Fass mich nicht an!«, fauchte ich ihn an. Und ich war froh, dass keine Tränen nachkamen.

Er sah aus, als ob ihn meine Abfuhr wirklich verletzt hätte, aber das war bestimmt nur Show: Nicholas empfand nichts für mich, das hatte er zur Genüge unter Beweis gestellt.

Plötzlich fuhr er rechts ran und hielt an.

»Was soll das?«, fragte ich irritiert. Ich fürchtete mich vor einem Gefühlsausbruch und wollte allein sein.

Er drehte sich zu mir.

»Du musst mir verzeihen«, flehte er.

Ich schüttelte den Kopf. Ich wollte ihm nicht länger zuhören. Ich wollte nicht noch länger mit ihm in einem Auto sitzen, also löste ich den Sicherheitsgurt und stieg aus. Es war mir egal, dass wir uns auf dem Highway befanden.

Ich wollte nur noch weg, doch er folgte mir und hielt mich fest.

»Es tut mir leid, Noah, wirklich. Ich wollte das nicht. Es ist alles so neu für mich. Verstehst du denn nicht? Ich habe so noch nie für jemanden empfunden, und als ich gestern gesehen habe, wie dieser Schwachkopf dich geküsst hat, da sind mir die Sicherungen durchgebrannt.«

»Und hast du mal daran gedacht, wie es mir dabei ging, als du wie ein Irrer auf ihn eingeschlagen hast?« Ich versuchte, mich zu entwinden. »Was denkst du, was ich dabei gefühlt habe? Bewunderung? Dankbarkeit? Nein! Ich hatte Angst! Ich hab's dir schon mal gesagt: Gewalt ist nicht mein Ding. Und als wäre das noch nicht genug, gehst du dann auch noch her und machst praktisch vor meiner Zimmertür mit einer anderen rum!«

Nick zuckte zurück, als hätte er einen Stromschlag bekommen.

»Du hast Angst vor mir?«, fragte er betroffen.

Ich nickte. Es fehlte nicht mehr viel und ich würde zusammenbrechen.

»Ich könnte dir nie etwas antun«, versicherte er. »Noah, ich weiß nicht, was dir widerfahren ist, aber was es auch immer war, du musst wissen, dass ich dir nie wehtun würde.«

Kopfschüttelnd wich ich seinem Blick aus.

»Das hast du schon, Nicholas.«

Er wollte noch etwas sagen, doch ich ließ ihn nicht zu Wort kommen.

»Bring mich bitte nach Hause.«

Auf dem restlichen Weg schwiegen wir uns an. Nachdem wir das Gepäck ausgeladen hatten, verschwand ich direkt in meinem Zimmer, natürlich nicht ohne vorher meine Mutter und William zu begrüßen. Nicholas fuhr gleich wieder los. Das machte mir nichts aus. Nicht mehr. Es hatte mir noch nie etwas ausgemacht. Jedenfalls redete ich mir das ein.

Am nächsten Morgen kam ein Brief für mich. Ich hatte keine Zeit, ihn gleich zu öffnen, denn ich war mit Jenna, Lion und Mario verabredet. Daher legte ich ihn zunächst auf den Beifahrersitz. Er hatte keinen Absender. Während ich an unserem Treffpunkt auf die anderen wartete, riss ich ihn auf.

Auf das, was ich dann lesen musste, war ich alles andere als gefasst. Mein Herz begann zu rasen und mir wurde ganz schwach.

> Ich schreibe dir diesen Brief, weil ich auf der ganzen Welt niemanden so sehr verachte wie dich. Nimm dich in Acht, Noah.
>
> A.

Die Worte brannten sich in mein Hirn. Meine Hände begannen zu zittern. So etwas hatte man mir noch nie gesagt.

Irgendwer musste den Brief mit meinem Namen auf dem Umschlag bei uns eingeworfen haben. A.? Wer zum Teufel war A.? Der erste Name, der mir in den Sinn kam, war Anna, aber das war unmöglich. Sie war eine Bitch, aber so was traute ich ihr nicht zu, auf keinen Fall. Dann dachte ich an Ronnie und seine Drohung gegenüber Nicholas, aber da machte das A überhaupt keinen Sinn. Ich hatte auch keine Freundin und keinen Freund, deren Namen mit A anfing. Die Drohung machte mir Angst, aber vermutlich hatte sich da bloß jemand einen schlechten Scherz erlaubt. Niemand würde mir etwas tun, weder in der alten Heimat noch in der neuen.

»Was ist los?«, holte mich eine bekannte Stimme in die Wirklichkeit zurück. Es war Mario. Ich hatte ihn eingeladen, weil er mir ständig Nachrichten schickte, seit ich auf die Bahamas gereist war. Mario und ich hatten, sagen wir, einen *intensiven Moment*. Wir hatten uns geküsst und anscheinend hatte ihm das mehr bedeutet als mir. Ursprünglich hatte ich vor, ihm klarzumachen, dass ich nichts mit ihm anfangen wollte, aber nach der Sache mit Nicholas war ich mir nicht mehr so sicher. Mario war nett, liebenswürdig und warmherzig. Er respektierte mich und zeigte ehrliches Interesse an mir. Ich wusste, dass ich mir selbst etwas vormachte, aber ich wollte endlich mal mit jemandem zusammen sein, der normal war. Jemandem, der mich als Mensch ernst nahm und mich glücklich machte, und dafür schien Mario der perfekte Kandidat zu sein.

Ich lächelte ihm zu. Die Worte aus dem Brief hallten immer noch in meinem Kopf nach, aber ich ließ ihn in meiner Hosentasche verschwinden und setzte ein fröhliches Gesicht auf.

»Nichts, es ist alles okay«, erwiderte ich und umarmte ihn. Wir wollten bowlen gehen. Ich war nicht gerade gut darin, aber ich wollte ein wenig Spaß haben und vor allem Nick vergessen.

In dem Moment kamen auch Lion und Jenna. Sie schloss mich gleich in ihre Arme. Sie wusste, dass es mir schlecht ging, und konnte verstehen, dass ich nicht darüber reden wollte. Was Lion dachte, wusste ich nicht.

Das Bowlingcenter war ziemlich groß und an den Bahnen und im Restaurantbereich herrschte mächtig Betrieb. Der Raum war erfüllt von dem Lärm der auf die Pins donnernden Kugeln. Das bunte Treiben und die bowlingbegeisterten Leute hoben sofort meine Laune.

Während wir auf die Schuhe warteten, gesellte sich Mario zu mir.

»Stimmt es, dass du nicht bowlen kannst?«, neckte er mich.

»Eine Kugel über den Boden rollen lassen wird ja wohl nicht so schwer sein.«

Er lachte.

»Ich freue mich, dass das heute geklappt hat«, sagte er. »Ich weiß, dass da zwischen dir und Nick was gelaufen ist.« Ich schaute zu Boden. Ich wollte nicht über meinen Stiefbruder reden, am allerwenigsten mit ihm. »Es geht mich nichts an, Noah, ich möchte nur, dass du mir eine Chance gibst. Nick passt nicht zu dir. Ich sage das nicht einfach so, es ist die Wahrheit. Er ist keiner, der nur bei einer Frau bleibt, und du hast Besseres verdient als einen Typen wie ihn.«

Ich wusste, dass er recht hatte, aber etwas in mir wollte Nick verteidigen und Mario überzeugen, dass er sich irrte, dass Nicholas sich ändern könnte, wenn es um mich ging.

Was war ich doch für eine naive Träumerin.

»Ich kann mich im Moment auf keine Beziehung einlassen. Ich will dir nicht wehtun. Du musst das verstehen«, erklärte ich, und ich hasste mich dafür, dass ich mich nicht in die Menschen verlieben konnte, die mir guttaten.

Er strich mir über die Wange. Die Stelle, an der er mich berührt hatte, fühlte sich danach ganz warm an.

»Ich gebe mich damit zufrieden, dein Freund zu sein … *für den Moment*«, betonte er und zwinkerte mir zu.

Verwirrt nahm ich meine Bowlingschuhe entgegen. Was sollte das denn heißen?

Bowlen war weit komplizierter, als ich gedacht hatte. Ich schaute den anderen erst eine Weile zu, bevor ich die erste Kugel warf. Natürlich traf ich keinen einzigen Pin. Es ärgerte mich, dass sich alle über mich lustig machten. Ich war eine schlechte Verliererin.

Als ich dann den Dreh allmählich raushatte, war ich vielleicht etwas übermotiviert. Ich holte zu viel Schwung, verlor das Gleichgewicht und landete rücklings auf der Bahn. Aber das war noch nicht alles: Die Kugel hatte sich nicht von meinen Fingern gelöst und fiel auf meinen Bauch.

Das tat höllisch weh und ich schämte mich in Grund und Boden. Der Aufprall war so heftig gewesen, dass mir schwindelig wurde, als ich versuchte, mich aufzurappeln. Anfangs lachten die anderen noch, aber als sie merkten, dass ich nicht aufstand, kamen sie zu mir, um nachzuschauen, ob ich okay war. Ich würde nicht gleich sterben, aber meine eine Hüfte schmerzte so heftig, dass ich beinahe angefangen hätte zu heulen.

»Lass uns ins Krankenhaus fahren«, sagte Mario. Er war in heller Aufregung.

»Noah, du bist auf den Hinterkopf gefallen, das muss sich ein Arzt anschauen«, drängte Jenna.

»Es ist alles okay!«, rief ich. Ich war sauer auf die ganze Welt. In Wahrheit hatte ich tierische Schmerzen, aber in weniger als einer Stunde musste ich bei meinem Job sein. Ich hatte bereits einen Tag wegen der verdammten Reise auf die Bahamas gefehlt, also musste ich auf jeden Fall hin.

Als sie irgendwann merkten, dass sie mich mit ihrem Getue nur nervten, ließen sie mich in Ruhe.

»Bist du sicher, dass ich dich nicht fahren soll?«, fragte Mario am Auto. Er konnte es nicht lassen. Ich weiß nicht, wie oft er das schon gefragt hatte.

Ich sah ihn wütend an.

Er hob die Hände.

»Schon gut, schon gut!«, rief er lachend. »Aber kühl die

Wunde mit Eis, und wenn dir schlecht wird, rufst du mich sofort an, dann fahren wir ins Krankenhaus.«

Oh Mann, ich musste dringend hier weg.

»Danke, Mario«, sagte ich und stieg ins Auto.

Eine halbe Stunde später betrat ich die Bar 48. Nicht, dass ich ungern arbeitete, aber an dem Tag war das so ziemlich der letzte Ort, an dem ich sein wollte. Außerdem hatte ich gelogen, die Seite tat auch jetzt noch höllisch weh, und mein Schädel pochte, als würde er jeden Moment explodieren.

»Hallo, Süße«, begrüßte mich Jenni, eine der Kellnerinnen, die in derselben Schicht arbeitete wie ich. Sie war nett, auch wenn wir nicht viel gemein hatten. »Du bist ja richtig braun geworden«, sagte sie Kaugummi kauend.

Versteht ihr, was ich meine?

Ich zog meine Dienstkleidung an und machte mich an die Arbeit. Es war Donnerstag und das Lokal platzte aus allen Nähten. Ich konnte es kaum erwarten, bis die Schicht vorbei war.

»Hey, Noah!«, rief mein Chef, der mit den Drinks nicht mehr nachkam. »Kannst du heute länger bleiben? Dann kannst du gleich die Fehlstunden nachholen.«

Oh nein, bitte nicht!, hätte ich ihm am liebsten zugerufen, aber ich hatte keine Wahl. Ich zog mich kurz in den kleinen Personalraum zurück, nahm ein wenig Eis aus dem Kühlschrank und legte es mir auf die Stirn. Das Pochen wollte einfach nicht aufhören, es ging mir echt mies.

Ich arbeitete weiter, aber ich musste mich zweimal abmelden, weil ich mich übergeben musste. Das war wohl doch eine Gehirnerschütterung, und ich überlegte, ob ich nicht doch besser ins Krankenhaus gehen sollte. Als ich mir den Mund ausgespült hatte und wieder ins Lokal ging, traf mich fast der Schlag: Ronnie war da.

Er stand in einer Ecke mit Freunden. Mir wurde schwindelig. Der Brief in meiner Tasche glühte, und ich musste mich beherrschen, nicht davonzurennen. Ich sah immer noch sein Gesicht vor mir, als er auf uns geschossen hatte.

»Bring das da vorne hin«, befahl mein Chef und drückte mir ein Tablett mit Shots in die Hand. Eigentlich durfte ich gar keinen Alkohol ausschenken, aber bei diesem Hochbetrieb nahm er es mit den Gesetzen nicht so.

Jenni konnte ich nicht um Hilfe bitten. Sie hatte gerade noch mehr zu tun als ich.

Ich wollte die Shots abliefern und mich schnell aus dem Staub machen, doch das klappte natürlich nicht.

»Das glaub ich ja jetzt nicht«, sagte Ronnie und packte mich am Arm, bevor ich das Weite suchen konnte.

»Lass mich los!«, zischte ich. Ich musste mich echt beherrschen.

»Aber, aber, bleib doch noch ein bisschen«, erwiderte er und umklammerte meinen Arm noch fester. Ich spürte seinen Hass und wusste, wie sehr er mich verabscheute. Ich hatte ihn gedemütigt und das ließ sich einer wie er nicht gefallen.

Seine Freunde lachten schallend. Ich wusste nicht, was ich tun sollte. Das Lokal war so voll, dass mein Chef mich in der Menge nicht sehen würde.

»Was willst du, Ronnie?«

»Dich ficken, bis du blau im Gesicht bist. Na, wie wär's?«, erwiderte er unter dem Gelächter seiner Freunde.

»Ich finde, du solltest jetzt schleunigst meinen Arm loslassen, bevor ich die Security rufe, damit sie dich rausschmeißen«, drohte ich. Ich nahm allen Mut zusammen und versuchte, mich seinem Griff zu entwinden.

»Wie geht es deinem Freund?«, fragte er. Was ich gesagt hatte, war ihm offenkundig herzlich egal. »Das letzte Mal, als ich ihn gesehen habe, hat er geheult wie ein kleines Mädchen, damit wir ihn in Ruhe lassen.«

Ich erinnerte mich an die Schläge, die Nick meinetwegen hatte einstecken müssen, und sofort war der Schwindel wieder da.

»Lass mich los, du tust mir weh«, forderte ich und versuchte weiter, mich aus seinem Klammergriff zu befreien.

Ich sah seinen entschlossenen Blick. Ich hatte keine Ahnung, was er vorhatte, und mir wurde noch mulmiger.

»Hör gut zu«, sagte er, während er mich so nah an sich heranzog, dass ich sein fieses Gesicht direkt vor mir hatte. »Sag Nicholas …«

In dem Moment umfasste mich ein Arm an der Taille und ein Faustschlag beförderte Ronnie zurück auf den Barhocker. Eine Sekunde später stand Nicholas wie ein Bollwerk vor mir.

»Was soll sie mir sagen?«, fragte er seelenruhig.

Ronnie baute sich lächelnd vor ihm auf.

Mein Herz begann zu rasen. Bitte nicht schon wieder.

»Dass wir dich vermissen, Junge«, erwiderte er. In seinen Augen lag ein unheimlicher dunkler Glanz, der mir Angst einjagte. »Man sieht dich ja gar nicht mehr … Du machst dich ja total zum Affen«, meinte er mit einem Blick in meine Richtung.

Ich sah, wie sich Nicholas' Muskeln anspannten.

»Lass Noah in Frieden«, zischte er und ballte die Fäuste.

»Oder was?«, erwiderte Ronnie und stellte sich dicht vor ihn, dass ihre Nasenspitzen sich berührten.

Ich fasste Nicholas' Hand.

»Nicholas, tu das nicht«, sagte ich leise. Auch Ronnie hatte es gehört. Nicholas legte ihm eine Hand auf die Brust.

»Geh mir aus den Augen, Ronnie. Du willst doch keine Probleme bekommen. Hier sind zu viele Zeugen. Sonst wanderst du gleich wieder in den Knast.«

Ronnie biss die Zähne zusammen und setzte ein gezwungenes Lächeln auf.

In dem Moment erschien der Securitychef mit einem Mitarbeiter.

»Raus mit euch«, sagte er, an Ronnie und Nick gerichtet. »Und zwar sofort.«

Ich zitterte am ganzen Leib. Es wollte gar nicht mehr aufhören.

Ich folgte ihnen nach draußen. Nicholas ging zu seinem Auto und Ronnie stieg in Nicks Ferrari und fuhr feixend davon.

Unsicher ging ich zu Nick. Ein seltsamer Druck lastete auf meiner Brust.

»Alles in Ordnung?«, fragte er besorgt.

»Ja, alles okay … es ist nur …« In dem Moment spürte ich seltsames Kribbeln von den Füßen bis hoch zum Kopf. Alles verschwamm vor meinen Augen und dann wurde es schwarz.

32
NICK

Ich konnte sie gerade noch auffangen, sonst wäre sie zu Boden gestürzt. Ich trug sie zum Beifahrersitz.

Sie war ohnmächtig geworden. Ich rief einem der Securityleute zu, er sollte mir eine Flasche Wasser bringen, und als er damit auftauchte, kam Noah allmählich wieder zu sich.

»He, Noah«, rief ich und strich über ihre Wange. Ich führte die Flasche an ihren Mund. »Komm, du musst was trinken.«

Sie schlug die Augen auf und nahm die Flasche in ihre Hand.

Ich seufzte erleichtert, dass sie wieder bei Bewusstsein war.

»Was ist passiert?«, fragte sie und sah sich um. »Wo ist Ronnie?«

»Der ist weg.« Ich lehnte mich für einen Moment an die Kopfstütze. »Mensch, Noah, du hast mir einen Mordsschreck eingejagt.«

Sie war weiß wie die Wand.

»Es ist alles okay.« Sie trank einen Schluck Wasser.

»Verdammt, nichts ist okay«, widersprach ich. »Lion hat mir erzählt, dass du auf der Bowlingbahn gestürzt und mit dem Hinterkopf aufgeschlagen bist. Aber du wolltest nicht ins Krankenhaus.«

»Ich wollte nicht ins Krankenhaus, weil ich weiß, was sie mir dort sagen werden: dass ich Ruhe brauche.«

Ich war kurz davor, die Nerven zu verlieren.

»Du hättest ein Blutgerinnsel haben können.«

»Ach was.«

Ich würde nicht auf sie hören. Ich ließ den Wagen und fuhr Richtung Highway.

»Verdammt, was soll das?«

»Ich bringe dich in die Notaufnahme. Du bist auf den Kopf gefallen und hast das Bewusstsein verloren. Wenn du mit deinem Leben spielen willst, bitte, aber ich werde das nicht zulassen.«

Noah sagte kein Wort. Beim Krankenhaus stieg sie aus dem Auto und betrat die Notaufnahme, ohne auf mich zu warten. Sie füllte die Papiere aus, und dann warteten wir, bis wir aufgerufen wurden.

»Ich will nicht, dass du mitkommst. Warte hier auf mich.«

»Noah, bitte.«

»Ich meine es ernst.«

Ich wollte nicht draußen bleiben. Mir war klar, dass ich die Sache mit ihr vor die Wand gefahren hatte, aber es brachte mich um den Verstand, zu wissen, dass sie verletzt war und ich nichts für sie tun konnte. Ronnie würde nicht aufhören, bis er sein Ziel erreicht hatte, und ich fürchtete, es würde noch schlimmer kommen.

Ich hatte schon überlegt, Steve anzurufen, den Securitychef meines Vaters, und ihm zu erklären, was los war, aber dann müsste ich zu viel über mein Doppelleben preisgeben. Mein Vater würde erfahren, was geschehen war, und vielleicht würden sie zur Polizei gehen. Und wenn Ronnie zu Ohren kam, dass ich ihm die Bullen auf den Hals hetzte, wäre er noch dreimal gefährlicher als jetzt. Angelegenheiten zwischen den Gangs wurden auf der Straße geklärt, aber ich wusste nicht, wie ich das anstellen sollte, ohne Noah dabei zu verlieren. Es hatte mich enorme Überwindung gekostet, ihm nicht sofort die Fresse zu polieren, aber ich wusste, dass Noah mir das nie im Leben verzeihen würde.

Wenn ich sie zurückgewinnen wollte, musste ich ihren Abscheu gegen jede Form von Gewalt ernst nehmen. Noah und ich hatten endlich einen Draht zueinander. Sie hatte sich mir gegenüber geöffnet und ich hatte ihr von meiner Schwester erzählt. Durch unsere Gespräche hatte ich verstanden, was es bedeutet, jemanden zu lieben, und ich liebte sie, das wusste ich, ich brauchte sie wie die Luft zum Atmen. Wie hatte ich nur so blöd sein können?

Noah war der letzte Mensch, dem ich wehtun wollte. Ich wollte sie nicht weinen sehen. Ich weiß nicht, wann sich der Schalter umgelegt hatte, wann sich die anfängliche Abneigung in starke Gefühle verwandelt hatte, aber eins wusste ich: Ich wollte sie auf keinen Fall verlieren.

Schließlich kam sie aus dem Sprechzimmer. Nervös stand ich auf.

»Ich habe eine leichte Gehirnerschütterung«, sagte sie kleinlaut.

Verdammt, ich hatte es gewusst.

»Aber kein Grund zur Panik. Wenn mir noch mal schwindlig wird oder ich ohnmächtig werde, soll ich wieder vorbeikommen, aber ansonsten sollte nach ein paar Tagen Bettruhe alles wieder in Ordnung sein. Ich habe eine Krankmeldung und Tabletten gegen die Kopfschmerzen bekommen.«

Ich wollte ihr erleichtert über die Wange streichen, doch sie drehte den Kopf weg.

»Kannst du mich zur Arbeit bringen? Ich möchte mein Auto holen«, bat sie mich, ohne mich anzusehen.

Ich biss die Zähne zusammen und sagte nichts. Ich brachte sie zu der Bar und fuhr ihr dann hinterher, damit ich sicher sein konnte, dass sie heil zu Hause ankam. Sie würde mich nicht an sich ranlassen, schon gar nicht nach dem, was heute wieder geschehen war, also beschloss ich, Anna noch einen kleinen Besuch abzustatten.

Sie hatte mir seit der Abreise mehrfach geschrieben, und mir war klar, dass ich ihr gegenüber ehrlich sein musste. Ich hatte mich von dem Hass auf meine Mutter leiten lassen und alle Frauen in einen Sack gesteckt, obwohl es fantastische Frauen gab, in meinem Fall eine, die ich unbedingt für mich gewinnen musste.

Als ich den Wagen vor ihrem Haus parkte, kam sie unsicher auf mich zu.

Sie beugte sich zu mir, um mich zu küssen, aber reflexartig zog ich den Kopf weg. Meine Lippen würden nur noch einen Menschen küssen und das war nicht Anna.

»Was ist los, Nick?«, fragte sie gekränkt. Ich wollte Anna nicht verletzen, wir kannten uns schon so lange.

»Wir können uns nicht mehr sehen, Anna«, sagte ich und sah ihr dabei in die Augen. Die Farbe wich aus ihren Wangen und die Enttäuschung war nicht zu übersehen. Sie schwieg eine Weile. Dann sagte sie:

»Es ist ihretwegen, nicht wahr?« Ihre Augen füllten sich mit

Tränen. Verdammt, warum musste ich bloß allen Mädchen wehtun?

»Ich bin in sie verliebt.« Das laut auszusprechen, war gar nicht so schlimm, wie ich befürchtet hatte. Es war befreiend, erhebend, es war die Wahrheit.

Sie runzelte die Stirn und wischte energisch die Tränen weg.

»Du bist überhaupt nicht fähig, jemanden zu lieben, Nicholas«, erklärte sie. Ihre Trauer hatte sich blitzartig in Wut verwandelt. »Ich warte seit Jahren darauf, dass du dich in mich verliebst, ich habe alles getan, um mir einen kleinen Platz in deinem Leben zu erobern, und ich war dir immer egal, du hast mich benutzt, und jetzt willst du mir weismachen, dass du in dieses Schulmädchen verliebt bist?«

Ich hatte gewusst, dass es nicht leicht werden würde.

»Ich wollte dir nicht wehtun, Anna«, sagte ich ernst, doch sie schüttelte den Kopf. Tränen kullerten über ihre Wangen.

»Weißt du was?«, sagte sie mit zornigem Blick. »Ich hoffe, du wirst nie bekommen, was du dir wünschst. Du hast es nicht verdient, dass dich jemand liebt, Nicholas. Wenn Noah schlau ist, hält sie sich von dir fern. Glaubst du, man kann so ein Leben führen wie du, mit solch einer Vergangenheit, und dann erwarten, dass sich ein Mädchen wie Noah in dich verliebt?!«

Ich ballte die Fäuste. Das wollte ich nicht hören, verdammt. Auch wenn ich wusste, dass Anna vollkommen recht hatte. Ich ging um mein Auto herum und öffnete die Fahrertür.

»Mach's gut, Anna«, verabschiedete ich mich und stieg ein.

Im Rückspiegel konnte ich sehen, wie sie mir wütend hinterherstarrte.

Ich wusste, ich musste es mir erst verdienen, dass Noah mir verzieh, aber ich hatte keinen blassen Schimmer wie. Als ich an dem Abend nach Hause kam, wollte ich sie unbedingt sehen, aber sie war nicht in ihrem Zimmer. Irritiert ging ich hinunter ins Wohnzimmer, und zu meiner Erleichterung lag sie dort schlafend auf der Couch, den Kopf im Schoß ihrer Mutter. Die sah sich einen Film an und strich ihrer Tochter zärtlich durch das lange Haar. Als ich Noah so friedlich da liegen sah, hatte ich mit einem Mal ein beklemmendes Gefühl in der Brust wie zuletzt vor zehn Jahren, als meine Mutter uns verlassen hatte. Ich fühlte mich furchtbar schuldig, dass ich in betrunkenem Zustand auf diesen Typen losgegangen war und mich danach mit diesem Mädchen eingelassen hatte. Dass ich ihr wehgetan hatte, weil sie das alles hatte mit ansehen müssen!

Aber zugleich überkam mich eine tiefe Traurigkeit, als ich die zärtliche Geste ihrer Mutter sah. Erinnerungen, die ich tief in mir vergraben hatte, wurden wieder wach. Als ich noch ein kleiner Junge war, hatte meine Mutter das auch bei mir gemacht, wenn ich einen Albtraum hatte. Ihre Hand, die durch mein Haar strich, war das perfekte Heilmittel, dass ich mich wieder sicher fühlte. Ich erinnerte mich an die Nächte, in denen ich weinend und völlig verängstigt wach gelegen und darauf gewartet hatte, dass meine Mutter durch die Tür kam und ihre Hand mich beruhigte, wie sie es immer getan hatte. Tief im Inneren verspürte ich einen heftigen Schmerz, der nur verschwunden war, wenn ich mit Noah zusammen war. Ich liebte sie, ich brauchte sie an meiner Seite, um ein besserer Mensch zu sein, um die schlechten Erinnerungen zu vergessen und mich geliebt zu fühlen.

Raffaella schaute auf und lächelte mir beseelt zu.

»Wie früher, als sie klein war«, sagte sie leise.

Ich nickte und wünschte, ich wäre derjenige gewesen, der sie streichelt, bis sie einschlief.

»Ich habe es dir nie gesagt, Ella, aber ich freue mich, dass du hier bist, dass ihr beide hier seid«, gestand ich. Ich hatte das nicht geplant, die Worte strömten aus meinem Mund und sie entsprachen der Wahrheit. Noah hatte mein Leben verändert. Sie hatte es interessanter gemacht und mich gelehrt, dass es sich lohnt, um etwas zu kämpfen, das man erreichen will. Und ich wollte sie.

Ich würde mich ändern, ich wollte ein besserer Mensch werden, ich würde sie behandeln, wie sie es verdient hatte, koste es, was es wolle, und ich würde nicht ruhen, bis ich mein Ziel erreicht hatte.

Am nächsten Morgen ging ich zum Frühstück in die Küche, und Noah saß wie immer vor ihrer Müslischale, daneben ein Buch. Gedankenverloren rührte sie in dem Müsli herum. Als sie mich bemerkte, schaute sie kurz auf und konzentrierte sich dann auf ihr Buch. Raffaella saß daneben und las die Zeitung.

»Guten Morgen!«, grüßte ich, nahm mir einen Kaffee und setzte mich Noah gegenüber. Ich wollte, dass sie mich ansah, dass sie irgendwie reagierte, meinetwegen konnte sie auch wütend auf mich losgehen. Ich konnte es nicht ertragen, dass sie mich ignorierte. Das war schlimmer, als wenn sie mich angeschrien oder beleidigt hätte.

»Noah, isst du jetzt mal was?«, sagte ihre Mutter mit leicht erhobener Stimme. Noah schreckte auf, schob die Müslischale beiseite und stand auf.

»Ich habe keinen Hunger.«

»Kommt nicht infrage. Das bisschen wirst du ja wohl noch schaffen, du hast gestern schon nicht zu Abend gegessen«, sagte Ella aufgebracht.

Shit. Noah aß nichts mehr, und das alles meinetwegen.

»Lass mich, Mom«, sagte sie und verließ die Küche.

Ella sah mich verärgert an.

»Was ist passiert, Nicholas?«, fragte sie und setzte die Lesebrille ab.

»Nichts, mach dir keine Sorgen«, erwiderte ich und stand eilig auf. Ich erwischte Noah noch auf der Treppe.

»Hey, du!«, sagte ich und stellte mich vor sie.

»Verschwinde!«, erwiderte sie kühl.

»Bist du jetzt in den Hungerstreik getreten?« Sie sah mitgenommen aus. »Wie geht es dir, Noah? Und lüg mich nicht an. Wenn es dir nicht gut geht, musst du noch mal ins Krankenhaus.«

»Ich bin nur müde, ich hab schlecht geschlafen«, erwiderte sie, um mich abzuwimmeln.

Ich begleitete sie bis zu ihrem Zimmer.

»Wie lange willst du mich noch mit deinem Schweigen bestrafen?«

Sie sah mich an.

»Ich rede doch gerade mit dir, oder?« Vor der Tür wartete sie darauf, dass ich ihr Platz machte.

»Ich meine reden, nicht rumzicken, denn nichts anderes tust du, seit wir von den Bahamas zurück sind.« Ich wollte zu ihr durchdringen, wie früher.

»Ich hab dir gesagt, das ist vorbei, Nicholas. Und jetzt geh mir aus dem Weg, ich will in mein Zimmer.«

Verdammt.

33
NOAH

Ich wusste, dass es ausgesprochen dumm von mir gewesen war, so wenig auf mich zu achten. Die Dinge waren vollkommen aus dem Ruder gelaufen und in mir hatte sich vieles angestaut. Das mit Nick, der Brief, der unglückliche Sturz, das alles hatte mich fertiggemacht. Die Zeit mit Nicholas hatte mir nur Probleme und Leid beschert, noch mehr Leid, als ich ohnehin schon zu tragen hatte. Ich musste ihn vergessen, wir passten einfach nicht zueinander. Und auch wenn der Gedanke, ihn nicht haben zu können, mich innerlich zerriss, wusste ich, dass ich das Richtige tat, wenn ich mir hier ein neues Leben aufbauen und mich irgendwann zu Hause fühlen wollte. Mein Herz, das über die Jahre viele Risse bekommen hatte, sehnte sich nach Heilung.

Ich stand auf mit dem festen Willen, alles Negative hinter mir zu lassen. Am Nachmittag war ich mit Jenna zum Shoppen verabredet. Morgen würde die Schule beginnen, und ich war einesteils nervös, aber auch froh, dass der Sommer vorbei war. Ich wollte einen Neuanfang. Diesmal würde ich es besser machen und wieder zu meiner alten Stärke zurückfinden.

Zum Glück besaß Jenna das Talent, einen hervorragend ablenken zu können. Und so hatten wir Spaß und ich konnte mich gedanklich auf meinen Einstieg im St. Mary vorbereiten. Laut Jenna war es eine elitäre Highschool, auf der sich alle möglichen Leute tummelten, die eins gemein hatten: viel Geld. Ich hatte keine Ahnung, wie ich mich dort einleben sollte. Und ehe ich mich's versah, klingelte bereits der Wecker. Es war sieben Uhr und mein erster Schultag wartete auf mich.

Die abgeänderte Uniform lag über dem Schreibtischstuhl, und als ich mich angekleidet hatte, fühlte ich mich vor dem Spiegel wie ein Alien, auch wenn die Sachen jetzt nicht mehr aussahen, als wären sie ein paar Nummern zu groß. Ich sah furchtbar aus, und erst die Farbe: Schimmelgrün! Das Problem war, dass ich keine Ahnung hatte, wie man einen Krawattenknoten bindet. Ich nahm die Krawatte und meine Schultasche und verließ das Zimmer, nervös, wie man es immer am ersten Schultag ist – nur ist man da meistens sechs und nicht siebzehn.

In der Küche saß meine Mutter. Verschlafen hielt sie eine Tasse Kaffee in der Hand, aber immerhin war sie schon angezogen. Vor der Kücheninsel saß Nick. Seit ich aus dem Krankenhaus zurück war, hatte ich ihn kaum gesehen, er war nur einmal in mein Zimmer gekommen, um nach mir zu schauen, aber ich hatte mich schlafend gestellt. Seit drei Tagen hatten wir nicht mehr miteinander gesprochen. Für einen Moment blieb ich im Türrahmen stehen. Ich musste erst all meinen Mut zusammennehmen, bevor ich ihm wieder gegenübertreten konnte. Seine Mähne war zerzaust wie immer, und er trug genau die Sachen, in denen ich ihn so heiß fand: Jeans und ein schwarzes T-Shirt. Ich seufzte innerlich. Aber dann hatte ich die Erinnerungen an das vor Augen, was vorgefallen war.

Er musterte mich und ich schämte mich für meinen albernen Aufzug. Zu meiner Überraschung kam keinerlei Kommentar. Er wendete sich wieder der Zeitung zu. Ich wandte mich an meine Mutter.

»Ich habe keine Ahnung, wie man dieses blöde Ding hier bindet. Du musst mir helfen«, sagte ich schroffer als nötig.

Meine Mutter nahm mich in Augenschein.

»Hübsch siehst du aus, Noah«, meinte sie und kicherte. Ich verzog das Gesicht.

»Lach nicht, ich seh aus wie ein Elf«, sagte ich und setzte mich Nicholas gegenüber, der weiter Zeitung las. Aber das kaum wahrnehmbare Lächeln war mir nicht verborgen geblieben.

»Ich mach dir Frühstück. Nick kann dir beim Krawattenbinden helfen.« Nick hob den Blick von der Zeitung und sah mich erwartungsvoll an. Ich wäre am liebsten im Erdboden versunken.

Meine Mutter machte Musik an und nur ich selbst konnte mein pochendes Herz hören. Ich wollte jede Art von körperlicher Nähe vermeiden, aber andererseits hatte ich auch keine Lust, eine halbe Stunde nach einem YouTube-Tutorial zu suchen, nur um dieses dämliche Teil zu binden. Ich trat auf ihn zu, ohne ihn anzusehen.

Er drehte sich auf dem Stuhl zu mir um und fasste meine Taille.

»Steht dir gut, die Uniform«, bemerkte er und suchte meinen Blick.

»Quatsch. Und du sollst mich nicht ansprechen«, fauchte ich. Alle Muskeln meines Körpers spannten sich an, als seine Finger über meinen Hals strichen und den Kragen der Bluse hochklappten.

Meine Mutter stand singend am Herd und bekam von alldem nichts mit.

»Ich werde nicht aufhören, mit dir zu reden. Ich werde dafür sorgen, dass du deine Meinung änderst.« Er sagte mir leise ins Ohr: »Ich will, dass du mir gehörst, Noah, und ich werde nicht lockerlassen, bis ich es geschafft habe.«

Was redete er da? War er jetzt völlig verrückt geworden? Kam das tatsächlich aus dem Mund von Nicholas Leister? Das war doch absolut lächerlich. Ich wollte niemandem gehören.

Seine Finger strichen sinnlich über meinen Hals. Ich erschauderte, und ich musste kurz die Augen schließen, damit ich weiter klar denken konnte und nicht vergaß, was ich wirklich wollte. Und ich wollte nicht, dass Nicholas oder irgendein anderer mir je wieder wehtat.

»Bist du bald fertig?«, fragte ich. Seine Finger hielten inne. Er fasste den Krawattenknoten und schob ihn mit einer raschen Bewegung nach oben.

»Viel Glück für den ersten Tag«, sagte er. Er drückte mir einen flüchtigen Kuss auf die Wange und verschwand. Meine Haut begann an der Stelle zu kribbeln, die er mit seinen Lippen berührt hatte, und am liebsten hätte ich ihm nachgerufen, er solle mich in den Arm nehmen, mich zu der blöden Schule begleiten und mich küssen, bis ich den Verstand verlor. Doch ich blieb einfach stehen, bis die Tür ins Schloss fiel.

»Noah!«, rief meine Mutter offenbar nicht zum ersten Mal. Ich war so versunken gewesen, dass ich sie nicht gehört hatte.

Sie stellte mir eine Tasse Kaffee hin und legte einen Brief ohne Absender dazu.

Ich erstarrte.

»Der ist heute Morgen gekommen«, sagte sie und trank ihren Kaffee aus. »Den muss jemand von hier eingeworfen haben. Er hat keine Briefmarke und keinen Absender. Hast du eine Ahnung, von wem er sein könnte?« Sie sah mich aufmerksam an.

Ich schüttelte den Kopf. Mit zittrigen Händen öffnete ich den Umschlag. Meine Mutter zuckte mit den Achseln und widmete sich wieder ihrer Zeitung. Ich war dankbar, dass sie kein großes Aufheben darum machte. Ich war sicher, dass ich weiß wie die Wand war.

Als ich den Zettel herauszog, stellte ich fest, dass es dieselbe Schrift war wie beim letzten Mal. Die Botschaft lautete:

Ich habe ein Auge auf dich; du solltest nicht hier sein, du hättest niemals kommen sollen.

PS: Viel Glück an der neuen Schule.

P. A.

Mit einem mulmigen Gefühl im Bauch legte ich den Brief auf den Tisch. Mein Herz begann zu rasen. Allmählich bekam ich Angst. Wer könnte so gemein sein, mich auf diese Art zu bedrohen? Wer es auch war, er musste mich gut kennen, denn er wusste, dass heute mein erster Schultag war. Mir fiel nur Ronnie ein, und wenn er es tatsächlich war, konnte mir nur einer helfen, und zwar ausgerechnet der Mensch, an den ich mich als Letztes wenden wollte.

Ich schob den Brief in die Tasche des Pullovers und stand auf.

»Willst du nicht zu Ende frühstücken?«, fragte meine Mutter irritiert.

»Ich bin zu aufgeregt, ich esse später was«, sagte ich und eilte auf mein Zimmer. Dort nahm ich den ersten Brief aus der Schublade des Frisiertischs und legte beide nebeneinander. Ja, es war eindeutig dieselbe Schrift. Beide Male nur ein Zweizeiler. Aber die Unterschrift war anders: P. A. Hieß das, es steckte mehr als eine Person dahinter und sie firmierten mit ihren Initialen? Mein Gott! Wie konnte ich mir nur so schnell Feinde gemacht haben? Ich versteckte beide Briefe in der Schublade und versuchte, nicht mehr daran zu denken. Es war mein erster Schultag und ich wollte mich nicht mit solchen Dingen belasten. Wenn ich noch mehr Briefe bekäme, würde ich jemanden hinzuziehen. Nicholas würde mir helfen, auch wenn es mir lieber wäre, ich müsste nicht damit zu ihm gehen.

Unten wartete meine Mutter schon auf mich, um mich zur Schule zu bringen. Sie hatte darauf bestanden, und jetzt bereute ich, dass ich zugestimmt hatte. Ich wäre lieber mit meinem eigenen Auto gefahren. Mich auf die Straße konzentrieren zu müssen, hätte mir gutgetan.

Vor dem Eingang drängten sich jede Menge grün gekleideter Schüler. Die einen saßen draußen träge auf Bänken, andere befanden sich bereits auf dem Weg in das beeindruckende Gebäude. Die draußen genossen die letzte Zigarette oder die letzten Minuten Freiheit vor der eintönigen Routine im Klassenzimmer. Das war bei meiner alten Schule nicht anders gewesen. Dem großen Hallo nach zu urteilen, freuten sich alle, ihre Klassenkameraden nach den Sommerferien wiederzusehen.

»Hab einen schönen Tag, Liebes«, sagte meine Mutter sichtlich bewegt.

»Was ist mit dir?«, fragte ich lachend.

Sie versuchte vergeblich, ihre Rührung zu überspielen.

»Ach nichts, ich freue mich nur so, dass du hier sein kannst, das ist alles.« Sie wischte sich eine Träne aus dem Gesicht.

Ich schüttelte den Kopf und gab ihr einen Kuss auf die Wange.

»Du spinnst, aber ich hab dich lieb«, sagte ich und stieg aus dem Wagen.

Meine Mutter winkte und fuhr davon. Während ich durch die Grünfläche vor der Schule auf den Eingang zustrebte, sprach mich unerwartet jemand von der Seite an. Ich zuckte zusammen.

»Du siehst grauenhaft aus!«, meinte Jenna und stupste mir den Ellenbogen in die Seite. Sie, die ich nur in den glamourösesten Outfits kannte, in dieser albernen Uniform, noch dazu in dieser hässlichen Farbe, zu sehen, brachte mich zum Lachen. Doch selbst in dem Aufzug machte sie was her. Ihr Rock war ziemlich kurz und die langen Beine sahen in den Strümpfen ausgesprochen elegant aus. Mein Rock hatte eine züchtigere Länge wie bei den meisten Mädchen.

»Halt die Klappe!«

»Komm, ich stell dich meinen Freunden vor«, meinte sie und zog mich zu einer Bank, auf der zwei Mädchen und drei Jungs saßen. Bei näherem Hinsehen stellte ich fest, dass Sam und Sophie darunter waren.

»Hey, Noah!«, begrüßte mich Sam, mit dem ich ja schon bei dem Spiel auf der Party nähere Bekanntschaft hatte machen müssen. Seine braunen Augen wirkten freundlich, aber es lag ein gewisser kindlicher Schalk in seinem Blick. Er betrachtete mich interessiert. »Du in der Uniform, das ist der Knaller!«

Ich verdrehte die Augen. Diese Uniform war alles andere als ein Knaller. Die Jungs in ihren schwarzen Hosen und weißen Hemden sahen schon besser aus. Sophie, die Nick auf der Party so angeschmachtet hatte, beobachtete mich, und ich fragte mich, was ihr wohl durch den Kopf ging. Neben ihr saß ein dunkelhaariges Mädchen, das mich missbilligend ansah. Ihre Gesichtszüge kamen mir irgendwie bekannt vor.

»Noah, das ist Sam, den kennst du ja schon, Sophie, ebenfalls bekannt, und Cassie, Annas Schwester. Ich hab ihren Namen schon auf der Party erwähnt.« Annas jüngere Schwester schien mich genauso gefressen zu haben wie Anna selbst. Sie musterte mich kühl. Mein Blick wanderte zu den anderen beiden Jungs. Einer war dunkelhaarig, Brillenträger und sehr attraktiv, der andere ein blonder Kraftprotz mit blauen Augen, der spielte bestimmt American Football. »Und das sind Jackson und Mark«, schloss sie die Vorstellungsrunde ab.

»Hallo«, sagte ich freundlich lächelnd.

»Du bist also die Stiefschwester von Nicholas Leister?«, fragte Jackson, der mit der Brille.

»Genau«, erwiderte ich, bemüht, den Seufzer zu unterdrücken.

»Hach, wie ich dich beneide«, meinte Sophie. Es war nicht zu übersehen, dass sie in ihn verschossen war, und gemeinerweise stieg in mir sofort der Wunsch auf, ihr klarzumachen, dass sie sich das abschminken konnte.

Noch bevor Jenna und die anderen mit dem Rauchen fertig waren, ertönte der Gong.

»Die Qual beginnt«, verkündete Mark, der Blonde, während er die Zigarette austrat und sich den Rucksack über die Schulter warf. Er lächelte mich an. »Wir sehen uns drinnen, Noah.«

Während sie sich in ihre Klassenräume begaben, suchte ich das Sekretariat auf, um meine Papiere abzuholen und mich zu erkundigen, wo ich hinmusste.

Auf dem Weg zum Verwaltungsgebäude wurde ich das Gefühl nicht los, dass mich jemand beobachtete. Beklommen schaute ich mich um und beschleunigte meinen Schritt.

Der Tag verging ohne weitere Vorkommnisse. Jenna war sehr beliebt an der Schule und stellte mich einer Menge Leute vor. Ich hatte fast alle Kurse mit ihr zusammen, bis auf Spanisch und Mathematik, doch auch da traf ich Bekannte. In dem einen Kurs war Mark, der Schönling, und in dem anderen Sophie. Auch Cassie war in fast allen Kursen mit dabei und sie machte keinen Hehl aus ihrer Abneigung. Sie versuchte, mich lächerlich zu machen, oder verdrehte demonstrativ die Augen, wenn ich etwas sagte. Cassie war ebenfalls sehr beliebt, und das, weil ihre Schwester – was ich ihr gar nicht zugetraut hätte –, ebenso wie Nick, an dieser Schule für reiche Snobs so was wie Legenden waren. Ich wurde von vielen Leuten gefragt, was er machte oder wie es so war, mit ihm zusammenzuleben. Manche waren bei dem Rennen dabei gewesen und hatten die Schlägerei mitbekommen, die durch mein Vorpreschen entstanden war, und deswegen glaubten sie, ein Recht zu haben, mich schräg von der Seite anzusehen oder erst gar nicht zu beachten. Dieser verdammte Nicholas Leister! Selbst wenn er nicht anwesend war, musste er mir das Leben schwer machen. Natürlich sprachen außerdem alle über die alljährliche Party zum Schuljahresbeginn, die am Freitag stattfinden sollte und bei der auch die Neuen begrüßt wurden. Ich hatte keine Ahnung, was es damit auf sich hatte, aber sobald das Thema aufkam, sahen mich alle geheimnisvoll an. Das ließ nichts Gutes ahnen.

Nach Schulschluss holte mich meine Mutter ab. Sie fragte mir

Löcher in den Bauch, aber ich war zu erschöpft, um auf dem Heimweg noch viel zu reden. Ich war froh, dass ich an dem Tag nicht arbeiten musste. Ich legte mich sofort hin, aber irgendwann wurde ich von einer bekannten Stimme aus dem Schlaf gerissen.

»Hey, wach auf!« Es war Jenna.

»Was willst du?« Ich hatte das Gefühl, ich hätte ewig geschlafen.

»Jackson und Mark haben uns zu sich eingeladen, es werden fast alle aus dem letzten Jahr da sein. Du musst mitkommen!« Sie strahlte übers ganze Gesicht.

»Es ist Montag, Jenna. Morgen ist Schule«, protestierte ich, obwohl ich wusste, dass ich keine Chance hatte.

»Na und?«, sagte sie und verdrehte die Augen. »Die Feiern am Beginn des Schuljahres sind die besten. Man muss was dafür tun, wenn man beliebt sein will.«

Ich schüttelte den Kopf.

»Ich will nicht beliebt sein«, erwiderte ich und setzte mich auf.

»Manchmal könnte man meinen, du lebst auf dem Mond. Los, ab unter die Dusche.«

Sie zog mich aus dem Bett. Ich nahm eine heiße Dusche.

»Mach schon! Wie lange dauert das denn?«, drängte sie.

Eingehüllt in ein Handtuch und mit klitschnassem Haar kam ich ins Zimmer. Jenna konnte ziemlich nervig sein, wenn sie sich etwas in den Kopf gesetzt hatte. Während ich am Frisiertisch mein Haar trocken föhnte, suchte ich in der Schublade nach Schminkutensilien. Da fiel mein Blick auf die beiden Umschläge. Diese verdammten Briefe, ich bekam sie nicht aus dem Kopf. Ich hätte zu gern jemandem davon erzählt, aber ich traute mich nicht, weil ich Angst hatte, dass es dann noch mehr Probleme gab. Auch wenn ich stinksauer auf Nick war, wollte ich nicht, dass er sich wieder prügelte, und schon gar nicht meinetwegen, aber genau das würde passieren, wenn ich ihm von den Briefen erzählte. Entschieden schloss ich die Schublade und sagte mir zum wiederholten Male, dass es einfach ein schlechter Scherz war. Ronnie wäre sicher nicht so dumm sein, mich in einem Brief zu bedrohen, und es gab sicher Tausende Mädchen, die mich dafür hassten, dass ich Nicks Stiefschwester war.

Ich betrachtete mich im Spiegel. Die Ablenkung würde mir guttun. Ich wollte mir nicht die ganze Zeit den Kopf zerbrechen, also musste ich etwas tun, das mich die Sache vergessen ließ. Da Jenna noch einmal kurz nach Hause gefahren war, ließ ich mir beim Schminken besonders viel Zeit, um nicht nachdenken zu müssen. Ich probierte all die Sachen an, die noch ungetragen im Schrank hingen, und entschied mich schließlich für einen ausgestellten Rock und ein eng anliegendes schwarzes Top.

Als ich Jenna anrufen wollte, um nachzufragen, wann sie mich abholen wollte, hörte ich aus dem Flur Lärm. Barfuß, die Schuhe schon in der Hand, eilte ich zur Tür, um nachzusehen, was los war.

Das Geschrei kam aus dem Schlafzimmer von meiner Mutter und William. Ich ging in den Flur, weil ich hören wollte, worum es ging. Sie stritten.

»Was hätte ich denn tun sollen?«, schrie meine Mutter außer sich. So schrie sie nur, wenn sie richtig wütend war. Ich fragte mich, was William angestellt hatte, um sie derart zu verärgern.

»Du hättest es mir erzählen müssen«, brüllte William, der noch zorniger zu sein schien als sie. »Gütiger Himmel, du bist meine Frau! Wie konntest du mir das so lange verschweigen?«

Es kamen viele Dinge infrage, die meine Mutter ihm verschwiegen haben könnte, aber nur eins konnte ihn derart aus der Fassung bringen.

»Es ging nicht!«, erwiderte sie.

Während ich gebannt zuhörte, packte mich jemand von hinten. Erschrocken ließ ich die Schuhe fallen und drehte mich um.

»Was machst du hier?«, zischte ich. Nicholas stand hinter mir und hatte mich beim Spionieren beobachtet.

»Dasselbe könnte ich dich fragen«, erwiderte er.

»Weißt du, warum sie streiten?«, fragte ich verwirrt. Er schaute in Richtung des Zimmers. Das Geschrei war leiser geworden, weil jemand die Tür geschlossen hatte.

»Nein«, erwiderte er. Er drängte mich gegen die Wand und stützte die Hände rechts und links neben meinem Kopf ab. Ich bekam keine Luft mehr. »Sprichst du wieder mit mir?« Ich nahm seinen Mund wahr, seine Lippen, seinen Atem auf meiner Haut …

»Lass mich, Nicholas«, sagte ich, während ich versuchte, meine Gefühle unter Kontrolle zu bringen.

Ich hätte ihn weggeschoben, aber ich wollte ihn nicht berühren, nein, ich würde nie wieder auch nur einen Finger auf diesen Körper legen.

»Wie lange soll das noch so gehen?«, fragte er frustriert.

Ich atmete tief ein.

»Bis du endlich kapierst, dass ich dich nicht in meiner Nähe haben will.«

Ein Lächeln huschte über sein Gesicht, aber seine Augen blieben kalt.

»Du sehnst dich nach einem Kuss.«

Mir wurde flau im Magen. Ich hasste es, wenn ich so nervös wurde, und ich hasste es, dass zwischen uns alles kaputt war.

»Ich sehne mich danach, dir einen Tritt zu verpassen.«

Er grinste und ich verschränkte erzürnt die Arme vor der Brust.

»Du gehst aus?«, fragte er eine Sekunde später.

»Ja.«

»Mit Jenna?«

»Nein. Mit deinem Vater«, erwiderte ich sarkastisch. »Kenne ich vielleicht sonst noch jemanden hier?«

Er nahm die Hand von der Wand und strich über meine Wange. Sein Gesichtsausdruck hatte sich verändert, und sein Blick war so intensiv, dass ich es kaum aushalten konnte.

»Mach es nicht schwerer, als es ohnehin schon ist«, bat ich ihn. Sosehr mich die Distanz schmerzte, ich wollte nicht, dass er mir nahekam. Selbst wenn ich wollte, ich konnte nicht vergessen, was geschehen war. Ich vertraute ihm nicht.

Sein schmerzerfülltes Gesicht tat mir in der Seele weh. Ich weiß nicht, warum ich meine Gefühle verdrängte, aber ich hatte Angst, auf jemanden zuzugehen, Angst, jemandem mein Herz zu öffnen, vor allem bei ihm. Es war besser, wenn ich allein blieb, so konnte mich niemand kontrollieren oder mir vorschreiben, was ich zu tun oder zu lassen hatte, und ich musste nicht leiden.

An dem Abend wollte ich alles vergessen, den Brief, den Stalker, Nicholas. Ich würde meinen Schmerz in Alkohol ertränken.

34

NICK

Ich schlief tief und fest, als mich das Vibrieren des Smartphones weckte. Ich fuhr mir mit der Hand übers Gesicht und nahm sofort ab, als ich sah, dass es sich bei der Anruferin um Jenna handelte.

»Ich hoffe, du hast einen guten Grund, mich um drei Uhr nachts zu wecken«, brummte ich. Ich schloss die Augen und ließ mich wieder auf das Kissen fallen.

»Nick, du musst sofort kommen. Noah geht es nicht gut.« Ich war mit einem Schlag hellwach und tastete nach dem Lichtschalter.

»Was ist passiert? Ist sie verletzt?« Auf der Suche nach etwas zum Anziehen tappte ich durch das Zimmer.

»Sie übergibt sich seit einer halben Stunde, sie ist total betrunken.«

Fluchend schnappte ich mir die Autoschlüssel.

»Wo muss ich hin, Jenna?«

Eine Viertelstunde später war ich dort. Ich drängelte mich an den Leuten vorbei ins Haus. Ich suchte im Wohnzimmer und in der

Küche vergeblich nach Jenna, und als ich sie gerade schon anrufen wollte, um zu fragen, wo zum Teufel sie steckte, kam sie die Treppe herunter.

»Wo ist sie?«, fragte ich aufgebracht.

Jenna trug keine Schuld, aber verdammt, hätten sie nicht besser aufeinander aufpassen können? Ihr ging es gut. Sie war vollkommen nüchtern.

»Wir haben sie nach oben gebracht«, sagte sie, und ich stürmte sofort, zwei Stufen auf einmal nehmend, nach oben. »Ich hab mitbekommen, dass sie zu viel trinkt, aber sie wollte nicht auf mich hören, Nick.« Jennas Worte rauschten an mir vorbei, mich interessierte einzig und allein, wo Noah war.

Ich betrat das Zimmer und kniete mich neben sie. Sie war kalkweiß und völlig verschwitzt.

»Wie lange ist sie schon in diesem Zustand?«, fragte ich, und da ich keine Antwort bekam, herrschte ich Jenna an: »Wie lange?«

»Sie hat über eine halbe Stunde gekotzt und vor fünf Minuten das Bewusstsein verloren. Vielleicht schläft sie auch nur. Ich weiß es nicht, Nicholas. Es tut mir leid, ich habe ihr gesagt, sie soll aufhören, aber …«

»Lass es einfach, Jenna«, unterbrach ich sie. Aus den Augenwinkeln sah ich Lion hereinkommen.

Das Mädchen, das neben Jenna stand, mischte sich ein.

»Jetzt komm mal runter, ich studiere Medizin. Ihr Puls ist stabil, sie hat einfach nur zu viel getrunken und muss ihren Rausch ausschlafen. Morgen wird sie einen ordentlichen Kater haben, aber ansonsten ist sie okay.«

»Wie kannst du behaupten, sie sei okay?«, tobte ich, während ich Noahs Gesicht in meine Hände nahm und sie voller Sorge betrachtete.

»Weil es so ist. Bring sie nach Hause und bleib die Nacht über bei ihr«, meinte sie. Ganz genau das hatte ich vor.

»Es tut mir leid, Nick … Ich dachte nicht, dass das so enden würde«, sagte Jenna schuldbewusst.

»Spar dir dein Gerede«, erwiderte ich kühl. Ich hob Noah hoch. Ich erschrak ein wenig, weil sie keinen Laut von sich gab, aber sie atmete normal. Ihr Kopf sank auf meine Schulter, und ich machte mir Vorwürfe, dass ich nicht auf sie aufgepasst hatte. Es war meine Schuld, dass sie in diesem Zustand war, aber irgendwas war seltsam. Während ich die Treppen hinuntereilte, fragte ich mich, was bloß geschehen war, dass sie sich derart hatte volllaufen lassen.

Als ich das Auto vor dem Eingang unseres Hauses abstellte und Noah betrachtete, hatte ich ein sehr unangenehmes Déjà-vu. Ihr Zustand erinnerte mich an den Abend, an dem der Typ ihr die K.-o.-Tropfen ins Glas gekippt hatte. Auch das war meine Schuld gewesen, und wenn ich daran dachte, wie ich sie mutterseelenallein auf der Straße hatte stehen lassen, begriff ich, wie mies ich mich ihr gegenüber vom ersten Moment an verhalten hatte. Ich hatte sie nicht verdient, aber was sollte ich machen, sie hatte mich verhext.

Ich stieg aus dem Auto und hob sie vorsichtig heraus. Sie war immer noch völlig weggetreten, und ich musste sie so schnell wie möglich nach oben schaffen, bevor Raffaella sie in dem elenden Zustand sah. Ohne nachzudenken, verfrachtete ich sie in mein Zimmer. Ich würde den Rest der Nacht ein Auge auf sie haben, bis sie wieder bei Bewusstsein war. Als ich sie behutsam auf das

Bett legte, dachte ich daran, wie sehr ich mir das gewünscht hatte, seit ich sie in diesem scharfen Kleid gesehen hatte, und nun geschah es unter diesen erbärmlichen Umständen. Ich zog ihr die Schuhe aus und schaltete das Licht auf meinem Nachttisch an. Zum Glück war sie nicht bei sich, so hatte die Dunkelheit sie nicht erschrecken können. Es schnürte mir die Brust zu. Was, wenn es ihr schlechter ging, als es den Anschein hatte? Sollte ich sie nicht vielleicht doch ins Krankenhaus bringen? Den letzten Gedanken verwarf ich sogleich wieder. Noah war minderjährig, und sie würde Riesenprobleme bekommen, wenn herauskam, wie viel sie getrunken hatte.

Ihre Kleidung war übersät mit Kotzflecken und sie schien zu frösteln. Mit kühlem Verstand zog ich ihr den Rock und die Strümpfe aus. Ich holte ein T-Shirt und wollte es ihr über den Kopf ziehen, da fiel mir die lange Narbe in Noahs Oberbauch auf. Wie gebannt starrte ich darauf. Wo hatte sie die her? Es war keine normale Narbe, sie war lang und hatte bestimmt mit vielen Stichen genäht werden müssen. Ich fuhr mit dem Finger über das Wundmal, das den spektakulärsten Körper verunzierte, den ich je gesehen hatte. Noah wurde unruhig im Schlaf und schob meine Hand weg. Hatte sie sich deshalb nicht im Bikini zeigen wollen? Wegen der Narbe? Auf einmal ergab alles einen Sinn: dass sie nie einen Bikini trug und panisch wurde, wenn sie sich ausziehen sollte. Deshalb hatte sie sich bei Wahrheit oder Pflicht auch so angestellt.

Ich begriff, dass Noah meilenweit weg war von mir. Es gab vieles, was ich nicht wusste, und ich hatte das Bedürfnis, sie gegen alles zu beschützen, was ihr Sorgen bereitete oder Angst machte. Ich zog ihr das T-Shirt über und deckte sie zu.

Was war ihr nur zugestoßen? Wer war Noah Morgan wirklich?

Mit diesen Gedanken im Kopf legte ich mich neben sie und hielt sie fest. In meinen Armen war sie sicher.

35

NOAH

Mir war heiß. Ich hatte das Gefühl, ich müsste ersticken. Im ersten Moment wusste ich nicht, wo ich war. Arme hielten mich fest. Ich drehte den Kopf und staunte nicht schlecht, als ich sah, dass Nick hinter mir lag. Er schlief tief und fest.

Was in aller Welt machte ich in seinem Bett? Wie war ich dorthin gekommen?

Ich hob die Bettdecke ein Stück an und stellte fest, dass ich ein T-Shirt trug, das mir viel zu groß war.

Mir stockte der Atem: Jemand hatte mich ausgezogen.

Voller Panik fuhr ich hoch. Nicholas schlug die Augen auf, als er die Bewegung spürte. Verschlafen sah er mich an.

»Alles okay?« Prüfend betrachtete er mein Gesicht.

»Was mache ich hier in deinem Bett, verdammt?« Ich konnte nur hoffen, dass ich noch klar genug gewesen war, um mich allein im Bad umzuziehen.

»Jenna hat mich angerufen. Ich musste dich abholen. Du warst im Saufkoma«, erzählte er. Mir fiel auf, dass er noch seine Straßenklamotten anhatte.

»Und was ist dann passiert?«

Er überlegte. Offenbar suchte er nach den passenden Worten. Mein Herz begann zu rasen.

»Ich habe dir die versauten Klamotten ausgezogen und dich ins Bett gelegt«, erwiderte er. Da war es mit meiner Selbstbeherrschung vorbei.

Ich sprang auf und zog mich in die andere Ecke des Zimmers zurück. Ich sah ihn ungläubig an.

»Was fällt dir ein?«, schrie ich. Das durfte ja wohl nicht wahr sein. Er hatte die Narbe gesehen. Das öffnete Tür und Tor zu einer Vergangenheit, mit der ich mich auf keinen Fall beschäftigen wollte.

Er stand auf und kam langsam auf mich zu.

»Warum regst du dich so auf?«, fragte er. Er wirkte betroffen. »Glaub mir, was auch immer dich so aufwühlt, es ist bei mir gut aufgehoben, ich werde es niemandem erzählen. Noah, bitte, schau mich nicht so an. Ich mache mir Sorgen um dich!«

»Spar dir dein Mitleid!«, kreischte ich. »Du wirst es nie erfahren! Du würdest es ohnehin nicht verstehen.«

Ich musste sofort raus aus diesem Zimmer. Ich wollte allein sein. Das hier lief ganz und gar in die falsche Richtung. Mir war nur noch zum Heulen zumute.

Zuerst wirkte er ratlos, doch dann schien er einen Entschluss zu fassen.

»Wie oft denn noch? Verschwinde aus meinem Dunstkreis«, bremste ich ihn.

Seine Miene verdüsterte sich. Er kam auf mich zu und nahm mein Gesicht in seine Hände. Meine Nerven waren zum Zerreißen gespannt.

»Kapier es endlich. Ich werde nicht verschwinden. Ich werde

hier warten, bis du bereit bist, dich mir zu öffnen. Dann wirst du merken, dass es ein großer Fehler war, mich aus deinem Leben auszuschließen.«

Ich stieß ihn beiseite.

»Irrtum, ich brauche dich nicht.« Ich sammelte meine Sachen vom Boden ein und stapfte wütend davon.

Ich wollte heulen, nur noch heulen, bis der ganze Frust herausgespült war. Nicholas hatte die Narbe gesehen. Jetzt wusste er, dass etwas passiert war, etwas, von dem ich nicht wollte, dass es herauskommt, dessen ich mich schämte und das ich tief in mir vergraben hatte.

Mir war plötzlich eiskalt, innerlich und äußerlich. Bibbernd zog ich das T-Shirt aus und stellte mich unter die heiße Dusche, um irgendwie wieder Wärme zu spüren. Als ich aus dem Bad kam, sah ich einen weißen Umschlag auf dem Bett liegen. Mir wurde schwindlig. Das durfte doch nicht wahr sein! Nicht noch so ein Brief!

Mit zittrigen Händen nahm ich ihn an mich. Das grenzte schon an Stalking. Ich zog das Blatt Papier heraus, und als ich zu lesen begann, packte mich die blanke Panik.

Erinnerst du dich, was du mir angetan hast? Ich werde niemals den Moment vergessen, in dem du alles kaputtgemacht hast, absolut alles. Ich hasse dich, dich und deine Mutter. Ihr haltet euch für wichtig, weil ihr unter dem Dach eines Millionärs wohnt? Ihr seid nur zwei Huren, die sich für Geld verkauft haben, aber damit wird bald Schluss sein. Dafür werde ich sorgen, und wenn ich fertig bin, sind deine Tage an der vornehmen Eliteschule vorbei.

A. P. A.

Das wurde ja immer unheimlicher, ich durfte das nicht für mich behalten, ich musste es meiner Mutter erzählen. Doch etwas hielt mich zurück. Meine Mutter hatte gerade genug mit Will zu tun, gestern hatten sie gestritten. Ich wollte nicht, dass sie sich Sorgen machte, wenn ich ihr erzählte, dass ich Feinde in der Stadt hatte. Nein, ich konnte ihr das mit Ronnie unmöglich erzählen, damit brächte ich Nicholas in Schwierigkeiten. Die Rennen waren illegal, und wenn wir zur Polizei gingen, müssten wir reinen Tisch machen und gestehen, was wir getan hatten. Nicholas war zweiundzwanzig, er würde womöglich im Gefängnis landen, und wenn Ronnie der Schuldige war und man ihn verhaftete, würde er auspacken.

Das könnte ein böses Ende nehmen.

Ich hatte Angst, allein das Haus zu verlassen, ich fühlte mich so bedrückt, so abgrundtief traurig, dass ich einfach nur alles vergessen wollte, so wie gestern Abend. Komasaufen hörte sich schrecklich an, und ich hatte einen furchtbaren Kater, aber das war es wert gewesen. Ich hatte es getan, weil die Probleme und inneren Dämonen überhandnahmen. Meine Umgebung drohte mich zu vernichten und ich hatte mich einfach nur abschießen wollen.

Ich setzte mich auf den Stuhl und sah auf die Uhr. In weniger als fünfundvierzig Minuten müsste ich in der Schule sein und das kam mir in dem Moment völlig absurd vor. Wie ferngesteuert zog ich die Uniform an. Ich fühlte mich hundeelend. Die Worte aus dem Brief hatten sich mir eingebrannt: Ja, ich war es nicht wert, dieses Leben zu führen, es war nicht meins.

Als ich zum Frühstück hinunterging, befanden sich nur Nicholas und sein Vater in der Küche. Sie waren in ein Gespräch vertieft und verstummten, als ich den Raum betrat.

»Wo ist Mom?«, fragte ich. Ich ging zum Kühlschrank und nahm die Milch heraus.

»Die schläft noch, ich werde dich heute zur Schule bringen, wenn das okay ist«, sagte William. Am Tag zuvor hatte mein Auto seltsame Geräusche von sich gegeben und ich hatte es in die Werkstatt gebracht. William wirkte ernster als sonst. Was auch immer zwischen den beiden vorgefallen war, meine Mutter musste es sehr mitgenommen haben, wenn sie im Bett geblieben war. Ich nickte und nahm mir vor, der Sache nachzugehen.

Dankenswerterweise würdigte Nicholas mich kaum eines Blickes. Ich konnte ihm nicht mehr in die Augen sehen, nachdem er die Narbe entdeckt hatte.

William trank seinen Kaffee aus.

»Können wir, Noah?«, fragte er.

»Wenn du mir noch die Krawatte bindest, können wir starten«, erwiderte ich, und er lächelte. Es war das erste Mal, das ich ihn um etwas bat, und es fühlte sich seltsam an …

Ohne es zu merken, hatte ich Vertrauen zu ihm gefasst, und es machte mir nichts aus, allein mit ihm im Auto zu fahren.

Zum Glück ging der Tag schnell vorüber: Jenna entschuldigte sich tausendmal, dass sie zugelassen hatte, dass ich mir so die Kante gegeben hatte, dabei musste sie das gar nicht, es war allein meine Schuld. Ich war das Gespräch der Schule. Jenna meinte, so sei das eben, wenn man die Stiefschwester von Nicholas Leister ist, ich würde mich schon daran gewöhnen. Doch ich wollte mich einfach nur unter dem nächsten Stein verkriechen und in Ruhe gelassen werden. Die einen schleimten, weil sie mich aushorchen wollten, und die anderen übersäten mich mit Hass. Dazu gehörte, wen wundert's, Cassie, Annas Schwester. Ich wusste nicht genau, was sie im Schilde führte, aber immer wenn ich hinsah, fing sie an, mit den Umstehenden zu tuscheln und zu lachen. Das war total albern, und ich war nicht dazu aufgelegt, ihre Spielchen mitzuspielen. Ich ignorierte sie und ihre Fangemeinde und verbrachte den Tag lieber mit Jenna und ihren Freunden, die mir echt gut gefielen. Sie feierten gern und schmiedeten immer irgendwelche Pläne, etwas zu unternehmen.

Am Ausgang konnte ich das Auto meiner Mutter nirgends entdecken, doch als die Menge sich zerstreute, fiel mir eine Gestalt auf, die an einem Baum lehnte und mich die ganze Zeit beobachtete.

Ronnie.

Mein Herz pochte wie wild und mein Körper wurde von Adrenalin überschwemmt. Wenn er das mit den Briefen war, hätte ich ein echtes Problem. Er lächelte und winkte mich zu sich. Er stand ein ganzes Stück entfernt, aber deswegen war ich noch lange nicht vor ihm sicher. Es waren nur noch wenige Schüler da, aber genügend, dass ich es wagte, mich ihm zu stellen. Wo zum Teufel blieb meine Mutter?

Aber vielleicht sollte ich das Thema ein für alle Mal klären. Erhobenen Hauptes ging ich auf ihn zu. Als er vor mir stand, fiel mein Blick auf sein kurz rasiertes schwarzes Haar und die vielen Tattoos an seinem Körper.

»Was willst du?«, fragte ich ihn ohne Umschweife und betete innerlich, dass er mir nicht anmerkte, wie nervös ich war.

Er lachte schallend.

»Nicht so schnell, Süße.« Sein lüsterner Blick wanderte über meinen Körper. »Du siehst echt heiß aus in deiner Reiche-Mädchen-Uniform. Die würde ich dir zur gern vom Leib reißen«, meinte er, während er sich von dem Baum löste.

»Du bist widerlich, und wenn das alles ist, was du mir zu sagen hast ...« Ich drehte mich um und wollte gehen, doch er packte mich am Arm.

»Glaubst du, du kannst mich derart bloßstellen und kommst einfach so davon?«, fragte er. Ich konnte seinen Atem dicht an meinem Ohr spüren. Ich wollte mich befreien, doch er hielt mich fest. Na schön, dann wollte ich hören, was er mir zu sagen hatte. Und wissen, ob er das mit den Briefen war.

»Du bist ein schlechter Verlierer, ich an deiner Stelle würde schnellstens umsatteln«, sagte ich leise, aber bestimmt und riss mich los.

Er starrte auf meine Bluse.

»Du bist kampfeslustig wie ein Kätzchen und ein echtes Sahnestückchen, aber wenn du noch mal so einen Blödsinn ablässt, dann ...«

»Dann was? Was willst du mit mir machen?«, unterbrach ich ihn. Ich drehte mich um, um ihm zu signalisieren, dass er mir dort vor aller Augen kein Haar krümmen könnte.

Er betrachtete mich nachdenklich. Die Ader an seinem Hals pochte, aber er behielt sich im Griff.

»Ich werde alles mit dir machen, da kannst du sicher sein, aber zu gegebener Zeit«, erklärte er lächelnd, als würden wir über das Wetter plaudern. »Ich hab hier was für dich, etwas, womit du bestimmt nicht gerechnet hast.«

Da sah ich erst, was er in der Hand hielt: einen weiteren Brief. Dann stimmte es also. Er war es. Ronnie war der Verfasser der Drohbriefe.

»Das ist kein Spaß. Wer sollte mich daran hindern, dich wegen Stalking anzuzeigen?«, sagte ich betont cool.

Er lachte schallend.

»Ich bin nur der Überbringer, Süße.« Er strich mit dem Umschlag über meine linke Wange. »Offensichtlich bin ich nicht der Einzige, der dir ans Leder will.«

Ich stand reglos und verstand nicht, was er mir sagen wollte. Wenn er nicht der Verfasser war, verdammt, wer war es dann?

Als ich die Hand ausstreckte, hielt ein Wagen neben mir.

»Lass sie sofort los!«, rief Nicholas. Er sprang raus und schlug die Autotür zu. Er zog mich von Ronnie weg und stellte sich vor mich.

Ronnie schien nicht im Mindesten beeindruckt zu sein. Im Gegenteil, er grinste breit.

Rasch steckte ich den Brief in die Tasche, bevor Nicholas ihn bemerkte.

»Verdammte Scheiße, was hast du hier zu suchen?«

Ronnie musterte ihn.

»Da lag ich also richtig, wie ich sehe … Du willst die Kleine auch ficken, oder, Nicholas?«, meinte er lachend.

Nicholas machte einen Schritt nach vorn, aber ich hielt ihn zurück.

»Tu's nicht«, flehte ich. Dass er sich mit diesem Vollpfosten prügelte, war wirklich das Letzte, was ich wollte.

Nick sah mich an. Sein Gesicht war wutverzerrt, aber in seinem Blick lag Angst. Angst, mich zu verletzen.

»Hör auf dein Schwesterchen, Nick, du willst dich nicht mit mir prügeln, nicht hier.«

Ich schaute mich um. Bestimmt hatten wir schon eine Menge Aufmerksamkeit erregt.

»Ich will dich nicht mehr in ihrer Nähe sehen, oder ich schlag dir den Schädel ein, das schwör ich dir«, drohte Nick.

Ronnie grinste und zwinkerte mir zu, bevor er in seinem Auto verschwand. Ich fing an zu zittern und holte tief Luft. Dass ich die ganze Zeit den Atem angehalten hatte, war mir gar nicht aufgefallen.

Nick drehte sich zu mir und legte die Hände auf mein Gesicht.

»Er hat dir hoffentlich nichts getan.«

Ich schüttelte den Kopf und versuchte, meine Gefühle unter Kontrolle zu bringen. Ich wollte nicht schwach erscheinen, nicht vor ihm.

»Ich bin okay«, sagte ich ruhig. »Bring mich nach Hause.«

Im Auto wurde ich ruhiger. Ich hatte die Hände unter meine Schenkel geschoben, damit er nicht mitbekam, wie sehr sie zitterten. Am liebsten hätte ich den Umschlag gleich aufgerissen. Andererseits hatte ich Angst. Ich wollte gar nicht wissen, was in dem Brief stand, das würde mich nur noch weiter runterziehen.

»Was hat er zu dir gesagt, Noah?«, fragte Nicholas nach einer Weile. Ich wusste nicht, was ich antworten sollte.

»Er hat mich bedroht.« Zumindest in dem Punkt sagte ich die Wahrheit.

Seine Hände umklammerten das Lenkrad.

»Wie?«, wollte er wissen.

»Das ist doch egal, er will sich wegen des Rennens rächen.« Ich bemerkte ein leichtes Zittern in meiner Stimme.

»Er wird dich nicht anrühren«, sagte er entschlossen, den Blick auf die Fahrbahn gerichtet. Ich wusste seine Sorge um mich zu schätzen, aber ich brauchte ihn nicht. Ich konnte auf mich selbst aufpassen.

»Natürlich nicht«, antwortete ich. Aber stimmte das auch?

Zu Hause wollte ich direkt in mein Zimmer gehen. William saß mit einer Reihe von Anwälten im Wohnzimmer, und als er mich kommen sah, schloss er sofort die Tür. Das war seltsam, aber so musste ich nur meiner Mutter Rede und Antwort stehen.

Sie sah müde aus und hatte tiefe Augenringe. Der Grund für den Streit war wohl weit ernster, als ich dachte. Sie umarmte mich.

»Ist alles okay, Mom?«, fragte ich, als sie mich wieder losließ.

»Aber ja«, erwiderte sie wenig überzeugend.

»Ist zwischen dir und Will alles in Ordnung? Du kannst es mir erzählen, wenn etwas nicht stimmt.« Sie schüttelte den Kopf und setzte ein gespieltes Lächeln auf.

»Alles bestens, Liebes, mach dir keinen Kopf«, sagte sie.

Ich nickte argwöhnisch, aber ich war zu unruhig, um ihr mehr aus der Nase zu ziehen. Ich musste endlich den Brief lesen, den Ronnie mir gegeben hatte.

Ich eilte in mein Zimmer und zog ihn aufgeregt aus der Tasche.

Die Nachricht bestand aus einem einzigen Satz:

Du hast mir alles genommen, was mir lieb war, und dafür wirst du jetzt bezahlen.

P. A. P. A.

Der Brief fiel mir aus der Hand. Und die Erinnerungen kehrten zurück.

Der Schulbus hatte mich vor der Haustür abgesetzt. Ich war acht Jahre alt und hatte eine Zeichnung in meiner Hand. Ich hatte meinen ersten Preis gewonnen und wollte es meinen Eltern erzählen. Freudig rannte ich ins Haus und da sah ich es.

Meine Mutter lag auf dem Boden inmitten von Glassplittern. Der Beistelltisch im Wohnzimmer war zu Bruch gegangen. Blut strömte aus ihrer rechten Wange und sie hatte ein blaues Auge und eine aufgeplatzte Lippe. Aber als sie mich sah, quälte sie sich hoch.

»Hallo, mein Schatz!«, grüßte sie mich unter Tränen.

»Hast du dich wieder schlecht benommen?«, fragte ich und ging zögerlich auf sie zu.

Sie nickte. Ein großer, kräftiger Mann tauchte im Türrahmen auf. Mein Vater.

»Geh und wasch dich, ich kümmere mich um sie«, befahl er. Meine Mutter sah mich an und verschwand dann hinter der Tür ihres Zimmers.

Ich hielt ihm die Zeichnung hin.

»Na, was hat meine süße Kleine heute alles gemacht?«

Die Erinnerungen wühlten mich auf. Ich setzte mich aufs Bett und umklammerte meine Kissen.

Ich half meiner Mutter beim Kochen, sie war nervös, an dem Tag schien ihr nichts gelingen zu wollen. Das Brot war verbrannt und die Nudeln waren verkocht. Ich wusste, was passieren würde, und die Angst hatte jede Pore meines Körpers besetzt. Ich war noch ein kleines Kind, aber ich verstand, wenn man sich schlecht benahm, wie meine Mutter, setzte es eine Strafe.

»Was ist das, verdammt?«, sagte er und zog mit einem Ruck an der Tischdecke. Sämtliche Teller und Gläser fielen zu Boden und zersprangen in tausend Scherben. Ich sprang auf und rannte hinaus. Wie immer hielt ich mir die Ohren zu und fing an, ein Liedchen zu singen. Meine Mom hatte mir gesagt, ich sollte das tun, und ich machte immer, was sie sagte.

Aber das Geschrei und die Schläge waren trotzdem zu hören.

Tränen rannen über mein Gesicht … Es war so lange her, dass ich daran gedacht hatte.

Papa roch schlecht, also würde es ein schlechter Tag werden. Immer wenn Papa so säuerlich roch, war es wieder so weit. Minuten später begann das Geschrei, dann hörte ich, wie etwas zerbrach. Ich rannte in mein Zimmer und schloss die Tür. Ich machte das Licht aus und verkroch mich unter der Bettdecke. Die Dunkelheit würde mich schützen, die Dunkelheit war meine Verbündete …

Ich fasste mich wieder. Mein Herz pochte. Das durfte nicht noch mal passieren. Plötzlich musste ich würgen. Ich ging ins Bad und erbrach das wenige, das ich zu mir genommen hatte. Ich setzte mich auf die Toilettenschüssel und schob die Hände zwischen die Knie. Ich musste mich beruhigen, wieder zu mir kommen. Mein Vater saß im Gefängnis. Er konnte mir nichts tun. Er war eingesperrt, in einem anderen Land, ganz weit weg, Tausende von Kilometern. Wer also konnte dahinterstecken?

Niemand kannte meine Vergangenheit, absolut niemand, nur meine Mutter, die Mitarbeiterin vom Jugendamt und das Gericht, vor dem der Fall verhandelt wurde und das meinen Vater weggesperrt hatte. Er war doch hoffentlich noch weggesperrt?

Ich nahm das Smartphone zur Hand und wählte eine Nummer.

»Jenna?«, sagte ich einen Moment später. »Ich brauche deine Hilfe.«

36

NICK

Irgendetwas ging vor. Noah war anders, sie verhielt sich merkwürdig. Seit wir an dem Nachmittag von der Schule zurückgekommen waren, hatte sie sich in ihrem Zimmer verschanzt. Ich hätte gern nach ihr geschaut, weil ich wusste, dass irgendwas nicht stimmte. Seit ich die Narbe auf ihrem Bauch gesehen hatte, schrillten bei mir sämtliche Alarmglocken. Es musste etwas passiert sein, das sie aus der Bahn geworfen hatte. In ihrer Vergangenheit oder jetzt. Dass sie sich ins Koma gesoffen hatte, passte nicht zu ihr. Das war nicht die Noah, die ich kannte und in die ich verliebt war.

Sie sprach kaum noch ein Wort mit mir. Sie war verletzt, und ich hatte es sicher verdient, dass sie mich mit Verachtung strafte, aber ich konnte nicht zulassen, dass ihr Schlimmes widerfuhr. Ich musste sie vor diesem Vollpfosten schützen, und wenn ich sie dafür heimlich verfolgen und überwachen müsste.

Mein Handy klingelte. Es war Maddie. Ich konnte bei ihrer Einschulung nicht dabei sein und das brach mir das Herz. Aber ich durfte Noah nicht im Stich lassen. Ich hatte ein schlechtes Gewissen, aber eine innere Stimme sagte mir, dass ich bei Noah bleiben sollte. Ich versprach Maddie, dass ich sie so bald wie möglich besuchen würde, und wünschte ihr einen schönen ersten Schultag. Ich stellte sie mir in ihrer winzigen Uniform mit dem Cars-Ranzen vor und bedauerte einmal mehr, den wichtigen Tag nicht mit ihr erleben zu können.

Die Tage vergingen. Am Donnerstag geschah etwas, das mich umhaute: Als ich erschöpft von der Uni nach Hause kam und auf mein Zimmer gehen wollte, hörte ich Stimmen und Gelächter aus Noahs Zimmer. Ich riss die Tür auf und da saß sie mit drei Freundinnen und zwei Typen. Der intensive süßliche Geruch verriet, dass sie sich gerade Joints reinzogen. Jenna saß neben dem Idioten, der Noah bei dem albernen Flaschenspiel abgeknutscht hatte. Sophie war auch mit von der Partie. Sie trug den Rock der Schuluniform und einen roten Spitzen-BH.

»Was ist denn hier los? Geht's noch?«, brüllte ich. Noah war zum Glück angezogen, aber sie hielt zwischen ihren Fingern eine Tüte. Sie war eingenebelt von Rauch.

»Verschwinde, Nicholas«, rief sie und stand auf.

Heißer Zorn durchflutete mich. Ich hätte sie am liebsten geschüttelt und den Rest mit Fußtritten hinausbefördert.

Mit schnellen Schritten ging ich auf sie zu und riss ihr den Joint aus der Hand.

»Warum rauchst du den Scheiß?«, fragte ich aufgebracht.

Sie zuckte mit den Achseln. Ihre Augen waren gerötet und die Pupillen geweitet. Sie war high.

»Raus mit euch«, rief ich.

»Was ist denn los, Alter? Wir haben hier doch nur ein bisschen Spaß«, meinte der eine Typ und stand auf.

Ich warf ihm einen zornigen Blick zu und trat einen Schritt auf ihn zu.

»Okay, okay, Mann! Chill mal«, sagte er und fing an, seinen Kram zusammenzusuchen.

Mit in die Seiten gestemmten Fäusten baute sich Noah vor mir auf. Sie war offensichtlich auf Krawall gebürstet und starrte mich herausfordernd an.

»Was hast du für ein Problem?«, fragte sie, während ihre Kumpane im Gänsemarsch den Raum verließen.

Als alle weg waren, ließ ich die Tür krachend hinter ihnen ins Schloss fallen.

»Lass mich in Ruhe!«, fauchte sie. Sie wollte sich an mir vorbeidrängeln. Ich nahm sie in den Arm und zwang sie, mich anzusehen.

»Kannst du mir mal erklären, was hier los ist?«, fragte ich wütend.

In ihrem Blick lag ein dunkles Geheimnis verborgen. Sie lächelte lustlos.

»Das ist deine Welt«, erklärte sie ruhig. »Ich lebe hier dein Leben, ich bin mit deinen Freunden zusammen und lasse es mir gut gehen. Das macht ihr so und das erwartet ihr auch von mir.« Sie trat einen Schritt zurück.

Ich konnte nicht glauben, was ich da hörte.

»Du hast doch vollkommen den Verstand verloren«, fuhr ich sie an. Es störte mich, welche Wandlung sich mit dem Mädchen vollzog, das ich zu lieben glaubte. Obwohl, wenn ich darüber nachdachte … was sie tat und *wie* sie es tat … Das hatte ich auch alles selbst getan, bevor ich sie kennenlernte. Ich hatte sie in all das reingezogen. Ich war schuld daran, dass sie sich selbst zerstörte.

In gewisser Weise hatten wir die Rollen getauscht. Sie war in mein Leben getreten und hatte mich aus dem dunklen Loch geholt, in das ich mich manövriert hatte, und am Ende war sie selbst dort gelandet.

»Zum ersten Mal bestimme ich selbst über mein Leben, und es gefällt mir, also lass mich gefälligst in Ruhe.« Sie schubste mich beiseite und verschwand.

Ich stand wie angewurzelt da. Was konnte ich tun? Noah verbarg etwas und wollte es partout nicht preisgeben. Doch ich hatte ihr Vertrauen verspielt, und wenn ich es zurückgewinnen wollte, musste ich mich an ihre Regeln halten. Ich wollte sie beschützen, ich wollte sie davor bewahren, einen Fehler zu machen, aber wie sollte ich das bewerkstelligen, wenn sie es nicht mal im selben Zimmer mit mir aushielt?

An dem Abend fuhren mein Vater und Raffaella nach Downtown, wo sie an einer geschäftlichen Veranstaltung teilnehmen und später im Hilton übernachten würden. Ich wollte zu Hause bleiben und ein Auge auf Noah haben, damit sie nicht wieder irgendeinen Scheiß anstellte. Wer hätte gedacht, dass ich mal zu ihrem Bodyguard werden würde.

Ich machte mir Sorgen über ihr Verhalten. In Windeseile hatte sie sich den Leuten aus meinem Umfeld angepasst. Ihre jugendliche Frische, ihre Natürlichkeit, ihre Unschuld hatten mir gezeigt, dass es außerhalb meiner Welt noch vieles gab, was es zu entdecken galt, und dass Noah jetzt ausgerechnet in meine Fußstapfen trat, machte mich fertig.

Es war schon nach Mitternacht, als ich hörte, wie jemand die Tür aufschloss. Ich hatte Noah am frühen Abend mit Jenna in deren Cabrio wegfahren sehen. Ich ging zur Tür und sah, wie sie hereinwankte. Sie war schon wieder betrunken, sie bemerkte mich nicht einmal. Sie trug die Schuhe in der einen und die Tasche in der anderen Hand.

»Wo kommst du jetzt her?«, fragte ich in die Stille hinein. Sie erschrak, straffte aber sofort die Schultern und blitzte mich wütend an.

»Was soll das? Du hast mir einen schönen Schrecken eingejagt.« Sie hatte Mühe, sich aufrecht zu halten. Ungeachtet ihrer Proteste trug ich sie ins Bad. Dort setzte ich sie auf die Toilette und drehte das Wasser in der Dusche an.

»Du hast eine komische Art, mir an die Wäsche zu gehen«, sagte sie, ohne sich zu rühren. Immerhin schrie sie mich nicht gleich an und versuchte auch nicht abzuhauen. Sie starrte ins Leere, während ich versuchte, ihr den Mantel auszuziehen. Ihre Mähne sah wild aus und ihre Lippen waren noch sinnlicher als sonst. Selbst in betrunkenem Zustand fand ich sie ungemein anziehend, aber ich musste einen klaren Kopf bewahren.

»Wenn ich dich flachlege, wird das alles andere als komisch sein«, erwiderte ich, während ich ihr die Bluse auszog und mein Blick auf den schwarzen Spitzen-BH fiel.

»Tu dir keinen Zwang an … Meine Narbe kennst du ja bereits, sie scheint dich nicht abzuturnen. Ich finde sie gruselig … Sie weckt in mir schlimme Erinnerungen, weißt du?«, erklärte sie abwesend. Ich hörte auf, sie weiter auszuziehen. Ich wollte ihr zuhören. Betrunkene sagen die Wahrheit, heißt es, und warum sollte ich die Situation nicht ausnutzen.

Ich nahm ihr Gesicht in meine Hände und sah ihr in die Augen.

»Noah, wovor hast du Angst?«, fragte ich. Sie erschauderte.

Mit erstickter Stimme antwortete sie:

»Jetzt gerade vor dir.«

Ich schwieg und rührte mich nicht von der Stelle. Die Berührung meiner Hände machte etwas mit ihr. Sie fand mich auch anziehend, und sie hatte Gefühle für mich, sosehr sie das auch bestritt.

Ihr Mund war nur einen Zentimeter von meinem entfernt, und ich verspürte den Drang, sie auf die einladenden Lippen zu küssen. Aber das würde ich nicht tun. Nicht, solange sie in diesem Zustand war.

Ich hob sie hoch und stellte sie direkt unter das kalte Wasser. Sie stieß einen kurzen Schrei aus, als das eisige Wasser auf ihre Haut traf, aber sie war durch den Alkohol so benebelt, dass sie mich nicht mal beschimpfte. Still und fröstelnd stand sie unter dem Wasserstrahl.

»Das kommt davon, wenn man unvernünftig ist«, sagte ich. Genau genommen, hätte mir solch eine kalte Dusche auch nicht geschadet.

Nachdem sie wieder einigermaßen klar war, legte ich ihr ein Handtuch um und brachte sie in ihr Zimmer. Sie sprach kein Wort. Offensichtlich schämte sie sich für ihr Verhalten und das hatte ich ja auch bezweckt.

»Fühlst du dich jetzt besser?«, fragte ich. Sie ließ sich auf die Kissen sinken und sah mich an.

»Warum tust du das?«, fragte sie kurz darauf. »Warum machst du es mir so schwer, dich zu hassen?«

»Warum willst du mich unbedingt hassen?«

Sie schwieg für einen kurzen Moment.

»Weil ich kaputtgehe, wenn man mir noch mal wehtut«, sagte sie leise, und das versetzte mir einen Stich.

»Ich werde dir nicht wehtun«, erwiderte ich. Das hatte ich mir geschworen.

Sie sah mich an, und bevor sie mir den Rücken zuwandte, sagte sie vier Worte, die sich wie Pfeile in meine Brust bohrten:

»Das hast du schon.«

37

NOAH

Es kamen keine weiteren Briefe, aber der letzte ging mir nicht aus dem Kopf. Das Wort »Papa« hatte die Kindheitserinnerungen wieder wachgerufen, die ich erfolgreich verdrängt hatte. Seit sechs Jahren hatte ich nichts mehr von ihm gehört, selbst sein Name war tabu. Mit der Zeit hatte mein Verstand einen Schutzpanzer geschaffen, der den Schmerz von mir fernhielt. Ich wollte nicht wieder an diesen Punkt meiner Vergangenheit zurückkehren, es gab ein Leben davor und eins danach. Das galt auch für meine Mutter. Und jetzt kam alles wie ein Bumerang zurück und drohte mein Leben zu zerstören.

Allein die Erinnerung an diese Zeit löste in mir eine Angst aus, mit der ich nicht umgehen konnte. Ich war nicht stark genug, noch nicht. Es war noch nicht genug Gras über alles gewachsen, und deshalb musste alles tief in meinem Inneren vergraben bleiben. Ich hatte in den letzten Tagen so über die Stränge geschlagen, um dem zu entfliehen, was sich nicht mehr verdrängen ließ. Ich wusste genau, was ich tat. Nur so fanden mein Herz und mein Verstand für eine Weile Ruhe.

Zum Glück fanden es meine neuen Freunde völlig normal,

sich jeden Tag zu betrinken, und so brauchte ich mir keinen Kopf darum zu machen, wie ich an Stoff kam. Nur einer stand mir im Weg: Nick.

Seit wir von der dämlichen Reise zurück waren, hatte er sich tatsächlich wie ein großer Bruder verhalten. Er schimpfte, wenn ich trank, er kümmerte sich um mich, wenn ich mich total abgeschossen hatte, und am Abend zuvor hatte er mich sogar unter die Dusche gestellt, damit der Rausch nachließ. Ich wollte nicht von ihm umsorgt werden, ich musste die Dinge selbst und auf meine Weise angehen. Ich hatte zu oft gesehen, wie meine Mutter sich betrank, nachdem wir meinen Vater losgeworden waren. Wenn es ihr geholfen hatte, warum sollte ich es nicht auch probieren?

Am nächsten Tag ging der Trott in der Schule weiter. Ich bekam keinen Bissen herunter und konnte dem Unterricht nicht folgen. Mein Magen rebellierte und mein Verstand war träge. Das war die einzige Möglichkeit, die Dämonen in Schach zu halten. Jenna hatte mich nach Hause gebracht. Meine Mutter und William waren die nächsten beiden Tage auf Reisen. Ich hatte keine Ahnung, wo sie hingefahren waren, und es interessierte mich auch nicht. Wenn ich nicht aufpasste, fielen mir die Drohungen meines Vaters wieder ein, und die Angst nahm mir den Atem. Aber er war weit weg, im Gefängnis, und konnte mir nichts tun. Aber wie waren die Briefe in Ronnies Hände gelangt?

Ich legte meine Tasche auf dem Sofa am Eingang ab und ging in die Küche, wo sich Nicholas und Lion angeregt unterhielten.

»Hallo, Noah«, grüßte Lion. Nick sah mich nur an.

»Hallo! Deine Freundin ist gerade weg«, sagte ich und ging zum Kühlschrank, um mir ein Glas Orangensaft einzuschenken.

Auf dem Tisch lagen noch die Reste der Käsesandwichs. Thor kam schwanzwedelnd auf mich zu.

»Hau ab, Thor!«, befahl Nick in schroffem Ton.

Ich drehte mich zu ihm.

»Lass ihn doch, Nicholas, er stört mich nicht«, erwiderte ich. Er sah mich verdrossen an und packte den Hund am Halsband, um ihn wegzuziehen.

»Mich schon«, sagte er kurz angebunden.

Lion lachte.

»Wow, nette Stimmung hier«, meinte er und stand auf. Dafür erntete er einen giftigen Blick. Ich setzte mich und schob mir eine Traube in den Mund. »Ich muss dich warnen, Noah. Heute ist der Tag der Neulinge, sei vorsichtig«, meinte er.

»Was?«, fragte ich abwesend. Wovon sprach er?

Nick schien die Bemerkung nicht zu gefallen.

»Heute ist der erste Freitag im neuen Schuljahr, da werden die Neulinge willkommen geheißen, und du gehörst dazu. Ich wollte es dir nur sagen.« Er lachte. »Jenna wird mich umbringen, dass ich dir das verraten habe, aber ich habe Mitleid mit dir.«

»Das kannst du dir sparen. Sie wird an diesem Schwachsinn nicht teilnehmen«, sagte Nicholas.

»Ich mag verpeilt sein, aber ich weiß, dass es heute Abend eine Party gibt, und ich werde natürlich hingehen, Nicholas«, sagte ich.

Er schüttelte den Kopf.

»Deine Mutter hat gesagt, du musst heute Abend zu Hause bleiben. Sie will nicht, dass du unterwegs bist, wenn sie nicht da ist. Ich befolge nur, was man mir aufträgt.«

Ich lachte sarkastisch.

»Und warum sollte ich auf das hören, was du sagst?«, fragte ich und schob mir noch eine Traube in den Mund. Sie waren köstlich.

»Seit ich hier bin, um auf dich aufzupassen. Du bleibst hier, und basta. Ende der Diskussion«, meinte er selbstgefällig. Die Situation war absolut surreal. Seit wann musste ich tun, was Nicholas Leister mir befahl?

»Ein für alle Mal, Nicholas, ich tue, was ich will und wann ich es will. Du kannst dir dein Beschützergehabe sonst wohin stecken. Ich werde an einem Freitagabend nicht zu Hause bleiben. Vergiss es!«

Ich stand auf und wollte die Küche verlassen.

»Das ist ja wie bei einem Tennismatch«, sagte Lion amüsiert. Doch das Lachen verging ihm, als Nicholas ihm einen seiner berühmten »Halt-die-Schnauze-oder-ich-polier-dir-die-Fresse-Blicke« zuwarf.

Ich rauschte an ihnen vorbei in mein Zimmer. Für die Party am Abend musste ich noch die passenden Klamotten raussuchen.

Jenna rief mich gegen sieben an. Die Begrüßungsparty hatte eine lange Tradition an der St. Mary Highschool. Wir würden uns in die Sporthalle schleichen und die beste Party aller Zeiten feiern. Die Neulinge aus dem ersten Schuljahr hatten sich um das Essen und die Getränke zu kümmern und hinterher alles aufzuräumen. Da ich im letzten Jahr war, konnte ich gleich zum amüsanten Teil übergehen. Laut Jenna war der Dresscode bequem, aber formell, und so entschied ich mich für Jeans und ein ärmelloses T-Shirt. Dazu trug ich Sandalen mit flachem Absatz. Das Haar ließ ich offen. Ich sah klasse damit aus und musste mich gar nicht groß herrichten. Schon eine halbe Stunde vor der vereinbarten Zeit war ich startklar.

Ich wollte hinunter in die Küche gehen, um mir was zu essen zu machen, doch auf dem Treppenabsatz traf ich auf Nick, der mich jedes Mal abfing, wenn ich das Zimmer verließ.

»Na, wo soll's denn hingehen?«, fragte er provokant. Er sah toll aus, und ich hätte ihn am liebsten bis zum Umfallen geküsst, aber mein Hirn versuchte mir einzutrichtern: Du musst ihn hassen, hassen, hassen. Ich würde ihm das Leben zur Hölle machen. So war ich in dem Moment drauf.

»Willst du dich vielleicht den ganzen Abend an meine Fersen heften?«, erwiderte ich. Er hatte mich auf der Treppe überholt und blieb ein paar Stufen unter mir stehen, sodass wir genau auf Augenhöhe waren.

»Lass mich, Nicholas.«

In der Küche wollte ich mir ein Sandwich machen. Ich musste mir eine solide Grundlage schaffen, wenn ich trinken wollte. Aber als ich mir eine Scheibe Brot abschneiden wollte, wurden meine Arme von hinten festgehalten und ein Körper presste mich gegen die Anrichte. Ich ließ das Messer fallen. Ich hatte ihn so lange nicht gespürt.

Seine Lippen berührten meine nackte Schulter und ich erschauderte.

»Lass mich los, Nicholas«, bat ich ihn keuchend. Mein Körper sehnte sich nach seiner Berührung, aber in meinem Kopf schrillten sämtliche Alarmglocken.

Seine Lippen wanderten von meinen Ohrläppchen zu meinem Hals. Er strich mir das Haar aus dem Gesicht und ich schloss die Augen. Ich verging vor Lust.

»Ich bin dein dämliches Spiel leid«, sagte er und umschlang mich noch fester. »Ich habe nicht gelogen, als ich auf den Bahamas gesagt habe, dass so ein Fehltritt nicht mehr vorkommt. Ich bin da, wenn du mich brauchst, Noah. Ich begehre dich und du begehrst mich auch.«

Als seine Lippen und seine Zunge fordernd meinen Hals erkundeten, konnte ich nicht mehr klar denken. Ja, ich begehrte ihn, und wenn er mich küsste, lösten sich sämtliche Erinnerungen an meinen Vater und meine Vergangenheit in Luft auf. Nicholas Leister war ein besseres Rauschmittel als jedes alkoholische Getränk.

Ich fuhr durch sein Haar und zog seinen Kopf noch näher an mich. Da packte er meine Hüften und drehte mich mit einer schwungvollen Bewegung zu sich um.

Wir sahen uns einen Moment lang in die Augen, und es erschreckte und erregte mich, das Begehren in seinen strahlend blauen Augen zu sehen.

»Willst du, dass ich dich küsse?«

Was war denn das für eine saudumme Frage?

»Bleib hier und dann bleibt es nicht beim Küssen«, sagte er und näherte sich mir mit seinen Lippen.

In meinem ganzen Körper begann es zu kribbeln.

»Willst du mich erpressen?«, fragte ich überrascht und wütend zugleich. In den letzten Tagen war sein Verhalten mir gegenüber mustergültig gewesen, und er hatte sich auch nicht mit Ronnie geprügelt, als der mir den Brief gegeben hatte. Aber ich war mir nicht sicher, ob ich schon bereit war, ihm zu verzeihen.

»Was für ein hässliches Wort. Ich würde es eher verführen nennen.« Sein Mund war so nah.

Ich nutzte die Gelegenheit und küsste ihn. Es war ein wunderbares, schwindelerregendes Gefühl. Immer wenn wir uns berührten, erlebte ich ein Feuerwerk der Gefühle, so auch diesmal. Im ersten Moment machte das mir Angst. Das änderte sich, als ich den Druck seiner Lippen und seine Zunge tief in meinem Mund spürte.

»Bleibst du?«, fragte er und löste sich von mir.

Wir rangen beide um Atem und sahen uns an.

Ich legte die Hände auf seine Brust.

»Ich werde zu der Party gehen, Nicholas. Danke für die nette Abwechslung.«

Und damit rauschte ich davon.

An der Schule machten wir das Radio von Jennas Cabrio aus und schlichen uns hinein. Die Feier fand im hinteren Teil, in der Sporthalle, statt, wo sich das Schwimmbad befand und man die laute Musik nicht so hörte. Es war ein großer Spaß, mit den anderen über den Zaun zu klettern. Hier und dort aufgestellte Fackeln erleuchteten die Dunkelheit und wiesen uns den Weg über den Schulhof. Die Sporthalle war riesig, es gab dort eine Tribüne und einen Fitnessbereich mit Gewichten und Sportgeräten. Die meisten älteren Schüler standen mit Plastikbechern in den Händen in der Gegend rum, andere hatten das Schwimmbecken erobert. Die Musik war ohrenbetäubend. Lächelnd drehte ich mich zu Jenna um.

»Das nenne ich doch mal 'ne Party.«

Je weiter der Abend voranschritt, desto mehr seltsame Dinge geschahen, die mir überhaupt nicht gefielen. Die Streiche für die

Neulinge waren ziemlich heftig. Ein Mädchen wurde an den Händen und Füßen gefesselt ins Becken geworfen. Ich musste mit ansehen, wie sie verzweifelt versuchte, sich über Wasser zu halten und die Fesseln abzustreifen, bis sie von einem Jungen vor dem Ertrinken gerettet wurde. Als ich sie weinen sah, musste ich einsehen, dass ich mir unter dieser Party etwas ganz anderes vorgestellt hatte. Und das blieb nicht der einzige üble Streich dieser Art. Einen pickligen, verpeilten Jungen zogen sie bis auf die Unterhose aus, um ihn vor versammelter Mannschaft auszulachen. Wie demütigend das war. Ein anderer wurde gezwungen, irgendeinen ekelhaften Fraß zu essen. Er rannte gleich danach aufs Klo, um sich zu übergeben.

Verdammt, was dachten die sich bloß dabei?

Nachdem es in dem Stil weiterging, hatte ich irgendwann keine Lust mehr und wollte nach Hause. Jenna hingegen schien sich prächtig zu amüsieren. Sie hatte Lion abgeschleppt, um irgendwo mit ihm rumzumachen, und bekam von alldem nichts mit. Ich war allein und von Idioten umgeben. Mir reichte es. Ich nahm mein Handy und schickte Nick eine Nachricht.

Du hast gesagt, du bist für mich da. Kannst du mich abholen?

Postwendend kam die Antwort:

Ich warte auf dem Parkplatz auf dich.

Er wusste natürlich, wo die Party für die Neulinge stattfand, er war ja selbst auf der Schule gewesen, und ich sagte mir, wenn ich herausbekäme, dass er auch an solchen grausamen Scherzen beteiligt war, wäre es endgültig vorbei mit uns. Ich fand diese Feier einfach nur gruselig und wollte so schnell wie möglich weg.

Als ich an die Tür der Sporthalle kam, stellten sich mir vier Typen und die blöde Cassie mit ihren Freundinnen in den Weg.

Verdammt, was wollten die denn jetzt von mir?

»Lasst mich vorbei«, sagte ich, als sie sich keinen Millimeter bewegten.

»Du bist doch auch ein Neuling«, antwortete sie.

Oh nein, bitte nicht.

»Sorry, Noah, aber da kommt keiner dran vorbei«, erklärte einer der baumlangen Kerle.

»Rührt mich ja nicht an«, drohte ich, während Panik in mir aufstieg.

Ich wandte mich um, doch inzwischen versperrten andere mir auch von der Seite den Weg. Ich saß in der Falle.

»Jemand hat uns geflüstert, du hättest Angst vor der Dunkelheit«, verkündete Cassie in einem Ton, der sehr an ihre Schwester erinnerte. Ob das deren Idee war? »Ich denke, es würde dir guttun, deine Ängste zu überwinden, du bist doch schon groß.«

Mein Herz stand still. Sie wollte damit doch nicht andeuten, dass …

Mir wurde klar, dass ich gerade meinen persönlichen Albtraum erlebte, als zwei Riesenkerle mich von hinten packten.

»Lasst mich los!«, schrie ich wie eine Verrückte. Ich bekam eine Panikattacke. »Lasst mich los!«, wiederholte ich, als sie mich zu einem großen Schrank schleppten, in dem die Utensilien für das Schwimmbad aufbewahrt wurden.

»Es dauert ja nicht lange«, sagte einer der Typen, die mich

festhielten, da ich mich wand und strampelte, als hinge mein Leben davon ab.

»BITTE NICHT!«, schrie ich, so laut ich konnte. Die anderen lachten.

Dann schlossen sie mich ein.

Und ich verlor die Kontrolle.

Meine Mutter war fort. An dem Abend waren mein Vater und ich allein. Ich wusste, das würde nicht gut ausgehen. Er roch schlecht, er roch wie der Inhalt der Flasche, den er einmal versehentlich verschüttet hatte. Ich hatte Angst, weil meine Mutter nicht da war, denn wenn sie nicht da war, würde er seine Wut an mir auslassen. Er hatte mir noch nie etwas angetan, aber schon mehr als einmal damit gedroht.

Als er kam, stand das Essen auf dem Tisch. Meine Mutter hatte es vorbereitet, und ich musste es nur aufwärmen, aber als er die Gabel zum Mund führte, wusste ich, dass etwas nicht in Ordnung war. Sein Gesicht verzerrte sich, er verdrehte die Augen, und plötzlich warf er den Tisch um, und alles verteilte sich auf dem Boden: Gläser, Teller und alles, was darauf gewesen war. Es war eine Riesensauerei. Ich flüchtete und kauerte mich in eine Ecke. Ich hatte Angst. Erst würde das Geschrei kommen, dann die Schläge und am Ende das Blut … Aber wenn meine Mutter nicht da war? Was war dann?

»ELLA!«, schrie er. »Was ist das für eine Scheiße?«

Ich zog den Kopf ein, als mir einfiel, dass ich vergessen hatte, zu dem Fleisch und den Kartoffeln auch die Soße aufzuwärmen. Sie stand bestimmt noch im Kühlschrank. Ich hatte sie einfach vergessen. Und mein Vater flippte aus.

»Wo bist du, verdammt?«, tobte er weiter, und die Angst setzte sich in jeder Pore meines Körpers fest. Als er anfing, zu schreien und Sachen durch die Gegend zu werfen, musste ich mich in meinem Zimmer verstecken. Ich rannte davon und schloss die Tür etwas zu laut. Ich verkroch mich unter der Bettdecke.

Mein Vater schrie und schrie und wurde immer wütender. Er hatte offenbar vergessen, dass meine Mutter an dem Abend nicht da war. Sie war bei ihrer neuen Arbeit, und er sollte so lange auf mich aufpassen. Seine polternden Schritte kamen näher. Ich versuchte, mich unsichtbar zu machen, als ich das Knarzen der sich öffnenden Tür hörte.

»Hier bist du. Willst du heute im Dunkeln spielen?«

38

NICK

Als ich an der Schule ankam und sie nirgends entdecken konnte, war mir sofort klar, da stimmte was nicht. Ich sprang aus dem Auto und rannte los. Trauben von Schülern hatten sich um die Sporthalle versammelt. Ich sprang über den Zaun und hechtete weiter zur Halle. Sie staunten nicht schlecht, als sie mich dort sahen. Einige stießen sich gegenseitig an und deuteten mit dem Finger auf mich. Ich sah Jenna und Lion von der Tribüne des Leichtathletikstadions kommen. Sie wollten zurück zur Sporthalle.

»Was machst du denn hier?«, fragte mein Freund, als er mich bemerkte.

»Habt ihr Noah gesehen?«, fragte ich, ohne zu grüßen. Ich hatte eine böse Vorahnung.

Jenna zuckte mit den Achseln.

»Vor einer Viertelstunde war sie noch da.«

Ich marschierte in die Halle, die beiden folgten mir.

Als ich sie betrat, richteten sich die Blicke der Umstehenden auf mich. Ich hörte nur die herzzerreißenden Schreie. Sie waren so angsterfüllt, dass ich ausrastete.

»Wo ist sie?«, brüllte ich, während ich der Stimme folgte, die aus einem Schrank im hinteren Bereich kam. Sie hatten Noah dort eingeschlossen und sie schrie und hämmerte verzweifelt gegen die Tür.

»HOLT MICH HIER RAUS!«

Meine Hände zitterten, aber ich zwang mich, ruhig zu bleiben. Ich versuchte, die Schranktür zu öffnen, aber sie war abgeschlossen. Ich war kurz davor, zu explodieren.

»Wer von euch hat den verdammten Schlüssel?!«

Die Umstehenden zuckten mit den Achseln. Ich hörte nur Noahs angsterfüllte Stimme.

Da tauchte Cassie auf. Man sah ihr an, dass sie eine Heidenangst vor mir hatte. Sie reichte mir den Schlüssel und ich riss ihn ihr sofort aus der Hand.

»Es war doch nur …«

»Halt die Klappe!«, brüllte ich und schloss die Tür auf.

Noah stürzte sich sofort schluchzend in meine Arme und vergrub ihren Kopf an meinem Hals. Sie zitterte am ganzen Leib.

Ich sah, dass sie weinte. *Noah weinte*! Ich hatte sie noch nie eine einzige Träne vergießen sehen, nicht als ihr Freund sie betrog, nicht als wir bis aufs Blut stritten, nicht einmal, als ich sie mitten in der Nacht auf der Landstraße stehen ließ. Sie hatte nie richtig geweint, und jetzt, in meinen Armen, konnte sie gar nicht mehr aufhören.

Die anderen standen schweigend um uns herum und sahen uns an.

»Haut ab!«, schrie ich und nahm Noah hoch. Sie zitterte so sehr, dass sie kaum atmen konnte. Keiner rührte sich vom Fleck. »Ich hab gesagt, ihr sollt euch verziehen!«, schrie ich noch lauter.

Diese Wichser hatten sie in einem Schrank eingeschlossen! Ins Dunkel!

»Nick, ich …«, stammelte Jenna mit einem besorgten Blick auf Noah.

»Verschwinde, ich kümmere mich um sie«, sagte ich und drückte Noah an meine Brust.

Als die Gaffer endlich weg waren, setzte ich mich auf die Tribüne und wiegte sie auf meinem Schoß. Ihr Gesicht war so blass und verweint. Das war nicht die Noah, die ich kannte, diese Noah war völlig am Boden zerstört.

»Nick …«, schluchzte sie.

»Beruhige dich«, sagte ich. Ich hielt sie fest in meinem Arm. Sie war halb tot vor Angst, und sie so zu sehen, nachdem ich ihre entsetzten Schreie gehört hatte, brachte mich um den Verstand. All meine Befürchtungen hatten sich bewahrheitet und ich war selbst in einem Ausnahmezustand. Ich wollte sie einfach nur im Arm halten. Im ersten Moment hatte ich gedacht, Ronnie hätte ihr nachgestellt und sie verletzt oder Schlimmeres …

Noah vergrub ihren Kopf an meiner Schulter und konnte nicht aufhören zu weinen.

»Mach, dass sie verschwinden.« Sie zitterte immer noch wie Espenlaub.

»Wer, Schatz?« Ich strich ihr übers Haar.

»Die Albträume«, erwiderte sie. Sie hob den Kopf und sah mich an.

»Noah, du bist wach«, sagte ich und nahm ihr Gesicht zwischen meine Hände. Mit dem Finger strich ich die Tränen von ihrer Wange.

»Nein«, sagte sie kopfschüttelnd. »Ich muss vergessen … vergessen, was passiert ist. Mach, dass ich das vergessen kann, Nick … Mach …« Sie beugte sich zu mir und küsste mich. Es war ein tränenfeuchter Kuss voller Traurigkeit und Furcht.

Ich fasste ihre Schultern und schob sie ein Stück weg, um ihr in die Augen zu sehen.

»Noah, was ist mit dir?« Ich legte den Arm um sie und streichelte ihre Wange.

»Ich halte es nicht mehr aus.«

Als sie aufgehört hatte zu weinen, brachte ich sie zum Auto. Sie war schweigsam und melancholisch, in Gedanken versunken, die vermutlich ebenso heftig und furchterregend waren wie der Albtraum im Schrank.

Ich hatte die ganze Fahrt über fest den Arm um sie gelegt und streichelte ihre Schulter. Sie schob mich nicht weg, sondern drückte sich an mich, als hätte ich ihr das Leben gerettet. Ich hätte diesen unreifen Idioten auf dieser albernen Feier die Fressen polieren können, aber erst musste ich sicherstellen, dass es Noah gut ging.

Als wir zu Hause ankamen, brachte ich sie gleich in mein Zimmer. Sie schien diesmal nicht mit mir diskutieren zu wollen, und so machte ich einfach das Licht an und nahm ihr Gesicht in meine Arme.

»Du hast mir heute einen ganz schönen Schrecken eingejagt«, gestand ich.

»Tut mir leid«, entschuldigte sie sich, und ihre Augen füllten sich wieder mit Tränen.

»Das muss dir nicht leidtun, Noah«, beruhigte ich sie und drückte sie an meine Brust. »Aber du musst mir erzählen, was damals vorgefallen ist. Es macht mich fertig, wenn ich das nicht weiß.«

Sie schüttelte den Kopf.

»Ich will darüber nicht sprechen.«

»Okay. Ich bringe dir ein T-Shirt, heute schläfst du bei mir.«

Aus ihrem Mund kam keine Klage, nicht mal, als ich ihr half, ihr T-Shirt auszuziehen, und ihr stattdessen meins überzog. Sie zog ihre Hose aus und schlüpfte unter die Bettdecke. Ich tat das Gleiche und zog sie an mich. Das hatte ich mir schon so lange gewünscht. Ich hatte gegen meine Gefühle angekämpft und mich selbst betrogen, indem ich mich in One-Night-Stands flüchtete oder ihr aus dem Weg ging. Ich hatte Angst, die Gefühle könnten so übermächtig werden, dass ich ihnen hilflos ausgeliefert war, vor allem, wenn das Ganze schiefging. Aber damit war jetzt Schluss. Ich liebte sie und ich wollte nicht länger vor meinen Gefühlen davonlaufen. Ich beschloss, es ihr zu sagen, volles Risiko zu fahren und mein Herz nach zwölf langen Jahren wieder jemandem zu öffnen.

Ich legte ihre Hand auf der Höhe des Herzens auf meine Brust.

»Spürst du es«, fragte ich. Sie sah mich mit großen Augen an. »Es hat noch nie für jemanden so geschlagen. Das tut es nur, wenn du in meiner Nähe bist.«

Sie schloss die Augen und lag reglos da.

»Immer wenn ich dich sehe, will ich dich küssen, wenn ich dich berühre, kann ich nicht mehr damit aufhören, Noah. Ich bin verliebt in dich, bitte schieb mich nicht länger weg, du verletzt uns damit nur beide.«

Sie schlug die Augen auf. Tränen glitzerten darin.

»Ich habe Angst, dass du mir wehtust, Nicholas«, sagte sie mit einem tiefen Seufzer.

Ich legte meine Hände um ihr Gesicht.

»Ich verspreche dir, das werde ich niemals tun. Nie«, erwiderte ich und küsste sie. Ich küsste sie, wie ich es immer gewollt hatte: voller Leidenschaft und Liebe. Ich küsste sie, wie jeder Mann einmal im Leben eine Frau küssen sollte. Sie bebte vor Erregung.

Ich wanderte zu ihrem Hals und kostete jeden Zentimeter Haut, wie ich es mir seit Langem gewünscht hatte.

»Du machst mich verrückt, Noah«, gestand ich und bedeckte sie mit Küssen, vor allem an der Stelle mit ihrem Tattoo, das es mir so sehr angetan hatte.

Da tat sie etwas, womit ich nie gerechnet hätte. Sie nahm mein Gesicht in ihre Hände und legte ihre Stirn auf meine.

»Wenn du mich liebst, musst du erst die ganze Geschichte hören«, sagte sie und sah mir dabei in die Augen.

»Erzähl. Was es auch immer ist, gemeinsam werden wir es überwinden.«

Sie holte tief Luft und sagte dann:

»Als ich elf Jahre alt war, hat mein Vater versucht, mich umzubringen.«

39

NOAH

Ich wusste, der Moment der Wahrheit war gekommen, aber ich hatte Angst, an den Erinnerungen zu rühren. Allein der Gedanke, ich könnte noch mal zusammenbrechen wie in dem Schrank, brachte mich zur Verzweiflung. Aber Nick hatte mir gestanden, dass er verliebt in mich war. Wann also, wenn nicht jetzt.

»Mein Vater war Alkoholiker, fast sein ganzes Leben lang. Er ist die Nascar-Rennen gefahren – das mit dem Onkel war gelogen –, und als er sich bei einem Unfall das Bein brach, war es mit der Karriere vorbei. Das war ein Einschnitt. Er hat nicht mehr gegessen, nicht mehr gelacht und sich von Wut und Schmerz aufzehren zu lassen. Er wurde ein völlig anderer Mensch. Ich war acht, als er meine Mutter zum ersten Mal verprügelt hat. Ich erinnere mich daran, weil ich zur falschen Zeit am falschen Ort war. Er schlug wild um sich und ich bin durch einen seiner Schläge vom Stuhl gefallen und musste ins Krankenhaus. Bis zu meinem elften Lebensjahr hat er mich nicht angefasst. Meine Mutter hat er fast jeden Tag geschlagen. Das war für mich fast schon normal … Sie konnte ihn nicht verlassen, weil sie nicht wusste, wohin und wovon wir hätten leben sollen. Mein Vater bekam eine Rente vom Rennstall und damit hielten wir uns über Wasser, aber, wie gesagt, er war ein Säufer. Wenn er nach Mitternacht nach Hause kam, ließ er seine Wut an meiner Mutter aus. Zweimal hat er sie fast totgeprügelt, aber niemand hat ihr geholfen, niemand hat sie beraten, und sie hatte Angst, dass sie ihr das Sorgerecht entziehen, wenn sie ihn anzeigt. Ich habe mich damit arrangiert. Jedes Mal, wenn ich die Schläge oder die Schreie meiner Mutter hörte, habe ich mich in meinem Zimmer unter der Decke verkrochen. Ich habe das Licht ausgemacht und darauf gewartet, dass es aufhört. Aber einmal hat das nicht funktioniert … Meine Mutter musste ein paar Tage auswärts arbeiten und hat mich bei ihm gelassen. Weil er mir gegenüber nie handgreiflich geworden war, dachte sie, es bestünde keine Gefahr.

Es ist, als ob ich es direkt vor mir sähe. Er kam besoffen nach Hause und hat den Tisch umgeworfen. Ich habe mich versteckt, aber er hat mich gefunden.«

Als ich seine Worte hörte, war mir klar, dass er mir wehtun würde. Ich wollte ihm sagen, wer ich bin, dass ich Noah war, nicht Ella, meine Mutter, aber er war so betrunken, dass er es nicht begriffen hat. Es war alles stockfinster, nicht der kleinste Lichtschein war zu sehen …

»Willst du verstecken spielen?«, fragte er laut, und ich verkroch mich noch tiefer unter der Bettdecke. »Seit wann versteckst du dich, du Schlampe?«

Kurz darauf kam der erste Schlag, dann der zweite. Ich landete auf dem Boden und schrie und weinte, während er weiter auf mich einprügelte. Das brachte ihn noch mehr in Rage, weil meine Mutter alles klaglos ertrug. Wo war Mom? War es das, was sie fühlte, wenn er wütend wurde?

Er boxte mich in den Magen und ich bekam keine Luft mehr.

»Warte, jetzt wirst du sehen, was es heißt, dem Hausherrn nicht den gebührenden Respekt entgegenzubringen.« Ich hörte, wie er den Gürtel auszog. Er hatte mir schon oft gedroht, mich damit zu schlagen, aber er hatte es nie getan. Jetzt spürte ich, wie höllisch weh das tat. Als ich flüchten wollte, schlug er vor Wut gegen die Fensterscheibe, die mit einem lauten Knall zersprang. Die Glassplitter lagen im ganzen Raum verteilt, wie ich bitter erfahren sollte, denn ich schnitt mir die Handflächen und die Knie auf, während ich auf allen vieren davonzukriechen versuchte.

Das brachte ihn noch mehr in Rage: Es war, als ob er mich nicht erkannt hätte, als ob er nicht gemerkt hätte, dass er ein elfjähriges Mädchen verprügelte.

»Ich bin gerade noch mit dem Leben davongekommen. Ich bin aus dem Fenster gesprungen. Die Narbe rührt von einem Glassplitter, den ich mir in den Bauch gerammt habe«, erzählte ich ihm.

Meine Augen hatten sich wieder mit Tränen gefüllt.

»Meine Schreie hatten die Nachbarn auf den Plan gerufen, die die Polizei verständigten. Ich stand zwei Monate unter der Vormundschaft des Jugendamtes, weil sie meiner Mutter nicht zutrauten, dass sie sich nach diesem Vorfall ausreichend um mich kümmern konnte. Krass ist nur, dass ich in den zwei Monaten mehr Schläge bekommen habe als in all den Jahren mit meinem Vater. Am Ende durfte ich zurück zu meiner Mutter und mein

Vater landete im Gefängnis. Das letzte Mal habe ich ihn gesehen, als ich gegen ihn ausgesagt habe. Sein Blick war voll von abgrundtiefem Hass. Das war unsere letzte Begegnung.«

Ich schwieg und wartete auf eine Antwort. Die blieb aus.

»Sag was«, flüsterte ich.

Er senkte den Blick, irgendetwas beschäftigte ihn.

»Deswegen hast du Angst vor der Dunkelheit«, sagte er.

»In der Dunkelheit werden die Erinnerungen wach und ich bekomme panische Angst. Wenn du nicht rechtzeitig gekommen wärst, hätte ich bestimmt eine noch schlimmere Panikattacke bekommen. Das ist mir schon mal bei der Pflegefamilie passiert und das war alles andere als angenehm.« Ich zwang mich zu einem Lächeln. Er sah mich ernst an und strich mit dem Finger über meine Wange.

Ich seufzte. Ich erinnerte mich, dass ich einmal kurz davor gewesen war, Dan davon zu erzählen. Er war so versteinert, dass ich nur bis zu dem Teil gekommen war, wo mein Vater meine Mutter schlug.

»Ich habe meinen eigenen Vater ins Gefängnis gebracht. Verachtest du mich dafür?«

Er sah mich fassungslos an.

»Noah, du hast das Richtige getan, du hast gekämpft und überlebt. Ich will mich wie eine Decke über dich legen und dich mit meinem Leben beschützen. Und ich schwöre dir, ich bring diese Idioten um, die dich in den Schrank gesperrt haben, ich bringe sie eigenhändig um.«

»Nicholas, ich bin kaputt. Mit mir kann niemand etwas anfangen«, sagte ich mit gebrochener Stimme.

Er fasste mein Gesicht und sah mich ernst an.

»Sag das nie wieder, hörst du?«

Ich spürte, wie mir die Tränen übers Gesicht rannen.

»Nick, ich kann vielleicht nie Kinder bekommen«, offenbarte ich das Geheimnis, das mich am meisten schmerzte. Die schlimmste Folge der verhängnisvollen Nacht. »Wegen der Schläge. Die Ärzte glauben nicht, dass ich je schwanger werden kann.«

Er drückte mich an sich.

»Du bist die unglaublichste und tapferste Frau, die ich je kennengelernt habe«, sagte er und küsste mich auf den Kopf. »Du wirst Kinder haben, das weiß ich. Und wenn nicht, dann adoptieren wir welche. Niemand könnte eine bessere Mutter sein als du, hörst du?«

Er setzte sich auf und sah mich an.

»Ich liebe dich, Noah«, sagte er. »Ich liebe dich mehr als mein Leben, und wenn der passende Zeitpunkt gekommen ist, schenke ich dir die schönsten Kinder der Welt, denn du bist wunderschön, und ich weiß, du wirst diesen ganzen Dreck hinter dir lassen. Ich werde dich dabei unterstützen.«

»Du weißt nicht, was du da sagst«, erwiderte ich erleichtert und zugleich beklommen.

»Ich weiß genau, was ich sage«, erklärte er und gab mir einen Kuss. »Ich will bei dir sein, ich will dich küssen, wann immer mir danach ist, ich will dich beschützen und einen Platz in deinem Leben haben.«

Seine Worte rührten mich.

»Ich liebe dich, Nick«, erklärte ich wie in Trance. Und es stimmte. »Ich habe versucht, dir aus dem Weg zu gehen und zu verbergen, was ich für dich fühle, aber ich liebe dich. Ich liebe dich wahnsinnig, und ich will, dass du all die Sachen machst, von denen du sprichst. Ich will, dass du bei mir bist und mich liebst, denn ich brauche dich, ich brauche dich mehr als die Luft zum Atmen.«

»Ich will dich küssen.«

Ich lächelte.

»Tu dir keinen Zwang an.«

Er blieb ernst.

»Du verstehst nicht. Ich will dich überall küssen. Ich will dich berühren, deine Haut spüren. Ich will, dass du mein wirst, in jedem Sinne des Wortes.«

Ich war überwältigt. Mein Herz überschlug sich. Ich wurde von Gefühlen überschwemmt, aber ich wusste nicht, ob ich bereit war, diesen Schritt zu gehen.

Er nahm mein Gesicht in seine Hände und sah mir tief in die Augen.

»Ich habe so noch nie für jemanden empfunden, und das macht mir Angst, weil ich glaube, dass ich den Verstand verliere.«

Er war bis über beide Ohren verliebt, das konnte ich an seinen Augen ablesen. Nicholas hatte nie in seinem Leben mehr als ein paar Stunden mit einer Frau verbracht. Er wusste nicht, was es hieß, sich an jemanden zu binden, aber sein Liebesgeständnis zeigte, dass er sich gewandelt hatte. Ich liebte ihn auch, ich fühlte es in meinem Herzen und daran, wie mein Körper auf seine Nähe und seine Berührungen reagierte. Ich war verliebt, aber diese Gefühle machten auch mir Angst. Es war alles so anders als bei Dan. Viel stärker, größer und intensiver.

Er zog mich an sich. In seinem Kuss lag eine Glut, die auch in mir eine wohlige Hitze entfachte. Ich spürte ihn mit jeder Faser meines Körpers, seine starken Arme hielten mich zart und behutsam, als wäre ich zerbrechlich wie Glas.

Ich gab ihm zu verstehen, dass ich es genauso wollte wie er. Auf seinem Gesicht erschien ein Lächeln, das mir den Atem stocken ließ. Sein drängendes Begehren ließ mein Herz schneller schlagen. Er streifte mir das T-Shirt über den Kopf, und ich erschauderte, als er meinen Nabel und meinen Unterleib küsste. Ihn dabei zu beobachten und seine Berührungen zu spüren, versetzte mich in Ekstase. Seine Hände fuhren über meinen Rücken und dann über meine Narbe. Als er sie küssen wollte, zuckte ich zusammen und schob ihn von ihr weg.

»Hey«, sagte er und legte seine Hand wieder auf die Narbe. »Du musst dich dafür nicht schämen, Noah. Sie ist ein Zeichen, dass du stark bist, stark und unglaublich tapfer.«

Ich konnte nur nicken.

»Du bist vollkommen«, meinte er, und ich spürte seine heißen Küsse überall.

Meine Hände fuhren über seinen Rücken, ich spürte die harten Muskeln unter seiner warmen Haut und wollte ihn überall berühren. Seine Hand streichelte mein Bein und fuhr langsam nach oben. Ich bekam eine Gänsehaut. Mein Atem ging schneller. Seine Hände auf meiner nackten Haut zu spüren, verschaffte mir wohlige Schauer. Sein Mund kehrte zu meinem zurück, und wir küssten uns immer wieder, als wäre es von Anfang an so bestimmt gewesen.

Als sich seine Finger meinem Schritt näherten, wurde mir klar, dass ich Nick reinen Wein einschenken musste: Ich hatte es noch nie gemacht, mit niemandem, auch nicht mit Dan. Wir waren über das Vorspiel nie hinausgekommen. Nick hatte Erfahrung ohne Ende und auf einmal bekam ich es wieder mit der Angst.

»Nick … bevor wir weitermachen …«

»Sag mir, dass du es noch nie gemacht hast, vor allem nicht mit dem Wichser von Dan«, unterbrach er mich. Ich lachte.

»Also, ehrlich gesagt …«, sagte ich ernst und spürte, wie sich sein ganzer Körper plötzlich anspannte. Ich musste prusten. »Hey, das war nur ein Scherz, Nicholas! Ich bin Jungfrau.«

Ich spürte, wie ich rot wurde. Doch er lächelte und küsste sanft meine Mundwinkel und Wangen.

»Das habe ich dir gleich angesehen.« Ich knuffte ihn in die Schulter, aber ich wusste, dass er das nur gesagt hatte, um der Sache die Bedeutung zu nehmen. Plötzlich wurde er ernst.

»Wir können es lassen, wenn du noch nicht bereit bist«, sagte er, und ich sah ihm an, wie schwer ihm das fiel.

»Ich bin bereit, aber du musst mir was versprechen.«

Er sah mich aufmerksam an.

»Was auch immer du willst.«

Ich schmunzelte.

»Versprich mir, dass es ein unvergessliches Erlebnis wird.«

In seinem Blick lag Liebe und grenzenlose Zuneigung.

»Garantiert.«

Seine Lippen wanderten von meinem Hals zu meiner Schulter. Er leckte meine erhitzte Haut und mich durchfuhr ein Schauer der Lust. Ich wollte ihm das T-Shirt ausziehen, aber er konnte es nicht mehr abwarten. Hastig streifte er es selbst ab und sah dabei so scharf aus, dass mir der Atem stockte. Ich sah das Begehren in seinen Augen und schlang meine Beine um ihn. Ich wollte ihn so nah bei mir spüren, dass nichts mehr zwischen uns war.

Er drückte seine Hüften gegen meine und ich schloss die Augen und wand mich vor Lust.

»Du bist wunderschön«, sagte er, und seine Finger glitten zu meinem Unterleib und tasteten vorsichtig weiter. »Gib mir ein Zeichen, wenn ich aufhören soll, *Freckle*. Egal wie gern ich in dir wäre, du entscheidest, wann du bereit dafür bist.«

Ich wollte keinen Rückzieher machen, ich wollte, dass es passierte. Ich brauchte ihn, nur durch ihn würde sich der Sturm in meinem Inneren auflösen, der sich noch verstärkte, wenn er mich berührte oder küsste oder wenn wir lautstark stritten.

»Ich bin bereit, Nick«, flüsterte ich. Sein Blick wanderte über meine nackten Beine, von den Füßen bis zu den Schenkeln, dann weiter über meinen Bauch zu meinen Brüsten, bis er mir tief in die Augen sah.

»Du machst mich fertig«, flüsterte er, und mein Körper begann zu glühen, wie er es nie zuvor getan hatte. Sein Herzschlag und sein Atem beschleunigten sich. Aufgeregt tastete ich mich zu seinem Gürtel vor, um ihm die Hose auszuziehen.

Auf einmal wurde alles sehr intensiv. Die langsame Erkundung unserer Körper löste Gefühle aus, die sich zu einem wilden Rausch steigerten. Ich zog ihm die Jeans aus und sah verblüfft auf die Wölbung in seinen schwarzen Boxershorts. Nick packte mich und hob mich rittlings direkt auf seine Erektion. Unsere Körper, noch in der Unterwäsche, rieben sich aneinander, bis wir zu keuchen begannen. Meine Hände liebkosten seine Schultern und wanderten weiter zu seinen trainierten Bauchmuskeln. Meine Zunge folgte demselben Weg. Ich wollte ihn lecken, beißen, schmecken. Jeder Laut aus seinem Mund spornte mich an weiterzumachen. Ich saugte an seinem Hals und zog an seinem

Ohrläppchen, während er mit sanften Stößen seiner Hüften ein unbeschreibliches Lustgefühl in mir auslöste.

»Noah!« Er zog mich zu sich herunter und drehte mich auf den Rücken. Dann schwang er sich auf mich. Ich schlang die Beine um seine Hüften.

Seine Finger schoben sich in meinen Slip und kreisten genau an der Stelle, die bereits vor Lust schmerzte.

»Noah, du weißt, ich will dir nicht wehtun.«

»Ich weiß.« Auf einmal spürte ich, wie sich sein Finger weiter vortastete und sich ein zweiter dazugesellte. »Oooh, Nick!«

»Du machst mich verrückt«, flüsterte er, und seine Finger begannen, sich zu bewegen. Er drückte seinen Mund auf meinen, um mein lautes Stöhnen zu ersticken. Mit der anderen Hand tastete er sich auf meinem Rücken vor und öffnete den Verschluss meines BHs. Oh mein Gott, er würde meine Brüste sehen! Das war das erste Mal, das sie jemand zu Gesicht bekam. Aber ich war wie im Rausch, ich wollte nicht nachdenken. Seine Hand legte sich auf meine linke Brust, und ich stöhnte, als seine Zunge zärtlich meine Brustwarze erkundete.

»Du bist so wunderbar, einfach perfekt«, raunte er. Er ließ von mir ab, um seine Shorts auszuziehen. Enttäuscht, ihn nicht mehr zu spüren, schlug ich die Augen auf und betrachtete ihn.

»Sieh mich nicht so an!« Er holte ein Kondom aus der Schublade seines Nachttischs. Doch ich konnte meinen Blick nicht von ihm abwenden. Es war alles so neu für mich, aber was er auch tat, jede Bewegung, jedes Mienenspiel, jedes Mal, dass sich sein Brustkorb im Takt des beschleunigten Atems hob und senkte, erregten mich mehr. Ich konnte es kaum erwarten, ihn endlich in mir zu spüren.

Als er sich zwischen meine Beine schob, hatte ich das Gefühl, gleich zerspringen zu müssen.

»Ich liebe dich, Noah«, sagte er, und er sah mich an, wie er es noch nie zuvor getan hatte. Das machte mich wahnsinnig glücklich und ich wusste, dass ich das Richtige tat. Er liebte mich. Nach dem ganzen Hin und Her hatten wir endlich zueinandergefunden.

Ich fühlte, wie er langsam in mich eindringen wollte. All meine Muskeln spannten sich an und ich stöhnte. Er war sehr behutsam.

»Tu's, Nick«, sagte ich und schlang meine Beine noch fester um ihn.

»Bist du sicher?«, flüsterte er.

Ich nickte und er küsste mich hinter dem Ohr. Mit einer entschlossenen Bewegung durchbrach er die letzte Barriere, die uns noch trennte. Alle anderen waren längst gefallen. Ich spürte einen reißenden Schmerz und stöhnte auf. Dann war er in mir, wir waren eins und auf eine einzigartige und mächtige Art verbunden. Ich war so überwältigt, dass eine Träne über meine Wange kullerte.

»Noah, Noah«, sagte er immer wieder und streichelte mein Gesicht. »Es tut mir leid, mein Schatz.«,

Ich schlang die Arme um ihn.

»Es ist alles gut. Mach weiter.«

Er bewegte sich in mir. Es tat immer noch weh, aber was dann kam, ließ mich den Schmerz vergessen.

»Gott, Noah …« Seine Bewegungen wurden kraftvoller. Ich stieß einen leisen Schrei aus und schloss die Augen. »Nein, Noah, nein, sieh mich an!« Er nahm mein Kinn und zwang mich, ihn anzuschauen. Der Rhythmus seiner Stöße wurde immer schneller und die Ekstase ließ mich alles vergessen.

Ich zog an seinem Haar.

»Schneller!«, forderte ich. Eine Woge unbeschreiblicher Gefühle, die ich nicht mehr kontrollieren konnte, überschwemmte meinen Körper und riss mich mit sich fort.

»Jetzt gehörst du mir«, sagte er und stöhnte. »Sag, dass du mir gehörst, Noah, sag es!«

»Ich gehöre dir«, sagte ich und bohrte meine Fingernägel in seinen Rücken.

Auf einmal stand alles still. Alle meine Sinne explodierten. Nichts hatte mehr Bedeutung, da war nur Nick. Als wir zum Höhepunkt kamen, stieß ich einen Schrei aus. Danach sanken unsere verschwitzten Körper erschöpft in die Kissen. Atemlos legte er seine Stirn auf meine Schulter. Ich lag entspannt da und genoss die letzten Ausläufer der Welle.

Er hob den Kopf und sah mich an.

»Du bist unglaublich«, sagte er und legte seine Stirn auf meine. »Ich liebe dich. Ich liebe dich seit dem Moment, als du gesagt hast, dass du mich hasst.«

Ich musste lachen.

»Das war nur, weil ich dich nicht haben konnte.«

»Jetzt hast du mich. Mit Leib und Seele.«

40

NICK

Mit Noah zu schlafen, war die großartigste Erfahrung meines Lebens. Ich konnte immer noch nicht fassen, dass es tatsächlich passiert war, es kam mir vor wie ein Traum. Ich hatte es mir vorgestellt, seit ich sie das erste Mal in dem hautengen Kleid gesehen und gemerkt hatte, wie schön sie war, aber ich hätte es nicht für möglich gehalten, dass sie es eines Tages zulassen würde. Ich fühlte mich noch immer wie im Himmel. Jetzt gehörte sie mir, für immer, ich würde sie nie wieder loslassen.

Es war so viel zwischen uns passiert, aber am Ende hatten wir die Mauer einreißen können, die uns anfangs getrennt hatte. Noah hatte eine schreckliche, höchst traumatische Kindheit, deren Folgen ihr auch heute noch, sechs Jahre später, im Alltag Probleme bereiteten. Wie gern hätte ich mir diesen Arsch von Vater einmal vorgeknöpft. Aber auf ihre Mutter war ich genauso wütend. Wie hatte sie ihre elfjährige Tochter bei einem gewalttätigen Vater zurücklassen können? Auch wenn ich das Noah gegenüber nie erwähnen würde, aber für mich hatte Raffaella genauso viel Schuld wie der Vater, und das würde ich ihr bei Gelegenheit auch ins Gesicht sagen. Noah war sehr offen gewesen, aber dennoch wurde ich das Gefühl nicht los, dass sie mir noch etwas verheimlichte. Ich hatte keine Ahnung, was es sein mochte, aber in ihrem Blick war immer noch ein beunruhigtes Flackern, und ich würde nicht ruhen, bis ich herausgefunden hätte, was los war.

Jetzt schlief sie in meinen Armen. Meine Gedanken kehrten zurück zu den letzten Stunden, und ich hätte sie zu gern geweckt, um dort weiterzumachen, wo wir aufgehört hatten. Ich betrachtete sie im Schein der Nachttischlampe und konnte mich wieder nicht daran sattsehen, wie unglaublich schön sie war. Ihr Anblick verschlug mir den Atem. Ihr Gesicht, ihr Körper … sie zu berühren und ihr Lust zu bereiten, gehörte zu den erfüllendsten Erfahrungen meines Lebens. Und wie sie es genossen hatte!

Ich hörte, wie mein Smartphone vibrierte. Damit Noah nicht aufwachte, nahm ich es schnell vom Nachttisch und stellte es auf lautlos. Wer auch immer es war, er musste warten.

Ich nahm sie wieder in den Arm und zog sie an mich. Verschlafen schlug sie die Augen auf.

»Hallo«, flüsterte sie sanft. Diese liebevolle Seite an ihr war mir noch ganz neu.

»Habe ich dir schon gesagt, wie unfassbar hübsch du bist?«, fragte ich und legte mich auf sie. Endlich konnte ich sie wieder küssen. Schon seit mehr als einer Stunde hatte ich mich danach gesehnt.

Sie schlang die Arme um mich und erwiderte den Kuss voller Leidenschaft.

»Geht es dir gut?«, fragte ich unsicher. Ich war behutsam gewesen. Nach allem, was sie erlitten hatte, wollte ich nicht, dass ihr noch einmal wehgetan wurde. Von niemandem.

»Ich komm um vor Hunger«, sagte sie lachend.

Auf ihren Wangen lag ein rosiger Hauch. Kein Wunder, sie hatte ja die ganze Nacht unter der warmen Decke in meinem Arm gelegen.

»Ich auch«, sagte ich und küsste sie auf die Wange und in die Kuhle an ihrem Hals. Ich wusste, wie sehr sie es jedes Mal genoss, wenn meine Lippen diese empfindliche Stelle berührten.

Sie zog mich sanft an den Haaren, damit ich zu ihr aufschaute.

»Hunger auf etwas zu essen«, erklärte sie lächelnd. Warum nur brachte mich ihr zauberhaftes Lächeln jedes Mal derart aus der Fassung?

»Okay, dann gehen wir halt was essen«, meinte ich und zog sie ins Bad, wo wir gemeinsam das warme Wasser der Dusche über unsere Körper rieseln ließen. Anschließend zog ich eine Jogginghose an und reichte ihr eins von meinen T-Shirts.

Ich war heilfroh, dass unsere Eltern übers Wochenende weggefahren waren.

»Auf was hast du Lust?«, fragte ich, als sie sich an die Kücheninsel setzte.

»Du kannst kochen?«, fragte sie ungläubig.

»Klar, was hast du denn gedacht?«, erwiderte ich lachend. Ich griff in ihren Schopf, zwirbelte das Haar zu einem Zopf zusammen und zog ihren Kopf sanft nach hinten. So hatte ich freie Bahn und konnte sie nach Belieben küssen.

»He! Ich hab Lust auf was Genießbares!«, meinte sie. Ihr glockenhelles Lachen war für mich der schönste Klang der Welt. Das war der perfekte Einstieg in einen perfekten Tag.

»Ich mache dir Pancakes, da kannst du nicht meckern.«

»Ich helfe dir«, bot sie an. Sie sprang vom Stuhl und eilte zum

Kühlschrank. Wir arbeiteten Hand in Hand. Ich machte den Teig und sie mixte für uns beide einen Erdbeershake. Dann setzten wir uns an den Tisch und schoben uns gegenseitig die Happen in den Mund. Es war köstlich, den Sirup von ihrem Mund abzulecken. So etwas hatte ich noch nie getan, bei niemandem, aber ich muss sagen, das gab dem Frühstück eine ganz neue Note. Endlich war alles so, wie es sein sollte: Noah gehörte zu mir und sie war glücklich. Und ich war es auch. So viele Jahre hatte ich keiner Frau vertraut, und jetzt hatte ich mir eine ausgesucht, die zwar kompliziert, aber in jederlei Hinsicht perfekt war, eine Frau, die mir das Vertrauen und die Liebe zurückgeben konnte, auf die ich früh verzichten musste. So betrachtet hatten Noah und ich doch einiges gemeinsam. Sie hatte ihren Vater mit elf, ich meine Mutter mit zwölf verloren. Wir beide hatten in jungen Jahren großes Leid erfahren. Und jetzt hatten wir uns gefunden und würden einander helfen, es zu überwinden.

»Ich weiß, was ich jetzt gern tun möchte«, verkündete sie, während sie die letzten Krümel ihres Pancakes verspeiste. »Gib mir mal dein Handy.«

Ich hatte keine Ahnung, was sie vorhatte, aber ich reichte es ihr.

»Da du jetzt mein Freund bist, werde ich alle Mädchen aus deiner Kontaktliste löschen bis auf mich und Jenna«, erklärte sie, und ich lachte.

»Lach nur, ich meine das ernst«. Sie entsperrte es und rief das Telefonbuch auf.

»Mach, was du willst, das ist mir egal, aber lösch bitte nicht Anne und Madison. Ich denke, mit meiner kleinen Schwester darf ich doch weiterhin reden, oder?« Ich trug das Geschirr zur Spülmaschine.

»Und wer ist Anne?« Sie rümpfte die Nase. Die Namensähnlichkeit mit Anna war zu groß, also lieferte ich rasch eine Erklärung nach.

»Anne ist die Sozialarbeiterin, die Madison immer zu mir bringt, wenn wir uns treffen. Sie hält mich auf dem Laufenden, was bei der Kleinen los ist, und meldet sich, falls es Probleme gibt.«

Sie nickte.

»Du hast einen verpassten Anruf von ihr, von vor einer Stunde.«

In dem Moment leuchtete auf dem Display Annes Name auf. Besorgt nahm ich Noah das Smartphone aus der Hand.

Für einen Anruf von Anne war es sehr früh.

»Nicholas?«, hörte ich sie sagen.

»Was ist?« Ich hatte ein mulmiges Gefühl.

»Es geht um Madison. Sie wurde ins Krankenhaus eingeliefert. Offenbar hat ihr in den letzten vierundzwanzig Stunden niemand das Insulin verabreicht. Sie hatte einen Zuckerschock. Ich denke, Sie sollten herkommen.«

Meine Finger umklammerten das Handy so fest, dass es beinahe zu Bruch gegangen wäre.

»Ist es schlimm?« Vor Angst schlug mir das Herz bis zum Hals.

»Mehr weiß ich nicht.«

»Ich bin gleich da«, sagte ich und legte auf.

Noah sah mich alarmiert an.

»Was ist passiert?«

»Meine Schwester. Sie ist im Krankenhaus. Ich weiß nicht genau, was los ist, irgendwie ist ihr Blutzuckerspiegel entgleist. Ich muss hinfahren.« Ich rannte in mein Zimmer. Noah folgte mir, aber ich war in Gedanken bei meiner kleinen Schwester, der irgendein Volltrottel vergessen hatte, Insulin zu spritzen.

»Ich komme mit«, sagte sie entschieden.

Nachdenklich schaute ich sie an, dann nickte ich. Ich wollte sie bei mir haben. Sicher wäre meine Mutter auch im Krankenhaus. Und ich hatte sie seit mehr als drei Jahren nicht gesehen.

41

NOAH

Ich hatte ihn noch nie so aufgewühlt gesehen, oder doch, am Abend zuvor, als er mich schreiend in dem Schrank fand, in den mich diese Idioten eingesperrt hatten. Auf dem Weg ins Krankenhaus wirkte er nachdenklich und traurig. Er hatte eine Hand am Lenkrad und umfasste mit der anderen meine Hand, die auf dem Schaltknüppel lag. Es ging mir zu Herzen, ihn so zu sehen. Wie gern hätte ich ihm die Traurigkeit genommen und ihn aufgeheitert, aber das war aussichtslos. Es gab nur wenige Menschen, für die Nicholas Leister alles gab und die ihn so in seinen Grundfesten erschüttern konnten, und seine Schwester gehörte dazu. Er hatte mir nur wenig über seine Mutter erzählt, aber mir war klar, dass er sie hasste oder zumindest nichts mehr von ihr wissen wollte. Dass die Kleine als Diabetikerin ihr Insulin nicht bekommen hatte, musste seine Abneigung noch mehr schüren.

Während der Fahrt sprachen wir fast kein Wort. Es tat mir unendlich leid, was passiert war. Vor wenigen Stunden noch waren wir so glücklich und einander so nah gewesen. Hin und wieder gab er mir einen Kuss oder strich mir mit unseren ineinander verschlungenen Händen über die Wange. Seine zärtlichen

Berührungen ließen mich jedes Mal erschauern. Mit ihm zu schlafen, war eine überwältigende Erfahrung gewesen, doch jetzt war ich in Gedanken nur bei ihm und bei seiner kleinen Schwester.

Sechs Stunden später kamen wir in Las Vegas an. Wir fuhren sofort zum Krankenhaus.

Maddie lag in der Kinderabteilung. Im Wartebereich saßen nur ein Ehepaar und eine korpulente Frau. Die kam zur Tür, als sie Nick bemerkte. Das Ehepaar stand ebenfalls auf.

»Nicholas, machen Sie bitte keine Szene.« Nicholas warf ihr einen grimmigen Blick zu. Es musste die Sozialarbeiterin sein. Ich hatte ihr Profilbild in Nicks Kontakten gesehen.

»Wo ist sie?«, fragte er.

»Sie schläft. Man hat ihr Insulin verabreicht, damit der Blutzuckerspiegel sinkt. Sie ist okay, Nicholas, das wird wieder.«

Ich drückte seine Hand, damit er sich beruhigte, doch er zitterte.

Er ging an Anne vorbei auf die andere Frau zu. Sie war blond und bildschön. Das musste seine Mutter sein.

»Wo warst du, verdammt? Wie konnte das passieren?«, herrschte er sie an. Der Glatzkopf neben ihr wollte sich einmischen, aber die Frau hielt ihn zurück.

»Nicholas, es war ein Unfall«, sagte sie zerknirscht.

»Lass meine Frau in Ruhe, wir haben genug Probleme! Du hast uns gerade noch gefehlt …«

»Von wegen!«, rief Nick, und er drückte meine Hand so fest, dass es wehtat. Ich spürte, wie sehr er mich brauchte. »Sie muss dreimal am Tag ihr Insulin bekommen, es ist doch nicht so schwer, sich das zu merken. Jeder Idiot kriegt das auf die Reihe, aber ihr überlasst sie irgendwelchen unfähigen, dummen Nannys. Es geht euch am Arsch vorbei!«

»Madison weiß, dass sie die Spritze braucht, und sie hat nichts gesagt. Also ist Rose davon ausgegangen, dass sie sie bereits bekommen hat«, erklärte der Glatzkopf, aber Nick fiel ihm ins Wort.

»Sie ist fünf Jahre alt, verdammt! Sie braucht ihre Mutter!«

Es ging um mehr als um Nicholas' Schwester, das war eindeutig. Es ging dabei auch um ihn und seine Wut. Bis zu diesem Moment war mir nicht bewusst gewesen, wie tief verletzt er war. Es musste sehr hart für ihn gewesen sein, so früh die Mutter zu verlieren. Das wusste ich, ich hatte meinen Vater ja auch verloren. Oder besser gesagt, ich war von ihm erlöst worden. Meine Mutter war immer für mich da gewesen, aber Nicholas hatte niemanden gehabt. Er hatte keinen liebevollen Vater, sondern einen, der ihn immer nur mit Geld abgespeist hatte. In mir stieg Hass auf diese Frau auf, die ihm so wehgetan hatte, und ich hasste William, weil er kein Herz für seinen Sohn gehabt hatte.

Ich zog an Nicholas' Arm, da betrat ein Arzt den Raum.

»Familie Grason?«

Alle Köpfe drehten sich in seine Richtung.

Er kam auf uns zu.

»Die Kleine spricht gut auf die Behandlung an, sie wird wieder gesund, aber sie muss die Nacht über hierbleiben. Ich möchte ihre Blutwerte kontrollieren und den Verlauf überwachen.«

»Was hat sie?«, fragte Nick.

»Und Sie sind …?«

»Ihr Bruder.«

Der Arzt nickte.

»Sie leidet an Diabetischer Ketoazidose.« Wir alle sahen ihn fragend an. »Die entsteht, wenn der Körper infolge von Insulinmangel seinen Energiebedarf über den Abbau von Fetten deckt. Die vermehrte Bildung von Ketonkörpern führt zu einer Stoffwechselübersäuerung«, führte er aus, und ich versuchte, dem Fachchinesisch zu folgen.

»Und was kann man dagegen tun?«, fragte Nicholas.

»Ihre Schwester hatte sehr hohe Blutzuckerwerte, über dreihundert, weil die Leber Glukose produziert hat, um dem Problem entgegenzuwirken, aber ohne Insulin können die Zellen die Glukose nicht mehr in ausreichender Menge aufnehmen. Wir haben ihr jetzt die entsprechenden Medikamente verabreicht, und wie es aussieht, bessert sich ihr Zustand. Wir müssen die Werte im Auge behalten, aber Sie brauchen sich keine Sorgen zu machen. Als sie eingeliefert wurde, war ich beunruhigt, weil sie durch das Erbrechen stark dehydriert war, aber das wird. Das Schlimmste konnten wir abwenden und Kinder sind stark.«

»Kann ich sie sehen?«, wollte Nicholas wissen.

»Ja, sie ist wach, und wenn Sie Nick sind, gehen Sie am besten gleich zu ihr. Sie fragt ständig nach Ihnen.«

»Komm. Ich möchte, dass du sie kennenlernst«, sagte er und zog mich mit sich fort. Bei den Worten des Arztes hatte ich noch gedacht, Nick wollte sie allein besuchen, aber als ich hörte, dass ich den Menschen kennenlernen durfte, der ihm so viel bedeutete, machte mich das überglücklich.

Wir betraten Madisons Zimmer und da saß dieses kleine, süße Mädchen in dem Krankenhausbett. Als sie Nick sah, strahlte sie übers ganze Gesicht.

»Nick!«, rief sie und riss die zarten Ärmchen hoch. Doch im

selben Moment verzerrte sich ihr Gesicht. Man hatte ihr einen Zugang gelegt und die hastige Bewegung hatte ihr offenbar wehgetan.

Zum ersten Mal seit Stunden ließ Nick meine Hand los und lief freudig zu ihr. Er setzte sich zu ihr aufs Bett und schloss sie in seine Arme.

»Wie geht's dir, Prinzessin?«

In Madisons bildhübschem Gesichtchen war zu erkennen, wie erschöpft sie war. Es tat mir in der Seele weh, sie so leiden zu sehen. Aber sie freute sich offenbar riesig, Nick zu sehen.

»Du bist gekommen!« Ihre Augen glänzten.

»Klar! Was hast du denn gedacht?« Er drückte sie vorsichtig an sich und setzte sie auf seinen Schoß. Sofort hob sie ihre kleine Hand und strich ihm durchs Haar.

Ich musste lächeln. Dass Nick so liebevoll mit Kindern umgehen konnte, hätte ich nie gedacht. Ehrlich gesagt, hätte ich mir ihn gar nicht mit Kindern vorstellen können. Nick war eher der Typ »Sex, Drugs and Rock and Roll«.

»Maddie, ich möchte dir jemand ganz Besonderen vorstellen. Das ist Noah«, sagte er und deutete auf mich. Jetzt erst fiel ihr Blick auf mich, denn bis dahin hatte sie nur Augen für ihren großen Bruder gehabt. Ich war verblüfft. Sie hatte dieselben strahlend blauen Augen wie Nick.

»Wer ist das?«, fragte sie mit gerunzelter Stirn.

»Meine Freundin«, sagte Nick. Dieses Wort aus seinem Mund zu hören, erzeugte ein Kribbeln in meinem Bauch.

»Du hast doch keine Freundinnen«, sagte sie.

Ich trat an ihr Bett.

»Du hast recht, Maddie, aber ich glaube, ich habe es geschafft, ihn umzustimmen«, sagte ich lächelnd. Ich fand ihren Kommentar witzig.

»Mir gefällt dein Name. Den haben sonst nur Jungs«, erklärte sie. Nicholas musste schallend lachen. Ich ebenfalls.

»Danke, ich weiß gar nicht, was ich sagen soll.« Der Apfel fällt nicht weit vom Stamm, dachte ich. Nicholas hatte bei unserer ersten Begegnung dasselbe gesagt.

»Bei dem Namen lassen die Jungs dich bestimmt beim Football mitspielen.« Die Kleine hatte echt Humor.

»Magst du Football?« Die Kleine wirkte auf mich eher wie eine Prinzessin. Ich konnte sie mir schlecht bei diesem rauen Sport vorstellen.

»Ja, sehr! Nick hat mir einen tollen Ball geschenkt, in Pink.« Sie zauste mit ihrer kleinen Hand durch sein Haar. Wie gern hätte ich das jetzt auch getan.

Wir blieben eine ganze Weile bei Maddie, und ich stellte fest, dass sie ein ganz wunderbares Mädchen war. Sehr aufgeweckt für ihr Alter und sehr witzig. Aber sie war immer noch sehr mitgenommen und brauchte Ruhe.

Auf dem Flur begegneten wir Nicks Mutter. Von einer Mutter hätte man erwartet, dass sie sich Sorgen um ihr Kind macht, aber diese Frau wirkte unnahbar. Sie sah ihren Sohn ungerührt an, doch ich bemerkte, dass ihre Hand leicht zitterte. So ganz spurlos ging das alles wohl doch nicht an ihr vorbei.

»Ich muss mit dir reden, Nicholas«, sagte sie. Sie sah mich an.

»Ich lass euch mal allein«, sagte ich, aber Nick hielt meine Hand fest.

»Da gibt's nichts zu bereden«, erwiderte er kühl.

»Bitte, Nicholas … Ich bin deine Mutter, du kannst nicht dein ganzes Leben vor mir davonlaufen.« Es war ihr offenbar egal, dass ich alles mitbekam. Nick war so angespannt, dass ich mir Sorgen um ihn machte.

»Du bist nicht mehr meine Mutter, seit du mich für diesen Schwachkopf verlassen hast.« Ihn so ernst, so voller Groll zu sehen, machte mir Angst.

»Ich habe einen Fehler gemacht«, sagte sie lapidar. »Du bist kein Kind mehr. Es wird Zeit, dass du mir verzeihst.«

»›Fehler‹ nennst du das? Du bist für sechs Jahre aus meinem Leben verschwunden, du hast nicht mal angerufen, um zu fragen, wie es mir geht. Du hast mich im Stich gelassen!«, schrie er. Erschrocken schaute seine Mutter ihn an. »Ich will dich nie wieder sehen. Wenn ich irgendwie könnte, würde ich dir dieses wunderbare Kind wegnehmen. Du hast Maddie nicht verdient.«

Nick zog mich fort. Es war alles gesagt. Wir irrten durch die Flure, bis er vor einem Raum stehen blieb, in den durch ein kleines Fenster ein fahles Licht hineinfiel. Er war leer. Nick öffnete die Tür und schob mich hinein.

Der Anblick seines traurigen Gesichts und die vor Wut blitzenden Augen verunsicherten mich. Doch ehe ich mich's versah, drückte er seine Lippen auf meinen Mund.

»Nicholas«, flüsterte ich und streichelte sein Gesicht. Er war wie ein Vulkan kurz vor dem Ausbruch.

»Danke, dass du da bist«, sagte er leise. Er klang so verzweifelt, dass ich die Hände auf seine Wangen legte und ihm tief in die Augen sah. »Ich glaube, ich werde es ihr nie verzeihen können, dass sie mich einfach zurückgelassen hat. Aber jetzt, wo ich dich gefunden habe und endlich weiß, wie es sich anfühlt, wenn man verliebt ist, da macht es mir nichts mehr aus. Es ist mir egal, was sie getan hat, Noah. Dir ist es gelungen, eine Wunde zu schließen, die seit Langem geblutet hat. Und dafür liebe ich dich umso mehr.«

Er lächelte traurig und meine Augen füllten sich mit Tränen.

»Komm her«, raunte er und küsste mich.

Es war das zweite Mal, das wir miteinander schliefen. Umgeben von den Geistern der Vergangenheit.

Später verließen wir das Krankenhaus, um etwas essen zu gehen. Wir würden Maddie erst in ein paar Stunden wieder besuchen können. Ich war noch nie in Las Vegas gewesen und fand die Stadt genauso beeindruckend wie im Film. Hochhäuser, riesige Hotels und Vergnügungsstätten, so weit das Auge reichte. Wie das alles wohl erst bei Nacht aussah? Doch so lange konnten wir nicht bleiben.

»Wir werden sie morgen entlassen. Wir würden sie gern noch unter Beobachtung halten, aber wenn Sie darauf bestehen, könnte sie auch heute schon gehen«, informierte uns der Arzt, als wir zurück ins Krankenhaus kamen.

Es war schon fünf. Wenn wir vor Mitternacht in Los Angeles sein wollten, mussten wir uns allmählich auf den Weg machen. Nicholas fiel es schwer, sich von Maddie zu trennen, aber seine Mutter war da, und ich wusste, wie hart das alles für ihn war.

»Ich komme diese Woche noch mal vorbei«, versicherte er. Maddie weinte. »Am Mittwoch bin ich wieder da. Dann bringe ich dir ein Geschenk mit und wir machen was Schönes.« Behutsam schloss er sie in seine Arme.

»Erst in zwei Tagen?« Sie zog einen Schmollmund.

»*Schon* in zwei Tagen«, sagte Nick und drückte ihr einen dicken Kuss auf den blonden Lockenkopf.

Als wir das Krankenhaus verließen, war er fix und fertig. Ihm hatte das alles zugesetzt. Es war ein aufreibender, sehr emotionaler Tag gewesen und der Tag davor hatte es auch in sich gehabt. Wir brauchten beide dringend Schlaf.

»Soll ich fahren?«, bot ich an, als wir am Auto ankamen. Er sah mich amüsiert an.

»Wenn ich mich recht entsinne, habe ich den letzten Wagen, in dem du dich ans Steuer gesetzt hast, verloren.«

»Das wirst du mir wohl bis an mein Lebensende vorhalten, was?« Ich verdrehte die Augen.

»So ist es, *Freckle.*« Er drückte mir einen flüchtigen Kuss auf den Mund.

Ich löste mich von ihm und stieg auf der Beifahrerseite ein.

Als wir nach Hause kamen, vergaßen wir für einen Moment, dass unsere Eltern schon zurück waren. Arm in Arm stiegen wir die Stufen zum Eingang hoch.

Als uns meine Mutter die Tür öffnete, holte die Realität uns ein. Erschrocken fuhren wir auseinander.

»Da seid ihr ja. Ich hatte mich schon gefragt, wo ihr bleibt.« Sie kam auf mich zu und umarmte mich. Ich drückte sie fest. In den zwei Tagen, seit ich sie das letzte Mal gesehen hatte, war so viel passiert: die Erinnerungen an meinen Vater, die plötzlich wieder aufbrachen, das erste Mal mit Nick, der Besuch bei Maddie.

»Du hast mich wohl vermisst?«, meinte sie lachend. Dann

löcherte sie uns sofort mit Fragen zu Maddies Zustand. Offenbar hatte Nick von unterwegs zu Hause angerufen, damit sie sich keine Sorgen machten.

»Es freut mich, dass es ihr besser geht.« William war anzusehen, dass die Sache auch ihn nicht kaltließ. Er stand vom Sofa auf.

Nick und ich gingen in dem großen Raum bewusst auf Abstand. Ihn in meiner Nähe zu wissen und nicht berühren zu dürfen, erzeugte ein seltsames Gefühl von Leere in meiner Brust. In den letzten vierundzwanzig Stunden waren wir unzertrennlich gewesen und er fehlte mir. Er warf mir einen langen Blick zu.

»Ich bin müde. Wenn es euch nichts ausmacht, gehe ich nach oben. Sonst bin ich morgen platt.«, erklärte ich und warf Nick einen vielsagenden Blick zu.

Meine Mutter und Will sahen sich einen Film an, sie würden nicht so bald zu Bett gehen.

»Bleibst du noch, Nick?«, fragte meine Mutter. Ich hätte sie umbringen können.

Nicholas lächelte amüsiert.

»Ich sollte auch gehen. Es ist schon spät und ich hab morgen noch was vor. Gute Nacht«, verabschiedete er sich.

Gemeinsam stiegen wir die Treppe hinauf. Ob es an dem Gefühl lag, etwas Verbotenes zu tun, oder weil ich wusste, dass unsere Eltern unten im Wohnzimmer ausflippen würden, wenn sie von uns erführen, wusste ich nicht. Doch als Nick mich neben meiner Tür an die Wand drückte und seine Finger nicht bei sich behalten konnte, fand ich das total erregend.

»Komm mit zu mir, schlaf mit mir«, flüsterte er mir ins Ohr. Seine Zunge fuhr über meinen Hals.

»Ich kann nicht«, erwiderte ich. »Meine Mutter kann jeden Moment hochkommen, Nicholas.« Seine Hand fuhr an meinem Schenkel entlang. »Hör auf, die kriegt einen Herzinfarkt.«

Es war mir wirklich schleierhaft, wie wir das auf die Reihe kriegen sollten, zusammen zu sein und mit unseren Eltern unter einem Dach zu wohnen. Wir würden lernen müssen, uns zu beherrschen.

Von unten drangen Geräusche herauf.

»Ich liebe dich«, sagte er und drückte mir noch einen schnellen Kuss auf den Mund. »Wenn was ist, du weißt, wo du mich findest.«

»Zweite Tür links, ich weiß«, scherzte ich.

Dann ging ich in mein Zimmer.

Ich musste das Geschehene erst mal verarbeiten. Ich brauchte dringend eine Verschnaufpause.

Die Geschehnisse der vergangenen Tage hatten mich völlig durcheinandergebracht. Es war ein ungeheures Glücksgefühl, mit Nick zusammen zu sein. Wer weiß, wie lange es anhalten würde. Die letzten Wochen hatten ja gezeigt, dass wir wegen unserer verschiedenen Temperamente immer wieder aneinandergerieten. Aber ich war verrückt nach ihm. Ich hatte diese Empfindungen viel zu lange unterdrückt, und nachdem ich sie endlich zugelassen hatte, tat es wahnsinnig gut, ihn in meiner Nähe zu wissen. Als ich nicht einschlafen konnte, musste ich mich beherrschen, nicht doch zu ihm zu gehen. Aber ich blieb stark. Ich musste lernen, auch ohne ihn auszukommen. Das Schlimme war nur, wenn wir nicht zusammen waren, musste ich wieder an meinen Vater und seine finsteren Drohungen denken.

Ich war mir immer noch im Unklaren, ob ich jemandem davon erzählen sollte. Weshalb? Er war im Gefängnis, und ich wusste nicht einmal, ob sie wirklich von ihm stammten. Womöglich hatte Ronnie irgendwie von der Sache mit meinem Vater erfahren und sich die Briefe ausgedacht. Vorerst war es wohl besser, das Ganze für mich zu behalten, zumindest bis ein weiterer Brief eintraf, was wahrscheinlich nicht passieren würde.

Am nächsten Morgen musste ich mich beeilen, wenn ich nicht zu spät kommen wollte. Ich war aufgeregt, weil ich meinen Mitschülern wieder begegnen würde. Alle hatten mich schreien gehört und keiner hatte mir geholfen.

In meiner Schuluniform eilte ich die Treppe hinunter. Als ich in die Küche kam, musste ich an mich halten, um Nick nicht um den Hals zu fallen. Meine Mutter stand auf, um mir Frühstück zu machen. Unter dem Vorwand, mir von ihm die Krawatte binden zu lassen, ging ich zu Nick, und während meine Mutter am Herd hantierte und ein Lied aus dem Radio mitträllerte, drückte ich ihm einen Kuss auf die Lippen.

»Ich hab da so ein paar Bilder von mir und dir in dieser Uniform im Kopf«, flüsterte er. Als er mir die Krawatte umlegte, strich er mit einem Finger zart über meinen Hals. Dann küsste er mich.

Es war riskant, aber ungemein reizvoll.

Seine Hände schoben sich unter meinen Rock.

»Übertreib's nicht.«

Er zog seine Hände gerade noch rechtzeitig weg, bevor meine Mutter das Rührei auf den Tisch stellte.

Ich musste daran denken, wie wir gemeinsam Pancakes und Erdbeershake gefrühstückt hatten. Und was in den Stunden davor geschehen war.

Meine Mutter war in Gedanken versunken. Ich machte mir Vorwürfe, dass ich nicht noch einmal nachgehakt hatte, wie ihre Ehe lief und ob sie mit dem Leben hier zufrieden war.

»Geht's dir gut, Mom?«, fragte ich besorgt. In letzter Zeit hatte ich häufig diesen abwesenden Blick an ihr gesehen.

Sie kehrte zurück in die Wirklichkeit.

»Ja, sicher, alles bestens. Ich habe nur Kopfschmerzen. Nick hat angeboten, dich heute zur Schule zu bringen. Ich glaube, ich leg mich wieder hin.« Sie gab mir einen Kuss auf den Scheitel und drückte Nicks Schulter. Als sie die Küche verlassen hatte, fragte ich ihn: »Findest du nicht auch, dass sie sich seltsam benimmt?«

Er trank seinen Saft aus und zog meinen Stuhl zu sich heran. »Ja, aber es wird schon nichts Gravierendes sein.« Er legte seine Hände auf meine Knie und beugte sich zu mir. »Und können wir?«, fragte er mit verführerischem Unterton. Ich verspürte wieder dieses Kribbeln. Dass mein Auto in der Werkstatt war, hatte auch seine Vorteile.

Fünf Minuten später verließen wir das Haus. Außer Sichtweite, im Auto, gab er mir einen innigen Kuss. Als er von mir abließ, musste ich erst mal Luft holen.

»Wow, was war das denn?«, rief ich, als er den Wagen anließ.

»Wir haben uns schon sieben Stunden und fünfundzwanzig Minuten nicht mehr richtig geküsst.«

»Zählst du etwa mit?«, fragte ich belustigt.

»Was soll ich machen? Mein Hirn langweilt sich, wenn es sich nicht mit dir beschäftigen kann.«

Eine Viertelstunde später standen wir vor dem Tor der Highschool. Meine Laune sank in den Keller. Auch Nicholas war ernst geworden. Er hielt das Lenkrad umklammert und starrte vor sich hin.

»Holst du mich auch wieder ab?«

»Klar. Ich bin dein Freund. Da gehört das zum Pflichtprogramm.«

Ich musste lachen.

»Tut es nicht. Man merkt, dass du noch nie eine Freundin hattest.« Es machte mich ungemein stolz, dass ich die erste war.

»Ich habe halt auf dich gewartet«, sagte er und küsste mich. »Besser, du gehst jetzt, bevor ich dich für den Rest des Tages entführe.«

Ich lächelte.

»Wir sehen uns um vier«, sagte ich entschieden. Ich musste mich loseisen. Das zwischen uns hatte Suchtpotenzial.

»Ich liebe dich«, sagte ich beim Aussteigen.

»Und ich dich erst. Ciao, mein Herz«, verabschiedete er sich. Ich verdrehte die Augen.

Auf dem Weg zum Klassenraum drehten sich alle Köpfe nach mir um. Jenna kam und schloss mich in ihre Arme.

»Es tut mir unheimlich leid, Noah«, sagte sie und drückte mich fest. »Ich wusste nicht, was sie vorhatten. Ich hätte da sein müssen, um dir zu helfen. Das sind alberne Kinder. Dieser ganze Quatsch mit den Streichen gehört längst abgeschafft, aber wie du siehst …«

»Es ist alles gut, Jenna, es war nicht deine Schuld«, beruhigte ich sie.

»Bist du sicher? Du warst ja völlig außer dir. Ich wusste nicht, dass die Dunkelheit dir so zu schaffen macht.«

»Das ist ein Trauma aus meiner Kindheit, aber das ist jetzt vorbei. Es ist unwichtig.« In dem Moment ertönte der Gong und wir begaben uns zu unseren Plätzen.

Aber ich irrte mich gewaltig. In der Schule kursierten alle möglichen Gerüchte. Alle sahen mich an, als ob ich vom Mars käme oder, schlimmer noch, als ob sie mich bemitleideten. Ich merkte erst, wie wütend ich war, als ich in der Mensa Cassie im Kreise der Typen sitzen sah, die mich in den Schrank gesperrt hatten. Da sah ich auf einmal rot, und noch bevor ich wusste, was ich tat, kippte ich ihr mein Erdbeershake über den Kopf.

Die Leute um uns herum erstarrten. Ich war selbst noch ganz verdattert darüber, was ich gemacht hatte, da hörte ich hinter mir die Stimme der Direktorin.

»Miss Morgan, in mein Büro.«

Shit.

42
NICK

Als ich sie an der Schule abgesetzt hatte, wurde ich unerwartet von einer ganzen Woge negativer Gefühle erfasst. Ich bekam es nicht aus dem Kopf, dass das Mädchen, in das ich bis über beide Ohren verliebt war, in ihrer Kindheit so schwer misshandelt worden war, dass sie fast gestorben war. Ich konnte die Sache nicht einfach auf sich beruhen lassen und so fuhr ich zur Kanzlei meines Vaters. Ich wollte wissen, wie er das Ganze einschätzte, aber vor allem wollte ich herausfinden, ob man rechtlich noch weiter gegen Noahs Vater vorgehen konnte.

Im Bürogebäude von Leister Enterprises fuhr ich direkt in den letzten Stock. Janine, die Sekretärin meines Vaters, kannte mich schon von klein auf. Sie hatte er damit betraut, für mich Geburtstagsgeschenke zu kaufen und mich zu den Kindergeburtstagen meiner Freunde zu fahren. Sie war mit mir zu den Footballspielen gegangen, wenn mein Vater beschäftigt war, und sie hatte mich ermahnt, wenn Beschwerdebriefe von der Schule kamen. Janine war eine Art Muttersatz, doch sie hatte nie mein Herz erobern können – genau wie all die anderen Frauen vor Noah. Aber ich hatte sie immer sehr gemocht.

»Nicholas, was machst du denn hier?«, fragte sie lächelnd. Janine war um die sechzig und gertenschlank. Sie war die gute Seele des Büros, fleißig, loyal und unerschütterlich, obwohl es im Büro kaum einer mit meinem Vater aushielt. Davon konnte ich ein Lied singen, immerhin hatte ich ein Praktikum in seiner Kanzlei gemacht.

»Hallo, Janine. Ich muss mit meinem Vater sprechen. Ist jemand bei ihm?« Am liebsten wäre ich direkt in sein Büro gestürmt.

»Nein, geh ruhig rein. Er bereitet nur den Fall von heute Nachmittag vor.« Ohne zu klopfen, trat ich ein, und mein Vater sah mich mit seinen blauen Augen über die Brille hinweg an.

»Was machst du hier?«, fragte er ernst. Er begrüßte mich nie. Das war eine Angewohnheit, die er so schnell nicht loswurde.

»Ich bin gekommen, um mit dir über Noah zu reden ... und über Raffaella«, erwiderte ich. Ich stand vor seinem superteuren Schreibtisch und hoffte, dass er einmal in seinem Leben ehrlich zu mir sein würde. »Wusstest du, was dieser Arsch von Vater mit ihr gemacht hat?«

Mein Vater sah mich einen Moment an und schob dann die Unterlagen beiseite. Er stand auf, ging zur Bar und goss sich einen Cognac ein.

»Woher weißt du davon?«, fragte er.

Er war also eingeweiht. Und das wunderte mich nicht. So etwas kann nicht lange verborgen bleiben.

»Noah hat Angst, wenn sie in einem dunklen Raum ist. Neulich hatte sie eine Panikattacke und mir davon erzählt, nachdem sie sich wieder beruhigt hatte«, erklärte ich, und mir kam schon wieder die Galle hoch, wenn ich daran dachte, was diese Wichser mit ihr gemacht hatten. Aber im Vergleich zu der Sache mit ihrem Vater war das natürlich Kinderkram. »Dad, weißt du, was dieses Schwein ihr angetan hat? Noah wäre beinahe gestorben. Sie hat sich einen großen Glassplitter in den Bauch gerammt und wäre fast verblutet.«

»Ich weiß.« Er setzte sich wieder und sah mich bedrückt an.

»Was?« Ich lief im Büro auf und ab wie ein Tiger im Käfig. »Ihre eigene Mutter hat sie mit einem Gewalttäter allein gelassen! Raffaella ist genauso schuldig wie er!« Ich fühlte mich ohnmächtig und das machte mich noch wütender.

»Nicholas, ich werde nicht zulassen, dass du so über meine Frau sprichst. Du hast keine Ahnung, was sie durchgemacht hat und wie sehr sie es bereut, Noah allein gelassen zu haben. Sie hatte nicht so ein Leben wie wir, sie war mittellos und hat die Gewalt ihres Mannes jahrelang ertragen, um ihr Kind nicht zu verlieren. Ihr Körper ist übersät von den Narben der Schläge. Ich werde nicht zulassen …«

»Noah war ein Kind, Dad«, unterbrach ich ihn. Meine Stimme zitterte. »Verdammt, sie musste aus einem Fenster springen, um ihm zu entkommen. Man sollte den Wichser umbringen …«

»Setz dich, Nicholas. Wir müssen reden«, sagte er und deutete auf den Platz ihm gegenüber.

Ich blieb hinter dem Stuhl stehen und beobachtete bedauernd, wie er das Glas an den Mund hob. Ich hätte auch einen Schluck vertragen können.

»Vor einem Monat wurde er aus der Haft entlassen«, erklärte er. Fassungslos hörte ich ihm zu, als er weitersprach. »Er hat sechs Jahre seiner Freiheitsstrafe verbüßt. Hätte Raffaella seine Misshandlungen rechtzeitig angezeigt, wäre die Strafe deutlich höher ausgefallen, aber so wurde er nur für die Tat an Noah verurteilt. Die Kleine trug viele Verletzungen davon, aber die schlimmste von allen hat sie sich zugezogen, als sie aus dem Fenster gesprungen ist und sich dabei diesen Glassplitter in den Bauch gerammt hat. Dafür konnte er nicht belangt werden. Und anscheinend verfügt er über gute Kontakte und konnte Strafmilderung erwirken. Langer Rede, kurzer Sinn: Er ist jetzt auf freiem Fuß, und Raffaella befürchtet, dass er versuchen könnte, Kontakt mit ihr aufzunehmen. Ich habe das alles selbst erst vor Kurzem erfahren. Wir müssen die Augen offen halten. Ich glaube zwar nicht, dass er sich in unsere Nähe wagt, aber ich bin dennoch besorgt. Raffaella hat eine Heidenangst und findet nachts kaum noch in den Schlaf. Noah darf auf keinen Fall davon erfahren. Sie weiß nicht, dass er seine Strafe bereits abgesessen hat, und deswegen musst du das unbedingt für dich behalten.«

»Wie kann er schon auf freiem Fuß sein? Kannst du denn nichts machen?« Ich war fassungslos. Eine neue Angst stieg in mir auf. Womöglich suchte dieser Irre nach seiner Ex-Frau und seiner Tochter, und ich wusste nicht, wie Noah reagieren würde, wenn sie plötzlich dem Grund für ihre Albträume gegenüberstünde.

»Ich habe versucht, bei Gericht ein Annäherungsverbot zu erwirken, aber da es keine Anzeichen für ein Problem oder eine Kontaktaufnahme seinerseits gegeben hat, wurde es zurückgewiesen. Vielleicht ist das alles ohnehin übertrieben. Er ist in einem anderen Land, und ich glaube kaum, dass er quer durch die Vereinigten Staaten reist, weil er etwas gegen die beiden im Schilde führt. Aber es ist besser, vorsichtig zu sein, und wenn Ella dann besser schlafen kann …«

»Einverstanden. Kümmere du dich um deine Frau, ich kümmere mich um Noah.« Ich ging zur Minibar und genehmigte mir auch einen Drink.

Ich spürte den Blick meines Vaters in meinem Nacken. Für einen Moment herrschte Stille.

»Junge, sag mir bitte, dass du nichts mit deiner Stiefschwester angefangen hast.«

Verdammt. War das so offensichtlich?

»Ich kümmere mich nur um sie«, erklärte ich und stürzte den Drink hinunter.

»Ich weiß nicht, was da zwischen euch läuft, und ich will es auch gar nicht wissen, aber mach bitte keinen Unsinn. Ich habe genug damit zu tun, dass Raffaella nicht den Kopf verliert. Und das Letzte, was sie im Moment brauchen kann, ist eine weitere Hiobsbotschaft.«

Der Ausdruck Hiobsbotschaft im Zusammenhang mit meiner Beziehung zu Noah störte mich.

»Ich habe nichts ›mit ihr angefangen‹, Dad, ich liebe sie, und ich schwöre dir, ich werde es nicht zulassen, dass ihr jemand auch nur ein Haar krümmt.«

Mein Vater sah mich eine Weile an, dann nickte er.

»Pass auf, was du tust, Nicholas.«

Als ich kurz darauf das Büro verließ, klingelte mein Handy: Es war Noah.

»Was ist?«, fragte ich beunruhigt. Sie sollte um diese Zeit eigentlich im Unterricht sein. Warum rief sie mich an?

»Nick, du musst mich abholen.« Ihre Stimme klang seltsam.

»Wieso? Ist alles okay bei dir?« Ich drückte den Aufzugknopf, um nach unten zu fahren.

»Nun ja … ich bin für den Rest des Tages vom Unterricht suspendiert.«

Als ich vor dem Schultor vorfuhr, kam sie gleich auf mein Auto zugelaufen. Sie sah so entzückend aus, dass ich sie küsste, bevor sie mir berichten konnte, was vorgefallen war.

»Du hast ihr einen Erdbeershake über den Kopf geschüttet? Im Ernst?« Ich musste schallend lachen.

»Ich weiß nicht, was mich geritten hat.« Sie wirkte zerknirscht. »Aber es tut mir nicht leid: Das hatte sie verdient. Und ich musste meine Wut und meinen Frust irgendwie abreagieren«, rechtfertigte sie sich, während sie sich anschnallte.

»Denkst du, es ist jemand zu Hause?«, fragte ich wenig später.

»Bestimmt. Warum?«

»Wenn ich nicht auf der Stelle mit dir schlafen kann, explodiere ich.« Es erschreckte mich, wie sehr ich sie begehrte.

Ich legte meine Hand auf ihren unfassbar zarten Schenkel.

»Da sind wir schon zu zweit«, sagte sie. Um ein Haar wäre ich auf den Vordermann aufgefahren. Noah löste den Sicherheitsgurt und rutschte ganz nah an mich heran. Sie legte die Hand auf mein Knie und küsste zärtlich meinen Hals.

Mein Atem ging schneller.

»He, hör auf«, flehte ich, als sie mir ins Ohrläppchen biss. Verdammt, das ging nicht. Ich musste doch fahren.

»Du hast damit angefangen«, erwiderte sie und ließ ihre Hand an meinem Schenkel nach oben gleiten, während sie mich sanft in Hals und Kinn biss.

Ich hielt ihre Hand fest und brachte den Wagen zum Stehen, sobald wir die Stelle erreichten, nach der ich gesucht hatte.

»Steig aus«, sagte ich. Meine Augen glühten vor Begehren.

»Ich glaube, das lasse ich lieber. Das letzte Mal, als du das gesagt hast, hast du mich mitten in der Pampa stehen lassen«, zog sie mich auf.

»Steig aus oder wir machen es gleich hier.«

Doch sie machte keine Anstalten, den Wagen zu verlassen. Ich stieg aus, ging zur Beifahrerseite und hob sie hinaus.

»Du willst es doch nicht etwa hier machen?«, fragte sie. Hinter uns lagen die Steilküste und das Meer.

Ich drückte sie gegen das Auto und hob sie an, damit sie die Beine um meine Hüften schlang.

»Aber sicher.« Ich küsste sie. Sie erschauderte unter der Berührung meiner Hände und erwiderte meinen Kuss genauso leidenschaftlich.

Sie schloss die Augen und legte den Kopf in den Nacken. Ich küsste sie, wo sie es am liebsten hatte, am Ohr, am Hals, am Kinn. Ich wollte sie nackt sehen und knöpfte ihr die Bluse auf.

»Habe ich dir schon gesagt, wie sehr mich die Uniform anturnt?« Ich küsste ihre Brüste.

»Dich und alle anderen Kerle auf der Welt«, erwiderte sie und seufzte.

Noah und ihr sarkastischer Humor.

Mein ganzer Körper stand in Flammen, als ich sie lustvoll stöhnen hörte. Zum Glück waren wir allein auf weiter Flur.

»Ich liebe dich, Nick.«

»Ich liebe dich auch, Süße. Ich liebe dich wie wahnsinnig.«

Wir schauten uns tief in die Augen, als wir gemeinsam die größte Seligkeit erreichten.

Den Rest des Tages verbrachten wir am Strand. Wir aalten uns im Sand und lernten uns besser kennen …

»Von wem hast du deinen ersten Kuss bekommen?«, fragte sie. Sie lag auf dem Bauch und hatte ihren Kopf in die Hände gelegt.

»Von dir natürlich«, erwiderte ich. Der Wind spielte mit ihrem Haar, und die Sonne brachte Farbe in ihre Wangen, sodass die hübschen Sommersprossen noch stärker zur Geltung kamen.

Sie verdrehte die Augen.

»Nein, im Ernst«, sagte sie. Eine Haarsträhne wehte ihr ins Gesicht und ich strich sie ihr behutsam hinter das Ohr.

»Bist du dir sicher, dass du das wissen willst?« Ich sah, wie sie die Stirn runzelte. »Schon gut, aber du wirst lachen. Von Jenna.«

»Nein!« Sie riss die Augen auf. »Ernsthaft? Du willst mich doch verarschen.«

»Wir waren noch Kinder, sie war meine Nachbarin und meine einzige Freundin. Wir wollten einfach wissen, wie es sich anfühlt. Ich fand es seltsam, und sie hat das Gesicht verzogen und gemeint, sie würde nie wieder in ihrem Leben jemanden küssen.«

Noah lachte.

»Und du?«, fragte ich. Ich fühlte mich schon bei der Frage unbehaglich. Ich wollte mir Noah nicht in den Armen eines anderen Typen vorstellen. Allein der Gedanke machte mich krank.

»Nun, bei mir war es später. Und ich habe mir nicht geschworen, es nie wieder zu tun. Im Gegenteil, es hat mir gefallen«, erzählte sie leichthin.

»Wer war es?«, fragte ich schärfer als beabsichtigt.

Doch sie schien den Unterton meiner Frage nicht mal zu bemerken.

»Es war der Bademeister des öffentlichen Schwimmbads. Er

sah toll aus und wir haben im Sanitätsraum rumgeknutscht«, erzählte sie mit einem schelmischen Lächeln.

Ich packte sie und wälzte mich auf sie.

»Es hat dir also gefallen, ja?« Ich drückte sie mit meinem Gewicht nach unten, dass sie sich nicht bewegen konnte.

»Ja, sehr.« Da merkte ich, dass sie mich auf den Arm nahm.

»Es gefällt dir wohl, mich zu quälen.«

»Ja, ich finde es ausgesprochen amüsant.« Typisch Noah. Mich überkam unbändige Lust, sie zu küssen.

»Wart's ab. Jetzt kannst du erleben, wie es sich anfühlt, von jemandem gequält zu werden …« Meine Lippen schwebten dicht über ihren, ohne sie zu berühren. Während ich langsam über ihr Bein strich, sah ich ihr tief in die Augen. Ihr Blick war voller Begehren. Meine Finger erkundeten ihre Kniekehle und fuhren dann zärtlich weiter den Schenkel hinauf. Mit der anderen Hand knöpfte ich die Bluse auf und verteilte flüchtige, heiße Küsse auf der zarten Haut an ihrem Bauch.

Als ich sie seufzen hörte, grinste ich und stand auf.

Sie lag mit geröteten Wangen im Sand und verging vor unerfülltem Begehren. Es dauerte eine Weile, bis ihr klar wurde, was gespielt wurde, dann sah sie mich mit großen Augen an wie ein ausgesetztes Hündchen.

»Was soll das?«, fragte sie gepresst.

»Vielleicht überlegst du dir nächstes Mal, ob du mich eifersüchtig machen willst«, erwiderte ich schadenfroh.

»Du bist und bleibst ein Arsch«, funkelte sie mich an. Sie stand auf, faltete die Decke zusammen und verschwand in Richtung Auto. Lachend folgte ich ihr und bewunderte ihre langen Beine und die blonde Mähne, mit der der Wind spielte.

Ich holte sie ein und küsste sie zart. Wenige Minuten später – länger konnte ich mich einfach nicht von ihr fernhalten –, liebkoste ich ihren Mund, doch sie presste stur die Lippen aufeinander. Als sie sich schließlich meiner lockenden Zunge ergab und ihre Arme um meinen Hals schlang, küsste ich sie so inbrünstig, dass sie ihren blöden Bademeister sicher vergessen würde.

43

NOAH

Es machte mir Angst, wie schnell das alles ging. Nach der Geschichte mit Dan hatte ich nicht vorgehabt, mich noch mal auf jemanden einzulassen, aber es kam alles anders: Ich war bis über beide Ohren in meinen Stiefbruder verliebt, dabei war er so ziemlich der Letzte, mit dem ich mir eine Beziehung hatte vorstellen können. Vielleicht wäre es mit einem wie Mario leichter gewesen, aber tief in meinem Innern wusste ich, es hätte nicht funktioniert. Seit ich ihm gesagt hatte, dass er für mich nicht mehr als ein guter Freund war, hatte er sich nicht mehr gemeldet. So weit reichte sein Interesse an mir dann wohl doch nicht. Mit Nick fühlte ich mich wohl, obwohl es der helle Wahnsinn war. Es war mir unheimlich, welche Sehnsucht ich nach ihm verspürte, selbst wenn wir nur für kurze Zeit getrennt waren. Mir zitterten die Knie, wenn ich ihn nur ansah oder er mich küsste. Ich schwebte buchstäblich auf einer Wolke, und wären da nicht die Drohbriefe gewesen, wäre ich der glücklichste Mensch der Welt.

Mir war klar, dass ich das mit den Briefen nicht länger für mich behalten durfte, aber ich wollte meiner Mutter gegenüber nicht einmal den Namen meines Vaters erwähnen. Sie hatte noch weit mehr als ich unter seinen Misshandlungen gelitten, und jetzt, wo sie glücklich verheiratet war, wollte ich die Erinnerungen an diese düsteren Zeiten nicht wecken. Was sollte ich tun? Mein Vater saß noch für viele Jahre im Gefängnis, er konnte sich nicht mehr an mir vergreifen. Also musste Ronnie der Täter sein. Er musste irgendwie von meiner schlimmen Vergangenheit erfahren haben und machte sich die Informationen jetzt zunutze, um mich an meinem wunden Punkt zu treffen. Nicholas war der Einzige, dem ich zutraute, dieses Problem aus der Welt schaffen zu können.

Ich wollte es ihm gleich nach der Party erzählen, bei der wir zum ersten Mal als Paar auftreten würden. Sicher würde er sich furchtbar aufregen und mir bittere Vorwürfe machen, dass ich es ihm nicht schon früher gesagt hatte. Ich fürchtete mich vor seiner Reaktion, aber vor allem davor, was dieser Verbrecher Ronnie ihm antun könnte.

Und so versuchte ich, mir nichts anmerken zu lassen, als wir auf der Party von Nicks Freunden ankamen. Ich setzte ein strahlendes Lächeln auf, als er mir galant die Autotür öffnete. Seit wir eine Beziehung hatten, hatte er sich gewandelt: An die Stelle des alten Nicholas, der meinte, Frauen bräuchten keinen Begleitschutz und könnten Türen selbst aufmachen, war ein echter Kavalier getreten. Mir lag gar nicht so viel an diesem altmodischen Getue, aber es gefiel mir, dass er sich nur bei mir solche Mühe gab.

»Habe ich dir schon gesagt, dass es mir schwerfällt, die Finger bei mir zu behalten?«, fragte er. Es war saukalt und mein eng anliegendes schwarzes Kleid für diese Temperaturen denkbar ungeeignet.

Ich verlor mich in dem tiefen Blick aus seinen strahlend blauen Augen, in der Wärme, dem Begehren darin. Nicholas Leister war das Ebenbild eines Models von Calvin Klein, und er gehörte mir, mir allein.

»Dir wird nichts anderes übrig bleiben«, erwiderte ich und strich ihm durchs Haar. Auch ich konnte die Finger nicht von seinem durchtrainierten Körper lassen. »Du weißt, wir stehen unter Beobachtung.«

»So wissen wenigstens alle, dass du mir gehörst.« Er presste seine Lippen auf meine. Wenn er mich küsste, konnte ich nicht mehr klar denken. Die Initiative ging immer von Nick aus und das weckte in mir ein rasendes Begehren. Die kleinste Berührung seiner Hand an meiner Taille, wie in diesem Moment in der nächtlichen Dunkelheit, ließ mich erschaudern. Seine Zunge spielte mit meiner in langsamen, sinnlichen Bewegungen. Oft küssten wir uns in wilder Raserei. Dieser Kuss war anders. Es war zum Dahinschmelzen.

»Komm, lass uns nach Hause fahren«, schlug er vor. In seinen Augen loderte das Begehren und binnen Sekunden wurde mir trotz der Kälte heiß.

Ich lächelte.

»Unsere Eltern sind da.« Zu meinem Leidwesen hatten wir in der letzten Woche kaum Zeit miteinander verbringen können. Meine Mutter hatte mich die ganze Zeit in Atem gehalten. Sie wollte ständig etwas unternehmen oder reden oder sonst was. Und William hatte Nick in der Kanzlei eingespannt. Als hätten sie sich abgesprochen.

Nicholas murmelte: »Ich werde mir eine eigene Bude suchen und ausziehen.«

Ich erstarrte.

»Moment mal, du tust was?«

»Ich denke schon seit Wochen darüber nach. Und jetzt, wo wir zusammen sind, ist das doch eine gute Idee. Ich bin erwachsen und mit dem Gehalt aus der Kanzlei kann ich mir was Anständiges leisten. Dann bräuchten wir uns nicht mehr vor unseren Eltern zu verstecken.« Er wartete gespannt auf meine Reaktion.

Theoretisch war das ein guter Plan. Als Liebespaar mit den Eltern unter einem Dach zu wohnen, war – vor allem in unserer Situation – ausgesprochen nervig, aber allein der Gedanke, morgens nicht mehr mit ihm frühstücken zu können, ihn vor dem Zubettgehen nicht mehr zu sehen und zu wissen, dass er nicht mehr auf der anderen Seite des Flurs wäre, löste in mir Trauer und Angst aus, denn ich fühlte mich sicher, wenn er in der Nähe war. Vor allem seit Ronnies Drohbriefen …

»Ich will nicht, dass du gehst«, sagte ich. Es war vollkommen irrational, aber ehrlich.

Er sah mich aufmerksam an.

»Willst du dich noch länger verstecken und dir jede Berührung verkneifen?«, erwiderte er, während er mir mit den Fingern Kreise auf den Rücken malte. »Meinem Vater brauchen wir nichts vorzumachen, er weiß Bescheid, und er würde sich einem Umzug nicht entgegenstellen. Dann könnten wir so oft zusammen sein, wie wir wollen. Wir könnten dieses ganze Bruder-Schwester-Theater hinter uns lassen. Selbst deine Mutter würde es akzeptieren, wenn wir nicht ein paar Meter von ihrem Schlafzimmer entfernt in einem Bett lägen.«

Ich zog ihn an mich.

»Ja, aber nicht jetzt. Zieh noch nicht aus, ich will nicht, dass du gehst.« Ich wusste, wie verzweifelt sich das anhören musste.

Er war irritiert.

»Was ist mit dir, Noah?« Er sah mich forschend an, als ahnte er, dass ich etwas vor ihm verbarg.

Ich zwang mich zu einem Lächeln.

»Nichts, nichts. Ich will dich einfach nur bei mir haben, das ist alles.« Aber das war nur die halbe Wahrheit.

Er zog mich an sich und gab mir einen Kuss auf den Scheitel.

»Das geht mir genauso, keine Sorge, wir reden noch mal darüber.« Er nahm meine Hand. »Wir gehen besser rein, du frierst.«

Ich nickte und gemeinsam betraten wir das Haus. Wie immer bei solchen Partys war kein Durchkommen. Jede Menge Leute tanzten und tranken im gedämpften Schein bunter Lichter. Bald darauf trafen wir Jenna und Lion. Nick hielt die ganze Zeit meine Hand. Er zog mich in die Küche, wo es etwas ruhiger war. Ein paar Jungs warfen Tischtennisbälle in Gläser, und Lion und Nick schlossen sich ihnen an.

Jenna freute sich über das Wiedersehen und zum ersten Mal seit Langem fühlte ich mich wirklich integriert. Ich kannte fast alle Anwesenden, und auch wenn einige mich wegen der Sache mit dem Rennen noch misstrauisch beäugten, hatten die meisten mich doch angenommen.

Der Abend war fantastisch. Ich trank nicht viel – die Phase hatte ich hinter mir –, und mit Nick fühlte ich mich sicher. Zu dem beruhigenden Gefühl trug auch bei, dass ich seit mehr als einer Woche keinen Brief mehr bekommen hatte. Doch meine Stimmung sank, als ich feststellte, dass mein Smartphone verschwunden war.

Shit.

Ich suchte in meiner Tasche und im Wohnzimmer, wo ich die meiste Zeit verbracht hatte. Jenna war auf der Toilette und Nick war mit seinem Spiel beschäftigt.

Vermutlich hatte ich es verloren, als ich aus dem Auto gestiegen war. Dass ich mir von meinem bisschen Lohn noch ein neues Telefon kaufen musste, hatte mir gerade noch gefehlt.

Ich ging hinaus in den Garten. Von dort kam man zu der Straße, wo Nick geparkt hatte. Die Musik wurde immer leiser, je weiter ich mich vom Haus entfernte. Es war eiskalt und bewölkt. Vielleicht würde ich Los Angeles zum ersten Mal bei Regen erleben. Ich vermisste den Regen. Ich liebte die Sonne, aber mit Regen und Kälte war ich aufgewachsen.

Ich suchte alles ab, aber das Handy war nirgends zu finden. Ich wollte schon ins Haus zurückgehen und Nick um den Schlüssel bitten, damit ich im Auto weitersuchen konnte, da spürte ich, dass jemand hinter mir war.

Angst überkam mich. Es war, als ob mich jemand beobachtete. Ich schaute mich um, aber ich konnte in der Dunkelheit niemanden entdecken. Mit pochendem Herzen und zugeschnürter Brust trat ich den Rückweg an. Plötzlich stellte sich mir jemand in den Weg.

Es war Ronnie. Offenbar hatte er sich versteckt.

»Wohin denn so eilig, Süße?«

Ich blieb stehen und bereitete mich darauf vor, laut loszuschreien, wenn es nötig sein sollte, doch die Angst hatte mich so fest im Griff, dass ich befürchtete, ich würde keinen Laut herausbringen.

»Ich weiß nicht, was du willst, Ronnie, aber wenn du auch nur einen Schritt näher kommst, schreie ich hier alles zusammen.« Meine Stimme bebte.

»Da will dich jemand sehen, Noah. Und es wäre doch unhöflich, wenn du ihm einen Korb gibst. Ihr seid ja in Briefkontakt.« Er machte einen Schritt auf mich zu.

Ich wollte mich umdrehen, da wurde ich von hinten gepackt, und eine Hand hielt mir den Mund zu.

»Ich an deiner Stelle würde mich benehmen«, warnte mich Ronnie. Es waren zwei Männer, die mich so festhielten, dass ich mich nicht rühren konnte. »Dein Vater wartet, und wir wissen doch beide, dass er nicht sehr geduldig ist«, sagte er grinsend und gab den Männern ein Zeichen.

Ich spürte, wie ich hochgehoben wurde. Ich wehrte mich nach Leibeskräften, doch ich hatte keine Chance. Sie trugen mich zur Ladefläche eines Pick-ups, und das Letzte, was ich sah, bevor sie mir einen feuchten, stinkenden Lappen auf den Mund drückten und mit Isolierband festklebten, war das Gesicht des Mannes, der mich schon einmal fast umgebracht hätte. Meines Vaters.

44

NICK

Ich hatte Noah seit zwanzig Minuten nicht mehr gesehen. Da ich sie vermisste, suchte ich nach ihr, konnte sie aber nirgends entdecken.

»Jenna, hast du Noah gesehen?«, fragte ich unsere Freundin, die ausgelassen tanzte. Sie hielt inne.

»Als ich von der Toilette kam, war sie nicht mehr da. Sophie sagt, sie vermisst ihr Handy.«

Ich beschloss, im Garten nach ihr zu suchen, sie musste sich ja den Arsch abfrieren. Ich schaute mich nach allen Seiten um: Fehlanzeige. Mit einem mulmigen Gefühl ging ich wieder hinein und klapperte sämtliche Zimmer ab, auch im oberen Stockwerk. Sie war wie vom Erdboden verschluckt. Als ich versuchte, sie anzurufen, ging nur die Mailbox ran.

Ich rannte die Treppe hinunter und stieß an der Tür auf Jenna und Lion.

»Ich kann sie nicht finden«, meinte Jenna. Sie war in heller Aufregung.

Panik erfasste mich. Ich wollte beim Auto nach ihr suchen, und Lion und Jenna begleiteten mich. Auf der Wiese entdeckte ich Schuhabdrücke. Mit klopfendem Herzen folgte ich den Spuren und fand wenig später ihre Schuhe. Ich erstarrte.

»NOAH!«, rief ich verzweifelt. »NOAH!«

Auch Lion und Jenna riefen nach ihr. Unsere Schreie verhallten in der Dunkelheit.

Da fiel mir Ronnies Drohung wieder ein.

»Ruf die Polizei«, bat ich Lion, als ich meine Fassung wiedergefunden hatte.

Er sah mich überrascht an, zückte aber sofort sein Handy. Während er telefonierte, liefen wir zurück ins Haus. Ich sagte dem DJ, er solle die Musik ausmachen. Die Leute buhten mich aus, aber das war mir scheißegal.

Ich stieg auf einen Stuhl und rief: »Hat jemand Noah gesehen?« Bang suchte ich in der Menge nach ihr. Ich verfluchte mich dafür, dass ich sie allein gelassen hatte.

Die anderen schüttelten den Kopf und fingen an zu tuscheln. Ich sprang vom Stuhl und raufte mir die Haare. Fuck … Fuck …

»Nicholas, beruhige dich«, sagte Jenna.

»Du verstehst das nicht!«, schrie ich, und es war mir scheißegal, dass die anderen mich hörten. »Ronnie hat sie bedroht und jetzt ist sie verschwunden.« Ich rannte mit Jenna wieder zum Auto und hoffte inständig, sie doch noch zu finden. Ich sah noch vor mir, wie sie mich in dem heißen schwarzen Kleid bei unserer Ankunft angelächelt hatte.

»Nicholas, die Polizei«, sagte Lion und reichte mir das Smartphone. »Sie wollen mit einem Angehörigen sprechen.«

Ich drückte es hektisch an mein Ohr.

»Kommen Sie schnell, meine Freundin ist verschwunden.«

»Sir, beruhigen Sie sich. Sagen Sie mir erst mal, was passiert ist«, erwiderte die Stimme am anderen Ende. Verdammt, der hatte die Ruhe weg, als plauderten wir übers Wetter, dabei war die Liebe meines Lebens verschwunden!

»Meine Freundin ist weg, verdammt!«, brüllte ich.

»Beruhigen Sie sich, Sir. Wir haben bereits einen Streifenwagen losgeschickt, der die Gegend absuchen wird, aber Sie müssen mir genau sagen, wo Sie sie zuletzt gesehen haben.«

Ich erzählte dem Polizisten, was geschehen war. Ich war wie in Trance, als wäre das alles nicht real.

Kurz darauf fuhr ein Streifenwagen vor und die Party löste sich in Windeseile auf. Aber egal, sie brauchten keine Zeugen. Ich wusste ja, wer dahintersteckte.

»Und Sie sind?«, fragte der Polizist. Die Situation war surreal. Ich musste etwas tun … Sofort.

»Ich bin Nicholas Leister.« Das hatte ich doch alles schon erzählt. Wir mussten Ronnie suchen und Noah retten.

»Sie sind ihr Freund, nicht wahr?« Ich nickte ungeduldig, während der andere Polizist mit Lion und Jenna sprach. »Noah Morgan, ist sie minderjährig?», fragte er weiter. Shit. Daran hatte ich gar nicht gedacht.

»Sie ist siebzehn. Hören Sie, sie ist meine Stiefschwester, unsere Eltern haben vor ein paar Monaten geheiratet. Ich hab Ihnen doch schon gesagt, wer sie entführt hat. Bitte, während wir hier unsere Zeit vergeuden, tut er ihr vielleicht etwas an.«

Der Polizist sah mich ungehalten an.

»Um eins mal klarzustellen, ich werde nicht mit Ihnen reden. Sie sind kein Angehöriger. Ich möchte Sie bitten, ihre Eltern oder den gesetzlichen Vormund anzurufen und ihn über das Geschehen zu informieren. Das Gesetz schreibt vor, dass einer Vermisstenanzeige frühestens vierundzwanzig Stunden nach dem Verschwinden nachgegangen wird und …«

»Hören Sie mir überhaupt zu?!« Ich verlor die Nerven. »Sie wurde entführt, also lassen Sie den Quatsch und unternehmen Sie was!«

Ich merkte erst, dass ich ihm zu nahe gekommen war, als er mich packte und gegen das Auto drückte.

»Entweder Sie beruhigen sich jetzt oder ich nehme Sie fest«, warnte er mich.

Schließlich gab ich klein bei und er ließ mich los.

»Und jetzt rufen Sie die Eltern an, sonst tue ich es.« Er blähte sich auf und versuchte, mich mit seiner Uniform einzuschüchtern.

Leise fluchend drehte ich mich um und wählte die Nummer meines Vaters. Nach dem dritten Klingeln nahm er ab.

»Dad, du musst sofort kommen. Es ist etwas passiert.«

Vier Stunden später gab es immer noch keine Spur von Noah. In unserem Haus und Garten wimmelte es von Menschen. Überall liefen Polizisten herum und installierten irgendwelche Geräte, um die Telefone abhören zu können, falls der Entführer sich melden sollte. William Leister war ein bekannter und reicher Mann, sodass man als Erstes von einer Lösegelderpressung ausging. Ich hatte verschiedenen Beamten gefühlt schon tausendmal von Ronnies Drohung erzählt, aber dann fanden sie die Drohbriefe in der Schublade in Noahs Frisiertisch, von denen weder ich noch ihre Mutter etwas gewusst hatten. Als mir klar wurde, dass ihr Vater sie in seinen Fängen hatte, war ich kurz davor, durchzudrehen.

Ich war völlig fertig. Es konnte doch nicht sein, dass das alles tatsächlich geschah. Als Raffaella davon erfuhr, hatte man ihr ein Beruhigungsmittel verabreichen müssen. Eine Freundin war bei ihr und versuchte, sie zu beruhigen. Mein Vater telefonierte ununterbrochen oder redete mit den Polizisten und den für Entführungen zuständigen Spezialisten, aber ich konnte nichts anderes tun als eine Zigarette nach der anderen rauchen, während in meinem Kopf ein furchtbarer Film ablief.

Lion war da und auch Jenna und ihre Eltern. Es war schon fünf Uhr morgens und es gab immer noch nichts Neues.

»Wenn ihr etwas zustößt, würde ich mir das nie verzeihen.« Ich konnte kaum atmen, so stark war der Druck in meiner Brust. »Das ist alles meine Schuld. Verdammte Scheiße, warum hat sie mir nichts davon erzählt?!«

»Nicholas, Noah wird ihre Gründe gehabt haben. Ich bin ihre Freundin und wusste nicht mal, dass ihr Vater im Gefängnis saß, geschweige denn, dass er sie misshandelt hat.«

»Wenn er ihr auch nur ein Haar krümmt …« Meine Stimme klang rau. Ich konnte doch nicht einfach rumsitzen. Das Nichtstun brachte mich zur Verzweiflung. Ich wünschte, es wäre alles wieder so wie vor einer Woche. Ich war zum ersten Mal seit vielen Jahren glücklich und alles nur wegen diesem wunderbaren Mädchen, das sich aus unerfindlichen Gründen für mich interessierte. Allein bei der Vorstellung, dass Ronnie sie anfasste, wurde mir übel. Ich würde meine Hand dafür ins Feuer legen, dass er in die Sache verwickelt war.

In dem Moment klingelte das Festnetztelefon. Hektik brach aus. Ich lief zum Arbeitszimmer meines Vaters, der auf das Zeichen eines Polizisten den Hörer abnahm. Der Apparat war auf laut gestellt und so konnte ich jedes Wort des Gesprächs mitverfolgen.

»Leister«, meldete sich mein Vater.

»Sir, es ist mir eine Ehre, mit Ihnen zu sprechen«, sagte eine mir unbekannte Stimme. »Der Mann, der meine Frau und meine Tochter ans andere Ende der Welt entführt hat, damit ich sie nicht mehr finden kann. Das war sehr schlau von Ihnen, Sir, jaja, nicht umsonst haben Sie ein Riesenunternehmen, und aus dem Grund hat sich ja auch meine geliebte Frau an Sie rangemacht …«

Raffaella legte die Hand auf den Mund und schüttelte den Kopf. Sie kämpfte mit den Tränen.

»Wo ist Noah?«, fragte mein Vater.

»Dazu kommen wir noch. Wo meine Tochter sich aufhält, hat Sie nicht zu interessieren. Die Frage ist doch, wie viel Geld sie für jemanden zu zahlen bereit sind, der eigentlich gar nicht zu Ihrer Familie gehört.«

Unsere Blicke trafen sich.

»Ich zahle, was Sie verlangen, Sie Scheißkerl, aber tun Sie ihr nichts an.« Mein Vater sprach mir aus der Seele und dafür war ich ihm dankbar.

»Eine Million Dollar in gebrauchten Scheinen in zwei Rucksäcken, die Sie persönlich mir morgen Mittag um zwei übergeben. Sie können sich vorstellen, was passiert, wenn Sie das nicht tun. Und kommen Sie allein, Sir. Das ist nicht nur ein Rat.«

»Ich will mit ihr sprechen. Ich will wissen, dass es ihr gut geht.«

»Aber sicher doch, Sir.«

Kurz darauf hörte ich ihre Stimme.

»Nicholas …«, war das Einzige, das sie sagte.

Dann brach die Verbindung ab.

45

NOAH

Als ich aufwachte, war mir schwindelig, und ich hatte bohrende Kopfschmerzen. Ein gedämpftes, flackerndes rotes Licht erhellte den Raum, in dem ich gefangen gehalten wurde. Außer dem Bett, auf dem ich lag, gab es nur noch einen Stuhl in einer Ecke. Es stank fürchterlich, wie nach Rattenpisse. Musik aus einem Club dröhnte durch die Wände.

Als mir klar wurde, was passiert war, überkam mich Panik. Ich hatte wieder das altbekannte Pfeifen im Ohr und mein Herz pochte und pumpte das Blut in rasender Geschwindigkeit durch meine Adern. Ich hatte einen ekelhaften Geschmack im Mund und ich sehnte mich nach einem Glas kaltem Wasser. Womit auch immer sie mich betäubt hatten, es hatte mich komplett ausgeknockt. Als ich mich aufsetzen wollte, merkte ich, dass man mich mit einer Hand an der Wand festgekettet hatte. Vergeblich versuchte ich mich loszureißen. Ich musste mich beruhigen und darüber nachdenken, wie ich hier rauskommen könnte. Anrufen fiel aus, denn mein Smartphone war nicht wieder aufgetaucht. Am schlimmsten war der Gedanke, dass mein Vater hinter alldem steckte.

Das konnte doch alles nicht wahr sein. Mein Vater saß im Gefängnis, und selbst wenn man ihn entlassen hatte, würde er sich doch nicht als Erstes auf die Suche nach mir und meiner Mutter machen. Allmählich ließ die Benommenheit nach, und ich riss weiter an der Kette, um mich bemerkbar zu machen. Tränen brannten in meinen Augen. Wie konnte ich nur so dumm sein? Warum hatte ich die Drohungen nicht ernster genommen? Warum hatte ich nicht mit Nicholas darüber gesprochen?

Nick.

Bestimmt lief er jetzt Amok und gab sich an allem die Schuld. Was würde ich dafür geben, wenn ich die Zeit zurückdrehen und alles anders machen könnte. Ich hätte nicht allein rausgehen dürfen.

Wenn wir uns in Grenzsituationen befinden, denken wir oft an die Dinge, die wir den Menschen, die wir lieben, gerne gesagt hätten, oder daran, wie dumm wir waren, uns über Nichtigkeiten aufzuregen, wenn das Leben so schnell vorbei sein kann. Man hatte mich entführt, das war etwas, worüber man sich aufregen konnte.

Ich hörte, wie jemand die Tür öffnete, und ein eiskalter Schauer lief mir über den Rücken. Es war Ronnie.

»Du bist wach, schön.« Er schloss die Tür hinter sich. In dem spärlichen Licht wirkte er mit seinem kahl rasierten Schädel und all den Tattoos noch bedrohlicher. Mir fiel auf, dass er sich in der Nähe des rechten Ohres ein neues hatte stechen lassen: eine Schlange, die ebenso furchterregend war wie seine Erscheinung.

Er setzte sich zu mir aufs Bett. Ich wich zurück, soweit mir das möglich war.

»Ich muss sagen, dich da so gefesselt und mir vollkommen

ausgeliefert liegen zu sehen, turnt mich an.« Sein lüsterner Blick wanderte über meinen Körper. Ich verfluchte mich, dass ich dieses eng anliegende Kleid angezogen hatte, aber was sollte ich machen. Ich konnte nur ruhig atmen und versuchen, die lähmende Angst in den Griff zu kriegen. »Dein Körper ist echt heiß, Süße.« Er legte seine widerliche Hand auf meinen nackten Knöchel. Ich wollte sie wegschieben, aber ich kam gegen seine Kraft nicht an.

Shit. Der Kerl könnte mir wer weiß was antun.

»Weißt du, als ich gegen dich dieses Rennen gefahren bin, hätte ich nicht im Traum gedacht, dass du die Tochter von einem der großen Nascar-Rennfahrer bist. Ich war total angefressen, dass du gewonnen hast. Was hast du damals gesagt? Ich sei ein Idiot und sollte erst mal lernen, wie man Rennen fährt.«

Seine Hand fuhr langsam über mein Bein.

»Rühr mich nicht an!« Aber ich war ihm ausgeliefert. Ich wünschte, das Ganze wäre ein Albtraum und ich würde schon bald in Nicks Armen aufwachen.

»Der Idiot wird dir das jetzt heimzahlen, Süße.« Seine Hand war bis zu meinem Schenkel vorgedrungen. Ich wand mich, aber er setzte sich auf mich und drückte mich mit seinem Gewicht in die Matratze. Tränen rannen über meine Wangen und ich wollte schreien. »Ich bin sicher, dein Freund wird dich mit dem Arsch nicht mehr anschauen, wenn ich mit dir fertig bin. Du wirst so kaputt sein, dass nicht mal ich dich noch anfassen würde.«

»HILFE!«, schrie ich verzweifelt und strampelte. Er hielt mich mit einer Hand fest und mit der anderen öffnete er seinen Gürtel.

»Dich hört hier eh keiner, oder zumindest keiner, den das

interessieren würde.« Er beugte sich zu mir und schleckte mit seiner widerlichen Zunge über meine Brüste und versuchte, mich danach zu küssen.

Ich schlug wild den Kopf hin und her.

»FASS MICH NICHT AN!«, kreischte ich.

Mit der einen Hand drückte er mir die Kehle zu und schob mit der anderen mein Kleid hoch.

»NEIN!«, schrie ich, so laut ich konnte. »LASS MICH LOS!«

Ich bekam kaum noch Luft.

»Ich werde es dir besorgen und du wirst schön ruhig bleiben«, zischte er. Sein Griff lockerte sich und ich konnte wieder schreien.

»HOLT MICH HIER RAUS!«

Da ging die Tür auf. Im flackernden roten Licht, das von draußen hereinfiel, konnte ich die Person erkennen, die im Türrahmen stand. Die erschreckte mich noch mehr als die Tatsache, dass jemand versuchte, mich zu vergewaltigen. Da stand mein Vater, ich erkannte ihn sofort. Ich erstarrte. Angsterfüllt starrte ich ihn an. Der Schrei in meiner Kehle erstarb.

»Es reicht. Verschwinde«, sagte die Stimme, die mir als Kind eine Heidenangst eingejagt hatte. Die Stimme, die meine Mutter hundertmal bedroht hatte und die mich bis in meine Träume verfolgte; die Stimme, die ich in der Nacht gehört hatte, in der er mich fast totgeprügelt hatte, sodass ich in meiner Not aus dem Fenster gesprungen war.

Ronnie ließ fluchend von mir ab und schlug mir ins Gesicht. Das ging so schnell, dass ich es nicht hatte kommen sehen. Es tat höllisch weh.

»Jetzt sind wir quitt.« Dann zog er ab.

Mein Vater betrachtete mich schweigend. Nach einer Weile

traute ich mich, näher hinzusehen. Er hatte sich total verändert. Sein Haar war weiß und sehr kurz geschnitten. Die Arme waren sehr muskulös und voller Tattoos. Er sah noch furchterregender aus als Ronnie.

Er kam ins Zimmer und schloss die Tür. Dann schnappte er sich den Stuhl, setzte sich rittlings darauf und legte die Arme auf die Lehne.

»Du bist groß geworden, Noah. Es ist unglaublich, wie ähnlich du deiner Mutter siehst.«

Ich verspürte sofort wieder die Beklemmung in meiner Brust, wie früher als Kind.

»An dem Abend, an dem ich verhaftet wurde, habe ich deinetwegen alles verloren.«

Er blickte zu Boden und seufzte.

»Ich kann immer noch nicht begreifen, wie so ein kleines Mädchen mich fertigmachen konnte. Nicht mal deine Mutter konnte mich bremsen, wenn ich meinen Frust an ihr ausgelassen habe. Bei dir war das immer anders, du warst meine Kleine, ich habe dich geliebt und habe mir geschworen, dir niemals wehzutun. Ich wusste, du bist nicht wie deine Mutter, du würdest dir Gehör verschaffen.«

»Was willst du?« Nur mit Mühe konnte ich mein Schluchzen unterdrücken.

Mein Vater sah mich an.

»Was alle Männer auf der Welt wollen, Noah«, erwiderte er mit einem hämischen Grinsen. »Du hast mir alles genommen, was ich hatte, deine Mutter, mein Haus, meine Freiheit. Und dafür will ich Geld. Meinen Anteil von dem Geld, das meine Familie unterhält. Ich dachte, es würde schwierig, euch zu finden, aber ich musste nur den Namen von dem Wichser in die Suchmaschine eingeben, und da sah ich euch alle auf den Fotos posieren wie eine glückliche Familie. Als ich hier ankam, habe ich festgestellt, dass dein Bruder sich nicht nur mit feinen Pinkeln abgibt. Ich bin ihm gefolgt und habe gesehen, wie er sich mit Ronnie vor einer Bar geprügelt hat. Den habe ich dann angesprochen und ihm von meinem Plan erzählt …«

Ich konnte nicht glauben, was ich da hörte. Mein Vater musste im Gefängnis den Verstand verloren haben.

»Ich werde den Scheißkerl, der mir meine Frau weggenommen hat, zur Kasse bitten, genau wie den missratenen Sohn, der seine dreckigen Finger nicht bei sich behalten kann.«

Er musste mich verfolgt haben. Und ich hatte gedacht, ich bildete mir das alles nur ein. Doch mein Bauchgefühl hatte mich nicht getrogen. Sie hatten es von langer Hand geplant, und mein Vater hatte mir mit den Briefen Angst einjagen wollen, weil er wusste, was diese Erinnerungen in mir auslösen würden.

Ich sah dem Mann ins Gesicht, der für mich nicht mehr als mein Erzeuger war. Ich hasste ihn abgrundtief. Wenn ich ihn je geliebt hatte, war diese Liebe an jenem Abend mit dem ersten Schlag erloschen.

»William Leister ist ein tausendmal besserer Vater als du. Du bist ein Nichts. Du hältst dich für überlegen, weil du Frauen verprügelst? Ich hasse dich! Ich bin sicher, du stellst dich so dumm an, dass du am Ende wieder im Gefängnis landest, wo du hoffentlich bis zum Ende deines erbärmlichen Lebens vor dich hin schmorst.«

Ich sprach ohne Punkt und Komma. Es war mir egal, was er mit mir machte. Er hörte mir zu, und an seinem Gesicht konnte ich ablesen, welch wechselnde Gefühle meine zornigen Worte in ihm auslösten. Er kochte vor Wut.

Er stand auf und verpasste mir eine Ohrfeige. Meine Wange brannte. Ich hätte es nie für möglich gehalten, dass er sich noch mal an mir vergreift. Doch auch sechs Jahre später und obwohl ich meilenweit entfernt war, holte mich alles wieder ein.

Gleich darauf kam der zweite Schlag. Er hatte mich an der Lippe erwischt, und ich spürte, wie mir das Blut über das Kinn rann.

»Halt dein verdammtes Maul«, brüllte er. Dann drehte er sich um und verschwand. Ich zitterte vor Angst. Dann ließ ich den Tränen freien Lauf.

Irgendwann wurde ich rüde aus meinem Dämmerschlaf gerissen. Jemand schüttelte mich und hielt mir ein Handy ans Ohr. Es war mein Vater.

»Sag was!«, befahl er barsch.

Es gab nur einen Menschen, nach dem ich mich in diesem Moment sehnte. Was hätte ich nicht dafür gegeben, bei ihm zu sein. Ich hatte von ihm geträumt, und allein die Vorstellung, dass er mir zuhörte, brachte mich zum Weinen. Ich brauchte ihn, ich wollte, dass er mich rettete, dass er auftauchte und mich in seine starken Arme nahm, ich wollte ihn und niemanden sonst.

»Nicholas …«, sagte ich mit erstickter Stimme.

46

NICK

Ich war verzweifelt. Ich hielt den Druck nicht länger aus. Die Angst war so übermächtig, dass ich mir am liebsten das Herz herausgerissen hätte, damit der Schmerz nachließ. Wir mussten doch irgendetwas tun können, damit der Wichser sich nicht das Geld unter den Nagel riss und er uns Noah dennoch nicht zurückgab. Da musste etwas sein, das mir bisher entgangen war, aber ich kam einfach nicht drauf. In einer Stunde würde es hell und ich hielt es kaum noch aus. Am liebsten hätte ich mich gleich auf eigene Faust auf die Suche nach ihr begeben. Das ganze Haus war voll mit Polizei und Spezialisten, und es kam mir vor, als ob die rechte Hand nicht wüsste, was die linke tut. Die einen sagten, mein Vater solle allein zur Geldübergabe gehen, während die meisten Polizisten dafür waren, ihn zu überwachen. Was war, wenn der Scheißkerl es mitbekam und Noah etwas antat? Dieser Gestörte war doch zu allem fähig. Er hatte Tausende von Meilen zurückgelegt, um seine Tochter zu entführen und ein Lösegeld zu erpressen.

Ich verließ das Arbeitszimmer und ging nach oben in ihr Zimmer. Ich wollte an einem Ort sein, wo ich von Noahs Dingen umgeben war. Ich wollte ihren Geruch einsaugen. Ich hatte so große Angst um sie, dass ich mein Leben gegeben hätte, um zu erfahren, ob es ihr gut ging.

Noahs Mutter saß auf ihrem Bett. Ihre Augen waren verweint und sie drückte eins von Noahs Sweatshirts an sich. Es war eins von den Dodgers, und ich wusste gar nicht, wieso sie das hatte, sie war ja nicht von hier, aber so war Noah eben, seltsam und wunderbar. Und ich liebte sie. Wenn ihr etwas zustieße, wüsste ich nicht, wie ich weiterleben sollte.

Raffaellas Miene hellte sich auf, als sie mich sah.

»Ich weiß Bescheid«, sagte sie ohne jeden Vorwurf. Ich wusste nicht, was ich antworten sollte. »Ich weiß nicht, was für Gefühle du für Noah hegst, Nicholas, aber Noah ist mein Ein und Alles. Sie hat sehr gelitten, weißt du.« Sie legte die Hand auf den Mund, um das Schluchzen zu ersticken. Ich hatte einen Kloß im Hals. »Seit Jahren habe ich sie nicht so glücklich gesehen wie in den letzten Tagen, und ich weiß, dass du der Grund dafür bist. Ich bin dir unendlich dankbar, Nick.«

Ich schüttelte nur den Kopf. Das durfte sie nicht sagen. Ich war an allem schuld. Meinetwegen war sie bei dem Rennen aufgetaucht, erst durch mich hatte sie Ronnie kennengelernt. Aber es war mir immer noch schleierhaft, wie ihr Vater und dieses Schwein zusammengefunden hatten, um die Entführung der Liebe meines Lebens zu planen.

»Noah musste früh erwachsen werden. Sie hat Erfahrungen machen müssen, die kein Kind machen sollte, und sie fasst nur schwer Vertrauen zu anderen. Bei dir ist sie ein anderer Mensch.«

Ich war überwältigt von Gefühlen: Angst, Verzweiflung, Traurigkeit … Noch nie im Leben hatte ich mich so elend gefühlt. Ich konnte die Tränen nicht mehr zurückhalten. Raffaella nahm mich in den Arm und tröstete mich. Da merkte ich, was Mutterliebe bedeutet. Raffaella mochte in der Vergangenheit Fehler begangen haben, aber sie liebte ihre Tochter über alles und würde sie nie im Stich lassen. Zum ersten Mal in meinem Leben hatte ich so etwas wie eine Familie.

Ich gab ihr ein Versprechen.

»Ich lasse nicht zu, dass ihr etwas geschieht. Ich finde sie.«

Sie nickte und ich ging in mein Zimmer.

Wo bist du, Noah?

Ratlos tigerte ich in meinem Zimmer auf und ab. Mein Blick fiel auf das Miniaturauto, das Noah mir zum Geburtstag geschenkt hatte. Ich nahm es in die Hand und las ihre Botschaft: *Das mit dem Auto tut mir echt leid. Irgendwann kaufe ich dir ein neues. Herzlichen Glückwunsch, Noah.*

Ein neues Auto kaufen … Genau genommen gehörte der Ferrari immer noch mir. Die Papiere liefen auf meinen Namen.

Die Erkenntnis traf mich wie ein Blitz. Ich eilte sofort hinunter in das Arbeitszimmer meines Vaters. Er saß in seinem Schreibtischstuhl und sprach mit Steve, seinem Sicherheitschef.

Ich war euphorisch, denn wenn ich recht hatte, könnten wir herausfinden, wo Noah war.

»Dad«, sagte ich. Steve und er sahen mich an. Sie wirkten erschöpft, nachdem sie die ganze Nacht über auf den Beinen gewesen waren, aber ihr Geist war hellwach.

»Was gibt's?«, fragte mein Vater.

»Ich glaube, ich weiß, wie wir herausfinden können, wo sie Noah gefangen halten.« Ich betete, dass ich mich nicht irrte.

Beide waren sofort ganz Ohr.

»Vor ungefähr eineinhalb Monaten habe ich bei einer Wette ein Auto verloren, den schwarzen Ferrari, den ich vor zwei Jahren gekauft habe«, erklärte ich.

»Soll ich mich in der Situation mit deinen Eskapaden beschäftigen, Nicholas?«, erwiderte er verärgert.

Ich ging nicht darauf ein.

»Ronnie hat das Auto«, ergänzte ich und sah Steve dabei an. »Der Ferrari hat einen GPS-Tracker. Das wollte die Versicherung damals so. Und wenn wir erst den Wagen haben ...«

»... finden wir auch Noah«, ergänzte Steve.

47
NOAH

Nachdem ich viele Stunden in derselben Position ausharren musste, tat mir alles weh. Ich war immer wieder eingeschlafen, aber nach ein paar Minuten wieder aufgeschreckt. Ich hatte keine Ahnung, was sie mit mir vorhatten, ich wusste nur, dass ich schnellstens da rausmusste. Das Wummern der Musik aus dem Club und die beklemmende Atmosphäre in dem stinkenden, dunklen Loch machten mich fertig.

Als durch das Oberlicht in der Ecke das erste Licht des Tages hereindrang, dachte ich, dass ich mich vielleicht damit abfinden musste, nie gefunden zu werden. Aus Angst und Verzweiflung fing ich wieder an zu weinen.

Ronnie war noch einmal zurückgekommen. Er hatte mich nicht angefasst, aber etwas noch Grausameres getan: Er hatte draußen das rote Licht ausgeschaltet und sich an das Fußende meines Bettes gestellt. Minutenlang lag ich im Dunkeln und hatte die ganze Zeit eine so furchtbare Angst wie noch nie zuvor in meinem Leben. Zu wissen, dass er vor meinem Bett stand und mir jederzeit etwas antun konnte, das Gefühl kannte ich, das war wie früher bei meinem Vater. Aber diesmal war ich angekettet.

Ich konnte nicht fliehen, mich nicht verteidigen, ich war ihm hilflos ausgeliefert. Sein Gelächter, als er sich an meiner Angst weidete, hatte ich immer noch im Ohr.

Als er verschwunden war, versuchte ich mich zu beruhigen. Die Musik war inzwischen deutlich leiser und plötzlich hörte ich Geräusche. Es klang, als ob über mir viele Menschen hin und her rannten. Draußen waren Schreie, gefolgt von einem Poltern und Schüssen. Angst schnürte mir die Kehle zu. Dann stürmte mein Vater mit verschwitztem Gesicht und finsterer Miene herein und machte mich los.

Als ich sah, dass er eine Pistole in der Hand hatte, rutschte ich, so weit es ging, von ihm weg. Doch er riss mich hoch und drückte mir den Lauf in die Seite. Ich erstarrte.

»Mach ja keine falsche Bewegung!«, warnte er mich.

»Bitte …«, flehte ich ihn schluchzend an. Ich wusste, er war zu allem fähig.

»Halt's Maul!« Er schob mich durch die Tür in einen düsteren Flur. In der Dunkelheit fiel mir die Orientierung schwer. Meine Angst war übermächtig. Er könnte mit mir machen, was er wollte, ich hätte keine Chance.

Er schob mich durch den Flur zu einer weiteren Tür. Ich hörte Stimmen, und als jemand »Polizei!« rief, keimte in mir wieder Hoffnung auf. Sie hatten mich gefunden!

Als mein Vater mich hinaus auf den Parkplatz stieß, wurde ich vom Licht geblendet. Mindestens zwanzig bewaffnete Polizisten zielten mit Waffen auf uns. Mein Vater zog mich vor seine Brust und hielt mir die Pistole an die Schläfe.

»Lassen Sie die Waffe fallen!«, rief ein Beamter über Megafon. Tränen strömten über mein Gesicht.

»Wenn ich hopsgehe, gehst du mit, Kleine«, flüsterte er mir ins Ohr.

Ich gab ihm keine Antwort, denn meine Augen hatten meinen Herzensmenschen erblickt: Nicholas stand neben einem der Streifenwagen, und als unsere Blicke sich trafen, rief er verzweifelt meinen Namen. Neben ihm standen meine Mutter und William. Mir wurde klar, dass ich mit diesen Menschen den Rest meines Lebens verbringen wollte. Sie waren meine Familie, das verstand ich jetzt. Jahrelang hatte mir eine innere Stimme immer wieder vorgeworfen, dass mein Vater meinetwegen im Gefängnis gelandet war. Doch nachdem ich gesehen hatte, wozu er fähig war, verstummte sie. Er war nicht länger mein Vater, das hatte sich erledigt, ich brauchte ihn nicht. Es gab einen Mann in meinem Leben, der mich über alles liebte, und ich wollte ihn ebenso bedingungslos lieben.

»Waffe runter und Hände über den Kopf!«, rief ein anderer Polizist.

»Bitte, lass mich los«, flüsterte ich atemlos. Ich wollte nicht sterben, nicht so, da war noch so viel, das ich erleben wollte.

Und dann ging es ganz schnell. Mein Vater entsicherte die Waffe und presste sie an meinen Kopf. Er würde schießen, mich töten, ich war ihm ausgeliefert. Ich hörte einen Knall und schloss die Augen. Ich wartete auf den Schmerz … Doch er kam nicht.

Die Arme, die mich festgehalten hatten, lösten sich, und mein Vater stürzte zu Boden. Ich öffnete die Augen und sah ihn reglos inmitten von einer Blutlache liegen.

Ich wandte mich ab und lief davon.

Ich rannte wie in Trance, ohne zu wissen, wohin, immer weiter, bis ich gegen etwas stieß. Arme umschlangen mich, und sofort stellte sich ein Gefühl von Vertrautheit ein: der Körper, der Geruch, alles, was ich mit Nick verband.

»Noah!«, rief Nicholas. Er hob mich hoch und drückte mich fest an seine Brust. In dem Moment wusste ich, dass alles gut war. An der Seite eines Mannes wie Nicholas müsste ich mir nie mehr Sorgen um meine Sicherheit machen. Ich müsste nicht vor Angst zittern, wenn er die Stimme erhob, und nicht darauf achten, was ich tat oder sagte: Er liebte mich mehr als sein eigenes Leben und würde mir nie etwas antun.

Er löste die Umarmung und betrachtete mein Gesicht. Zärtlich fuhr er mir über die aufgesprungene Lippe.

»Noah«, sagte er noch einmal, und Schmerz lag in seinem Blick. Schmerz, aber auch Erleichterung darüber, dass ich heil zurückgekehrt war. Ich wollte ihn nur spüren. Mir entfuhr ein leiser Schmerzenslaut, als er mich küsste. Aber das war mir egal.

»Dafür ist später noch Zeit, Liebling. Ich liebe dich so sehr, Noah.«

Ich war so gerührt, als ich das hörte. Meine Augen füllten sich wieder mit Tränen, und jetzt, wo die Wirkung des Adrenalins nachließ, begannen meine Beine zu zittern. Meine Mutter kam und ich flüchtete mich in ihre Arme. Ich fühlte mich wie früher als Kind, und es schmerzte mich, dass sie wieder leiden musste.

»Meine Kleine«, sagte sie weinend. »Es tut mir so leid … so unendlich leid.«

»Es geht mir gut, Mom«, versicherte ich ihr.

Hinter ihr stand William. Als sich unsere Blicke für einen Moment trafen, sah ich, dass auch er feuchte Augen hatte. Er umarmte uns beide.

Ich drehte mich noch ein letztes Mal zu meinem Vater um, der gerade in den Krankenwagen geschoben wurde. Würde er durchkommen? Ich schob den Gedanken beiseite. Polizeibeamte führten Ronnie in Handschellen ab, er war unverletzt. Während ich noch dabei war, das alles zu verarbeiten, nahm Nicholas mein Gesicht in seine Hände.

»Sieh mich an«, sagte er liebevoll. Seine Augen waren rot und geschwollen. Er hatte genauso gelitten wie ich. Ich spürte, wie sehr ich ihn brauchte. In seiner Nähe konnte ich mich von dem erholen, was geschehen war, und die Risse in meiner Seele, die mein Vater hinterlassen hatte, wieder kitten. »Es ist alles gut. Du bist bei mir.«

Da endlich wurde ich ganz ruhig.

»Ich liebe dich«, sagte ich zu ihm. Ein seltsames Gefühl überkam mich, ich weiß nicht, ob aus Erschöpfung oder als Reaktion auf die Strapazen der letzten Stunden, aber ich hatte plötzlich keine Kraft mehr. Ich klammerte mich an sein T-Shirt, als meine Beine nachgaben. Die Augen fielen mir zu und ich verlor das Bewusstsein.

48

NICK

Da der GPS-Tracker noch aktiv war, war es nur eine Frage der Zeit, bis wir herausfinden würden, wo Noah war. Aber vielleicht irrte ich mich.

Vielleicht hatte Ronnie den Wagen nicht zu dem Versteck mitgenommen, wo sie Noah festhielten, doch ich schob meine Bedenken beiseite. Ich wusste, dass Ronnie den Wagen in den letzten Wochen nicht aus den Augen gelassen hatte. Also war es mehr als wahrscheinlich, dass sich Noah tatsächlich in dem verrufenen Club befand, den das GPS anzeigte.

Mein Vater sprach mit den Polizisten, die überlegten, wie sie am besten vorgehen sollten. Im Arbeitszimmer meines Vaters ging es zu wie im Taubenschlag. Ein paar Beamte studierten gemeinsam mit Steve Pläne des Clubs. Demnach befand sich Noah wahrscheinlich im Keller im westlichen Teil des Gebäudes. Wenn wir sie einkreisten und alle Ausgänge versperrten, konnte Noahs Vater nur durch eine Brandschutztür auf den Parkplatz hinter dem Haus fliehen. Dort würde ein Großaufgebot auf ihn warten und dann schnappte die Falle zu. Er hätte keine Chance, zu entkommen. Wenn sie sich tatsächlich in dem Gebäude aufhielten, würde er schneller wieder hinter Gittern landen, als er dachte.

»Es besteht natürlich die Möglichkeit, dass er sich drinnen verschanzt«, meinte ein Polizist und deutete auf den Kellerraum, in dem sie Noah vermuteten.

»Dann brecht halt die Tür auf, verdammt!«, rief ich. Ich wollte sofort zu ihr. Wir plauderten hier und sie war womöglich verletzt.

»Sir, lassen Sie uns unsere Arbeit machen«, wies mich der Beamte zurecht.

Es ging mir gegen den Strich, wie sie mit mir redeten und über Noahs Leben entschieden, aber was sollte ich tun.

Ich verließ das Arbeitszimmer und steckte mir vor der Haustür die gefühlt zweihundertste Zigarette an. Draußen standen überall Leute. In der Auffahrt, neben dem runden Brunnen, parkten mindestens sieben Streifenwagen, und das Haus war von Beamten umstellt. Auch die Medien hatten Wind von der Sache bekommen und bauten bereits ihre Kameras auf. Mir wurde mit einem Mal schlecht.

»Er wird sie töten, William!«, schrie Raffaella im Haus.

Als ich hineinrannte, kamen mir die Polizisten aus dem Arbeitszimmer entgegen, die zu den Streifenwagen liefen. Raffaella lag weinend in den Armen meines Vaters.

»Das wird er nicht, beruhige dich, wir haben sie schon lokalisiert. Ella, ich verspreche dir, es wird ihr nichts geschehen.«

»Was ist? Wo fahren sie hin?«, rief ich.

»Wir hatten Zugriff auf die Kameras des Clubs. Sie ist da, Nicholas, sie holen sie jetzt raus.«

Mir lief es eiskalt den Rücken runter.

»Ich werde nicht hierbleiben und tatenlos zusehen«, erklärte ich und wollte zu meinem Auto eilen.

Doch mein Vater fasste mich am Arm und hielt mich zurück.

»Du bleibst hier, Nicholas.«

Was zum Teufel redete er da?

»Auf keinen Fall«, schrie ich und riss mich los. Ich rannte hinaus. Ich wollte den Polizisten auf der Mission folgen, die meine Freundin im schlimmsten Fall das Leben kosten konnte.

»Raffaella!«, hörte ich meinen Vater hinter mir rufen. Ich drehte mich um und sah, dass Noahs Mutter mir folgte.

»Nimm mich mit, Nicholas.« Sie wirkte entschlossen.

Ich sah meinen Vater fragend an.

»Ich werde nicht zulassen, dass noch jemandem aus dieser Familie ein Leid geschieht«, sagte er bestimmend und fasste Raffaella am Ellbogen. Ich wusste, dass er genau so viel Angst hatte wie wir. So etwas hatten wir alle noch nie erlebt. An der Art, wie er Raffaella ansah, erkannte ich, dass er dasselbe für sie empfand wie ich für Noah. Und ich hätte genauso reagiert, wenn sie sich in solche Gefahr hätte begeben wollen.

»Ich werde dort hingehen, ob du willst oder nicht, William. Es geht hier um meine Tochter!«, schrie sie verzweifelt, und dann begann sie erneut zu schluchzen.

Ich sah meinen Vater an.

»Ich fahre jetzt, Dad. Versuch nicht, mich aufzuhalten.«

Er schaute von einem zum andern.

»Meinetwegen. Aber wir fahren mit der Polizei.«

Zehn Minuten später durchquerten wir die Stadt, gefolgt von drei weiteren Streifenwagen. Über Funk live die ganze Aktion mitzuverfolgen, war nervenaufreibend. Die Beamten waren bereits vor Ort und sicherten die Ausgänge.

Wir trafen wenig später ein, und unser Streifenwagen hielt auf dem Parkplatz, über den Noahs Vater vermutlich zu fliehen versuchte. Die anderen Fahrzeuge postierten sich vor dem Eingang. Im Gebäude herrschte Tumult. Als ich Schüsse hörte, sprang ich aus dem Wagen. Der Polizist, der neben dem Auto stand, hielt mich am Arm fest.

»Sie bleiben hier.«

Resigniert starrte ich auf die Tür, durch die Noah rauskommen würde. Ob heil oder verletzt, wer wusste das schon.

Die beiden ließen nicht lange auf sich warten. Zehn Minuten später ging die Tür auf, und Noah und ihr Vater tauchten auf. Mit dem Polizeiaufgebot hatte er wohl nicht gerechnet.

Noah blutete. Sie war verletzt.

Jemand hielt mich von hinten fest. Instinktiv hatte ich sofort zu ihr laufen wollen.

»NOAH!«, rief ich laut. Sie schaute in meine Richtung. Ihr Vater schob sie wie ein Schutzschild vor sich her und hielt ihr eine Pistole an den Kopf.

»Lassen Sie die Waffe fallen«, rief ein Polizist über Megafon.

Er sagte etwas zu ihr. Noahs Angst erweckte in mir einen bis dahin ungekannten Killerinstinkt.

Er wird sie umbringen, mit seinen eigenen Händen.

»Waffe runter und Hände über den Kopf«, rief ein Polizist.

Und dann ging alles ganz schnell, auch wenn es sich für mich anfühlte, als geschähe es in Zeitlupe.

Noahs Vater hob die Waffe, entsicherte sie und hielt sie ihr an die Schläfe. Dann hallte ein Schuss über den Parkplatz.

Er drehte den Kopf zu uns. Offenbar genoss er es, Raffaella weinen zu sehen. Das Blut färbte sein T-Shirt rot und er fiel getroffen zu Boden. Noah starrte verdutzt ihren Vater an, dann schaute sie zu mir und rannte los.

Ich riss mich von dem Polizisten los und lief ihr entgegen.

Erst als ich sie in meinen Armen hielt, konnte ich wieder ruhig atmen, und erst als sich unsere Körper berührten, spürte ich, dass sie lebte.

»Noah!«, rief ich aus und hob sie vor Freude hoch. Ich hätte sie am liebsten gar nicht mehr losgelassen.

Ich ließ sie sanft wieder herunter und nahm ihr Gesicht in meine Hände. Man hatte sie geschlagen!

Unwillkürlich fing ich an zu zittern. Ich hatte zugelassen, dass man ihr wieder wehtat, dabei hatte ich ihr versprochen, dass ihr nie wieder etwas Schlimmes passieren würde. Doch ihre Wunden waren der Beweis für mein Scheitern.

»Noah …« Es fiel mir schwer, meine Stimme unter Kontrolle zu bringen. Ich wollte sie um Verzeihung bitten, dass ich nicht besser auf sie aufgepasst hatte. Ich fühlte mich so schuldig wie nie zuvor in meinem Leben und die Verletzungen in ihrem Gesicht verursachten mir körperlichen Schmerz.

Sie streichelte meinen Nacken und suchte mit ihren Lippen meinen Mund. Ich wollte sie küssen, nichts lieber als das, aber als ich meine Lippen auf ihre presste, spürte ich ihren Schmerz und ließ von ihr ab.

»Dafür ist später noch Zeit, Liebling«, sagte ich und lehnte meine Stirn an ihre. »Ich liebe dich so sehr, Noah.«

Ihre Augen füllten sich wieder mit Tränen, aber ein zartes Lächeln huschte über ihr Gesicht, bevor ihre Mutter sich zwischen uns schob und sie in den Arm nahm. Sie drückten sich fest, und als wenig später mein Vater beide in seine Arme schloss, wusste ich, dass so etwas nie wieder geschehen würde. Wir waren eine Familie und niemand würde uns je wieder etwas antun.

Noah drehte sich noch einmal um und sah zu, wie ihr Vater in den Krankenwagen geschoben wurde. Kurz darauf wurde Ronnie abgeführt. Ich konnte spüren, wie die Angst wieder von ihr Besitz ergriff.

»Sieh mich an«, sagte ich, um sie abzulenken. Sie sollte nie wieder Angst haben. Ich hätte das Schwein am liebsten umgebracht, doch Gewalt war keine Lösung, schon gar nicht, wenn Noah in der Nähe war. »Alles ist gut, ich bin bei dir.«

Da verdrehte sie auf einmal die Augen und sackte weg.

»Noah?«, sagte ich leise. »Wir brauchen einen Arzt!«, rief ich, als ich merkte, dass sie nicht reagierte. Ich hob sie auf. Was war los? Hatte man auf sie geschossen? Hatte sie womöglich eine innere Verletzung?

»Wach auf, Noah«, flüsterte ich, während ich sie im Arm hielt, bis der Krankenwagen da war.

»Wir kümmern uns um sie«, sagte der Arzt.

»Was ist mit ihr?«, fragte ich, während die Sanitäter sie auf die Trage legten und in den Krankenwagen schoben.

»Wir bringen sie ins Krankenhaus. Sind Sie die Mutter?«, fragten sie Raffaella, die sofort mit in den Krankenwagen stieg.

»Ich komme auch mit«, sagte ich in einem Ton, der keinen Widerspruch duldete.

»Ich fahre euch hinterher«, meinte mein Vater.

Die Fahrt mit dem Krankenwagen kam mir vor wie eine

Ewigkeit. Noah war immer noch ohne Bewusstsein, aber nach einer kurzen Untersuchung erklärte der Arzt, es sei nichts Ernstes.

Behutsam strich ich mit der Hand über ihr Haar.

»Es tut mir leid, Noah, so unendlich leid …«

49
NOAH

Als ich die Augen aufschlug, lag ich in einem Krankenhausbett. Der Kopf und das Gesicht taten mir weh, aber als ich ihn neben meinem Bett sitzen sah, ging es mir gleich besser.

»Na endlich!«, rief Nicholas und küsste meine Hand. Er hatte sie die ganze Zeit festgehalten.

»Was ist passiert?«, fragte ich. Ich hatte nicht die leiseste Ahnung, wie ich dorthin gekommen war.

»Du bist ohnmächtig geworden«, erklärte er. »Die Ärzte sagen, als Folge der psychischen Belastung. Sie haben dir ein Schlafmittel verabreicht. Das war alles zu viel für dich.«

Ich nickte und dachte nach. Ich erinnerte mich, was passiert war: die Entführung, die Schläge von Ronnie und meinem Vater, der Moment, als ich dachte, mein Vater würde mich erschießen, und der Anblick, wie er blutüberströmt am Boden lag …

»Was ist mit ihm?«, fragte ich.

Nicholas verstand sofort, was ich meinte.

Er zögerte.

»Er ist tot, Noah. Die Kugel hat sein Herz getroffen. Er ist noch auf der Fahrt zum Krankenhaus gestorben.«

Es war seltsam, aber ich fühlte nichts. Außer einer grenzenlosen Erleichterung, dass eine Last von mir genommen wurde.

»Es ist vorbei«, erklärte Nick. Er stand auf und beugte sich zu mir. »Niemand kann dir mehr etwas antun. Ich werde auf dich aufpassen, Noah.«

Ich spürte, wie meine Augen feucht wurden.

»Ich hätte nie gedacht, dass es so enden würde, dass ich mal dem Schicksal dankbar sein würde, weil es unsere Eltern zusammengeführt hat. Vor zwei Monaten warst du noch die Hölle für mich und jetzt …« Ich richtete mich auf und kniete mich aufs Bett. Ich nahm sein Gesicht in meine Hände und er legte behutsam seine Arme um meine Taille. »Ich liebe dich, Nick … Ich liebe dich wahnsinnig.«

Seine Lippen suchten nach meinen, und er küsste mich, zart und mit all der Liebe, die zwischen uns gewachsen war. Die Art Liebe, die einem nur einmal im Leben begegnet, die unser Herz berührt und nie verloren geht, die Liebe, mit der wir später alles vergleichen, nach der wir suchen, die wir aber manchmal auch verfluchen. Die Liebe, die uns das Gefühl gibt, dass wir lebendig sind, dass wir gebraucht werden, und die aus uns einen Menschen macht, ohne den der andere nicht leben kann … Und diese Art von Liebe hatte ich gefunden.

EPILOG

NICK

Einen Monat später »Nicht schummeln«, sagte ich, während ich sie in die Mitte des Raumes führte. Dass sie dort war, machte mich unbeschreiblich glücklich. Die Veränderung in meinem Leben hatte unsere Beziehung auf neue Weichen gestellt, aber sie war notwendig und langfristig betrachtet ein Gewinn, denn so konnten wir so viel Zeit miteinander verbringen, wie wir wollten.

»Ich hasse Überraschungen, das weißt du doch«, erinnerte sie mich. Ich musste innerlich lachen.

»Die wird dir gefallen«, versicherte ich und stellte mich hinter sie. »So … jetzt!« Ich löste die Augenbinde.

Neugierig sah sie sich um. Wir befanden uns im Eingangsbereich der neuen Dachgeschosswohnung, die ich gekauft hatte. Man hatte von dort einen Blick auf das Schlafzimmer, die Küche und das Wohnzimmer. Sie war nicht riesig, aber sie bot ausreichend Platz, dass eine Person darin bequem leben konnte, und sie lag in einer der besten Wohngegenden der Stadt. Eine Freundin der Familie hatte sie nach meinen Vorstellungen gestaltet und das Ergebnis war fantastisch. Es war alles in Braun und

Weiß gehalten und das verlieh ihr einen modernen und heimeligen Touch. In der Mitte des Wohnzimmers hatte ich einen Kamin einbauen lassen. Davor stand ein dunkelbraunes Sofa, auf dem wir gemütlich Videos anschauen oder einfach abhängen konnten. Die Küche war klein, aber sie hatte alles, was man braucht. Es gab eine kleine Kücheninsel, an der zwei Personen locker Platz fanden. Der Holzboden war mit flauschigen Teppichen bedeckt und das Fenster bot einen phänomenalen Ausblick auf die Stadt. Jetzt, mit dem nächtlichen Lichtermeer, war er sogar noch schöner.

»Was meinst du?«

Sie schüttelte den Kopf, es hatte ihr die Sprache verschlagen.

»Und sie gehört dir?«, fragte sie. Sie ging umher und sah sich alles ganz genau an.

Ich konnte ihren Gesichtsausdruck nicht so recht deuten.

»Nun ja, ich wohne hier, aber du wirst einen Großteil deiner Zeit hier mit mir verbringen. Hier können wir ungestört zusammen sein«, erklärte ich und ging auf sie zu. Erst Noah machte die Wohnung für mich zu einem Zuhause.

Endlich erschien ein leises Lächeln auf ihrem Gesicht.

»Sie ist wunderschön!«, rief sie. Aber irgendetwas stimmte nicht, das sah ich an ihrem Blick.

»Was ist los?«, fragte ich.

Sie seufzte.

»Ach, ich werde es vermissen, dich jeden Tag zu sehen, das ist alles«, sagte sie und legte den Kopf auf meine Brust. Ich würde sie auch vermissen. Ich liebte es, morgens aufzustehen und mit ihr zu frühstücken, ich sah sie gern ungeschminkt und mit zerzaustem Haar, und es machte mich glücklich, zu wissen, dass sie im Zimmer gegenüber sicher war. All das würde sich durch meinen Umzug ändern, aber ich wusste, es musste sein. Mit meinem Vater und ihrer Mutter unter einem Dach, das war keine gute Ausgangsbasis für unsere Liebe. Wir waren einfach nicht frei. Wenn ich jetzt meine eigene Wohnung hatte, könnte Noah jederzeit bei mir sein, ohne dass uns unsere Eltern überwachten.

»Ich werde dich auch vermissen, aber es geht nicht anders. Ich halte es nicht aus, dich jeden Tag zu sehen, aber nicht all das mit dir machen zu können, worauf ich Lust habe. Zum Beispiel das.« Ich küsste ihre vollkommenen Lippen und schon bald hatten unsere Zungen wieder ihr feuriges Spiel begonnen. Diese Frau entfachte eine unglaubliche Leidenschaft in mir, sie verdrehte mir den Kopf. »Oder das.« Ich hob sie hoch, damit sie die Beine um meine Hüften schlang.

Sie lachte leise.

»Oder das«, flüsterte sie und zog mir mein T-Shirt aus.

Es war ein wohliges Gefühl, als sie meinen Nacken und meine Schultern streichelte. Ich trug sie in das Schlafzimmer mit Kingsize-Bett, von dem aus man ebenfalls einen spektakulären Ausblick hatte. Ich legte sie sanft auf die Kissen und öffnete die kleinen Knöpfe ihrer weißen Bluse.

»Du hast mich überzeugt. Es ist schön hier.«

»Ich wusste, dass es dir gefallen wird«, erwiderte ich und küsste sie.

In dem Moment wurde mir bewusst, dass Noah den Rest meines Lebens an meiner Seite sein würde. Ich liebte sie über alles. Sie hatte mich aus dem schwarzen Loch geholt, diesem traurigen Leben, das ich geführt hatte, bevor ich sie kennenlernte. Die Erkenntnis hatte ihre Zeit gebraucht, aber jetzt waren wir zusammen und arbeiteten daran, unsere Beziehung voranzubringen. Unser beider Leben war nicht einfach gewesen und gerade deswegen verstanden wir uns blind. In einem schwierigen Moment, mitten im Sturm, war der eine der Rettungsanker des anderen gewesen, und das findet man nur selten.

Ein paar Stunden später, als sie selig in meinen Armen schlief, wurde mir noch etwas anderes klar: Das Licht war aus und draußen war es stockfinster. Trotzdem war Noahs schönes Gesicht vollkommen entspannt. Die Angst war verschwunden. Und der Grund dafür war ich.

DANKSAGUNG

Hätte mir vor einem Jahr jemand gesagt, dass ich heute die Danksagung für mein eigenes Buch schreibe, hätte ich ihn verrückt erklärt. Seit meinem fünfzehnten Lebensjahr habe ich auf diesen Moment gewartet, an dem ich sagen kann: »Ich hab's geschafft.«

An erster Stelle möchte ich Penguin Random House für das in mich gesetzte Vertrauen danken. Und natürlich meiner Verlegerin Rosa Samper, die bei mir fast einen Herzinfarkt ausgelöst hat, als sie mich per Mail kontaktierte. Dein Ton war freundschaftlich und du hast mir das größte Geschenk meines Lebens gemacht. Ich werde nie den Betreff VERLAGSANGEBOT im Posteingang meines Mailaccounts vergessen. Ein großes Dankeschön an dich und alle, die aus *Culpa Mía* etwas Grandioses gemacht haben.

Dank auch an meine Agentin Nuria, sie war die Erste, die mir gesagt hat, das Buch habe Potenzial. Danke für die Anleitung und die Unterstützung in allen Fragen.

An meine Mutter, weil du immer alles lobst, was ich schreibe. Ich sage immer, du bist nicht objektiv, aber vermutlich willst du mir einfach das Gefühl vermitteln, dass ich auf mich vertrauen kann. Danke, weil du das beste Beispiel für eine perfekte Mutter bist.

An meinen Vater, weil ihm vor Stolz die Brust schwillt und er wirklich jedem erzählt, dass seine Tochter Schriftstellerin ist. Danke, dass du der Fels in meinem Leben bist, der sich allen Widrigkeiten entgegenstellt. Du hast mir gezeigt, dass man jedes Ziel erreichen kann, wenn man sich dafür einsetzt.

An meine Schwestern Flor, Belu und Ro: Manchmal bekämpfen wir uns bis aufs Blut, aber wir lieben uns wahnsinnig.

An meine Cousine Bar, meine erste Leserin. Ohne deine Unterstützung und deinen Enthusiasmus hätte ich die Geschichte nicht fertiggestellt.

An meine Großeltern. Pitu, danke dafür, dass du mir immer behilflich bist, wenn ich dich um Rat frage. Abu, danke, dass du immer für mich da bist.

An meine Freundinnen Ana, Alba und die Gruppe, die mit dem Buchstaben Z beginnt: Danke, dass ihr mich zum Lachen bringt und dass wir immer noch zusammen sind, obwohl jede von uns einen anderen Weg eingeschlagen hat. Ich bin mit euch aufgewachsen und werde euch immer im Herzen tragen.

An Eva und Mir. Was soll ich euch erzählen, was ihr nicht eh schon wisst? Ich hätte nie gedacht, dass ich an der Uni zwei Seelenverwandte treffe. Danke, dass ihr mich auf diesem Abenteuer von Anfang an begleitet habt.

An mein Yellow Crocodile. Belén, danke, dass du meine Leidenschaft fürs Lesen teilst. Du hast vom ersten Moment an diese Geschichte geglaubt und mich bedingungslos unterstützt.

An Anita, bei dir habe ich gelernt, dass träumen ein wichtiges Wort ist. Du hast mich gelehrt, dass der Glaube an unsere

Träume uns zu dem macht, was wir sind. Du wirst immer meine Begleiterin auf dem Weg sein, den wir gemeinsam mit der Reise nach Los Angeles begonnen haben.

An alle, die gemeinsam mit mir bei Wattpad angefangen haben. Ohne euch wäre mir das alles nicht gelungen. Ich habe bis zum frühen Morgen eure Kommentare gelesen. Ich hätte nie gedacht, dass ich durch euch so viel Liebe erfahren würde. Wir sind verbunden durch das, was wir gemeinsam erreicht haben. Hoffentlich kann ich euch irgendwann kennenlernen und in meine Arme schließen.

Und zu guter Letzt an dich, weil du meinen ersten Roman liest, meinen in gedruckte Buchstaben verwandelten Traum. Viel Spaß bei der Lektüre!

Autorin

Die aus Buenos Aires stammende Bestsellerautorin **Mercedes Ron** landete mit ihrem Debüt »Culpa Mía« einen Welterfolg, der auf TikTok viral ging, mittlerweile in 19 Ländern erschienen ist und mit der Verfilmung auf Amazon Prime Video weltweit Rekorde brach. Die Trilogie erschien zunächst auf Wattpad, wo sie millionenfach gelesen wurde. Von der »Culpa Mía«-Reihe haben sich allein in Spanien bereits mehr als 3 Millionen Bücher verkauft. Sie stürmte die SPIEGEL- und die New-York-Times-Bestsellerliste. Die Verfilmung von Mercedes Rons »Tell-Me«-Trilogie ist in Vorbereitung.

Von Mercedes Ron sind bei cbj erschienen:
Culpa Mía – Meine Schuld (31654, Bd. 1)
Culpa Tuya – Deine Schuld (31663, Bd. 2)
Culpa Nuestra – Unsere Schuld (31664, Bd. 3)

Tell Me Softly (31726, Bd. 1)

In Vorbereitung:
Tell Me in Secret (31727, Bd. 2)
Tell Me with Kisses (31728, Bd. 3)

Übersetzerinnen

Ursula Bachhausen ist Literatur-, Theater- und Filmübersetzerin aus Leidenschaft. Sie studierte Romanistik und Anglistik in Köln, Perpignan und Barcelona und liebt es, in Geschichten spanischer, katalanischer, französischer, portugiesischer und englischsprachiger Autoren und Filmemacherinnen einzutauchen und ihnen eine deutsche Stimme zu geben.

Sabine Giersberg, geboren 1964 in Bonn, studierte Übersetzungswissenschaft sowie Hispanistik und Lusitanistik an den Universitäten Mainz und Pamplona. Seit 1998 ist sie als literarische Übersetzerin tätig; sie hat renommierte Autoren wie Juan Carlos Onetti, Ricardo Piglia, Marcelo Figueras und andere übersetzt. Sabine Giersberg ist regelmäßig Gastdozentin an verschiedenen deutschen Universitäten.

Mehr über unsere Bücher auch auf Instagram

Mercedes Ron

Die Culpa-Mía-Trilogie

Culpa Mía –
Meine Schuld
Band 1, 512 Seiten,
ISBN 978-3-570-31654-2

Culpa Tuya –
Deine Schuld
Band 2, ca. 544 Seiten,
ISBN 978-3-570-31663-4

Culpa Nuestra –
Unsere Schuld
Band 3, ca. 512 Seiten,
ISBN 978-3-570-31684-9

Noah muss ihre Stadt, ihren Freund, ihr ganzes Leben hinter sich lassen, um mit ihrer Mutter in die protzige Villa des neuen Stiefvaters zu ziehen. Dessen Sohn Nick sieht aus wie ein junger Gott, ist unglaublich arrogant und macht ihr das Leben zur Hölle. Bald entdeckt Noah, dass er ein geheimes Doppelleben führt: Gangs, illegale Autorennen und wilde Partys. Sie ist fest entschlossen, sich von Nick fernzuhalten, doch das gelingt ihr immer weniger, Stiefbruder hin oder her …

30496_3

www.cbj-verlag.de